MW01144496

GRöLS
Verlage

„BÜCHER SIND WIE FALLSCHIRME. SIE NÜTZEN UNS NICHTS, WENN WIR SIE NICHT ÖFFNEN."

Gröls Verlag

Redaktionelle Hinweise und Impressum

Das vorliegende Werk wurde zugunsten der Authentizität sehr zurückhaltend bearbeitet. So wurden etwa ursprüngliche Rechtschreibfehler *nicht* systematisch behoben, denn kleine Unvollkommenheiten machen das Buch – wie im Übrigen den Menschen – erst authentisch. Mitunter wurden jedoch zum Beispiel Absätze behutsam neu getrennt, um den Lesefluss zu erleichtern.

Um die Texte zu rekonstruieren, werden antiquarische Bücher von Lesegeräten gescannt und dann durch eine Software lesbar gemacht. Der so entstandene Text wird von Menschen gegengelesen und korrigiert – hierbei treten auch Fehler auf. Wenn Sie ebenfalls antiquarische Texte einreichen möchten, finden Sie weitere Informationen auf www.groels.de

Viel Freude bei der Lektüre wünscht Ihnen das Team des Gröls-Verlags.

Adressen

Verleger: Sophia Gröls, Im Borngrund 26, 61440 Oberursel

Externer Dienstleister für Distribution & Herstellung: BoD, In de Tarpen 42, 22848 Norderstedt

Unsere „Edition | Werke der Weltliteratur“ hat den Anspruch, eine der größten und vollständigsten Sammlungen klassischer Literatur in deutscher Sprache zu sein. Nach und nach versammeln wir hier nicht nur die „üblichen Verdächtigen“ von Goethe bis Schiller, sondern auch Kleinode der vergangenen Jahrhunderte, die – zu Unrecht – drohen, in Vergessenheit zu geraten. Wir kultivieren und kuratieren damit einen der wertvollsten Bereiche der abendländischen Kultur. Kleine Auswahl:

Francis Bacon • Neues Organon • **Balzac** • Glanz und Elend der Kurtisanen • **Joachim H. Campe** • Robinson der Jüngere • **Dante Alighieri** • Die Göttliche Komödie • **Daniel Defoe** • Robinson Crusoe • **Charles Dickens** • Oliver Twist • **Denis Diderot** • Jacques der Fatalist • **Fjodor Dostojewski** • Schuld und Sühne • **Arthur Conan Doyle** • Der Hund von Baskerville • **Marie von Ebner-Eschenbach** • Das Gemeindekind • **Elisabeth von Österreich** • Das Poetische Tagebuch • **Friedrich Engels** • Die Lage der arbeitenden Klasse • **Ludwig Feuerbach** • Das Wesen des Christentums • **Johann G. Fichte** • Reden an die deutsche Nation • **Fitzgerald** • Zärtlich ist die Nacht • **Flaubert** • Madame Bovary • **Gorch Fock** • Seefahrt ist not! • **Theodor Fontane** • Effi Briest • **Robert Musil** • Über die Dummheit • **Edgar Wallace** • Der Frosch mit der Maske • **Jakob Wassermann** • Der Fall Maurizius • **Oscar Wilde** • Das Bildnis des Dorian Grey • **Émile Zola** • Germinal • **Stefan Zweig** • Schachnovelle • **Hugo von Hofmannsthal** • Der Tor und der Tod • **Anton Tschechow** • Ein Heiratsantrag • **Arthur Schnitzler** • Reigen • **Friedrich Schiller** • Kabale und Liebe • **Nicolo Machiavelli** • Der Fürst • **Gotthold E. Lessing** • Nathan der Weise • **Augustinus** • Die Bekenntnisse des heiligen Augustinus • **Marcus Aurelius** • Selbstbetrachtungen • **Charles Baudelaire** • Die Blumen des Bösen • **Harriett Stowe** • Onkel Toms Hütte • **Walter Benjamin** • Deutsche Menschen • **Hugo Bettauer** • Die Stadt ohne Juden • **Lewis Caroll** • *und viele mehr….*

Friedrich Nietzsche

Über Wahrheit und Lüge im außermoralischen Sinne

&

Unzeitgemäße Betrachtungen

Inhalt

Über Wahrheit und Lüge im außermoralischen Sinne

1

In irgend einem abgelegenen Winkel des in zahllosen Sonnensystemen flimmernd ausgegossenen Weltalls gab es einmal ein Gestirn, auf dem kluge Tiere das Erkennen erfanden. Es war die hochmütigste und verlogenste Minute der "Weltgeschichte": aber doch nur eine Minute. Nach wenigen Atemzügen der Natur erstarrte das Gestirn, und die klugen Tiere mußten sterben. – So könnte jemand eine Fabel erfinden und würde doch nicht genügend illustriert haben, wie kläglich, wie schattenhaft und flüchtig, wie zwecklos und beliebig sich der menschliche Intellekt innerhalb der Natur ausnimmt. Es gab Ewigkeiten, in denen er nicht war; wenn es wieder mit ihm vorbei ist, wird sich nichts begeben haben. Denn es gibt für jenen Intellekt keine weitere Mission, die über das Menschenleben hinausführte. Sondern menschlich ist er, und nur sein Besitzer und Erzeuger nimmt ihn so pathetisch, als ob die Angeln der Welt sich in ihm drehten. Könnten wir uns aber mit der Mücke verständigen, so würden wir vernehmen, daß auch sie mit diesem Pathos durch die Luft schwimmt und in sich das fliegende Zentrum dieser Welt fühlt. Es ist nichts so verwerflich und gering in der Natur, was nicht, durch einen kleinen Anhauch jener Kraft des Erkennens, sofort wie ein Schlauch aufgeschwellt würde; und wie jeder Lastträger seinen Bewunderer haben will, so meint gar der Stolzeste Mensch, der Philosoph, von allen Seiten die Augen des Weltalls teleskopisch auf sein Handeln und Denken gerichtet zu sehen.

Es ist merkwürdig, daß dies der Intellekt zustande bringt, er, der doch gerade nur als Hilfsmittel den unglücklichsten, delikatesten, vergänglichsten Wesen beigegeben ist, um sie eine Minute im Dasein festzuhalten, aus dem sie sonst, ohne jene Beigabe, so schnell wie Lessings Sohn zu flüchten allen Grund hätten. Jener mit dem Erkennen und Empfinden verbundene Hochmut, verblendende Nebel über die Augen und Sinne der Menschen legend, täuscht sie also über den Wert des Daseins, dadurch daß er über das Erkennen selbst die schmeichelhafteste Wertschätzung in sich trägt. Seine allgemeinste Wirkung ist Täuschung – aber auch die einzelnsten Wirkungen tragen etwas von gleichem Charakter an sich.

Der Intellekt, als ein Mittel zur Erhaltung des Individuums, entfaltet seine Hauptkräfte in der Verstellung; denn diese ist das Mittel, durch das die schwächeren, weniger robusten Individuen sich erhalten, als welchen einen Kampf um die Existenz mit Hörnern oder scharfem Raubtier-Gebiß zu führen versagt ist. Im Menschen kommt diese Verstellungskunst auf ihren Gipfel: hier ist die Täuschung, das Schmeicheln, Lügen und Trügen, das Hinter-dem-Rücken-Reden, das Repräsentieren, das im erborgten Glanze Leben, das Maskiertsein, die verhüllende Konvention, das Bühnenspiel vor anderen und vor sich selbst, kurz das fortwährende Herumflattern um die *eine* Flamme Eitelkeit so sehr die Regel und das Gesetz, daß fast nichts unbegreiflicher ist, als wie unter den Menschen ein ehrlicher und reiner Trieb zur Wahrheit aufkommen konnte. Sie sind tief eingetaucht in Illusionen und Traumbilder, ihr Auge gleitet nur auf der Oberfläche der Dinge herum und sieht "Formen", ihre Empfindung führt nirgends in die Wahrheit, sondern begnügt sich, Reize zu empfangen und gleichsam ein tastendes Spiel auf dem Rücken der Dinge zu spielen. Dazu läßt sich der Mensch nachts, ein Leben hindurch, im Traume belügen, ohne daß sein moralisches Gefühl dies je zu verhindern suchte: während es Menschen geben soll, die durch starken Willen das Schnarchen beseitigt haben. Was weiß der Mensch eigentlich von sich selbst! Ja, vermöchte er auch nur sich einmal vollständig, hingelegt wie in einen erleuchteten Glaskasten, zu perzipieren? Verschweigt die Natur ihm nicht das Allermeiste, selbst über seinen Körper, um ihn, abseits von den Windungen der Gedärme, dem raschen Fluß der Blutströme, den verwickelten Fasererzitterungen, in ein stolzes, gauklerisches Bewußtsein zu bannen und einzuschließen! Sie warf den Schlüssel weg: und wehe der verhängnisvollen Neubegier, die durch eine Spalte einmal aus dem Bewußtseinszimmer heraus und hinabzusehen vermöchte, und die jetzt ahnte, daß auf dem Erbarmungslosen, dem Gierigen, dem Unersättlichen, dem Mörderischen der Mensch ruht, in der Gleichgültigkeit seines Nichtwissens, und gleichsam auf dem Rücken eines Tigers in Träumen hängend. Woher, in aller Welt, bei dieser Konstellation der Trieb zur Wahrheit!

Soweit das Individuum sich, gegenüber andern Individuen, erhalten will, benutzt es in einem natürlichen Zustand der Dinge den Intellekt zumeist nur zur Verstellung: weil aber der Mensch zugleich aus Not und Langeweile gesellschaftlich und herdenweise existieren will, braucht er einen Friedensschluß und trachtet danach, daß wenigstens das allergrößte bellum omnium contra omnes aus seiner Welt verschwinde. Dieser Friedensschluß bringt etwas mit sich, was wie der erste Schritt zur Erlangung jenes rätselhaften Wahrheitstriebes aussieht. Jetzt wird nämlich das fixiert, was von nun an "Wahrheit" sein soll, das heißt, es wird eine gleichmäßig gültige und verbindliche Bezeichnung der Dinge erfunden, und die Gesetzgebung der Sprache gibt auch die ersten Gesetze der Wahrheit: denn es entsteht hier zum ersten Male der Kontrast von Wahrheit und Lüge. Der Lügner gebraucht die gültigen Bezeichnungen, die Worte, um das Unwirkliche als wirklich erscheinen zu machen; er sagt zum Beispiel: "ich bin reich", während für seinen Zustand gerade "arm" die richtige Bezeichnung wäre. Er mißbraucht die festen Konventionen durch beliebige Vertauschungen oder gar Umkehrungen der Namen. Wenn er dies in eigennütziger und übrigens Schaden bringender Weise tut, so wird ihm die Gesellschaft nicht mehr trauen und ihn dadurch von sich ausschließen. Die Menschen fliehen dabei das Betrogenwerden nicht so sehr als das Beschädigtwerden durch Betrug: sie hassen, auch auf dieser Stufe, im Grunde nicht die Täuschung, sondern die schlimmen, feindseligen Folgen gewisser Gattungen von Täuschungen. In einem ähnlichen beschränkten Sinne will der Mensch auch nur die Wahrheit: er begehrt die angenehmen, Leben erhaltenden Folgen der Wahrheit, gegen die reine folgenlose Erkenntnis ist er gleichgültig, gegen die vielleicht schädlichen und zerstörenden Wahrheiten sogar feindlich gestimmt. Und überdies: wie steht es mit jenen Konventionen der Sprache? Sind sie vielleicht Erzeugnisse der Erkenntnis, des Wahrheitssinnes, decken sich die Bezeichnungen und die Dinge? Ist die Sprache der adäquate Ausdruck aller Realitäten?

Nur durch Vergeßlichkeit kann der Mensch je dazu kommen zu wähnen, er besitze eine "Wahrheit" in dem eben bezeichneten Grade. Wenn er sich nicht mit der Wahrheit in der Form der Tautologie, das heißt mit leeren Hülsen begnügen will, so wird er ewig Illusionen für Wahrheiten einhandeln. Was ist ein Wort? Die Abbildung eines Nervenreizes in Lauten. Von dem Nervenreiz aber weiterzuschließen auf eine Ursache außer uns, ist bereits das Resultat einer falschen und unberechtigten Anwendung des Satzes vom Grunde. Wie dürften wir, wenn die Wahrheit bei der Genesis der Sprache, der Gesichtspunkt der Gewißheit bei den Bezeichnungen allein entscheidend gewesen wäre, wie dürften wir doch sagen: der Stein ist hart: als ob uns "hart" noch sonst bekannt wäre, und nicht nur als eine ganz subjektive Reizung! Wir teilen die Dinge nach Geschlechtern ein, wir bezeichnen den Baum als männlich, die Pflanze als weiblich: welche willkürlichen Übertragungen! Wie weit hinausgeflogen über den Kanon der Gewißheit! Wir reden von einer "Schlange": die Bezeichnung trifft nichts als das Sichwinden, könnte also auch dem Wurme zukommen. Welche willkürlichen Abgrenzungen, welche einseitigen Bevorzugungen bald der bald jener Eigenschaft eines Dinges! Die verschiedenen Sprachen, nebeneinander gestellt, zeigen, daß es bei den Worten nie auf die Wahrheit, nie auf einen adäquaten Ausdruck ankommt: denn sonst gäbe es nicht so viele Sprachen. Das "Ding an sich" (das würde eben die reine folgenlose Wahrheit sein) ist auch dem Sprachbildner ganz unfaßlich und ganz und gar nicht erstrebenswert. Er bezeichnet nur die Relationen der Dinge zu den Menschen und nimmt zu deren Ausdrucke die kühnsten Metaphern zu Hilfe. Ein Nervenreiz, zuerst übertragen in ein Bild! Erste Metapher. Das Bild wieder nachgeformt in einem Laut! Zweite Metapher. Und jedesmal vollständiges Überspringen der Sphäre, mitten hinein in eine ganz andre und neue. Man kann sich einen Menschen denken, der ganz taub ist und nie eine Empfindung des Tones und der Musik gehabt hat: wie dieser etwa die chladnischen Klangfiguren im Sande anstaunt, ihre Ursachen im Erzittern der Saite findet und nun darauf schwören wird, jetzt müsse er wissen, was die Menschen den "Ton" nennen, so geht es uns allen mit der Sprache. Wir glauben etwas von den Dingen selbst zu wissen, wenn wir von Bäumen, Farben, Schnee und Blumen reden, und besitzen doch nichts als Metaphern der Dinge, die den ursprünglichen Wesenheiten ganz und gar nicht entsprechen. Wie der Ton als Sandfigur, so nimmt sich das rätselhafte X des Dings an sich einmal als Nervenreiz, dann als Bild, endlich als Laut aus. Logisch geht es also jedenfalls nicht bei der Entstehung der Sprache zu, und das ganze Material, worin und womit später der Mensch der Wahrheit, der Forscher, der Philosoph arbeitet und baut, stammt, wenn nicht aus Wolkenkuckucksheim, so doch jedenfalls nicht aus dem Wesen der Dinge.

Denken wir besonders noch an die Bildung der Begriffe. Jedes Wort wird sofort dadurch Begriff, daß es eben nicht für das einmalige ganz und gar individualisierte Urerlebnis, dem es sein Entstehen verdankt, etwa als Erinnerung dienen soll, sondern zugleich für zahllose, mehr oder weniger ähnliche, daß heißt streng genommen niemals gleiche, also auf lauter ungleiche Fälle passen muß. Jeder Begriff entsteht durch Gleichsetzen des Nichtgleichen. So gewiß nie ein Blatt einem andern ganz gleich ist, so gewiß ist der Begriff Blatt durch beliebiges Fallenlassen dieser individuellen Verschiedenheiten, durch ein Vergessen des Unterscheidenden gebildet und erweckt nun die Vorstellung, als ob es in der Natur außer den Blättern etwas gäbe, das "Blatt" wäre, etwa eine

Urform, nach der alle Blätter gewebt, gezeichnet, abgezirkelt, gefärbt, gekräuselt, bemalt wären, aber von ungeschickten Händen, so daß kein Exemplar korrekt und zuverlässig als treues Abbild der Urform ausgefallen wäre. Wir nennen einen Menschen "ehrlich". warum hat er heute so ehrlich gehandelt? fragen wir. Unsere Antwort pflegt zu lauten: seiner Ehrlichkeit wegen. Die Ehrlichkeit! Das heißt wieder: das Blatt ist die Ursache der Blätter. Wir wissen ja gar nichts von einer wesenhaften Qualität, die "die Ehrlichkeit" hieße, wohl aber von zahlreichen individualisierten, somit ungleichen Handlungen, die wir durch Weglassen des Ungleichen gleichsetzen und jetzt als ehrliche Handlungen bezeichnen; zuletzt formulieren wir aus ihnen eine qualitas occulta mit dem Namen: "die Ehrlichkeit". Das Übersehen des Individuellen und Wirklichen gibt uns den Begriff, wie es uns auch die Form gibt, wohingegen die Natur keine Formen und Begriffe, also auch keine Gattungen kennt, sondern nur ein für uns unzugängliches und undefinierbares X. Denn auch unser Gegensatz von Individuum und Gattung ist anthropomorphisch und entstammt nicht dem Wesen der Dinge, wenn wir auch nicht zu sagen wagen, daß er ihm nicht entspricht: das wäre nämlich eine dogmatische Behauptung und als solche ebenso unerweislich wie ihr Gegenteil.

Was ist also Wahrheit? Ein bewegliches Heer von Metaphern, Metonymien, Anthropomorphismen, kurz eine Summe von menschlichen Relationen, die, poetisch und rhetorisch gesteigert, übertragen, geschmückt wurden, und die nach langem Gebrauch einem Volke fest, kanonisch und verbindlich dünken: die Wahrheiten sind Illusionen, von denen man vergessen hat, daß sie welche sind, Metaphern, die abgenutzt und sinnlich kraftlos geworden sind, Münzen, die ihr Bild verloren haben und nun als Metall, nicht mehr als Münzen, in Betracht kommen.

Wir wissen immer noch nicht, woher der Trieb zur Wahrheit stammt: denn bis jetzt haben wir nur von der Verpflichtung gehört, die die Gesellschaft, um zu existieren, stellt: wahrhaft zu sein, das heißt die usuellen Metaphern zu brauchen, also moralisch ausgedrückt: von der Verpflichtung, nach einer festen Konvention zu lügen, herdenweise in einem für alle verbindlichen Stile zu lügen. Nun vergißt freilich der Mensch, daß es so mit ihm steht; er lügt also in der bezeichneten Weise unbewußt und nach hundertjährigen Gewöhnungen – und kommt eben durch diese Unbewußtheit, eben durch dies Vergessen zum Gefühl der Wahrheit. An dem Gefühl verpflichtet zu sein, ein Ding als "rot", ein anderes als "kalt", ein drittes als "stumm" zu bezeichnen, erwacht eine moralische auf

Wahrheit sich beziehende Regung: aus dem Gegensatz des Lügners, dem niemand traut, den alle ausschließen, demonstriert sich der Mensch das Ehrwürdige, Zutrauliche und Nützliche der Wahrheit. Er stellt jetzt sein Handeln als "*vernünftiges*" Wesen unter die Herrschaft der Abstraktionen; er leidet es nicht mehr, durch die plötzlichen Eindrücke, durch die Anschauungen fortgerissen zu werden, er verallgemeinert alle diese Eindrücke erst zu entfärbteren, kühleren Begriffen, um an sie das Fahrzeug seines Lebens und Handelns anzuknüpfen. Alles, was den Menschen gegen das Tier abhebt, hängt von dieser Fähigkeit ab, die anschaulichen Metaphern zu einem Schema zu verflüchtigen, also ein Bild in einen Begriff aufzulösen. Im Bereich jener Schemata nämlich ist etwas möglich, was niemals unter den anschaulichen ersten Eindrücken gelingen möchte: eine pyramidale Ordnung nach Kasten und Graden aufzubauen, eine neue Welt von Gesetzen, Privilegien, Unterordnungen, Grenzbestimmungen zu schaffen, die nun der andern anschaulichen Welt der ersten Eindrücke gegenübertritt, als das Festere, Allgemeinere, Bekanntere, Menschlichere und daher als das Regulierende und Imperativische. Während jede Anschauungsmetapher individuell und ohne ihresgleichen ist und deshalb allem Rubrizieren immer zu entfliehen weiß, zeigt der große Bau der Begriffe die starre Regelmäßigkeit eines römischen Kolumbariums und atmet in der Logik jene Strenge und Kühle aus, die der Mathematik zu eigen ist. Wer von dieser Kühle angehaucht wird, wird es kaum glauben, daß auch der Begriff, knöchern und achteckig wie ein Würfel und versetzbar wie jener, doch nur als das Residuum einer Metapher übrig bleibt, und daß die Illusion der künstlerischen Übertragung eines Nervenreizes in Bilder, wenn nicht die Mutter, so doch die Großmutter eines jeden Begriffs ist. Innerhalb dieses Würfelspiels der Begriffe heißt aber "Wahrheit'", jeden Würfel so zu gebrauchen, wie er bezeichnet ist, genau seine Augen zu zählen, richtige Rubriken zu bilden und nie gegen die Kastenordnung und gegen die Reihenfolge der Rangklassen zu verstoßen. Wie die Römer und Etrusker sich den Himmel durch starre mathematische Linien zerschnitten und in einen solchermaßen abgegrenzten Raum, als in ein templum, einen Gott bannten, so hat jedes Volk über sich einen solchen mathematisch zerteilten Begriffshimmel und versteht nun unter der Forderung der Wahrheit, daß jeder Begriffsgott nur in *seiner* Sphäre gesucht werde. Man darf hier den Menschen wohl bewundern als ein gewaltiges Baugenie, dem auf beweglichen Fundamenten und gleichsam auf fließendem Wasser das Auftürmen eines unendlich komplizierten Begriffsdomes gelingt: – freilich, um auf solchen Fundamenten Halt zu finden, muß es ein Bau wie aus Spinnefäden sein, so zart, um von der Welle mit fortgetragen, so fest, um nicht von jedem Winde auseinandergeblasen zu werden. Als Baugenie erhebt sich solchermaßen der Mensch weit über die Biene: diese baut aus Wachs, das sie aus der Natur zusammenholt, er aus dem weit zarteren Stoffe der Begriffe, die er erst aus sich fabrizieren muß. Er ist hier sehr zu bewundern – aber nur nicht wegen seines Triebes zur Wahrheit, zum reinen Erkennen der Dinge. Wenn jemand ein Ding hinter einem Busche versteckt, es ebendort wieder sucht und auch findet, so ist an diesem Suchen und Finden nicht viel zu rühmen: so aber steht es mit dem Suchen und Finden der "Wahrheit" innerhalb des Vernunft-Bezirkes. Wenn ich die Definition des Säugetiers mache und dann erkläre, nach Besichtigung eines Kamels: "siehe, ein Säugetier", so wird damit eine Wahrheit zwar ans Licht gebracht, aber sie ist von begrenztem Werte, ich meine, sie ist durch und durch anthropomorphisch und enthält keinen einzigen Punkt, der "wahr an sich", wirklich und allgemeingültig, abgesehn von dem Menschen, wäre. Der Forscher nach solchen Wahrheiten sucht im Grunde nur die Metamorphose der Welt in den Menschen, er ringt nach einem Verstehen der Welt als eines menschenartigen Dinges und erkämpft sich bestenfalls das Gefühl einer Assimilation. Ähnlich wie der Astrolog die Sterne im Dienste der Menschen und im Zusammenhange mit ihrem Glück und Leide betrachtete, so betrachtet ein solcher Forscher die ganze Welt als geknüpft an den Menschen, als den unendlich gebrochenen Widerklang eines Urklanges, des Menschen, als das vervielfältigte Abbild des einen Urbildes, des Menschen. Sein V erfahren ist, den Menschen als Maß an alle Dinge zu halten: wobei er aber von dem Irrtum ausgeht, zu glauben, er habe diese Dinge unmittelbar, als reine Objekte vor sich. Er vergißt also die originalen Anschauungsmetaphern als Metaphern und nimmt sie als die Dinge selbst.

Nur durch das Vergessen jener primitiven Metapherwelt, nur durch das Hart- und Starrwerden einer ursprünglichen in hitziger Flüssigkeit aus dem Urvermögen menschlicher Phantasie hervorströmenden Bildermasse, nur durch den unbesiegbaren Glauben, *diese* Sonne, *dieses* Fenster, *dieser* Tisch sei eine Wahrheit an sich, kurz nur dadurch, daß der Mensch sich als Subjekt, und zwar als *künstlerisch schaffendes* Subjekt, vergißt, lebt er mit einiger Ruhe, Sicherheit und Konsequenz: wenn er einen Augenblick nur aus den Gefängniswänden dieses Glaubens heraus könnte, so wäre es sofort mit seinem "Selbstbewußtsein" vorbei. Schon dies kostet ihm Mühe, sich einzugestehen, wie das Insekt oder der Vogel eine ganz andere Welt perzipieren als der Mensch, und daß die Frage, welche von beiden Weltperzeptionen richtiger ist, eine ganz sinnlose ist, da hierzu bereits mit dem Maßstabe der *richtigen Perzeption*, das heißt mit einem *nicht vorhandenen* Maßstabe gemessen werden müßte. Überhaupt aber scheint mir "die richtige Perzeption" – das würde heißen: der adäquate Ausdruck eines Objekts im Subjekt – ein widerspruchsvolles Unding: denn zwischen zwei absolut verschiednen Sphären, wie zwischen Subjekt und Objekt, gibt es keine Kausalität, keine Richtigkeit, keinen Ausdruck, sondern höchstens ein *ästhetisches* Verhalten, ich meine eine andeutende Übertragung, eine nachstammelnde Übersetzung in eine ganz fremde Sprache: wozu es aber jedenfalls einer frei dichtenden und frei erfindenden Mittelsphäre und Mittelkraft bedarf. Das Wort "Erscheinung" enthält viele Verführungen, weshalb ich es möglichst vermeide: denn es ist nicht wahr, daß das Wesen der Dinge in der empirischen Welt erscheint. Ein Maler, dem die Hände fehlen und der durch Gesang das ihm vorschwebende Bild ausdrücken wollte, wird immer noch mehr bei dieser Vertauschung der Sphären verraten, als die empirische Welt vom Wesen der Dinge verrät. Selbst das Verhältnis eines Nervenreizes zu dem hervorgebrachten Bilde ist an sich kein notwendiges: wenn aber dasselbe Bild millionenmal hervorgebracht und durch viele Menschengeschlechter hindurch vererbt ist, ja zuletzt bei der gesamten Menschheit jedesmal infolge desselben Anlasses erscheint, so bekommt es endlich für den Menschen dieselbe Bedeutung, als ob es das einzig notwendige Bild sei und als ob jenes Verhältnis des ursprünglichen Nervenreizes zu dem hergebrachten Bilde ein strenges Kausalitätsverhältnis sei; wie ein Traum, ewig wiederholt, durchaus als Wirklichkeit empfunden und beurteilt werden würde. Aber das Hart- und Starr-Werden einer Metapher verbürgt durchaus nichts für die Notwendigkeit und ausschließliche Berechtigung dieser Metapher.

Es hat gewiß jeder Mensch, der in solchen Betrachtungen heimisch ist, gegen jeden derartigen Idealismus ein tiefes Mißtrauen empfunden, so oft er sich einmal recht deutlich von der ewigen Konsequenz, Allgegenwärtigkeit und Unfehlbarkeit der Naturgesetze überzeugte; er hat den Schluß gemacht: hier ist alles, soweit wir dringen, nach der Höhe der teleskopischen und nach der Tiefe der mikroskopischen Welt, so sicher, ausgebaut, endlos, gesetzmäßig und ohne Lücken; die Wissenschaft wird ewig in diesen Schachten mit Erfolg zu graben haben, und alles Gefundene wird zusammenstimmen und sich nicht widersprechen. Wie wenig gleicht dies einem Phantasieerzeugnis: denn wenn es dies wäre, müßte es doch irgendwo den Schein und die Unrealität erraten lassen.

Dagegen ist einmal zu sagen: hätten wir noch, jeder für sich, eine verschiedenartige Sinnesempfindung, könnten wir selbst nur bald als Vogel, bald als Wurm, bald als Pflanze perzipieren, oder sähe der eine von uns denselben Reiz als rot, der andere als blau, hörte ein dritter ihn sogar als Ton, so würde niemand von einer solchen Gesetzmäßigkeit der Natur reden, sondern sie nur als ein höchst subjektives Gebilde begreifen. Sodann: was ist für uns überhaupt ein Naturgesetz? Es ist uns nicht an sich bekannt, sondern nur in seinen Wirkungen, das heißt in seinen Relationen zu andern Naturgesetzen, die uns wieder nur als Summen von Relationen bekannt sind. Also verweisen alle diese Relationen immer nur wieder aufeinander und sind uns ihrem Wesen nach unverständlich durch und durch; nur das, was wir hinzubringen, die Zeit, der Raum, also Sukzessionsverhältnisse und Zahlen, sind uns wirklich daran bekannt. Alles Wunderbare aber, das wir gerade an den Naturgesetzen anstaunen, das unsere Erklärung fordert und uns zum Mißtrauen gegen den Idealismus verführen könnte, liegt gerade und ganz allein nur in der mathematischen Strenge und Unverbrüchlichkeit der Zeit- und Raum-Vorstellungen. Diese aber produzieren wir in uns und aus uns mit jener Notwendigkeit, mit der die Spinne spinnt; wenn wir gezwungen sind, alle Dinge nur unter diesen Formen zu begreifen, so ist es dann nicht mehr wunderbar, daß wir an allen Dingen eigentlich nur eben diese Formen begreifen: denn sie alle müssen die Gesetze der Zahl an sich tragen, und die Zahl gerade ist das Erstaunlichste in den Dingen. Alle Gesetzmäßigkeit, die uns im Sternenlauf und im chemischen Prozeß so imponiert, fällt im Grunde mit jenen Eigenschaften zusammen, die wir selbst an die Dinge heranbringen, so daß wir damit uns selber imponieren. Dabei ergibt sich allerdings, daß jene künstlerische Metapherbildung, mit der in uns jede Empfindung beginnt, bereits jene Formen voraussetzt, also in ihnen vollzogen wird; nur aus dem festen Verharren dieser Urformen erklärt sich die Möglichkeit, wie nachher wieder aus den Metaphern selbst ein Bau der Begriffe konstituiert werden konnte. Dieser ist nämlich eine Nachahmung der Zeit-, Raum- und Zahlenverhältnisse auf dem Boden der Metaphern.

2

An dem Bau der Begriffe arbeitet ursprünglich, wie wir sahen, die *Sprache* , in späteren Zeiten die *Wissenschaft*. Wie die Biene zugleich an den Zellen baut und die Zellen mit Honig füllt, so arbeitet die Wissenschaft unaufhaltsam an jenem großen Kolumbarium der Begriffe, der Begräbnisstätte der Anschauungen, baut immer neue und höhere Stockwerke, stützt, reinigt, erneut die alten Zellen und ist vor allem bemüht, jenes ins Ungeheure aufgetürmte Fachwerk zu füllen und die ganze empirische Welt, das heißt die anthropomorphische Welt, hineinzuordnen. Wenn schon der handelnde Mensch sein Leben an die Vernunft und ihre Begriffe bindet, um nicht fortgeschwemmt zu werden und sich nicht selbst zu verlieren, so baut der Forscher seine Hütte dicht an den Turmbau der Wissenschaft, um an ihm mithelfen zu können und selbst Schutz unter dem vorhandenen Bollwerk zu finden. Und Schutz braucht er: denn es gibt furchtbare Mächte, die fortwährend auf ihn eindringen und die der wissenschaftlichen "Wahrheit" ganz anders geartete "Wahrheiten" mit den verschiedenartigsten Schildzeichen entgegenhalten.

Jener Trieb zur Metapherbildung, jener Fundamentaltrieb des Menschen, den man keinen Augenblick wegrechnen kann, weil man damit den Menschen selbst wegrechnen würde, ist dadurch, daß aus seinen verflüchtigten Erzeugnissen, den Begriffen, eine reguläre und starre neue Welt als eine Zwingburg für ihn gebaut wird, in Wahrheit nicht bezwungen und kaum gebändigt. Er sucht sich ein neues Bereich seines Wirkens und ein anderes Flußbette und findet es im *Mythus* und überhaupt in der Kunst. Fortwährend verwirrt er die Rubriken und Zellen der Begriffe, dadurch daß er neue Übertragungen, Metaphern, Metonymien hinstellt, fortwährend zeigt er die Begierde, die vorhandene Welt des wachen Menschen so bunt unregelmäßig, folgenlos unzusammenhängend, reizvoll und ewig neu zu gestalten, wie es die Welt des Traumes ist. An sich ist ja der wache Mensch nur durch das starre und regelmäßige Begriffsgespinst darüber im klaren, daß er wache, und kommt eben deshalb mitunter in den Glauben, er träume, wenn jenes Begriffsgespinst einmal durch die Kunst zerrissen wird. Pascal hat recht, wenn er behauptet, daß wir, wenn uns jede Nacht derselbe Traum käme, davon ebenso beschäftigt würden als von den Dingen, die wir jeden Tag sehen: "wenn ein Handwerker gewiß wäre, jede Nacht zu träumen, volle zwölf Stunden hindurch, daß er König sei, so glaube ich, sagt Pascal, daß er ebenso glücklich wäre als ein König, welcher alle Nächte während zwölf Stunden träumte, er sei Handwerker". Der wache Tag eines mythisch erregten Volkes, etwa der älteren Griechen, ist durch das fortwährend wirkende Wunder, wie es der Mythus annimmt, in der Tat dem Traume ähnlicher als dem Tag des wissenschaftlich ernüchterten Denkers. Wenn jeder Baum einmal als Nymphe reden oder unter der Hülle eines Stieres ein Gott Jungfrauen wegschleppen kann, wenn die Göttin Athene selbst plötzlich gesehn wird, wie sie mit einem schönen Gespann, in der Begleitung des Pisistratus, durch die Märkte Athens fährt – und das glaubte der ehrliche Athener –, so ist in jedem Augenblicke, wie im Traume, alles möglich, und die ganze Natur umschwärmt den Menschen, als ob sie nur die Maskerade der Götter wäre, die sich nur einen Scherz daraus machten, in allen Gestalten den Menschen zu täuschen.

Der Mensch selbst aber hat einen unbesiegbaren Hang, sich täuschen zu lassen, und ist wie bezaubert vor Glück, wenn der Rhapsode ihm epische Märchen wie wahr erzählt oder der Schauspieler im Schauspiel den König noch königlicher agiert, als ihn die Wirklichkeit zeigt. Der Intellekt, jener Meister der Verstellung, ist so lange frei und seinem sonstigen Sklavendienste enthoben, als er täuschen kann, ohne zu *schaden*, und feiert dann seine Saturnalien. Nie ist er üppiger, reicher, stolzer, gewandter und verwegener: mit schöpferischem Behagen wirft er die Metaphern durcheinander und verrückt die Grenzsteine der Abstraktionen, so daß er zum Beispiel den Strom als den beweglichen Weg bezeichnet, der den Menschen trägt, dorthin, wohin er sonst geht. Jetzt hat er das Zeichen der Dienstbarkeit von sich geworfen: sonst mit trübsinniger Geschäftigkeit bemüht, einem armen Individuum, dem es nach Dasein gelüstet, den Weg und die Werkzeuge zu zeigen, und wie ein Diener für seinen Herrn auf Raub und Beute ausziehend, ist er jetzt zum Herrn geworden und darf den Ausdruck der Bedürftigkeit aus seinen Mienen wegwischen. Was er jetzt auch tut, alles trägt im Vergleich mit seinem früheren Tun die Verstellung, wie das frühere die Verzerrung an sich. Er kopiert das Menschenleben, nimmt es aber für eine gute Sache und scheint mit ihm sich recht zufrieden zu geben. Jenes ungeheure Gebälk und Bretterwerk der Begriffe, an das sich klammernd der bedürftige Mensch sich durch das Leben rettet, ist dem freigewordnen Intellekt nur ein Gerüst und ein Spielzeug für seine verwegensten Kunststücke: und wenn er es zerschlägt, durcheinanderwirft, ironisch wieder zusammensetzt, das Fremdeste paarend und das Nächste trennend, so offenbart er, daß er jene Notbehelfe der Bedürftigkeit nicht braucht und daß er jetzt nicht von Begriffen, sondern von Intuitionen geleitet wird. Von diesen Intuitionen aus führt kein regelmäßiger Weg in das Land der gespenstischen Schemata, der Abstraktionen: für sie ist das Wort nicht gemacht, der Mensch verstummt, wenn er sie sieht, oder redet in lauter verbotenen Metaphern und unerhörten Begriffsfügungen, um wenigstens durch das Zertrümmern und Verhöhnen der alten

Begriffsschranken dem Eindrucke der mächtigen gegenwärtigen Intuition schöpferisch zu entsprechen.

Es gibt Zeitalter, in denen der vernünftige Mensch und der intuitive Mensch nebeneinander stehn, der eine in Angst vor der Intuition, der andere mit Hohn über die Abstraktion; der letztere ebenso unvernünftig, als der erstere unkünstlerisch ist. Beide begehren über das Leben zu herrschen: dieser, indem er durch Vorsorge, Klugheit, Regelmäßigkeit den hauptsächlichsten Nöten zu begegnen weiß, jener, indem er als ein ,"überfroher Held" jene Nöte nicht sieht und nur das zum Schein und zur Schönheit verstellte Leben als real nimmt. Wo einmal der intuitive Mensch, etwa wie im älteren Griechenland, seine Waffen gewaltiger und siegreicher führt als sein Widerspiel, kann sich günstigenfalls eine Kultur gestalten und die Herrschaft der Kunst über das Leben sich gründen: jene Verstellung, jenes Verleugnen der Bedürftigkeit, jener Glanz der metaphorischen Anschauungen und überhaupt jene Unmittelbarkeit der Täuschung begleitet alle Äußerungen eines solchen Lebens. Weder das Haus, noch der Schritt, noch die Kleidung, noch der tönerne Krug verraten, daß die Notdurft sie erfand: es scheint so, als ob in ihnen allen ein erhabenes Glück und eine olympische Wolkenlosigkeit und gleichsam ein Spielen mit dem Ernste ausgesprochen werden sollte. Während der von Begriffen und Abstraktionen geleitete Mensch durch diese das Unglück nur abwehrt, ohne selbst aus den Abstraktionen sich Glück zu erzwingen, während er nach möglichster Freiheit von Schmerzen trachtet, erntet der intuitive Mensch, inmitten einer Kultur stehend, bereits von seinen Intuitionen, außer der Abwehr des Übels, eine fortwährend einströmende Erhellung, Aufheiterung, Erlösung. Freilich leidet er heftiger, *wenn* er leidet: ja er leidet auch öfter, weil er aus der Erfahrung nicht zu lernen versteht und immer wieder in dieselbe Grube fällt, in die er einmal gefallen. Im Leide ist er dann ebenso unvernünftig wie im Glück, er schreit laut und hat keinen Trost. Wie anders steht unter dem gleichen Mißgeschick der stoische, an der Erfahrung belehrte, durch Begriffe sich beherrschende Mensch da! Er, der sonst nur Aufrichtigkeit, Wahrheit, Freiheit von Täuschungen und Schutz vor berückenden Überfällen sucht, legt jetzt, im Unglück, das Meisterstück der Verstellung ab, wie jener im Glück; er trägt kein zuckendes und bewegliches Menschengesicht, sondern gleichsam eine Maske mit würdigem Gleichmaße der Züge, er schreit nicht und verändert nicht einmal seine Stimme, wenn eine rechte Wetterwolke sich über ihn ausgießt, so hüllt er sich in seinen Mantel und geht langsamen Schrittes unter ihr davon.

Unzeitgemäße Betrachtungen

Erstes Stück

David Strauss, der Bekenner und der Schriftsteller.

1.

Die öffentliche Meinung in Deutschland scheint es fast zu verbieten, von den schlimmen und gefährlichen Folgen des Krieges, zumal eines siegreich beendeten Krieges zu reden: um so williger werden aber diejenigen Schriftsteller angehört, welche keine wichtigere Meinung als jene öffentliche kennen und deshalb wetteifernd beflissen sind, den Krieg zu preisen und den mächtigen Phänomenen seiner Einwirkung auf Sittlichkeit, Kultur und Kunst jubilirend nachzugehen. Trotzdem sei es gesagt: ein grosser Sieg ist eine grosse Gefahr. Die menschliche Natur erträgt ihn schwerer als eine Niederlage; ja es scheint selbst leichter zu sein, einen solchen Sieg zu erringen, als ihn so zu ertragen, dass daraus keine schwerere Niederlage entsteht. Von allen schlimmen Folgen aber, die der letzte mit Frankreich geführte Krieg hinter sich drein zieht, ist vielleicht die schlimmste ein weitverbreiteter, ja allgemeiner Irrthum: der Irrthum der öffentlichen Meinung und aller öffentlich Meinenden, dass auch die deutsche Kultur in jenem Kampfe gesiegt habe und deshalb jetzt mit den Kränzen geschmückt werden müsse, die so ausserordentlichen Begebnissen und Erfolgen gemäss seien. Dieser Wahn ist höchst verderblich: nicht etwa weil er ein Wahn ist – denn es giebt die heilsamsten und segensreichsten Irrthümer – sondern weil er im Stande ist, unseren Sieg in eine völlige Niederlage zu verwandeln: in die Niederlage, ja Exstirpation des deutschen Geistes zu Gunsten des "deutschen Reiches".

Einmal bliebe immer, selbst angenommen, dass zwei Kulturen mit einander gekämpft hätten, der Maassstab für den Werth der siegenden ein sehr relativer und würde unter Verhältnissen durchaus nicht zu einem Siegesjubel oder zu einer Selbstglorification berechtigen. Denn es käme darauf an, zu wissen, was jene unterjochte Kultur werth gewesen wäre: vielleicht sehr wenig: in welchem Falle auch der Sieg, selbst bei pomphaftestem Waffenerfolge, für die siegende Kultur keine Aufforderung zum Triumphe enthielte. Andererseits kann, in unserem Falle, von einem Siege der deutschen Kultur aus den einfachsten Gründen nicht die Rede sein; weil die französische Kultur fortbesteht wie vorher, und wir von ihr abhängen wie vorher. Nicht einmal an dem Waffenerfolge hat sie mitgeholfen. Strenge Kriegszucht, natürliche Tapferkeit und Ausdauer, Ueberlegenheit der Führer, Einheit und Gehorsam unter den Geführten, kurz Elemente, die nichts mit der Kultur zu thun haben, verhalfen uns zum Siege über Gegner, denen die wichtigsten dieser Elemente fehlten: nur darüber kann man sich wundern, dass das, was sich jetzt in Deutschland "Kultur" nennt, so wenig hemmend zwischen diese militärischen Erfordernisse zu einem grossen Erfolge getreten ist, vielleicht nur, weil dieses Kultur sich nennende Etwas es für sich vortheilhafter erachtete, sich diesmal dienstfertig zu erweisen. Lässt man es heranwachsen und fortwuchern, verwöhnt man es durch den schmeichelnden Wahn, dass es siegreich gewesen sei, so hat es die Kraft, den deutschen Geist, wie ich sagte, zu exstirpiren – und wer weiss, ob dann noch etwas mit dem übrig bleibenden deutschen Körper anzufangen ist!

Sollte es möglich sein, jene gleichmüthige und zähe Tapferkeit, welche der Deutsche dem pathetischen und plötzlichen Ungestüm des Franzosen entgegenstellte, gegen den inneren Feind, gegen jene höchst zweideutige und jedenfalls unnationale "Gebildetheit" wachzurufen, die jetzt in Deutschland, mit gefährlichem Missverstande, Kultur genannt wird: so ist nicht alle Hoffnung auf eine wirkliche ächte deutsche Bildung, den Gegensatz jener Gebildetheit, verloren: denn an den einsichtigsten und kühnsten Führern und Feldherrn hat es den Deutschen nie gemangelt – nur dass diesen oftmals die Deutschen fehlten. Aber ob es möglich ist, der deutschen Tapferkeit jene neue Richtung zu geben, wird mir immer zweifelhafter, und, nach dem Kriege, täglich unwahrscheinlicher; denn ich sehe, wie jedermann überzeugt ist, dass es eines Kampfes und einer solchen Tapferkeit gar nicht mehr bedürfe, dass vielmehr das Meiste so schön wie möglich geordnet und jedenfalls alles, was Noth thut, längst gefunden und gethan sei, kurz dass die beste Saat der Kultur überall theils ausgesäet sei, theils in frischem Grüne und hier und da sogar in üppiger Blüthe stehe. Auf diesem Gebiete giebt es nicht nur Zufriedenheit; hier giebt es Glück und Taumel. Ich empfinde diesen Taumel und dieses Glück in dem unvergleichlich zuversichtlichen Benehmen der deutschen Zeitungsschreiber und Roman- Tragödien- Lied- und Historienfabrikanten: denn dies ist doch ersichtlich eine zusammengehörige Gesellschaft, die sich verschworen zu haben scheint, sich der Musse – und Verdauungsstunden des modernen Menschen, das heisst seiner "Kulturmomente" zu bemächtigen und ihn in diesen durch bedrucktes Papier zu betäuben. An dieser Gesellschaft ist jetzt, seit dem Kriege, Alles Glück, Würde und Selbstbewusstsein: sie fühlt sich, nach solchen "Erfolgen der deutschen Kultur", nicht nur bestätigt und sanctionirt, sondern beinahe sakrosankt, spricht deshalb feierlicher, liebt die Anrede an das deutsche Volk, giebt nach Klassiker-Art gesammelte Werke heraus und proclamirt auch wirklich in den ihr zu Diensten stehenden Weltblättern Einzelne aus ihrer Mitte als die neuen deutschen Klassiker und Musterschriftsteller. Man sollte vielleicht erwarten, dass die Gefahren eines derartigen Missbrauchs des Erfolges von dem besonneneren und belehrteren Theile der deutschen Gebildeten erkannt, oder dass mindestens das Peinliche des gegebenen Schauspieles gefühlt werden müsste: denn was kann peinlicher sein, als zu sehen, dass der Missgestaltete gespreizt wie ein Hahn vor dem Spiegel steht und mit seinem Bilde bewundernde Blicke austauscht. Aber die gelehrten Stände lassen gern geschehen, was geschieht, und haben selbst genug mit sich zu thun, als dass sie die Sorge für den deutschen Geist noch auf sich nehmen könnten. Dazu sind ihre Mitglieder mit dem höchsten Grade von Sicherheit überzeugt, dass ihre eigene Bildung die reifste und schönste Frucht der Zeit, ja aller Zeiten sei und verstehen eine Sorge um die allgemeine deutsche Bildung deshalb gar nicht, weil sie bei sich selbst und den zahllosen Ihresgleichen über alle Sorgen dieser Art weit hinaus sind. Dem sorgsameren Betrachter, zumal wenn er Ausländer ist, kann es übrigens nicht entgehen, dass zwischen dem, was jetzt der deutsche Gelehrte seine Bildung nennt, und jener triumphirenden Bildung der neuen deutschen Klassiker ein Gegensatz nur in Hinsicht auf das Quantum des Wissens besteht: überall wo nicht das Wissen, sondern das Können, wo nicht die Kunde sondern die Kunst in Frage kommt, also überall, wo das Leben von der Art der Bildung Zeugniss ablegen soll, giebt es jetzt nur Eine deutsche Bildung – und diese sollte über Frankreich gesiegt haben?

Diese Behauptung erscheint so völlig unbegreiflich: gerade in dem umfassenderen Wissen der deutschen Offiziere, in der grösseren Belehrtheit der deutschen Mannschaften, in der wissenschaftlicheren Kriegführung ist von allen unbefangenen Richtern und schliesslich von den Franzosen selbst der entscheidende Vorzug erkannt worden. In welchem Sinne kann aber noch die deutsche Bildung gesiegt haben wollen, wenn man von ihr die deutsche Belehrtheit sondern wollte? In keinem: denn die moralischen Qualitäten der strengeren Zucht, des ruhigeren Gehorsams haben mit der Bildung nichts zu thun und zeichneten zum Beispiel die macedonischen Heere den unvergleichlich gebildeteren Griechenheeren gegenüber aus. Es kann nur eine Verwechselung sein, wenn man von dem Siege der deutschen Bildung und

Kultur spricht, eine Verwechselung, die darauf beruht, dass in Deutschland der reine Begriff der Kultur verloren gegangen ist.

Kultur ist vor allem Einheit des künstlerischen Stiles in allen Lebensäusserungen eines Volkes. Vieles Wissen und Gelernthaben ist aber weder ein nothwendiges Mittel der Kultur, noch ein Zeichen derselben und verträgt sich nöthigenfalls auf das beste mit dem Gegensatze der Kultur, der Barbarei, das heisst: der Stillosigkeit oder dem chaotischen Durcheinander aller Stile.

In diesem chaotischen Durcheinander aller Stile lebt aber der Deutsche unserer Tage: und es bleibt ein ernstes Problem, wie es ihm doch möglich sein kann, dies bei aller seiner Belehrtheit nicht zu merken und sich noch dazu seiner gegenwärtigen "Bildung" recht von Herzen zu freuen. Alles sollte ihn doch belehren: ein jeder Blick auf seine Kleidung, seine Zimmer, sein Haus, ein jeder Gang durch die Strassen seiner Städte, eine jede Einkehr in den Magazinen der Kunstmodehändler; inmitten des geselligen Verkehrs sollte er sich des Ursprunges seiner Manieren und Bewegungen, inmitten unserer Kunstanstalten, Concert- , Theater- und Museenfreuden sich des grotesken Neben- und Uebereinander aller möglichen Stile bewusst werden. Die Formen, Farben, Producte und Curiositäten aller Zeiten und aller Zonen häuft der Deutsche um sich auf und bringt dadurch jene moderne Jahrmarkts-Buntheit hervor, die seine Gelehrten nun wiederum als das "Moderne an sich" zu betrachten und zu formuliren haben; er selbst bleibt ruhig in diesem Tumult aller Stile sitzen. Mit dieser Art von "Kultur", die doch nur eine phlegmatische Gefühllosigkeit für die Kultur ist, kann man aber keine Feinde bezwungen, am wenigsten solche, die, wie die Franzosen, eine wirkliche, productive Kultur, gleichviel von welchem Werthe, haben, und denen wir bisher Alles, meistens noch dazu ohne Geschick, nachgemacht haben.

Hätten wir wirklich aufgehört, sie nachzuahmen, so würden wir damit noch nicht über sie gesiegt, sondern uns nur von ihnen befreit haben: erst dann, wenn wir ihnen eine originale deutsche Kultur aufgezwungen hätten, dürfte auch von einem Triumphe der deutschen Kultur die Rede sein. Inzwischen beachten wir, dass wir von Paris nach wie vor in allen Angelegenheiten der Form abhängen – und abhängen müssen: denn bis jetzt giebt es keine deutsche originale Kultur.

Dies sollten wir alle von uns selbst wissen: zu dem hat es Einer von den Wenigen, die ein Recht hatten, es im Tone des Vorwurfs den Deutschen zu sagen, auch öffentlich verrathen. "Wir Deutsche sind von gestern, sagte Goethe einmal zu Eckermann, wir haben zwar seit einem Jahrhundert ganz tüchtig kultivirt, allein es können noch ein paar Jahrhunderte hingehen, ehe bei unseren Landsleuten so viel Geist und höhere Kultur eindringe und allgemein werde, dass man von ihnen wird sagen können, es sei lange her, dass sie Barbaren gewesen."

2.

Wenn aber unser öffentliches und privates Leben so ersichtlich nicht mit dem Gepräge einer productiven und stilvollen Kultur bezeichnet ist, wenn noch dazu unsere grossen Künstler diese ungeheure und für ein begabtes Volk tief beschämende Thatsache mit dem ernstesten Nachdruck und mit der Ehrlichkeit, die der Grösse zu eigen ist, eingestanden haben und eingestehen, wie ist es dann doch möglich, dass unter den deutschen Gebildeten trotzdem die grösste Zufriedenheit herrscht: eine Zufriedenheit, die, seit dem letzten Kriege, sogar fortwährend sich bereit zeigt, in übermüthiges Jauchzen auszubrechen und zum Triumphe zu werden. Man lebt jedenfalls in dem Glauben, eine ächte Kultur zu haben: der ungeheure Kontrast dieses zufriedenen, ja triumphirenden Glaubens und eines offenkundigen Defektes scheint nur noch den Wenigsten und Seltensten überhaupt bemerkbar zu sein. Denn alles, was mit der öffentlichen Meinung meint, hat sich die Augen verbunden und die Ohren verstopft – jener Kontrast soll nun einmal nicht da sein. Wie ist dies möglich? Welche Kraft ist so mächtig, ein solches "Soll nicht" vorzuschreiben? Welche Gattung von Menschen muss in Deutschland zur Herrschaft gekommen sein, um so starke und einfache Gefühle verbieten oder doch ihren Ausdruck verhindern zu können? Diese Macht, diese Gattung von Menschen will ich bei Namen nennen – es sind die Bildungsphilister.

Das Wort Philister ist bekanntlich dem Studentenleben entnommen und bezeichnet in seinem weiteren, doch ganz populären Sinne den Gegensatz des Musensohnes, des Künstlers, des ächten Kulturmenschen. Der Bildungsphilister aber – dessen Typus zu studiren, dessen Bekenntnisse, wenn er sie macht, anzuhören jetzt zur leidigen Pflicht wird – unterscheidet sich von der allgemeinen Idee der Gattung "Philister" durch Einen Aberglauben: er wähnt selber Musensohn und Kulturmensch zu sein; ein unbegreiflicher Wahn, aus dem hervorgehe, dass er gar nicht weiss, was der Philister und was sein Gegensatz ist: weshalb wir uns nicht wundern werden, wenn er meistens es feierlich verschwört, Philister zu sein. Er fühlt sich, bei diesem Mangel jeder Selbsterkenntniss, fest überzeugt, dass seine "Bildung" gerade der satte Ausdruck der rechten deutschen Kultur sei: und da er überall Gebildete seiner Art vorfindet, und alle öffentlichen Institutionen, Schul- Bildungs- und Kunstanstalten gemäss seiner Gebildetheit und nach seinen Bedürfnissen eingerichtet sind, so trägt er auch überallhin das siegreiche Gefühl mit sich herum, der würdige Vertreter der jetzigen deutschen Kultur zu sein und macht dem entsprechend seine Forderungen und Ansprüche. Wenn nun die wahre Kultur jedenfalls Einheit des Stiles voraussetzt, und selbst eine schlechte und entartete Kultur nicht ohne die zur Harmonie Eines Stiles zusammenlaufende Mannigfaltigkeit gedacht werden darf, so mag wohl die Verwechselung in jenem Wahne des Bildungsphilisters daher rühren, dass er überall das gleichförmige Gepräge seiner selbst wiederfindet und nun aus diesem gleichförmigen Gepräge aller "Gebildeten" auf eine Stileinheit der deutschen Bildung, kurz auf eine Kultur schliesst.

Er nimmt um sich herum lauter gleiche Bedürfnisse und ähnliche Ansichten wahr; wohin er tritt, umfängt ihn auch sofort das Band einer stillschweigenden Convention über viele Dinge, besonders in Betreff der Religions- und der Kunstangelegenheiten: diese imponirende Gleichartigkeit, dieses nicht befohlene und doch sofort losbrechende tutti unisono verführt ihn zu dem Glauben, dass hier eine Kultur walten möge. Aber die systematische und zur Herrschaft gebrachte Philisterei ist deshalb, weil sie System hat, noch nicht Kultur und nicht einmal schlechte Kultur, sondern immer nur das Gegenstück derselben, nämlich dauerhaft begründete Barbarei. Denn alle jene Einheit des Gepräges, die uns bei jedem Gebildeten der deutschen Gegenwart so gleichmässig in die Augen fällt, wird Einheit nur durch das bewusste oder unbewusste Ausschliessen und Negiren aller künstlerisch produktiven Formen und Forderungen eines wahren Stils. Eine unglückliche Verdrehung muss im Gehirne des gebildeten Philisters vor sich gegangen sein: er hält gerade das, was die Kultur verneint, für die Kultur, und da er consequent verfährt, so bekommt er endlich eine zusammenhängende Gruppe von solchen Verneinungen, ein System der Nicht-Kultur, der man selbst eine gewisse "Einheit des Stils" zugestehen dürfte, falls es nämlich noch einen Sinn hat, von einer stilisirten Barbarei zu reden. Ist ihm die Entscheidung frei gegeben zwischen einer stilgemässen Handlung und einer entgegengesetzten, so greift er immer nach der letzteren, und weil er immer nach ihr greift, so ist allen seinen Handlungen ein negativ gleichartiges Gepräge aufgedrückt. An diesem gerade erkennt er den Charakter der von ihm patentirten "deutschen Kultur": an der

Nichtübereinstimmung mit diesem Gepräge misst er das ihm Feindselige und Widerstrebende. Der Bildungsphilister wehrt in solchem Falle nur ab, verneint, sekretirt, verstopft sich die Ohren, sieht nicht hin, er ist ein negatives Wesen, auch in seinem Hasse und seiner Feindschaft. Er hasst aber keinen mehr als den, der ihn als Philister behandelt und ihm sagt, was er ist: das Hinderniss aller Kräftigen und Schaffenden, das Labyrinth aller Zweifelnden und Verirrten, der Morast aller Ermatteten, die Fussfessel aller nach hohen Zielen Laufenden, der giftige Nebel aller frischen Keime, die ausdorrende Sandwüste des suchenden und nach neuem Leben lechzenden deutschen Geistes. Denn er sucht, dieser deutsche Geist! und ihr hasst ihn deshalb, weil er sucht, und weil er euch nicht glauben will, dass ihr schon gefunden habt, wonach er sucht. Wie ist es nur möglich, dass ein solcher Typus, wie der des Bildungsphilisters, entstehen und, falls er entstand, zu der Macht eines obersten Richters über alle deutschen Kulturprobleme heranwachsen konnte, wie ist dies möglich, nachdem an uns eine Reihe von grossen heroischen Gestalten vorübergegangen ist, die in allen ihren Bewegungen, ihrem ganzen Gesichtsausdrucke, ihrer fragenden Stimme, ihrem flammenden Auge nur Eins verriethen: dass sie Suchende waren, und dass sie eben das inbrünstig und mit ernster Beharrlichkeit suchten, was der Bildungsphilister zu besitzen wähnt: die ächte ursprüngliche deutsche Kultur. Giebt es einen Boden, schienen sie zu fragen, der so rein, so unberührt, von so jungfräulicher Heiligkeit ist, dass auf ihm und auf keinem anderen der deutsche Geist sein Haus baue? So fragend zogen sie durch die Wildniss und das Gestrüpp elender Zeiten und enger Zustände, und als Suchende entschwanden sie unseren Blicken: so dass Einer von ihnen, für Alle, im hohen Alter sagen konnte: "ich habe es mir ein halbes Jahrhundert lang sauer genug werden lassen und mir keine Erholung gegönnt, sondern immer gestrebt und geforscht und gethan, so gut und so viel ich konnte."

Was urtheilt aber unsere Philisterbildung über diese Suchenden? Sie nimmt sie einfach als Findende und scheint zu vergessen, dass jene selbst sich nur als Suchende fühlten. Wir haben ja unsere Kultur, heisst es dann, denn wir haben ja unsere "Klassiker", das Fundament ist nicht nur da, nein auch der Bau steht schon auf ihm gegründet – wir selbst sind dieser Bau. Dabei greift der Philister an die eigene Stirn.

Um aber unsere Klassiker so falsch beurtheilen und so beschimpfend ehren zu können, muss man sie gar nicht mehr kennen: und dies ist die allgemeine Thatsache. Denn sonst müsste man wissen, dass es nur Eine Art giebt, sie zu ehren, nämlich dadurch, dass man fortfährt, in ihrem Geiste und mit ihrem Muthe zu suchen und dabei nicht müde wird. Dagegen ihnen das so nachdenkliche Wort "Klassiker" anzuhängen und sich von Zeit zu Zeit einmal an ihren Werken zu "erbauen", das heisst, sich jenen matten und egoistischen Regungen überlassen, die unsere Concertsäle und Theaterräume jedem Bezahlenden versprechen, auch wohl Bildsäulen stiften und mit ihrem Namen Feste und Vereine bezeichnen – das alles sind nur klingende Abzahlungen, durch die der Bildungsphilister sich mit ihnen auseinandersetzt, um im Uebrigen sie nicht mehr zu kennen, und um vor allem nicht nachfolgen und weiter suchen zu müssen. Denn: es darf nicht mehr gesucht werden; das ist die Philisterlosung.

Diese Losung hatte einst einen gewissen Sinn: damals als in dem ersten Jahrzehnt dieses Jahrhunderts in Deutschland ein so mannigfaches und verwirrendes Suchen, Experimentiren, Zerstören, Verheissen, Ahnen, Hoffen begann und durcheinander wogte, dass dem geistigen Mittelstande mit Recht bange um sich selbst werden musste. Mit Recht lehnte er damals das Gebräu phantastischer und sprachverrenkender Philosophien und schwärmerisch-zweckbewusster Geschichtsbetrachtung, den Carneval aller Götter und Mythen, den die Romantiker zusammenbrachten, und die im Rausch ersonnenen dichterischen Moden und Tollheiten achselzuckend ab, mit Recht, weil der Philister nicht einmal zu einer Ausschweifung das Recht hat. Er benutzte aber die Gelegenheit, mit jener Verschmitztheit geringerer Naturen, das Suchen überhaupt zu verdächtigen und zum bequemen Finden aufzufordern. Sein Auge erschloss sich für das Philisterglück: aus alle dem wilden Experimentiren rettete er sich in's Idyllische und setzte dem unruhig schaffenden Trieb des Künstlers ein gewisses Behagen entgegen, ein Behagen an der eigenen Enge, der eigenen Ungestörtheit, ja an der eigenen Beschränktheit. Sein langgestreckter Finger wies, ohne jede unnütze Verschämtheit, auf alle verborgenen und heimlichen Winkel seines Lebens, auf die vielen rührenden und naiven Freuden, welche in der kümmerlichsten Tiefe der unkultivirten Existenz und gleichsam auf dem Moorgrunde des Philisterdaseins als bescheidene Blumen aufwuchsen.

Es fanden sich eigene darstellende Talente, welche das Glück, die Heimlichkeit, die Alltäglichkeit, die bäuerische Gesundheit und alles Behagen, welches über Kinder- Gelehrten- und Bauernstuben ausgebreitet ist, mit zierlichem Pinsel nachmalten. Mit solchen Bilderbüchern der Wirklichkeit in den Händen suchten die Behaglichen nun auch ein für alle mal ein Abkommen mit den bedenklichen Klassikern und den von ihnen ausgehenden

Aufforderungen zum Weitersuchen zu finden; sie erdachten den Begriff des Epigonen-Zeitalters, nur um Ruhe zu haben und bei allem unbequemen Neueren sofort mit dem ablehnenden Verdikt "Epigonenwerk" bereit sein zu können. Eben diese Behaglichen bemächtigten sich zu demselben Zwecke, um ihre Ruhe zu garantiren, der Geschichte, und suchten alle Wissenschaften, von denen etwa noch Störungen der Behaglichkeit zu erwarten waren, in historische Disciplinen umzuwandeln, zumal die Philosophie und die klassische Philologie. Durch das historische Bewusstsein retteten sie sich vor dem Enthusiasmus - denn nicht mehr diesen sollte die Geschichte erzeugen, wie doch Goethe vermeinen durfte: sondern gerade die Abstumpfung ist jetzt das Ziel dieser unphilosophischen Bewunderer des nil admirari, wenn sie alles historisch zu begreifen suchen. Während man vorgab, den Fanatismus und die Intoleranz in jeder Form zu hassen, hasste man im Grunde den dominirenden Genius und die Tyrannis wirklicher Kulturforderungen; und deshalb wandte man alle Kräfte darauf hin, überall dort zu lähmen, abzustumpfen oder aufzulösen, wo etwa frische und mächtige Bewegungen zu erwarten standen. Eine Philosophie, die unter krausen Schnörkeln das Philisterbekenntniss ihres Urhebers koïsch verhüllte, erfand noch dazu eine Formel für die Vergötterung der Alltäglichkeit: sie sprach von der Vernünftigkeit alles Wirklichen und schmeichelte sich damit bei dem Bildungsphilister ein, der auch krause Schnörkeleien liebt, vor allem aber sich allein als wirklich begreift und seine Wirklichkeit, als das Maass der Vernunft in der Welt behandelt. Er erlaubte jetzt jedem und sich selbst, etwas nachzudenken, zu forschen, zu ästhetisiren, vor allem zu dichten und zu musiciren, auch Bilder zu machen, sowie ganze Philosophien: nur musste um Gotteswillen bei uns alles beim Alten bleiben, nur durfte um keinen Preis an dem "Vernünftigen" und an dem "Wirklichen", das heisst an dem Philister gerüttelt werden. Dieser hat es zwar ganz gern, von Zeit zu Zeit sich den anmuthigen und verwegenen Ausschreitungen der Kunst und einer skeptischen Historiographie zu überlassen und schätzt den Reiz solcher Zerstreuungs- und Unterhaltungsobjecte nicht gering: aber er trennt streng den "Ernst des Lebens", soll heissen den Beruf, das Geschäft, sammt Weib und Kind, ab von dem Spass; und zu letzterem gehört ungefähr alles, was die Kultur betrifft. Daher wehe einer Kunst, die selbst Ernst zu machen anfängt und Forderungen stellt, die seinen Erwerb, sein Geschäft und seine Gewohnheiten, das heisst also seinen Philisterernst antasten - von einer solchen Kunst wendet er die Augen ab, als ob er etwas Unzüchtiges sähe, und warnt mit der Miene eines Keuschheitswächters jede schutzbedürftige Tugend, nur ja nicht hinzusehen.

Zeigt er sich so beredt im Abrathen, so ist er dankbar gegen den Künstler, der auf ihn hört und sich abrathen lässt, ihm giebt er zu verstehen, dass man es mit ihm leichter und lässiger nehmen wolle und dass man von ihm, dem bewährten Gesinnungsfreunde, gar keine sublimen Meisterwerke fordere, sondern nur zweierlei: entweder Nachahmung der Wirklichkeit bis zum Aeffischen, in Idyllen oder sanftmüthigen humoristischen Satiren, oder freie Copien der anerkanntesten und berühmtesten Werke der Klassiker, doch mit verschämten Indulgenzen an den Zeitgeschmack. Wenn er nämlich nur die epigonenhafte Nachahmung oder die ikonische Portraittreue des Gegenwärtigen schätzt, so weiss er, dass die letztere ihn selbst verherrlicht und das Behagen am "Wirklichen" mehrt, die erstere ihm nicht schadet, sogar seinem Ruf als dem eines klassischen Geschmacksrichters förderlich ist, und im Uebrigen keine neue Mühe macht, weil er sich bereits mit den Klassikern selbst ein- für allemal abgefunden hat. Zuletzt erfindet er noch für seine Gewöhnungen, Betrachtungsarten, Ablehnungen und Begünstigungen die allgemein wirksame Formel "Gesundheit" und beseitigt mit der Verdächtigung, krank und überspannt zu sein, jeden unbequemen Störenfried. So redet David Strauss, ein rechter satisfait unsrer Bildungszustände und typischer Philister, einmal mit charakteristischer Redewendung von "Arthur Schopenhauers zwar durchweg geistvollem, doch vielfach ungesundem und unerspriesslichem Philosophiren." Es ist nämlich eine fatale Thatsache, dass sich "der Geist" mit besonderer Sympathie auf die "Ungesunden und Unerspriesslichen". niederzulassen pflegt, und dass selbst der Philister, wenn er einmal ehrlich gegen sich ist, bei den Philosophemen, die seines Gleichen zur Welt und zu Markte bringt, so etwas empfindet von vielfach geistlosem, doch durchweg gesundem und erspriesslichem Philosophiren.

Hier und da werden nämlich die Philister, vorausgesetzt, dass sie unter sich sind, des Weines pflegen und der grossen Kriegsthaten gedenken, ehrlich, redselig und naiv; dann kommt mancherlei an's Licht, was sonst ängstlich verborgen wird, und gelegentlich plaudert selbst Einer die Grundgeheimnisse der ganzen Brüderschaft aus. Einen solchen Moment hat ganz neuerdings einmal ein namhafter Aesthetiker aus der Hegel'schen Vernünftigkeits-Schule gehabt. Der Anlass war freilich ungewöhnlich genug: man feierte im lauten Philisterkreise das Andenken eines wahren und ächten Nicht-Philisters, noch dazu eines solchen, der im allerstrengsten Sinne des Wortes an den Philistern zu Grunde gegangen ist: das Andenken des herrlichen Hölderlin, und der bekannte

Aesthetiker hatte deshalb ein Recht, bei dieser Gelegenheit von den tragischen Seelen zu reden, die an der "Wirklichkeit" zu Grunde gehen, das Wort Wirklichkeit nämlich in jenem erwähnten Sinne als Philister-Vernunft verstanden. Aber die "Wirklichkeit" ist eine andere geworden: die Frage mag gestellt werden, ob sich Hölderlin wohl in der gegenwärtigen grossen Zeit zurecht finden würde. "Ich weiss nicht", sagt Fr. Vischer, "ob seine weiche Seele so viel Rauhes, das an jedem Kriege ist, ob sie soviel des Verdorbenen ausgehalten hätte, das wir nach dem Kriege auf den verschiedensten Gebieten fortschreiten sehen. Vielleicht wäre er wieder in die Trostlosigkeit zurückgesunken. Er war eine der unbewaffneten Seelen, er war der Werther Griechenlands, ein hoffnungslos Verliebter; es war ein Leben voll Weichheit und Sehnsucht, aber auch Kraft und Inhalt war in seinem Willen und Grösse, Fülle und Leben in seinem Stil, der da und dort sogar an Aeschylus gemahnt. Nur hatte sein Geist zu wenig vom Harten; es fehlte ihm als Waffe der Humor; er konnte es nicht ertragen, dass man noch kein Barbar ist, wenn man ein Philister ist." Dieses letzte Bekenntniss, nicht die süssliche Beileidsbezeigung des Tischredners geht uns etwas an. Ja, man giebt zu, Philister zu sein, aber Barbar! Um keinen Preis. Der arme Hölderlin hat leider nicht so fein unterscheiden können. Wenn man freilich bei dem Worte Barbarei an den Gegensatz der Civilisation und vielleicht gar an Seeräuberei und Menschenfresser denkt, so ist jene Unterscheidung mit Recht gemacht: aber ersichtlich will der Aesthetiker uns sagen: man kann Philister sein und doch Kulturmensch – darin liegt der Humor, der dem armen Hölderlin fehlte, an dessen Mangel er zu Grunde ging.

Bei dieser Gelegenheit entfiel dem Redner noch ein zweites Geständniss: "Es ist nicht immer Willenskraft, sondern Schwachheit, was uns über die von den tragischen Seelen so tief gefühlte Begierde zum Schönen hinüberbringt" – so ungefähr lautete das Bekenntniss, abgelegt im Namen der versammelten "Wir", das heisst der "Hinübergebrachten", der durch Schwachheit "Hinübergebrachten"! Begnügen wir uns mit diesen Geständnissen! Jetzt wissen wir ja Zweierlei durch den Mund eines Eingeweihten: einmal, dass diese "Wir" über die Sehnsucht zum Schönen wirklich hinweg- , ja sogar hinübergebracht sind, und zweitens: durch Schwachheit! Eben diese Schwachheit hatte sonst in weniger indiskreten Momenten einen schöneren Namen: es war die berühmte "Gesundheit" der Bildungsphilister. Nach dieser allerneuesten Belehrung möchte es sich aber empfehlen, nicht mehr von ihnen, als den "Gesunden" zu reden, sondern von den Schwächlichen oder mit Steigerung, von den

Schwachen. Wenn diese Schwachen nur nicht die Macht hätten! Was kann es sie angehen, wie man sie nennt! Denn sie sind die Herrschenden, und das ist kein rechter Herrscher, der nicht einen Spottnamen vertragen kann. Ja wenn man nur die Macht hat, lernt man wohl gar über sich selbst zu spotten. Es kommt dann nicht viel darauf an, ob man sich eine Blösse giebt: denn was bedeckt nicht der Purpur! was nicht der Triumphmantel! Die Stärke des Bildungsphilisters kommt an's Licht, wenn er seine Schwachheit eingesteht: und je mehr und je cynischer er eingesteht, um so deutlicher verräth sich, wie wichtig er sich nimmt und wie überlegen er sich fühlt. Es ist die Periode der cynischen Philisterbekenntnisse. Wie Friedrich Vischer mit einem Worte, so hat David Strauss mit einem Buche Bekenntnisse gemacht: und cynisch ist jenes Wort und dieses Bekenntnissbuch.

3.

Auf doppelte Weise macht David Strauss über jene Philister-Bildung Bekenntnisse, durch das Wort und durch die That, nämlich durch das Wort des Bekenners und die That des Schriftstellers. Sein Buch mit dem Titel "der alte und der neue Glaube" ist einmal durch seinen Inhalt und sodann als Buch und schriftstellerisches Product eine ununterbrochene Confession; und schon darin, dass er sich erlaubt, öffentlich Confessionen über seinen Glauben zu machen, liegt eine Confession. – Das Recht, nach seinem vierzigsten Jahre seine Biographie zu schreiben, mag Jeder haben: denn auch der Geringste kann etwas erlebt und in grösserer Nähe gesehen haben, was dem Denker werthvoll und beachtenswerth ist. Aber ein Bekenntniss über seinen Glauben abzulegen, muss als unvergleichlich anspruchsvoller gelten: weil es voraussetzt, dass der Bekennende nicht nur auf das, was er während seines Daseins erlebt oder erforscht oder gesehen hat, Werth legt, sondern sogar auf das, was er geglaubt hat. Nun wird der eigentliche Denker zu allerletzt zu wissen wünschen, was Alles solche Straussennaturen als ihren Glauben vertragen, und was sie über Dinge in sich "halbträumerisch zusammengedacht haben" (p. 10), über die nur der zu reden ein Recht hat, der von ihnen aus erster Hand weiss. Wer hätte ein Bedürfniss nach dem Glaubensbekenntnisse eines Ranke oder Mommsen, die übrigens noch ganz andere Gelehrte und Historiker sind, als David Strauss es war: die aber doch, sobald sie uns von ihrem Glauben und nicht von ihren wissenschaftlichen Erkenntnissen unterhalten wollten, in ärgerlicher Weise ihre Schranken überschreiten würden. Dies aber thut Strauss, wenn er von seinem Glauben erzählt. Niemand hat ein Verlangen, darüber etwas zu wissen, als vielleicht einige bornirte Widersacher der Straussischen Erkenntnisse, die hinter denselben wahrhaft satanische Glaubenssätze wittern und es wünschen müssen, dass Strauss durch Kundgebung solcher satanischer Hintergedanken seine gelehrten Behauptungen compromittire. Vielleicht haben diese groben Burschen sogar bei dem neuen Buche ihre Rechnung gefunden; wir Anderen, die wir solche satanische Hintergedanken zu wittern keinen Anlass hatten, haben auch nichts der Art gefunden und würden sogar, wenn es ein wenig satanischer zuginge, keineswegs unzufrieden sein. Denn so wie Strauss von seinem neuen Glauben redet, redet gewiss kein böser Geist: aber überhaupt kein Geist, am wenigsten ein wirklicher Genius. Sondern so reden allein jene Menschen, welche Strauss als seine "Wir" uns vorstellt, und die uns, wenn sie uns ihren Glauben erzählen noch mehr langweilen, als wenn sie uns ihre Träume erzählen mögen sie nun "Gelehrte oder Künstler, Beamte oder Militärs, Gewerbtreibende oder Gutsbesitzer sein und zu Tausenden und nicht als die Schlechtesten im Lande leben." Wenn sie nicht die Stillen von der Stadt und vom Lande bleiben wollen, sondern mit Bekenntnissen laut werden, so vermöchte auch der Lärm ihres Unisono nicht über die Armuth und Gemeinheit der Melodie, die sie absingen, zu täuschen. Wie kann es uns günstiger stimmen, zu hören, dass ein Bekenntniss von Vielen getheilt wird, wenn es der Art ist, dass wir jeden Einzelnen dieser Vielen, der sich anschickte, uns dasselbe zu erzählen, nicht ausreden lassen, sondern gähnend unterbrechen würden. Hast du einen solchen Glauben, müssten wir ihn bescheiden, so verrathe um Gotteswillen nichts davon. Vielleicht haben früher einige Harmlose in David Strauss einen Denker gesucht: jetzt haben sie den Gläubigen gefunden und sind enttäuscht. Hätte er geschwiegen, so wäre er, für diese wenigstens, der Philosoph geblieben, während er es jetzt für Keinen ist. Aber es gelüstet ihn auch nicht mehr nach der Ehre des Denkers; er will nur ein neuer Gläubiger sein und ist stolz auf seinen "neuen Glauben." Ihn schriftlich bekennend vermeint er, den Katechismus "der modernen Ideen" zu schreiben und die breite "Weltstrasse der Zukunft" zu bauen. In der That, verzagt und verschämt sind unsere Philister nicht mehr, wohl aber zuversichtlich bis zum Cynismus. Es gab eine Zeit, und sie ist freilich fern, in welcher der Philister eben geduldet wurde als etwas, das nicht sprach, und über das man nicht sprach: es gab wieder eine Zeit, in der man ihm die Runzeln streichelte, ihn drollig fand und von ihm sprach. Dadurch wurde er allmählich zum Gecken und begann sich seiner Runzeln und seiner querköpfig-biederen Eigenthümlichkeiten recht von Herzen zu erfreuen: nun redete er selbst, etwa in Riehlscher Hausmusik-Manier. "Aber was muss ich sehen! Ist es Schatten! ist's Wirklichkeit? Wie wird mein Pudel lang und breit!" Denn jetzt wälzt er sich bereits wie ein Nilpferd auf der "Weltstrasse der Zukunft" hin, und aus dem Knurren und Bellen ist ein stolzer Religionsstifter-Ton geworden. Beliebt Ihnen vielleicht, Herr Magister, die Religion der Zukunft zu gründen? "Die Zeit scheint mir noch nicht gekommen (p. 8). Es fällt mir nicht einmal ein, irgend eine Kirche zerstören zu wollen." – Aber warum nicht, Herr Magister? Es kommt nur darauf an, dass man's kann. Uebrigens, ehrlich gesprochen, Sie glauben selbst daran, dass Sie es können: sehen Sie nur Ihre letzte Seite an. Dort wissen Sie ja, dass Ihre neue Strasse "einzig die Weltstrasse der Zukunft ist, die nur stellenweise vollends fertig gemacht und hauptsächlich allgemeiner befahren zu werden braucht, um auch bequem und angenehm zu werden." Leugnen Sie nun nicht länger: der Religionsstifter ist erkannt, die neue, bequeme und angenehme Fahrstrasse zum Straussischen Paradies gebaut. Nur mit dem Wagen, in dem Sie uns kutschiren wollen, Sie bescheidener Mann, sind Sie nicht recht zufrieden; Sie sagen uns schliesslich "dass der Wagen, dem sich meine werthen Leser mit mir haben anvertrauen müssen, allen Anforderungen entspräche, will ich nicht behaupten" (p. 367): "durchaus fühlt man sich übel zerstossen." Ach, Sie wollen etwas Verbindliches hören, Sie galanter Religionsstifter. Aber wir wollen Ihnen etwas Aufrichtiges sagen. Wenn Ihr Leser die 368 Seiten Ihres Religionskatechismus nur so sich verordnet, dass er jeden Tag des Jahres eine Seite liest, also in allerkleinsten Dosen, so glauben wir selbst, dass er sich zuletzt übel befindet: aus Aerger nämlich, dass die Wirkung ausbleibt. Vielmehr herzhaft geschluckt! möglichst viel auf einmal! wie das Recept bei allen zeitgemässen Büchern lautet. Dann kann der Trank nichts schaden, dann fühlt sich der Trinker hinterdrein keineswegs übel und ärgerlich, sondern lustig und gut gelaunt, als ob nichts geschehen, keine Religion zerstört, keine Weltstrasse gebaut, kein Bekenntniss gemacht wäre – das nenne ich doch eine Wirkung! Arzt und Arzenei und Krankheit, alles vergessen! Und das fröhliche Lachen! Der fortwährende Kitzel zum Lachen! Sie sind zu beneiden, mein Herr, denn Sie haben die angenehmste Religion gegründet, die nämlich, deren Stifter fortwährend dadurch geehrt wird, dass man ihn auslacht.

4.

Der Philister als der Stifter der Religion der Zukunft – das ist der neue Glaube in seiner eindrucksvollsten Gestalt; der zum Schwärmer gewordene Philister – das ist das unerhörte Phänomen, das unsere deutsche Gegenwart auszeichnet. Bewahren wir uns aber vorläufig auch in Hinsicht auf diese Schwärmerei einen Grad von Vorsicht: hat doch kein Anderer als David Strauss uns eine solche

Vorsicht in folgenden weisen Sätzen angerathen, bei denen wir freilich zunächst nicht an Strauss, sondern an den Stifter des Christenthums denken sollen, (p. 80) "wir wissen: es hat edle, hat geistvolle Schwärmer gegeben, ein Schwärmer kann anregen, erheben, kann auch historisch sehr nachhaltig wirken; aber zum Lebensführer werden wir ihn nicht wählen wollen. Er wird uns auf Abwege führen, wenn wir seinen Einfluss nicht unter die Controle der Vernunft stellen." Wir wissen noch mehr, es kann auch geistlose Schwärmer geben, Schwärmer, die nicht anregen, nicht erheben und die sich doch Aussicht machen, als Lebensführer historisch sehr nachhaltig zu wirken und die Zukunft zu beherrschen: um wie viel mehr sind wir aufgefordert ihre Schwärmerei unter die Controle der Vernunft zu stellen. Lichtenberg meint sogar: "es giebt Schwärmer ohne Fähigkeit und dann sind sie wirklich gefährliche Leute." Einstweilen begehren wir, dieser Vernunft-Controle halber, nur eine ehrliche Antwort auf drei Fragen. Erstens: wie denkt sich der Neugläubige seinen Himmel? Zweitens: wie weit reicht der Muth, den ihm der neue Glaube verleiht? und drittens: wie schreibt er seine Bücher? Strauss, der Bekenner, soll uns die erste und zweite Frage, Strauss, der Schriftsteller, die dritte beantworten.

Der Himmel des Neugläubigen muss natürlich ein Himmel auf Erden sein: denn der christliche "Ausblick auf ein unsterbliches, himmlisches Leben ist, sammt den anderen Tröstungen für den, der "nur mit einem Fusse" auf dem Straussischen Standpunkt steht, "unrettbar dahingefallen" (p. 364). Es will etwas besagen, wenn sich eine Religion ihren Himmel so oder so ausmalt: und sollte es wahr sein, dass das Christenthum keine andere himmlische Beschäftigung kennt, als Musiciren und Singen, so mag dies freilich für den Straussischen Philister keine tröstliche Aussicht sein. Es giebt aber in dem Bekenntnissbuche eine paradiesische Seite, die Seite 294: dieses Pergamen lass' dir vor allem entrollen, beglücktester Philister! Da steigt der ganze Himmel zu dir nieder. "Wir wollen nur noch andeuten, wie wir es treiben", sagt Strauss, "schon lange Jahre her getrieben haben. Neben unserem Berufe – denn wir gehören den verschiedensten Berufsarten an, sind keineswegs bloss Gelehrte oder Künstler, sondern Beamte und Militärs, Gewerbtreibende und Gutsbesitzer, und noch einmal, wie schon gesagt, wir sind unserer nicht wenige, sondern viele Tausende und nicht die Schlechtesten in allen Landen – neben unserem Berufe, sage ich, suchen wir uns den Sinn möglichst offen zu erhalten für alle höheren Interessen der Menschheit: wir haben während der letzten Jahre lebendigen Antheil genommen an dem grossen nationalen Krieg und der Aufrichtung des deutschen

Staats, und wir finden uns durch diese so unerwartete als herrliche Wendung der Geschicke unsrer vielgeprüften Nation im Innersten erhoben. Dem Verständniss dieser Dinge helfen wir durch geschichtliche Studien nach, die jetzt mittelst einer Reihe anziehend und volksthümlich geschriebener Geschichtswerke auch dem Nichtgelehrten leicht gemacht sind, dabei suchen wir unsere Naturkenntnisse zu erweitern, wozu es an gemeinverständlichen Hülfsmitteln gleichfalls nicht fehlt; und endlich finden wir in den Schriften unsrer grossen Dichter, bei den Aufführungen der Werke unserer grossen Musiker eine Anregung für Geist und Gemüth, für Phantasie und Humor, die nichts zu wünschen übrig lässt. So leben wir, so wandeln wir beglückt."

Das ist unser Mann, jauchzt der Philister, der dies liest: denn so leben wir wirklich, so leben wir alle Tage. Und wie schön er die Dinge zu umschreiben weiss! Was kann er zum Beispiel unter den geschichtlichen Studien, mit denen wir dem Verständnisse der politischen Lage nachhelfen, mehr verstehen, als die Zeitungslectüre, was unter dem lebendigen Antheil an der Aufrichtung des deutschen Staates, als unsere täglichen Besuche im Bierhaus? und sollte nicht ein Spaziergang im zoologischen Garten das gemeinte "gemeinverständliche Hülfsmittel" sein, durch das wir unsere Naturkenntniss erweitern? Und zum Schluss – Theater und Concert, von denen wir "Anregungen für Phantasie und Humor" mit nach Hause bringen, die "nichts zu wünschen übrig lassen" – wie würdig und witzig er das Bedenkliche sagt! Das ist unser Mann; denn sein Himmel ist unser Himmel!

So jauchzt der Philister: und wenn wir nicht so zufrieden sind, wie er, so liegt es daran, dass wir noch mehr zu wissen wünschten. Scaliger pflegte zu sagen: "was geht es uns an, ob Montaigne rothen oder weissen Wein getrunken hat!" Aber wie würden wir in diesem wichtigeren Falle eine solche ausdrückliche Erklärung schätzen! Wie, wenn wir auch noch erführen, wie viel Pfeifen der Philister täglich nach der Ordnung des neuen Glaubens raucht, und ob ihm die Spenersche oder Nationalzeitung sympathischer bei dem Kaffee ist. Ungestilltes Verlangen unserer Wissbegierde! Nur in einem Puncte werden wir näher unterrichtet, und glücklicher Weise betrifft dieser Unterricht den Himmel im Himmel, nämlich jene kleinen ästhetischen Privatzimmerchen, die den grossen Dichtern und Musikern geweiht sind, und in denen der Philister sich "erbaut", in denen sogar, nach seinem Geständniss, "alle seine Flecken hinweggetilgt und abgewaschen werden" (p. 363); so dass wir jene Privatzimmerchen als kleine Lustrations-Badeanstalten zu betrachten hätten. "Doch das ist nur für flüchtige

Augenblicke, es geschieht und gilt nur im Reiche der Phantasie; sobald wir in die rauhe Wirklichkeit und das enge Leben zurückkehren, fällt auch die alte Noth von allen Seiten uns an" – so seufzt unser Magister. Benutzen wir aber die flüchtigen Augenblicke, die wir in jenen Zimmerchen weilen dürfen; die Zeit reicht gerade aus, das Idealbild des Philisters, das heisst den Philister, dem alle Flecken abgewaschen sind, und der jetzt ganz und gar reiner Philistertypus ist, von allen Seiten in Augenschein zu nehmen. In allem Ernste, lehrreich ist das, was sich hier bietet: möge Keiner, der überhaupt dem Bekenntnissbuche zum Opfer gefallen ist, diese beiden Zugaben mit den Ueberschriften "von unseren grossen Dichtern" und "von unseren grossen Musikern", ungelesen aus den Händen fallen lassen. Hier spannt sich der Regenbogen des neuen Bundes aus, und wer an ihm nicht seine Freude hat, "dem ist überhaupt nicht zu helfen, der ist" wie Strauss bei einer anderen Gelegenheit sagt, aber auch hier sagen könnte, "für unseren Standpunkt noch nicht reif." Wir sind eben im Himmel des Himmels. Der begeisterte Perieget schickt sich an, uns herumzuführen und entschuldigt sich, wenn er aus allzugrossem Vergnügen an alle dem Herrlichen wohl etwas zu viel reden werde. "Sollte ich vielleicht, sagt er uns, redseliger werden, als bei dieser Gelegenheit passend gefunden wird, so möge der Leser es mir zu Gute halten; wessen das Herz voll ist, davon geht der Mund über. Nur dessen sei er vorher noch versichert, dass, was er demnächst lesen wird, nicht etwa aus älteren Aufzeichnungen besteht, die ich hier einschalte, sondern dass es für den gegenwärtigen Zweck und für diese Stelle geschrieben ist" (p. 296). Dies Bekenntniss setzt uns einen Augenblick in Erstaunen. Was kann es uns angehen, ob die schönen Kapitelchen neu geschrieben sind! Ja, wenn es auf's Schreiben ankäme! Im Vertrauen, ich wollte, sie wären ein Viertel Jahrhundert früher geschrieben, dann wüsste ich doch, warum mir die Gedanken so verblichen vorkommen und warum sie den Geruch modernder Alterthümer an sich haben. Aber, dass etwas im Jahre 1872 geschrieben wird und im Jahre 1872 auch schon moderig riecht, bleibt mir bedenklich. Nehmen wir einmal an, dass jemand bei diesen Kapiteln und ihrem Geruche einschliefe – wovon würde er wohl träumen? Ein Freund hat mir's verrathen, denn er hat es erlebt. Er träumte von einem Wachsfigurenkabinet: die Klassiker standen da, aus Wachs und Perlen zierlich nachgemacht. Sie bewegten Arme und Augen, und eine Schraube im Innern knarrte dazu. Etwas Unheimliches sah er da, eine mit Bändchen und vergilbtem Papier behängte unförmliche Figur, der ein Zettel aus dem Munde hing, auf welchem "Lessing" stand; der Freund will näher hinzutreten und gewahrt das Schrecklichste, es ist die homerische Chimära, von vorn Strauss, von hinten Gervinus, in der Mitte Chimära – in summa Lessing. Diese Entdeckung erpresste ihm einen Angstschrei, er erwachte und las nicht weiter. Warum haben Sie doch, Herr Magister, so moderige Kapitelchen geschrieben!

Einiges Neue lernen wir zwar aus ihnen, zum Beispiel, dass man durch Gervinus wisse, wie und warum Goethe kein dramatisches Talent gewesen sei: dass Goethe im zweiten Theile des Faust nur ein allegorisch-schemenhaftes Produkt hervorgebracht habe, dass der Wallenstein ein Macbeth sei, der zugleich Hamlet ist, dass der Straussische Leser aus den Wanderjahren die Novellen herausklaubt, wie ungezogene Kinder die Rosinen und Mandeln aus einem zähen Kuchenteig, dass ohne das Drastische und Packende auf der Bühne keine volle Wirkung erreicht werde, und dass Schiller aus Kant wie aus einer Kaltwasseranstalt herausgetreten sei. Das ist freilich alles neu und auffallend, aber es gefällt uns nicht, ob es gleich auffällt; und so gewiss es neu ist, so gewiss wird es nie alt werden, weil es nie jung war, sondern als Grossonkel-Einfall aus dem Mutterleibe kam. Auf was für Gedanken kommen doch die Seligen neuen Stils in ihrem ästhetischen Himmelreich. Und warum haben sie nicht wenigstens einiges vergessen, wenn es nun einmal so unästhetisch, so irdisch vergänglich ist und noch dazu den Stempel des Albernen so sichtlich trägt, wie zum Beispiel einige Lehrmeinungen des Gervinus. Fast scheint es aber, als ob die bescheidene Grösse eines Strauss und die unbescheidene Minimität des Gervinus nur zu gut sich mit einander vertragen wollten: und Heil dann allen jenen Seligen, Heil auch uns Unseligen, wenn dieser unbezweifelte Kunstrichter seinen angelernten Enthusiasmus und seinen Miethpferde-Galopp, von dem mit geziemender Deutlichkeit der ehrliche Grillparzer geredet hat, nun auch wieder weiter lehrt und bald der ganze Himmel unter dem Hufschlag jenes galoppirenden Enthusiasmus wiederklingt! Dann wird es doch wenigstens etwas lebhafter und lauter zugehen als jetzt, wo uns die schleichende Filzsocken-Begeisterung unseres himmlischen Führers und die laulichte Beredsamkeit seines Mundes auf die Dauer müde und ekel machen. Ich möchte wissen, wie ein Hallelujah aus Straussens Munde klänge: ich glaube, man muss genau hinhören, sonst kann man glauben, eine höfliche Entschuldigung oder eine geflüsterte Galanterie zu hören. Ich weiss davon ein belehrendes und abschreckendes Beispiel zu erzählen. Strauss hat es einem seiner Widersacher schwer übel genommen, dass er von seinen Reverenzen vor Lessing redet – der Unglückliche hatte sich eben verhört! Strauss freilich behauptet, das müsse ein Stumpfsinniger sein, der seinen einfachen Worten über Lessing in No. 90 nicht anfühle, dass sie warm aus dem Herzen kommen. Ich zweifle nun an dieser Wärme durchaus nicht; im Gegentheil hat diese Wärme für Lessing bei Strauss mir immer etwas Verdächtiges gehabt; dieselbe verdächtige Wärme für Lessing finde ich, bis zur Erhitzung gesteigert, bei Gervinus; ja im Ganzen ist keiner der grossen deutschen Schriftsteller bei den kleinen deutschen Schriftstellern so populär, wie Lessing; und doch sollen sie keinen Dank dafür haben: denn was loben sie eigentlich an Lessing? Einmal seine Universalität: er ist Kritiker und Dichter, Archäolog und Philosoph, Dramaturg und Theolog. Sodann "diese Einheit des Schriftstellers und des Menschen, des Kopfes und des Herzens." Das Letztere zeichnet jeden grossen Schriftsteller, mitunter selbst einen kleinen aus, im Grunde verträgt sich sogar der enge Kopf zum Erschrecken gut mit einem engen Herzen. Und das Erstere, jene Universalität, ist an sich gar keine Auszeichnung, zumal sie in dem Falle Lessings nur eine Noth war. Vielmehr ist gerade dies das Wunderbare an jenen Lessing-Enthusiasten, dass sie eben für jene verzehrende Noth, die ihn durch das Leben und zu dieser "Universalität" trieb, keinen Blick haben, kein Gefühl, dass ein solcher Mensch wie eine Flamme zu geschwind abbrannte, keine Entrüstung dafür, dass die gemeinste Enge und Armseligkeit aller seiner Umgebungen und namentlich seiner gelehrten Zeitgenossen so ein zart erglühendes Wesen trübte, quälte, erstickte, so dass eben jene gelobte Universalität ein tiefes Mitleid erzeugen sollte. "Bedauert doch, ruft uns Goethe zu, den ausserordentlichen Menschen, dass er in einer so erbärmlichen Zeit leben, dass er immerfort polemisch wirken musste." Wie, Ihr, meine guten Philister, dürftet ohne Scham an diesen Lessing denken, der gerade an eurer Stumpfheit, im Kampf mit euren lächerlichen Klötzen und Götzen, unter dem Missstande eurer Theater, eurer Gelehrten, eurer Theologen zu Grunde ging, ohne ein einziges Mal jenen ewigen Flug wagen zu dürfen, zu dem er in die Welt gekommen war? Und was empfindet ihr bei Winckelmann's Angedenken, der, um seinen Blick von euren grotesken Albernheiten zu befreien, bei den Jesuiten um Hülfe betteln ging, und dessen schmählicher Uebertritt nicht ihn, sondern euch geschändet hat? Ihr dürftet gar Schillers Namen nennen, ohne zu erröthen? Seht sein Bild euch an! Das funkelnde Auge, das verächtlich über euch hinwegfliegt, diese tödtlich geröthete Wange, das sagt euch nichts? Da hattet ihr so ein herrliches, göttliches Spielzeug, das durch euch zerbrochen wurde. Und nehmt noch Goethes Freundschaft aus diesem verkümmerten, zu Tode gehetzten Leben heraus, an euch hätte es dann gelegen, es noch schneller erlöschen zu machen! Bei keinem Lebenswerk eurer grossen Genien habt ihr mitgeholfen, und jetzt wollt ihr ein Dogma daraus machen, dass keinem mehr geholfen werde? Aber bei jedem wart ihr jener "Widerstand der stumpfen Welt," den Göthe in seinem Epilog zur Glocke bei Namen nennt, für jeden wart ihr die verdrossenen Stumpfsinnigen oder die neidischen Engherzigen oder die boshaften Selbstsüchtigen: trotz euch schufen sie ihre Werke, gegen euch wandten sie ihre Angriffe, und Dank euch sanken sie zu früh, in unvollendeter Tagesarbeit, unter Kämpfen gebrochen oder betäubt, dahin. Und euch sollte es jetzt, tamquam re bene gesta, erlaubt sein, solche Männer zu loben! und dazu mit Worten, aus denen ersichtlich ist, an wen ihr im Grunde bei diesem Lobe denkt, und die deshalb "so warm aus dem Herzen dringen", dass einer freilich stumpfsinnig sein muss, um nicht zu merken, wem die Reverenzen eigentlich erwiesen werden. Wahrhaftig, wir brauchen einen Lessing, rief schon Göthe, und wehe allen eiteln Magistern und dem ganzen ästhetischen Himmelreich, wenn erst der junge Tiger, dessen unruhige Kraft überall in schwellenden Muskeln und im Blick des Auges sichtbar wird, auf Raub ausgeht!

5.

Wie klug war mein Freund, dass er, durch jene chimärische Spuk-Gestalt über den Straussischen-Lessing und über Strauss aufgeklärt, nicht mehr weiter lesen mochte. Wir selbst aber haben weiter gelesen und auch bei dem neugläubigen Thürhüter des musikalischen Heiligthums Einlass begehrt. Der Magister öffnet, geht neben her, erklärt, nennt Namen – endlich bleiben wir misstrauisch stehen und sehen ihn an: sollte es uns nicht ergangen sein, wie es dem armen Freunde im Traume ergangen ist? Die Musiker, von denen Strauss spricht, scheinen uns, so lange er davon spricht, falsch benannt zu sein, und wir glauben, dass von Anderen, wenn nicht gar von neckischen Phantomen die Rede sei. Wenn er zum Beispiel mit jener Wärme, die uns bei seinem Lobe Lessings verdächtig war, den Namen Haydn in den Mund nimmt und sich als Epopt und Priester eines Haydnischen Mysterienkultus gebärdet, dabei aber Haydn mit einer "ehrlichen Suppe", Beethoven mit "Confect" (und zwar in Hinblick auf die Quartettmusik) vergleicht (p. 362), so stehe für uns nur eins fest: sein Confect-Beethoven ist nicht unser Beethoven, und sein Suppen-Haydn ist nicht unser Haydn. Uebrigens findet der Magister unsere Orchester zu gut für den Vortrag seines Haydn und hält dafür, dass nur die bescheidensten Dilettanten jener Musik gerecht werden könnten – wiederum ein Beweis, dass er von einem anderen Künstler und von anderen Kunstwerken, vielleicht von Riehl'scher Hausmusik, redet.

Wer mag aber nur jener Straussische Confect-Beethoven sein? Er soll neun Symphonien gemacht haben, von denen die Pastorale "die wenigst geistreiche" sei; jedesmal bei der dritten, wie wir erfahren, drängte es ihn, "über den Strang zu schlagen und ein Abenteuer zu suchen", woraus wir fast auf ein Doppelwesen halb Pferd, halb Ritter, rathen dürften. In Betreff einer gewissen "Eroica" wird jenem Centauren ernstlich zugesetzt, dass es ihm nicht gelungen sei auszudrücken, "ob es sich von Kämpfen auf offenem Felde oder in den Tiefen der Menschenbrust handele". In der Pastorale gebe es einen "trefflich wüthenden Sturm", für den es doch "gar zu unbedeutend" sei, dass er einen Bauerntanz unterbräche; und so sei durch das "willkürliche Festbinden an dem untergelegten trivialen Anlass", wie die ebenso gewandte als correcte Wendung lautet, diese Symphonie "die wenigst geistreiche" – es scheint dem klassischen Magister sogar ein derberes Wort vorgeschwebt zu haben, aber er zieht vor, sich hier "mit gebührender Bescheidenheit", wie er sagt, auszudrücken. Aber nein, damit hat er einmal Unrecht, unser Magister, er ist hier wirklich zu bescheiden. Wer soll uns denn noch über den Confect-Beethoven belehren, wenn nicht Strauss selbst, der Einzige, der ihn zu kennen scheint? Ueberdies kommt jetzt sofort ein kräftiges und mit der gebührenden Unbescheidenheit gesprochenes Urtheil und zwar gerade über die neunte Symphonie: diese nämlich soll nur bei denen beliebt sein, welchen "das Barocke als das Geniale, das Formlose als das Erhabene gilt" (p. 359). Freilich habe sie ein so strenger Kriticus wie Gervinus willkommen geheissen, nämlich als Bestätigung einer Gervinusschen Doctrin: er, Strauss, sei weit entfernt, in so "problematischen Produkten" seines Beethoven Verdienst zu suchen. "Es ist ein Elend, ruft unser Magister mit zärtlichen Seufzern aus, dass man sich bei Beethoven den Genuss und die gern gezollte Bewunderung durch solcherlei Einschränkungen verkümmern muss." Unser Magister ist nämlich ein Liebling der Grazien; und diese haben ihm erzählt, dass sie nur eine Strecke weit mit Beethoven gingen, und dass er sie dann wieder aus dem Gesicht verliere. "Dies ist ein Mangel, ruft er aus; aber sollte man glauben, dass es wohl auch als ein Vorzug erscheint?" "Wer die musikalische Idee mühsam und ausser Athem daherwälzt, wird die schwerere zu bewegen und der stärkere zu sein scheinen" (p. 355, 356). Dies ist ein Bekenntniss, und zwar nicht nur über Beethoven, sondern ein Bekenntniss des "klassischen Prosaschreibers" über sich selbst: ihn, den berühmten Autor, lassen die Grazien nicht von der Hand: von dem Spiele leichter Scherze – nämlich Straussischer Scherze – bis zu den Höhen des Ernstes – nämlich des Straussischen Ernstes – bleiben sie unbeirrt ihm zur Seite. Er, der klassische Schreibekünstler, schiebt seine Last leicht und spielend, während sie Beethoven ausser Athem einherwälzt. Er scheint mit seinem Gewichte nur zu tändeln: dies ist ein Vorzug; aber sollte man glauben, dass es wohl auch als Mangel erscheinen könnte? – Doch höchstens nur bei denen, welchen das Barocke als das Geniale, das Formlose als das Erhabene gilt – nicht wahr, Sie tändelnder Liebling der Grazien?

Wir beneiden Niemanden um die Erbauungen, die er sich in der Stille seines Kämmerleins oder in einem zurecht gemachten neuen Himmelreich verschafft; aber von allen möglichen ist doch die Straussische eine der wunderbarsten: denn er erbaut sich an einem kleinen Opferfeuer, in das er die erhabensten Werke der deutschen Nation gelassen hineinwirft, um mit ihrem Dampfe seine Götzen zu beräuchern. Dächten wir uns einen Augenblick, dass durch einen Zufall die Eroica, die Pastorale und die Neunte in den Besitz unseres Priesters der Grazien gerathen wären, und dass es von ihm nun abgehangen hätte, durch Beseitigung so "problematischer Produkte" das Bild des Meisters rein zu halten – wer zweifelt, dass er sie verbrannt hätte? Und so verfahren die Strausse unserer Tage thatsächlich: sie wollen von einem Künstler nur so weit wissen, als er sich für ihren Kammerdienst eignet und kennen nur den Gegensatz von Beräuchern und Verbrennen. Das sollte ihnen immerhin freistehen: das Wunderliche liegt nur darin, dass die ästhetische öffentliche Meinung so matt, unsicher und verführbar ist, dass sie sich ohne Einspruch ein solches Zur-Schau-Stellen der dürftigsten Philisterei gefallen lässt, ja, dass sie gar kein Gefühl für die Komik einer Scene besitzt, in der ein unästhetisches Magisterlein über Beethoven zu Gerichte sitzt. Und was Mozart betrifft, so sollte doch wahrhaftig hier gelten, was Aristoteles von Plato sagt: "ihn auch nur zu loben, ist den Schlechten nicht erlaubt." Hier ist aber jede Scham verloren gegangen, bei dem Publikum sowohl als bei dem Magister: man erlaubt ihm nicht nur, sich öffentlich vor den grössten und reinsten Erzeugnissen des germanischen Genius zu bekreuzigen, als ob er etwas Unzüchtiges und Gottloses gesehen hätte, man freut sich auch seiner unumwundenen Confessionen und Sündenbekenntnisse, besonders da er nicht Sünden bekennt, die er begangen, sondern die grosse Geister begangen haben sollen. Ach, wenn nur wirklich unser Magister immer Recht hat! denken seine verehrenden Leser doch mitunter in einer Anwandlung zweifelnder Empfindungen; er selbst aber steht da, lächelnd und überzeugt, perorirend, verdammend und segnend, vor sich selber den Hut schwenkend und wäre jeden Augenblick im Stande zu sagen, was die Herzogin Delaforte zu Madame de Stahle sagte: "ich muss es gestehen, meine liebe Freundin, ich finde Niemanden, der beständig Recht hätte, als mich."

6.

Ein Leichnam ist für den Wurm ein schöner Gedanke und der Wurm ein schrecklicher für jedes Lebendige. Würmer träumen sich ihr Himmelreich in einem fetten Körper, Philosophieprofessoren im Zerwühlen Schopenhauerischer Eingeweide, und so lange es Nagethiere giebt, gab es auch einen Nagethierhimmel. Damit ist unsere erste Frage: Wie denkt sich der neue Gläubige seinen Himmel? beantwortet. Der Straussische Philister haust in den Werken unserer grossen Dichter und Musiker wie ein Gewürm, welches lebt, indem es zerstört, bewundert, indem es frisst, anbetet, indem es verdaut.

Nun lautet aber unsere zweite Frage: Wie weit reicht der Muth, den die neue Religion ihren Gläubigen verleiht? Auch sie würde bereits beantwortet sein, wenn Muth und Unbescheidenheit eins wären: denn dann würde es Strauss in nichts an einem wahren und gerechten Mameluken-Muthe gebrechen, wenigstens ist die gebührende Bescheidenheit, von der Strauss in einer eben erwähnten Stelle in Bezug auf Beethoven spricht, nur eine stilistische, keine moralische Wendung. Strauss participirt hinreichend an der Keckheit, zu der jeder siegreiche Held sich berechtigt glaubt; alle Blumen sind nur für ihn, den Sieger, gewachsen, und er lobt die Sonne, dass sie zur rechten Zeit gerade seine Fenster bescheint. Selbst das alte und ehrwürdige Universum lässt er mit seinem Lobe nicht unangetastet, als ob es erst durch dieses Lob geweiht werden müsste und sich von jetzt ab allein um die Centralmonade Strauss schwingen dürfte. Das Universum, weiss er uns zu belehren, sei zwar eine Maschine mit eisernen, gezahnten Rädern, mit schweren Hämmern und Stampfen, aber "es bewegen sich in ihr nicht bloss unbarmherzige Räder, es ergiesst sich auch linderndes Oel" (p. 365). Das Universum wird dem bilderwüthigen Magister nicht gerade Dank wissen, dass er kein besseres Gleichniss zu seinem Lobe erfinden konnte, wenn es sich auch einmal gefallen lassen sollte, von Strauss gelobt zu werden. Wie nennt man doch das Oel, das an den Hämmern und Stampfen einer Maschine niederträufelt? Und was würde es den Arbeiter trösten, zu wissen, dass dieses Oel sich auf ihn ergiesst, während die Maschine seine Glieder fasst? Nehmen wir einmal an, das Bild sei verunglückt, so zieht eine andere Prozedur unsere Aufmerksamkeit auf sich, durch die Strauss zu ermitteln sucht, wie er eigentlich gegen das Universum gestimmt sei, und bei der ihm die Frage Gretchens auf den Lippen schwebt: "Er liebt mich – liebt mich nicht – liebt mich?" Wenn nun Strauss auch nicht Blumen zerpflückt oder Rockknöpfe abzählt, so ist doch das, was er thut, nicht weniger harmlos, obwohl vielleicht etwas mehr Muth dazu gehört. Strauss will in Erfahrung ziehen, ob sein Gefühl für das "All" gelähmt und abgestorben sei oder nicht, und sticht sich: denn er weiss, dass man ein Glied ohne Schmerz mit der Nadel stechen kann, falls es abgestorben oder gelähmt ist. Eigentlich freilich sticht er sich nicht, sondern wählt eine noch gewaltthätigere Prozedur, die er also beschreibt: "Wir schlagen Schopenhauer auf, der dieser unserer Idee bei jeder Gelegenheit in's Gesicht schlägt" (p. 143). Da nun eine Idee, selbst die schönste Straussen-Idee vom Universum, kein Gesicht hat, sondern nur der, welcher die Idee hat, so besteht die Prozedur aus folgenden einzelnen Actionen: Strauss schlägt Schopenhauer – allerdings sogar auf: worauf Schopenhauer bei dieser Gelegenheit Strauss in's Gesicht schlägt. Jetzt "reagirt" Strauss "religiös", das heisst, er schlägt wieder auf Schopenhauer los, schimpft, redet von Absurditäten, Blasphemien, Ruchlosigkeiten, urtheilt sogar, dass Schopenhauer nicht bei Troste gewesen sei. Resultat der Prügelei: "wir fordern für unser Universum dieselbe Pietät, wie der Fromme alten Stils für seinen Gott" – oder kürzer: "er liebt mich!" Er macht sich das Leben schwer, unser Liebling der Grazien, aber er ist muthig wie ein Mameluk und fürchtet weder den Teufel noch Schopenhauer. Wie viel "linderndes Oel" verbraucht er, wenn solche Prozeduren häufig sein sollten!

Andererseits verstehen wir, welchen Dank Strauss dem kitzelnden, stechenden und schlagenden Schopenhauer schuldet; deshalb sind wir auch durch folgende ausdrückliche Gunstbezeigung gegen ihn nicht weiter überrascht: "in Arthur Schopenhauers Schriften braucht man bloss zu blättern, obwohl man übrigens gut thut, nicht bloss darin zu blättern, sondern sie zu studiren, u. s. w." (p. 141). Wem sagt dies eigentlich der Philisterhäuptling? Er, dem man gerade nachweisen kann, dass er Schopenhauer nie studirt hat, er, von dem Schopenhauer umgekehrt sagen müsste: "das ist ein Autor, der nicht durchblättert, geschweige studirt zu werden verdient." Offenbar ist ihm Schopenhauer in die unrechte Kehle gekommen: indem er sich über ihn räuspert, sucht er ihn loszuwerden. Damit aber das Maass naiver Lobreden voll werde, erlaubt sich Strauss noch eine Anempfehlung des alten Kant: er nennt dessen Allgemeine Geschichte und Theorie des Himmels vom Jahre 1755 "eine Schrift, die mir immer nicht weniger bedeutend erschienen ist, als seine spätere Vernunftkritik. Ist hier die Tiefe des Einblicks, so ist dort die Weite des Umblicks zu bewundern: haben wir hier den Greis, dem es vor allem um die Sicherheit eines wenn auch beschränkten Erkenntnissbesitzes zu thun ist, so tritt uns dort der Mann mit dem vollen Muthe des geistigen Entdeckers und Eroberers entgegen." Dieses Urtheil Straussens über Kant ist mir immer nicht mehr bescheiden als jenes über Schopenhauer erschienen: haben wir hier den Häuptling, dem es vor allem um die Sicherheit im Aussprechen eines wenn auch noch so beschränkten Urtheils zu thun ist, so tritt uns dort der berühmte Prosaschreiber entgegen, der mit dem vollen Muthe der Ignoranz selbst über Kant seine Lob-Essenzen ausgiesst. Gerade die rein unglaubliche Thatsache, dass Strauss von der Kantischen Vernunftkritik für sein Testament der modernen Ideen gar nichts zu gewinnen wusste, und dass er überall nur dem gröblichsten Realismus zu Gefallen redet, gehört mit zu den auffallenden Charakterzügen dieses neuen Evangeliums, das sich übrigens auch nur als das mühsam errungene Resultat fortgesetzter Geschichts- und Natur-Forschung bezeichnet und somit selbst das philosophische Element abläugnet. Für den Philisterhäuptling und seine "Wir" giebt es keine Kantische Philosophie. Er ahnt nichts von der fundamentalen Antinomie des Idealismus und von dem höchst relativen Sinne aller Wissenschaft und Vernunft. Oder: gerade die Vernunft sollte ihm sagen, wie wenig durch die Vernunft über das Ansich der Dinge auszumachen ist. Es ist aber wahr, dass es Leuten in gewissen Lebensaltern unmöglich ist, Kant zu verstehen, besonders wenn man in der Jugend, wie Strauss, den "Riesengeist" Hegel verstanden hat oder verstanden zu haben wähnt, ja daneben sich mit Schleiermacher, "der des Scharfsinns fast allzuviel besass", wie Strauss sagt, befassen musste. Es wird Strauss seltsam klingen, wenn ich ihm sage, dass er auch jetzt noch zu Hegel und Schleiermacher in "schlechthiniger Abhängigkeit" steht, und dass seine Lehre vom Universum, die Betrachtungsart der Dinge sub specie biennii und seine Rückenkrümmungen vor den deutschen Zuständen, vor allem aber sein schamloser Philister-Optimismus aus gewissen früheren Jugendeindrücken, Gewohnheiten und Krankheits-Phänomenen zu erklären sei. Wer einmal an der Hegelei und Schleiermacherei erkrankte, wird nie wieder ganz curirt.

Es giebt eine Stelle in dem Bekenntnissbuche, in der sich jener incurable Optimismus mit einem wahrhaft feiertagsmässigen Behagen daherwälzt (p. 142, 143). "Wenn die Welt ein Ding ist, sagt Strauss, das besser nicht wäre, ei so ist ja auch das Denken des Philosophen, das ein Stück dieser Welt bildet, ein Denken, das besser nicht dächte. Der pessimistische Philosoph bemerkt nicht, wie er vor allem auch sein eigenes, die Welt für schlecht erklärendes Denken für schlecht erklärt; ist aber ein Denken, das die Welt für schlecht erklärt, ein schlechtes Denken, so ist ja die Welt vielmehr gut. Der Optimismus mag sich in der Regel sein Geschäft zu leicht machen, dagegen sind Schopenhauers Nachweisungen der gewaltigen Rolle, die Schmerz und Uebel in der Welt spielen, ganz am Platze; aber jede wahre Philosophie ist nothwendig optimistisch, weil sie sonst sich selbst das Recht der Existenz abspricht." Wenn diese Widerlegung Schopenhauer's nicht eben das ist, was Strauss einmal an einer anderen Stelle eine "Widerlegung unter dem lauten Jubel der höheren Räume" nennt, so verstehe ich diese theatralische Wendung, deren er sich einmal gegen einen Widersacher bedient, gar nicht. Der Optimismus hat sich hier einmal mit Absicht sein Geschäft leicht gemacht. Aber gerade das war das Kunststück, so zu thun, als ob es gar nichts wäre, Schopenhauer zu widerlegen und die Last so spielend fortzuschieben, dass die drei Grazien an dem tändelnden Optimisten jeden Augenblick ihre Freude haben. Eben dies soll durch die That gezeigt werden, dass es gar nicht nöthig ist, mit einem Pessimisten es ernst zu nehmen: die haltlosesten Sophismen sind gerade recht, um kund zu thun, dass man an eine so "ungesunde und unerspriessliche" Philosophie wie die Schopenhauerische keine Gründe, sondern höchstens nur Worte und Scherze verschwenden dürfe. An solchen Stellen begreift man Schopenhauers feierliche Erklärung, dass ihm der Optimismus, wo er nicht etwa das gedankenlose Reden solcher ist, unter deren platten Stirnen nichts als Worte herbergen, nicht blos als eine absurde, sondern auch als eine wahrhaft ruchlose Denkungsart erscheint, als ein bitterer Hohn über die namenlosen Leiden der Menschheit. Wenn der Philister es zum System bringt, wie Strauss, so bringt er es auch zur ruchlosen Denkungsart, das heisst, zu einer stumpfsinnigsten Behäbigkeitslehre des "Ich" oder der "Wir" und erregt Indignation.

Wer vermöchte zum Beispiel folgende psychologische Erklärung ohne Entrüstung zu lesen, weil sie recht ersichtlich nur am Stamme jener ruchlosen Behäbigkeitstheorie gewachsen sein kann: "niemals, äusserte Beethoven, wäre er im Stande gewesen, einen Text wie Figaro oder Don Juan zu componiren. So hatte ihm das Leben nicht gelächelt, dass er es so heiter hätte ansehen, es mit den Schwächen der Menschen so leicht nehmen können" (p.360). Um aber das stärkste Beispiel jener ruchlosen Vulgarität der Gesinnung anzuführen: so genüge hier die Andeutung, dass Strauss den ganzen furchtbar ernsten Trieb der Verneinung und die Richtung auf asketische Heiligung in den ersten Jahrhunderten des Christenthums sich nicht anders zu erklären weiss, als aus einer vorangegangenen Uebersättigung in geschlechtlichen Genüssen aller Art und dadurch erzeugtem Ekel und Uebel befinden:

"Perser nennen's bidamag buden,
Deutsche sagen Katzenjammer".

So citirt Strauss selbst und schämt sich nicht. Wir aber wenden uns einen Augenblick ab, um unseren Ekel zu überwinden.

7.

In der That, unser Philisterhäuptling ist tapfer, ja tollkühn in Worten, überall wo er durch eine solche Tapferkeit seine edlen "Wir" zu ergötzen glauben darf. Also die Askese und Selbstverleugnung der alten Einsiedler und Heiligen soll einmal als eine Form des Katzenjammers gelten, Jesus mag als Schwärmer beschrieben werden, der in unserer Zeit kaum dem Irrenhause entgehen würde, die Geschichte von der Auferstehung Jesu mag ein "welthistorischer Humbug" genannt werden – alles das wollen wir uns einmal gefallen lassen, um daran die eigenthümliche Art des Muthes zu studiren, dessen Strauss, unser "klassischer Philister", fähig ist.

Hören wir zunächst sein Bekenntniss: "Es ist freilich ein missliebiges und undankbares Amt, der Welt gerade das zu sagen, was sie am wenigsten hören mag. Sie wirthschaftet gern aus dem Vollen, wie grosse Herren, nimmt ein und giebt aus, so lange sie etwas auszugeben hat: aber wenn nun einer die Posten zusammenrechnet und ihr sogleich die Bilanz vorlegt, so betrachtet sie den als einen Störenfried. Und eben dazu hat mich von jeher meine Gemüths- und Geistesart getrieben." Eine solche Gemüths- und Geistesart mag man immerhin muthig nennen, doch bleibt es zweifelhaft, ob dieser Muth ein natürlicher und ursprünglicher oder nicht vielmehr ein angelernter und künstlicher ist; vielleicht hat sich Strauss nur bei Zeiten daran gewöhnt, der Störenfried von Beruf zu sein, bis er sich so allmählich einen Muth von Beruf anerzogen hat. Damit verträgt sich ganz vortrefflich natürliche Feigheit, wie sie dem Philister zu eigen ist: diese zeigt sich ganz besonders in der Consequenzlosigkeit jener Sätze, welche auszusprechen Muth kostet; es klingt wie Donner, und die Atmosphäre wird doch nicht gereinigt. Er bringt es nicht zu einer aggressiven That, sondern nur zu aggressiven Worten, wählt aber diese so beleidigend als möglich und verbraucht in derben und polternden Ausdrücken alles das, was an Energie und Kraft in ihm sich aufgesammelt hat; nachdem das Wort verklungen ist, ist er feiger als der, welcher nie gesprochen hat. Ja, selbst das Schattenbild der Thaten, die Ethik, zeigt, dass er ein Held der Worte ist, und dass er jede Gelegenheit vermeidet, bei der es nöthig ist, von den Worten zum grimmigen Ernste weiterzugehen. Er verkündet mit bewunderungswürdiger Offenheit, dass er kein Christ mehr ist, will aber keine Zufriedenheit irgend welcher Art stören; ihm scheint es widersprechend, einen Verein zu stiften, um einen Verein zu stürzen – was gar nicht so widersprechend ist. Mit einem gewissen rauhen Wohlbehagen hüllt er sich in das zottige Gewand unserer Affengenealogen und preist Darwin als einen der grössten Wohlthäter der Menschheit – aber mit Beschämung sehen wir, dass seine Ethik ganz losgelöst von der Frage: "wie begreifen wir die Welt?" sich aufbaut. Hier war eine Gelegenheit, natürlichen Muth zu zeigen: denn hier hätte er seinen "Wir" den Rücken kehren müssen und kühnlich aus dem bellum omnium contra omnes und dem Vorrechte des Stärkeren Moralvorschriften für das Leben ableiten können, die freilich nur in einem innerlich unerschrockenen Sinne, wie in dem des Hobbes, und in einer ganz anderen grossartigen Wahrheitsliebe ihren Ursprung haben müssten, als in einer solchen, die immer nur in kräftigen Ausfällen gegen die Pfaffen, das Wunder und den "welthistorischen Humbug" der Auferstehung explodirt. Denn mit einer ächten und ernst durchgeführten Darwinistischen Ethik hätte man den Philister gegen sich, den man bei allen solchen Ausfällen für sich hat.

"Alles sittliche Handeln", sagt Strauss, "ist ein Sichbestimmen des Einzelnen nach der Idee der Gattung." In's Deutliche und Greifbare übertragen heisst das nur: Lebe als Mensch und nicht als Affe oder Seehund. Dieser Imperativ ist leider nur durchaus unbrauchbar und kraftlos, weil unter dem Begriff Mensch das Mannichfaltigste zusammen im Joche geht, zum Beispiel der Patagonier und der Magister Strauss, und weil Niemand wagen wird, mit gleichem Rechte zu sagen: lebe als Patagonier! und: lebe als Magister Strauss! Wollte aber gar Jemand sich die Forderung stellen: lebe als Genie, das heisst eben als idealer Ausdruck der Gattung Mensch, und wäre doch zufällig entweder Patagonier oder Magister Strauss, was würden wir dann erst von den Zudringlichkeiten geniesüchtiger Original-Narren zu leiden haben, über deren pilzartiges Aufwachsen in Deutschland schon Lichtenberg klagte, und die mit wildem Geschrei von uns fordern, dass wir die Bekenntnisse ihres allerneuesten Glaubens anhören. Strauss hat noch nicht einmal gelernt, dass nie ein Begriff die Menschen sittlicher und besser machen kann, und dass Moral predigen eben so leicht als Moral begründen schwer ist; seine Aufgabe wäre vielmehr gewesen, die Phänomene menschlicher Güte, Barmherzigkeit, Liebe und Selbstverneinung, die nun einmal thatsächlich vorhanden sind, aus seinen Darwinistischen Voraussetzungen ernsthaft zu erklären und abzuleiten: während er es vorzog, durch einen Sprung in's Imperativische sich vor der Aufgabe der Erklärung zu flüchten. Bei diesem Sprunge begegnet es ihm sogar, auch über den Fundamentalsatz Darwins leichten Sinnes hinwegzuhüpfen. "Vergiss" sagt Strauss, "in keinem Augenblicke, dass du Mensch und kein blosses Naturwesen bist, in keinem Augenblicke, dass alle anderen gleichfalls Menschen, das heisst, bei aller individuellen Verschiedenheit, dasselbe wie du, mit den gleichen Bedürfnissen und Ansprüchen wie du, sind – das ist der Inbegriff aller Moral." (p. 238). Aber woher erschallt dieser Imperativ? Wie kann ihn der Mensch in sich selbst haben, da er doch, nach Darwin, eben durchaus ein Naturwesen ist und nach ganz anderen Gesetzen sich bis zur Höhe des Menschen entwickelt hat, gerade dadurch, dass er in jedem Augenblick vergass, dass die anderen gleichartigen Wesen ebenso berechtigt seien, gerade dadurch, dass er sich dabei als den Kräftigeren fühlte und den Untergang der anderen schwächer gearteten Exemplare allmählich herbeiführte. Während Strauss doch annehmen muss, dass nie zwei Wesen völlig gleich waren, und dass an dem Gesetz der individuellen Verschiedenheit die ganze Entwickelung des Menschen von der Thierstufe bis hinauf zur Höhe des Kulturphilisters hängt, so kostet es ihm doch keine Mühe, auch einmal das Umgekehrte zu verkündigen: "benimm dich so, als ob es keine individuellen Verschiedenheiten gebe!" Wo ist da die Morallehre Strauss – Darwin, wo überhaupt der Muth geblieben!

Sofort bekommen wir einen neuen Beleg, an welchen Grenzen jener Muth in sein Gegentheil umschlägt. Denn Strauss fährt fort: "Vergiss in keinem Augenblick, dass du und Alles, was du in dir und um dich her wahrnimmst, kein zusammenhangloses Bruchstück, kein wildes Chaos von Atomen und Zufälligkeiten ist, sondern dass alles nach ewigen Gesetzen aus dem Einen Urquell alles Lebens, aller Vernunft und alles Guten hervorgeht – das ist der Inbegriff der Religion." Aus jenem "einen Urquell" fliesst aber zugleich aller Untergang, alle Unvernunft, alles Böse, und sein Name heisst bei Strauss das Universum. Wie sollte dies, bei einem solchen widersprechenden und sich selbst aufhebenden Charakter, einer religiösen Verehrung würdig sein und mit dem Namen "Gott" angeredet werden dürfen, wie es eben Strauss p. 365 thut: "unser Gott nimmt uns nicht von aussen in seinen Arm (man erwartet hier als Gegensatz ein allerdings sehr wunderliches Von innen in den Arm nehmen!), sondern er eröffnet uns Quellen des Trostes in unserem Innern. Er zeigt uns, dass zwar der Zufall ein unvernünftiger Weltherrscher wäre, dass aber die Nothwendigkeit, d. h. die Verkettung von Ursachen in der Welt, die Vernunft selber ist" (eine Erschleichung, die nur die "Wir" nicht merken, weil sie in dieser Hegelischen Anbetung des Wirklichen als des Vernünftigen, das heisst in der Vergötterung des Erfolges gross gezogen sind). "Er lehrt uns erkennen, dass eine Ausnahme von dem Vollzug eines einzigen Naturgesetzes verlangen, die Zertrümmerung des All verlangen hiesse." Im Gegentheil, Herr Magister: ein ehrlicher Naturforscher glaubt an die unbedingte Gesetzmässigkeit der Welt, ohne aber das Geringste über den ethischen oder intellectuellen Werth dieser Gesetze selbst auszusagen: in derartigen Aussagen würde er das höchst anthropomorphische Gebahren einer nicht in den Schranken des Erlaubten sich haltenden Vernunft erkennen. An eben dem Punkte aber, an welchem der ehrliche Naturforscher resignirt, "reagirt" Strauss, um uns mit seinen Federn zu schmücken, "religiös" und verfährt naturwissenschaftlich und wissentlich unehrlich; er nimmt ohne Weiteres an, dass alles Geschehene den höchsten intellectuellen Werth habe, also absolut vernünftig und zweckvoll geordnet sei, und sodann, dass es eine Offenbarung der ewigen Güte selbst enthalte. Er bedarf also einer vollständigen Kosmodicee und steht jetzt im Nachtheil gegen den, dem es nur um eine Theodicee zu thun ist, und der zum Beispiel das ganze Dasein des Menschen als einen Strafakt oder Läuterungs-Zustand auffassen darf. An diesem Punkte und in dieser Verlegenheit macht Strauss sogar einmal eine metaphysische Hypothese, die dürrste und gichtbrüchigste, die es giebt, und im Grunde nur die unfreiwillige Parodie eines Lessingischen Wortes. "Jenes andere Wort Lessing's (so heisst es p. 219): Wenn Gott in seiner Rechten alle Wahrheit, und in seiner Linken den einzigen immer regen Trieb darnach, obschon unter der Bedingung beständigen Irrens, ihm zur Wahl vorhielte, würde er demüthig Gott in seine Linke fallen und sich deren Inhalt für sich erbitten - dieses Lessing'sche Wort hat man von jeher zu den herrlichsten gerechnet, die er uns hinterlassen hat. Man hat darin den genialen Ausdruck seiner rastlosen Forschungs- und Thätigkeitslust gefunden. Auf mich hat das Wort immer deswegen einen so ganz besondern Eindruck gemacht, weil ich hinter seiner subjectiven Bedeutung noch eine objective von unendlicher Tragweite anklingen hörte. Denn liegt darin nicht die beste Antwort auf die grobe Schopenhauer'sche Rede von dem übelberathenen Gott, der nichts besseres zu thun gewusst, als in diese elende Welt einzugehen? Wenn nämlich der Schöpfer selbst auch der Meinung Lessing's gewesen wäre, das Ringen dem ruhigen Besitze vorzuziehen?" Also wahrhaftig ein Gott, der sich das beständige Irren , aber mit dem Streben nach Wahrheit, vorbehält und vielleicht sogar Strauss demüthig in die Linke fällt, um ihm zu sagen: nimm du die ganze Wahrheit. Wenn je ein Gott und ein

Mensch übelberathen waren, so ist es doch dieser Straussische Gott, der die Liebhaberei zu irren und zu fehlen hat, und der Straussische Mensch, der diese Liebhaberei büssen muss – da hört man freilich "eine Bedeutung von unendlicher Tragweite anklingen", da fliesst das lindernde Universal-Öl Straussens, da ahnt man die Vernünftigkeit alles Werdens und aller Naturgesetze! Wirklich? Wäre dann nicht vielmehr unsere Welt, wie das Lichtenberg einmal ausgedrückt hat, das Werk eines untergeordneten Wesens, das die Sache noch nicht recht verstand, also ein Versuch? ein Probestück, an dem noch gearbeitet wird? Strauss selber müsste sich dann doch zugeben, dass unsere Welt eben nicht der Schauplatz der Vernunft, sondern des Irrens sei, und dass alle Gesetzmässigkeit nichts Tröstliches enthalte, weil alle Gesetze von einem irrenden und zwar aus Vergnügen irrenden Gott gegeben sind. Es ist wahrhaftig ein ergötzliches Schauspiel, Strauss als metaphysischen Baumeister einmal in die Wolken hineinbauen zu sehen. Aber für wen wird dies Schauspiel aufgeführt? Für die edlen und behäbigen "Wir", damit ihnen nur ja der Humor nicht verdorben werde: vielleicht sind sie inmitten des starren und erbarmungslosen Räderwerks der Weltmaschine in Angst gerathen und bitten zitternd ihren Führer um Hülfe. Deshalb lässt Strauss "linderndes Öl" fliessen, deshalb führt er einen aus Passion irrenden Gott am Seile herbei, deshalb spielt er einmal die gänzlich befremdende Rolle eines metaphysischen Architekten. Alles dieses thut er, weil jene sich fürchten und er selber sich fürchtet – und hier gerade ist die Grenze seines Muthes, selbst seinen "Wir" gegenüber. Er wagt es nämlich nicht, ihnen ehrlich zu sagen: von einem helfenden und sich erbarmenden Gott habe ich euch befreit, das "Universum" ist nur ein starres Räderwerk, seht zu, dass seine Räder euch nicht zermalmen! Er wagt es nicht: so muss denn doch die Hexe dran, nämlich die Metaphysik. Dem Philister aber ist selbst eine Straussische Metaphysik lieber als die christliche und die Vorstellung eines irrenden Gottes sympathischer als die eines wunderthätigen. Denn er. selbst, der Philister, irrt, aber hat noch nie ein Wunder gethan.

Aus eben diesem Grunde ist dem Philister das Genie verhasst: denn gerade dieses steht mit Recht im Rufe, Wunder zu thun; und höchst belehrend ist es deshalb zu erkennen, weshalb an einer einzigen Stelle Strauss einmal sich zum kecken Vertheidiger des Genies und überhaupt der aristokratischen Natur des Geistes aufwirft. Weshalb doch? Aus Furcht, und zwar vor den Socialdemokraten. Er verweist auf die Bismarck, Moltke, "deren Grösse um so weniger zu verläugnen steht, als sie auf dem Gebiete der handgreiflichen äusseren Thatsachen hervortritt. Da müssen nun doch auch die steifnackigsten und borstigsten unter jenen Gesellen sich bequemen, ein wenig aufwärts zu blicken, um die erhabenen Gestalten wenigstens bis zum Knie in Sicht zu bekommen." Wollen Sie, Herr Magister, vielleicht den Social-Demokraten eine Anleitung geben, Fusstritte zu empfangen? Der gute Wille, solche zu ertheilen, ist ja überall vorhanden, und dass die Getretenen bei dieser Prozedur die erhabenen Gestalten "bis zum Knie" zu sehen bekommen, dürfen Sie schon verbürgen. "Auch auf dem Gebiete der Kunst und Wissenschaft, fährt Strauss fort, wird es nie an bauenden Königen fehlen, die einer Masse von Kärrnern zu thun geben". Gut - aber wenn nun einmal die Kärmer bauen? Es kommt vor, Herr Metaphysicus, Sie wissen es - dann haben die Könige zu lachen.

In der That diese Vereinigung von Dreistigkeit und Schwäche, tollkühnen Worten und feigem Sich - Anbequemen, dieses feine Abwägen, wie und mit welchen Sätzen man einmal dem Philister imponiren, mit welchen man ihn streicheln kann, dieser Mangel an Charakter und Kraft bei dem Anschein von Kraft und Charakter, dieser Defekt an Weisheit bei aller Affectation der Ueberlegenheit und Reife der Erfahrung - das alles ist es, was ich an diesem Buche hasse. Wenn ich mir denke, dass junge Männer ein solches Buch ertragen, ja werthschätzen könnten, so würde ich mit Betrübniss meinen Hoffnungen für ihre Zukunft entsagen. Dieses Bekenntniss einer ärmlichen, hoffnungslosen und wahrhaft verächtlichen Philisterei sollte der Ausdruck jener vielen Tausende von "Wir" sein, von denen Strauss redet, und diese "Wir" wären wiederum die Väter der nachfolgenden Generation! Es sind grauenhafte Voraussetzungen für jeden, der dem kommenden Geschlechte zu dem verhelfen möchte, was die Gegenwart nicht hat - zu einer wahrhaft deutschen Kultur. Einem solchen scheint der Boden mit Asche überdeckt, alle Gestirne verdunkelt; jeder abgestorbene Baum, jedes verwüstete Feld ruft ihm zu: Unfruchtbar! Verloren! Hier giebt es keinen Frühling wieder! Ihm muss zu Muthe werden, wie dem jungen Goethe zu Muthe war, als er in die triste atheistische Halbnacht des Systeme de la nature hineinblickte: ihm kam das Buch so grau, so kimmerisch, so todtenhaft vor, dass er Mühe hatte, seine Gegenwart auszuhalten, dass er davor wie vor einem Gespenste schauderte.

8.

Wir sind über den Himmel und den Muth des neuen Gläubigen hinlänglich belehrt, um uns nun auch die letzte Frage stellen zu können: Wie schreibt er seine Bücher? und welcher Art sind seine Religions-Urkunden?

Wer sich diese Frage streng und ohne Vorurtheil beantworten kann, für den wird die Thatsache, dass das Straussische Hand-Orakel des deutschen Philisters in sechs Auflagen begehrt worden ist, zum nachdenklichsten Probleme, besonders wenn er gar noch hört, dass es auch in den gelehrten Kreisen und selbst an den deutschen Universitäten als ein solches Hand-Orakel willkommen geheissen worden ist. Studenten sollen es wie einen Canon für starke Geister begrüsst, und Professoren sollen nicht widersprochen haben: hier und da hat man darin wirklich ein Religionsbuch für den Gelehrten finden wollen. Strauss selbst giebt zu verstehen, dass das Bekenntnissbuch nicht nur eine Auskunft für den Gelehrten und Gebildeten abgeben möge; aber wir halten uns hier daran, dass es sich zunächst an diese und zwar vornehmlich an die Gelehrten wendet, um ihnen den Spiegel eines Lebens vorzuhalten, wie sie es selbst leben. Denn dies ist das Kunststück: der Magister stellt sich, als ob er das Ideal einer neuen Weltbetrachtung entwerfe, und nun kommt ihm sein Lob aus jedem Munde zurück, weil Jeder meinen kann, gerade er betrachte Welt und Leben so, und gerade an ihm habe Strauss schon erfüllt sehen können, was er erst von der Zukunft fordere. Daraus erklärt sich auch zum Theil der ausserordentliche Erfolg jenes Buches: so, wie im Buche steht, leben wir, so wandeln wir beglückt! ruft der Gelehrte ihm entgegen und freut sich, dass andere sich daran freuen. Ob er über einzelne Dinge, zum Beispiel über Darwin oder die Todesstrafe, zufällig anders denkt als der Magister, hält er selbst für ziemlich gleichgültig, weil er so sicher fühlt, im Ganzen seine eigene Luft zu athmen, und den Widerklang seiner Stimme und seiner Bedürfnisse zu hören.

So peinlich diese Einmüthigkeit jeden wahren Freund deutscher Kultur berühren mag, so unerbittlich streng muss er sich eine solche Thatsache erklären und selbst davor nicht zurückschrecken, seine Erklärung öffentlich abzugeben.

Wir kennen ja alle die unserem Zeitalter eigenthümliche Art, die Wissenschaften zu betreiben, wir kennen sie, weil wir sie leben: und eben deshalb stellt sich fast Niemand die Frage, was wohl bei einer solchen Beschäftigung mit den Wissenschaften für die Kultur herauskommen könne, selbst vorausgesetzt, dass überall die beste Befähigung und der ehrlichste Wille, für die Kultur zu wirken, vorhanden sei. Es liegt ja im Wesen des wissenschaftlichen Menschen (ganz abgesehen von seiner gegenwärtigen Gestalt) ein rechtes Paradoxon: er benimmt sich wie der stolzeste Müssiggänger des Glücks: als ob das Dasein nicht eine heillose und bedenkliche Sache sei, sondern ein fester, für ewige Dauer garantirter Besitz. Ihm scheint es erlaubt, ein

Leben auf Fragen zu verschwenden, deren Beantwortung im Grunde nur dem, der einer Ewigkeit versichert wäre, wichtig sein könnte. Rings umstarren ihn, den Erben weniger Stunden, die schrecklichsten Abstürze, jeder Tritt sollte ihn erinnern: Wozu? Wohin? Woher? Aber seine Seele erglüht bei der Aufgabe, die Staubfäden einer Blume zu zählen oder die Gesteine am Wege zu zerklopfen, und er versenkt in diese Arbeit das ganze, volle Gewicht seiner Theilnahme, Lust, Kraft und Begierde. Dieses Paradoxon, der wissenschaftliche Mensch, ist nun neuerdings in Deutschland in eine Hast gerathen, als ob die Wissenschaft eine Fabrik sei, und jede Minuten-Versäumniss eine Strafe nach sich ziehe. Jetzt arbeitet er, so hart wie der vierte Stand, der Sclavenstand, arbeitet, sein Studium ist nicht mehr eine Beschäftigung, sondern eine Noth, er sieht weder rechts noch links und geht durch alle Geschäfte und ebenso durch alle Bedenklichkeiten, die das Leben im Schoosse trägt, mit jener halben Aufmerksamkeit oder mit jenem widrigen Erholungs-Bedürfnisse hindurch, welches dem erschöpften Arbeiter zu eigen ist.

So steht er nun auch zur Kultur. Er benimmt sich, als ob das Leben für ihn nur otium sei, aber sine dignitate: und selbst im Traume wirft er sein Joch nicht ab, wie ein Sclave, der selbst in der Freiheit von seiner Noth, seiner Hast und seinen Prügeln träumt. Unsere Gelehrten unterscheiden sich kaum und jedenfalls nicht zu ihren Gunsten von den Ackerbauern, die einen kleinen ererbten Besitz mehren wollen und emsig vom Tag bis in die Nacht hinein bemüht sind, den Acker zu bestellen, den Pflug zu führen und den Ochsen zuzurufen. Nun meint Pascal überhaupt, dass die Menschen so angelegentlich ihre Geschäfte und ihre Wissenschaften betrieben, um nur damit den wichtigsten Fragen zu entfliehen, die jede Einsamkeit, jede wirkliche Musse ihnen aufdringen würde, eben jenen Fragen nach dem Warum, Woher, Wohin. Unseren Gelehrten fällt sogar, wunderlicher Weise, die allernächste Frage nicht ein: wozu ihre Arbeit, ihre Hast, ihr schmerzlicher Taumel nütze sei. Doch nicht etwa, um Brot zu verdienen oder Ehrenstellen zu erjagen? Nein, wahrhaftig nicht. Aber doch mühet ihr euch in der Art der Darbenden und Brotbedürftigen, ja ihr reisst die Speisen mit einer Gier und ohne alle Wahl vom Tische der Wissenschaft, als ob ihr am Verhungern wäret. Wenn ihr aber, als wissenschaftliche Menschen, mit der Wissenschaft verfahrt, wie die Arbeiter mit den Aufgaben, die ihnen ihre Bedürftigkeit und Lebensnoth stellt, was soll da aus einer Kultur werden, die verurtheilt ist, gerade Angesichts einer solchen aufgeregten, athemlosen, hin – und herrennenden, ja zappelnden Wissenschaftlichkeit auf die Stunde ihrer

Geburt und Erlösung zu warten? Für sie hat ja Niemand Zeit – und doch, was soll überhaupt die Wissenschaft, wenn sie nicht für die Kultur Zeit hat? So antwortet uns doch wenigstens hier: woher, wohin, wozu alle Wissenschaft, wenn sie nicht zur Kultur führen soll? Nun dann vielleicht zur Barbarei! Und in dieser Richtung sehen wir den Gelehrtenstand schon erschreckend vorgeschritten, wenn wir uns denken dürften, dass so oberflächliche Bücher, wie das Straussische, seinem jetzigen Kulturgrade genug thäten. Denn gerade in ihm finden wir jenes widrige Erholungs-Bedürfniss und jenes beiläufige mit halber Aufmerksamkeit hinhörende Sich-Abfinden mit der Philosophie und Kultur und überhaupt mit allem Ernste des Daseins. Man wird an die Gesellschaft der gelehrten Stände erinnert, die auch, wenn das Fachgespräch schweigt, nur von Ermüdung, von Zerstreuungslust um jeden Preis, von einem zerpflückten Gedächtniss und unzusammenhängender Lebenserfahrung Zeugniss ablegt. Wenn man Strauss über die Lebensfragen reden hört, sei es nun über die Probleme der Ehe oder über den Krieg oder die Todesstrafe, so erschreckt er uns durch den Mangel aller wirklichen Erfahrung, alles ursprünglichen Hineinsehens in die Menschen: alles Urtheilen ist so büchermässig uniform, ja im Grunde sogar nur zeitungsgemäss; litterarische Reminiscenzen vertreten die Stelle von wirklichen Einfällen und Einsichten, eine affectirte Mässigung und Altklugheit in der Ausdrucksweise soll uns für den Mangel an Weisheit und an Gereiftheit des Denkens schadlos halten. Wie genau entspricht dies Alles dem Geiste der umlärmten Hochsitze deutscher Wissenschaft in den grossen Städten. Wie sympathisch muss dieser Geist zu jenem Geiste reden: denn gerade an jenen Stätten ist die Kultur am meisten abhanden gekommen, gerade an ihnen ist selbst das Aufkeimen einer neuen unmöglich gemacht; so lärmend sind die Zurüstungen der hier betriebenen Wissenschaften, so heerdenartig werden dort die beliebtesten Disciplinen auf Unkosten der wichtigsten überfallen. Mit welcher Laterne würde man hier nach Menschen suchen müssen, die eines innigen Sich – Versenkens und einer reinen Hingabe an den Genius fähig wären, und die Muth und Kraft genug hätten, Dämonen zu citiren, die aus unserer Zeit geflohen sind! Aeusserlich betrachtet, findet man freilich an jenen Stätten den ganzen Pomp der Kultur, sie gleichen mit ihren imponirenden Apparaten den Zeughäusern mit ihren ungeheuren Geschützen und Kriegswerkzeugen: wir sehen Zurüstungen und eine emsige Betriebsamkeit, als ob der Himmel gestürmt und die Wahrheit aus dem tiefsten Brunnen herauf geholt werden sollte, und doch kann man im Kriege die grössten Maschinen am schlechtesten gebrauchen. Und ebenso lässt die wirkliche Kultur bei ihrem Kampfe jene Stätten bei Seite liegen und fühlt mit dem besten

Instinkte heraus, dass dort für sie nichts zu hoffen und viel zu fürchten ist. Denn die einzige Form der Kultur, mit der sich das entzündete Auge und das abgestumpfte Denk-Organ des gelehrten Arbeiter-Standes abgeben mag, ist eben jene Philister Kultur , deren Evangelium Strauss verkündet hat.

Betrachten wir einen Augenblick die hauptsächlichen Gründe jener Sympathie, die den gelehrten Arbeiterstand und die Philister-Kultur verknüpfen, so finden wir auch den Weg, der uns zu dem als klassisch anerkannten Schriftsteller Strauss und damit zu unserem letzten Hauptthema führt.

Jene Kultur hat erstens den Ausdruck der Zufriedenheit im Gesichte und will nichts Wesentliches an dem gegenwärtigen Stande der deutschen Gebildetheit geändert haben; vor allem ist sie ernstlich von der Singularität aller deutschen Erziehungs-Institutionen, namentlich der Gymnasien und Universitäten, überzeugt, hört nicht auf, diese dem Auslande anzuempfehlen, und zweifelt keinen Augenblick daran, dass man durch dieselben das gebildetste und urtheilsfähigste Volk der Welt geworden sei. Die Philister-Kultur glaubt an sich und darum auch an die ihr zu Gebote stehenden Methoden und Mittel. Zweitens aber legt sie das höchste Urtheil über alle Kultur- und Geschmacks-Fragen in die Hand des Gelehrten und betrachtet sich selbst als das immer anwachsende Compendium gelehrter Meinungen über Kunst, Litteratur und Philosophie; ihre Sorge ist, den Gelehrten zum Aussprechen seiner Meinungen zu nöthigen und diese dann vermischt, diluirt oder systematisirt dem deutschen Volke als Heiltrank einzugeben. Was ausserhalb dieser Kreise heranwächst, wird so lange mit zweifelnder Halbheit angehört oder nicht angehört, bemerkt oder nicht bemerkt, bis endlich einmal eine Stimme, gleichgültig von wem, wenn er nur recht streng den Gattungs-Charakter des Gelehrten an sich trägt, laut wird, heraus aus jenen Tempelräumen, in denen die traditionelle Geschmacks-Unfehlbarkeit herbergen soll: und von jetzt ab hat die öffentliche Meinung eine Meinung mehr und wiederholt mit hundertfachem Echo die Stimme jenes Einzelnen. In Wirklichkeit aber steht es um die ästhetische Unfehlbarkeit, die in diesen Räumen und bei jenen Einzelnen herbergen soll, sehr bedenklich und zwar so bedenklich, dass man so lange von dem Ungeschmack, der Gedankenlosigkeit und ästhetischen Rohheit eines Gelehrten überzeugt sein kann, als er nicht das Gegentheil erwiesen hat. Und nur Wenige werden das Gegentheil beweisen können. Denn wie Viele werden sich, nachdem sie sich an dem keuchenden und gehetzten Wettlauf der gegenwärtigen Wissenschaft betheiligt haben, überhaupt nur jenen muthigen und ruhenden Blick des kämpfenden Kultur-Menschen erhalten können, wenn sie ihn je besessen haben sollten, jenen Blick, der dieses Wettlaufen selbst als ein barbarisirendes Element verurtheilt? Deshalb müssen diese Wenigen fürderhin in einem Widerspruche leben: was vermöchten sie also gegen einen uniformen Glauben Unzähliger auszurichten, die allesammt die öffentliche Meinung zu ihrer Schutzpatronin gemacht haben und in diesem Glauben sich gegenseitig stützen und tragen? Was hilft es nun, wenn so ein Einzelner sich gegen Strauss erklärt, da doch die Vielen sich für ihn entschieden haben, und die von ihnen angeführte Masse sechs Mal hinter einander nach dem philiströsen Schlaftrunk des Magisters begehren gelernt hat.

Wenn wir hiermit ohne Weiteres angenommen haben, dass das Straussische Bekenntnissbuch bei der öffentlichen Meinung gesiegt habe und als Sieger willkommen geheissen sei, so würde sein Verfasser uns vielleicht aufmerksam machen, dass die mannichfachen Beurtheilungen seines Buches in öffentlichen Blättern einen durchaus nicht einmüthigen und am wenigsten einen unbedingt günstigen Charakter tragen, und dass er selbst gegen den bisweilen äusserst feindseligen Ton und die gar zu freche und herausfordernde Manier einiger dieser Zeitungskämpen in einem Nachwort sich habe verwahren müssen. Wie kann es, wird er uns zurufen, eine öffentliche Meinung über mein Buch geben, wenn trotzdem jeder Journalist mich als vogelfrei betrachten und nach Herzenslust schlecht behandeln darf! Dieser Widerspruch ist leicht zu heben, sobald man an dem Straussischen Buche zwei Seiten unterscheidet, eine theologische und eine schriftstellerische: nur mit der letzteren berührt jenes Buch die deutsche Kultur. Durch seine theologische Färbung steht es ausserhalb unserer deutschen Kultur und erweckt die Antipathien der verschiedenen theologischen Parteien, ja im Grunde jedes einzelnen Deutschen, insofern dieser ein theologischer Sektirer von Natur ist und seinen curiosen Privatglauben nur deshalb erfindet, um mit jedem anderen Glauben dissentiren zu können. Aber hört nur einmal alle diese theologischen Sektirer über Strauss reden, sobald von dem Schriftsteller Strauss gesprochen werden muss; sofort verklingt der theologische Dissonanzen-Lärm, und in reinem Einklang ertönt es wie aus dem Munde Einer Gemeinde: ein klassischer Schriftsteller bleibt er doch! Jeder, auch der verbissenste Orthodoxe, sagt dem Schriftsteller das Günstigste in's Gesicht, und sei es auch nur ein Wort über seine fast Lessingische Dialektik oder über die Feinheit, Schönheit und Gültigkeit seiner ästhetischen Ansichten. Als Buch, so scheint es, entspricht das Straussische Produkt geradezu dem Ideal eines Buches.

Die theologischen Widersacher sind, obwohl sie am lautesten geredet haben, in diesem Falle nur ein kleiner Bruchtheil des grossen Publikums: und selbst ihnen gegenüber wird Strauss Recht haben, wenn er sagt: "Gegen die Tausende meiner Leser sind die paar Dutzende meiner öffentlichen Tadler eine verschwindende Minderheit, und sie werden schwerlich beweisen können, dass sie durchaus die treuen Dollmetscher der ersteren sind. Wenn in einer Sache, wie diese, meistens die Nicht-Einverstandenen das Wort genommen, die Einverstandenen sich mit stiller Zustimmung begnügt haben, so liegt das in der Natur der Verhältnisse, die wir ja alle kennen." Also abgesehen von dem Aergerniss des theologischen Bekenntnisses, das Strauss hier und da erregt haben mag, über den Schriftsteller Strauss herrscht, selbst bei den fanatischen Widersachern, denen seine Stimme wie die Stimme des Thieres aus dem Abgrunde klingt, Einmüthigkeit. Und deshalb beweist die Behandlung, die Strauss durch die litterarischen Lohndiener der theologischen Parteien erfahren hat, nichts gegen unseren Satz, dass die Philister-Kultur in diesem Buche einen Triumph gefeiert hat.

Es ist zuzugeben, dass der gebildete Philister im Durchschnitt um einen Grad weniger freimüthig ist als Strauss, oder wenigstens bei öffentlichen Kundgebungen sich mehr zurückhält: um so erbaulicher ist ihm aber dieser Freimuth bei einem Anderen; zu Hause und unter seines Gleichen klatscht er sogar lärmend Beifall und nur gerade schriftlich mag er nicht bekennen, wie sehr ihm das alles von Strauss nach dem Herzen gesagt ist. Denn etwas feige ist nun einmal, wie wir bereits wissen, unser Bildungs-Philister, selbst bei den stärksten Sympathien: und gerade dass Strauss um einen Grad weniger feige ist, das macht ihn zum Führer, während es andererseits auch für seinen Muth eine sehr bestimmte Grenzlinie giebt. Wenn er diese überschritte, wie dies zum Beispiel Schopenhauer fast in jedem Satze thut, dann würde er nicht mehr wie ein Häuptling vor den Philistern herziehen, und man liefe ebenso hurtig davon, als man jetzt hinter ihm drein läuft. Wer dieses wenn nicht weise, so doch jedenfalls kluge Maasshalten und diese mediocritas des Muthes eine aristotelische Tugend nennen wollte, würde freilich im Irrthum sein: denn jener Muth ist nicht die Mitte zwischen zwei Fehlern, sondern zwischen einer Tugend und einem Fehler – und in dieser Mitte, zwischen Tugend und Fehler, liegen alle Eigenschaften des Philisters.

9.

"Aber ein klassischer Schriftsteller bleibt er doch!" Nun wir werden sehen.

Es wäre jetzt vielleicht erlaubt, sofort von dem Stilisten und Sprachkünstler Strauss zu reden, aber zuvor lasst uns doch einmal in Erwägung ziehen, ob er im Stande ist, sein Haus als Schriftsteller zu bauen und ob er wirklich die Architektur des Buches versteht. Daraus wird sich bestimmen, ob er ein ordentlicher, besonnener und geübter Buchmacher ist; und sollten wir mit Nein antworten müssen, so bliebe ihm immer noch als letztes refugium seines Ruhmes der Anspruch, ein "klassischer Prosaschreiber" zu sein. Die letzte Fähigkeit ohne die erste würde freilich nicht ausreichen, ihn zum Rang der klassischen Schriftsteller zu erheben: sondern höchstens zu dem der klassischen Improvisatoren oder der Virtuosen des Stils, die aber bei allem Geschick des Ausdruckes im Ganzen und bei dem eigentlichen Hinstellen des Baus die unbeholfene Hand und das befangene Auge des Stümpers zeigen. Wir fragen also, ob Strauss die künstlerische Kraft hat, ein Ganzes hinzusetzen, totum ponere.

Gewöhnlich lässt sich schon nach dem ersten schriftlichen Entwurf erkennen, ob der Verfasser ein Ganzes geschaut und diesem Geschauten gemäss den allgemeinen Gang und die richtigen Maasse gefunden hat. Ist diese wichtigste Aufgabe gelöst und das Gebäude selbst in glücklichen Proportionen aufgerichtet, so bleibt doch noch genug zu thun übrig: wie viel kleinere Fehler sind zu berichtigen, wie viel Lücken auszufüllen, hier und da musste bisher ein vorläufiger Bretterverschlag oder ein Fehlboden genügen, überall liegt Staub und Schutt, und wohin du blickst, gewahrst du die Spuren der Noth und Arbeit; das Haus ist immer noch als Ganzes unwohnlich und unheimlich: alle Wände sind nackt und der Wind saust durch die offenen Fenster. Ob nun die jetzt noch nöthige, grosse und mühsame Arbeit von Strauss gethan ist, geht uns so lange nichts an, als wir fragen, ob er das Gebäude selbst in guten Proportionen und überall als Ganzes hingestellt hat. Das Gegentheil hiervon ist bekanntlich, ein Buch aus Stücken zusammenzusetzen, wie dies die Art der Gelehrten ist. Sie vertrauen darauf, dass diese Stücke einen Zusammenhang unter sich haben und verwechseln hierbei den logischen Zusammenhang und den künstlerischen. Logisch ist nun jedenfalls das Verhältniss der vier Hauptfragen, welche die Abschnitte des Straussischen Buches bezeichnen, nicht: "Sind wir noch Christen? Haben wir noch Religion? Wie begreifen wir die Welt? Wie ordnen wir unser Leben?" und zwar deshalb nicht, weil die dritte Frage nichts mit der zweiten, die vierte nichts mit der dritten und alle drei nichts mit der ersten zu thun haben. Der Naturforscher zum Beispiel, der die dritte Frage aufwirft, zeigt gerade darin seinen unbefleckten Wahrheitssinn, dass er an der zweiten stillschweigend vorübergeht; und dass die Themata des vierten Abschnittes: Ehe, Republik, Todesstrafe durch die Einmischung Darwinistischer Theorien aus dem dritten Abschnitte nur verwirrt und verdunkelt werden würden, scheint Strauss selbst zu begreifen, wenn er thatsächlich auf diese Theorien keine weitere Rücksicht nimmt. Die Frage aber: sind wir noch Christen? verdirbt sofort die Freiheit der philosophischen Betrachtung und färbt sie in unangenehmer Weise theologisch; überdies hat er dabei ganz vergessen, dass der grössere Theil der Menschheit auch heute noch buddhaistisch und nicht christlich ist. Wie darf man bei dem Worte "alter Glaube" ohne Weiteres allein an das Christenthum denken! Zeigt sich hierin, dass Strauss nie aufgehört hat, christlicher Theologe zu sein und deshalb nie gelernt hat, Philosoph zu werden, so überrascht er uns wieder dadurch, dass er nicht zwischen Glauben und Wissen zu unterscheiden vermag und fortwährend seinen sogenannten "neuen Glauben" und die neuere Wissenschaft in Einem Athem nennt. Oder sollte neuer Glaube nur eine ironische Accommodation an den Sprachgebrauch sein? So scheint es fast, wenn wir sehen, dass er hier und da neuen Glauben und neuere Wissenschaft harmlos sich einander vertreten lässt, zum Beispiel auf pag. II, wo er fragt, auf welcher Seite, ob auf der des alten Glaubens oder der neueren Wissenschaft "der in menschlichen Dingen nicht zu vermeidenden Dunkelheiten und Unzulänglichkeiten mehrere sind." Zudem will er nach dem Schema der Einleitung die Beweise angeben, auf welche die moderne Weltbetrachtung sich stützt: alle diese Beweise entlehnt er aber aus der Wissenschaft und gebärdet sich auch hier durchaus als ein Wissender, nicht als Gläubiger.

Im Grunde ist also die neue Religion nicht ein neuer Glaube, sondern fällt mit der modernen Wissenschaft zusammen, ist also als solche gar nicht Religion. Behauptet nun Strauss, dennoch Religion zu haben, so liegen die Gründe dafür abseits von der neueren Wissenschaft. Nur der kleinste Theil des Straussischen Buches, das heisst wenige zerstreute Seiten überhaupt, betreffen das, was Strauss mit Recht einen Glauben nennen dürfte: nämlich jene Empfindung für das All, für welches Strauss dieselbe Pietät fordert, die der Fromme alten Stils für seinen Gott hat. Auf diesen Seiten geht es wenigstens durchaus nicht wissenschaftlich zu; wenn es aber nur ein wenig kräftiger, natürlicher und derber und überhaupt gläubiger zugienge! Gerade das ist höchst auffallend, durch was für künstliche Prozeduren unser Autor erst zum Gefühl kommt, dass er überhaupt noch einen Glauben und eine Religion hat: durch Stechen und Schlagen, wie wir gesehen haben. Er zieht arm und schwächlich daher, dieser exstimulirte Glaube: uns fröstelt ihn anzusehen.

Wenn Strauss in dem Schema der Einleitung versprochen hat, eine Vergleichung anzustellen, ob dieser neue Glaube auch dieselben Dienste leiste, wie der Glaube alten Stils den Alt-Gläubigen, so fühlt er zuletzt selbst, dass er zuviel versprochen habe. Denn die letzte Frage, nach dem gleichen Dienste und dem Besser und Schlechter, wird von ihm schliesslich ganz nebenbei und mit scheuer Eile auf einem Paar Seiten (p. 366 ff.) abgethan, sogar einmal mit dem Verlegenheitstrumpfe: "wer hier sich nicht selbst zu helfen weiss, dem ist überhaupt nicht zu helfen, der ist für unseren Standpunkt noch nicht reif" (p. 366). Mit welcher Wucht der Ueberzeugung glaubte dagegen der antike Stoiker an das All und an die Vernünftigkeit des Alls! Und in welchem Lichte, so betrachtet, erscheint gar der Anspruch auf Originalität seines Glaubens, den Strauss macht? Aber, wie gesagt, ob neu oder alt, original oder nachgemacht, das möchte gleichgültig sein, wenn es nur kräftig, gesund und natürlich zugienge. Strauss selbst lässt diesen herausdestillirten Nothglauben, so oft es geht, im Stich, um uns und sich mit seinem Wissen schadlos zu halten, und um seine neu erlernten naturwissenschaftlichen Kenntnisse mit ruhigerem Gewissen seinen "Wir" zu präsentiren. So scheu er ist, wenn er vom Glauben redet, so rund und voll wird sein Mund, wenn der grösste Wohlthäter der allerneuesten Menschheit, Darwin, citirt wird: dann verlangt er nicht nur Glauben für den neuen Messias, sondern auch für sich, den neuen Apostel, zum Beispiel, wenn er einmal bei dem intricatesten Thema der Naturwissenschaft mit wahrhaft antikem Stolze verkündet: "man wird mir sagen, ich rede da von Dingen, die ich nicht verstehe. Gut; aber es werden Andere kommen, die sie verstehen und die auch mich verstanden haben." Hiernach scheint es fast, als ob die berühmten "Wir" nicht nur auf den Glauben an das All, sondern auch auf den Glauben an den Naturforscher Strauss verpflichtet werden sollen; in diesem Falle würden wir nur wünschen, dass, um diesen letzteren Glauben sich zum Gefühl zu bringen, nicht eben so peinliche und grausame Prozeduren nöthig sind, wie in Betreff des ersteren. Oder genügt es vielleicht gar, dass hier einmal der Gegenstand des Glaubens und nicht der Gläubige gezwickt und gestochen wird, um die Gläubigen zu jener "religiösen Reaction" zu bringen, die das Merkmal des "neuen Glaubens" ist? Welches Verdienst würden wir uns dann um die Religiosität jener "Wir" erwerben!

Es ist nämlich sonst fast zu fürchten, dass die modernen Menschen fortkommen werden, ohne sich sonderlich um die religiöse Glaubens-Zuthat des Apostels zu kümmern: wie sie thatsächlich ohne den Satz von der Vernünftigkeit des Alls bisher fortgekommen sind. Die ganze moderne Natur- und Geschichts-Forschung hat mit dem Straussischen Glauben an das All nichts zu thun, und dass der moderne Philister diesen Glauben nicht braucht, zeigt gerade die Schilderung seines Lebens, die Strauss in dem Abschnitte "wie ordnen wir unser Leben?" macht. Er ist also im Rechte zu zweifeln, ob der "Wagen", dem sich seine "werthen Leser anvertrauen mussten, allen Anforderungen entspräche." Er entspricht ihnen gewiss nicht: denn der moderne Mensch kommt schneller vorwärts, wenn er sich nicht in diesen Straussen-Wagen setzt – oder richtiger: er kam schneller vorwärts, längst bevor dieser Straussen-Wagen existirte. Wenn es nun wahr wäre, dass die berühmte, "nicht zu übersehende Minderheit", von der und in deren Namen Strauss spricht, "grosse Stücke auf Consequenz hält", so müsste sie doch mit dem Wagenbauer Strauss eben so wenig zufrieden sein, als wir mit dem Logiker.

Aber geben wir immerhin den Logiker preis: vielleicht hat das ganze Buch, künstlerisch betrachtet, eine gut erfundene Form und entspricht den Gesetzen der Schönheit, wenn es auch einem gut gearbeiteten Gedankenschema nicht entspricht. Und hier erst kommen wir zu der Frage, ob Strauss ein guter Schriftsteller sei, nachdem wir erkannt haben, dass er sich nicht als wissenschaftlicher, streng ordnender und systematisirender Gelehrter benommen hat.

Vielleicht hat er sich nur dies zur Aufgabe gestellt, nicht sowohl von dem "alten Glauben" fortzuscheuchen, als durch ein anmuthiges und farbenreiches Gemälde eines in der neuen Weltbetrachtung heimischen Lebens anzulocken. Gerade wenn er an Gelehrte und Gebildete, als an seine nächsten Leser dachte, so musste er wohl aus Erfahrung wissen, dass man diese durch das schwere Geschütz wissenschaftlicher Beweise zwar niederschiessen, nie aber zur Uebergabe nöthigen kann, dass aber eben dieselben um so schneller leichtgeschürzten Verführungs-Künsten erliegen. "Leicht geschürzt" und zwar "mit Absicht", nennt aber Strauss sein Buch selbst; als "leicht geschürzt" empfinden und schildern es seine öffentlichen Lobredner, von denen zum Beispiel einer, und zwar ein recht beliebiger, diese Empfindungen folgendermaassen umschreibt: "In anmuthigem Ebenmaasse schreitet die Rede fort, und gleichsam spielend handhabt sie die Kunst der Beweisführung, wo sie kritisch gegen das Alte sich wendet, wie nicht minder da, wo sie das Neue, das sie bringt, verführerisch zubereitet und anspruchslosem wie verwöhntem Geschmacke präsentirt. Fein erdacht ist die Anordnung eines so mannichfaltigen, ungleichartigen Stoffes, wo Alles zu berühren und doch nichts in die Breite zu führen war; zumal die Uebergänge, die von der einen Materie zur anderen überleiten, sind kunstreich gefügt, wenn man nicht etwa noch mehr die Geschicklichkeit bewundern will, mit der unbequeme Dinge bei Seite geschoben oder verschwiegen sind." Die Sinne solcher Lobredner sind, wie sich auch hier ergiebt, nicht gerade fein hinsichtlich dessen, was einer als Autor kann , aber um so feiner für das, was einer will. Was aber Strauss will, verräth uns am deutlichsten seine emphatische und nicht ganz harmlose Anempfehlung Voltaire'scher Grazien, in deren Dienst er gerade jene "leichtgeschürzten" Künste, von denen sein Lobredner spricht, lernen konnte – falls nämlich die Tugend lehrbar ist, und ein Magister je ein Tänzer werden kann.

Wer hat nicht hierüber seine Nebengedanken, wenn er zum Beispiel folgendes Wort Straussens über Voltaire liest (p.219 Volt.): "originell ist Voltaire als Philosoph allerdings nicht, sondern in der Hauptsache Verarbeiter englischer Forschungen: dabei erweist er sich aber durchaus als freier Meister des Stoffes, den er mit unvergleichlicher Gewandtheit von allen Seiten zu zeigen, in alle möglichen Beleuchtungen zu stellen versteht und dadurch, ohne streng methodisch zu sein, auch den Forderungen der Gründlichkeit zu genügen weiss." Alle negativen Züge treffen zu: Niemand wird behaupten, dass Strauss als Philosoph originell, oder dass er streng methodisch sei, aber die Frage wäre, ob wir ihn auch als "freien Meister des Stoffes" gelten lassen und ihm die "unvergleichliche Gewandtheit" zugeben. Das Bekenntniss, dass die Schrift "mit Absicht leicht geschürzt" sei, lässt errathen, dass es auf eine unvergleichliche Gewandtheit mindestens abgesehen war.

Nicht einen Tempel, nicht ein Wohnhaus, sondern ein Gartenhaus inmitten aller Gartenkünste hinzustellen, war der Traum unseres Architekten. Ja es scheint fast, dass selbst jene mysteriöse Empfindung für das All, hauptsächlich als ästhetisches Effectmittel berechnet war, gleichsam als ein Ausblick auf ein irrationales Element, etwa das Meer, mitten heraus aus dem zierlichsten und rationellsten Terrassenwerk. Der Gang durch die ersten Abschnitte, nämlich durch die theologischen Katakomben mit ihrem Dunkel und ihrer krausen und barocken Ornamentik, war wiederum nur ein ästhetisches Mittel, die Reinlichkeit, Helle und Vernünftigkeit des Abschnittes mit der Ueberschrift:

"wie begreifen wir die Welt?" durch Kontrast zu heben: denn sofort nach jenem Gang im Düsteren und dem Blick in die irrationale Weite treten wir in eine Halle mit Oberlicht; nüchtern und hell empfängt sie uns, mit Himmelskarten und mathematischen Figuren an den Wänden, gefüllt mit wissenschaftlichen Geräthen, in den Schränken Skelette, ausgestopfte Affen und anatomische Präparate. Von hier aus aber wandeln wir, erst recht beglückt, mitten hinein in die volle Gemächlichkeit unserer Gartenhaus-Bewohner; wir finden sie bei ihren Frauen und Kindern unter ihren Zeitungen und politischen Alltagsgesprächen, wir hören sie eine Zeit lang reden über Ehe und allgemeines Stimmrecht, Todesstrafe und Arbeiterstrikes, und es scheint uns nicht möglich, den Rosenkranz öffentlicher Meinungen schneller abzubeten. Endlich sollen wir auch noch von dem klassischen Geschmacke der hier Hausenden überzeugt werden: ein kurzer Aufenthalt in der Bibliothek und im Musik-Zimmer giebt uns den erwarteten Aufschluss, dass die besten Bücher auf den Regalen und die berühmtesten Musikstücke auf den Notenpulten liegen; man spielt uns sogar etwas vor, und wenn es Haydn'sche Musik sein sollte, so war Haydn jedenfalls nicht Schuld daran, dass es wie Riehl'sche Hausmusik klang. Der Hausherr hat inzwischen Gelegenheit gehabt, sich mit Lessing ganz einverstanden zu erklären, mit Goethe auch, jedoch nur bis auf den zweiten Theil des Faust. Zuletzt preist sich unser Gartenhaus-Besitzer selbst und meint, wem es bei ihm nicht gefiele, dem sei nicht zu helfen, der sei für seinen Standpunkt nicht reif; worauf er uns noch seinen Wagen anbietet, doch mit der artigen Einschränkung, er wolle nicht behaupten, dass derselbe allen Anforderungen entspräche; auch seien die Steine auf seinen Wegen frisch aufgeschüttet und wir würden übel zerstossen werden. Darauf empfiehlt sich unser epikureischer Garten-Gott mit der unvergleichlichen Gewandtheit, die er an Voltaire zu rühmen wusste.

Wer könnte auch jetzt noch an dieser unvergleichlichen Gewandtheit zweifeln? Der freie Meister des Stoffs ist erkannt, der leicht geschürzte Gartenkünstler entpuppt; und immer hören wir die Stimme des Klassikers: als Schriftsteller will ich nun einmal kein Philister sein, will nicht! will nicht! Sondern durchaus Voltaire, der deutsche Voltaire! und höchstens noch der französische Lessing!

Wir verrathen ein Geheimniss: unser Magister weiss nicht immer, was er lieber sein will, Voltaire oder Lessing, aber um keinen Preis ein Philister, womöglich Beides, Lessing und Voltaire – auf dass erfüllet werde, was da geschrieben stehet:

"er hatte gar keinen Charakter, sondern wenn er einen haben wollte, so musste er immer erst einen annehmen."

10.

Wenn wir Strauss, den Bekenner, recht verstanden haben, so ist er selbst ein wirklicher Philister mit eingeengter, trockener Seele und mit gelehrten und nüchternen Bedürfnissen; und trotzdem würde Niemand mehr erzürnt sein, ein Philister genannt zu werden, als David Strauss, der Schriftsteller. Es würde ihm recht sein, wenn man ihn muthwillig, verwegen, boshaft, tollkühn nennte; sein höchstes Glück wäre aber, mit Lessing oder Voltaire verglichen zu werden, weil diese gewiss keine Philister waren. In der Sucht nach diesem Glück schwankt er öfter, ob er es dem tapferen dialektischen Ungestüm Lessings gleichthun solle, oder ob es ihm besser anstehe, sich als faunischen, freigeisterischen Alten in der Art Voltaires zu gebärden. Beständig macht er, wenn er sich zum Schreiben niedersetzt, ein Gesicht, wie wenn er sich malen lassen wollte, und zwar bald ein Lessingisches, bald ein Voltaire'sches Gesicht. Wenn wir sein Lob der Voltaire'schen Darstellung lesen (p. 217 Volt.), so scheint er der Gegenwart nachdrücklich in's Gewissen zu reden, weshalb sie nicht längst wisse, was sie an dem modernen Voltaire habe: "auch sind die Vorzüge", sagt er, "überall dieselben: einfache Natürlichkeit, durchsichtige Klarheit, lebendige Beweglichkeit, gefällige Anmuth. Wärme und Nachdruck fehlen, wo sie hingehören, nicht; gegen Schwulst und Affectation kam der Widerwille aus Voltaires innerster Natur; wie andererseits, wenn zuweilen Muthwille oder Leidenschaften seinen Ausdruck in's Gemeine herabzogen, die Schuld nicht am Stilisten, sondern am Menschen in ihm lag." Strauss scheint demnach recht wohl zu wissen, was es mit der Simplicität des Stiles auf sich hat: sie ist immer das Merkmal des Genies gewesen, als welches allein das Vorrecht hat, sich einfach, natürlich und mit Naivetät auszusprechen. Es verräth sich also nicht der gemeinste Ehrgeiz, wenn ein Autor eine simple Manier wählt: denn obgleich mancher merkt, für was ein solcher Autor gehalten werden möchte, so ist doch mancher auch so gefällig, ihn eben dafür zu halten. Der geniale Autor verräth sich aber nicht nur in der Schlichtheit und Bestimmtheit des Ausdruckes: seine übergrosse Kraft spielt mit dem Stoffe, selbst wenn er gefährlich und schwierig ist. Niemand geht mit steifem Schritte auf unbekanntem und von tausend Abgründen unterbrochenem Wege: aber das Genie läuft behend und mit verwegenen oder zierlichen Sprüngen auf einem solchen Pfade und verhöhnt das sorgfältige und furchtsame Abmessen der Schritte.

Dass die Probleme, an denen Strauss vorüberläuft, ernst und schrecklich sind und als solche von den Weisen aller Jahrtausende behandelt wurden, weiss Strauss selbst, und trotzdem nennt er sein Buch leicht geschürzt. Von allen diesen Schrecken, von dem finsteren Ernste des Nachdenkens, in den man sonst bei den Fragen über den Werth des Daseins und die Pflichten des Menschen von selbst verfällt, ahnt man nichts mehr, wenn der genialische Magister an uns vorübergaukelt, "leicht geschürzt und mit Absicht", ja leichter geschürzt als sein Rousseau, von dem er uns zu erzählen weiss, dass er sich von unten entblösste und nach oben zu drapirte, während Goethe sich unten drapirt und oben entblösst haben soll. Ganz naive Genies, scheint es, drapiren sich gar nicht, und vielleicht ist das Wort "leicht geschürzt" überhaupt nur ein Euphemismus für nackt. Von der Göttin Wahrheit behaupten ja die Wenigen, die sie gesehen haben, dass sie nackt gewesen sei: und vielleicht ist im Auge solcher, die sie nicht gesehen haben, aber jenen Wenigen glauben, Nacktheit oder Leicht-Geschürztheit schon ein Beweis, mindestens ein Indicium der Wahrheit. Schon der Verdacht ist hier von Vortheil für den Ehrgeiz des Autors: Jemand sieht etwas Nacktes: wie, wenn es die Wahrheit wäre! sagt er sich und nimmt eine feierlichere Miene an, als ihm sonst gewöhnlich ist. Damit hat aber der Autor schon viel gewonnen, wenn er seine Leser zwingt, ihn feierlicher anzusehen, als einen beliebigen fester geschürzten Autor. Es ist der Weg dazu, einmal ein "Klassiker" zu werden: und Strauss erzählt uns selbst, "dass man ihm die ungesuchte Ehre erwiesen habe, ihn als eine Art von klassischem Prosaschreiber anzusehen", dass er also am Ziele seines Weges angekommen sei. Das Genie Strauss läuft in der Kleidung leicht geschürzter Göttinnen als "Klassiker" auf den Strassen herum, und der Philister Strauss soll durchaus, um uns einer Originalwendung dieses Genies zu bedienen, "in Abgang dekretirt" oder "auf Nimmerwiederkehr hinausgeworfen werden."

Ach, der Philister kehrt aber trotz aller Abgangs-Dekrete und alles Hinauswerfens doch wieder und oft wieder! Ach das Gesicht, in Voltaire'sche und Lessingische Falten gezwängt, schnellt doch von Zeit zu Zeit in seine alten ehrlichen, originalen Formen zurück! Ach die Genielarve fällt zu oft herab, und nie war der Blick des Magisters verdrossener, nie waren seine Bewegungen steifer, als wenn er eben den Sprung des Genies nachzuspringen und mit dem Feuerblick des Genies zu blicken versucht hatte. Gerade dadurch, dass er sich in unserer kalten Zone so leicht schürzt, setzt er sich der Gefahr aus, sich öfter und schwerer zu erkälten, als ein Anderer; dass dies Alles dann auch die Anderen merken, mag recht peinlich sein, aber es muss ihm, wenn er je Heilung finden will, auch öffentlich folgende Diagnose gestellt werden. Es gab einen Strauss, einen wackeren, strengen und straffgeschürzten Gelehrten, der uns eben so sympathisch war, wie jeder, der in Deutschland mit Ernst und Nachdruck der Wahrheit dient und innerhalb seiner Grenzen zu herrschen versteht; der, welcher jetzt in der öffentlichen Meinung als David Strauss berühmt ist, ist ein Anderer geworden: die Theologen mögen es verschuldet haben, dass er dieser Andere geworden ist; genug, sein jetziges Spiel mit der Genie-Maske ist uns eben so verhasst oder lächerlich, als uns sein früherer Ernst zum Ernste und zur Sympathie zwang. Wenn er uns neuerdings erklärt: "es wäre auch Undank gegen meinen Genius, wollte ich mich nicht freuen, dass mir neben der Gabe der schonungslos zersetzenden Kritik zugleich die harmlose Freude am künstlerischen Gestalten verliehen ward", so mag es ihn überraschen, dass es trotz diesem Selbstzeugniss Menschen giebt, welche das Umgekehrte behaupten; einmal, dass er die Gabe künstlerischen Gestaltens nie gehabt habe, und sodann, dass die von ihm "harmlos" genannte Freude nichts weniger als harmlos sei, sofern sie eine im Grunde kräftig und tief angelegte Gelehrten- und Kritiker-Natur, das heisst den eigentlichen Straussischen Genius allmählich untergraben und zuletzt zerstört hat. In einer Anwandlung von unbegrenzter Ehrlichkeit fügt zwar Strauss selbst hinzu, er habe immer "den Merck in sich getragen, der ihm zurief: solchen Quark musst du nicht mehr machen, das können die Anderen auch"! Das war die Stimme des ächten Straussischen Genius: diese selbst sagt ihm auch, wie viel oder wie wenig sein neuestes, harmlos leicht geschürztes Testament des modernen Philisters werth sei. Das können die Anderen auch! Und viele könnten es besser! Und die es am besten könnten, begabtere und reichere Geister als Strauss, würden immer nur – Quark gemacht haben.

Ich glaube, dass man wohl verstanden hat, wie sehr ich den Schriftsteller Strauss schätze: nämlich wie einen Schauspieler, der das naive Genie und den Klassiker spielt. Wenn Lichtenberg einmal sagt: "Die simple Schreibart ist schon deshalb zu empfehlen, weil kein rechtschaffener Mann an seinen Ausdrücken künstelt und klügelt", so ist deshalb die simple Manier doch noch lange nicht ein Beweis für schriftstellerische Rechtschaffenheit. Ich wünschte, der Schriftsteller Strauss wäre ehrlicher, dann würde er besser schreiben und weniger berühmt sein. Oder – wenn er durchaus Schauspieler sein will – so wünschte ich, er wäre ein guter Schauspieler und machte es dem naiven Genie und dem Klassiker besser nach, wie man klassisch und genial schreibt. Es bleibt nämlich übrig zu sagen, dass Strauss ein schlechter Schauspieler und sogar ein ganz nichtswürdiger Stilist ist.

11.

Der Tadel, ein sehr schlechter Schriftsteller zu sein, schwächt sich freilich dadurch ab, dass es in Deutschland sehr schwer ist, ein mässiger und leidlicher, und ganz erstaunlich unwahrscheinlich, ein guter Schriftsteller zu werden. Es fehlt hier an einem natürlichen Boden, an der künstlerischen Werthschätzung, Behandlung und Ausbildung der mündlichen Rede. Da diese es in allen öffentlichen Aeusserungen, wie schon die Worte Salon-Unterhaltung, Predigt, Parlaments-Rede ausdrücken, noch nicht zu einem nationalen Stile, ja noch nicht einmal zum Bedürfniss eines Stils überhaupt gebracht hat, und alles, was spricht, in Deutschland aus dem naivsten Experimentiren mit der Sprache nicht herausgekommen ist, so hat der Schriftsteller keine einheitliche Norm und hat ein gewisses Recht, es auf eigene Faust einmal mit der Sprache aufzunehmen: was dann, in seinen Folgen, jene grenzenlose Dilapidation der deutschen Sprache der "Jetztzeit" hervorbringen muss, die am nachdrücklichsten Schopenhauer geschildert hat. "Wenn dies so fortgeht", sagt er einmal, "so wird man anno 1900 die deutschen Klassiker nicht mehr recht verstehen, indem man keine andere Sprache mehr kennen wird, als den Lumpen-Jargon der noblen "Jetztzeit" – deren Grundcharakter Impotenz ist." Wirklich lassen sich bereits jetzt deutsche Sprachrichter und Grammatiker in den allerneuesten Zeitschriften dahin vernehmen, dass für unseren Stil unsere Klassiker nicht mehr mustergültig sein könnten, weil sie eine grosse Menge von Worten, Wendungen und syntaktischen Fügungen haben, die uns abhanden gekommen sind: wesshalb es sich geziemen möchte, die sprachlichen Kunststücke im Wort- und Satzgebrauch bei den gegenwärtigen Schrift-Berühmtheiten zu sammeln und zur Nachahmung hinzustellen, wie dies zum Beispiel auch wirklich in dem kurz gefassten Hand- und Schand-Wörterbuch von Sanders geschehen ist. Hier erscheint das widrige Stil-Monstrum Gutzkow als Klassiker: und überhaupt müssen wir uns, wie es scheint, an eine ganz neue und überraschende Schaar von "Klassikern" gewöhnen, unter denen der erste oder mindestens einer der ersten, David Strauss ist, derselbe, welchen wir nicht anders bezeichnen können, als wir ihn bezeichnet haben: nämlich als einen nichtswürdigen Stilisten.

Es ist nun höchst bezeichnend für jene Pseudo-Kultur des Bildungs-Philisters, wie er sich gar noch den Begriff des Klassikers und Musterschriftstellers gewinnt

– er, der nur im Abwehren eines eigentlich künstlerisch strengen Kulturstils seine Kraft zeigt und durch die Beharrlichkeit im Abwehren zu einer Gleichartigkeit der Aeusserungen kommt, die fast wieder wie eine Einheit des Stiles aussieht. Wie ist es nur möglich, dass bei dem unbeschränkten Experimentiren, das man mit der Sprache Jedermann gestattet, doch einzelne Autoren einen allgemein ansprechenden Ton finden? Was spricht hier eigentlich so allgemein an? Vor allem eine negative Eigenschaft: der Mangel alles Anstössigen, – anstössig aber ist alles wahrhaft Produktive. – Das Uebergewicht nämlich bei dem, was der Deutsche jetzt jeden Tag liest, liegt ohne Zweifel auf Seiten der Zeitungen nebst dazu gehörigen Zeitschriften: deren Deutsch prägt sich, in dem unaufhörlichen Tropfenfall gleicher Wendungen und gleicher Wörter, seinem Ohre ein, und da er meistens Stunden zu dieser Leserei benutzt, in denen sein ermüdeter Geist ohnehin zum Widerstehen nicht aufgelegt ist, so wird allmählich sein Sprachgehör in diesem Alltags-Deutsch heimisch und vermisst seine Abwesenheit nöthigenfalls mit Schmerz. Die Fabrikanten jener Zeitungen sind aber, ihrer ganzen Beschäftigung gemäss, am allerstärksten an den Schleim dieser Zeitungs-Sprache gewöhnt: sie haben im eigentlichsten Sinne allen Geschmack verloren, und ihre Zunge empfindet höchstens das ganz und gar Corrupte und Willkürliche mit einer Art von Vergnügen. Daraus erklärt sich das tutti unisono, mit welchem, trotz jener allgemeinen Erschlaffung und Erkrankung, in jeden neu erfundenen Sprachschnitzer sofort eingestimmt wird: man rächt sich mit solchen frechen Corruptionen an der Sprache wegen der unglaublichen Langeweile, die sie allmählich ihren Lohnarbeitern verursacht. Ich erinnere mich, einen Aufruf von Berthold Auerbach "an das deutsche Volk" gelesen zu haben, in dem jede Wendung undeutsch verschroben und erlogen war, und der als Ganzes einem seelenlosen Wörtermosaik mit internationaler Syntax glich; um von dem schamlosen Sudeldeutsch zu schweigen, mit dem Eduard Devrient das Andenken Mendelssohn's feierte. Der Sprachfehler also – das ist das Merkwürdige – gilt unserem Philister nicht als anstössig, sondern als reizvolle Erquickung in der gras- und baumlosen Wüste des Alltags-Deutsches. Aber anstössig bleibt ihm das wahrhaft Produktive. Dem allermodernsten Muster-Schriftsteller wird seine gänzlich verdrehte, verstiegene oder zerfaserte Syntax, sein lächerlicher Neologismus nicht etwa nachgesehen, sondern als Verdienst, als Pikanterie angerechnet: aber wehe dem charaktervollen Stilisten, welcher der Alltags-Wendung eben so ernst und beharrlich aus dem Wege geht als den "in letzter Nacht ausgeheckten Monstra der Jetztzeit-Schreiberei", wie Schopenhauer sagt. Wenn das Platte, Ausgenutzte, Kraftlose, Gemeine als Regel, das Schlechte und Corrupte als reizvolle Ausnahme hingenommen wird, dann ist das Kräftige, Ungemeine und Schöne in Verruf: so dass sich in Deutschland fortwährend die Geschichte jenes wohlgebildeten Reisenden wiederholt, der in's Land der Bucklichten kommt, dort überall wegen seiner angeblichen Ungestalt und seines Defektes an Rundung auf das schmählichste verhöhnt wird, bis endlich ein Priester sich seiner annimmt und dem Volke also zuredet: beklagt doch lieber den armen Fremden und bringt dankbaren Sinnes den Göttern ein Opfer, dass sie euch mit diesem stattlichen Fleischberg geschmückt haben.

Wenn jetzt Jemand eine positive Sprachlehre des heutigen deutschen Allerweltstils machen wollte und den Regeln nachspürte, die, als ungeschriebene, ungesprochene und doch befolgte Imperative, auf dem Schreibepulte Jedermanns ihre Herrschaft ausüben, so würde er wunderliche Vorstellungen über Stil und Rhetorik antreffen, die vielleicht noch aus einigen Schul-Reminiscenzen und der einstmaligen Nöthigung zu lateinischen Stilübungen, vielleicht aus der Lektüre französischer Schriftsteller, entnommen sind, und über deren unglaubliche Rohheit jeder regelmässig erzogene Franzose zu spotten ein Recht hat. Ueber diese wunderlichen Vorstellungen, unter deren Regiment so ziemlich jeder Deutsche lebt und schreibt, hat, wie es scheint, noch keiner der gründlichen Deutschen nachgedacht.

Da finden wir die Forderung, dass von Zeit zu Zeit ein Bild oder ein Gleichniss kommen, dass das Gleichniss aber neu sein müsse: neu und modern ist aber für das dürftige Schreiber-Gehirn identisch, und nun quält es sich, von der Eisenbahn, dem Telegraphen, der Dampfmaschine, der Börse seine Gleichnisse abzuziehen und fühlt sich stolz darin, dass diese Bilder neu sein müssen, weil sie modern sind. In dem Bekenntnissbuche Straussens finden wir auch den Tribut an das moderne Gleichniss ehrlich ausgezahlt: er entlässt uns mit dem anderthalb Seiten langen Bilde einer modernen Strassen-Correceion, er vergleicht die Welt ein paar Seiten früher mit der Maschine, ihren Rädern, Stampfen, Hämmern und ihrem "lindernden Oel". (S. 362): Eine Mahlzeit, die mit Champagner beginnt. – (S. 325) Kant als Kaltwasseranstalt. – (S. 265): "Die schweizerische Bundesverfassung verhält sich zur englischen wie eine Bachmühle zu einer Dampfmaschine, wie ein Walzer oder ein Lied zu einer Fuge oder Symphonie." – (S. 258): "Bei jeder Appellation muss der Instanzenzug eingehalten werden. Die mittlere Instanz zwischen dem Einzelnen und der Menschheit aber ist die Nation." – (S. 141): "Wenn wir zu erfahren wünschen, ob in einem Organismus, der uns erstorben scheint, noch Leben sei, pflegen wir es durch einen starken, wohl auch schmerzlichen Reiz, etwa einen Stich, zu versuchen." – (S. 138): "Das religiöse Gebiet in der menschlichen Seele gleicht dem Gebiet der Rothhäute in Amerika." – (S. 137): "Virtuosen der Frömmigkeit in den Klöstern." – (S. 90): "Das Facit aus allem Bisherigen mit vollen Ziffern unter die Rechnung setzen." – (S. 176): "Die Darwinische Theorie gleicht einer nur erst abgesteckten Eisenbahn – – – wo die Fähnlein lustig im Winde flattern." Auf diese Weise, nämlich hoch modern, hat sich Strauss mit der Philister – Forderung abgefunden, dass von Zeit zu Zeit ein neues Gleichniss auftreten müsse.

Sehr verbreitet ist auch eine zweite rhetorische Forderung, dass das Didaktische sich in langen Sätzen, dazu in weiten Abstractionen ausbreiten müsse, dass dagegen das Ueberredende kurze Sätzchen und hintereinander herhüpfende Kontraste des Ausdrucks liebe. Ein Mustersatz für das Didaktische und Gelehrtenhafte, zu voller Schleiermacherischer Zerblasenheit auseinander gezogen und in wahrer Schildkröten-Behendigkeit daherschleichend, steht bei Strauss S. 132: "Dass auf den früheren Stufen der Religion statt Eines solchen Woher mehrere, statt Eines Gottes eine Vielheit von Göttern erscheint, kommt nach dieser Ableitung der Religion daher, dass die verschiedenen Naturkräfte oder Lebensbeziehungen, welche im Menschen das Gefühl schlechthiniger Abhängigkeit erregen, Anfangs noch in ihrer ganzen Verschiedenartigkeit auf ihn wirken, er sich noch nicht bewusst geworden ist, wie in Betreff der schlechthinigen Abhängigkeit zwischen denselben kein Unterschied, mithin auch das Woher dieser Abhängigkeit oder das Wesen, worauf sie in letzter Beziehung zurückgeht, nur Eines sein kann." Ein entgegengesetztes Beispiel für die kurzen Sätzchen und die affectirte Lebendigkeit, welche einige Leser so aufgeregt hat, dass sie Strauss nur noch mit Lessing zusammen nennen, findet sich Seite 8: "Was ich im Folgenden auszuführen gedenke, davon bin ich mir wohl bewusst, dass es Unzählige eben so gut, Manche sogar viel besser wissen. Einige haben auch bereits gesprochen. Soll ich darum schweigen? Ich glaube nicht. Wir ergänzen uns ja alle gegenseitig. Weiss ein Anderer Vieles besser, so ich doch vielleicht Einiges; und Manches weiss ich anders, sehe ich anders an als die Uebrigen. Also frischweg gesprochen, heraus mit der Farbe, damit man erkenne, ob sie eine ächte sei." Zwischen diesem burschikosen Geschwindmarsch und jener Leichenträger-Saumseligkeit hält allerdings für gewöhnlich der Straussische Stil die Mitte, aber zwischen zwei Lastern wohnt nicht immer die Tugend, sondern zu oft nur die Schwäche, die lahme Ohnmacht, die Impotenz. In der That, ich bin sehr enttäuscht worden, als ich das Straussische Buch nach feineren und geistvolleren Zügen und Wendungen durchsuchte und mir eigens eine Rubrik gemacht hatte, um wenigstens an dem Schriftsteller Strauss hier und da etwas loben zu können, da ich an dem Bekenner nichts Lobenswerthes fand. Ich suchte und suchte, und meine Rubrik blieb leer. Dagegen füllte sich eine andere, mit der Aufschrift: Sprachfehler, verwirrte Bilder, unklare Verkürzungen, Geschmacklosigkeiten und Geschraubtheiten, derart, dass ich es nachher nur wagen kann, eine bescheidene Auswahl aus meiner übergrossen Sammlung von Probestücken mitzutheilen. Vielleicht gelingt es mir, unter dieser Rubrik gerade das zusammenzustellen, was bei den gegenwärtigen Deutschen den Glauben an den grossen und reizvoller Stilisten Strauss hervorbringt: es sind Curiositäten des Ausdrucks die in der austrocknenden Oede und Verstaubtheit des gesammten Buches, wenn nicht angenehm, so doch schmerzlich reizvoll über raschen: wir merken, um uns Straussischer Gleichnisse zu bedienen, an solchen Stellen doch wenigstens, dass wir noch nicht abgestorben sind, und reagiren noch auf solche Stiche. Denn alles Uebrige zeigt jenen Mangel alles Anstössigen, soll heissen alles Productiven, der jetzt dem klassischen Prosaschreiber als positive Eigenschaft angerechnet wird. Die äusserste Nüchternheit und Trockenheit, eine wahrhaft angehungerte Nüchternheit erweckt, jetzt bei der gebildeten Masse die unnatürliche Empfindung, als ob eben diese das Zeichen der Gesundheit wäre, so dass hier gerade gilt, was der Autor des dialogus de oratoribus sagt: "illam ipsam quam iactant sanitatem non firmitate sed ieiunio consequuntur". Darum hassen sie mit instinktiver Einmüthigkeit alle firmitas, weil sie von einer ganz anderen Gesundheit Zeugniss ablegt, als die ihrige ist, und suchen die firmitas, die straffe Gedrungenheit, die feurige Kraft der Bewegungen, die Fülle und Zartheit des Muskelspiels zu verdächtigen. Sie haben sich verabredet, Natur und Namen der Dinge umzukehren und fürderhin von Gesundheit zu sprechen, wo wir Schwäche sehen, von Krankheit und Ueberspanntheit, wo uns wirkliche Gesundheit entgegentritt. So gilt denn nun auch David Strauss als "Klassiker."

Wäre nur diese Nüchternheit wenigstens eine streng logische Nüchternheit: aber gerade Einfachheit und Straffheit im Denken ist diesen "Schwachen" abhanden gekommen, und unter ihren Händen ist die Sprache selbst unlogisch zerfasert. Man versuche nur, diesen Straussen-Stil in's Lateinische zu übersetzen: was doch selbst bei Kant angeht und bei Schopenhauer bequem und reizvoll ist. Die Ursache, dass es mit dem Straussischen Deutsch durchaus nicht gehen will, liegt wahrscheinlich nicht daran, dass dies Deutsch deutscher ist als bei jenen, sondern dass es bei ihm verworren und unlogisch, bei jenen voll Einfachheit und Grösse ist. Wer dagegen weiss, wie die Alten sich mühten, um sprechen und schreiben zu lernen, und wie die Neueren sich nicht mühen, der fühlt, wie dies Schopenhauer einmal gesagt hat, eine wahre Erleichterung, wenn er so ein deutsches Buch nothgedrungen abgethan hat, um sich nun wieder zu den anderen alten wie neuen Sprachen wenden zu können; "denn bei diesen," sagt er, "habe ich doch eine regelrecht fixirte Sprache mit durchweg festgestellter und treulich beobachteter Grammatik und Orthographie vor mir und bin ganz dem Gedanken hingegeben, während ich im Deutschen jeden Augenblick gestört werde durch die Naseweisheit des Schreibers, der seine grammatischen und orthographischen Grillen und knolligen Einfälle durchsetzen will: wobei die sich frech spreizende Narrheit mich anwidert. Es ist wahrlich eine rechte Pein, eine schöne, alte, klassische Schriften besitzende Sprache von Ignoranten und Eseln misshandeln zu sehen."

Das ruft euch der heilige Zorn Schopenhauers zu, und ihr dürft nicht sagen, dass ihr ungewarnt geblieben wärt. Wer aber durchaus auf keine Warnung hören und sich den Glauben an den Klassiker Strauss schlechterdings nicht verkümmern lassen will, dem sei als letztes Recept anempfohlen, ihn nachzuahmen. Versucht es immerhin auf eigene Gefahr: ihr werdet es zu büssen haben mit eurem Stile sowohl als zuletzt selbst mit eurem eigenen Kopfe, auf dass das Wort indischer Weisheit auch an euch in Erfüllung gehe: "An einem Kuhhorn zu nagen, ist unnütz und verkürzt das Leben: man reibt die Zähne ab und erhält doch keinen Saft." –

12.

Zum Schluss wollen wir doch unserem klassischen Prosaschreiber die versprochene Sammlung von Stilproben vorlegen; vielleicht würde sie Schopenhauer ganz allgemein betiteln: "Neue Belege für den Lumpen-Jargon der Jetztzeit"; denn das mag David Strauss zum Troste gesagt werden, wenn es ihm ein Trost sein kann, dass jetzt alle Welt so schreibt wie er, zum Theil noch miserabler, und dass unter den Blinden jeder Einäugige König ist. Wahrlich, wir gestehen ihm viel zu, wenn wir ihm Ein Auge zugestehen, dies aber thun wir, weil Strauss nicht so schreibt, wie die verruchtesten aller Deutsch-Verderber, die Hegelianer, und ihr verkrüppelter Nachwuchs. Strauss will wenigstens aus diesem Sumpfe wieder heraus und ist zum Theil wieder heraus, doch noch lange nicht auf festem Lande; man merkt es ihm noch an, dass er einmal in seiner

Jugend Hegelisch gestottert hat: damals hat sich etwas in ihm ausgerenkt, irgend ein Muskel hat sich gedehnt; damals ist sein Ohr, wie das Ohr eines unter Trommeln aufgewachsenen Knaben, abgestumpft worden, um nie wieder jene künstlerisch zarten und kräftigen Gesetze des Klanges nachzufühlen, unter deren Herrschaft der an guten Mustern und in strenger Zucht herangebildete Schriftsteller lebt. Damit hat er als Stilist sein bestes Hab und Gut verloren und ist verurtheilt, Zeitlebens auf dem unfruchtbaren und gefährlichen Triebsande des Zeitungsstiles sitzen zu bleiben – wenn er nicht in den Hegelschen Schlamm wieder hinunter will. Trotzdem hat er es für ein Paar Stunden der Gegenwart zur Berühmtheit gebracht, und vielleicht weiss man noch ein Paar spätere Stunden, dass er eine Berühmtheit war; dann aber kommt die Nacht und mit ihr die Vergessenheit: und schon mit diesem Augenblicke, in dem wir seine stilistischen Sünden in's schwarze Buch schreiben, beginnt die Dämmerung seines Ruhmes. Denn wer sich an der deutschen Sprache versündigt hat, der hat das Mysterium aller unserer Deutschheit entweiht: sie allein hat durch alle die Mischung und den Wechsel von Nationalitäten und Sitten hindurch sich selbst und damit den deutschen Geist wie durch einen metaphysischen Zauber gerettet. Sie allein verbürgt auch diesen Geist für die Zukunft, falls sie nicht selbst unter den ruchlosen Händen der Gegenwart zu Grunde geht. "Aber Di meliora! Fort Pachydermata, fort! Dies ist die deutsche Sprache, in der Menschen sich ausgedrückt, ja, in der grosse Dichter gesungen und grosse Denker geschrieben haben. Zurück mit den Tatzen!" –

Nehmen wir zum Beispiel gleich einen Satz der ersten Seite des Straussischen Buches: *"Schon in dem Machtzuwachse – – – hat der römische Katholicismus eine Aufforderung erkannt, seine ganze geistliche und weltliche Macht in der Hand des für unfehlbar erklärten Papstes diktatorisch zusammenzufassen."* Unter diesem schlotterichten Gewande sind verschiedene Sätze, die durchaus nicht zusammenpassen und nicht zu gleicher Zeit möglich sind, versteckt; Jemand kann irgendwie eine Aufforderung erkennen, seine Macht zusammenzufassen oder sie in die Hände eines Diktators zu legen, aber er kann sie nicht in der Hand eines Anderen diktatorisch zusammenfassen. Wird dem Katholicismus gesagt, dass er seine Macht diktatorisch zusammenfasst, so ist er selbst mit einem Diktator verglichen: offenbar soll aber hier der unfehlbare Papst mit dem Diktator verglichen werden, und nur durch unklares Denken und Mangel an Sprachgefühl kommt das Adverbium an die unrechte Stelle. Um aber das Ungereimte der anderen Wendung nachzufühlen, so empfehle ich, dieselbe in folgender Simplification sich vorzusagen: der Herr fasst die Zügel in der Hand seines Kutschers zusammen. – (S. 4): *"Dem Gegensatze zwischen dem alten Consistorialregiment und den auf eine Synodalverfassung gerichteten Bestrebungen liegt hinter dem hierarchischen Zuge auf der einen, dem demokratischen auf der anderen Seite, doch eine dogmatisch-religiöse Differenz zu Grunde."* Man kann sich nicht ungeschickter ausdrücken: erstens bekommen wir einen Gegensatz zwischen einem Regiment und gewissen Bestrebungen, diesem Gegensatz liegt sodann eine dogmatisch-religiöse Differenz zu Grunde, und diese zu Grunde liegende Differenz befindet sich hinter einem hierarchischen Zuge auf der einen und einem demokratischen auf der anderen Seite. Räthsel: welches Ding liegt hinter zwei Dingen einem dritten Dinge zu Grunde? – (S. 18): *"und die Tage, obwohl von dem Erzähler unmissverstehbar zwischen Abend und Morgen eingerahmt"* u. s. w. Ich beschwöre Sie, das in's Lateinische zu übersetzen, um zu erkennen, welchen schamlosen Missbrauch Sie mit der Sprache treiben. Tage, die eingerahmt werden! Von einem Erzähler! Unmissverstehbar! Und eingerahme zwischen etwas! – (S. 19): *"Von irrigen und widersprechenden Berichten, von falschen Meinungen und Urtheilen kann in der Bibel keine Rede sein."* Höchst lüderlich ausgedrückt! Sie verwechseln "in der Bibel" und "bei der Bibel": das erstere hätte seine Stelle vor "kann" haben müssen, das zweite nach "kann". Ich meine, Sie haben sagen wollen: von irrigen und widersprechenden Berichten, von falschen Meinungen und Urtheilen in der Bibel kann keine Rede sein; warum nicht? Weil sie gerade die Bibel ist – also: "kann bei der Bibel nicht die Rede sein." Um nun nicht "in der Bibel" und "bei der Bibel" hintereinander folgen zu lassen, haben Sie sich entschlossen, Lumpen-Jargon zu schreiben und die Präpositionen zu verwechseln. Dasselbe Verbrechen begehen Sie auf S.20: *"Compilationen, in die ältere Stücke zusammengearbeitet sind."* Sie meinen, "in die ältere Stücke hineingearbeitet oder in denen ältere Stücke zusammengearbeitet sind." – Auf derselben Seite reden Sie mit studentischer Wendung von einem *"Lehrgedicht , das in die unangenehme Lage versetzt wird, zunächst vielfach missdeutet"* (besser: missgedeutet), *"dann angefeindet und bestritten zu werden"*, S.24 sogar von *"Spitzfindigkeiten, durch die man ihre Härte zu mildern suchte"!* Ich bin in der unangenehmen Lage, etwas Hartes, dessen Härte man durch etwas Spitzes mildert, nicht zu kennen; Strauss freilich erzählt (S. 367) sogar von einer *"durch Zusammenrütteln gemilderten Schärfe"*. – (S. 35): *"einem Voltaire dort stand hier ein Samuel Hermann Reimarus durchaus typisch für beide Nationen gegenüber."* Ein Mann kann immer nur typisch für Eine Nation, aber nicht einem Anderen typisch für beide Nationen gegenüber stehen. Eine schändliche Gewaltthätigkeit, an der Sprache begangen, um einen Satz zu sparen oder zu eskrokiren. – (S. 46): *"Nun stand es aber nur wenige Jahre an nach Schleiermachers Tode, dass – – ."* Solchem Sudler-Gesindel macht freilich die Stellung der Worte keine Umstände; dass hier die Worte: "nach Schleiermachers Tode" falsch stehen, nämlich nach "an", während sie vor "an" stehen sollten, ist Ihren Trommelschlag-Ohren gerade so gleichgültig, als nachher "dass" zu sagen, wo es "bis" heissen muss. – (S. 13): *"auch von allen den verschiedenen Schattirungen, in denen das heutige Christenthum schillert, kann es sich bei uns nur etwa um die äusserste, abgeklärteste handeln, ob wir uns zu ihr noch zu bekennen vermögen."* Die Frage, worum handelt es sich? kann einmal beantwortet werden: "um das und das", oder zweitens durch einen Satz mit: "ob wir uns" u. s. w.; beide Constructionen durcheinander zu werfen, zeigt den lüderlichen Gesellen. Er wollte vielmehr sagen: "kann es sich bei uns etwa nur bei der äussersten darum handeln, ob wir uns noch zu ihr bekennen": aber die Präpositionen der deutschen Sprache sind, wie es scheint, nur noch da, um jede gerade so anzuwenden, dass die Anwendung überrascht. S. 358 Z. B. verwechselt der "Klassiker", um uns diese Ueberraschung zu machen, die Wendungen: "ein Buch handelt von etwas" und: "es handelt sich um etwas", und nun müssen wir einen Satz anhören, wie diesen: *"dabei wird es unbestimmt bleiben, ob es sich von äusserem oder innerem Heldenthum, von Kämpfen auf offenem Felde oder in den Tiefen der Menschenbrust handelt."* – (S. 343) : *"für unsere nervös überreizte Zeit, die namentlich in ihren musikalischen Neigungen diese Krankheit zu Tage legt."* Schmähliche Verwechselung von "zu Tage liegen" und "an den Tag legen". Solche Sprachverbesserer sollten doch ohne Unterschied der Person gezüchtigt werden wie die Schuljungen. – (S.70) : *"wir sehen hier einen der Gedankengänge, wodurch sich die Jünger zur Produktion der Vorstellung der Wiederbelebung ihres getödteten Meisters emporgearbeitet haben."* Welches Bild! Eine wahre Essenkehrer-Phantasie! Man arbeitet sich durch einen Gang zu einer Produktion empor! – Wenn S. 72 dieser grosse Held in Worten, Strauss, die Geschichte von der Auferstehung Jesu als *"welthistorischen Humbug"* bezeichnet, so wollen wir hier, unter dem Gesichtspunkte des Grammatikers, ihn nur fragen, wen er eigentlich bezichtigt, diesen "welthistorischen Humbug," das heisst einen auf Betrug Anderer und auf persönlichen Gewinn abzielenden Schwindel auf dem Gewissen zu haben. Wer schwindelt, wer betrügt? Denn einen "Humbug" vermögen wir uns gar nicht ohne ein Subject vorzustellen, das seinen Vortheil dabei sucht. Da uns auf diese Frage Strauss gar keine Antwort geben kann, – falls er sich scheuen sollte, seinen Gott, das heisst den aus nobler Passion irrenden

Gott als diesen Schwindler zu prostituiren – so bleiben wir zunächst dabei, den Ausdruck für ebenso ungereimt als geschmacklos zu halten. – Auf derselben Seite heisst es: *"seine Lehren würden wie einzelne Blätter im Winde verweht und zerstreut worden sein, wären diese Blätter nicht von dem Wahnglauben an seine Auferstehung als von einem derben handfesten Einband zusammengefasst und dadurch erhalten worden."* Wer von Blättern im Winde redet, führt die Phantasie des Lesers irre, sofern er nachher darunter Papierblätter versteht, die durch Buchbinderarbeit zusammengefasst werden können. Der sorgsame Schriftsteller wird nichts mehr scheuen, als bei einem Bilde den Leser zweifelhaft zu lassen oder irre zu führen: denn das Bild soll etwas deutlicher machen; wenn aber das Bild selbst undeutlich ausgedrückt ist und irre führt, so macht es die Sache dunkler, als sie ohne Bild war. Aber freilich sorgsam ist unser "Klassiker" nicht: er redet muthig von der *"Hand unserer Quellen"* (S. 76), von dem *"Mangel jeder Handhabe in den Quellen"* (S. 77) und von der *"Hand eines Bedürfnisses"* (S. 215). – (S. 73): *"Der Glaube an seine Auferstehung kommt auf Rechnung Jesu selbst."* Wer sich so gemein merkantilisch bei so wenig gemeinen Dingen auszudrücken liebt, giebt zu verstehen, dass er sein Lebelang recht schlechte Bücher gelesen hat. Von schlechter Lektüre zeugt der Straussische Stil überall. Vielleicht hat er zuviel die Schriften seiner theologischen Gegner gelesen. Woher aber lernt man es, den alten Juden- und Christengott mit so kleinbürgerlichen Bildern zu behelligen, wie sie Strauss zum Beispiel S. 105 zum Besten giebt, wo eben jenem *"alten Juden – und Christengott der Stuhl unter dem Leibe weggezogen wird"* oder S. 105, wo *"an den alten persönlichen Gott gleichsam die Wohnungsnoth herantritt,"* oder S. 115, wo ebenderselbe in ein *"Ausdingstübchen"* versetzt wird, *"worin er übrigens noch anständig untergebracht und beschäftigt werden soll."* – (S. 111): *"mit dem erhörlichen Gebet ist abermals ein wesentliches Attribut des persönlichen Gottes dahingefallen."* Denkt doch erst, ihr Tintenklexer, ehe ihr klext! Ich sollte meinen, die Tinte müsste erröthen, wenn mit ihr etwas über ein Gebet, das ein "Attribut" sein soll, noch dazu ein "dahingefallenes Attribut", hingeschmiert wird. – Aber was steht auf S. 134! *"Manches von den Wunschattributen, die der Mensch früherer Zeiten seinen Göttern beilegte – ich will nur das Vermögen schnellster Raumdurchmessung als Beispiel anführen – hat er jetzt, in Folge rationeller Naturbeherrschung, selbst an sich genommen."* Wer wickelt uns diesen Knäuel auf! Gut, der Mensch früherer Zeiten legt den Göttern Attribute bei; "Wunschattribute" ist bereits recht bedenklich! Strauss meint ungefähr, der Mensch habe angenommen, dass die Götter alles das, was er zu haben wünscht, aber nicht hat, wirklich besitzen, und so hat ein Gott Attribute, die den Wünschen der Menschen entsprechen, also ungefähr "Wunschattribute". Aber nun nimmt, nach Straussens Belehrung, der Mensch manches von diesen "Wunschattributen" an sich – ein dunkler Vorgang, ebenso dunkel wie der auf S. 135 geschilderte: *"der Wunsch muss hinzutreten, dieser Abhängigkeit auf dem kürzesten Wege eine für den Menschen vortheilhafte Wendung zu geben."* Abhängigkeit – Wendung – kürzester Weg, ein Wunsch, der hinzutritt – wehe jedem, der einen solchen Vorgang wirklich sehen wollte! Es ist eine Scene aus dem Bilderbuch für Blinde. Man muss tasten. – Ein neues Beispiel (S. 222): *"Die aufsteigende und mit ihrem Aufsteigen selbst über den einzelnen Niedergang übergreifende Richtung dieser Bewegung,"* ein noch stärkeres (S. 120): *"Die letzte Kantische Wendung sah sich, wie wir fanden, um ans Ziel zu kommen, genöthigt, ihren Weg eine Strecke weit über das Feld eines zukünftigen Lebens zu nehmen."* Wer kein Maulthier ist, findet in diesen Nebeln keinen Weg. Wendungen, die sich genöthigt sehen! Ueber den Niedergang übergreifende Richtungen! Wendungen, die auf dem kürzesten Wege vortheilhaft sind, Wendungen, die ihren Weg eine Strecke weit über ein Feld nehmen! Ueber welches Feld? Ueber das Feld des zukünftigen Lebens! Zum Teufel alle Topographie: Lichter! Lichter! Wo ist der Faden der Ariadne in diesem Labyrinthe? Nein, so darf Niemand sich erlauben zu schreiben, und wenn es der berühmteste Prosaschreiber wäre, noch weniger aber ein Mensch, mit *"vollkommen ausgewachsener religiöser und sittlicher Anlage"* (S. 50). Ich meine, ein älterer Mann müsste doch wissen, dass die Sprache ein von den Vorfahren überkommenes und den Nachkommen zu hinterlassendes Erbstück ist, vor dem man Ehrfurcht haben soll als vor etwas Heiligem und Unschätzbarem und Unverletzlichem. Sind eure Ohren stumpf geworden, nun so fragt, schlagt Wörterbücher nach, gebraucht gute Grammatiken, aber wagt es nicht, so in den Tag hinein fortzusündigen! Strauss sagt zum Beispiel (S.136): *"ein Wahn, den sich und der Menschheit abzuthun, das Bestreben jedes zur Einsicht Gekommenen sein müsste."* Diese Construction ist falsch, und wenn das ausgewachsene Ohr des Scriblers dies nicht merkt, so will ich es ihm in's Ohr schreien: man "thut entweder etwas von Jemandem ab" oder "man thut Jemanden einer Sache ab"; Strauss hätte also sagen müssen: "ein Wahn, dessen sich und die Menschheit abzuthun" oder "den von sich und der Menschheit abzuthun". Was er aber geschrieben hat, ist Lumpen-Jargon. Wie muss es uns nun vorkommen, wenn ein solches stilistisches Pachyderma gar noch in neu gebildeten oder umgeformten alten Worten sich umherwälzt, wenn es von dem *"einebnenden Sinne der Socialdemokratie"* (S. 279) redet, als ob es Sebastian Frank wäre, oder wenn es eine Wendung des Hans Sachs nachmacht (S. 259): *"die Völker sind die gottgewollten, das heisst die naturgemässen Formen, in denen die Menschheit sich zum Dasein bringt, von denen kein Verständiger absehen, kein Braver sich abziehen darf"*. – (S.252): *"Nach einem Gesetze besondert sich die menschliche Gattung in Racen"*; (S. 282): *"Widerstand zu befahren"*. Strauss merkt nicht, warum so ein alterthümliches Läppchen mitten in der modernen Fadenscheinigkeit seines Ausdrucks so auffällt. Jedermann nämlich merkt solchen Wendungen und solchen Läppchen an, dass sie gestohlen sind. Aber hier und da ist unser Flickschneider auch schöpferisch und macht sich ein neues Wort zurecht: S. 221 redet er von einem *"sich entwickelnden aus – und emporringenden Leben"*: aber "ausringen" wird entweder von der Wäscherin gesagt oder vom Helden, der den Kampf vollendet hat und stirbt; "ausringen" im Sinne von "sich entwickeln" ist Straussendeutsch, ebenso wie (S. 223): *"alle Stufen und Stadien der Ein – und Auswickelung"* Wickelkinderdeutsch! – (S. 252): *"in Anschliessung"* für "im Anschluss". – (S. 137): *"im täglichen Treiben des mittelalterlichen Christen kam das religiöse Element viel häufiger und ununterbrochener zur Ansprache."* "Viel ununterbrochener", ein musterhafter Comparativ, wenn nämlich Strauss ein prosaischer Musterschreiber ist: freilich gebraucht er auch das unmögliche *"vollkommener"* (S. 223 und 214). Aber *"zur Ansprache kommen!"* Woher in aller Welt stammt dies, Sie verwegener Sprachkünstler? denn hier vermag ich mir gar nicht zu helfen, keine Analogie fällt mir ein, die Gebrüder Grimm bleiben, auf diese Art von "Ansprache" angesprochen, stumm wie das Grab. Sie meinen doch wohl nur dies: "das religiöse Element spricht sich häufiger aus", das heisst, Sie verwechseln wieder einmal aus haarsträubender Ignoranz die Präpositionen; aussprechen mit ansprechen zu verwechseln, trägt den Stempel der Gemeinheit an sich, wenn es Sie gleich nicht ansprechen sollte, dass ich das öffentlich ausspreche. – (S. 220): *"Weil ich hinter seiner subjectiven Bedeutung noch eine objective von unendlicher Tragweite anklingen hörte."* Es steht, wie gesagt, schlecht oder seltsam mit Ihrem Gehör: Sie hören "Bedeutungen anklingen", und gar "hinter" anderen Bedeutungen anklingen, und solche gehörte Bedeutungen sollen "von unendlicher Tragweite" sein! Das ist entweder Unsinn oder ein fachmännisches Kanonier-Gleichniss. – (S. 183): *"die äusseren Umrisse der Theorie sind hiermit bereits gegeben; auch von den Springfedern, welche die Bewegung innerhalb derselben bestimmen, bereits etliche eingesetzt."* Das ist wiederum entweder Unsinn oder ein fachmännisches, uns unzugängliches Posamentirer-Gleichniss.

Was wäre aber eine Matratze, die aus Umrissen und eingesetzten Springfedern bestände, werth? Und was sind das für Springfedern, welche die Bewegung innerhalb der Matratze bestimmen! Wir zweifeln an der Straussischen Theorie, wenn er sie uns in der Gestalt vorlegt, und würden von ihr sagen müssen, was Strauss selbst so schön sagt (S. 175): *"es fehlen ihr zur rechten Lebensfähigkeit noch wesentliche Mittelglieder."* Also heran mit den Mittelgliedern! Umrisse und Springfedern sind da, Haut und Muskeln sind präparirt; so lange man freilich nur diese hat, fehlt noch viel zur rechten Lebensfähigkeit oder, um uns "unvorgreiflicher" mit Strauss auszudrücken: *"wenn man zwei so werthverschiedene Gebilde mit Nichtbeachtung der Zwischenstufen und Mittelzustände unmittelbar an einander stösst"*. – (S. 5): *"Aber man kann ohne Stellung sein und doch nicht am Boden liegen."* Wir verstehen Sie wohl, Sie leicht geschürzter Magister! Denn wer nicht steht und auch nicht liegt, der fliegt, schwebt vielleicht, gaukelt oder flattert. Lag es Ihnen aber daran, etwas Anderes als Ihre Flatterhaftigkeit auszudrücken, wie der Zusammenhang fast errathen lässt, so würde ich an Ihrer Stelle ein anderes Gleichniss gewählt haben; das drückt dann auch etwas Anderes aus. – (S. 5): *"die notorisch dürr gewordenen Zweige des alten Baumes"*; welcher notorisch dürr gewordene Stil! – (S. 6): *"der könne auch einem unfehlbaren Papste, als von jenem Bedürfniss gefordert, seine Anerkennung nicht versagen."* Man soll den Dativ um keinen Preis mit dem Accusativ verwechseln: das giebt sonst bei Knaben einen Schnitzer, bei prosaischen Musterschreibern ein Verbrechen. – (S. 8) finden wir *"Neubildung einer neuen Organisirung der idealen Elemente im Völkerleben."* Nehmen wir an, dass ein solcher tautologischer Unsinn sich wirklich einmal aus dem Tintenfass auf das Papier geschlichen hat, muss man ihn dann auch drucken lassen? Ist es erlaubt, so etwas bei der Correctur nicht zu sehen? Bei der Correctur von sechs Auflagen! Beiläufig zu S. 9: wenn man einmal Schiller'sche Worte citirt, dann etwas genauer und nicht nur so beinahe! Das gebietet der schuldige Respect. Also muss es heissen: "ohne Jemandes Abgunst zu fürchten." – (S. 16): *"denn da wird sie alsbald zum Riegel, zur hemmenden Mauer, gegen die sich nun der ganze Andrang der fortschreitenden Vernunft, alle Mauerbrecher der Kritik, mit leidenschaftlichem Widerwillen richten."* Hier sollen wir uns etwas denken, das erst zum Riegel, dann zur Mauer wird, wogegen endlich "sich Mauerbrecher mit leidenschaftlichem Widerwillen" oder gar ein "Andrang" mit leidenschaftlichem Widerwillen richtet. Herr, reden Sie doch wie ein Mensch aus dieser Welt! Mauerbrecher werden von Jemandem gerichtet und richten sich nicht selbst, und nur der, welcher sie richtet, nicht der Mauerbrecher selbst, kann leidenschaftlichen Widerwillen haben, obwohl selten einmal Jemand gerade gegen eine Mauer einen solchen Widerwillen haben wird, wie Sie uns vorreden. – (S. 266): *"weswegen derlei Redensarten auch jederzeit den beliebten Tummelplatz demokratischer Plattheiten gebildet haben."* Unklar gedacht! Redensarten können keinen Tummelplatz bilden! sondern sich nur selbst auf einem solchen tummeln. Strauss wollte vielleicht sagen: "weshalb derlei Gesichtspunkte auch jederzeit den beliebten Tummelplatz demokratischer Redensarten und Plattheiten gebildet haben." – (S. 320): *"das Innere eines – zart- und reichbesaiteten Dichtergemüths, dem bei seiner weitausgreifenden Thätigkeit auf den Gebieten der Poesie und Naturforschung, der Geselligkeit und Staatsgeschäfte, die Rückkehr zu dem milden Herdfeuer einer edlen Liebe stetiges Bedürfniss blieb."* Ich bemühe mich, ein Gemüth zu imaginiren, das harfenartig mit Saiten bezogen ist, und welches sodann eine "weitausgreifende Thätigkeit" hat, das heisst ein galoppirendes Gemüth, welches wie ein Rappe weitausgreift, und das endlich wieder zum stillen Herdfeuer zurückkehrt. Habe ich nicht Recht, wenn ich diese galoppirende und zum Herdfeuer zurückkehrende überhaupt auch mit Politik sich abgebende Gemüthsharfe recht originell finde, so wenig originell, so abgebraucht, ja so unerlaubt "das zartbesaitete Dichtergemüth" selbst ist? An solchen geistreichen Neubildungen des Gemeinen oder Absurden erkennt man den "klassischen Prosaschreiber." – (S. 74): *"wenn wir die Augen aufthun, und den Erfund dieses Augenaufthuns uns ehrlich eingestehen wollten."* In dieser prächtigen und feierlich nichtssagenden Wendung imponirt nichts mehr als die Zusammenstellung des "Erfundes" mit dem Worte "ehrlich": wer etwas findet und nicht herausgiebt, den "Erfund" nicht eingesteht, ist unehrlich. Strauss thut das Gegentheil und hält es für nöthig, dies öffentlich zu loben und zu bekennen. Aber wer hat ihn denn getadelt? fragte ein Spartaner. – (S. 43): *"nur in einem Glaubensartikel zog er die Fäden kräftiger an, der allerdings auch der Mittelpunkt der christlichen Dogmatik ist."* Es bleibt dunkel, was er eigentlich gemacht hat: wann zieht man denn Fäden an? Sollten diese Fäden vielleicht Zügel und der kräftiger Anziehende ein Kutscher gewesen sein? Nur mit dieser Correctur verstehe ich das Gleichniss. – (S. 226): *"In den Pelzröcken liegt eine richtigere Ahnung."* Unzweifelhaft! So weit war *"der vom Uraffen abgezweigte Urmensch noch lange nicht"* (p. 226), zu wissen, dass er es einmal bis zur Straussischen Theorie bringen werde. Aber jetzt wissen wir es *"dahin wird und muss es gehen, wo die Fähnlein lustig im Winde flattern. Ja lustig und zwar im Sinne der reinsten, erhabensten Geistesfreude"* (p. 176). Strauss ist so kindlich über seine Theorie vergnügt, dass sogar die "Fähnlein" lustig werden, sonderbarer Weise sogar lustig "im Sinne der reinsten und erhabensten Geistesfreude". Und nun wird es auch immer lustiger! Plötzlich sehen wir *"drei Meister, davon jeder folgende sich auf des Vorgängers Schultern stellt"* (S. 361), ein rechtes Kunstreiterstückchen, das uns Haydn, Mozart und Beethoven zum Besten geben; wir sehen Beethoven wie ein Pferd (S. 356) *"über den Strang schlagen"*; eine *"frisch beschlagene Strasse"* (S. 367) präsentirt sich uns, (während wir bisher nur von frisch beschlagenen Pferden wussten), ebenfalls *"ein üppiges Mistbeet für den Raubmord"* (S.287); trotz diesen so ersichtlichen Wundern wird *"das Wunder in Abgang decretirt"* (S. 176).Plötzlich erscheinen die Kometen(S. 164); aber Strauss beruhigt uns: *"bei dem lockeren Völkchen der Kometen kann von Bewohnern nicht die Rede sein"*: wahre Trostworte, da man sonst bei einem lockeren Völkchen, auch in Hinsicht auf Bewohner, nichts verschwören sollte. Inzwischen ein neues Schauspiel: Strauss selber *"rankt sich"* an einem *"Nationalgefühl zum Menschheitsgefühle empor"* (S. 258), während ein Anderer *"zu immer roherer Demokratie heruntergleitet"* (S. 264). Herunter! Ja nicht hinunter! gebietet unser Sprachmeister, der (S. 269) recht nachdrücklich falsch sagt, *"in den organischen Bau gehört ein tüchtiger Adel herein"*. In einer höheren Sphäre bewegen sich, unfassbar hoch über uns, bedenkliche Phänomene, zum Beispiel *"das Aufgeben der spiritualistischen Herausnahme der Menschen aus der Natur"* (S. 201), oder (S. 210) *"die Widerlegung des Sprödethuns"*; ein gefährliches Schauspiel auf S. 241, wo *"der Kampf um's Dasein im Thierreich sattsam losgelassen wird"*. – S. 359 *"springt"* sogar wunderbarer Weise *"eine menschliche Stimme der Instrumentalmusik bei"*, aber eine Thür wird aufgemacht, durch welche das Wunder (S. 177) *"auf Nimmerwiederkehr hinausgeworfen wird"* – S. 123 *"sieht der Augenschein im Tode den ganzen Menschen, wie er war, zu Grunde gehen"*; noch nie bis auf den Sprachbändiger Strauss hat der "Augenschein gesehen": nun haben wir es in seinem Sprach-Guckkasten erlebt und wollen ihn preisen. Auch das haben wir von ihm zuerst gelernt, was es heisst: *"unser Gefühl für das All reagirt, wenn es verletzt wird, religiös"*, und erinnern uns der dazu gehörigen Procedur. Wir wissen bereits, welcher Reiz darin liegt (S. 280), *"erhabene Gestalten wenigstens bis zum Knie in Sicht zu bekommen"* und schätzen uns darum glücklich, den "klassischen Prosaschreiber", zwar mit dieser Beschränkung der Aussicht, aber doch immerhin wahrgenommen zu haben. Ehrlich gesagt: was wir gesehen haben, waren thönerne Beine, und was wie gesunde Fleischfarbe erschien, war nur aufgemalte Tünche. Freilich wird die Philister – Kultur in Deutschland entrüstet sein, wenn man von bemalten

Götzenbildern spricht, wo sie einen lebendigen Gott sieht. Wer es aber wagt, ihre Bilder umzuwerfen, der wird sich schwerlich scheuen, ihr, aller Entrüstung zum Trotz, in's Gesicht zu sagen, dass sie selbst verlernt habe, zwischen lebendig und todt, ächt und unächt, original und nachgemacht, Gott und Götze zu unterscheiden, und dass ihr der gesunde, männliche Instinkt für das Wirkliche und Rechte verloren gegangen sei. Sie selbst verdient den Untergang: und jetzt bereits sinken die Zeichen ihrer Herrschaft, jetzt bereits fällt ihr Purpur; wenn aber der Purpur fällt, muss auch der Herzog nach. –

Damit habe ich mein Bekenntniss abgelegt. Es ist das Bekenntniss eines Einzelnen; und was vermöchte so ein Einzelner gegen alle Welt, selbst wenn seine Stimme überall gehört würde! Sein Urtheil würde doch nur, um Euch zu guterletzt mit einer ächten und kostbaren Straussenfeder zu schmücken, *"von eben so viel subjectiver Wahrheit als ohne jede objective Beweiskraft sein"* – nicht wahr, meine Guten? Seid deshalb immerhin getrosten Muthes! Einstweilen wenigstens wird es bei Eurem *"von ebensoviel – als ohne"* sein Bewenden haben. Einstweilen! So lange nämlich das noch als unzeitgemäss gilt, was immer an der Zeit war und jetzt mehr als je an der Zeit ist und Noth thut – die Wahrheit zu sagen. –

Zweites Stück

Vom Nutzen und Nachtheil der Historie für das Leben.

Vorwort.

"Uebrigens ist mir Alles verhasst, was mich bloss belehrt, ohne meine Thätigkeit zu vermehren, oder unmittelbar zu beleben". Dies sind Worte Goethes, mit denen, als mit einem herzhaft ausgedrückten Ceterum censeo, unsere Betrachtung über den Werth und den Unwerth der Historie beginnen mag. In derselben soll nämlich dargestellt werden, warum Belehrung ohne Belebung, warum Wissen, bei dem die Thätigkeit erschlafft, warum Historie als kostbarer Erkenntniss-Ueberfluss und Luxus uns ernstlich, nach Goethes Wort, verhasst sein muss – deshalb, weil es uns noch am Nothwendigsten fehlt, und weil das Ueberflüssige der Feind des Nothwendigen ist. Gewiss, wir brauchen die Historie, aber wir brauchen sie anders, als sie der verwöhnte Müssiggänger im

Garten des Wissens braucht, mag derselbe auch vornehm auf unsere derben und anmuthlosen Bedürfnisse und Nöthe herabsehen. Das heisst, wir brauchen sie zum Leben und zur That, nicht zur bequemen Abkehr vom Leben und von der That oder gar zur Beschönigung des selbstsüchtigen Lebens und der feigen und schlechten That. Nur soweit die Historie dem Leben dient, wollen wir ihr dienen: aber es giebt einen Grad, Historie zu treiben und eine Schätzung derselben, bei der das Leben verkümmert und entartet: ein Phänomen, welches an merkwürdigen Symptomen unserer Zeit sich zur Erfahrung zu bringen jetzt eben so nothwendig ist als es schmerzlich sein mag.

Ich habe mich bestrebt eine Empfindung zu schildern, die mich oft genug gequält hat; ich räche mich an ihr, indem ich sie der Oeffentlichkeit preisgebe. Vielleicht wird irgend Jemand durch eine solche Schilderung veranlasst, mir zu erklären, dass er diese Empfindung zwar auch kenne, aber dass ich sie nicht rein und ursprünglich genug empfunden und durchaus nicht mit der gebührenden Sicherheit und Reife der Erfahrung ausgesprochen habe. So vielleicht der Eine oder der Andere; die Meisten aber werden mir sagen, dass es eine ganz verkehrte, unnatürliche, abscheuliche und schlechterdings unerlaubte Empfindung sei, ja dass ich mich mit derselben der so mächtigen historischen Zeitrichtung unwürdig gezeigt habe, wie sie bekanntlich seit zwei Menschenaltern unter den Deutschen namentlich zu bemerken ist. Nun wird jedenfalls dadurch, dass ich mich mit der Naturbeschreibung meiner Empfindung hervorwage, die allgemeine Wohlanständigkeit eher gefördert als beschädigt, dadurch dass ich Vielen Gelegenheit gebe, einer solchen Zeitrichtung, wie der eben erwähnten, Artigkeiten zu sagen. Für mich aber gewinne ich etwas, was mir noch mehr werth ist als die Wohlanständigkeit – öffentlich über unsere Zeit belehrt und zurecht gewiesen zu werden.

Unzeitgemäss ist auch diese Betrachtung, weil ich etwas, worauf die Zeit mit Recht stolz ist, ihre historische Bildung, hier einmal als Schaden, Gebreste und Mangel der Zeit zu verstehen versuche, weil ich sogar glaube, dass wir Alle an einem verzehrenden historischen Fieber leiden und mindestens erkennen sollten, dass wir daran leiden. Wenn aber Goethe mit gutem Rechte gesagt hat, dass wir mit unseren Tugenden zugleich auch unsere Fehler anbauen, und wenn, wie Jedermann weiss, eine hypertrophische Tugend – wie sie mir der historische Sinn unserer Zeit zu sein scheint – so gut zum Verderben eines Volkes werden kann wie ein hypertrophisches Laster: so mag man mich nur einmal gewähren lassen. Auch soll zu meiner Entlastung nicht verschwiegen werden, dass ich die

Erfahrungen, die mir jene quälenden Empfindungen erregten, meistens aus mir selbst und nur zur Vergleichung aus Anderen entnommen habe, und dass ich nur sofern ich Zögling älterer Zeiten, zumal der griechischen bin, über mich als ein Kind dieser jetzigen Zeit zu so unzeitgemässen Erfahrungen komme. So viel muss ich mir aber selbst von Berufs wegen als classischer Philologe zugestehen dürfen: denn ich wüsste nicht, was die classische Philologie in unserer Zeit für einen Sinn hätte, wenn nicht den, in ihr unzeitgemäss – das heisst gegen die Zeit und dadurch auf die Zeit und hoffentlich zu Gunsten einer kommenden Zeit – zu wirken.

1.

Betrachte die Heerde, die an dir vorüberweidet: sie weiss nicht was Gestern, was Heute ist, springt umher, frisst, ruht, verdaut, springt wieder, und so vom Morgen bis zur Nacht und von Tage zu Tage, kurz angebunden mit ihrer Lust und Unlust, nämlich an den Pflock des Augenblickes und deshalb weder schwermüthig noch überdrüssig. Dies zu sehen geht dem Menschen hart ein, weil er seines Menschenthums sich vor dem Thiere brüstet und doch nach seinem Glücke eifersüchtig hinblickt – denn das will er allein, gleich dem Thiere weder überdrüssig noch unter Schmerzen leben, und will es doch vergebens, weil er es nicht will wie das Thier. Der Mensch fragt wohl einmal das Thier: warum redest du mir nicht von deinem Glücke und siehst mich nur an? Das Thier will auch antworten und sagen, das kommt daher dass ich immer gleich vergesse, was ich sagen wollte – da vergass es aber auch schon diese Antwort und schwieg: so dass der Mensch sich darob verwunderte.

Er wundert sich aber auch über sich selbst, das Vergessen nicht lernen zu können und immerfort am Vergangenen zu hängen: mag er noch so weit, noch so schnell laufen, die Kette läuft mit. Es ist ein Wunder: der Augenblick, im Husch da, im Husch vorüber, vorher ein Nichts, nachher ein Nichts, kommt doch noch als Gespenst wieder und stört die Ruhe eines späteren Augenblicks. Fortwährend löst sich ein Blatt aus der Rolle der Zeit, fällt heraus, flattert fort – und flattert plötzlich wieder zurück, dem Menschen in den Schooss. Dann sagt der Mensch "ich erinnere mich" und beneidet das Thier, welches sofort vergisst und jeden Augenblick wirklich sterben, in Nebel und Nacht zurücksinken und auf immer erlöschen sieht. So lebt das Thier unhistorisch: denn es geht auf in der Gegenwart, wie eine Zahl, ohne dass ein wunderlicher Bruch übrig bleibt, es weiss sich nicht zu verstellen, verbirgt nichts und erscheint in jedem Momente ganz und gar als das was es ist, kann also gar nicht anders sein als ehrlich. Der

Mensch hingegen stemmt sich gegen die grosse und immer grössere Last des Vergangenen: diese drückt ihn nieder oder beugt ihn seitwärts, diese beschwert seinen Gang als eine unsichtbare und dunkle Bürde, welche er zum Scheine einmal verläugnen kann, und welche er im Umgange mit seines Gleichen gar zu gern verläugnet: um ihren Neid zu wecken. Deshalb ergreift es ihn, als ob er eines verlorenen Paradieses gedächte, die weidende Heerde oder, in vertrauterer Nähe, das Kind zu sehen, das noch nichts Vergangenes zu verläugnen hat und zwischen den Zäunen der Vergangenheit und der Zukunft in überseliger Blindheit spielt. Und doch muss ihm sein Spiel gestört werden: nur zu zeitig wird es aus der Vergessenheit heraufgerufen. Dann lernt es das Wort "es war" zu verstehen, jenes Losungswort, mit dem Kampf, Leiden und Ueberdruss an den Menschen herankommen, ihn zu erinnern, was sein Dasein im Grunde ist – ein nie zu vollendendes Imperfectum. Bringt endlich der Tod das ersehnte Vergessen, so unterschlägt er doch zugleich dabei die Gegenwart und das Dasein und drückt damit das Siegel auf jene Erkenntniss, dass Dasein nur ein ununterbrochenes Gewesensein ist, ein Ding, das davon lebt, sich selbst zu verneinen und zu verzehren, sich selbst zu widersprechen.

Wenn ein Glück, wenn ein Haschen nach neuem Glück in irgend einem Sinne das ist, was den Lebenden im Leben festhält und zum Leben fortdrängt, so hat vielleicht kein Philosoph mehr Recht als der Cyniker: denn das Glück des Thieres, als des vollendeten Cynikers, ist der lebendige Beweis für das Recht des Cynismus. Das kleinste Glück, wenn es nur ununterbrochen da ist und glücklich macht, ist ohne Vergleich mehr Glück als das grösste, das nur als Episode, gleichsam als Laune, als toller Einfall, zwischen lauter Unlust, Begierde und Entbehren kommt. Bei dem kleinsten aber und bei dem grössten Glücke ist es immer Eines, wodurch Glück zum Glücke wird: das Vergessen-können oder, gelehrter ausgedrückt, das Vermögen, während seiner Dauer unhistorisch zu empfinden. Wer sich nicht auf der Schwelle des Augenblicks, alle Vergangenheiten vergessend, niederlassen kann, wer nicht auf einem Punkte wie eine Siegesgöttin ohne Schwindel und Furcht zu stehen vermag, der wird nie wissen, was Glück ist und noch schlimmer: er wird nie etwas thun, was Andere glücklich macht. Denkt euch das äusserste Beispiel, einen Menschen, der die Kraft zu vergessen gar nicht besässe, der verurtheilt wäre, überall ein Werden zu sehen: ein Solcher glaubt nicht mehr an sein eigenes Sein, glaubt nicht mehr an sich, sieht alles in bewegte Punkte auseinander fliessen und verliert sich in diesem Strome des Werdens: er wird wie der rechte Schüler Heraklits zuletzt kaum mehr wagen den Finger zu heben. Zu allem Handeln gehört Vergessen: wie zum Leben alles Organischen nicht nur Licht, sondern auch Dunkel gehört. Ein Mensch, der durch und durch nur historisch empfinden wollte, wäre dem ähnlich, der sich des Schlafens zu enthalten gezwungen würde, oder dem Thiere, das nur vom Wiederkäuen und immer wiederholten Wiederkäuen leben sollte. Also: es ist möglich, fast ohne Erinnerung zu leben, ja glücklich zu leben, wie das Thier zeigt; es ist aber ganz und gar unmöglich, ohne Vergessen überhaupt zu leben. Oder, um mich noch einfacher über mein Thema zu erklären: es giebt einen Grad von Schlaflosigkeit, von Wiederkäuen, von historischem Sinne, bei dem das Lebendige zu Schaden kommt, und zuletzt zu Grunde geht, sei es nun ein Mensch oder ein Volk oder eine Cultur.

Um diesen Grad und durch ihn dann die Grenze zu bestimmen, an der das Vergangene vergessen werden muss, wenn es nicht zum Todtengräber des Gegenwärtigen werden soll, müsste man genau wissen, wie gross die plastische Kraft eines Menschen, eines Volkes, einer Cultur ist, ich meine jene Kraft, aus sich heraus eigenartig zu wachsen, Vergangenes und Fremdes umzubilden und einzuverleiben, Wunden auszuheilen, Verlorenes zu ersetzen, zerbrochene Formen aus sich nachzuformen. Es giebt Menschen die diese Kraft so wenig besitzen, dass sie an einem einzigen Erlebniss, an einem einzigen Schmerz, oft zumal an einem einzigen zarten Unrecht, wie an einem ganz kleinen blutigen Risse unheilbar verbluten; es giebt auf der anderen Seite solche, denen die wildesten und schauerlichsten Lebensunfälle und selbst Thaten der eigenen Bosheit so wenig anhaben, dass sie es mitten darin oder kurz darauf zu einem leidlichen Wohlbefinden und zu einer Art ruhigen Gewissens bringen. Je stärkere Wurzeln die innerste Natur eines Menschen hat, um so mehr wird er auch von der Vergangenheit sich aneignen oder anzwingen; und dächte man sich die mächtigste und ungeheuerste Natur, so wäre sie daran zu erkennen, dass es für sie gar keine Grenze des historischen Sinnes geben würde, an der er überwuchernd und schädlich zu wirken vermöchte; alles Vergangene, eigenes und fremdestes, würde sie an sich heran, in sich hineinziehen und gleichsam zu Blut umschaffen. Das was eine solche Natur nicht bezwingt, weiss sie zu vergessen; es ist nicht mehr da, der Horizont ist geschlossen und ganz, und nichts vermag daran zu erinnern, dass es noch jenseits desselben Menschen, Leidenschaften, Lehren, Zwecke giebt. Und dies ist ein allgemeines Gesetz: jedes Lebendige kann nur innerhalb eines Horizontes gesund, stark und fruchtbar werden; ist es unvermögend einen Horizont um sich zu ziehen und zu selbstisch wiederum, innerhalb eines fremden den eigenen Blick einzuschliessen, so siecht es matt oder überhastig zu zeitigem Untergange dahin. Die Heiterkeit, das gute Gewissen, die frohe That, das Vertrauen auf das Kommende – alles das hängt, bei dem Einzelnen wie bei dem Volke, davon ab, dass es eine Linie giebt, die das Uebersehbare, Helle von dem Unaufhellbaren und Dunkeln scheidet, davon dass man eben so gut zur rechten Zeit zu vergessen weiss, als man sich zur rechten Zeit erinnert, davon dass man mit kräftigem Instincte herausfühlt, wann es nöthig ist, historisch, wann unhistorisch zu empfinden. Dies gerade ist der Satz, zu dessen Betrachtung der Leser eingeladen ist: das Unhistorische und das Historische ist gleichermaassen für die Gesundheit eines Einzelnen, eines Volkes und einer Cultur nöthig.

Hier bringt nun Jeder zunächst eine Beobachtung mit: das historische Wissen und Empfinden eines Menschen kann sehr beschränkt, sein Horizont eingeengt wie der eines Alpenthal-Bewohners sein, in jedes Urtheil mag er eine Ungerechtigkeit, in jede Erfahrung den Irrthum legen, mit ihr der Erste zu sein – und trotz aller Ungerechtigkeit und allem Irrthum steht er doch in unüberwindlicher Gesundheit und Rüstigkeit da und erfreut jedes Auge; während dicht neben ihm der bei weitem Gerechtere und Belehrtere kränkelt und zusammenfällt, weil die Linien seines Horizontes immer von Neuem unruhig sich verschieben, weil er sich aus dem viel zarteren Netze seiner Gerechtigkeiten und Wahrheiten nicht wieder zum derben Wollen und Begehren herauswinden kann. Wir sahen dagegen das Thier, das ganz unhistorisch ist und beinahe innerhalb eines punktartigen Horizontes wohnt und doch in einem gewissen Glücke, wenigstens ohne Ueberdruss und Verstellung lebt; wir werden also die Fähigkeit, in einem bestimmten Grade unhistorisch empfinden zu können, für die wichtigere und ursprünglichere halten müssen, insofern in ihr das Fundament liegt, auf dem überhaupt erst etwas Rechtes, Gesundes und Grosses, etwas wahrhaft Menschliches wachsen kann. Das Unhistorische ist einer umhüllenden Atmosphäre ähnlich, in der sich Leben allein erzeugt, um mit der Vernichtung dieser Atmosphäre wieder zu verschwinden. Es ist wahr: erst dadurch, dass der Mensch denkend, überdenkend, vergleichend, trennend, zusammenschliessend jenes unhistorische Element einschränkt, erst dadurch dass innerhalb jener umschliessenden Dunstwolke ein heller, blitzender Lichtschein entsteht, also erst durch die Kraft, das Vergangene zum Leben zu gebrauchen und aus dem Geschehenen wieder Geschichte zu machen, wird der Mensch zum Menschen:

aber in einem Uebermaasse von Historie hört der Mensch wieder auf, und ohne jene Hülle des Unhistorischen würde er nie angefangen haben und anzufangen wagen. Wo finden sich Thaten, die der Mensch zu thun vermöchte, ohne vorher in jene Dunstschicht des Unhistorischen eingegangen zu sein? Oder um die Bilder bei Seite zu lassen und zur Illustration durch das Beispiel zu greifen: man vergegenwärtige sich doch einen Mann, den eine heftige Leidenschaft, für ein Weib oder für einen grossen Gedanken, herumwirft und fortzieht; wie verändert sich ihm seine Welt! Rückwärts blickend fühlt er sich blind, seitwärts hörend vernimmt er das Fremde wie einen dumpfen bedeutungsleeren Schall; was er überhaupt wahrnimmt, das nahm er noch nie so wahr; so fühlbar nah, gefärbt, durchtönt, erleuchtet, als ob er es mit allen Sinnen zugleich ergriffe. Alle Werthschätzungen sind verändert und entwerthet; so vieles vermag er nicht mehr zu schätzen, weil er es kaum mehr fühlen kann: er fragt sich ob er so lange der Narr fremder Worte, fremder Meinungen gewesen sei; er wundert sich, dass sein Gedächtniss sich unermüdlich in einem Kreise dreht und doch zu schwach und müde ist, um nur einen einzigen Sprung aus diesem Kreise heraus zu machen. Es ist der ungerechteste Zustand von der Welt, eng, undankbar gegen das Vergangene, blind gegen Gefahren, taub gegen Warnungen, ein kleiner lebendiger Wirbel in einem todten Meere von Nacht und Vergessen: und doch ist dieser Zustand – unhistorisch, widerhistorisch durch und durch – der Geburtsschooss nicht nur einer ungerechten, sondern vielmehr jeder rechten That; und kein Künstler wird sein Bild, kein Feldherr seinen Sieg, kein Volk seine Freiheit erreichen, ohne sie in einem derartig unhistorischen Zustande vorher begehrt und erstrebt zu haben. Wie der Handelnde, nach Goethes Ausdruck, immer gewissenlos ist, so ist er auch wissenlos, er vergisst das Meiste, um Eins zu thun, er ist ungerecht gegen das, was hinter ihm liegt und kennt nur Ein Recht, das Recht dessen, was jetzt werden soll. So liebt jeder Handelnde seine That unendlich mehr als sie geliebt zu werden verdient: und die besten Thaten geschehen in einem solchen Ueberschwange der Liebe, dass sie jedenfalls dieser Liebe unwerth sein müssen, wenn ihr Werth auch sonst unberechenbar gross wäre.

Sollte Einer im Stande sein, diese unhistorische Atmosphäre, in der jedes grosse geschichtliche Ereigniss entstanden ist, in zahlreichen Fällen auszuwittern und nachzuathmen, so vermöchte ein Solcher vielleicht, als erkennendes Wesen, sich auf einen über-historischen Standpunkt zu erheben, wie ihn einmal Niebuhr als mögliches Resultat historischer Betrachtungen geschildert hat. "Zu einer Sache wenigstens," sagt er, "ist die Geschichte, klar und ausführlich begriffen, nutz: dass man weiss, wie auch die grössten und höchsten Geister unseres menschlichen Geschlechtes nicht wissen, wie zufällig ihr Auge die Form angenommen hat, wodurch sie sehen und wodurch zu sehen sie von Jedermann gewaltsam fordern, gewaltsam nämlich, weil die Intensität ihres Bewusstseins ausnehmend gross ist. Wer dies nicht ganz bestimmt und in vielen Fällen weiss und begriffen hat, den unterjocht die Erscheinung eines mächtigen Geistes, der in eine gegebene Form die höchste Leidenschaftlichkeit bringt." Ueberhistorisch wäre ein solcher Standpunkt zu nennen, weil Einer, der auf ihm steht, gar keine Verführung mehr zum Weiterleben und zur Mitarbeit an der Geschichte verspüren könnte, dadurch dass er die Eine Bedingung alles Geschehens, jene Blindheit und Ungerechtigkeit in der Seele des Handelnden, erkannt hätte; er wäre selbst davon geheilt, die Historie von nun an noch übermässig ernst zu nehmen: hätte er doch gelernt, an jedem Menschen, an jedem Erlebniss, unter Griechen oder Türken, aus einer Stunde des ersten oder des neunzehnten Jahrhunderts, die Frage sich zu beantworten, wie und wozu gelebt werde. Wer seine Bekannten fragt, ob sie die letzten zehn oder zwanzig Jahre noch einmal zu durchleben wünschten, wird leicht wahrnehmen, wer von ihnen für jenen überhistorischen Standpunkt vorgebildet ist: zwar werden sie wohl Alle Nein! antworten, aber sie werden jenes Nein! verschieden begründen. Die Einen vielleicht damit, dass sie sich getrösten "aber die nächsten zwanzig werden besser sein"; es sind die, von denen David Hume spöttisch sagt:

> And from the dregs of life hope to receive,
> What the first sprightly running could not give.

Wir wollen sie die historischen Menschen nennen; der Blick in die Vergangenheit drängt sie zur Zukunft hin, feuert ihren Muth an, es noch länger mit dem Leben aufzunehmen, entzündet die Hoffnung, dass das Rechte noch komme, dass das Glück hinter dem Berge sitze, auf den sie zuschreiten. Diese historischen Menschen glauben, dass der Sinn des Daseins im Verlaufe eines Prozesses immer mehr ans Licht kommen werde, sie schauen nur deshalb rückwärts, um an der Betrachtung des bisherigen Prozesses die Gegenwart zu verstehen und die Zukunft heftiger begehren zu lernen; sie wissen gar nicht, wie unhistorisch sie trotz aller ihrer Historie denken und handeln, und wie auch ihre Beschäftigung mit der Geschichte nicht im Dienste der reinen Erkenntniss sondern des Lebens steht.

Aber jene Frage, deren erste Beantwortung wir gehört haben kann auch einmal anders beantwortet werden. Zwar wiederum mit einem Nein! aber mit einem anders begründeten Nein. Mit dem Nein des überhistorischen Menschen, der nicht im Prozesse das Heil sieht, für den vielmehr die Welt in jedem einzelnen Augenblicke fertig ist und ihr Ende erreicht. Was könnten zehn neue Jahre lehren, was die vergangenen zehn nicht zu lehren vermochten!

Ob nun der Sinn der Lehre Glück oder Resignation oder Tugend oder Busse ist, darin sind die überhistorischen Menschen mit einander nie einig gewesen; aber, allen historischen Betrachtungsarten des Vergangenen entgegen, kommen sie zur vollen Einmüthigkeit des Satzes: das Vergangene und das Gegenwärtige ist Eines und dasselbe, nämlich in aller Mannichfaltigkeit typisch gleich und als Allgegenwart unvergänglicher Typen ein stillstehendes Gebilde von unverändertem Werthe und ewig gleicher Bedeutung. Wie die Hunderte verschiedener Sprachen denselben typisch festen Bedürfnissen der Menschen entsprechen, so dass Einer, der diese Bedürfnisse verstände, aus allen Sprachen nichts Neues zu lernen vermöchte: so erleuchtet sich der überhistorische Denker alle Geschichte der Völker und der Einzelnen von innen heraus, hellseherisch den Ursinn der verschiedenen Hieroglyphen errathend und allmählich sogar der immer neu hinzuströmenden Zeichenschrift ermüdet ausweichend: denn wie sollte er es im unendlichen Ueberflusse des Geschehenden nicht zur Sättigung, zur Uebersättigung, ja zum Ekel bringen! so dass der Verwegenste zuletzt vielleicht bereit ist, mit Giacomo Leopardi zu seinem Herzen zu sagen:

"Nichts lebt, das würdig

"Wär deiner Regungen, und keinen Seufzer verdient die Erde.

"Schmerz und Langeweile ist unser Sein und Koth die Welt – nichts Andres.

"Beruhige dich."

Doch lassen wir den überhistorischen Menschen ihren Ekel und ihre Weisheit: heute wollen wir vielmehr einmal unserer Unweisheit von Herzen froh werden und uns als den Thätigen und Fortschreitenden, als den Verehrern des Prozesses, einen guten Tag machen. Mag unsere Schätzung des Historischen nur ein occidentalisches Vorurtheil sein; wenn wir nur wenigstens innerhalb dieser Vorurtheile fortschreiten und nicht stille stehen! Wenn wir nur dies gerade immer besser lernen, Historie zum Zwecke des Lebens zu treiben! Dann wollen wir den Ueberhistorischen gerne zugestehen, dass sie mehr Weisheit besitzen, als wir; falls wir nämlich nur sicher sein dürfen, mehr Leben als sie zu besitzen:

denn so wird jedenfalls unsere Unweisheit mehr Zukunft haben, als ihre Weisheit. Und damit gar kein Zweifel über den Sinn dieses Gegensatzes von Leben und Weisheit bestehen bleibe, will ich mir durch ein von Alters her wohlbewährtes Verfahren zu Hülfe kommen und gerades Wegs einige Thesen aufstellen.

Ein historisches Phänomen, rein und vollständig erkannt und in ein Erkenntnissphänomen aufgelöst, ist für den, der es erkannt hat, todt: denn er hat in ihm den Wahn, die Ungerechtigkeit, die blinde Leidenschaft und überhaupt den ganzen irdisch umdunkelten Horizont jenes Phänomens und zugleich eben darin seine geschichtliche Macht erkannt. Diese Macht ist jetzt für ihn, den Wissenden, machtlos geworden: vielleicht noch nicht für ihn, den Lebenden.

Die Geschichte als reine Wissenschaft gedacht und souverän geworden, wäre eine Art von Lebens-Abschluss und Abrechnung für die Menschheit. Die historische Bildung ist vielmehr nur im Gefolge einer mächtigen neuen Lebensströmung, einer werdenden Cultur zum Beispiel, etwas Heilsames und Zukunft-Verheissendes, also nur dann, wenn sie von einer höheren Kraft beherrscht und geführt wird und nicht selber herrscht und führt.

Die Historie, sofern sie im Dienste des Lebens steht, steht im Dienste einer unhistorischen Macht und wird deshalb nie, in dieser Unterordnung, reine Wissenschaft, etwa wie die Mathematik es ist, werden können und sollen. Die Frage aber, bis zu welchem Grade das Leben den Dienst der Historie überhaupt brauche, ist eine der höchsten Fragen und Sorgen in Betreff der Gesundheit eines Menschen, eines Volkes, einer Cultur. Denn bei einem gewissen Uebermaass derselben zerbröckelt und entartet das Leben und zuletzt auch wieder, durch diese Entartung, selbst die Historie.

2.

Dass das Leben aber den Dienst der Historie brauche, muss eben so deutlich begriffen werden als der Satz, der später zu beweisen sein wird – dass ein Uebermaass der Historie dem Lebendigen schade. In dreierlei Hinsicht gehört die Historie dem Lebendigen: sie gehört ihm als dem Thätigen und Strebenden, ihm als dem Bewahrenden und Verehrenden, ihm als dem Leidenden und der Befreiung Bedürftigen. Dieser Dreiheit von Beziehungen entspricht eine Dreiheit von Arten der Historie: sofern es erlaubt ist eine monumentalische, eine antiquarische und eine kritische Art der Historie zu unterscheiden.

Die Geschichte gehört vor Allem dem Thätigen und Mächtigen, dem, der einen grossen Kampf kämpft, der Vorbilder, Lehrer, Tröster braucht und sie unter seinen Genossen und in der Gegenwart nicht zu finden vermag. So gehörte sie Schillern: denn unsere Zeit ist so schlecht, sagte Goethe, dass dem Dichter im umgebenden menschlichen Leben keine brauchbare Natur mehr begegnet. Mit der Rücksicht auf den Thätigen nennt zum Beispiel Polybius die politische Historie die rechte Vorbereitung zur Regierung eines Staates und die vorzüglichste Lehrmeisterin, als welche durch die Erinnerung an die Unfälle Anderer uns ermahne, die Abwechselungen des Glückes standhaft zu ertragen. Wer hierin den Sinn der Historie zu erkennen gelernt hat, den muss es verdriessen, neugierige Reisende oder peinliche Mikrologen auf den Pyramiden grosser Vergangenheiten herumklettern zu sehen; dort, wo er die Anreizungen zum Nachahmen und Bessermachen findet, wünscht er nicht dem Müssiggänger zu begegnen, der, begierig nach Zerstreuung oder Sensation, wie unter den gehäuften Bilderschätzen einer Galerie herumstreicht. Dass der Thätige mitten unter den schwächlichen und hoffnungslosen Müssiggängern, mitten unter den scheinbar thätigen, in Wahrheit nur aufgeregten und zappelnden Genossen nicht verzage und Ekel empfinde, blickt er hinter sich und unterbricht den Lauf zu seinem Ziele, um einmal aufzuathmen. Sein Ziel aber ist irgend ein Glück, vielleicht nicht sein eigenes, oft das eines Volkes oder das der Menschheit insgesammt; er flieht vor der Resignation zurück und gebraucht die Geschichte als Mittel gegen die Resignation. Zumeist winkt ihm kein Lohn, wenn nicht der Ruhm, das heisst die Anwartschaft auf einen Ehrenplatz im Tempel der Historie, wo er selbst wieder den Späterkommenden Lehrer, Tröster und Warner sein kann. Denn sein Gebot lautet: das was einmal vermochte, den Begriff "Mensch" weiter auszuspannen und schöner zu erfüllen, das muss auch ewig vorhanden sein, um dies ewig zu vermögen. Dass die grossen Momente im Kampfe der Einzelnen eine Kette bilden, dass in ihnen ein Höhenzug der Menschheit durch Jahrtausende hin sich verbinde, dass für mich das Höchste eines solchen längst vergangenen Momentes noch lebendig, hell und gross sei – das ist der Grundgedanke im Glauben an die Humanität, der sich in der Forderung einer monumentalischen Historie ausspricht. Gerade aber an dieser Forderung, dass das Grosse ewig sein solle, entzündet sich der furchtbarste Kampf. Denn alles Andere, was noch lebt, ruft Nein. Das Monumentale soll nicht entstehen – das ist die Gegenlosung. Die dumpfe Gewöhnung, das Kleine und Niedrige, alle Winkel der Welt erfüllend, als schwere Erdenluft um alles Grosse qualmend, wirft sich hemmend, täuschend, dämpfend, erstickend in den Weg, den das

Grosse zur Unsterblichkeit zu gehen hat. Dieser Weg aber führt durch menschliche Gehirne! Durch die Gehirne geängstigter und kurzlebender Thiere, die immer wieder zu denselben Nöthen auftauchen und mit Mühe eine geringe Zeit das Verderben von sich abwehren. Denn sie wollen zunächst nur Eines: leben um jeden Preis. Wer möchte bei ihnen jenen schwierigen Fackel-Wettlauf der monumentalen Historie vermuthen, durch den allein das Grosse weiterlebt! Und doch erwachen immer wieder Einige, die sich im Hinblick auf das vergangene Grosse und gestärkt durch seine Betrachtung so beseligt fühlen, als ob das Menschenleben eine herrliche Sache sei, und als ob es gar die schönste Frucht dieses bitteren Gewächses sei, zu wissen, dass früher einmal Einer stolz und stark durch dieses Dasein gegangen ist, ein Anderer mit Tiefsinn, ein Dritter mit Erbarmen und hülfreich – alle aber Eine Lehre hinterlassend, dass der am schönsten lebt, der das Dasein nicht achtet. Wenn der gemeine Mensch diese Spanne Zeit so trübsinnig ernst und begehrlich nimmt, wussten jene, auf ihrem Wege zur Unsterblichkeit und zur monumentalen Historie, es zu einem olympischen Lachen oder mindestens zu einem erhabenen Hohne zu bringen; oft stiegen sie mit Ironie in ihr Grab – denn was war an ihnen zu begraben! Doch nur das, was sie als Schlacke, Unrath, Eitelkeit, Thierheit immer bedrückt hatte und was jetzt der Vergessenheit anheim fällt, nachdem es längst ihrer Verachtung preisgegeben war. Aber Eines wird leben, das Monogramm ihres eigensten Wesens, ein Werk, eine That, eine seltene Erleuchtung, eine Schöpfung: es wird leben, weil keine Nachwelt es entbehren kann. In dieser verklärtesten Form ist der Ruhm doch etwas mehr als der köstlichste Bissen unserer Eigenliebe, wie ihn Schopenhauer genannt hat, es ist der Glaube an die Zusammengehörigkeit und Continuität des Grossen aller Zeiten, es ist ein Protest gegen den Wechsel der Geschlechter und die Vergänglichkeit.

Wodurch also nützt dem Gegenwärtigen die monumentalische Betrachtung der Vergangenheit, die Beschäftigung mit dem Classischen und Seltenen früherer Zeiten? Er entnimmt daraus, dass das Grosse, das einmal da war, jedenfalls einmal möglich war und deshalb auch wohl wieder einmal möglich sein wird; er geht muthiger seinen Gang, denn jetzt ist der Zweifel, der ihn in schwächeren Stunden anfällt, ob er nicht vielleicht das Unmögliche wolle, aus dem Felde geschlagen. Nehme man an, dass Jemand glaube, es gehörten nicht mehr als hundert productive, in einem neuen Geiste erzogene und wirkende Menschen dazu, um der in Deutschland gerade jetzt modisch gewordenen Gebildetheit den Garaus zu machen, wie müsste es ihn bestärken wahrzunehmen, dass die Cultur der Renaissance sich auf den Schultern einer solchen Hundert-Männer-Schaar heraushob.

Und doch – um an dem gleichen Beispiel sofort noch etwas Neues zu lernen – wie fliessend und schwebend, wie ungenau wäre jene Vergleichung! Wie viel des Verschiedenen muss, wenn sie jene kräftigende Wirkung thun soll, dabei übersehen, wie gewaltsam muss die Individualität des Vergangenen in eine allgemeine Form hineingezwängt und an allen scharfen Ecken und Linien zu Gunsten der Uebereinstimmung zerbrochen werden! Im Grunde ja könnte das, was einmal möglich war, sich nur dann zum zweiten Male als möglich einstellen, wenn die Pythagoreer Recht hätten zu glauben, dass bei gleicher Constellation der himmlischen Körper auch auf Erden das Gleiche, und zwar bis auf's Einzelne und Kleine sich wiederholen müsse: so dass immer wieder, wenn die Sterne eine gewisse Stellung zu einander haben, ein Stoiker sich mit einem Epikureer verbinden und Cäsar ermorden und immer wieder bei einem anderen Stande Columbus Amerika entdecken wird. Nur wenn die Erde ihr Theaterstück jedesmal nach dem fünften Akt von Neuem anfienge, wenn es feststünde, dass dieselbe Verknotung von Motiven, derselbe deus ex machina, dieselbe Katastrophe in bestimmten Zwischenräumen wiederkehrten, dürfte der Mächtige die monumentale Historie in voller ikonischer Wahrhaftigkeit , das heisst jedes Factum in seiner genau gebildeten Eigenthümlichkeit und Einzigkeit begehren: wahrscheinlich also nicht eher, als bis die Astronomen wieder zu Astrologen geworden sind. Bis dahin wird die monumentale Historie jene volle Wahrhaftigkeit nicht brauchen können: immer wird sie das Ungleiche annähern, verallgemeinern und endlich gleichsetzen, immer wird sie die Verschiedenheit der Motive und Anlässe abschwächen, um auf Kosten der causae die effectus monumental, nämlich vorbildlich und nachahmungswürdig, hinzustellen: so dass man sie, weil sie möglichst von den Ursachen absieht, mit geringer Uebertreibung eine Sammlung der "Effecte an sich" nennen könnte, als von Ereignissen, die zu allen Zeiten Effect machen werden. Das, was bei Volksfesten, bei religiösen oder kriegerischen Gedenktagen gefeiert wird, ist eigentlich ein solcher "Effect an sich": er ist es, der die Ehrgeizigen nicht schlafen lässt, der den Unternehmenden wie ein Amulet am Herzen liegt, nicht aber der wahrhaft geschichtliche Connexus von Ursachen und Wirkungen, der, vollständig erkannt, nur beweisen würde, dass nie wieder etwas durchaus Gleiches bei dem Würfelspiele der Zukunft und des Zufalls herauskommen könne.

So lange die Seele der Geschichtsschreibung in den grossen Antrieben liegt, die ein Mächtiger aus ihr entnimmt, so lange die Vergangenheit als nachahmungswürdig, als nachahmbar und zum zweiten Male möglich beschrieben werden muss, ist sie jedenfalls in der Gefahr, etwas verschoben, in's Schöne umgedeutet und damit der freien Erdichtung angenähert zu werden; ja es giebt Zeiten, die zwischen einer monumentalischen Vergangenheit und einer mythischen Fiction gar nicht zu unterscheiden vermögen: weil aus der einen Welt genau dieselben Antriebe entnommen werden können, wie aus der anderen. Regiert also die monumentalische Betrachtung des Vergangenen über die anderen Betrachtungsarten, ich meine über die antiquarische und kritische, so leidet die Vergangenheit selbst Schaden: ganze grosse Theile derselben werden vergessen, verachtet, und fliessen fort wie eine graue ununterbrochene Fluth, und nur einzelne geschmückte Facta heben sich als Inseln heraus: an den seltenen Personen, die überhaupt sichtbar werden, fällt etwas Unnatürliches und Wunderbares in die Augen, gleichsam die goldene Hüfte, welche die Schüler des Pythagoras an ihrem Meister erkennen wollten. Die monumentale Historie täuscht durch Analogien: sie reizt mit verführerischen Aehnlichkeiten den Muthigen zur Verwegenheit, den Begeisterten zum Fanatismus, und denkt man sich gar diese Historie in den Händen und Köpfen der begabten Egoisten und der schwärmerischen Bösewichter, so werden Reiche zerstört, Fürsten ermordet, Kriege und Revolutionen angestiftet und die Zahl der geschichtlichen "Effecte an sich", das heisst der Wirkungen ohne zureichende Ursachen, von Neuem vermehrt. Soviel zur Erinnerung an die Schäden, welche die monumentale Historie unter den Mächtigen und Thätigen, seien sie nun gut oder böse, anrichten kann: was wirkt sie aber erst wenn sich ihrer die Ohnmächtigen und Unthätigen bemächtigen und bedienen!

Nehmen wir das einfachste und häufigste Beispiel. Man denke sich die unkünstlerischen und schwachkünstlerischen Naturen durch die monumentalische Künstlerhistorie geharnischt und bewehrt: gegen wen werden sie jetzt ihre Waffen richten! Gegen ihre Erbfeinde, die starken Kunstgeister, also gegen die, welche allein aus jener Historie wahrhaft, das heisst zum Leben hin zu lernen und das Erlernte in eine erhöhte Praxis umzusetzen vermögen. Denen wird der Weg verlegt; denen wird die Luft verfinstert, wenn man ein halb begriffenes Monument irgend einer grossen Vergangenheit götzendienerisch und mit rechter Beflissenheit umtanzt, als ob man sagen wollte: "Seht, das ist die wahre und wirkliche Kunst: was gehen euch die Werdenden und Wollenden an!"

Scheinbar besitzt dieser tanzende Schwarm sogar das Privilegium des "guten Geschmacks": denn immer stand der Schaffende im Nachtheil gegen den, der nur zusah, und nicht selbst die Hand anlegte; wie zu allen Zeiten der politische Kannegiesser klüger, gerechter und überlegsamer war, als der regierende Staatsmann. Will man aber gar auf das Gebiet der Kunst den Gebrauch der Volksabstimmungen und der Zahlen-Majoritäten übertragen und den Künstler gleichsam vor das Forum der aesthetischen Nichtsthuer zu seiner Selbstvertheidigung nöthigen, so kann man einen Eid darauf im Voraus leisten, dass er verurtheilt werden wird: nicht obwohl, sondern gerade weil seine Richter den Kanon der monumentalen Kunst, das heisst nach der gegebenen Erklärung, der Kunst, die zu allen Zeiten "Effect gemacht hat," feierlich proclamirt haben: während ihnen für alle noch nicht monumentale, weil gegenwärtige Kunst erstens das Bedürfniss, zweitens die reine Neigung, drittens eben jene Auctorität der Historie abgeht. Dagegen verräth ihnen ihr Instinct, dass die Kunst durch die Kunst todtgeschlagen werden könne: das Monumentale soll durchaus nicht wieder entstehen, und dazu nützt gerade das, was einmal die Auctorität des Monumentalen aus der Vergangenheit her hat. So sind sie Kunstkenner, weil sie die Kunst überhaupt beseitigen möchten, so gebärden sie sich als Aerzte, während sie es im Grunde auf Giftmischerei abgesehen haben, so bilden sie ihre Zunge und ihren Geschmack aus, um aus ihrer Verwöhntheit zu erklären, warum sie alles das, was ihnen von nahrhafter Kunstspeise angeboten wird, so beharrlich ablehnen. Denn sie wollen nicht, dass das Grosse entsteht: ihr Mittel ist zu sagen "seht, das Grosse ist schon da!" In Wahrheit geht sie dieses Grosse, das schon da ist, so wenig an, wie das, was entsteht: davon legt ihr Leben Zeugniss ab. Die monumentalische Historie ist das Maskenkleid, in dem sich ihr Hass gegen die Mächtigen und Grossen ihrer Zeit für gesättigte Bewunderung der Mächtigen und Grossen vergangener Zeiten ausgiebt, in welchem verkappt sie den eigentlichen Sinn jener historischen Betrachtungsart in den entgegengesetzten umkehren; ob sie es deutlich wissen oder nicht, sie handeln jedenfalls so, als ob ihr Wahlspruch wäre: lasst die Todten die Lebendigen begraben.

Jede der drei Arten von Historie, die es giebt, ist nur gerade auf Einem Boden und unter Einem Klima in ihrem Rechte: auf jedem anderen wächst sie zum verwüstenden Unkraut heran. Wenn der Mensch, der Grosses schaffen will, überhaupt die Vergangenheit braucht, so bemächtigt er sich ihrer vermittelst der monumentalischen Historie; wer dagegen im Gewohnten und Altverehrten beharren mag, pflegt das Vergangene als antiquarischer Historiker; und nur der, dem eine gegenwärtige Noth die Brust beklemmt und der um jeden Preis die Last von sich abwerfen will, hat ein Bedürfniss zur kritischen, das heisst richtenden und verurtheilenden Historie. Von dem gedankenlosen Verpflanzen der Gewächse rührt manches Unheil her: der Kritiker ohne Noth, der Antiquar ohne Pietät, der Kenner des Grossen ohne das Können des Grossen sind solche zum Unkraut aufgeschossene, ihrem natürlichen Mutterboden entfremdete und deshalb entartete Gewächse.

3.

Die Geschichte gehört also zweitens dem Bewahrenden und Verehrenden, dem, der mit Treue und Liebe dorthin zurückblickt, woher er kommt, worin er geworden ist; durch diese Pietät trägt er gleichsam den Dank für sein Dasein ab. Indem er das von Alters her Bestehende mit behutsamer Hand pflegt, will er die Bedingungen, unter denen er entstanden ist, für solche bewahren, welche nach ihm entstehen sollen – und so dient er dem Leben. Der Besitz von Urväter-Hausrath verändert in einer solchen Seele seinen Begriff: denn sie wird vielmehr von ihm besessen. Das Kleine, das Beschränkte, das Morsche und Veraltete erhält seine eigene Würde und Unantastbarkeit dadurch, dass die bewahrende und verehrende Seele des antiquarischen Menschen in diese Dinge übersiedelt und sich darin ein heimisches Nest bereitet. Die Geschichte seiner Stadt wird ihm zur Geschichte seiner selbst; er versteht die Mauer, das gethürmte Thor, die Rathsverordnung, das Volksfest wie ein ausgemaltes Tagebuch seiner Jugend und findet sich selbst in diesem Allen, seine Kraft, seinen Fleiss, seine Lust, sein Urtheil, seine Thorheit und Unart wieder. Hier liess es sich leben, sagt er sich, denn es lässt sich leben, hier wird es sich leben lassen, denn wir sind zäh und nicht über Nacht umzubrechen. So blickt er, mit diesem "Wir", über das vergängliche wunderliche Einzelleben hinweg und fühlt sich selbst als den Haus-, Geschlechts- und Stadtgeist. Mitunter grüsst er selbst über weite verdunkelnde und verwirrende Jahrhunderte hinweg die Seele seines Volkes als seine eigne Seele; ein Hindurchfühlen und Herausahnen, ein Wittern auf fast verlöschten Spuren, ein instinctives Richtig-Lesen der noch so überschriebenen Vergangenheit, ein rasches Verstehen der Palimpseste, ja Polypseste – das sind seine Gaben und Tugenden. Mit ihnen stand Goethe vor dem Denkmale Erwin's von Steinbach; in dem Sturme seiner Empfindung zerriss der historische zwischen ihnen ausgebreitete Wolkenschleier: er sah das deutsche Werk zum ersten Male wieder, "wirkend aus starker rauher deutscher Seele." Ein solcher

Sinn und Zug führte die Italiäner der Renaissance und erweckte in ihren Dichtern den antiken italischen Genius von Neuem, zu einem "wundersamen Weiterklingen des uralten Saitenspiels", wie Jacob Burckhardt sagt. Den höchsten Werth hat aber jener historisch-antiquarische Verehrungssinn, wo er über bescheidne, rauhe, selbst kümmerliche Zustände, in denen ein Mensch oder ein Volk lebt, ein einfaches rührendes Lust- und Zufriedenheits-Gefühl verbreitet; wie zum Beispiel Niebuhr mit ehrlicher Treuherzigkeit eingesteht, in Moor und Haide unter freien Bauern, die eine Geschichte haben, vergnügt zu leben und keine Kunst zu vermissen. Wie könnte die Historie dem Leben besser dienen, als dadurch, dass sie auch die minder begünstigten Geschlechter und Bevölkerungen an ihre Heimat und Heimatsitte anknüpft, sesshaft macht und sie abhält, nach dem Besseren in der Fremde herum zu schweifen und um dasselbe wetteifernd zu kämpfen? Mitunter sieht es wie Eigensinn und Unverstand aus, was den Einzelnen an diese Gesellen und Umgebungen, an diese mühselige Gewohnheit, an diesen kahlen Bergrücken gleichsam festschraubt – aber es ist der heilsamste und der Gesammtheit förderlichste Unverstand; wie Jeder weiss, der sich die furchtbaren Wirkungen abenteuernder Auswanderungslust, etwa gar bei ganzen Völkerschwärmen, deutlich gemacht hat, oder der den Zustand eines Volkes in der Nähe sieht, das die Treue gegen seine Vorzeit verloren hat und einem rastlosen kosmopolitischen Wählen und Suchen nach Neuem und immer Neuem preisgegeben ist. Die entgegengesetzte Empfindung, das Wohlgefühl des Baumes an seinen Wurzeln, das Glück sich nicht ganz willkürlich und zufällig zu wissen, sondern aus einer Vergangenheit als Erbe, Blüthe und Frucht herauszuwachsen und dadurch in seiner Existenz entschuldigt, ja gerechtfertigt zu werden – dies ist es, was man jetzt mit Vorliebe als den eigentlich historischen Sinn bezeichnet.

Das ist nun freilich nicht der Zustand, in dem der Mensch am meisten befähigt wäre, die Vergangenheit in reines Wissen aufzulösen; so dass wir auch hier wahrnehmen, was wir bei der monumentalischen Historie wahrgenommen haben, dass die Vergangenheit selbst leidet, so lange die Historie dem Leben dient und von Lebenstrieben beherrscht wird. Mit einiger Freiheit des Bildes gesprochen: Der Baum fühlt seine Wurzeln mehr als dass er sie sehen könnte: dies Gefühl aber misst ihre Grösse nach der Grösse und Kraft seiner sichtbaren Aeste. Mag der Baum schon darin irren: wie wird er erst über den ganzen Wald um sich herum im Irrthum sein! von dem er nur soweit etwas weiss und fühlt als dieser ihn selbst hemmt oder selbst fördert – aber nichts ausserdem. Der antiquarische Sinn eines Menschen, einer Stadtgemeinde, eines ganzen Volkes hat immer ein höchst beschränktes Gesichtsfeld; das Allermeiste nimmt er gar nicht wahr, und das Wenige, was er sieht, sieht er viel zu nahe und isolirt; er kann es nicht messen und nimmt deshalb alles als gleich wichtig und deshalb jedes Einzelne als zu wichtig. Dann giebt es für die Dinge der Vergangenheit keine Werthverschiedenheiten und Proportionen, die den Dingen unter einander wahrhaft gerecht würden; sondern immer nur Maasse und Proportionen der Dinge zu dem antiquarisch rückwärts blickenden Einzelnen oder Volke.

Hier ist immer eine Gefahr sehr in der Nähe: endlich wird einmal alles Alte und Vergangene, das überhaupt noch in den Gesichtskreis tritt, einfach als gleich ehrwürdig hingenommen, alles was aber diesem Alten nicht mit Ehrfurcht entgegen kommt, also das Neue und Werdende, abgelehnt und angefeindet. So duldeten selbst die Griechen den hieratischen Stil ihrer bildenden Künste neben dem freien und grossen, ja sie duldeten später die spitzen Nasen und das frostige Lächeln nicht nur, sondern machten selbst eine Feinschmeckerei daraus. Wenn sich der Sinn eines Volkes derartig verhärtet, wenn die Historie dem vergangnen Leben so dient, dass sie das Weiterleben und gerade das höhere Leben untergräbt, wenn der historische Sinn das Leben nicht mehr conservirt, sondern mumisirt: so stirbt der Baum, unnatürlicher Weise, von oben allmählich nach der Wurzel zu ab – und zuletzt geht gemeinhin die Wurzel selbst zu Grunde. Die antiquarische Historie entartet selbst in dem Augenblicke, in dem das frische Leben der Gegenwart sie nicht mehr beseelt und begeistert. Jetzt dorrt die Pietät ab, die gelehrtenhafte Gewöhnung besteht ohne sie fort und dreht sich egoistisch – selbstgefällig um ihren eignen Mittelpunkt. Dann erblickt man wohl das widrige Schauspiel einer blinden Sammelwuth, eines rastlosen Zusammenscharrens alles einmal Dagewesenen. Der Mensch hüllt sich in Moderduft; es gelingt ihm selbst eine bedeutendere Anlage, ein edleres Bedürfniss durch die antiquarische Manier zu unersättlicher Neubegier, richtiger Alt- und Allbegier herabzustimmen; oftmals sinkt er so tief, dass er zuletzt mit jeder Kost zufrieden ist und mit Lust selbst den Staub bibliographischer Quisquilien frisst.

Aber selbst, wenn jene Entartung nicht eintritt, wenn die antiquarische Historie das Fundament, auf dem sie allein zum Heile des Lebens wurzeln kann, nicht verliert: immer bleiben doch genug Gefahren übrig, falls sie nämlich allzu mächtig wird und die andern Arten, die Vergangenheit zu betrachten, überwuchert. Sie versteht eben allein Leben zu bewahren , nicht zu zeugen; deshalb unterschätzt sie immer das Werdende, weil sie für dasselbe keinen errathenden Instinct hat - wie ihn zum Beispiel die monumentalische Historie hat. So hindert jene den kräftigen Entschluss zum Neuen, so lähmt sie den Handelnden, der immer, als Handelnder, etwelche Pietäten verletzen wird und muss. Die Thatsache, dass etwas alt geworden ist, gebiert jetzt die Forderung, dass es unsterblich sein müsse; denn wenn Einer nachrechnet, was Alles ein solches Alterthum - eine alte Sitte der Väter, ein religiöser Glaube, ein ererbtes politisches Vorrecht - während der Dauer seiner Existenz erfahren hat, welche Summe der Pietät und Verehrung seitens des Einzelnen und der Generationen: so erscheint es vermessen oder selbst ruchlos, ein solches Alterthum durch ein Neuthum zu ersetzen und einer solchen Zahlen-Anhäufung von Pietäten und Verehrungen die Einer des Werdenden und Gegenwärtigen entgegenzustellen.

Hier wird es deutlich, wie nothwendig der Mensch, neben der monumentalischen und antiquarischen Art, die Vergangenheit zu betrachten, oft genug eine dritte Art nöthig hat, die kritische: und zwar auch diese wiederum im Dienste des Lebens. Er muss die Kraft haben und von Zeit zu Zeit anwenden, eine Vergangenheit zu zerbrechen und aufzulösen, um leben zu können: dies erreicht er dadurch, dass er sie vor Gericht zieht, peinlich inquirirt, und endlich verurtheilt; jede Vergangenheit aber ist werth verurtheilt zu werden - denn so steht es nun einmal mit den menschlichen Dingen: immer ist in ihnen menschliche Gewalt und Schwäche mächtig gewesen. Es ist nicht die Gerechtigkeit, die hier zu Gericht sitzt; es ist noch weniger die Gnade, die hier das Urtheil verkündet: sondern das Leben allein, jene dunkle, treibende, unersättlich sich selbst begehrende Macht. Sein Spruch ist immer ungnädig, immer ungerecht, weil er nie aus einem reinen Borne der Erkenntniss geflossen ist; aber in den meisten Fällen würde der Spruch ebenso ausfallen, wenn ihn die Gerechtigkeit selber spräche. "Denn Alles was entsteht, ist werth , dass es zu Grunde geht. Drum besser wär's, dass nichts entstünde." Es gehört sehr viel Kraft dazu, leben zu können und zu vergessen, in wie fern leben und ungerecht sein Eins ist. Luther selbst hat einmal gemeint, dass die Welt nur durch eine Vergesslichkeit Gottes entstanden sei; wenn Gott nämlich an das "schwere Geschütz" gedacht hätte, er würde die Welt nicht geschaffen haben. Mitunter aber verlangt eben dasselbe Leben, das die Vergessenheit braucht, die zeitweilige Vernichtung dieser Vergessenheit; dann soll es eben gerade klar werden, wie ungerecht die Existenz irgend eines Dinges, eines Privilegiums, einer Kaste, einer

Dynastie zum Beispiel ist, wie sehr dieses Ding den Untergang verdient. Dann wird seine Vergangenheit kritisch betrachtet, dann greift man mit dem Messer an seine Wurzeln, dann schreitet man grausam über alle Pietäten hinweg. Es ist immer ein gefährlicher, nämlich für das Leben selbst gefährlicher Prozess: und Menschen oder Zeiten, die auf diese Weise dem Leben dienen, dass sie eine Vergangenheit richten und vernichten, sind immer gefährliche und gefährdete Menschen und Zeiten. Denn da wir nun einmal die Resultate früherer Geschlechter sind, sind wir auch die Resultate ihrer Verirrungen, Leidenschaften und Irrthümer, ja Verbrechen; es ist nicht möglich sich ganz von dieser Kette zu lösen. Wenn wir jene Verirrungen verurtheilen und uns ihrer für enthoben erachten, so ist die Thatsache nicht beseitigt, dass wir aus ihnen herstammen. Wir bringen es im besten Falle zu einem Widerstreite der ererbten, angestammten Natur und unserer Erkenntniss, auch wohl zu einem Kampfe einer neuen strengen Zucht gegen das von Alters her Angezogne und Angeborne, wir pflanzen eine neue Gewöhnung, einen neuen Instinct, eine zweite Natur an, so dass die erste Natur abdorrt. Es ist ein Versuch, sich gleichsam a posteriori eine Vergangenheit zu geben, aus der man stammen möchte, im Gegensatz zu der, aus der man stammt – immer ein gefährlicher Versuch, weil es so schwer ist eine Grenze im Verneinen des Vergangenen zu finden, und weil die zweiten Naturen meistens schwächlicher als die ersten sind. Es bleibt zu häufig bei einem Erkennen des Guten, ohne es zu thun, weil man auch das Bessere kennt, ohne es thun zu können. Aber hier und da gelingt der Sieg doch, und es giebt sogar für die Kämpfenden, für die, welche sich der kritischen Historie zum Leben bedienen, einen merkwürdigen Trost: nämlich zu wissen, dass auch jene erste Natur irgend wann einmal eine zweite Natur war und dass jede siegende zweite Natur zu einer ersten wird.-

4.

Dies sind die Dienste, welche die Historie dem Leben zu leisten vermag; jeder Mensch und jedes Volk braucht je nach seinen Zielen, Kräften und Nöthen eine gewisse Kenntniss der Vergangenheit, bald als monumentalische, bald als antiquarische, bald als kritische Historie: aber nicht wie eine Schaar von reinen, dem Leben nur zusehenden Denkern, nicht wie wissensgierige, durch Wissen allein zu befriedigende Einzelne, denen Vermehrung der Erkenntniss das Ziel selbst ist, sondern immer nur zum Zweck des Lebens und also auch unter der Herrschaft und obersten Führung dieses Zweckes. Dass dies die natürliche Beziehung einer Zeit, einer Cultur, eines Volkes zur Historie ist – hervorgerufen durch Hunger, regulirt durch den Grad des Bedürfnisses, in Schranken gehalten durch die innewohnende plastische Kraft – dass die Kenntniss der Vergangenheit zu allen Zeiten nur im Dienste der Zukunft und Gegenwart begehrt ist, nicht zur Schwächung der Gegenwart, nicht zur Entwurzelung einer lebenskräftigen Zukunft: das Alles ist einfach, wie die Wahrheit einfach ist, und überzeugt sofort auch den, der dafür nicht erst den historischen Beweis sich führen lässt.

Und nun schnell einen Blick auf unsere Zeit! Wir erschrecken, wir fliehen zurück: wohin ist alle Klarheit, alle Natürlichkeit und Reinheit jener Beziehung von Leben und Historie, wie verwirrt, wie übertrieben, wie unruhig fluthet jetzt dies Problem vor unseren Augen! Liegt die Schuld an uns, den Betrachtenden? Oder hat sich wirklich die Constellation von Leben und Historie verändert, dadurch, dass ein mächtig feindseliges Gestirn zwischen sie getreten ist? Mögen Andere zeigen, dass wir falsch gesehen haben: wir wollen sagen, was wir zu sehen meinen. Es ist allerdings ein solches Gestirn, ein leuchtendes und herrliches Gestirn dazwischen getreten, die Constellation ist wirklich verändert – durch die Wissenschaft, durch die Forderung, dass die Historie Wissenschaft sein soll. Jetzt regiert nicht mehr allein das Leben und bändigt das Wissen um die Vergangenheit: sondern alle Grenzpfähle sind umgerissen und alles was einmal war, stürzt auf den Menschen zu. So weit zurück es ein Werden gab, soweit zurück, ins Unendliche hinein sind auch alle Perspektiven verschoben. Ein solches unüberschaubares Schauspiel sah noch kein Geschlecht, wie es jetzt die Wissenschaft des universalen Werdens, die Historie, zeigt: freilich aber zeigt sie es mit der gefährlichen Kühnheit ihres Wahlspruches: fiat veritas pereat vita.

Machen wir uns jetzt ein Bild von dem geistigen Vorgange, der hierdurch in der Seele des modernen Menschen herbeigeführt wird. Das historische Wissen strömt aus unversieglichen Quellen immer von Neuem hinzu und hinein, das Fremde und Zusammenhangslose drängt sich, das Gedächtniss öffnet alle seine Thore und ist doch nicht weit genug geöffnet, die Natur bemüht sich auf's Höchste, diese fremden Gäste zu empfangen, zu ordnen und zu ehren, diese selbst aber sind im Kampfe mit einander, und es scheint nöthig, sie alle zu bezwingen und zu bewältigen, um nicht selbst an ihrem Kampfe zu Grunde zu gehen. Die Gewöhnung an ein solches unordentliches, stürmisches und kämpfendes Hauswesen wird allmählich zu einer zweiten Natur, ob es gleich ausser Frage steht, dass diese zweite Natur viel schwächer, viel ruheloser und durch und durch ungesünder ist, als die erste. Der moderne Mensch schleppt zuletzt eine ungeheure Menge von unverdaulichen Wissenssteinen mit sich herum, die dann bei Gelegenheit auch ordentlich im Leibe rumpeln, wie es im Märchen heisst. Durch dieses Rumpeln verräth sich die eigenste Eigenschaft dieses modernen Menschen: der merkwürdige Gegensatz eines Inneren, dem kein Aeusseres, eines Aeusseren, dem kein Inneres entspricht, ein Gegensatz, den die alten Völker nicht kennen. Das Wissen, das im Uebermaasse ohne Hunger, ja wider das Bedürfniss aufgenommen wird, wirkt jetzt nicht mehr als umgestaltendes, nach aussen treibendes Motiv und bleibt in einer gewissen chaotischen Innenwelt verborgen, die jener moderne Mensch mit seltsamem Stolze als die ihm eigenthümliche "Innerlichkeit" bezeichnet. Man sagt dann wohl, dass man den Inhalt habe und dass es nur an der Form fehle; aber bei allem Lebendigen ist dies ein ganz ungehöriger Gegensatz. Unsere moderne Bildung ist eben deshalb nichts Lebendiges, weil sie ohne jenen Gegensatz sich gar nicht begreifen lässt, das heisst: sie ist gar keine wirkliche Bildung, sondern nur eine Art Wissen um die Bildung, es bleibt in ihr bei dem Bildungs-Gedanken, bei dem Bildungs-Gefühl, es wird kein Bildungs-Entschluss daraus. Das dagegen, was wirklich Motiv ist und was als That sichtbar nach aussen tritt, bedeutet dann oft nicht viel mehr als eine gleichgültige Convention, eine klägliche Nachahmung oder selbst eine rohe Fratze. Im Inneren ruht dann wohl die Empfindung jener Schlange gleich, die ganze Kaninchen verschluckt hat und sich dann still gefasst in die Sonne legt und alle Bewegungen ausser den nothwendigsten vermeidet. Der innere Prozess, das ist jetzt die Sache selbst, das ist die eigentliche "Bildung." Jeder, der vorübergeht, hat nur den einen Wunsch, dass eine solche Bildung nicht an Unverdaulichkeit zu Grunde gehe. Denke man sich zum Beispiel einen Griechen an einer solchen Bildung vorübergehend, er würde wahrnehmen, dass für die neueren Menschen "gebildet" und "historisch gebildet" so zusammenzugehören scheinen, als ob sie eins und nur durch die Zahl der Worte verschieden wären. Spräche er nun seinen Satz aus: es kann Einer sehr gebildet und doch historisch gar nicht gebildet sein, so würde man glauben, gar nicht recht gehört zu haben und den Kopf schütteln. Jenes bekannte Völkchen einer nicht zu fernen Vergangenheit, ich meine eben die Griechen, hatte sich in der Periode seiner grössten Kraft einen unhistorischen Sinn zäh bewahrt; müsste ein zeitgemässer Mensch in jene Welt durch Verzauberung zurückkehren, er würde vermuthlich die Griechen sehr "ungebildet" befinden, womit dann freilich das so peinlich verhüllte Geheimniss der modernen Bildung zu öffentlichem Gelächter aufgedeckt wäre: denn aus uns haben wir Modernen gar nichts; nur dadurch, dass wir uns mit fremden Zeiten, Sitten, Künsten, Philosophien, Religionen, Erkenntnissen anfüllen und überfüllen, werden wir zu etwas

Beachtungswerthem, nämlich zu wandelnden Encyclopädien, als welche uns vielleicht ein in unsere Zeit verschlagener Alt-Hellene ansprechen würde. Bei Encyclopädien findet man aber allen Werth nur in dem, was darin steht, im Inhalte, nicht in dem, was darauf steht oder was Einband und Schaale ist; und so ist die ganze moderne Bildung wesentlich innerlich: auswendig hat der Buchbinder so etwas darauf gedruckt wie: Handbuch innerlicher Bildung für äusserliche Barbaren. Ja dieser Gegensatz von innen und aussen macht das Aeusserliche noch barbarischer als es sein müsste, wenn ein rohes Volk nur aus sich heraus nach seinen derben Bedürfnissen wüchse. Denn welches Mittel bleibt noch der Natur übrig, um das überreichlich sich Aufdrängende zu bewältigen? Nur das eine Mittel, es so leicht wie möglich anzunehmen, um es schnell wieder zu beseitigen und auszustossen. Daraus entsteht eine Gewöhnung, die wirklichen Dinge nicht mehr ernst zu nehmen, daraus entsteht die "schwache Persönlichkeit," zufolge deren das Wirkliche, das Bestehende nur einen geringen Eindruck macht; man wird im Aeusserlichen zuletzt immer lässlicher und bequemer und erweitert die bedenkliche Kluft zwischen Inhalt und Form bis zur Gefühllosigkeit für die Barbarei, wenn nur das Gedächtniss immer von Neuem gereizt wird, wenn nur immer neue wissenswürdige Dinge hinzuströmen, die säuberlich in den Kästen jenes Gedächtnisses aufgestellt werden können. Die Cultur eines Volkes als der Gegensatz jener Barbarei ist einmal, wie ich meine, mit einigem Rechte, als Einheit des künstlerischen Stiles in allen Lebensäusserungen eines Volkes bezeichnet worden; diese Bezeichnung darf nicht dahin missverstanden werden, als ob es sich um den Gegensatz von Barbarei und schönem Stile handele; das Volk, dem man eine Cultur zuspricht, soll nur in aller Wirklichkeit etwas lebendig Eines sein und nicht so elend in Inneres und Aeusseres, in Inhalt und Form auseinanderfallen. Wer die Cultur eines Volkes erstreben und fördern will, der erstrebe und fördere diese höhere Einheit und arbeite mit an der Vernichtung der modernen Gebildetheit zu Gunsten einer wahren Bildung, er wage es, darüber nachzudenken, wie die durch Historie gestörte Gesundheit eines Volkes wiederhergestellt werden, wie es seine Instincte und damit seine Ehrlichkeit wiederfinden könne.

Ich will nur geradezu von uns Deutschen der Gegenwart reden, die wir mehr als ein anderes Volk an jener Schwäche der Persönlichkeit und an dem Widerspruche von Inhalt und Form zu leiden haben. Die Form gilt uns Deutschen gemeinhin als eine Convention, als Verkleidung und Verstellung und wird deshalb, wenn nicht gehasst, so doch jedenfalls nicht geliebt; noch richtiger würde es sein zu sagen, dass wir eine ausserordentliche Angst vor dem Worte Convention und auch wohl vor der Sache Convention haben. In dieser Angst verliess der Deutsche die Schule der Franzosen: denn er wollte natürlicher und dadurch deutscher werden. Nun scheint er sich aber in diesem "Dadurch" verrechnet zu haben: aus der Schule der Convention entlaufen, liess er sich nun gehen, wie und wohin er eben Lust hatte und machte im Grunde schlottericht und beliebig in halber Vergesslichkeit nach, was er früher peinlich und oft mit Glück nachmachte. So lebt man, gegen frühere Zeiten gerechnet, auch heute noch in einer bummelig incorrecten französischen Convention: wie all unser Gehen, Stehen, Unterhalten, Kleiden und Wohnen anzeigt. Indem man zum Natürlichen zurückzufliehen glaubte, erwählte man nur das Sichgehenlassen, die Bequemlichkeit und das möglichst kleine Maass von Selbstüberwindung. Man durchwandere eine deutsche Stadt – alle Convention, verglichen mit der nationalen Eigenart ausländischer Städte, zeigt sich im Negativen, alles ist farblos, abgebraucht, schlecht copirt, nachlässig, jeder treibt es nach seinem Belieben, aber nicht nach einem kräftigen, gedankenreichen Belieben, sondern nach den Gesetzen, die einmal die allgemeine Hast und sodann die allgemeine Bequemlichkeits-Sucht vorschreiben. Ein Kleidungsstück, dessen Erfindung kein Kopfzerbrechen macht, dessen Anlegung keine Zeit kostet, also ein aus der Fremde entlehntes und möglichst lässlich nachgemachtes Kleidungsstück gilt bei den Deutschen sofort als ein Beitrag zur deutschen Tracht. Der Formensinn wird von ihnen geradezu ironisch abgelehnt – denn man hat ja den Sinn des Inhaltes: sind sie doch das berühmte Volk der Innerlichkeit.

Nun giebt es aber auch eine berühmte Gefahr dieser Innerlichkeit: der Inhalt selbst, von dem es angenommen ist, dass er aussen gar nicht gesehen werden kann, möchte sich gelegentlich einmal verflüchtigen; aussen würde man aber weder davon noch von dem früheren Vorhandensein etwas merken. Aber denke man sich immerhin das deutsche Volk möglichst weit von dieser Gefahr entfernt: etwas Recht wird der Ausländer immer behalten, wenn er uns vorwirft, dass unser Inneres zu schwach und ungeordnet ist, um nach aussen zu wirken und sich eine Form zu geben. Dabei kann es sich in seltenem Grade zart empfänglich, ernst, mächtig, innig, gut erweisen und vielleicht selbst reicher als das Innere anderer Völker sein: aber als Ganzes bleibt es schwach, weil alle die schönen Fasern nicht in einen kräftigen Knoten geschlungen sind: so dass die sichtbare That nicht die Gesammtthat und Selbstoffenbarung dieses Inneren ist, sondern nur ein schwächlicher oder roher Versuch irgend einer Faser, zum Schein einmal für das Ganze gelten zu wollen. Deshalb ist der Deutsche nach einer Handlung gar nicht zu beurtheilen und als Individuum auch nach dieser That noch völlig verborgen. Man muss ihn bekanntlich nach seinen Gedanken und Gefühlen messen, und die spricht er jetzt in seinen Büchern aus. Wenn nur nicht gerade diese Bücher neuerdings mehr als je einen Zweifel darüber erweckten, ob die berühmte Innerlichkeit wirklich noch in ihrem unzugänglichen Tempelchen sitze: es wäre ein schrecklicher Gedanke, dass sie eines Tages verschwunden sei und nun nur noch die Aeusserlichkeit, jene hochmüthig täppische und demüthig bummelige Aeusserlichkeit als Kennzeichen des Deutschen zurückbliebe. Fast eben so schrecklich als wenn jene Innerlichkeit, ohne dass man es sehen könnte, gefälscht, gefärbt, übermalt darin sässe und zur Schauspielerin, wenn nicht zu Schlimmerem geworden wäre: wie dies zum Beispiel der bei Seite stehende und still betrachtende Grillparzer, von seiner dramatisch – theatralischen Erfahrung aus anzunehmen scheint. "Wir empfinden mit Abstraction," sagt er, "wir wissen kaum mehr, wie sich die Empfindung bei unseren Zeitgenossen äussert; wir lassen sie Sprünge machen, wie sie sie heutzutage nicht mehr macht. Shakespeare hat uns Neuere alle verdorben."

Dies ist ein einzelner, vielleicht zu schnell ins Allgemeine gedeuteter Fall: aber wie furchtbar wäre seine berechtigte Verallgemeinerung, wenn die einzelnen Fälle sich gar zu häufig dem Beobachter aufdrängen sollten, wie verzweifelt klänge der Satz: wir Deutschen empfinden mit Abstraction; wir sind Alle durch die Historie verdorben – ein Satz, der jede Hoffnung auf eine noch kommende nationale Cultur an ihren Wurzeln zerstören würde: denn jede derartige Hoffnung wächst aus dem Glauben an die Aechtheit und Unmittelbarkeit der deutschen Empfindung heraus, aus dem Glauben an die unversehrte Innerlichkeit; was soll noch gehofft, noch geglaubt werden, wenn der Quell des Glaubens und Hoffens getrübt ist, wenn die Innerlichkeit gelernt hat, Sprünge zu machen, zu tanzen, sich zu schminken, mit Abstraction und Berechnung sich zu äussern und sich selbst allgemach zu verlieren! Und wie soll der grosse productive Geist es unter einem Volke noch aushalten, das seiner einheitlichen Innerlichkeit nicht mehr sicher ist und das in Gebildete mit verbildeter und verführter Innerlichkeit und in Ungebildete mit unzugänglicher Innerlichkeit auseinanderfällt. Wie soll er es aushalten, wenn die Einheit der Volksempfindung verloren ging, wenn er überdies gerade bei dem einen Theile, der sich den gebildeten Theil des Volkes nennt und ein Recht auf die nationalen Kunstgeister für sich in Anspruch nimmt, die Empfindung gefälscht und gefärbt weiss. Mag hier und da das Urtheil und der Geschmack der Einzelnen selbst feiner und sublimirter geworden sein – das entschädigt ihn nicht: es peinigt ihn, gleichsam nur zu einer Secte reden zu müssen und innerhalb seines Volkes nicht mehr nothwendig zu sein. Vielleicht vergräbt er seinen Schatz jetzt lieber, weil er Ekel empfindet, von einer Secte anspruchsvoll patronisirt zu werden, während sein Herz voll von Mitleid mit Allen ist. Der Instinct des Volkes kommt ihm nicht mehr entgegen; es ist unnütz, ihm die Arme sehnsuchtsvoll entgegenzubreiten. Was bleibt ihm jetzt noch übrig als seinen begeisterten Hass gegen jenen hemmenden Bann, gegen die in der sogenannten Bildung seines Volkes aufgerichteten Schranken zu kehren, um als Richter wenigstens das zu verurtheilen, was für ihn den Lebenden und Lebenzeugenden Vernichtung und Entwürdigung ist: so tauscht er die tiefe Einsicht seines Schicksals gegen die göttliche Lust des Schaffenden und Helfenden ein und endet als einsamer Wissender, als übersatter Weiser. Es ist das schmerzlichste Schauspiel: wer es überhaupt sieht, wird hier eine heilige Nöthigung erkennen: er sagt sich, hier muss geholfen werden, jene höhere Einheit in der Natur und Seele eines Volkes muss sich wieder herstellen, jener Riss zwischen dem Innen und dem Aussen muss unter den Hammerschlägen der Noth wieder verschwinden. Nach welchen Mitteln soll er nun greifen? Was bleibt ihm nun wiederum als seine tiefe Erkenntniss: diese aussprechend, verbreitend, mit vollen Händen ausstreuend, hofft er ein Bedürfniss zu pflanzen: und aus dem starken Bedürfniss wird einmal die starke That entstehen. Und damit ich keinen Zweifel lasse, woher ich das Beispiel jener Noth, jenes Bedürfnisses, jener Erkenntniss nehme: so soll hier ausdrücklich mein Zeugniss stehen, dass es die deutsche Einheit in jenem höchsten Sinne ist, die wir erstreben und heisser erstreben als die politische Wiedervereinigung, die Einheit des deutschen Geistes und Lebens nach der Vernichtung des Gegensatzes von Form und Inhalt, von Innerlichkeit und Convention.-

5.

In fünffacher Hinsicht scheint mir die Uebersättigung einer Zeit in Historie dem Leben feindlich und gefährlich zu sein: durch ein solches Uebermaass wird jener bisher besprochene Contrast von innerlich und äusserlich erzeugt und dadurch die Persönlichkeit geschwächt; durch dieses Uebermaass geräth eine Zeit in die Einbildung, dass sie die seltenste Tugend, die Gerechtigkeit, in höherem Grade besitze als jede andere Zeit; durch dieses Uebermaass werden die Instincte des Volkes gestört und der Einzelne nicht minder als das Ganze am

Reifwerden verhindert; durch dieses Uebermaass wird der jederzeit schädliche Glaube an das Alter der Menschheit, der Glaube, Spätling und Epigone zu sein, gepflanzt; durch dieses Uebermaass geräth eine Zeit in die gefährliche Stimmung der Ironie über sich selbst und aus ihr in die noch gefährlichere des Cynismus: in dieser aber reift sie immer mehr einer klugen egoistischen Praxis entgegen, durch welche die Lebenskräfte gelähmt und zuletzt zerstört werden.

Und nun zurück zu unserem ersten Satze: der moderne Mensch leidet an einer geschwächten Persönlichkeit. Wie der Römer der Kaiserzeit unrömisch wurde im Hinblick auf den ihm zu Diensten stehenden Erdkreis, wie er sich selbst unter dem einströmenden Fremden verlor und bei dem kosmopolitischen Götter-, Sitten- und Künste-Carnevale entartete, so muss es dem modernen Menschen ergehen, der sich fortwährend das Fest einer Weltausstellung durch seine historischen Künstler bereiten lässt; er ist zum geniessenden und herumwandelnden Zuschauer geworden und in einen Zustand versetzt, an dem selbst grosse Kriege, grosse Revolutionen kaum einen Augenblick lang etwas zu ändern vermögen. Noch ist der Krieg nicht beendet, und schon ist er in bedrucktes Papier hunderttausendfach umgesetzt, schon wird er als neuestes Reizmittel dem ermüdeten Gaumen der nach Historie Gierigen vorgesetzt. Es scheint fast unmöglich, dass ein starker und voller Ton selbst durch das mächtigste Hineingreifen in die Saiten erzeugt werde: sofort verhallt er wieder, im nächsten Augenblicke bereits klingt er historisch zart verflüchtigt und kraftlos ab. Moralisch ausgedrückt: es gelingt euch nicht mehr das Erhabene festzuhalten, eure Thaten sind plötzliche Schläge, keine rollenden Donner. Vollbringt das Grösste und Wunderbarste: es muss trotzdem sang- und klanglos zum Orkus ziehn. Denn die Kunst flieht, wenn ihr eure Thaten sofort mit dem historischen Zeltdach überspannt. Wer dort im Augenblick verstehen, berechnen, begreifen will, wo er in langer Erschütterung das Unverständliche als das Erhabene festhalten sollte, mag verständig genannt werden, doch nur in dem Sinne, in dem Schiller von dem Verstand der Verständigen redet: er sieht Einiges nicht, was doch das Kind sieht, er hört Einiges nicht, was doch das Kind hört; dieses Einige ist gerade das Wichtigste: weil er dies nicht versteht, ist sein Verstehen kindischer als das Kind und einfältiger als die Einfalt – trotz der vielen schlauen Fältchen seiner pergamentnen Züge und der virtuosen Uebung seiner Finger, das Verwickelte aufzuwickeln. Das macht: er hat seinen Instinct vernichtet und verloren, er kann nun nicht mehr, dem "göttlichen Thiere" vertrauend, die Zügel hängen lassen, wenn sein Verstand schwankt und sein

Weg durch Wüsten führt. So wird das Individuum zaghaft und unsicher und darf sich nicht mehr glauben: es versinkt in sich selbst, ins Innerliche, das heisst hier nur: in den zusammengehäuften Wust des Erlernten, das nicht nach aussen wirkt, der Belehrung, die nicht Leben wird. Sieht man einmal auf's Aeusserliche, so bemerkt man, wie die Austreibung der Instincte durch Historie die Menschen fast zu lauter abstractis und Schatten umgeschaffen hat: keiner wagt mehr seine Person daran, sondern maskirt sich als gebildeter Mann, als Gelehrter, als Dichter, als Politiker. Greift man solche Masken an, weil man glaubt, es sei ihnen Ernst, und nicht bloss um ein Possenspiel zu thun, – da sie allesammt den Ernst affichiren – so hat man plötzlich nur Lumpen und bunte Flicken in den Händen. Deshalb soll man sich nicht mehr täuschen lassen, deshalb soll man sie anherrschen: "zieht eure Jacken aus oder seid, was ihr scheint." Es soll nicht mehr jeder Ernsthafte von Geblüt zu einem Don Quixote werden, da er Besseres zu thun hat, als sich mit solchen vermeintlichen Realitäten herumzuschlagen. Jedenfalls aber muss er scharf hinsehen, bei jeder Maske sein Halt Werda! rufen und ihr die Larve in den Nacken ziehen. Sonderbar! Man sollte denken, dass die Geschichte die Menschen vor Allem ermuthigte ehrlich zu sein – und wäre es selbst ein ehrlicher Narr zu sein; und immer ist dies ihre Wirkung gewesen, nur jetzt nicht mehr! Die historische Bildung und der bürgerliche Universal-Rock herrschen zu gleicher Zeit. Während noch nie so volltönend von der "freien Persönlichkeit" geredet worden ist, sieht man nicht einmal Persönlichkeiten, geschweige denn freie, sondern lauter ängstlich verhüllte Universal-Menschen. Das Individuum hat sich ins Innerliche zurückgezogen: aussen merkt man nichts mehr davon; wobei man zweifeln darf, ob es überhaupt Ursachen ohne Wirkungen geben könne. Oder sollte als Wächter des grossen geschichtlichen Welt-Harem ein Geschlecht von Eunuchen nöthig sein? Denen steht freilich die reine Objectivität schön zu Gesichte. Scheint es doch fast, als wäre es die Aufgabe, die Geschichte zu bewachen, dass nichts aus ihr heraus komme als eben Geschichten, aber ja kein Geschehen!, zu verhüten, dass durch sie die Persönlichkeiten "frei" werden, soll heissen wahrhaftig gegen sich, wahrhaftig gegen Andere, und zwar in Wort und That. Erst durch diese Wahrhaftigkeit wird die Noth, das innere Elend des modernen Menschen an den Tag kommen, und an die Stelle jener ängstlich versteckenden Convention und Maskerade können dann, als wahre Helferinnen, Kunst und Religion treten, um gemeinsam eine Cultur anzupflanzen, die wahren Bedürfnissen entspricht und die nicht, wie die jetzige allgemeine Bildung, nur lehrt, sich über diese Bedürfnisse zu belügen und dadurch zur wandelnden Lüge zu werden.

In welche unnatürlichen, künstlichen und jedenfalls unwürdigen Lagen muss in einer Zeit, die an der allgemeinen Bildung leidet, die wahrhaftigste aller Wissenschaften, die ehrliche nackte Göttin Philosophie gerathen! Sie bleibt in einer solchen Welt der erzwungenen äusserlichen Uniformität gelehrter Monolog des einsamen Spaziergängers, zufällige Jagdbeute des Einzelnen, verborgenes Stubengeheimniss oder ungefährliches Geschwätz zwischen akademischen Greisen und Kindern. Niemand darf es wagen, das Gesetz der Philosophie an sich zu erfüllen, Niemand lebt philosophisch, mit jener einfachen Mannestreue, die einen Alten zwang, wo er auch war, was er auch trieb, sich als Stoiker zu gebärden, falls er der Stoa einmal Treue zugesagt hatte. Alles moderne Philosophiren ist politisch und polizeilich, durch Regierungen, Kirchen, Akademien, Sitten und Feigheiten der Menschen auf den gelehrten Anschein beschränkt: es bleibt beim Seufzen "wenn doch" oder bei der Erkenntniss "es war einmal." Die Philosophie ist innerhalb der historischen Bildung ohne Recht, falls sie mehr sein will als ein innerlich zurückgehaltenes Wissen ohne Wirken; wäre der moderne Mensch überhaupt nur muthig und entschlossen, wäre er nicht selbst in seinen Feindschaften nur ein innerliches Wesen: er würde sie verbannen; so begnügt er sich, ihre Nudität schamhaft zu verkleiden. Ja, man denkt, schreibt, druckt, spricht, lehrt philosophisch, – so weit ist ungefähr Alles erlaubt, nur im Handeln, im sogenannten Leben ist es anders: da ist immer nur Eines erlaubt und alles Andere einfach unmöglich: so will's die historische Bildung. Sind das noch Menschen, fragt man sich dann, oder vielleicht nur Denk-, Schreib- und Redemaschinen?

Goethe sagt einmal von Shakespeare: "Niemand hat das materielle Kostüme mehr verachtet als er; er kennt recht gut das innere Menschen-Kostüme, und hier gleichen sich Alle. Man sagt, er habe die Römer vortrefflich dargestellt; ich finde es nicht; es sind lauter eingefleischte Engländer, aber freilich Menschen sind es, Menschen von Grund aus, und denen passt wohl auch die römische Toga." Nun frage ich, ob es auch nur möglich wäre unsere jetzigen Litteraten, Volksmänner, Beamte, Politiker als Römer vorzuführen; es will durchaus nicht angehen, weil sie keine Menschen sind, sondern nur eingefleischte Compendien und gleichsam concrete Abstracta. Wenn sie Charakter und eigne Art haben sollten, so steckt dies Alles so tief, dass es gar nicht sich an's Tageslicht herauswinden kann: wenn sie Menschen sein sollten, so sind sie es doch nur für den, "der die Nieren prüft." Für jeden Anderen sind sie etwas Anderes, nicht Menschen, nicht Götter, nicht Thiere, sondern historische Bildungsgebilde, ganz und gar Bildung, Bild, Form ohne nachweisbaren Inhalt, leider nur schlechte Form, und überdies Uniform. Und so möge mein Satz verstanden und erwogen werden: die Geschichte wird nur von starken Persönlichkeiten ertragen, die schwachen löscht sie vollends aus. Das liegt darin, dass sie das Gefühl und die Empfindung verwirrt, wo diese nicht kräftig genug sind, die Vergangenheit an sich zu messen. Dem, der sich nicht mehr zu trauen wagt, sondern unwillkürlich für sein Empfinden bei der Geschichte um Rath fragt "wie soll ich hier empfinden?", der wird allmählich aus Furchtsamkeit zum Schauspieler und spielt eine Rolle, meistens sogar viele Rollen und deshalb jede so schlecht und flach. Allmählich fehlt alle Congruenz zwischen dem Mann und seinem historischen Bereiche; kleine vorlaute Burschen sehen wir mit den Römern umgehen als wären diese ihresgleichen: und in den Ueberresten griechischer Dichter wühlen und graben sie, als ob auch diese corpora für ihre Section bereit lägen und vilia wären, was ihre eignen litterarischen corpora sein mögen. Nehmen wir an, es beschäftige sich Einer mit Demokrit, so liegt mir immer die Frage auf den Lippen: warum nicht Heraklit? Oder Philo? Oder Bacon? Oder Descartes und so beliebig weiter. Und dann: warum denn just ein Philosoph? Warum nicht ein Dichter, ein Redner? Und: warum überhaupt ein Grieche, warum nicht ein Engländer, ein Türke? Ist denn nicht die Vergangenheit gross genug, um etwas zu finden, wobei ihr selbst euch nicht so lächerlich beliebig ausnehmt? Aber wie gesagt, es ist ein Geschlecht von Eunuchen; dem Eunuchen ist ein Weib wie das andere, eben nur Weib, das Weib an sich, das ewig Unnahbare – und so ist es gleichgültig was ihr treibt, wenn nur die Geschichte selbst schön "objectiv" bewahrt bleibt, nämlich von solchen, die nie selber Geschichte machen können. Und da euch das Ewig-Weibliche nie hinanziehen wird, so zieht ihr es zu euch herab und nehmt, als Neutra, auch die Geschichte als ein Neutrum. Damit man aber nicht glaube, dass ich im Ernste die Geschichte mit dem Ewig-Weiblichen vergleiche, so will ich vielmehr klärlich aussprechen, dass ich sie im Gegentheil für das Ewig-Männliche halte: nur dass es für die, welche durch und durch "historisch gebildet" sind, ziemlich gleichgültig sein muss, ob sie das Eine oder das Andere ist: sind sie doch selbst weder Mann noch Weib, nicht einmal Communia, sondern immer nur Neutra oder, gebildeter ausgedrückt, eben nur die Ewig-Objectiven.

Sind die Persönlichkeiten erst in der geschilderten Weise zu ewiger Subjectlosigkeit, oder wie man sagt, Objectivität ausgeblasen: so vermag nichts mehr auf sie zu wirken; es mag was Gutes und Rechtes geschehen, als That, als

Dichtung, als Musik: sofort sieht der ausgehöhlte Bildungsmensch über das Werk hinweg und fragt nach der Historie des Autors. Hat dieser schon Mehreres geschaffen, sofort muss er sich den bisherigen und den muthmaasslichen weiteren Gang seiner Entwickelung deuten lassen, sofort wird er neben Andere zur Vergleichung gestellt, auf die Wahl seines Stoffes, auf seine Behandlung hin secirt, auseinandergerissen, weislich neu zusammengefügt und im Ganzen vermahnt und zurechtgewiesen. Es mag das Erstaunlichste geschehen, immer ist die Schaar der historisch Neutralen auf dem Platze, bereit den Autor schon aus weiter Ferne zu überschauen. Augenblicklich erschallt das Echo: aber immer als "Kritik", während kurz vorher der Kritiker von der Möglichkeit des Geschehenden sich nichts träumen liess. Nirgends kommt es zu einer Wirkung, sondern immer nur wieder zu einer "Kritik"; und die Kritik selbst macht wieder keine Wirkung, sondern erfährt nur wieder Kritik. Dabei ist man übereingekommen, viel Kritiken als Wirkung, wenige als Misserfolg zu betrachten. Im Grunde aber bleibt, selbst bei sothaner "Wirkung", alles beim Alten: man schwätzt zwar eine Zeit lang etwas Neues, dann aber wieder etwas Neues und thut inzwischen das, was man immer gethan hat. Die historische Bildung unserer Kritiker erlaubt gar nicht mehr, dass es zu einer Wirkung im eigentlichen Verstande, nämlich zu einer Wirkung auf Leben und Handeln komme: auf die schwärzeste Schrift drücken sie sogleich ihr Löschpapier, auf die anmuthigste Zeichnung schmieren sie ihre dicken Pinselstriche, die als Correcturen angesehn werden sollen: da war's wieder einmal vorbei. Nie aber hört ihre kritische Feder auf zu fliessen, denn sie haben die Macht über sie verloren und werden mehr von ihr geführt anstatt sie zu führen. Gerade in dieser Maasslosigkeit ihrer kritischen Ergüsse, in dem Mangel der Herrschaft über sich selbst, in dem was die Römer impotentia nennen, verräth sich die Schwäche der modernen Persönlichkeit.

6.

Doch lassen wir diese Schwäche. Wenden wir uns vielmehr zu einer vielgerühmten Stärke des modernen Menschen mit der allerdings peinlichen Frage, ob er ein Recht dazu hat, sich seiner bekannten historischen "Objectivität" wegen stark, nämlich gerecht und in höherem Grade gerecht zu nennen als der Mensch anderer Zeiten. Ist es wahr, dass jene Objectivität in einem gesteigerten Bedürfniss und Verlangen nach Gerechtigkeit ihren Ursprung hat? Oder erweckt sie als Wirkung ganz anderer Ursachen eben nur den Anschein, als ob die Gerechtigkeit die eigentliche Ursache dieser Wirkung sei? Verführt sie vielleicht zu einem schädlichen, weil allzu schmeichlerischen Vorurtheil über die Tugenden des modernen Menschen? – Sokrates hielt es für ein Leiden, das dem Wahnsinne nahe komme, sich den Besitz einer Tugend einzubilden und sie nicht zu besitzen: und gewiss ist eine solche Einbildung gefährlicher, als der entgegengesetzte Wahn, an einem Fehler, an einem Laster zu leiden. Denn durch diesen Wahn ist es vielleicht noch möglich, besser zu werden; jene Einbildung aber macht den Menschen oder eine Zeit täglich schlechter, also – in diesem Falle, ungerechter.

Wahrlich, niemand hat in höherem Grade einen Anspruch auf unsere Verehrung als der, welcher den Trieb und die Kraft zur Gerechtigkeit besitzt. Denn in ihr vereinigen und verbergen sich die höchsten und seltensten Tugenden wie in einem unergründlichen Meere, das von allen Seiten Ströme empfängt und in sich verschlingt. Die Hand des Gerechten, der Gericht zu halten befugt ist, erzittert nicht mehr, wenn sie die Wage hält; unerbittlich gegen sich selbst legt er Gewicht auf Gewicht, sein Auge trübt sich nicht, wenn die Wagschalen steigen und sinken, und seine Stimme klingt weder hart noch gebrochen, wenn er das Urtheil verkündet. Wäre er ein kalter Dämon der Erkenntniss, so würde er um sich die eisige Atmosphäre einer übermenschlich schrecklichen Majestät ausbreiten, die wir zu fürchten, nicht zu verehren hätten: aber dass er ein Mensch ist und doch aus lässlichem Zweifel zu strenger Gewissheit, aus duldsamer Milde zum Imperativ "du musst", aus der seltenen Tugend der Grossmuth zur allerseltensten der Gerechtigkeit emporzusteigen versucht, dass er jetzt jenem Dämon ähnelt, ohne von Anbeginn etwas Anderes als ein armer Mensch zu sein, und vor Allem, dass er in jedem Augenblicke an sich selbst sein Menschenthum zu büssen hat und sich an einer unmöglichen Tugend tragisch verzehrt – dies Alles stellt ihn in eine einsame Höhe hin, als das ehrwürdigste Exemplar der Gattung Mensch; denn Wahrheit will er, doch nicht nur als kalte folgenlose Erkenntniss, sondern als die ordnende und strafende Richterin, Wahrheit nicht als egoistischen Besitz des Einzelnen, sondern als die heilige Berechtigung, alle Grenzsteine egoistischer Besitzthümer zu verrücken, Wahrheit mit einem Worte als Weltgericht und durchaus nicht etwa als erhaschte Beute und Lust des einzelnen Jägers. Nur insofern der Wahrhafte den unbedingten Willen hat, gerecht zu sein, ist an dem überall so gedankenlos glorificirten Streben nach Wahrheit etwas Grosses: während vor dem stumpferen Auge eine ganze Anzahl der verschiedenartigsten Triebe wie Neugier, Furcht vor der Langeweile, Missgunst, Eitelkeit, Spieltrieb, Triebe die gar nichts mit der Wahrheit zu thun haben, mit jenem Streben nach Wahrheit, das seine Wurzel in der Gerechtigkeit hat, zusammenfliessen. So scheint zwar die Welt voll zu sein von solchen, die "der Wahrheit dienen"; und doch ist die Tugend der Gerechtigkeit so selten vorhanden, noch seltener erkannt und fast immer auf den Tod gehasst: wohingegen die Schaar der scheinbaren Tugenden zu jeder Zeit geehrt und prunkend einherzog. Der Wahrheit dienen Wenige in Wahrheit, weil nur Wenige den reinen Willen haben gerecht zu sein und selbst von diesen wieder die Wenigsten die Kraft, gerecht sein zu können. Es genügt durchaus nicht, den Willen dazu allein zu haben: und die schrecklichsten Leiden sind gerade aus dem Gerechtigkeitstriebe ohne Urtheilskraft über die Menschen gekommen; weshalb die allgemeine Wohlfahrt nichts mehr erheischen würde, als den Saamen der Urtheilskraft so breit wie möglich auszustreuen, damit der Fanatiker von dem Richter, die blinde Begierde Richter zu sein von der bewussten Kraft richten zu dürfen, unterschieden bleibe. Aber wo fände sich ein Mittel, Urtheilskraft zu pflanzen! – daher die Menschen, wenn ihnen von Wahrheit und Gerechtigkeit geredet wird, ewig in einem zagenden Schwanken verharren werden, ob zu ihnen der Fanatiker oder der Richter rede. Man soll es ihnen deshalb verzeihen, wenn sie immer mit besonderem Wohlwollen diejenigen "Diener der Wahrheit" begrüsst haben, die weder den Willen noch die Kraft zu richten besitzen und sich die Aufgabe stellen, die "reine, folgenlose" Erkenntniss oder, deutlicher, die Wahrheit, bei der nichts herauskommt, zu suchen. Es giebt sehr viele gleichgültige Wahrheiten; es giebt Probleme, über die richtig zu urtheilen nicht einmal Ueberwindung, geschweige denn Aufopferung kostet. In diesem gleichgültigen und ungefährlichen Bereiche gelingt es einem Menschen wohl zu einem kalten Dämon der Erkenntniss zu werden; und trotzdem! Wenn selbst, in besonders begünstigten Zeiten, ganze Gelehrten- und Forscher-Cohorten in solche Dämonen umgewandelt werden – immerhin bleibt es leider möglich, dass eine solche Zeit an strenger und grosser Gerechtigkeit, kurz an dem edelsten Kerne des sogenannten Wahrheitstriebes Mangel leidet.

Nun stelle man sich den historischen Virtuosen der Gegenwart vor Augen: ist er der gerechteste Mann seiner Zeit? Es ist wahr, er hat in sich eine solche Zartheit und Erregbarkeit der Empfindung ausgebildet, dass ihm gar nichts Menschliches fern bleibt; die verschiedensten Zeiten und Personen klingen sofort auf seiner Lyra in verwandten Tönen nach: er ist zum nachtönenden Passivum geworden, das durch sein Ertönen wieder auf andere derartige Passiva wirkt: bis endlich die ganze Luft einer Zeit von solchen durcheinander schwirrenden zarten und verwandten Nachklängen erfüllt ist. Doch scheint es mir, dass man gleichsam nur die Obertöne jedes originalen geschichtlichen Hauptttones vernimmt: das Derbe und Mächtige des Originals ist aus dem sphärisch – dünnen und spitzen Saitenklange nicht mehr zu errathen. Dafür weckte der Originalton meistens Thaten, Nöthe, Schrecken, dieser lullt uns ein und macht uns zu weichlichen Geniessern; es ist als ob man die heroische Symphonie für zwei Flöten eingerichtet und zum Gebrauch von träumenden Opiumrauchern bestimmt habe. Daran mag man nun schon ermessen, wie es mit dem obersten Anspruche des modernen Menschen, auf höhere und reinere Gerechtigkeit, bei diesen Virtuosen stehen wird; diese Tugend hat nie etwas Gefälliges, kennt keine reizenden Wallungen, ist hart und schrecklich. Wie niedrig steht, an ihr gemessen, schon die Grossmuth auf der Stufenleiter der Tugenden, die Grossmuth, welche die Eigenschaft einiger und seltener Historiker ist! Aber viel Mehrere bringen es nur zur Toleranz, zum Geltenlassen des einmal nicht Wegzuläugnenden, zum Zurechtlegen und maassvoll-wohlwollenden Beschönigen, in der klugen Annahme, dass der Unerfahrene es als Tugend der Gerechtigkeit auslege, wenn das Vergangene überhaupt ohne harte Accente und ohne den Ausdruck des Hasses erzählt wird. Aber nur die überlegene Kraft kann richten, die Schwäche muss toleriren, wenn sie nicht Stärke heucheln und die Gerechtigkeit auf dem Richterstuhle zur Schauspielerin machen will. Nun ist sogar noch eine fürchterliche Species von Historikern übrig, tüchtige, strenge und ehrliche Charaktere – aber enge Köpfe; hier ist der gute Wille gerecht zu sein eben so vorhanden wie das Pathos des Richterthums: aber alle Richtersprüche sind falsch, ungefähr aus dem gleichen Grunde, aus dem die Urtheilssprüche der gewöhnlichen Geschworenen – Collegien falsch sind. Wie unwahrscheinlich ist also die Häufigkeit des historischen Talentes! Um hier von den verkappten Egoisten und Parteigängern abzusehen, die zum bösen Spiele, das sie spielen, eine recht objective Miene machen. Ebenso abgesehen von den ganz unbesonnenen Leuten, die als Historiker im naiven Glauben schreiben, dass gerade ihre Zeit in allen Popularansichten Recht habe, und dass dieser Zeit gemäss zu schreiben so viel heisse, als überhaupt gerecht zu sein; ein Glaube, in dem eine jede Religion lebt, und über den, bei Religionen, nichts weiter zu sagen ist. Jene naiven Historiker nennen "Objectivität" das Messen vergangener Meinungen und Thaten an den Allerwelts-Meinungen des Augenblicks: hier finden sie den Kanon aller Wahrheiten; ihre Arbeit ist, die Vergangenheit der zeitgemässen Trivialität anzupassen. Dagegen nennen sie jede Geschichtschreibung "subjectiv", die jene Popularmeinungen nicht als kanonisch nimmt.

Und sollte nicht selbst bei der höchsten Ausdeutung des Wortes Objectivität eine Illusion mit unterlaufen? Man versteht dann mit diesem Worte einen Zustand im Historiker, in dem er ein Ereigniss in allen seinen Motiven und Folgen so rein anschaut, dass es auf sein Subject gar keine Wirkung thut: man meint jenes ästhetische Phänomen, jenes Losgebundensein vom persönlichen Interesse, mit dem der Maler in einer stürmischen Landschaft, unter Blitz und Donner oder auf bewegter See, sein inneres Bild schaut, man meint das völlige Versunkensein in die Dinge: ein Aberglaube jedoch ist es, dass das Bild, welches die Dinge in einem solchermaassen gestimmten Menschen zeigen, das empirische Wesen der Dinge wiedergebe. Oder sollten sich in jenen Momenten die Dinge gleichsam durch ihre eigene Thätigkeit auf einem reinen Passivum abzeichnen, abkonterfeien, abphotographiren?

Dies wäre eine Mythologie und eine schlechte obendrein: zudem vergässe man, dass jener Moment gerade der kräftigste und selbstthätigste Zeugungsmoment im Innern des Künstlers ist, ein Compositionsmoment allerhöchster Art, dessen Resultat wohl ein künstlerisch wahres, nicht ein historisch wahres Gemälde sein wird. In dieser Weise die Geschichte objectiv denken ist die stille Arbeit des Dramatikers; nämlich Alles aneinander denken, das Vereinzelte zum Ganzen weben: überall mit der Voraussetzung, dass eine Einheit des Planes in die Dinge gelegt werden müsse, wann sie nicht darinnen sei. So überspinnt der Mensch die Vergangenheit und bändigt sie, so äussert sich sein Kunsttrieb - nicht aber sein Wahrheits-, sein Gerechtigkeitstrieb. Objectivität und Gerechtigkeit haben nichts miteinander zu thun. Es wäre eine Geschichtschreibung zu denken, die keinen Tropfen der gemeinen empirischen Wahrheit in sich hat und doch im höchsten Grade auf das Prädicat der Objectivität Anspruch machen dürfte. Ja, Grillparzer wagt zu erklären "was ist denn Geschichte anders als die Art wie der Geist des Menschen die ihm undurchdringlichen Begebenheiten aufnimmt; das, weiss Gott ob Zusammengehörige verbindet; das Unverständliche durch etwas Verständliches ersetzt; seine Begriffe von Zweckmässigkeit nach Aussen einem Ganzen unterschiebt, das wohl nur eine nach Innen kennt; und wieder Zufall annimmt, wo tausend kleine Ursachen wirkten. Jeder Mensch hat zugleich seine Separat nothwendigkeit, so dass Millionen Richtungen parallel in krummen und geraden Linien nebeneinander laufen, sich durchkreuzen, fördern, hemmen, vor- und rückwärts streben und dadurch für einander den Charakter des Zufalls annehmen und es so, abgerechnet die Einwirkungen der Naturereignisse, unmöglich machen, eine durchgreifende, Alle umfassende Nothwendigkeit des Geschehenden nachzuweisen". Nun soll aber gerade, als Ergebniss jenes "objectiven" Blickes auf die Dinge, eine solche Nothwendigkeit an's Licht gezogen werden! Dies ist eine Voraussetzung, die, wenn sie als Glaubenssatz vom Historiker ausgesprochen wird, nur wunderliche Gestalt annehmen kann; Schiller zwar ist über das recht eigentlich Subjective dieser Annahme völlig im Klaren, wenn er vom Historiker sagt: "eine Erscheinung nach der anderen fängt an, sich dem blinden Ohngefähr, der gesetzlosen Freiheit zu entziehen und sich einem übereinstimmenden Ganzen – das freilich nur in seiner Vorstellung vorhanden ist – als ein passendes Glied einzureihen". Was soll man aber von der so glaubensvoll eingeführten, zwischen Tautologie und Widersinn künstlich schwebenden Behauptung eines berühmten historischen Virtuosen halten: "es ist nicht anders als dass alles menschliche Thun und Treiben dem leisen und der Bemerkung oft entzogenen, aber gewaltigen und unaufhaltsamen Gange der Dinge unterworfen ist" ? In einem solchen Satze spürt man nicht mehr räthselhafte Wahrheit als unräthselhafte Unwahrheit; wie im Ausspruch des Goethischen Hofgärtners "die Natur lässt sich wohl forciren, aber nicht zwingen", oder in der Inschrift einer Jahrmarktsbude, von der Swift erzählt: "hier ist zu sehen der grösste Elephant der Welt, mit Ausnahme seiner selbst". Denn welches ist doch der Gegensatz zwischen dem Thun und Treiben der Menschen und dem Gange der Dinge? Ueberhaupt fällt mir auf, dass solche Historiker, wie jener, von dem wir einen Satz anführten, nicht mehr belehren, sobald sie allgemein werden und dann das Gefühl ihrer Schwäche in Dunkelheiten zeigen. In anderen Wissenschaften sind die Allgemeinheiten das Wichtigste, insofern sie die Gesetze enthalten: sollten aber solche Sätze wie der angeführte für Gesetze gelten wollen, so wäre zu entgegnen, dass dann die Arbeit des Geschichtschreibers verschwendet ist; denn was überhaupt an solchen Sätzen wahr bleibt, nach Abzug jenes dunklen unauflöslichen Restes, von dem wir sprachen – das ist bekannt und sogar trivial; denn es wird jedem in dem kleinsten Bereiche der Erfahrungen vor die Augen kommen. Deshalb aber ganze Völker incommodiren und mühsame Arbeitsjahre darauf wenden hiesse doch nichts Anderes, als in den Naturwissenschaften Experiment auf Experiment häufen, nachdem aus dem vorhandenen Schatze der Experimente längst das Gesetz abgeleitet werden kann: an welchem sinnlosen Uebermaass des Experimentirens übrigens nach Zöllner die gegenwärtige Naturwissenschaft leiden soll. Wenn der

Werth eines Dramas nur in dem Schluss- und Hauptgedanken liegen sollte, so würde das Drama selbst ein möglichst weiter, ungerader und mühsamer Weg zum Ziele sein; und so hoffe ich, dass die Geschichte ihre Bedeutung nicht in den allgemeinen Gedanken, als einer Art von Blüthe und Frucht, erkennen dürfe: sondern dass ihr Werth gerade der ist, ein bekanntes, vielleicht gewöhnliches Thema, eine Alltags – Melodie geistreich zu umschreiben, zu erheben, zum umfassenden Symbol zu steigern und so in dem Original-Thema eine ganze Welt von Tiefsinn, Macht und Schönheit ahnen zu lassen.

Dazu gehört aber vor Allem eine grosse künstlerische Potenz, ein schaffendes Darüberschweben, ein liebendes Versenktsein in die empirischen Data, ein Weiterdichten an gegebenen Typen – dazu gehört allerdings Objectivität, aber als positive Eigenschaft. So oft aber ist Objectivität nur eine Phrase. An Stelle jener innerlich blitzenden, äusserlich unbewegten und dunklen Ruhe des Künstlerauges tritt die Affectation der Ruhe; wie sich der Mangel an Pathos und moralischer Kraft als schneidende Kälte der Betrachtung zu verkleiden pflegt. In gewissen Fällen wagt sich die Banalität der Gesinnung, die Jedermanns-Weisheit, die nur durch ihre Langweiligkeit den Eindruck des Ruhigen, Unaufgeregten macht, hervor, um für jenen künstlerischen Zustand zu gelten, in welchem das Subject schweigt und völlig unbemerkbar wird. Dann wird alles hervorgesucht, was überhaupt nicht aufregt, und das trockenste Wort ist gerade recht. Ja man geht so weit anzunehmen, dass der, den ein Moment der Vergangenheit gar nichts angehe, berufen sei ihn darzustellen. So verhalten sich häufig Philologen und Griechen zu einander: sie gehen sich gar nichts an – das nennt man dann wohl auch "Objectivität"! Wo nun gerade das Höchste und Seltenste dargestellt werden soll, da ist das absichtliche und zur Schau getragene Unbetheiligtsein, die hervorgesuchte nüchtern flache Motivirungskunst geradezu empörend – wenn nämlich die Eitelkeit des Historikers zu dieser objectiv sich gebärdenden Gleichgültigkeit treibt. Uebrigens hat man bei solchen Autoren sein Urtheil näher nach dem Grundsatze zu motiviren, dass jeder Mann gerade so viel Eitelkeit hat als es ihm an Verstande fehlt. Nein, seid wenigstens ehrlich! Sucht nicht den Schein der künstlerischen Kraft, die wirklich Objectivität zu nennen ist, sucht nicht den Schein der Gerechtigkeit, wenn ihr nicht zu dem furchtbaren Berufe des Gerechten geweiht seid. Als ob es auch die Aufgabe jeder Zeit wäre, gegen Alles, was einmal war, gerecht sein zu müssen! Zeiten und Generationen haben sogar niemals Recht, Richter aller früheren Zeiten und Generationen zu sein: sondern immer nur Einzelnen und zwar den

Seltensten fällt einmal eine so unbequeme Mission zu. Wer zwingt euch zu richten? Und dann – prüft euch nur, ob ihr gerecht sein könntet, wenn ihr es wolltet! Als Richter müsstet ihr höher stehen, als der zu Richtende; während ihr nur später gekommen seid. Die Gäste die zuletzt zur Tafel kommen, sollen mit Recht die letzten Plätze erhalten: und ihr wollt die ersten haben? Nun dann thut wenigstens das Höchste und Grösste; vielleicht macht man euch dann wirklich Platz, auch wenn ihr zuletzt kommt.

Nur aus der höchsten Kraft der Gegenwart dürft ihr das Vergangene deuten: nur in der stärksten Anspannung eurer edelsten Eigenschaften werdet ihr errathen, was in dem Vergangnen wissens- und bewahrenswürdig und gross ist. Gleiches durch Gleiches! Sonst zieht ihr das Vergangene zu euch nieder. Glaubt einer Geschichtschreibung nicht, wenn sie nicht aus dem Haupte der seltensten Geister herausspringt; immer aber werdet ihr merken, welcher Qualität ihr Geist ist, wenn sie genöthigt wird, etwas Allgemeines auszusprechen oder etwas Allbekanntes noch einmal zu sagen: der ächte Historiker muss die Kraft haben, das Allbekannte zum Niegehörten umzuprägen und das Allgemeine so einfach und tief zu verkünden, dass man die Einfachheit über der Tiefe und die Tiefe über der Einfachheit übersieht. Es kann keiner zugleich ein grosser Historiker, ein künstlerischer Mensch und ein Flachkopf sein: dagegen soll man nicht die karrenden, aufschüttenden, sichtenden Arbeiter geringschätzen, weil sie gewiss nicht zu grossen Historikern werden können; man soll sie noch weniger mit jenen verwechseln, sondern sie als die nöthigen Gesellen und Handlanger im Dienste des Meisters begreifen: so etwa wie die Franzosen, mit grösserer Naivität als bei den Deutschen möglich, von den historiens de M. Thiers zu reden pflegten. Diese Arbeiter sollen allmählich grosse Gelehrte werden, können aber deshalb noch nie Meister sein. Ein grosser Gelehrter und ein grosser Flachkopf – das geht schon leichter miteinander unter Einem Hute.

Also: Geschichte schreibt der Erfahrene und Ueberlegene. Wer nicht Einiges grösser und höher erlebt hat als Alle, wird auch nichts Grosses und Hohes aus der Vergangenheit zu deuten wissen. Der Spruch der Vergangenheit ist immer ein Orakelspruch: nur als Baumeister der Zukunft, als Wissende der Gegenwart werdet ihr ihn verstehen. Man erklärt jetzt die ausserordentlich tiefe und weite Wirkung Delphi's besonders daraus, dass die delphischen Priester genaue Kenner des Vergangenen waren; jetzt geziemt sich zu wissen, dass nur der, welcher die Zukunft baut, ein Recht hat, die Vergangenheit zu richten. Dadurch dass ihr vorwärts seht, ein grosses Ziel euch steckt, bändigt ihr zugleich jenen üppigen analytischen Trieb, der euch jetzt die Gegenwart verwüstet und alle Ruhe, alles friedfertige Wachsen und Reifwerden fast unmöglich macht. Zieht um euch den Zaun einer grossen und umfänglichen Hoffnung, eines hoffenden Strebens. Formt in euch ein Bild, dem die Zukunft entsprechen soll, und vergesst den Aberglauben, Epigonen zu sein. Ihr habt genug zu ersinnen und zu erfinden, indem ihr auf jenes zukünftige Leben sinnt; aber fragt nicht bei der Geschichte an, dass sie euch das Wie? das Womit? zeige. Wenn ihr euch dagegen in die Geschichte grosser Männer hineinlebt, so werdet ihr aus ihr ein oberstes Gebot lernen, reif zu werden, und jenem lähmenden Erziehungsbanne der Zeit zu entfliehen, die ihren Nutzen darin sieht, euch nicht reif werden zu lassen, um euch, die Unreifen, zu beherrschen und auszubeuten. Und wenn ihr nach Biographien verlangt, dann nicht nach jenen mit dem Refrain "Herr So und So und seine Zeit", sondern nach solchen, auf deren Titelblatte es heissen müsste "ein Kämpfer gegen seine Zeit". Sättigt eure Seelen an Plutarch und wagt es an euch selbst zu glauben, indem ihr an seine Helden glaubt. Mit einem Hundert solcher unmodern erzogener, das heisst reif gewordener und an das Heroische gewöhnter Menschen ist jetzt die ganze lärmende Afterbildung dieser Zeit zum ewigen Schweigen zu bringen.-

7.

Der historische Sinn, wenn er ungebändigt waltet und alle seine Consequenzen zieht, entwurzelt die Zukunft, weil er die Illusionen zerstört und den bestehenden Dingen ihre Atmosphäre nimmt, in der sie allein leben können. Die historische Gerechtigkeit, selbst wenn sie wirklich und in reiner Gesinnung geübt wird, ist deshalb eine schreckliche Tugend, weil sie immer das Lebendige untergräbt und zu Falle bringt: ihr Richten ist immer ein Vernichten. Wenn hinter dem historischen Triebe kein Bautrieb wirkt, wenn nicht zerstört und aufgeräumt wird, damit eine bereits in der Hoffnung lebendige Zukunft auf dem befreiten Boden ihr Haus baue, wenn die Gerechtigkeit allein waltet, dann wird der schaffende Instinct entkräftet und entmuthigt. Eine Religion zum Beispiel, die in historisches Wissen, unter dem Walten der reinen Gerechtigkeit, umgesetzt werden soll, eine Religion, die durch und durch wissenschaftlich erkannt werden soll, ist am Ende dieses Weges zugleich vernichtet. Der Grund liegt darin, dass bei der historischen Nachrechnung jedesmal so viel Falsches, Rohes, Unmenschliches, Absurdes, Gewaltsames zu Tage tritt, dass die pietätvolle Illusions-Stimmung, in der Alles, was leben will, allein leben kann, nothwendig zerstiebt: nur in Liebe aber, nur umschattet von der Illusion der

Liebe schafft der Mensch, nämlich nur im unbedingten Glauben an das Vollkommene und Rechte. Jedem, den man zwingt, nicht mehr unbedingt zu lieben, hat man die Wurzeln seiner Kraft abgeschnitten: er muss verdorren, nämlich unehrlich werden. In solchen Wirkungen ist der Historie die Kunst entgegengesetzt: und nur wenn die Historie es erträgt, zum Kunstwerk umgebildet, also reines Kunstgebilde zu werden, kann sie vielleicht Instincte erhalten oder sogar wecken. Eine solche Geschichtschreibung würde aber durchaus dem analytischen und unkünstlerischen Zuge unserer Zeit widersprechen, ja von ihr als Fälschung empfunden werden. Historie aber, die nur zerstört, ohne dass ein innerer Bautrieb sie führt, macht auf die Dauer ihre Werkzeuge blasirt und unnatürlich: denn solche Menschen zerstören Illusionen, und "wer die Illusion in sich und Anderen zerstört, den straft die Natur als der strengste Tyrann." Eine gute Zeit lang zwar kann man sich wohl mit der Historie völlig harmlos und unbedachtsam beschäftigen, als ob es eine Beschäftigung so gut wie jede andere wäre; insbesondere scheint die neuere Theologie sich rein aus Harmlosigkeit mit der Geschichte eingelassen zu haben und jetzt noch will sie es kaum merken, dass sie damit, wahrscheinlich sehr wider Willen, im Dienste des Voltaire'schen écrasez steht. Vermuthe Niemand dahinter neue kräftige Bau-Instincte; man müsste denn den sogenannten Protestanten-Verein als Mutterschooss einer neuen Religion und etwa den Juristen Holtzendorf (den Herausgeber und Vorredner der noch viel sogenannteren Protestanten-Bibel) als Johannes am Flusse Jordan gelten lassen. Einige Zeit hilft vielleicht die in älteren Köpfen noch qualmende Hegelische Philosophie zur Propagation jener Harmlosigkeit, etwa dadurch, dass man die "Idee des Christenthums" von ihren mannichfach unvollkommenen "Erscheinungsformen" unterscheidet und sich vorredet, es sei wohl gar die "Liebhaberei der Idee", sich in immer reineren Formen zu offenbaren, zuletzt nämlich als die gewiss allerreinste, durchsichtigste, ja kaum sichtbare Form im Hirne des jetzigen theologus liberalis vulgaris. Hört man aber diese allerreinlichsten Christenthümer sich über die früheren unreinlichen Christenthümer aussprechen, so hat der nicht betheiligte Zuhörer oft den Eindruck, es sei gar nicht vom Christenthume die Rede, sondern von – nun woran sollen wir denken? wenn wir das Christenthum von dem "grössten Theologen des Jahrhunderts" als die Religion bezeichnet finden, die es verstattet, "sich in alle wirklichen und noch einige andere bloss mögliche Religionen hineinzuempfinden", und wenn die "wahre Kirche" die sein soll, welche "zur fliessenden Masse wird, wo es keine Umrisse giebt, wo jeder

Theil sich bald hier bald dort befindet und alles sich friedlich untereinander mengt". – Nochmals, woran sollen wir denken?

Was man am Christenthume lernen kann, dass es unter der Wirkung einer historisirenden Behandlung blasirt und unnatürlich geworden ist, bis endlich eine vollkommen historische, das heisst gerechte Behandlung es in reines Wissen um das Christenthum auflöst und dadurch vernichtet, das kann man an allem, was Leben hat, studiren: dass es aufhört zu leben, wenn es zu Ende secirt ist und schmerzlich krankhaft lebt, wenn man anfängt an ihm die historischen Secirübungen zu machen. Es giebt Menschen, die an eine umwälzende und reformirende Heilkraft der deutschen Musik unter Deutschen glauben: sie empfinden es mit Zorne und halten es für ein Unrecht, begangen am Lebendigsten unserer Cultur, wenn solche Männer wie Mozart und Beethoven bereits jetzt mit dem ganzen gelehrten Wust des Biographischen überschüttet und mit dem Foltersystem historischer Kritik zu Antworten auf tausend zudringliche Fragen gezwungen werden. Wird nicht dadurch das in seinen lebendigen Wirkungen noch gar nicht Erschöpfte zur Unzeit abgethan oder mindestens gelähmt, dass man die Neubegierde auf zahllose Mikrologien des Lebens und der Werke richtet und Erkenntniss-Probleme dort sucht, wo man lernen sollte zu leben und alle Probleme zu vergessen. Versetzt nur ein Paar solcher modernen Biographen in Gedanken an die Geburtsstätte des Christenthums oder der lutherischen Reformation; ihre nüchterne pragmatisirende Neubegier hätte gerade ausgereicht, um jede geisterhafte actio in distans unmöglich zu machen: wie das elendeste Thier die Entstehung der mächtigsten Eiche verhindern kann, dadurch dass es die Eichel verschluckt. Alles Lebendige braucht um sich eine Atmosphäre, einen geheimnissvollen Dunstkreis; wenn man ihm diese Hülle nimmt, wenn man eine Religion, eine Kunst, ein Genie verurtheilt, als Gestirn ohne Atmosphäre zu kreisen: so soll man sich über das schnelle Verdorren, Hart- und Unfruchtbar-werden nicht mehr wundern. So ist es nun einmal bei allen grossen Dingen,

"die nie ohn, ein'gen Wahn gelingen",

wie Hans Sachs in den Meistersingern sagt.

Aber selbst jedes Volk, ja jeder Mensch, der reif werden will, braucht einen solchen umhüllenden Wahn, eine solche schützende und umschleiernde Wolke; jetzt aber hasst man das Reifwerden überhaupt, weil man die Historie mehr als das Leben ehrt. Ja man triumphirt darüber, dass jetzt "die Wissenschaft anfange über das Leben zu herrschen": möglich, dass man das erreicht; aber gewiss ist ein derartig beherrschtes Leben nicht viel werth, weil es viel weniger Leben ist und viel weniger Leben für die Zukunft verbürgt, als das ehemals nicht durch das Wissen, sondern durch Instincte und kräftige Wahnbilder beherrschte Leben. Aber es soll auch gar nicht, wie gesagt, das Zeitalter der fertig und reif gewordenen, der harmonischen Persönlichkeiten sein, sondern das der gemeinsamen möglichst nutzbaren Arbeit. Das heisst eben doch nur: die Menschen sollen zu den Zwecken der Zeit abgerichtet werden, um so zeitig als möglich mit Hand anzulegen; sie sollen in der Fabrik der allgemeinen Utilitäten arbeiten, bevor sie reif sind, ja damit sie gar nicht mehr reif werden – weil dies ein Luxus wäre, der "dem Arbeitsmarkte" eine Menge von Kraft entziehen würde. Man blendet einige Vögel, damit sie schöner singen: ich glaube nicht, dass die jetzigen Menschen schöner singen, als ihre Grossväter, aber das weiss ich, dass man sie zeitig blendet. Das Mittel aber, das verruchte Mittel, das man anwendet, um sie zu blenden, ist allzuhelles, allzuplötzliches, allzu wechselndes Licht. Der junge Mensch wird durch alle Jahrtausende gepeitscht: Jünglinge, die nichts von einem Kriege, einer diplomatischen Action, einer Handelspolitik verstehen, werden der Einführung in die politische Geschichte für würdig befunden. So aber wie der junge Mensch durch die Geschichte läuft, so laufen wir Modernen durch die Kunstkammern, so hören wir Concerte. Man fühlt wohl, das klingt anders als jenes, das wirkt anders als jenes: dies Gefühl der Befremdung immer mehr zu verlieren, über nichts mehr übermässig zu erstaunen, endlich alles sich gefallen lassen – das nennt man dann wohl den historischen Sinn, die historische Bildung. Ohne Beschönigung des Ausdrucks gesprochen: die Masse des Einströmenden ist so gross, das Befremdende, Barbarische und Gewaltsame dringt so übermächtig, "zu scheusslichen Klumpen geballt", auf die jugendliche Seele ein, dass sie sich nur mit einem vorsätzlichen Stumpfsinn zu retten weiss. Wo ein feineres und stärkeres Bewusstsein zu Grunde lag, stellt sich wohl auch eine andere Empfindung ein: Ekel. Der junge Mensch ist so heimatlos geworden und zweifelt an allen Sitten und Begriffen. Jetzt weiss er es: in allen Zeiten war es anders, es kommt nicht darauf an, wie du bist. In schwermüthiger Gefühllosigkeit lässt er Meinung auf Meinung an sich vorübergehen und begreift das Wort und die Stimmung Hölderlins beim Lesen des Laertius Diogenes über Leben und Lehren griechischer Philosophen: "ich habe auch hier wieder erfahren, was mir schon manchmal begegnet ist, dass mir nämlich das Vorübergehende und Abwechselnde der menschlichen Gedanken und Systeme fast tragischer aufgefallen ist, als die Schicksale, die man gewöhnlich allein die wirklichen nennt." Nein, ein solches überschwemmendes, betäubendes und gewaltsames Historisiren ist gewiss nicht für die Jugend nöthig, wie die Alten zeigen, ja im höchsten Grade gefährlich, wie die Neueren zeigen. Nun betrachte man aber gar den historischen Studenten, den Erben einer allzufrühen, fast im Knabenalter schon sichtbar gewordenen Blasirtheit. Jetzt ist ihm die "Methode" zu eigener Arbeit, der rechte Griff und der vornehme Ton nach des Meisters Manier zu eigen geworden; ein ganz isolirtes Capitelchen der Vergangenheit ist seinem Scharfsinn und der erlernten Methode zum Opfer gefallen; er hat bereits producirt, ja mit stolzerem Worte, er hat "geschaffen", er ist nun Diener der Wahrheit durch die That und Herr im historischen Weltbereiche geworden. War er schon als Knabe "fertig", so ist er nun bereits überfertig: man braucht an ihm nur zu schütteln, so fällt einem die Weisheit mit Geprassel in den Schooss; doch die Weisheit ist faul und jeder Apfel hat seinen Wurm. Glaubt es mir: wenn die Menschen in der wissenschaftlichen Fabrik arbeiten und nutzbar werden sollen, bevor sie reif sind, so ist in Kurzem die Wissenschaft ebenso ruinirt, wie die allzuzeitig in dieser Fabrik verwendeten Sclaven. Ich bedaure, dass man schon nöthig hat, sich des sprachlichen Jargons der Sclavenhalter und Arbeitgeber zur Bezeichnung solcher Verhältnisse zu bedienen, die an sich frei von Utilitäten, enthoben der Lebensnoth gedacht werden sollten: aber unwillkürlich drängen sich die Worte "Fabrik, Arbeitsmarkt, Angebot, Nutzbarmachung" – und wie all die Hülfszeitwörter des Egoismus lauten – auf die Lippen, wenn man die jüngste Generation der Gelehrten schildern will. Die gediegene Mittelmässigkeit wird immer mittelmässiger, die Wissenschaft im ökonomischen Sinne immer nutzbarer. Eigentlich sind die allerneuesten Gelehrten nur in Einem Punkte weise, darin freilich weiser als alle Menschen der Vergangenheit, in allen übrigen Punkten nur unendlich anders – vorsichtig gesprochen – als alle Gelehrten alten Schlags. Trotzdem fordern sie Ehren und Vortheile für sich ein, als ob der Staat und die öffentliche Meinung verpflichtet wären, die neuen Münzen für eben so voll zu nehmen wie die alten. Die Kärrner haben unter sich einen Arbeitsvertrag gemacht und das Genie als überflüssig decretirt – dadurch dass jeder Kärrner zum Genie umgestempelt wird: wahrscheinlich wird es eine spätere Zeit ihren Bauten ansehen, dass sie zusammengekarrt, nicht zusammengebaut sind. Denen, die unermüdlich den modernen Schlacht- und Opferruf "Theilung der Arbeit! In Reih, und Glied!" im Munde führen, ist einmal klärlich und rund zu sagen: wollt ihr die Wissenschaft möglichst schnell fördern, so werdet ihr sie auch möglichst schnell vernichten; wie euch die Henne zu Grunde geht, die ihr künstlich zum allzuschnellen Eierlegen zwingt. Gut, die Wissenschaft ist in den letzten Jahrzehnten erstaunlich schnell gefördert worden: aber seht euch nun auch die Gelehrten, die erschöpften Hennen an. Es sind wahrhaftig keine "harmonischen" Naturen: nur gackern können sie mehr als je, weil sie öfter Eier legen: freilich sind auch die Eier immer kleiner (obzwar die Bücher immer dicker) geworden. Als letztes und natürliches Resultat ergiebt sich das allgemein beliebte "Popularisiren" (nebst "Feminisiren" und "Infantisiren") der Wissenschaft, das heisst das berüchtigte Zuschneiden des Rockes der Wissenschaft auf den Leib des "gemischten Publicums": um uns hier einmal für eine schneidermässige Thätigkeit auch eines schneidermässigen Deutschen zu befleissigen. Goethe sah darin einen Missbrauch und verlangte, dass die Wissenschaften nur durch eine erhöhte Praxis auf die äussere Welt wirken sollten. Den älteren Gelehrten-Generationen dünkte überdies ein solcher Missbrauch aus guten Gründen schwer und lästig: ebenfalls aus guten Gründen fällt er den jüngeren Gelehrten leicht, weil sie selbst, von einem ganz kleinen Wissens-Winkel abgesehen, sehr gemischtes Publicum sind und dessen Bedürfnisse in sich tragen. Sie brauchen sich nur einmal bequem hinzusetzen, so gelingt es ihnen, auch ihr kleines Studienbereich jener gemischt-populären Bedürfniss-Neubegier aufzuschliessen. Für diesen Bequemlichkeitsakt praetendirt man hinterdrein den Namen "bescheidene Herablassung des Gelehrten zu seinem Volke": während im Grunde der Gelehrte nur zu sich, soweit er nicht Gelehrter, sondern Pöbel ist, herabstieg. Schafft euch den Begriff eines "Volkes": den könnt ihr nie edel und hoch genug denken. Dächtet ihr gross vom Volke, so wäret ihr auch barmherzig gegen dasselbe und hütetet euch wohl, euer historisches Scheidewasser ihm als Lebens- und Labetrank anzubieten. Aber ihr denkt im tiefsten Grunde von ihm gering, weil ihr vor seiner Zukunft keine wahre und sicher gegründete Achtung haben dürft, und ihr handelt als praktische Pessimisten, ich meine als Menschen, welche die Ahnung eines Unterganges leitet und die dadurch gegen das fremde, ja gegen das eigene Wohl gleichgültig und lässlich werden. Wenn uns nur die Scholle noch trägt! Und wenn sie uns nicht mehr trägt, dann soll es auch recht sein – so empfinden sie und leben eine ironische Existenz.

8.

Es darf zwar befremdend, aber nicht widerspruchsvoll erscheinen, wenn ich dem Zeitalter, das so hörbar und aufdringlich in das unbekümmertste Frohlocken über seine historische Bildung auszubrechen pflegt, trotzdem eine

Art von ironischem Selbstbewusstsein zuschreibe, ein darüberschwebendes Ahnen, dass hier nicht zu frohlocken sei, eine Furcht, dass es vielleicht bald mit aller Lustbarkeit der historischen Erkenntniss vorüber sein werde. Ein ähnliches Räthsel in Betreff einzelner Persönlichkeiten hat uns Goethe, durch seine merkwürdige Charakteristik Newtons hingestellt: er findet im Grunde (oder richtiger: in der Höhe) seines Wesens "eine trübe Ahnung seines Unrechtes", gleichsam als den in einzelnen Augenblicken bemerkbaren Ausdruck eines überlegenen richtenden Bewusstseins, das über die nothwendige ihm innewohnende Natur eine gewisse ironische Uebersicht erlangt habe. So findet man gerade in den grösser und höher entwickelten historischen Menschen ein oft bis zu allgemeiner Skepsis gedämpftes Bewusstsein davon, wie gross die Ungereimtheit und der Aberglaube sei zu glauben, dass die Erziehung eines Volkes so überwiegend historisch sein müsse, wie sie es jetzt ist; haben doch gerade die kräftigsten Völker, und zwar kräftig in Thaten und Werken, anders gelebt, anders ihre Jugend herangezogen. Aber uns ziemt jene Ungereimtheit, jener Aberglaube – so lautet die skeptische Einwendung – uns den Spätgekommenen, den abgeblassten letzten Sprossen mächtiger und frohmüthiger Geschlechter, uns, auf die Hesiod's Prophezeiung zu deuten ist, dass die Menschen einst sogleich graubehaart geboren würden, und dass Zeus dies Geschlecht vertilgen werde sobald jenes Zeichen an ihm sichtbar geworden sei. Die historische Bildung ist auch wirklich eine Art angeborener Grauhaarigkeit und die, welche ihr Zeichen von Kindheit her an sich tragen, müssen wohl zu dem instinctiven Glauben vom Alter der Menschheit gelangen: dem Alter aber gebührt jetzt eine greisenhafte Beschäftigung, nämlich Zurückschauen, Ueberrechnen, Abschliessen, Trost suchen im Gewesenen, durch Erinnerungen, kurz historische Bildung. Das Menschengeschlecht ist aber ein zähes und beharrliches Ding und will nicht nach Jahrtausenden, ja kaum nach Hunderttausenden von Jahren in seinen Schritten – vorwärts und rückwärts – betrachtet werden, das heisst, es will als Ganzes von dem unendlich kleinen Atompünktchen, dem einzelnen Menschen, gar nicht betrachtet werden. Was wollen denn ein Paar Jahrtausende besagen (oder anders ausgedrückt der Zeitraum von 34 aufeinanderfolgenden, zu 60 Jahren gerechneten Menschenleben), um im Anfang einer solchen Zeit noch von "Jugend", am Schlusse bereits von "Alter der Menschheit" reden zu können! Steckt nicht vielmehr in diesem lähmenden Glauben an eine bereits abwelkende Menschheit das Missverständniss einer, vom Mittelalter her vererbten, christlich theologischen Vorstellung, der Gedanke an das nahe Weltende, an das bänglich erwartete Gericht? Umkleidet sich jene Vorstellung wohl durch das gesteigerte historische Richter-Bedürfniss, als ob unsere Zeit, die letzte der möglichen, selbst jenes Weltgericht über alles Vergangene abzuhalten befugt sei, welches der christliche Glaube keineswegs vom Menschen, aber von "des Menschen Sohn" erwartete? Früher war dieses, der Menschheit sowohl wie dem Einzelnen zugerufene "memento mori" ein immer quälender Stachel und gleichsam die Spitze des mittelalterlichen Wissens und Gewissens. Das ihm entgegengerufene Wort der neueren Zeit: "memento vivere" klingt, offen zu reden, noch ziemlich verschüchtert, kommt nicht aus voller Kehle und hat beinahe etwas Unehrliches. Denn die Menschheit sitzt noch fest auf dem Memento mori und verräth es durch ihr universales historisches Bedürfniss: das Wissen hat, trotz seinem mächtigsten Flügelschlage, sich nicht in's Freie losreissen können, ein tiefes Gefühl von Hoffnungslosigkeit ist übrig geblieben und hat jene historische Färbung angenommen, von der jetzt alle höhere Erziehung und Bildung schwermüthig umdunkelt ist. Eine Religion, die von allen Stunden eines Menschenlebens die letzte für die wichtigste hält, die einen Schluss des Erdenlebens überhaupt voraussagt und alle Lebenden verurtheilt, im fünften Akte der Tragödie zu leben, regt gewiss die tiefsten und edelsten Kräfte auf, aber sie ist feindlich gegen alles Neu-Anpflanzen, Kühn-Versuchen, Frei-Begehren, sie widerstrebt jedem Fluge in's Unbekannte, weil sie dort nicht liebt, nicht hofft: sie lässt das Werdende sich nur wider Willen aufdrängen, um es, zur rechten Zeit, als einen Verführer zum Dasein, als einen Lügner über den Werth des Daseins, bei Seite zu drängen oder hinzuopfern. Das, was die Florentiner thaten, als sie unter dem Eindrucke der Busspredigten des Savonarola jene berühmten Opferbrände von Gemälden, Manuscripten, Spiegeln, Larven veranstalteten, das möchte das Christenthum mit jeder Cultur thun, die zum Weiterstreben reizt und jenes memento vivere als Wahlspruch führt; und wenn es nicht möglich ist, dies auf geradem Wege, ohne Umschweif, nämlich durch Uebermacht zu thun, so erreicht es doch ebenfalls sein Ziel, wenn es sich mit der historischen Bildung, meistens sogar ohne deren Mitwissen, verbündet und nun, aus ihr heraus redend, alles Werdende achselzuckend ablehnt und darüber das Gefühl des gar zu Ueberspäten und Epigonenhaften, kurz der angeborenen Grauhaarigkeit ausbreitet. Die herbe und tiefsinnig ernste Betrachtung über den Unwerth alles Geschehenen, über das zum-Gericht-Reifsein der Welt, hat sich zu dem skeptischen Bewusstsein verflüchtigt, dass es jedenfalls gut sei, alles Geschehene zu wissen, weil es zu spät dafür sei, etwas Besseres zu thun. So macht der historische Sinn seine Diener passiv und retrospectiv; und beinahe nur aus augenblicklicher Vergesslichkeit, wenn gerade jener Sinn intermittirt, wird der am historischen Fieber Erkrankte activ, um, sobald die Action vorüber ist, seine That zu seciren, durch analytische Betrachtung am Weiterwirken zu hindern und sie endlich zur "Historie" abzuhäuten. In diesem Sinne leben wir noch im Mittelalter, ist Historie immer noch eine verkappte Theologie: wie ebenfalls die Ehrfurcht, mit welcher der unwissenschaftliche Laie die wissenschaftliche Kaste behandelt, eine vom Clerus her vererbte Ehrfurcht ist. Was man früher der Kirche gab, das giebt man jetzt, obzwar spärlicher, der Wissenschaft: dass man aber giebt, hat einstmals die Kirche ausgewirkt, nicht aber erst der moderne Geist, der vielmehr, bei seinen anderen guten Eigenschaften, bekanntlich etwas Knauseriges hat und in der vornehmen Tugend der Freigiebigkeit ein Stümper ist.

Vielleicht gefällt diese Bemerkung nicht, vielleicht eben so wenig als jene Ableitung des Uebermaasses von Historie aus dem mittelalterlichen memento mori und aus der Hoffnungslosigkeit, die das Christenthum gegen alle kommenden Zeiten des irdischen Daseins im Herzen trägt. Man soll aber immerhin diese auch von mir nur zweifelnd hingestellte Erklärung durch bessere Erklärungen ersetzen; denn der Ursprung der historischen Bildung - und ihres innerlich ganz und gar radicalen Widerspruches gegen den Geist einer "neuen Zeit", eines "modernen Bewusstseins" - dieser Ursprung muss selbst wieder historisch erkannt werden, die Historie muss das Problem der Historie selbst auflösen, das Wissen muss seinen Stachel gegen sich selbst kehren - dieses dreifache Muss ist der Imperativ des Geistes der "neuen Zeit", falls in ihr wirklich etwas Neues, Mächtiges, Lebenverheissendes und Ursprüngliches ist. Oder sollte es wahr sein, dass wir Deutschen - um die romanischen Völker ausser dem Spiele zu lassen - in allen höheren Angelegenheiten der Cultur immer nur "Nachkommen" sein müssten, deshalb weil wir nur dies allein sein könnten, wie diesen sehr zu überlegenden Satz einmal Wilhelm Wackernagel ausgesprochen hat: "Wir Deutschen sind einmal ein Volk von Nachkommen, sind mit all unserem höheren Wissen, sind selbst mit unserem Glauben immer nur Nachfolger der alten Welt; auch die es feindlich gestimmt nicht wollen, athmen nächst dem Geiste des Christenthums unausgesetzt von dem unsterblichen Geiste altklassischer Bildung, und gelänge es Einem, aus der Lebensluft, die den inneren Menschen umgiebt, diese zwei Elemente auszuscheiden, so würde nicht viel übrig bleiben, um noch ein geistiges Leben damit zu fristen." Selbst aber wenn wir bei diesem Berufe, Nachkommen des Althertums zu sein, uns gern beruhigen wollten, wenn wir uns nur entschlössen, ihn recht nachdrücklich ernst und gross zu nehmen und in dieser Nachdrücklichkeit unser auszeichnendes und einziges Vorrecht anzuerkennen, – so würden wir trotzdem genöthigt werden zu fragen, ob es ewig unsere Bestimmung sein müsse, Zöglinge des sinkenden Alterthums zu sein: irgendwann einmal mag es erlaubt sein, unser Ziel schrittweise höher und ferner zu stecken, irgend wann einmal sollten wir uns das Lob zusprechen dürfen, den Geist der alexandrinisch-römischen Cultur in uns – auch durch unsere universale Historie – so fruchtbringend und grossartig nachgeschaffen zu haben, um nun, als den edelsten Lohn, uns die noch gewaltigere Aufgabe stellen zu dürfen, hinter diese alexandrinische Welt zurück und über sie hinaus zu streben, und unsere Vorbilder muthigen Blicks in der altgriechischen Urwelt des Grossen, Natürlichen und Menschlichen zu suchen. Dort aber finden wir auch die Wirklichkeit einer wesentlich unhistorischen Bildung und einer trotzdem oder vielmehr deswegen unsäglich reichen und lebensvollen Bildung. Wären wir Deutschen selbst nichts als Nachkommen – wir könnten, indem wir auf eine solche Bildung als eine uns anzueignende Erbschaft blickten, gar nichts Grösseres und Stolzeres sein als eben Nachkommen.

Damit soll nur dies und nichts als dies gesagt sein, dass selbst der oftmals peinlich anmuthende Gedanke, Epigonen zu sein, gross gedacht, grosse Wirkungen und ein hoffnungsreiches Begehren der Zukunft, sowohl dem Einzelnen als einem Volke verbürgen kann: insofern wir uns nämlich als Erben und Nachkommen klassischer und erstaunlicher Mächte begreifen und darin unsere Ehre, unseren Sporn sehen. Nicht also wie verblasste und verkümmerte Spätlinge kräftiger Geschlechter, die als Antiquare und Todtengräber jener Geschlechter ein fröstelndes Leben fristen. Solche Spätlinge freilich leben eine ironische Existenz: die Vernichtung folgt ihrem hinkenden Lebensgange auf der Ferse; sie schaudern vor ihr, wenn sie sich des Vergangenen erfreuen, denn sie sind lebende Gedächtnisse, und doch ist ihr Gedenken ohne Erben sinnlos. So umfängt sie die trübe Ahnung, dass ihr Leben ein Unrecht sei, da ihm kein kommendes Leben Recht geben kann.

Dächten wir uns aber solche antiquarische Spätlinge plötzlich die Unverschämtheit gegen jene ironisch-schmerzliche Bescheidung eintauschen; denken wir sie uns, wie sie mit gellender Stimme verkünden: das Geschlecht ist auf seiner Höhe, denn jetzt erst hat es das Wissen über sich und ist sich selber offenbar geworden – so hätten wir ein Schauspiel, an dem als an einem

Gleichniss die räthselhafte Bedeutung einer gewissen sehr berühmten Philosophie für die deutsche Bildung sich enträthseln wird. Ich glaube, dass es keine gefährliche Schwankung oder Wendung der deutschen Bildung in diesem Jahrhundert gegeben hat, die nicht durch die ungeheure bis diesen Augenblick fortströmende Einwirkung dieser Philosophie, der Hegelischen, gefährlicher geworden ist. Wahrhaftig, lähmend und verstimmend ist der Glaube, ein Spätling der Zeiten zu sein: furchtbar und zerstörend muss es aber erscheinen, wenn ein solcher Glaube eines Tages mit kecker Umstülpung diesen Spätling als den wahren Sinn und Zweck alles früher Geschehenen vergöttert, wenn sein wissendes Elend einer Vollendung der Weltgeschichte gleichgesetzt wird. Eine solche Betrachtungsart hat die Deutschen daran gewöhnt, vom "Weltprozess" zu reden und die eigne Zeit als das nothwendige Resultat dieses Weltprozesses zu rechtfertigen; eine solche Betrachtungsart hat die Geschichte an Stelle der anderen geistigen Mächte, Kunst und Religion, als einzig souverän gesetzt, insofern sie "der sich selbst realisirende Begriff", in sofern sie "die Dialektik der Völkergeister" und das "Weltgericht" ist.

Man hat diese Hegelisch verstandene Geschichte mit Hohn das Wandeln Gottes auf der Erde genannt, welcher Gott aber seinerseits erst durch die Geschichte gemacht wird. Dieser Gott aber wurde sich selbst innerhalb der Hegelischen Hirnschalen durchsichtig und verständlich und ist bereits alle dialektisch möglichen Stufen seines Werdens, bis zu jener Selbstoffenbarung, emporgestiegen: so dass für Hegel der Höhepunkt und der Endpunkt des Weltprozesses in seiner eigenen Berliner Existenz zusammenfielen. Ja er hätte sagen müssen, dass alle nach ihm kommenden Dinge eigentlich nur als eine musikalische Coda des weltgeschichtlichen Rondos, noch eigentlicher, als überflüssig zu schätzen seien. Das hat er nicht gesagt: dafür hat er in die von ihm durchsäuerten Generationen jene Bewunderung vor der "Macht der Geschichte" gepflanzt, die praktisch alle Augenblicke in nackte Bewunderung des Erfolges umschlägt und zum Götzendienste des Thatsächlichen führt: für welchen Dienst man sich jetzt die sehr mythologische und ausserdem recht gut deutsche Wendung "den Thatsachen Rechnung tragen" allgemein eingeübt hat. Wer aber erst gelernt hat, vor der "Macht der Geschichte" den Rücken zu krümmen und den Kopf zu beugen, der nickt zuletzt chinesenhaft-mechanisch sein "Ja" zu jeder Macht, sei dies nun eine Regierung oder eine öffentliche Meinung oder eine Zahlen-Majorität, und bewegt seine Glieder genau in dem Takte, in welchem irgend eine "Macht" am Faden zieht. Enthält jeder Erfolg in sich eine vernünftige

Nothwendigkeit, ist jedes Ereigniss der Sieg des Logischen oder der "Idee" – dann nur hurtig nieder auf die Kniee und nun die ganze Stufenleiter der "Erfolge" abgekniet! Was, es gäbe keine herrschenden Mythologien mehr? Was, die Religionen wären im Aussterben? Seht euch nur die Religion der historischen Macht an, gebt Acht auf die Priester der Ideen-Mythologie und ihre zerschundenen Kniee! Sind nicht sogar alle Tugenden im Gefolge dieses neuen Glaubens? Oder ist es nicht Selbstlosigkeit, wenn der historische Mensch sich zum objectiven Spiegelglas ausblasen lässt? Ist es nicht Grossmuth, auf alle Gewalt im Himmel und auf Erden zu verzichten, dadurch dass man in jeder Gewalt die Gewalt an sich anbetet? Ist es nicht Gerechtigkeit, immer Wagschalen in den Händen zu haben und fein zuzusehen, welche als die stärkere und schwerere sich neigt? Und welche Schule der Wohlanständigkeit ist eine solche Betrachtung der Geschichte! Alles objectiv nehmen, über nichts zürnen, nichts lieben, alles begreifen, wie macht das sanft und schmiegsam: und selbst wenn ein in dieser Schule Aufgezogener öffentlich einmal zürnt und sich ärgert, so freut man sich daran, denn man weiss ja, es ist nur artistisch gemeint, es ist ira und studium und doch ganz und gar sine ira et studio.

Was für veraltete Gedanken habe ich gegen einen solchen Complex von Mythologie und Tugend auf dem Herzen! Aber sie sollen einmal heraus, und man soll nur immer lachen. Ich würde also sagen: die Geschichte prägt immer ein: "es war einmal", die Moral: "ihr sollt nicht" oder "ihr hättet nicht sollen". So wird die Geschichte zu einem Compendium der thatsächlichen Unmoral. Wie schwer würde sich der irren, der die Geschichte zugleich als Richterin dieser thatsächlichen Unmoral ansähe! Es beleidigt zum Beispiel die Moral, dass ein Raffael sechs und dreissig Jahr alt sterben musste: solch ein Wesen sollte nicht sterben. Wollt ihr nun der Geschichte zu Hülfe kommen, als Apologeten des Thatsächlichen, so werdet ihr sagen: er hat alles, was in ihm lag, ausgesprochen, er hätte, bei längerem Leben, immer nur das Schöne als gleiches Schönes, nicht als neues Schönes schaffen können, und dergleichen. So seid ihr die Advocaten des Teufels und zwar dadurch, dass ihr den Erfolg, das Factum zu eurem Götzen macht: während das Factum immer dumm ist und zu allen Zeiten einem Kalbe ähnlicher gesehen hat als einem Gotte. Als Apologeten der Geschichte soufflirt euch überdies die Ignoranz: denn nur weil ihr nicht wisst, was eine solche natura naturans, wie Raffael, ist, macht es euch nicht heiss zu vernehmen, dass sie war und nicht mehr sein wird. Ueber Goethe hat uns neuerdings Jemand belehren wollen, dass er mit seinen 82 Jahren sich ausgelebt habe: und doch würde ich gern ein paar Jahre des "ausgelebten" Goethe gegen ganze Wagen voll frischer hochmoderner Lebensläufte einhandeln, um noch einen Antheil an solchen Gesprächen zu haben, wie sie Goethe mit Eckermann führte, und um auf diese Weise vor allen zeitgemässen Belehrungen durch die Legionäre des Augenblicks bewahrt zu bleiben. Wie wenige Lebende haben überhaupt, solchen Todten gegenüber, ein Recht zu leben! Dass die Vielen leben und jene Wenigen nicht mehr leben, ist nichts als eine brutale Wahrheit, das heisst eine unverbesserliche Dummheit, ein plumpes "es ist einmal so" gegenüber der Moral "es sollte nicht so sein". Ja, gegenüber der Moral! Denn rede man von welcher Tugend man wolle, von der Gerechtigkeit, Grossmuth, Tapferkeit, von der Weisheit und dem Mitleid des Menschen-überall ist er dadurch tugendhaft, dass er sich gegen jene blinde Macht der Facta, gegen die Tyrannei des Wirklichen empört und sich Gesetzen unterwirft, die nicht die Gesetze jener Geschichtsfluctuationen sind. Er schwimmt immer gegen die geschichtlichen Wellen, sei es dass er seine Leidenschaften als die nächste dumme Thatsächlichkeit seiner Existenz bekämpft oder dass er sich zur Ehrlichkeit verpflichtet, während die Lüge rings um ihn herum ihre glitzernden Netze spinnt. Wäre die Geschichte überhaupt nichts weiter als "das Weltsystem von Leidenschaft und Irrthum", so würde der Mensch so in ihr lesen müssen, wie Goethe den Werther zu lesen rieth, gleich als ob sie riefe: "sei ein Mann und folge mir nicht nach!" Glücklicher Weise bewahrt sie aber auch das Gedächtniss an die grossen Kämpfer gegen die Geschichte, das heisst gegen die blinde Macht des Wirklichen und stellt sich dadurch selbst an den Pranger, dass sie Jene gerade als die eigentlichen historischen Naturen heraushebt, die sich um das "So ist es" wenig kümmerten, um vielmehr mit heiterem Stolze einem "So soll es sein" zu folgen. Nicht ihr Geschlecht zu Grabe zu tragen, sondern ein neues Geschlecht zu begründen – das treibt sie unablässig vorwärts: und wenn sie selbst als Spätlinge geboren werden, – es giebt eine Art zu leben, dies vergessen zu machen; – die kommenden Geschlechter werden sie nur als Erstlinge kennen.

9.

Ist vielleicht unsere Zeit ein solcher Erstling? – In der That, die Vehemenz ihres historischen Sinnes ist so gross und äussert sich in einer so universalen und schlechterdings unbegränzten Manier, dass hierin wenigstens die kommenden Zeiten ihre Erstlingschaft preisen werden – falls es nämlich überhaupt kommende Zeiten , im Sinne der Cultur verstanden, geben wird.

Aber gerade hierüber bleibt ein schwerer Zweifel zurück. Dicht neben dem Stolze des modernen Menschen steht seine Ironie über sich selbst, sein Bewusstsein, dass er in einer historisirenden und gleichsam abendlichen Stimmung leben muss, seine Furcht, gar nichts mehr von seinen Jugendhoffnungen und Jugendkräften in die Zukunft retten zu können. Hier und da geht man noch weiter in's Cynische und rechtfertigt den Gang der Geschichte, ja der gesammten Weltentwickelung ganz eigentlich für den Handgebrauch des modernen Menschen, nach dem cynischen Kanon: gerade so musste es kommen, wie es gerade jetzt geht, so und nicht anders musste der Mensch werden wie jetzt die Menschen sind, gegen dieses Muss darf sich keiner auflehnen. In das Wohlgefühl eines derartigen Cynismus flüchtet sich der, welcher es nicht in der Ironie aushalten kann; ihm bietet überdies das letzte Jahrzehnt eine seiner schönsten Erfindungen zum Geschenke an, eine gerundete und volle Phrase für jenen Cynismus: sie nennt seine Art zeitgemäss und ganz und gar unbedenklich zu leben "die volle Hingabe der Persönlichkeit an den Weltprozess." Die Persönlichkeit und der Weltprozess! Der Weltprozess und die Persönlichkeit des Erdflohs! Wenn man nur nicht ewig die Hyperbel aller Hyperbeln, das Wort: Welt, Welt, Welt, hören müsste, da doch Jeder, ehrlicher Weise, nur von Mensch, Mensch, Mensch reden sollte! Erben der Griechen und Römer? des Christenthums? Das scheint Alles jenen Cynikern nichts; aber Erben des Weltprozesses! Spitzen und Zielscheiben des Weltprozesses! Sinn und Lösung aller Werde-Räthsel überhaupt, ausgedrückt im modernen Menschen, der reifsten Frucht am Baume der Erkenntniss! – das nenne ich ein schwellendes Hochgefühl; an diesem Wahrzeichen sind die Erstlinge aller Zeiten zu erkennen, ob sie auch gleich zuletzt gekommen sind. So weit flog die Geschichtsbetrachtung noch nie, selbst nicht, wenn sie träumte; denn jetzt ist die Menschengeschichte nur die Fortsetzung der Thier- und Pflanzengeschichte; ja in den untersten Tiefen des Meeres findet der historische Universalist noch die Spuren seiner selbst, als lebenden Schleim; den ungeheuren Weg, welchen der Mensch bereits durchlaufen hat, wie ein Wunder anstaunend schwindelt dem Blicke vor dem noch erstaunlicheren Wunder, vor dem modernen Menschen selbst, der diesen Weg zu übersehen vermag. Er steht hoch und stolz auf der Pyramide des Weltprozesses: indem er oben darauf den Schlussstein seiner Erkenntniss legt, scheint er der horchenden Natur rings umher zuzurufen: "wir sind am Ziele, wir sind das Ziel, wir sind die vollendete Natur".

Ueberstolzer Europäer des neunzehnten Jahrhunderts, du rasest! Dein Wissen vollendet nicht die Natur, sondern tödtet nur deine eigene. Miss nur einmal deine Höhe als Wissender an deiner Tiefe als Könnender. Freilich kletterst du an den Sonnenstrahlen des Wissens aufwärts zum Himmel, aber auch abwärts zum Chaos. Deine Art zu gehen, nämlich als Wissender zu klettern, ist dein Verhängniss; Grund und Boden weichen in's Ungewisse für dich zurück; für dein Leben giebt es keine Stützen mehr, nur noch Spinnefäden, die jeder neue Griff deiner Erkenntniss auseinanderreisst. – Doch darüber kein ernstes Wort mehr, da es möglich ist, ein heiteres zu sagen.

Das rasend-unbedachte Zersplittern und Zerfasern aller Fundamente, ihre Auflösung in ein immer fliessendes und zerfliessendes Werden, das unermüdliche Zerspinnen und Historisiren alles Gewordenen durch den modernen Menschen, die grosse Kreuzspinne im Knoten des Weltall-Netzes – das mag den Moralisten, den Künstler, den Frommen, auch wohl den Staatsmann beschäftigen und bekümmern; uns soll es heute einmal erheitern, dadurch dass wir dies alles im glänzenden Zauberspiegel eines philosophischen Parodisten sehen, in dessen Kopfe die Zeit über sich selbst zum ironischen Bewusstsein, und zwar deutlich "bis zur Verruchtheit" (um Goethisch zu reden), gekommen ist. Hegel hat uns einmal gelehrt, "wenn der Geist einen Ruck macht, da sind wir Philosophen auch dabei": unsere Zeit machte einen Ruck zur Selbstironie, und siehe! da war auch E. von Hartmann dabei und hatte seine berühmte Philosophie des Unbewussten – oder um deutlicher zu reden – seine Philosophie der unbewussten Ironie geschrieben. Selten haben wir eine lustigere Erfindung und eine mehr philosophische Schelmerei gelesen als die Hartmanns; wer durch ihn nicht über das Werden aufgeklärt, ja innerlich aufgeräumt wird, ist wirklich reif zum Gewesensein. Anfang und Ziel des Weltprozesses, vom ersten Stutzen des Bewusstseins bis zum Zurückgeschleudert-Werden in's Nichts, sammt der genau bestimmten Aufgabe unserer Generation für den Weltprozess, alles dargestellt aus dem so witzig erfundenen Inspirations-Borne des Unbewussten und im apokalyptischen Lichte leuchtend, alles so täuschend und zu so biederem Ernste nachgemacht, als ob es wirkliche Ernst-Philosophie und nicht nur Spass-Philosophie wäre: – ein solches Ganze stellt seinen Schöpfer als einen der ersten philosophischen Parodisten aller Zeiten hin: opfern wir also auf seinem Altar, opfern wir ihm, dem Erfinder einer wahren Universal-Medizin, eine Locke – um einen Schleiermacherischen Bewunderungs-Ausdruck zu stehlen. Denn welche Medizin wäre heilsamer gegen das Uebermaass historischer Bildung als Hartmanns Parodie aller Welthistorie?

Wollte man recht trocken heraussagen, was Hartmann von dem umrauchten Dreifusse der unbewussten Ironie her uns verkündet, so wäre zu sagen: er verkündet uns, dass unsere Zeit nur gerade so sein müsse, wie sie ist, wenn die Menschheit dieses Dasein einmal ernstlich satt bekommen soll: was wir von Herzen glauben. Jene erschreckende Verknöcherung der Zeit, jenes unruhige Klappern mit den Knochen – wie es uns David Strauss naiv als schönste Thatsächlichkeit geschildert hat – wird bei Hartmann nicht nur von hinten, ex causis efficientibus, sondern sogar von vorne, ex causa finali, gerechtfertigt; von dem jüngsten Tage her lässt der Schalk das Licht über unsere Zeit strahlen, und da findet sich, dass sie sehr gut ist, nämlich für den, der möglichst stark an Unverdaulichkeit des Lebens leiden will und jenen jüngsten Tag nicht rasch genug heranwünschen kann. Zwar nennt Hartmann das Lebensalter, welchem die Menschheit sich jetzt nähert, das "Mannesalter": das ist aber, nach seiner Schilderung, der beglückte Zustand, wo es nur noch "gediegene Mittelmässigkeit" giebt und die Kunst das ist, was "dem Berliner Börsenmanne etwa Abends die Posse" ist, wo "die Genies kein Bedürfniss der Zeit mehr sind, weil es hiesse, die Perlen vor die Säue werfen oder auch weil die Zeit über das Stadium, welchem Genies gebührten, zu einem wichtigeren fortgeschritten ist", zu jenem Stadium der socialen Entwickelung nämlich, in welchem jeder Arbeiter "bei einer Arbeitszeit, die ihm für seine intellectuelle Ausbildung genügende Musse lässt, ein comfortables Dasein führe." Schalk aller Schalke, du sprichst das Sehnen der jetzigen Menschheit aus: du weisst aber gleichfalls, was für ein Gespenst am Ende dieses Mannesalters der Menschheit, als Resultat jener intellectuellen Ausbildung zur gediegenen Mittelmässigkeit, stehen wird – der Ekel. Sichtbar steht es ganz erbärmlich, es wird aber noch viel erbärmlicher kommen, "sichtbar greift der Antichrist weiter und weiter um sich" – aber es muss so stehen, es muss so kommen, denn mit dem Allen sind wir auf dem besten Wege – zum Ekel an allem Daseienden. "Darum rüstig vorwärts im Weltprozess als Arbeiter im Weinberge des Herrn, denn der Prozess allein ist es, der zur Erlösung führen kann!"

Der Weinberg des Herrn! Der Prozess! Zur Erlösung! Wer sieht und hört hier nicht die historische Bildung, die nur das Wort "werden" kennt, wie sie sich zur parodischen Missgestalt absichtlich vermummt, wie sie durch die vorgehaltene groteske Fratze die muthwilligsten Dinge über sich selbst sagt! Denn was verlangt eigentlich dieser letzte schalkische Anruf der Arbeiter im Weinberge von diesen? In welcher Arbeit sollen sie rüstig vorwärts streben? Oder um anders zu fragen: was hat der historisch Gebildete, der im Flusse des Werdens schwimmende und ertrunkene moderne Fanatiker des Prozesses noch zu thun übrig, um einmal jenen Ekel, die köstliche Traube jenes Weinberges, einzuernten? – Er hat nichts zu thun als fortzuleben, wie er gelebt hat, fort zulieben, was er geliebt hat, fortzuhassen, was er gehasst hat und die Zeitungen fortzulesen, die er gelesen hat, für ihn giebt es nur Eine Sünde – anders zu leben als er gelebt hat. Wie er aber gelebt hat, sagt uns in übermässiger Steinschrift-Deutlichkeit jene berühmte Seite mit den gross gedruckten Sätzen, über welche das ganze zeitgemässe Bildungs-Hefenthum in blindes Entzücken und entzückte Tobsucht gerathen ist, weil es in diesen Sätzen seine eigene Rechtfertigung, und zwar seine Rechtfertigung im apokalyptischen Lichte zu lesen glaubte. Denn von jedem Einzelnen forderte der unbewusste Parodist "die volle Hingabe der Persönlichkeit an den Weltprozess um seines Zieles, der Welterlösung willen": oder noch heller und klarer: "die Bejahung des Willens zum Leben wird als das vorläufig allein Richtige proclamirt; denn nur in der vollen Hingabe an das Leben und seine Schmerzen, nicht in feiger persönlicher Entsagung und Zurückziehung, ist etwas für den Weltprozess zu leisten", "das Streben nach individueller Willensverneinung ist eben so thöricht und nutzlos, ja noch thörichter als der Selbstmord". "Der denkende Leser wird auch ohne weitere Andeutungen verstehen, wie eine auf diesen Principien errichtete praktische Philosophie sich gestalten würde, und dass eine solche nicht die Entzweiung, sondern nur die volle Versöhnung mit dem Leben enthalten kann."

Der denkende Leser wird es verstehen: und man konnte Hartmann missverstehen! Und wie unsäglich lustig ist es, dass man ihn missverstand! Sollten die jetzigen Deutschen sehr fein sein? Ein wackerer Engländer vermisst an ihnen delicacy of perception, ja wagt zu sagen " in the German mind there does seem to be something splay, something blunt-edged, unhandy and infelicitous" – ob der grosse deutsche Parodist wohl widersprechen würde? Zwar nähern wir uns, nach seiner Erklärung, "jenem idealen Zustande, wo das Menschengeschlecht seine Geschichte mit Bewusstsein macht": aber offenbar sind wir von jenem vielleicht noch idealeren ziemlich entfernt, wo die Menschheit Hartmanns Buch mit Bewusstsein liest. Kommt es erst dazu, dann wird kein Mensch mehr das Wort "Weltprozess" durch seine Lippen schlüpfen lassen, ohne dass diese Lippen lächeln; denn man wird sich dabei der Zeit erinnern, wo man das parodische Evangelium Hartmanns mit der ganzen Biederkeit jenes "german mind", ja mit "der Eule verzerrtem Ernste", wie Goethe sagt, anhörte, einsog, bestritt, verehrte, ausbreitete und kanonisirte. Aber die Welt muss vorwärts, nicht erträumt werden kann jener ideale Zustand, er muss erkämpft und errungen werden, und nur durch Heiterkeit geht der Weg zur Erlösung, zur Erlösung von jenem missverständlichen Eulen-Ernste. Es wird die Zeit sein, in welcher man sich aller Constructionen des Weltprozesses oder auch der Menschheits-Geschichte weislich enthält, eine Zeit, in welcher man überhaupt nicht mehr die Massen betrachtet, sondern wieder die Einzelnen, die eine Art von Brücke über den wüsten Strom des Werdens bilden. Diese setzen nicht etwa einen Prozess fort, sondern leben zeitlos-gleichzeitig, Dank der Geschichte, die ein solches Zusammenwirken zulässt, sie leben als die Genialen-Republik, von der einmal Schopenhauer erzählt; ein Riese ruft dem anderen durch die öden Zwischenräume der Zeiten zu, und ungestört durch muthwilliges lärmendes Gezwerge, welches unter ihnen wegkriecht, setzt sich das hohe Geistergespräch fort. Die Aufgabe der Geschichte ist es, zwischen ihnen die Mittlerin zu sein und so immer wieder zur Erzeugung des Grossen Anlass zu geben und Kräfte zu verleihen. Nein, das Ziel der Menschheit kann nicht am Ende liegen, sondern nur in ihren höchsten Exemplaren.

Dagegen sagt freilich unsere lustige Person mit jener bewunderungswürdigen Dialektik, welche gerade so ächt ist als ihre Bewunderer bewunderungswürdig sind: "So wenig es sich mit dem Begriffe der Entwickelung vertragen würde, dem Weltprozess eine unendliche Dauer in der Vergangenheit zuzuschreiben, weil dann jede irgend denkbare Entwickelung bereits durchlaufen sein müsste, was doch nicht der Fall ist", (oh Schelm!) "eben so wenig können wir dem Prozesse eine unendliche Dauer für die Zukunft zugestehen; Beides höbe den Begriff der Entwickelung zu einem Ziele auf " (oh nochmals Schelm!) "und stellte den Weltprozess dem Wasserschöpfen der Danaiden gleich. Der vollendete Sieg des Logischen über das Unlogische" (oh Schelm der Schelme!) "muss aber mit dem zeitlichen Ende des Weltprozesses, dem jüngsten Tage, zusammenfallen". Nein, du klarer und spöttischer Geist, so lange das Unlogische noch so vorwaltet wie heutzutage, so lange zum Beispiel noch vom "Weltprozess" unter allgemeiner Zustimmung so geredet werden kann, wie du redest, ist der jüngste Tag noch fern: denn es ist noch zu heiter auf dieser Erde, noch manche Illusion blüht, zum Beispiel die Illusion deiner Zeitgenossen über dich, wir sind noch nicht reif dafür, in dein Nichts zurückgeschleudert zu werden: denn wir glauben daran, dass es hier sogar noch lustiger zugehen wird, wenn man erst angefangen hat dich zu verstehen, du unverstandener Unbewusster. Wenn aber trotzdem der Ekel mit Macht kommen sollte, so wie du ihn deinen Lesern prophezeit hast, wenn du mit deiner Schilderung deiner Gegenwart und Zukunft Recht behalten solltest – und Niemand hat beide so verachtet, so mit Ekel verachtet als du – so bin ich gern bereit, in der von dir vorgeschlagenen Form mit der Majorität dafür zu stimmen, dass nächsten Samstag Abend pünktlich zwölf Uhr deine Welt untergehen solle: und unser Decret mag schliessen: von morgen an wird keine Zeit mehr sein und keine Zeitung mehr erscheinen. Vielleicht aber bleibt die Wirkung aus, und wir haben umsonst decretirt: nun, dann fehlt es uns jedenfalls nicht an der Zeit zu einem schönen Experiment. Wir nehmen eine Wage und legen in die eine der Wagschalen Hartmanns Unbewusstes, in die andere Hartmanns Weltprozess. Es giebt Menschen, welche glauben, dass sie beide gleich viel wiegen werden: denn in jeder Schale läge ein gleich schlechtes Wort und ein gleich guter Scherz. – Wenn erst einmal Hartmanns Scherz begriffen ist, so wird Niemand Hartmanns Wort vom "Weltprozess" mehr brauchen als eben zum Scherz. In der That, es ist längst an der Zeit, gegen die Ausschweifungen des historischen Sinnes, gegen die übermässige Lust am Prozesse auf Unkosten des Seins und Lebens, gegen das besinnungslose Verschieben aller Perspektiven mit dem ganzen Heerbanne satirischer Bosheiten vorzurücken; und es soll dem Verfasser der Philosophie des Unbewussten stets zum Lobe nachgesagt werden, dass es ihm zuerst gelungen ist, das Lächerliche in der Vorstellung des "Weltprozesses" scharf zu empfinden und durch den sonderlichen Ernst seiner Darstellung noch schärfer nachempfinden zu lassen. Wozu die "Welt" da ist, wozu die "Menschheit" da ist, soll uns einstweilen gar nicht kümmern, es sei denn, dass wir uns einen Scherz machen wollen: denn die Vermessenheit des kleinen Menschengewürms ist nun einmal das Scherzhafteste und Heiterste auf der Erdenbühne; aber wozu du Einzelner da bist, das frage dich, und wenn es dir Keiner sagen kann, so versuche es nur einmal, den Sinn deines Daseins gleichsam a posteriori zu rechtfertigen, dadurch dass du dir selber einen Zweck, ein Ziel, ein "Dazu" vorsetzest, ein hohes und edles "Dazu". Gehe nur an ihm zu Grunde – ich weiss keinen besseren Lebenszweck als am Grossen und Unmöglichen, animae magnae prodigus, zu Grunde zu gehen. Wenn dagegen die Lehren vom souverainen Werden, von der Flüssigkeit aller Begriffe, Typen und Arten, von dem Mangel aller cardinalen Verschiedenheit zwischen Mensch und Thier-Lehren, die ich für wahr, aber für tödtlich halte – in der jetzt üblichen Belehrungs-Wuth noch ein Menschenalter hindurch in das Volk geschleudert werden, so soll es Niemanden Wunder nehmen, wenn das Volk am egoistischen Kleinen und Elenden, an Verknöcherung und Selbstsucht zu Grunde geht, zuerst nämlich auseinanderfällt und aufhört Volk zu sein: an dessen Stelle dann vielleicht Systeme von Einzelegoismen, Verbrüderungen zum Zweck raubsüchtiger Ausbeutung der Nicht-Brüder und ähnliche Schöpfungen utilitarischer Gemeinheit auf dem Schauplatze der Zukunft auftreten werden. Man fahre nur fort, um diesen Schöpfungen vorzuarbeiten, die Geschichte vom Standpunkte der Massen zu schreiben und nach jenen Gesetzen in ihr zu suchen, die aus den Bedürfnissen dieser Massen abzuleiten sind, also nach den Bewegungsgesetzen der niederen Lehm- und Thonschichten der Gesellschaft. Die Massen scheinen mir nur in dreierlei Hinsicht einen Blick zu verdienen: einmal als verschwimmende Copien der grossen Männer, auf schlechtem Papier und mit abgenutzten Platten hergestellt, sodann als Widerstand gegen die Grossen und endlich als Werkzeuge der Grossen; im Uebrigen hole sie der Teufel und die Statistik! Wie, die Statistik bewiese, dass es Gesetze in der Geschichte gäbe? Gesetze? Ja, sie beweist, wie gemein und ekelhaft uniform die Masse ist: soll man die Wirkung der Schwerkräfte Dummheit, Nachäfferei, Liebe und Hunger Gesetze nennen? Nun, wir wollen es zugeben, aber damit steht dann auch der Satz fest: so weit es Gesetze in der Geschichte giebt, sind die Gesetze nichts werth und ist die Geschichte nichts werth. Gerade diejenige Art der Historie ist aber jetzt allgemein in Schätzung, welche die grossen Massentriebe als das Wichtige und Hauptsächliche in der Geschichte nimmt und alle grossen Männer nur als den deutlichsten Ausdruck, gleichsam als die sichtbar werdenden Bläschen auf der Wasserfluth betrachtet. Da soll die Masse aus sich heraus das Grosse, das Chaos also aus sich heraus die Ordnung gebären; am Ende wird dann natürlich der Hymnus auf die gebärende Masse angestimmt. "Gross" wird dann alles das genannt, was eine längere Zeit eine solche Masse bewegt hat und, wie man sagt, "eine historische Macht" gewesen ist. Heisst das aber nicht recht absichtlich Quantität und Qualität verwechseln? Wenn die plumpe Masse irgend einen Gedanken, zum Beispiel einen Religionsgedanken, recht adäquat gefunden hat, ihn zäh vertheidigt und durch Jahrhunderte fortschleppt: so soll dann, und gerade dann erst der Finder und Gründer jenes Gedankens gross sein. Warum doch! Das Edelste und Höchste wirkt gar nicht auf die Massen; der historische Erfolg des Christenthums, seine historische Macht, Zähigkeit und Zeitdauer, alles das beweist glücklicherweise nichts in Betreff der Grösse seines Gründers, da es im Grunde gegen ihn beweisen würde: aber zwischen ihm und jenem historischen Erfolge liegt eine sehr irdische und dunkle Schicht von

Leidenschaft, Irrthum, Gier nach Macht und Ehre, von fortwirkenden Kräften des imperium romanum, eine Schicht, aus der das Christenthum jenen Erdgeschmack und Erdenrest bekommen hat, der ihm die Fortdauer in dieser Welt ermöglichte und gleichsam seine Haltbarkeit gab. Die Grösse soll nicht vom Erfolge abhangen, und Demosthenes hat Grösse, ob er gleich keinen Erfolg hatte. Die reinsten und wahrhaftigsten Anhänger des Christenthums haben seinen weltlichen Erfolg, seine sogenannte "historische Macht" immer eher in Frage gestellt und gehemmt als gefördert; denn sie pflegten sich ausserhalb "der Welt" zu stellen und kümmerten sich nicht um den "Prozess der christlichen Idee"; weshalb sie meistens der Historie auch ganz unbekannt und ungenannt geblieben sind. Christlich ausgedrückt: so ist der Teufel der Regent der Welt und der Meister der Erfolge und des Fortschrittes; er ist in allen historischen Mächten die eigentliche Macht, und dabei wird es im Wesentlichen bleiben – ob es gleich einer Zeit recht peinlich in den Ohren klingen mag, welche an die Vergötterung des Erfolges und der historischen Macht gewöhnt ist. Sie hat sich nämlich gerade darin geübt die Dinge neu zu benennen und selbst den Teufel umzutaufen. Es ist gewiss die Stunde einer grossen Gefahr: die Menschen scheinen nahe daran zu entdecken, dass der Egoismus der Einzelnen, der Gruppen oder der Massen zu allen Zeiten der Hebel der geschichtlichen Bewegungen war; zugleich aber ist man durch diese Entdeckung keineswegs beunruhigt, sondern man decretirt: der Egoismus soll unser Gott sein. Mit diesem neuen Glauben schickt man sich an, mit deutlichster Absichtlichkeit die kommende Geschichte auf dem Egoismus zu errichten: nur soll es ein kluger Egoismus sein, ein solcher, der sich einige Beschränkungen auferlegt, um sich dauerhaft zu befestigen, ein solcher, der die Geschichte deshalb gerade studirt, um den unklugen Egoismus kennen zu lernen. Bei diesem Studium hat man gelernt, dass dem Staate eine ganz besondere Mission in dem zu gründenden Weltsysteme des Egoismus zukomme: er soll der Patron aller klugen Egoismen werden, um sie mit seiner militärischen und polizeilichen Gewalt gegen die schrecklichen Ausbrüche des unklugen Egoismus zu schützen. Zu dem gleichen Zwecke wird auch die Historie – und zwar als Thier- und Menschenhistorie – in die gefährlichen, weil unklugen, Volksmassen und Arbeiterschichten sorglich eingerührt, weil man weiss, dass ein Körnlein von historischer Bildung im Stande ist, die rohen und dumpfen Instincte und Begierden zu brechen oder auf die Bahn des verfeinerten Egoismus hinzuleiten. In summa: der Mensch nimmt jetzt, mit E. von Hartmann zu reden, "auf eine bedächtig in die Zukunft schauende praktisch wohnliche Einrichtung in der irdischen Heimat Bedacht." Derselbe Schriftsteller nennt eine solche

Periode das "Mannesalter der Menschheit" und spottet damit über das, was jetzt "Mann" genannt wird, als ob darunter allein der ernüchterte Selbstsüchtling verstanden werde; wie er ebenfalls nach einem solchen Mannesalter ein dazu gehöriges Greisenalter prophezeit, ersichtlich aber auch nur damit seinen Spott an unseren zeitgemässen Greisen auslassend: denn er redet von ihrer reifen Beschaulichkeit, mit welcher sie die "ganzen wüst durchstürmten Leiden ihres vergangenen Lebenslaufes überschauen und die Eitelkeit der bisherigen vermeintlichen Ziele ihres Strebens begreifen". Nein, einem Mannesalter jenes verschlagenen und historisch gebildeten Egoismus entspricht ein mit widriger Gier und würdelos am Leben hängendes Greisenalter und sodann ein letzter Akt, mit dem

> "die seltsam wechselnde Geschichte schliesst,
> als zweite Kindheit, gänzliches Vergessen,
> ohn' Augen, ohne Zahn, Geschmack und Alles".

Ob die Gefahren unseres Lebens und unserer Cultur nun von diesen wüsten, zahn- und geschmacklosen Greisen, ob sie von jenen sogenannten "Männern" Hartmanns kommen: beiden gegenüber wollen wir das Recht unserer Jugend mit den Zähnen festhalten und nicht müde werden, in unserer Jugend die Zukunft gegen jene Zukunftsbilder-Stürmer zu vertheidigen. Bei diesem Kampfe müssen wir aber auch eine besonders schlimme Wahrnehmung machen: dass man die Ausschweifungen des historischen Sinnes, an welchen die Gegenwart leidet, absichtlich fördert, ermuthigt und – benutzt.

Man benutzt sie aber gegen die Jugend, um diese zu jener überall erstrebten Mannesreife des Egoismus abzurichten, man benutzt sie, um den natürlichen Widerwillen der Jugend durch eine verklärende, nämlich wissenschaftlich-magische Beleuchtung jenes männlich-unmännlichen Egoismus zu brechen. Ja man weiss, was die Historie durch ein gewisses Uebergewicht vermag, man weiss es nur zu genau: die stärksten Instincte der Jugend: Feuer, Trotz, Selbstvergessen und Liebe zu entwurzeln, die Hitze ihres Rechtsgefühles herabzudämpfen, die Begierde langsam auszureifen durch die Gegenbegierde, schnell fertig, schnell nützlich, schnell fruchtbar zu sein, zu unterdrücken oder zurückzudrängen, die Ehrlichkeit und Keckheit der Empfindung zweiflerisch anzukränkeln; ja sie vermag es selbst, die Jugend um ihr schönstes Vorrecht zu betrügen, um ihre Kraft, sich in übervoller Gläubigkeit einen grossen Gedanken einzupflanzen und zu einem noch grösseren aus sich heraus wachsen zu lassen. Ein gewisses

Uebermaass von Historie vermag das Alles, wir haben es gesehen: und zwar dadurch, dass sie dem Menschen durch fortwährendes Verschieben der Horizont-Perspektiven, durch Beseitigung einer umhüllenden Atmosphäre nicht mehr erlaubt, unhistorisch zu empfinden und zu handeln. Er zieht sich dann aus der Unendlichkeit des Horizontes auf sich selbst, in den kleinsten egoistischen Bezirk zurück und muss darin verdorren und trocken werden: wahrscheinlich bringt er es zur Klugheit: nie zur Weisheit. Er lässt mit sich reden, rechnet und verträgt sich mit den Thatsachen, wallt nicht auf, blinzelt und versteht es, den eigenen Vortheil oder den seiner Partei im fremden Vortheil und Nachtheil zu suchen; er verlernt die überflüssige Scham und wird so schrittweise zum Hartmann'schen "Manne" und "Greise". Dazu aber soll er werden, gerade dies ist der Sinn der jetzt so cynisch geforderten "vollen Hingabe der Persönlichkeit an den Weltprozess" – um seines Zieles, der Welterlösung willen, wie uns E. von Hartmann, der Schalk, versichert. Nun, Wille und Ziel jener Hartmannschen "Männer und Greise" ist wohl schwerlich gerade die Welterlösung: sicherlich aber wäre die Welt erlöster, wenn sie von diesen Männern und Greisen erlöst wäre. Denn dann käme das Reich der Jugend.-

10.

An dieser Stelle der Jugend gedenkend, rufe ich Land! Land! Genug und übergenug der leidenschaftlich suchenden und irrenden Fahrt auf dunklen fremden Meeren! Jetzt endlich zeigt sich eine Küste: wie sie auch sei, an ihr muss gelandet werden, und der schlechteste Nothhafen ist besser als wieder in die hoffnungslose skeptische Unendlichkeit zurückzutaumeln. Halten wir nur erst das Land fest; wir werden später schon die guten Häfen finden und den Nachkommenden die Anfahrt erleichtern.

Gefährlich und aufregend war diese Fahrt. Wie fern sind wir jetzt der ruhigen Beschauung, mit der wir zuerst unser Schiff hinaus schwimmen sahen. Den Gefahren der Historie nachspürend haben wir allen diesen Gefahren uns am stärksten ausgesetzt befunden; wir selbst tragen die Spuren jener Leiden, die in Folge eines Uebermaasses von Historie über die Menschen der neueren Zeit gekommen sind, zur Schau, und gerade diese Abhandlung zeigt, wie ich mir nicht verbergen will, in der Unmässigkeit ihrer Kritik, in der Unreife ihrer Menschlichkeit, in dem häufigen Uebergang von Ironie zum Cynismus, von Stolz zur Skepsis, ihren modernen Charakter, den Charakter der schwachen Persönlichkeit. Und doch vertraue ich der inspirirenden Macht, die mir anstatt eines Genius das Fahrzeug lenkt, ich vertraue der Jugend , dass sie mich recht geführt habe, wenn sie mich jetzt zu einem Proteste gegen die historische Jugenderziehung des modernen Menschen nöthigt und wenn der Protestirende fordert, dass der Mensch vor allem zu lebenlerne, und nur im Dienste des erlernten Lebens die Historie gebrauche. Man muss jung sein, um diesen Protest zu verstehen, ja man kann, bei der zeitigen Grauhaarigkeit unserer jetzigen Jugend, kaum jung genug sein, um noch zu spüren, wogegen hier eigentlich protestirt wird. Ich will ein Beispiel zu Hülfe nehmen. In Deutschland ist es nicht viel länger als ein Jahrhundert her, dass in einigen jungen Menschen ein natürlicher Instinct für das, was man Poesie nennt, erwachte. Denkt man etwa, dass die Generationen vorher und zu jener Zeit von jener ihnen innerlich fremden und unnatürlichen Kunst gar nicht geredet hätten? Man weiss das Gegentheil: dass sie mit Leibeskräften über "Poesie" nachgedacht, geschrieben, gestritten haben, mit Worten über Worte, Worte, Worte. Jene eintretende Erweckung eines Wortes zum Leben war nicht sogleich auch der Tod jener Wortmacher, in gewissem Verstande leben sie jetzt noch; denn wenn schon, wie Gibbon sagt, nichts als Zeit, aber viel Zeit dazu gehört, dass eine Welt untergeht, so gehört auch nichts als Zeit, aber noch viel mehr Zeit dazu, dass in Deutschland, dem "Lande der Allmählichkeit", ein falscher Begriff zu Grunde geht. Immerhin: es giebt jetzt vielleicht hundert Menschen mehr als vor hundert Jahren, welche wissen, was Poesie ist; vielleicht giebt es hundert Jahre später wieder hundert Menschen mehr, die inzwischen auch gelernt haben, was Cultur ist, und dass die Deutschen bis jetzt keine Cultur haben, so sehr sie auch reden und stolziren mögen. Ihnen wird das so allgemeine Behagen der Deutschen an ihrer "Bildung" ebenso unglaublich und läppisch vorkommen als uns die einstmalig anerkannte Klassicität Gottscheds oder die Geltung Ramlers als eines deutschen Pindar. Sie werden vielleicht urtheilen, dass diese Bildung nur eine Art Wissen um die Bildung und dazu ein recht falsches und oberflächliches Wissen gewesen sei. Falsch und oberflächlich nämlich, weil man den Widerspruch von Leben und Wissen ertrug, weil man das Charakteristische an der Bildung wahrer Culturvölker gar nicht sah: dass die Cultur nur aus dem Leben hervorwachsen und herausblühen kann; während sie bei den Deutschen wie eine papierne Blume aufgesteckt oder wie eine Ueberzuckerung übergegossen wird und deshalb immer lügnerisch und unfruchtbar bleiben muss. Die deutsche Jugenderziehung geht aber gerade von diesem falschen und unfruchtbaren Begriffe der Cultur aus: ihr Ziel, recht rein und hoch gedacht, ist gar nicht der freie Gebildete, sondern der Gelehrte, der wissenschaftliche Mensch und zwar der möglichst früh nutzbare wissenschaftliche Mensch, der sich abseits von dem Leben stellt, um es recht deutlich zu erkennen; ihr Resultat, recht empirisch-gemein angeschaut, ist der historisch-aesthetische Bildungsphilister, der altkluge und neuweise Schwätzer über Staat, Kirche und Kunst, das Sensorium für tausenderlei Anempfindungen, der unersättliche Magen, der doch nicht weiss, was ein rechtschaffner Hunger und Durst ist. Dass eine Erziehung mit jenem Ziele und mit diesem Resultate eine widernatürliche ist, das fühlt nur der in ihr noch nicht fertig gewordene Mensch, das fühlt allein der Instinct der Jugend, weil sie noch den Instinct der Natur hat, der erst künstlich und gewaltsam durch jene Erziehung gebrochen wird. Wer aber diese Erziehung wiederum brechen will, der muss der Jugend zum Worte verhelfen, der muss ihrem unbewussten Widerstreben mit der Helligkeit der Begriffe voranleuchten und es zu einem bewussten und laut redenden Bewusstsein machen. Wie erreicht er wohl ein so befremdliches Ziel?-

Vor allem dadurch, dass er einen Aberglauben zerstört, den Glauben an die Nothwendigkeit jener Erziehungs-Operation. Meint man doch, es gäbe gar keine andre Möglichkeit als eben unsere jetzige höchst leidige Wirklichkeit. Prüfe nur Einer die Litteratur des höheren Schul- und Erziehungswesens aus den letzten Jahrzehnten gerade darauf hin: der Prüfende wird zu seinem unmuthigen Erstaunen gewahr werden, wie gleichförmig bei allen Schwankungen der Vorschläge, bei aller Heftigkeit der Widersprüche die gesammte Absicht der Erziehung gedacht wird, wie unbedenklich das bisherige Ergebniss, der "gebildete Mensch", wie er jetzt verstanden wird, als nothwendiges und vernünftiges Fundament jeder weiteren Erziehung angenommen ist. So aber würde jener eintönige Kanon ungefähr lauten: der junge Mensch hat mit einem Wissen um die Bildung, nicht einmal mit einem Wissen um das Leben, noch weniger mit dem Leben und Erleben selbst zu beginnen. Und zwar wird dieses Wissen um die Bildung als historisches Wissen dem Jüngling eingeflösst oder eingerührt; das heisst, sein Kopf wird mit einer ungeheuren Anzahl von Begriffen angefüllt, die aus der höchst mittelbaren Kenntniss vergangner Zeiten und Völker, nicht aus der unmittelbaren Anschauung des Lebens abgezogen sind. Seine Begierde, selbst etwas zu erfahren und ein zusammenhängend lebendiges System von eignen Erfahrungen in sich wachsen zu fühlen – eine solche Begierde wird betäubt und gleichsam trunken gemacht, nämlich durch die üppige Vorspiegelung, als ob es in wenig Jahren möglich sei, die höchsten und merkwürdigsten Erfahrungen alter Zeiten und gerade der grössten Zeiten in sich zu summiren. Es ist ganz dieselbe wahnwitzige Methode, die unsre jungen bildenden Künstler in die Kunstkammern und Galerien führt, statt in die Werkstätte eines Meisters und vor allem in die einzige Werkstätte der einzigen Meisterin Natur. Ja als ob man so als flüchtiger Spaziergänger in der Historie den Vergangenheiten ihre Griffe und Künste, ihren eigentlichen Lebensertrag, absehen könnte! Ja als ob das Leben selbst nicht ein Handwerk wäre, das aus dem Grunde und stätig gelernt und ohne Schonung geübt werden muss, wenn es nicht Stümper und Schwätzer auskriechen lassen soll!-

Plato hielt es für nothwendig, dass die erste Generation seiner neuen Gesellschaft (im vollkommenen Staate) mit der Hülfe einer kräftigen Nothlüge erzogen werde; die Kinder sollten glauben lernen, dass sie alle schon eine Zeit lang träumend unter der Erde gewohnt hätten, woselbst sie von dem Werkmeister der Natur zurechtgeknetet und geformt wären. Unmöglich, sich gegen diese Vergangenheit aufzulehnen! Unmöglich, dem Werke der Götter entgegenzuwirken! Es soll als unverbrüchliches Naturgesetz gelten: wer als Philosoph geboren wird, hat Gold in seinem Leibe, wer als Wächter, nur Silber, wer als Arbeiter, Eisen und Erz. Wie es nicht möglich ist, diese Metalle zu mischen, erklärt Plato, so soll es nicht möglich sein, die Kastenordnung je um- und durcheinander zu werfen; der Glaube an die aeterna veritas dieser Ordnung ist das Fundament der neuen Erziehung und damit des neuen Staates. – So glaubt nun auch der moderne Deutsche an die aeterna veritas seiner Erziehung, seiner Art Cultur: und doch fällt dieser Glaube dahin, wie der platonische Staat dahingefallen wäre, wenn einmal der Nothlüge eine Nothwahrheit entgegengestellt wird: dass der Deutsche keine Cultur hat, weil er sie auf Grund seiner Erziehung gar nicht haben kann. Er will die Blume ohne Wurzel und Stengel: er will sie also vergebens. Das ist die einfache Wahrheit, eine unangenehme und gröbliche, eine rechte Nothwahrheit.

In dieser Nothwahrheit muss aber unsere erste Generation erzogen werden; sie leidet gewiss an ihr am schwersten, denn sie muss durch sie sich selbst erziehen und zwar sich selbst gegen sich selbst, zu einer neuen Gewohnheit und Natur, heraus aus einer alten und ersten Natur und Gewohnheit: so dass sie mit sich altspanisch reden könnte Defienda me Dios de my Gott behüte mich vor mir, nämlich vor der mir bereits anerzognen Natur. Sie muss jene Wahrheit Tropfen für Tropfen kosten, als eine bittre und gewaltsame Medizin kosten, und jeder Einzelne dieser Generation muss sich überwinden, von sich zu urtheilen, was er als allgemeines Urtheil über eine ganze Zeit schon leichter ertragen würde: wir sind ohne Bildung, noch mehr, wir sind zum Leben, zum richtigen und einfachen Sehen und Hören, zum glücklichen Ergreifen des Nächsten und Natürlichen verdorben und haben bis jetzt noch nicht einmal das Fundament einer Cultur, weil wir selbst davon nicht überzeugt sind, ein wahrhaftiges Leben in uns zu haben. Zerbröckelt und auseinandergefallen, im Ganzen in ein Inneres und ein Aeusseres halb mechanisch zerlegt, mit Begriffen wie mit Drachenzähnen übersäet, Begriffs-Drachen erzeugend, dazu an der Krankheit der Worte leidend und ohne Vertrauen zu jeder eignen Empfindung, die noch nicht mit Worten abgestempelt ist: als eine solche unlebendige und doch unheimlich regsame Begriffs- und Wort-Fabrik habe ich vielleicht noch das Recht von mir zu sagen cogito, ergo sum, nicht aber vivo, ergo cogito. Das leere "Sein", nicht das volle und grüne "Leben" ist mir gewährleistet; meine ursprüngliche Empfindung verbürgt mir nur, dass ich ein denkendes, nicht dass ich ein lebendiges Wesen, dass ich kein animal, sondern höchstens ein cogital bin. Schenkt mir erst Leben, dann will ich euch auch eine Cultur daraus schaffen! – So ruft jeder Einzelne dieser ersten Generation, und alle diese Einzelnen werden sich unter einander an diesem Rufe erkennen. Wer wird ihnen dieses Leben schenken?

Kein Gott und kein Mensch: nur ihre eigne Jugend: entfesselt diese und ihr werdet mit ihr das Leben befreit haben. Denn es lag nur verborgen, im Gefängniss, es ist noch nicht verdorrt und erstorben – fragt euch selbst!

Aber es ist krank, dieses entfesselte Leben und muss geheilt werden. Es ist siech an vielen Uebeln und leidet nicht nur durch die Erinnerung an seine Fesseln – es leidet, was uns hier vornehmlich angeht, an der historischen Krankheit. Das Uebermaass von Historie hat die plastische Kraft des Lebens angegriffen, es versteht nicht mehr, sich der Vergangenheit wie einer kräftigen Nahrung zu bedienen. Das Uebel ist furchtbar, und trotzdem! Wenn nicht die Jugend die hellseherische Gabe der Natur hätte, so würde Niemand wissen, dass es ein Uebel ist und dass ein Paradies der Gesundheit verloren gegangen ist. Dieselbe Jugend erräth aber auch mit dem heilkräftigen Instincte derselben Natur, wie dieses Paradies wieder zu gewinnen ist; sie kennt die Wundsäfte und Arzneien gegen die historische Krankheit, gegen das Uebermaass des Historischen: wie heissen sie doch?

Nun man wundere sich nicht, es sind die Namen von Giften: die Gegenmittel gegen das Historische heissen – das Unhistorische und das Ueberhistorische. Mit diesen Namen kehren wir zu den Anfängen unserer Betrachtung und zu ihrer Ruhe zurück.

Mit dem Worte "das Unhistorische" bezeichne ich die Kunst und Kraft vergessen zu können und sich in einen begrenzten Horizont einzuschliessen; "überhistorisch" nenne ich die Mächte, die den Blick von dem Werden ablenken, hin zu dem, was dem Dasein den Charakter des Ewigen und Gleichbedeutenden giebt, zu Kunst und Religion. Die Wissenschaft – denn sie ist es, die von Giften reden würde – sieht in jener Kraft, in diesen Mächten gegnerische Mächte und Kräfte; denn sie hält nur die Betrachtung der Dinge für die wahre und richtige, also für die wissenschaftliche Betrachtung, welche überall ein Gewordnes, ein Historisches und nirgends ein Seiendes, Ewiges sieht; sie lebt in einem innerlichen Widerspruche ebenso gegen die aeternisirenden Mächte der Kunst und Religion, als sie das Vergessen, den Tod des Wissens, hasst, als sie alle Horizont-Umschränkungen aufzuheben sucht und den Menschen in ein unendlich-unbegrenztes Lichtwellen-Meer des erkannten Werdens hineinwirft.

Wenn er nur darin leben könnte! Wie die Städte bei einem Erdbeben einstürzen und veröden und der Mensch nur zitternd und flüchtig sein Haus auf vulkanischem Grunde aufführt, so bricht das Leben selbst in sich zusammen und wird schwächlich und muthlos, wenn das Begriffsbeben , das die Wissenschaft erregt, dem Menschen das Fundament aller seiner Sicherheit und Ruhe, den Glauben an das Beharrliche und Ewige, nimmt. Soll nun das Leben über das Erkennen, über die Wissenschaft, soll das Erkennen über das Leben herrschen? Welche von beiden Gewalten ist die höhere und entscheidende? Niemand wird zweifeln: das Leben ist die höhere, die herrschende Gewalt, denn ein Erkennen, welches das Leben vernichtete, würde sich selbst mit vernichtet haben. Das Erkennen setzt das Leben voraus, hat also an der Erhaltung des Lebens dasselbe Interesse, welches jedes Wesen an seiner eignen Fortexistenz hat. So bedarf die Wissenschaft einer höheren Aufsicht und Ueberwachung; eine Gesundheitslehre des Lebens stellt sich dicht neben die Wissenschaft; und ein Satz dieser Gesundheitslehre würde eben lauten: das Unhistorische und das Ueberhistorische sind die natürlichen Gegenmittel gegen die Ueberwucherung des Lebens durch das Historische, gegen die historische Krankheit. Es ist wahrscheinlich, dass wir, die Historisch-Kranken, auch an den Gegenmitteln zu leiden haben. Aber dass wir an ihnen leiden, ist kein Beweis gegen die Richtigkeit des gewählten Heilverfahrens.

Und hier erkenne ich die Mission jener Jugend, jenes ersten Geschlechtes von Kämpfern und Schlangentödtern, das einer glücklicheren und schöneren Bildung und Menschlichkeit voranzieht, ohne von diesem zukünftigen Glücke und der einstmaligen Schönheit mehr zu haben als eine verheissende Ahnung. Diese Jugend wird an dem Uebel und an den Gegenmitteln zugleich leiden: und trotzdem glaubt sie einer kräftigeren Gesundheit und überhaupt einer natürlicheren Natur sich berühmen zu dürfen als ihre Vorgeschlechter, die gebildeten "Männer" und "Greise" der Gegenwart. Ihre Mission aber ist es, die Begriffe, die jene Gegenwart von "Gesundheit" und "Bildung" hat, zu erschüttern und Hohn und Hass gegen so hybride Begriffs-Ungeheuer zu erzeugen; und das gewährleistende Anzeichen ihrer eignen kräftigeren Gesundheit soll gerade dies sein, dass sie, diese Jugend nämlich, selbst keinen Begriff, kein Parteiwort aus den umlaufenden Wort- und Begriffsmünzen der Gegenwart zur Bezeichnung ihres Wesens gebrauchen kann, sondern nur von einer in ihr thätigen kämpfenden, ausscheidenden, zertheilenden Macht und von einem immer erhöhten Lebensgefühle in jeder guten Stunde überzeugt wird. Man mag bestreiten, dass diese Jugend bereits Bildung habe – aber für welche Jugend wäre dies ein Vorwurf? Man mag ihr Rohheit und Unmässigkeit nachsagen – aber sie ist noch nicht alt und weise genug, um sich zu bescheiden; vor allem braucht sie aber keine fertige Bildung zu heucheln und zu vertheidigen und geniesst alle die Tröstungen und Vorrechte der Jugend, zumal das Vorrecht der tapferen unbesonnenen Ehrlichkeit und den begeisternden Trost der Hoffnung.

Von diesen Hoffenden weiss ich, dass sie alle diese Allgemeinheiten aus der Nähe verstehn und mit ihrer eigensten Erfahrung in eine persönlich gemeinte Lehre sich übersetzen werden; die Andern mögen einstweilen nichts als verdeckte Schüsseln wahrnehmen, die wohl auch leer sein können; bis sie einmal überrascht mit eignen Augen sehen, dass die Schüsseln gefüllt sind und dass Angriffe, Forderungen, Lebenstriebe, Leidenschaften in diesen Allgemeinheiten eingeschachtelt und zusammengedrückt lagen, die nicht lange Zeit so verdeckt liegen konnten. Diese Zweifler auf die Zeit, die alles an's Licht bringt, verweisend, wende ich mich zum Schluss an jene Gesellschaft der Hoffenden, um ihnen den Gang und Verlauf ihrer Heilung, ihrer Errettung von der historischen Krankheit und damit ihre eigne Geschichte bis zu dem Zeitpunkt durch ein Gleichniss zu erzählen, wo sie wieder gesund genug sein werden, von Neuem Historie zu treiben und sich der Vergangenheit unter der Herrschaft des Lebens, in jenem dreifachen Sinne, nämlich monumental oder antiquarisch oder kritisch, zu bedienen. In jenem Zeitpunkt werden sie unwissender sein, als die "Gebildeten" der Gegenwart; denn sie werden viel verlernt und sogar alle Lust verloren haben, nach dem, was jene Gebildeten vor allem wissen wollen, überhaupt noch hinzublicken; ihre Kennzeichen sind, von dem Gesichtsfelde jener Gebildeten aus gesehen, gerade ihre "Unbildung", ihre Gleichgültigkeit und Verschlossenheit gegen vieles Berühmte, selbst gegen manches Gute. Aber sie sind, an jenem Endpunkte ihrer Heilung, wieder Menschen geworden und haben aufgehört, menschenähnliche Aggregate zu sein – das ist etwas! Das sind noch Hoffnungen! Lacht euch nicht dabei das Herz, ihr Hoffenden?

Und wie kommen wir zu jenem Ziele? werdet ihr fragen. Der Delphische Gott ruft euch, gleich am Anfange eurer Wanderung nach jenem Ziele, seinen Spruch entgegen "Erkenne dich selbst". Es ist ein schwerer Spruch: denn jener Gott "verbirgt nicht und verkündet nicht, sondern zeigt nur hin", wie Heraklit gesagt hat. Worauf weist er euch hin?

Es gab Jahrhunderte, in denen die Griechen in einer ähnlichen Gefahr sich befanden, in der wir uns befinden, nämlich an der Ueberschwemmung durch das Fremde und Vergangne, an der "Historie" zu Grunde zu gehen. Niemals haben sie in stolzer Unberührbarkeit gelebt: ihre "Bildung" war vielmehr lange Zeit ein Chaos von ausländischen, semitischen, babylonischen, lydischen aegyptischen Formen und Begriffen und ihre Religion ein wahrer Götterkampf des ganzen Orients: ähnlich etwa wie jetzt die "deutsche Bildung" und Religion ein in sich kämpfendes Chaos des gesammten Auslandes, der gesammten Vorzeit ist. Und trotzdem wurde die hellenische Cultur kein Aggregat, Dank jenem apollinischen Spruche. Die Griechen lernten allmählich das Chaos zu organisiren, dadurch dass sie sich, nach der delphischen Lehre, auf sich selbst, das heisst auf ihre ächten Bedürfnisse zurück besannen und die Schein-Bedürfnisse absterben liessen. So ergriffen sie wieder von sich Besitz; sie blieben nicht lange die überhäuften Erben und Epigonen des ganzen Orients; sie wurden selbst, nach beschwerlichem Kampfe mit sich selbst, durch die praktische Auslegung jenes Spruches, die glücklichsten Bereicherer und Mehrer des ererbten Schatzes und die Erstlinge und Vorbilder aller kommenden Culturvölker.

Dies ist ein Gleichniss für jeden Einzelnen von uns: er muss das Chaos in sich organisiren, dadurch dass er sich auf seine ächten Bedürfnisse zurückbesinnt. Seine Ehrlichkeit, sein tüchtiger und wahrhaftiger Charakter muss sich irgendwann einmal dagegen sträuben, dass immer nur nachgesprochen, nachgelernt, nachgeahmt werde; er beginnt dann zu begreifen, dass Cultur noch etwas Andres sein kann als Dekoration des Lebens, das heisst im Grunde doch immer nur Verstellung und Verhüllung; denn aller Schmuck versteckt das Geschmückte. So entschleiert sich ihm der griechische Begriff der Cultur – im

Gegensatze zu dem romanischen – der Begriff der Cultur als einer neuen und verbesserten Physis, ohne Innen und Aussen, ohne Verstellung und Convention, der Cultur als einer Einhelligkeit zwischen Leben, Denken, Scheinen und Wollen. So lernt er aus seiner eignen Erfahrung, dass es die höhere Kraft der sittlichen Natur war, durch die den Griechen der Sieg über alle anderen Culturen gelungen ist, und dass jede Vermehrung der Wahrhaftigkeit auch eine vorbereitende Förderung der wahren Bildung sein muss: mag diese Wahrhaftigkeit auch gelegentlich der gerade in Achtung stehenden Gebildetheit ernstlich schaden, mag sie selbst einer ganzen dekorativen Cultur zum Falle verhelfen können.

Drittes Stück

Schopenhauer als Erzieher.

1.

Jener Reisende, der viel Länder und Völker und mehrere Erdtheile gesehn hatte und gefragt wurde, welche Eigenschaft der Menschen er überall wiedergefunden habe, sagte: sie haben einen Hang zur Faulheit. Manchen wird es dünken, er hätte richtiger und gültiger gesagt: sie sind alle furchtsam. Sie verstecken sich unter Sitten und Meinungen. Im Grunde weiss jeder Mensch recht wohl, dass er nur einmal, als ein Unicum, auf der Welt ist und dass kein noch so seltsamer Zufall zum zweiten Mal ein so wunderlich buntes Mancherlei zum Einerlei, wie er es ist, zusammenschütteln wird: er weiss es, aber verbirgt es wie ein böses Gewissen – weshalb? Aus Furcht vor dem Nachbar, welcher die Convention fordert und sich selbst mit ihr verhüllt. Aber was ist es, was den Einzelnen zwingt, den Nachbar zu fürchten, heerdenmässig zu denken und zu handeln und seiner selbst nicht froh zu sein? Schamhaftigkeit vielleicht bei Einigen und Seltnen. Bei den Allermeisten ist es Bequemlichkeit, Trägheit, kurz jener Hang zur Faulheit, von dem der Reisende sprach. Er hat Recht: die Menschen sind noch fauler als furchtsam und fürchten gerade am meisten die Beschwerden, welche ihnen eine unbedingte Ehrlichkeit und Nacktheit aufbürden würde. Die Künstler allein hassen dieses lässige Einhergehen in erborgten Manieren und übergehängten Meinungen und enthüllen das Geheimniss, das böse Gewissen von Jedermann, den Satz, dass jeder Mensch ein einmaliges Wunder ist, sie wagen es, uns den Menschen zu zeigen, wie er bis in jede Muskelbewegung er selbst, er allein ist, noch mehr, dass er in dieser strengen Consequenz seiner Einzigkeit schön und betrachtenswerth ist, neu und unglaublich wie jedes Werk der Natur und durchaus nicht langweilig. Wenn der grosse Denker die Menschen verachtet, so verachtet er ihre Faulheit: denn ihrethalben erscheinen sie als Fabrikwaare, als gleichgültig, des Verkehrs und der Belehrung unwürdig. Der Mensch, welcher nicht zur Masse gehören will, braucht nur aufzuhören, gegen sich bequem zu sein; er folge seinem Gewissen, welches ihm zuruft: "sei du selbst! Das bist du alles nicht, was du jetzt thust, meinst, begehrst."

Jede junge Seele hört diesen Zuruf bei Tag und bei Nacht und erzittert dabei; denn sie ahnt ihr seit Ewigkeiten bestimmtes Maass von Glück, wenn sie an ihre wirkliche Befreiung denkt: zu welchem Glücke ihr, so lange sie in Ketten der Meinungen und der Furcht gelegt ist, auf keine Weise verholfen werden kann. Und wie trost- und sinnlos kann ohne diese Befreiung das Leben werden! Es giebt kein öderes und widrigeres Geschöpf in der Natur als den Menschen, welcher seinem Genius ausgewichen ist und nun nach rechts und nach links, nach rückwärts und überallhin schielt. Man darf einen solchen Menschen zuletzt gar nicht mehr angreifen, denn er ist ganz Aussenseite ohne Kern, ein anbrüchiges, gemaltes, aufgebauschtes Gewand, ein verbrämtes Gespenst, das nicht einmal Furcht und gewiss auch kein Mitleiden erregen kann. Und wenn man mit Recht vom Faulen sagt, er tödte die Zeit, so muss man von einer Periode, welche ihr Heil auf die öffentlichen Meinungen, das heisst auf die privaten Faulheiten setzt, ernstlich besorgen, dass eine solche Zeit wirklich einmal getödtet wird: ich meine, dass sie aus der Geschichte der wahrhaften Befreiung des Lebens gestrichen wird. Wie gross muss der Widerwille späterer Geschlechter sein, sich mit der Hinterlassenschaft jener Periode zu befassen, in welcher nicht die lebendigen Menschen, sondern öffentlich meinende Scheinmenschen regierten; weshalb vielleicht unser Zeitalter für irgend eine ferne Nachwelt der dunkelste und unbekannteste weil unmenschlichste Abschnitt der Geschichte sein mag. Ich gehe durch die neuen Strassen unserer Städte und denke wie von allen diesen greulichen Häusern, welche das Geschlecht der öffentlich Meinenden sich erbaut hat, in einem Jahrhundert nichts mehr steht und wie dann auch wohl die Meinungen dieser Häuserbauer umgefallen sein werden. Wie hoffnungsvoll dürfen dagegen alle die sein, welche sich nicht als Bürger dieser Zeit fühlen; denn wären sie dies, so würden sie mit dazu dienen, ihre Zeit zu tödten und sammt ihrer Zeit unterzugehen – während sie die Zeit vielmehr zum Leben erwecken wollen, um in diesem Leben selber fortzuleben.

Aber auch wenn uns die Zukunft nichts hoffen liesse – unser wunderliches Dasein gerade in diesem Jetzt ermuthigt uns am stärksten, nach eignem Maass und Gesetz zu leben: jene Unerklärlichkeit, dass wir gerade heute leben und doch die unendliche Zeit hatten zu entstehen, dass wir nichts als ein spannenlanges Heute besitzen und in ihm zeigen sollen, warum und wozu wir gerade jetzt entstanden. Wir haben uns über unser Dasein vor uns selbst zu verantworten; folglich wollen wir auch die wirklichen Steuermänner dieses Daseins abgeben und nicht zulassen, dass unsre Existenz einer gedankenlosen Zufälligkeit gleiche. Man muss es mit ihr etwas kecklich und gefährlich nehmen: zumal man sie im schlimmsten wie im besten Falle immer verlieren wird. Warum an dieser Scholle, diesem Gewerbe hängen, warum hinhorchen nach dem, was der Nachbar sagt? Es ist so kleinstädtisch, sich zu Ansichten verpflichten, welche ein paar hundert Meilen weiter schon nicht mehr verpflichten. Orient und Occident sind Kreidestriche, die uns jemand vor unsre Augen hinmalt, um unsre Furchtsamkeit zu narren. Ich will den Versuch machen, zur Freiheit zu kommen, sagt sich die junge Seele; und da sollte es sie hindern, dass zufällig zwei Nationen sich hassen und bekriegen, oder dass ein Meer zwischen zwei Erdtheilen liegt, oder dass rings um sie eine Religion gelehrt wird, welche doch vor ein paar tausend Jahren nicht bestand. Das bist du alles nicht selbst, sagt sie sich. Niemand kann dir die Brücke bauen, auf der gerade du über den Fluss des Lebens schreiten musst, niemand ausser dir allein. Zwar giebt es zahllose Pfade und Brücken und Halbgötter, die dich durch den Fluss tragen wollen; aber nur um den Preis deiner selbst; du würdest dich verpfänden und verlieren. Es giebt in der Welt einen einzigen Weg, auf welchem niemand gehen kann, ausser dir: wohin er führt? Frage nicht, gehe ihn. Wer war es, der den Satz aussprach: "ein Mann erhebt sich niemals höher, als wenn er nicht weiss, wohin sein Weg ihn noch führen kann"?

Aber wie finden wir uns selbst wieder? Wie kann sich der Mensch kennen? Er ist eine dunkle und verhüllte Sache; und wenn der Hase sieben Häute hat, so kann der Mensch sich sieben mal siebzig abziehn und wird doch nicht sagen können: "das bist du nun wirklich, das ist nicht mehr Schale." Zudem ist es ein quälerisches gefährliches Beginnen, sich selbst derartig anzugraben und in den Schacht seines Wesens auf dem nächsten Wege gewaltsam hinabzusteigen. Wie leicht beschädigt er sich dabei so, dass kein Arzt ihn heilen kann. Und überdiess:

wozu wäre es nöthig, wenn doch Alles Zeugniss von unserm Wesen ablegt, unsre Freund- und Feindschaften, unser Blick und Händedruck, unser Gedächtniss und dass, was wir vergessen, unsre Bücher und die Züge unsrer Feder. Um aber das wichtigste Verhör zu veranstalten, giebt es dies Mittel. Die junge Seele sehe auf das Leben zurück mit der Frage: was hast du bis jetzt wahrhaft geliebt, was hat deine Seele hinangezogen, was hat sie beherrscht und zugleich beglückt? Stelle dir die Reihe dieser verehrten Gegenstände vor dir auf, und vielleicht ergeben sie dir, durch ihr Wesen und ihre Folge, ein Gesetz, das Grundgesetz deines eigentlichen Selbst. Vergleiche diese Gegenstände, sieh, wie einer den andern ergänzt, erweitert, überbietet, verklärt, wie sie eine Stufenleiter bilden, auf welcher du bis jetzt zu dir selbst hingeklettert bist; denn dein wahres Wesen liegt nicht tief verborgen in dir, sondern unermesslich hoch über dir oder wenigstens über dem, was du gewöhnlich als dein Ich nimmst. Deine wahren Erzieher und Bildner verrathen dir, was der wahre Ursinn und Grundstoff deines Wesens ist, etwas durchaus Unerziehbares und Unbildbares, aber jedenfalls schwer Zugängliches, Gebundenes, Gelähmtes: deine Erzieher vermögen nichts zu sein als deine Befreier. Und das ist das Geheimniss aller Bildung: sie verleiht nicht künstliche Gliedmaassen, wächserne Nasen, bebrillte Augen, – vielmehr ist das, was diese Gaben zu geben vermöchte, nur das Afterbild der Erziehung. Sondern Befreiung ist sie, Wegräumung alles Unkrauts, Schuttwerks, Gewürms, das die zarten Keime der Pflanzen antasten will, Ausströmung von Licht und Wärme, liebevolles Niederrauschen nächtlichen Regens, sie ist Nachahmung und Anbetung der Natur, wo diese mütterlich und barmherzig gesinnt ist, sie ist Vollendung der Natur, wenn sie ihren grausamen und unbarmherzigen Anfällen vorbeugt und sie zum Guten wendet, wenn sie über die Äusserungen ihrer stiefmütterlichen Gesinnung und ihres traurigen Unverstandes einen Schleier deckt.

Gewiss, es giebt wohl andre Mittel, sich zu finden, aus der Betäubung, in welcher man gewöhnlich wie in einer trüben Wolke webt, zu sich zu kommen, aber ich weiss kein besseres, als sich auf seine Erzieher und Bildner zu besinnen. Und so will ich denn heute des einen Lehrers und Zuchtmeisters, dessen ich mich zu rühmen habe, eingedenk sein, Arthur Schopenhauer's – um später anderer zu gedenken.

2.

Will ich beschreiben, welches Ereigniss für mich jener erste Blick wurde, den ich in Schopenhauer's Schriften warf, so darf ich ein wenig bei einer Vorstellung verweilen, welche in meiner Jugend so häufig und so dringend war, wie kaum eine andre. Wenn ich früher recht nach Herzenslust in Wünschen ausschweifte, dachte ich mir, dass mir die schreckliche Bemühung und Verpflichtung, mich selbst zu erziehen, durch das Schicksal abgenommen würde: dadurch dass ich zur rechten Zeit einen Philosophen zum Erzieher fände, einen wahren Philosophen, dem man ohne weiteres Besinnen gehorchen könnte, weil man ihm mehr vertrauen würde als sich selbst. Dann fragte ich mich wohl: welches wären wohl die Grundsätze, nach denen er dich erzöge? und ich überlegte mir, was er zu den beiden Maximen der Erziehung sagen würde, welche in unserer Zeit im Schwange gehen. Die eine fordert, der Erzieher solle die eigenthümliche Stärke seiner Zöglinge bald erkennen und dann alle Kräfte und Säfte und allen Sonnenschein gerade dorthin leiten, um jener einen Tugend zu einer rechten Reife und Fruchtbarkeit zu verhelfen. Die andre Maxime will hingegen, dass der Erzieher alle vorhandenen Kräfte heranziehe, pflege und unter einander in ein harmonisches Verhältniss bringe. Aber sollte man den, welcher eine entschiedene Neigung zur Goldschmiedekunst hat, deshalb gewaltsam zur Musik nöthigen? Soll man Benvenuto Cellini's Vater Recht geben, der seinen Sohn immer wieder zum "lieblichen Hörnchen," also zu dem zwang, was der Sohn "das verfluchte Pfeifen" nannte? Man wird dies bei so starken und bestimmt sich aussprechenden Begabungen nicht recht nennen; und so wäre vielleicht gar jene Maxime der harmonischen Ausbildung nur bei den schwächeren Naturen anzuwenden, in denen zwar ein ganzes Nest von Bedürfnissen und Neigungen sitzt, welche aber, insgesammt und einzeln genommen, nicht viel bedeuten wollen? Aber wo finden wir überhaupt die harmonische Ganzheit und den vielstimmigen Zusammenklang in Einer Natur, wo bewundern wir Harmonie mehr, als gerade an solchen Menschen, wie Cellini einer war, in denen alles, Erkennen, Begehren, Lieben, Hassen nach einem Mittelpunkte, einer Wurzelkraft hinstrebt und wo gerade durch die zwingende und herrschende Uebergewalt dieses lebendigen Centrums ein harmonisches System von Bewegungen hin und her, auf und nieder gebildet wird? Und so sind vielleicht beide Maximen gar nicht Gegensätze? Vielleicht sagt die eine nur, der Mensch soll ein Centrum, die andre, er soll auch eine Peripherie haben? Jener erziehende Philosoph, den ich mir träumte, würde wohl nicht nur die Centralkraft entdecken, sondern auch zu verhüten wissen, dass sie gegen die andern Kräfte zerstörend wirke: vielmehr wäre die Aufgabe seiner Erziehung, wie mich dünkte, den ganzen Menschen zu einem lebendig bewegten Sonnen-

und Planetensysteme umzubilden und das Gesetz seiner höheren Mechanik zu erkennen.

Inzwischen fehlte mir dieser Philosoph und ich versuchte dieses und jenes; ich fand, wie elend wir modernen Menschen uns gegen Griechen und Römer ausnehmen, selbst nur in Hinsicht auf das Ernst- und Streng-Verstehen der Erziehungsaufgaben. Man kann mit einem solchen Bedürfniss im Herzen durch ganz Deutschland laufen, zumal durch alle Universitäten, und wird nicht finden, was man sucht; bleiben doch viel niedrigere und einfachere Wünsche hier unerfüllt. Wer zum Beispiel unter den Deutschen sich ernstlich zum Redner ausbilden wollte oder wer in eine Schule des Schriftstellers zu gehen beabsichtigte, er fände nirgends Meister und Schule; man scheint hier noch nicht daran gedacht zu haben, dass Reden und Schreiben Künste sind, die nicht ohne die sorgsamste Anleitung und die mühevollsten Lehrjahre erworben werden können. Nichts aber zeigt das anmaassliche Wohlgefühl der Zeitgenossen über sich selbst deutlicher und beschämender, als die halb knauserige halb gedankenlose Dürftigkeit ihrer Ansprüche an Erzieher und Lehrer. Was genügt da nicht alles, selbst bei unsern vornehmsten und best unterrichteten Leuten, unter dem Namen der Hauslehrer, welches Sammelsurium von verschrobenen Köpfen und veralteten Einrichtungen wird häufig als Gymnasium bezeichnet und gut befunden, was genügt uns Allen als höchste Bildungsanstalt, als Universität, welche Führer, welche Institutionen, verglichen mit der Schwierigkeit der Aufgabe, einen Menschen zum Menschen zu erziehen! Selbst die vielbewunderte Art, mit der die deutschen Gelehrten auf ihre Wissenschaft losgehen, zeigt vor allem, dass sie dabei mehr an die Wissenschaft als an die Menschlichkeit denken, dass sie wie eine verlorne Schaar sich ihr zu opfern angelehrt werden, um wieder neue Geschlechter zu dieser Opferung heranzuziehen. Der Verkehr mit der Wissenschaft, wenn er durch keine höhere Maxime der Erziehung geleitet und eingeschränkt, sondern, nach dem Grundsatze "je mehr desto besser" nur immer mehr entfesselt wird, ist gewiss für die Gelehrten ebenso schädlich wie der ökonomische Lehrsatz des laisser faire für die Sittlichkeit ganzer Völker. Wer weiss es noch, dass die Erziehung des Gelehrten, dessen Menschlichkeit nicht preisgegeben oder ausgedörrt werden soll, ein höchst schwieriges Problem ist – und doch kann man diese Schwierigkeit mit Augen sehen, wenn man auf die zahlreichen Exemplare Acht giebt, welche durch eine gedankenlose und allzu frühzeitige Hingebung an die Wissenschaft krumm gezogen und mit einem Höcker ausgezeichnet worden sind. Aber es giebt ein noch wichtigeres Zeugniss für die Abwesenheit aller höheren Erziehung, wichtiger und gefährlicher und vor allem viel allgemeiner. Wenn es auf der Stelle deutlich ist, warum ein Redner, ein Schriftsteller jetzt nicht erzogen werden kann – weil es eben für sie keine Erzieher giebt – ; wenn es fast ebenso deutlich ist, warum ein Gelehrter jetzt verzogen und verschroben werden muss – weil die Wissenschaft, also ein unmenschliches Abstractum, ihn erziehen soll – so frage man ihn endlich: wo sind eigentlich für uns Alle, Gelehrte und Ungelehrte, Vornehme und Geringe, unsre sittlichen Vorbilder und Berühmtheiten unter unsern Zeitgenossen, der sichtbare Inbegriff aller schöpferischen Moral in dieser Zeit? Wo ist eigentlich alles Nachdenken über sittliche Fragen hingekommen, mit welchen sich doch jede edler entwickelte Geselligkeit zu allen Zeiten beschäftigt hat? Es giebt keine Berühmtheiten und kein Nachdenken jener Art mehr; man zehrt thatsächlich an dem ererbten Capital von Sittlichkeit, welches unsre Vorfahren aufhäuften und welches wir nicht zu mehren, sondern nur zu verschwenden verstehen; man redet über solche Dinge in unsrer Gesellschaft entweder gar nicht oder mit einer naturalistischen Ungeübtheit und Unerfahrenheit, welche Widerwillen erregen muss. So ist es gekommen, dass unsre Schulen und Lehrer von einer sittlichen Erziehung einfach absehen oder sich mit Förmlichkeiten abfinden: und Tugend ist ein Wort, bei dem Lehrer und Schüler sich nichts mehr denken können, ein altmodisches Wort, über das man lächelt – und schlimm, wenn man nicht lächelt, denn dann wird man heucheln.

Die Erklärung dieser Mattherzigkeit und des niedrigen Fluthstandes aller sittlichen Kräfte ist schwer und verwickelt; doch wird Niemand, der den Einfluss des siegenden Christenthums auf die Sittlichkeit unsrer alten Welt in Betracht nimmt, auch die Rückwirkung des unterliegenden Christenthums, also sein immer wahrscheinlicheres Loos in unsrer Zeit, übersehen dürfen. Das Christenthum hat durch die Höhe seines Ideals die antiken Moralsysteme und die in allen gleichmässig waltende Natürlichkeit so überboten, dass man gegen diese Natürlichkeit stumpf und ekel wurde; hinterdrein aber, als man das Bessere und Höhere zwar noch erkannte, aber nicht mehr vermochte, konnte man zum Guten und Hohen, nämlich zu jener antiken Tugend nicht mehr zurück, so sehr man es auch wollte. In diesem Hin und Her zwischen Christlich und Antik, zwischen verschüchterter oder lügnerischer Christlichkeit der Sitte und ebenfalls muthlosem und befangenem Antikisiren lebt der moderne Mensch und befindet sich schlecht dabei; die vererbte Furcht vor dem Natürlichen und wieder der erneute Anreiz dieses Natürlichen, die Begierde irgend wo einen Halt zu haben, die Ohnmacht seines Erkennens, das zwischen dem Guten und dem Besseren hin und her taumelt, alles dies erzeugt eine Friedlosigkeit, eine Verworrenheit in der modernen Seele, welche sie verurtheilt unfruchtbar und freudelos zu sein. Niemals brauchte man mehr sittliche Erzieher und niemals war es unwahrscheinlicher sie zu finden; in den Zeiten, wo die Ärzte am nöthigsten sind, bei grossen Seuchen, sind sie zugleich am meisten gefährdet. Denn wo sind die Ärzte der modernen Menschheit, die selber so fest und gesund auf ihren Füssen stehen, dass sie einen Andern noch halten und an der Hand führen könnten? Es liegt eine gewisse Verdüsterung und Dumpfheit auf den besten Persönlichkeiten unsrer Zeit, ein ewiger Verdruss über den Kampf zwischen Verstellung und Ehrlichkeit, der in ihrem Busen gekämpft wird, eine Unruhe im Vertrauen auf sich selbst – wodurch sie ganz unfähig werden, Wegweiser zugleich und Zuchtmeister für Andre zu sein.

Es heisst also wirklich in seinen Wünschen ausschweifen, wenn ich mir vorstellte, ich möchte einen wahren Philosophen als Erzieher finden, welcher einen über das Ungenügen, soweit es in der Zeit liegt, hinausheben könnte und wieder lehrte, einfach und ehrlich, im Denken und Leben, also unzeitgemäss zu sein, das Wort im tiefsten Verstande genommen; denn die Menschen sind jetzt so vielfach und complicirt geworden, dass sie unehrlich werden müssen, wenn sie überhaupt reden, Behauptungen aufstellen und darnach handeln wollen.

In solchen Nöthen, Bedürfnissen und Wünschen lernte ich Schopenhauer kennen.

Ich gehöre zu den Lesern Schopenhauers, welche, nachdem sie die erste Seite von ihm gelesen haben, mit Bestimmtheit wissen, dass sie alle Seiten lesen und auf jedes Wort hören werden, das er überhaupt gesagt hat. Mein Vertrauen zu ihm war sofort da und ist jetzt noch dasselbe wie vor neun Jahren. Ich verstand ihn als ob er für mich geschrieben hätte: um mich verständlich, aber unbescheiden und thöricht auszudrücken. Daher kommt es, dass ich nie in ihm eine Paradoxie gefunden habe, obwohl hier und da einen kleinen Irrthum; denn was sind Paradoxien anderes als Behauptungen, die kein Vertrauen einflössen, weil der Autor sie selbst ohne echtes Vertrauen machte, weil er mit ihnen glänzen, verführen und überhaupt scheinen wollte? Schopenhauer will nie scheinen: denn er schreibt für sich, und niemand will gern betrogen werden, am wenigsten ein Philosoph, der sich sogar zum Gesetze macht: betrüge niemanden, nicht einmal dich selbst!

Selbst nicht mit dem gefälligen gesellschaftlichen Betrug, den fast jede Unterhaltung mit sich bringt und welchen die Schriftsteller beinahe unbewusst nachahmen; noch weniger mit dem bewussteren Betrug von der Rednerbühne herab und mit den künstlichen Mitteln der Rhetorik. Sondern Schopenhauer redet mit sich: oder, wenn man sich durchaus einen Zuhörer denken will, so denke man sich den Sohn, welchen der Vater unterweist. Es ist ein redliches, derbes, gutmüthiges Aussprechen, vor einem Hörer, der mit Liebe hört. Solche Schriftsteller fehlen uns. Das kräftige Wohlgefühl des Sprechenden umfängt uns beim ersten Tone seiner Stimme; es geht uns ähnlich wie beim Eintritt in den Hochwald, wir athmen tief und fühlen uns auf einmal wiederum wohl. Hier ist eine immer gleichartige stärkende Luft, so fühlen wir; hier ist eine gewisse unnachahmliche Unbefangenheit und Natürlichkeit, wie sie Menschen haben, die in sich zu Hause und zwar in einem sehr reichen Hause Herren sind: im Gegensatze zu den Schriftstellern, welche sich selbst am meisten wundern, wenn sie einmal geistreich waren und deren Vortrag dadurch etwas Unruhiges und Naturwidriges bekommt. Ebensowenig werden wir, wenn Schopenhauer spricht, an den Gelehrten erinnert, der von Natur steife und ungeübte Gliedmaassen hat und engbrüstig ist und deshalb eckig, verlegen oder gespreizt daher kommt; während auf der anderen Seite Schopenhauer's rauhe und ein wenig bärenmässige Seele die Geschmeidigkeit und höfische Anmuth der guten französischen Schriftsteller nicht sowohl vermissen als verschmähen lehrt und Niemand an ihm das nachgemachte gleichsam übersilberte Scheinfranzosenthum, auf das sich deutsche Schriftsteller so viel zu Gute thun, entdecken wird. Schopenhauers Ausdruck erinnert mich hier und da ein wenig an Goethe, sonst aber überhaupt nicht an deutsche Muster. Denn er versteht es, das Tiefsinnige einfach, das Ergreifende ohne Rhetorik, das Streng-Wissenschaftliche ohne Pedanterie zu sagen: und von welchem Deutschen hätte er dies lernen können? Auch hält er sich von der spitzfindigen, übermässig beweglichen und – mit Erlaubniss gesagt – ziemlich undeutschen Manier Lessing's frei: was ein grosses Verdienst ist, da Lessing in Bezug auf prosaische Darstellung unter Deutschen der verführerischeste Autor ist. Und um gleich das Höchste zu sagen, was ich von seiner Darstellungsart sagen kann, so beziehe ich auf ihn seinen Satz "ein Philosoph muss sehr ehrlich sein, um sich keiner poetischen oder rhetorischen Hülfsmittel zu bedienen." Dass Ehrlichkeit etwas ist und sogar eine Tugend, gehört freilich im Zeitalter der öffentlichen Meinungen zu den privaten Meinungen, welche verboten sind; und deshalb werde ich Schopenhauer nicht gelobt, sondern nur charakterisirt haben, wenn ich wiederhole: er ist ehrlich, auch als Schriftsteller; und so wenige Schriftsteller sind es, dass man eigentlich gegen alle Menschen, welche schreiben, misstrauisch sein sollte. Ich weiss nur noch einen Schriftsteller, den ich in Betreff der Ehrlichkeit Schopenhauer gleich, ja noch höher stelle: das ist Montaigne. Dass ein solcher Mensch geschrieben hat, dadurch ist wahrlich die Lust auf dieser Erde zu leben vermehrt worden. Mir wenigstens geht es seit dem Bekanntwerden mit dieser freiesten und kräftigsten Seele so, dass ich sagen muss, was er von Plutarch sagt: "kaum habe ich einen Blick auf ihn geworfen, so ist mir ein Bein oder ein Flügel gewachsen". Mit ihm würde ich es halten, wenn die Aufgabe gestellt wäre, es sich auf der Erde heimisch zu machen. –

Schopenhauer hat mit Montaigne noch eine zweite Eigenschaft, ausser der Ehrlichkeit, gemein: eine wirkliche erheiternde Heiterkeit. Aliis laetus, sibi sapiens. Es giebt nämlich zwei sehr unterschiedene Arten von Heiterkeit. Der wahre Denker erheitert und erquickt immer, ob er nun seinen Ernst oder seinen Scherz, seine menschliche Einsicht oder seine göttliche Nachsicht ausdrückt; ohne griesgrämige Gebärden, zitternde Hände, schwimmende Augen, sondern sicher und einfach, mit Muth und Stärke, vielleicht etwas ritterlich und hart, aber jedenfalls als ein Siegender: und das gerade ist es, was am tiefsten und innigsten erheitert, den siegenden Gott neben allen den Ungethümen, die er bekämpft hat, zu sehen. Die Heiterkeit dagegen, welche man bei mittelmässigen Schriftstellern und kurzangebundenen Denkern mitunter antrifft, macht unsereinen, beim Lesen, elend: wie ich das zum Beispiel bei David Straussens Heiterkeit empfand. Man schämt sich ordentlich, solche heitere Zeitgenossen zu haben, weil sie die Zeit und uns Menschen in ihr bei der Nachwelt blossstellen. Solche Heiterlinge sehen die Leiden und die Ungethüme gar nicht, die sie als Denker zu sehen und zu bekämpfen vorgeben; und deshalb erregt ihre Heiterkeit Verdruss, weil sie täuscht: denn sie will zu dem Glauben verführen, hier sei ein Sieg erkämpft worden. Im Grunde nämlich giebt es nur Heiterkeit, wo es Sieg giebt; und dies gilt von den Werken wahrer Denker ebensowohl als von jedem Kunstwerk. Mag der Inhalt immer so schrecklich und ernst sein als das Problem des Daseins eben ist: bedrückend und quälend wird das Werk nur dann wirken, wenn der Halbdenker und der Halbkünstler den Dunst ihres Ungenügens darüber ausgebreitet haben; während dem Menschen nichts Fröhlicheres und Besseres zu Theil werden kann, als einem jener Siegreichen nahe zu sein, die, weil sie das Tiefste gedacht, gerade das Lebendigste lieben müssen und als Weise am Ende sich zum Schönen neigen. Sie reden wirklich, sie stammeln nicht und schwätzen auch nicht nach; sie bewegen sich und leben wirklich, nicht so unheimlich maskenhaft, wie sonst Menschen zu leben pflegen: weshalb es uns in ihrer Nähe wirklich einmal menschlich und natürlich zu Muthe ist und wir wie Goethe ausrufen möchten: "Was ist doch ein Lebendiges für ein herrliches köstliches Ding! wie abgemessen zu seinem Zustande, wie wahr, wie seiend!"

Ich schildere nichts als den ersten gleichsam physiologischen Eindruck, welchen Schopenhauer bei mir hervorbrachte, jenes zauberartige Ausströmen der innersten Kraft eines Naturgewächses auf ein anderes, das bei der ersten und leisesten Berührung erfolgt; und wenn ich jenen Eindruck nachträglich zerlege, so finde ich ihn aus drei Elementen gemischt, aus dem Eindrucke seiner Ehrlichkeit, seiner Heiterkeit und seiner Beständigkeit. Er ist ehrlich, weil er zu sich selbst und für sich selbst spricht und schreibt, heiter, weil er das Schwerste durch Denken besiegt hat, und beständig, weil er so sein muss. Seine Kraft steigt wie eine Flamme bei Windstille gerade und leicht aufwärts, unbeirrt, ohne Zittern und Unruhe. Er findet seinen Weg in jedem Falle, ohne dass wir auch nur merken, dass er ihn gesucht hätte; sondern wie durch ein Gesetz der Schwere gezwungen läuft er daher, so fest und behend, so unvermeidlich. Und wer je gefühlt hat, was das in unsrer Tragelaphen-Menschheit der Gegenwart heissen will, einmal ein ganzes, einstimmiges, in eignen Angeln hängendes und bewegtes, unbefangenes und ungehemmtes Naturwesen zu finden, der wird mein Glück und meine Verwunderung verstehen, als ich Schopenhauer gefunden hatte: ich ahnte, in ihm jenen Erzieher und Philosophen gefunden zu haben, den ich so lange suchte. Zwar nur als Buch: und das war ein grosser Mangel. Um so mehr strengte ich mich an, durch das Buch hindurch zu sehen und mir den lebendigen Menschen vorzustellen, dessen grosses Testament ich zu lesen hatte, und der nur solche zu seinen Erben zu machen verhiess, welche mehr sein wollten und konnten als nur seine Leser: nämlich seine Söhne und Zöglinge.

3.

Ich mache mir aus einem Philosophen gerade so viel als er im Stande ist ein Beispiel zu geben. Dass er durch das Beispiel ganze Völker nach sich ziehen kann, ist kein Zweifel; die indische Geschichte, die beinahe die Geschichte der indischen Philosophie ist, beweist es. Aber das Beispiel muss durch das sichtbare Leben und nicht bloss durch Bücher gegeben werden, also dergestalt, wie die Philosophen Griechenlands lehrten, durch Miene, Haltung, Kleidung, Speise, Sitte mehr als durch Sprechen oder gar Schreiben. Was fehlt uns noch alles zu dieser muthigen Sichtbarkeit eines philosophischen Lebens in Deutschland; ganz allmählich befreien sich hier die Leiber, wenn die Geister längst befreit scheinen; und doch ist es nur ein Wahn, dass ein Geist frei und selbständig sei, wenn diese errungene Unumschränktheit – die im Grunde schöpferische Selbstumschränkung ist – nicht durch jeden Blick und Schritt von früh bis Abend neu bewiesen wird. Kant hielt an der Universität fest, unterwarf sich den Regierungen, blieb in dem Scheine eines religiösen Glaubens, ertrug es unter Collegen und Studenten: so ist es denn natürlich, dass sein Beispiel vor allem Universitätsprofessoren und Professorenphilosophie erzeugte. Schopenhauer macht mit den gelehrten Kasten wenig Umstände, separirt sich, erstrebt Unabhängigkeit von Staat und Gesellschaft – dies ist sein Beispiel, sein Vorbild – um hier vom Äusserlichsten auszugehen. Aber viele Grade in der Befreiung des philosophischen Lebens sind unter den Deutschen noch unbekannt und werden es nicht immer bleiben können. Unsre Künstler leben kühner und ehrlicher; und das mächtigste Beispiel, welches wir vor uns sehn, das Richard Wagners, zeigt, wie der Genius sich nicht fürchten darf, in den feindseligsten Widerspruch mit den bestehenden Formen und Ordnungen zu treten, wenn er die höhere Ordnung und Wahrheit, die in ihm lebt, an's Licht herausheben will. Die "Wahrheit" aber, von welcher unsre Professoren so viel reden, scheint freilich ein anspruchsloseres Wesen zu sein, von dem keine Unordnung und Ausserordnung zu befürchten ist: ein bequemes und gemüthliches Geschöpf, welches allen bestehenden Gewalten wieder und wieder versichert, niemand solle ihrethalben irgend welche Umstände haben; man sei ja nur "reine Wissenschaft". Also: ich wollte sagen, dass die Philosophie in Deutschland es mehr und mehr zu verlernen hat, "reine Wissenschaft" zu sein: und das gerade sei das Beispiel des Menschen Schopenhauer.

Es ist aber ein Wunder und nichts Geringeres, dass er zu diesem menschlichen Beispiel heranwuchs: denn er war von aussen und von innen her durch die ungeheuersten Gefahren gleichsam umdrängt, von denen jedes schwächere Geschöpf erdrückt oder zersplittert wäre. Es gab, wie mir scheint, einen starken Anschein dafür, dass der Mensch Schopenhauer untergehn werde, um als Rest, besten Falls, "reine Wissenschaft" zurück zu lassen: aber auch dies nur besten Falls; am wahrscheinlichsten weder Mensch noch Wissenschaft.

Ein neuerer Engländer schildert die allgemeinste Gefahr ungewöhnlicher Menschen, die in einer an das Gewöhnliche gebundenen Gesellschaft leben, also: "solche fremdartige Charaktere werden anfänglich gebeugt, dann melancholisch, dann krank und zuletzt sterben sie. Ein Shelley würde in England nicht haben leben können, und eine Rasse von Shelley's würde unmöglich gewesen sein". Unsere Hölderlin und Kleist und wer nicht sonst verdarben an dieser ihrer Ungewöhnlichkeit und hielten das Clima der sogenannten deutschen Bildung nicht aus; und nur Naturen von Erz wie Beethoven, Goethe, Schopenhauer und Wagner vermögen Stand zu halten. Aber auch bei ihnen zeigt sich die Wirkung des ermüdendsten Kampfes und Krampfes an vielen Zügen und Runzeln: ihr Athem geht schwerer und ihr Ton ist leicht allzu gewaltsam. Jener geübte Diplomat, der Goethe nur überhin angesehn und gesprochen hatte, sagte zu seinen Freunden: Voilà un homme, qui a eu de grands chagrins! – was Goethe so verdeutscht hat: "das ist auch einer, der sich's hat sauer werden lassen!" "Wenn sich nun in unsern Gesichtszügen, fügt er hinzu, die Spur überstandenen Leidens, durchgeführter Thätigkeit nicht auslöschen lässt, so ist es kein Wunder, wenn alles, was von uns und unserem Bestreben übrig bleibt, dieselbe Spur trägt". Und das ist Goethe, auf den unsre Bildungsphilister als auf den glücklichsten Deutschen hinzeigen, um daraus den Satz zu beweisen, dass es doch möglich sein müsse unter ihnen glücklich zu werden – mit dem Hintergedanken, dass es keinem zu verzeihen sei, wenn er sich unter ihnen unglücklich und einsam fühle. Daher haben sie sogar mit grosser Grausamkeit den Lehrsatz aufgestellt und praktisch erläutert, dass in jeder Vereinsamung immer eine geheime Schuld liege. Nun hatte der arme Schopenhauer auch so eine geheime Schuld auf dem Herzen, nämlich seine Philosophie mehr zu schätzen als seine Zeitgenossen; und dazu war er so unglücklich, gerade durch Goethe zu wissen, dass er seine Philosophie, um ihre Existenz zu retten, um jeden Preis gegen die Nichtbeachtung seiner Zeitgenossen vertheidigen müsse; denn es giebt eine Art Inquisitionscensur, in der es die Deutschen nach Goethe's Urtheil weit gebracht haben; es heisst: unverbrüchliches Schweigen. Und dadurch war wenigstens so viel bereits erreicht worden, dass der grösste Theil der ersten Auflage seines Hauptwerks zu Makulatur eingestampft werden musste. Die drohende Gefahr, dass seine grosse That einfach durch Nichtbeachtung wieder ungethan werde, brachte ihn in eine schreckliche und schwer zu bändigende Unruhe; kein einziger bedeutsamer Anhänger zeigte sich. Es macht uns traurig, ihn auf der Jagd nach irgend welchen Spuren seines Bekanntwerdens zu sehen; und sein endlicher lauter und überlauter Triumph darüber, dass er jetzt wirklich gelesen werde ("legor et legar") hat etwas Schmerzlich – Ergreifendes. Gerade alle jene Züge, in denen er die Würde des Philosophen nicht merken lässt, zeigen den leidenden Menschen, welchen um seine edelsten Güter bangt; so quälte ihn die Sorge, sein kleines Vermögen zu verlieren und vielleicht seine reine und wahrhaft antike Stellung zur Philosophie nicht mehr festhalten zu können; so griff er in seinem Verlangen nach ganz vertrauenden und mitleidenden Menschen oftmals fehl, um immer wieder mit einem schwermüthigen Blicke zu seinem treuen Hunde zurückzukehren. Er war ganz und gar Einsiedler; kein einziger wirklich gleichgestimmter Freund tröstete ihn – und zwischen einem und keinem liegt hier, wie immer zwischen ichts und nichts, eine Unendlichkeit. Niemand, der wahre Freunde hat, weiss was wahre Einsamkeit ist, und ob er auch die ganze Welt um sich zu seinen Widersachern hätte. – Ach ich merke wohl, ihr wisst nicht, was Vereinsamung ist. Wo es mächtige Gesellschaften, Regierungen, Religionen, öffentliche Meinungen gegeben hat, kurz wo je eine Tyrannei war, da hat sie den einsamen Philosophen gehasst; denn die Philosophie eröffnet dem Menschen ein Asyl, wohin keine Tyrannei dringen kann, die Höhle des Innerlichen, das Labyrinth der Brust: und das ärgert die Tyrannen. Dort verbergen sich die Einsamen: aber dort auch lauert die grösste Gefahr der Einsamen. Diese Menschen, die ihre Freiheit in das Innerliche geflüchtet haben, müssen auch äusserlich leben, sichtbar werden, sich sehen lassen; sie stehen in zahllosen menschlichen Verbindungen durch Geburt, Aufenthalt, Erziehung, Vaterland, Zufall, Zudringlichkeit Anderer; ebenfalls zahllose Meinungen werden bei ihnen vorausgesetzt, einfach weil sie die herrschenden sind; jede Miene, die nicht verneint, gilt als Zustimmung; jede Handbewegung, die nicht zertrümmert, wird als Billigung gedeutet. Sie wissen, diese Einsamen und Freien im Geiste, – dass sie fortwährend irgend worin anders scheinen als sie denken: während sie nichts als Wahrheit und Ehrlichkeit wollen, ist rings um sie ein Netz von Missverständnissen; und ihr heftiges Begehren kann es nicht verhindern, dass doch auf ihrem Thun ein Dunst von falschen Meinungen, von Anpassung, von halben Zugeständnissen, von schonendem Verschweigen, von irrthümlicher Ausdeutung liegen bleibt. Das sammelt eine Wolke von Melancholie auf ihrer Stirne: denn dass das Scheinen Nothwendigkeit ist, hassen solche Naturen mehr als den Tod; und eine solche andauernde Erbitterung darüber macht sie vulkanisch und bedrohlich. Von Zeit zu Zeit rächen sie sich für ihr gewaltsames Sich-Verbergen, für ihre erzwungene Zurückhaltung. Sie kommen aus ihrer Höhle heraus mit schrecklichen Mienen; ihre Worte und Thaten sind dann Explosionen, und es ist möglich, dass sie an sich selbst zu Grunde gehen. So gefährlich lebte Schopenhauer. Gerade solche Einsame bedürfen Liebe, brauchen Genossen, vor denen sie wie vor sich selbst offen und einfach sein dürfen, in deren Gegenwart der Krampf des

Verschweigens und der Verstellung aufhört. Nehmt diese Genossen hinweg und ihr erzeugt eine wachsende Gefahr; Heinrich von Kleist ging an dieser Ungeliebtheit zu Grunde, und es ist das schrecklichste Gegenmittel gegen ungewöhnliche Menschen, sie dergestalt tief in sich hinein zu treiben, dass ihr Wiederherauskommen jedesmal ein vulkanischer Ausbruch wird. Doch giebt es immer wieder einen Halbgott, der es erträgt, unter so schrecklichen Bedingungen zu leben, siegreich zu leben; und wenn ihr seine einsamen Gesänge hören wollt, so hört Beethoven's Musik.

Das war die erste Gefahr, in deren Schatten Schopenhauer heranwuchs: Vereinsamung. Die zweite heisst: Verzweiflung an der Wahrheit. Diese Gefahr begleitet jeden Denker, welcher von der Kantischen Philosophie aus seinen Weg nimmt, vorausgesetzt dass er ein kräftiger und ganzer Mensch in Leiden und Begehren sei und nicht nur eine klappernde Denk- und Rechenmaschine. Nun wissen wir aber alle recht wohl, was es gerade mit dieser Voraussetzung für eine beschämende Bewandtniss hat; ja es scheint mir, als ob überhaupt nur bei den wenigsten Menschen Kant lebendig eingegriffen und Blut und Säfte umgestaltet habe. Zwar soll, wie man überall lesen kann, seit der That dieses stillen Gelehrten auf allen geistigen Gebieten eine Revolution ausgebrochen sein; aber ich kann es nicht glauben. Denn ich sehe es den Menschen nicht deutlich an, als welche vor Allem selbst revolutionirt sein müssten, bevor irgend welche ganze Gebiete es sein könnten. Sobald aber Kant anfangen sollte, eine populäre Wirkung auszuüben, so werden wir diese in der Form eines zernagenden und zerbröckelnden Skepticismus und Relativismus gewahr werden; und nur bei den thätigsten und edelsten Geistern, die es niemals im Zweifel ausgehalten haben, würde an seiner Stelle jene Erschütterung und Verzweiflung an aller Wahrheit eintreten, wie sie zum Beispiel Heinrich von Kleist als Wirkung der Kantischen Philosophie erlebte. "Vor Kurzem, schreibt er einmal in seiner ergreifenden Art, wurde ich mit der Kantischen Philosophie bekannt – und dir muss ich jetzt daraus einen Gedanken mittheilen, indem ich nicht fürchten darf, dass er dich so tief, so schmerzhaft erschüttern wird als mich. – Wir können nicht entscheiden, ob das, was wir Wahrheit nennen, wahrhaft Wahrheit ist oder ob es uns nur so scheint. Ist's das Letztere, so ist die Wahrheit, die wir hier sammeln, nach dem Tode nichts mehr, und alles Bestreben, ein Eigenthum zu erwerben, das uns auch noch in das Grab folgt, ist vergeblich. – Wenn die Spitze dieses Gedankens dein Herz nicht trifft, so lächle nicht über einen andern, der sich tief in seinem heiligsten Innern davon verwundet fühlt. Mein einziges, mein höchstes Ziel ist gesunken und ich habe keines mehr." Ja, wann werden wieder die Menschen dergestalt Kleistisch – natürlich empfinden, wann lernen sie den Sinn einer Philosophie erst wieder an ihrem "heiligsten Innern" messen? Und doch ist dies erst nöthig, um abzuschätzen, was uns, nach Kant, gerade Schopenhauer sein kann – der Führer nämlich, welcher aus der Höhle des skeptischen Unmuths oder der kritisirenden Entsagung hinauf zur Höhe der tragischen Betrachtung leitet, den nächtlichen Himmel mit seinen Sternen endlos über uns, und der sich selbst, als der erste, diesen Weg geführt hat. Das ist seine Grösse, dass er dem Bilde des Lebens als einem Ganzen sich gegenüberstellte, um es als Ganzes zu deuten; während die scharfsinnigsten Köpfe nicht von dem Irrthum zu befreien sind, dass man dieser Deutung näher komme, wenn man die Farben, womit, den Stoff, worauf dieses Bild gemalt ist, peinlich untersuche; vielleicht mit dem Ergebniss, es sei eine ganz intrikat gesponnene Leinewand und Farben darauf, die chemisch unergründlich seien. Man muss den Maler errathen, um das Bild zu verstehen, – das wusste Schopenhauer. Nun ist aber die ganze Zunft aller Wissenschaften darauf aus, jene Leinewand und jene Farben, aber nicht das Bild zu verstehen; ja man kann sagen, dass nur der, welcher das allgemeine Gemälde des Lebens und Daseins fest in's Auge gefasst hat, sich der einzelnen Wissenschaften ohne eigene Schädigung bedienen wird, denn ohne ein solches regulatives Gesammtbild sind sie Stricke, die nirgends an's Ende führen und unsern Lebenslauf nur noch verwirrter und labyrinthischer machen. Hierin, wie gesagt, ist Schopenhauer gross, dass er jenem Bilde nachgeht wie Hamlet dem Geiste, ohne sich abziehn zu lassen, wie Gelehrte thun, oder durch begriffliche Scholastik abgesponnen zu werden, wie es das Loos der ungebändigten Dialektiker ist. Das Studium aller Viertelsphilosophen ist nur deshalb anziehend, um zu erkennen, dass diese sofort auf die Stellen im Bau grosser Philosophien gerathen, wo das gelehrtenhafte Für und Wider, wo Grübeln, Zweifeln, Widersprechen erlaubt ist und dass sie dadurch der Forderung jeder grossen Philosophie entgehen, die als Ganzes immer nur sagt: dies ist das Bild alles Lebens, und daraus lerne den Sinn deines Lebens. Und umgekehrt: lies nur dein Leben und verstehe daraus die Hieroglyphen des allgemeinen Lebens. Und so soll auch Schopenhauers Philosophie immer zuerst ausgelegt werden: individuell, vom Einzelnen allein für sich selbst, um Einsicht in das eigne Elend und Bedürfniss, in die eigne Begrenztheit zu gewinnen, um die Gegenmittel und Tröstungen kennen zu lernen: nämlich Hinopferung des Ich's, Unterwerfung unter die edelsten Absichten, vor allem unter die der Gerechtigkeit und Barmherzigkeit. Er lehrt uns zwischen den wirklichen und scheinbaren Beförderungen des Menschenglücks unterscheiden: wie weder Reichwerden, noch Geehrtsein, noch Gelehrtsein den Einzelnen aus seiner tiefen Verdrossenheit über den Unwerth seines Daseins heraus heben kann und wie das Streben nach diesen Gütern nur Sinn durch ein hohes und verklärendes Gesammtziel bekommt: Macht zu gewinnen, um durch sie der Physis nachzuhelfen und ein wenig Corrector ihrer Thorheiten und Ungeschicktheiten zu sein. Zunächst zwar auch nur für sich selbst; durch sich aber endlich für Alle. Es ist freilich ein Streben, welches tief und herzlich zur Resignation hinleitet: denn was und wie viel kann überhaupt noch verbessert werden, am Einzelnen und am Allgemeinen!

Wenden wir gerade diese Worte auf Schopenhauer an, so berühren wir die dritte und eigenthümlichste Gefahr, in der er lebte und die im ganzen Bau und Knochengerüste seines Wesens verborgen lag. Jeder Mensch pflegt in sich eine Begrenztheit vorzufinden, seiner Begabung sowohl als seines sittlichen Wollens, welche ihn mit Sehnsucht und Melancholie erfüllt; und wie er aus dem Gefühl seiner Sündhaftigkeit sich hin nach dem Heiligen sehnt, so trägt er, als intellectuelles Wesen, ein tiefes Verlangen nach dem Genius in sich. Hier ist die Wurzel aller wahren Cultur; und wenn ich unter dieser die Sehnsucht der Menschen verstehe, als Heiliger und als Genius wiedergeboren zu werden, so weiss ich, dass man nicht erst Buddhaist sein muss, um diesen Mythus zu verstehen. Wo wir Begabung ohne jene Sehnsucht finden, im Kreise der Gelehrten oder auch bei den sogenannten Gebildeten, macht sie uns Widerwillen und Ekel; denn wir ahnen, dass solche Menschen, mit allem ihrem Geiste, eine werdende Cultur und die Erzeugung des Genius – das heisst das Ziel aller Cultur – nicht fördern, sondern verhindern. Es ist der Zustand einer Verhärtung, im Werthe gleich jener gewohnheitsmässigen, kalten und auf sich selbst stolzen Tugendhaftigkeit, welche auch am weitesten von der wahren Heiligkeit entfernt ist und fern hält. Schopenhauers Natur enthielt nun eine seltsame und höchst gefährliche Doppelheit. Wenige Denker haben in dem Maasse und der unvergleichlichen Bestimmtheit empfunden, dass der Genius in ihnen webt; und sein Genius verhiess ihm das Höchste – dass es keine tiefere Furche geben werde als die, welche seine Pflugschar in den Boden der neueren Menschheit reisst. So wusste er die eine Hälfte seines Wesens gesättigt und erfüllt, ohne Begierde, ihrer Kraft gewiss, so trug er mit Grösse und Würde seinen Beruf als siegreich Vollendeter. In der andern Hälfte lebte eine ungestüme Sehnsucht; wir verstehen sie, wenn wir hören dass er sich mit schmerzlichem

Blicke von dem Bilde des grossen Stifters der la Trappe, Rancé, abwandte, unter den Worten: "das ist Sache der Gnade". Denn der Genius sehnt sich tiefer nach Heiligkeit, weil er von seiner Warte aus weiter und heller geschaut hat als ein andrer Mensch, hinab in die Versöhnung von Erkennen und Sein, hinein in das Reich des Friedens und des verneinten Willens, hinüber nach der andern Küste, von der die Inder sagen. Aber hier gerade ist das Wunder: wie unbegreiflich ganz und unzerbrechlich musste Schopenhauers Natur sein, wenn sie auch nicht durch diese Sehnsucht zerstört werden konnte und doch auch nicht verhärtet wurde. Was das heissen will, wird jeder nach dem Maasse dessen verstehen, was und wie viel er ist: und ganz, in aller seiner Schwere, wird es keiner von uns verstehen.

Jemehr man über die geschilderten drei Gefahren nachdenkt, um so befremdlicher bleibt es, mit welcher Rüstigkeit sich Schopenhauer gegen sie vertheidigte und wie gesund und gerade er aus dem Kampfe heraus kam. Zwar auch mit vielen Narben und offnen Wunden; und in einer Stimmung, die vielleicht etwas zu herbe, mitunter auch all zu kriegerisch erscheint. Auch über dem grössten Menschen erhebt sich sein eignes Ideal. Dass Schopenhauer ein Vorbild sein kann, das steht trotz aller jener Narben und Flecken fest. Ja man möchte sagen: das was an seinem Wesen unvollkommen und allzu menschlich war, führt uns gerade im menschlichsten Sinne in seine Nähe, denn wir sehen ihn als Leidenden und Leidensgenossen und nicht nur in der ablehnenden Hoheit des Genius.

Jene drei Gefahren der Constitution, die Schopenhauer bedrohten, bedrohen uns Alle. Ein Jeder trägt eine productive Einzigkeit in sich, als den Kern seines Wesens; und wenn er sich dieser Einzigkeit bewusst wird, erscheint um ihn ein fremdartiger Glanz, der des Ungewöhnlichen. Dies ist den Meisten etwas Unerträgliches: weil sie, wie gesagt, faul sind und weil an jener Einzigkeit eine Kette von Mühen und Lasten hängt. Es ist kein Zweifel, dass für den Ungewöhnlichen, der sich mit dieser Kette beschwert, das Leben fast Alles, was man von ihm in der Jugend ersehnt, Heiterkeit, Sicherheit, Leichtigkeit, Ehre, einbüsst; das Loos der Vereinsamung ist das Geschenk, welches ihm die Mitmenschen machen; die Wüste und die Höhle ist sofort da, er mag leben, wo er will. Nun sehe er zu, dass er sich nicht unterjochen lasse, dass er nicht gedrückt und melancholisch werde. Und deshalb mag er sich mit den Bildern guter und tapferer Kämpfer umstellen, wie Schopenhauer selbst einer war. Aber auch die zweite Gefahr, die Schopenhauern bedrohte, ist nicht ganz selten. Hier und da ist einer von Natur mit Scharfblick ausgerüstet, seine Gedanken gehen gern den dialektischen Doppelgang; wie leicht ist es, wenn er seiner Begabung unvorsichtig die Zügel schiessen lässt, dass er als Mensch zu Grunde geht und fast nur noch in der "reinen Wissenschaft" ein Gespensterleben führt: oder dass er, gewohnt daran, das Für und Wider in den Dingen aufzusuchen, an der Wahrheit überhaupt irre wird und so ohne Muth und Zutrauen leben muss, verneinend, zweifelnd, annagend, unzufrieden, in halber Hoffnung, in erwarteter Enttäuschung: "es möchte kein Hund so länger leben!" Die dritte Gefahr ist die Verhärtung, im Sittlichen oder im Intellectuellen; der Mensch zerreisst das Band, welches ihn mit seinem Ideal verknüpfte; er hört auf, auf diesem oder jenem Gebiete, fruchtbar zu sein, sich fortzupflanzen, er wird im Sinne der Cultur schwächlich oder unnütz. Die Einzigkeit seines Wesens ist zum untheilbaren, unmittheilbaren Atom geworden, zum erkalteten Gestein. Und so kann einer an dieser Einzigkeit ebenso wie an der Furcht vor dieser Einzigkeit verderben, an sich selbst und im Aufgeben seiner selbst, an der Sehnsucht und an der Verhärtung: und Leben überhaupt heisst in Gefahr sein.

Ausser diesen Gefahren seiner ganzen Constitution, welchen Schopenhauer ausgesetzt gewesen wäre, er hätte nun in diesem oder jenem Jahrhundert gelebt – giebt es nun noch Gefahren, die aus seiner Zeit an ihn heran kamen; und diese Unterscheidung zwischen Constitutionsgefahren und Zeitgefahren ist wesentlich, um das Vorbildliche und Erzieherische in Schopenhauers Natur zu begreifen. Denken wir uns das Auge des Philosophen auf dem Dasein ruhend: er will dessen Werth neu festsetzen. Denn das ist die eigenthümliche Arbeit aller grossen Denker gewesen, Gesetzgeber für Maass, Münze und Gewicht der Dinge zu sein. Wie muss es ihm hinderlich werden, wenn die Menschheit, die er zunächst sieht, gerade eine schwächliche und von Würmern zerfressene Frucht ist! Wie viel muss er, um gerecht gegen das Dasein überhaupt zu sein, zu dem Unwerthe der gegenwärtigen Zeit hinzuaddiren! Wenn die Beschäftigung mit Geschichte vergangener oder fremder Völker werthvoll ist, so ist sie es am meisten für den Philosophen, der ein gerechtes Urtheil über das gesammte Menschenloos abgeben will, nicht also nur über das durchschnittliche, sondern vor allem auch über das höchste Loos, das einzelnen Menschen oder ganzen Völkern zufallen kann. Nun aber ist alles Gegenwärtige zudringlich, es wirkt und bestimmt das Auge, auch wenn der Philosoph es nicht will; und unwillkürlich wird es in der Gesammtabrechnung zu hoch taxirt sein. Deshalb muss der Philosoph seine Zeit in ihrem Unterschiede gegen andre wohl abschätzen und, indem er für sich die Gegenwart überwindet, auch in seinem Bilde, das er vom Leben giebt, die Gegenwart überwinden, nämlich unbemerkbar machen und gleichsam übermalen. Dies ist eine schwere, ja kaum lösbare Aufgabe. Das Urtheil der alten griechischen Philosophen über den Werth des Daseins besagt so viel mehr als ein modernes Urtheil, weil sie das Leben selbst in einer üppigen Vollendung vor sich und um sich hatten und weil bei ihnen nicht wie bei uns das Gefühl des Denkers sich verwirrt in dem Zwiespalte des Wunsches nach Freiheit, Schönheit, Grösse des Lebens und des Triebes nach Wahrheit, die nur frägt: was ist das Dasein überhaupt werth? Es bleibt für alle Zeiten wichtig zu wissen, was Empedocles, inmitten der kräftigsten und überschwänglichsten Lebenslust der griechischen Cultur, über das Dasein ausgesagt hat; sein Urtheil wiegt sehr schwer, zumal ihm durch kein einziges Gegenurtheil irgend eines andern grossen Philosophen aus derselben grossen Zeit widersprochen wird. Er spricht nur am deutlichsten, aber im Grunde – nämlich wenn man seine Ohren etwas aufmacht, sagen sie alle dasselbe. Ein moderner Denker wird, wie gesagt, immer an einem unerfüllten Wunsche leiden: er wird verlangen, dass man ihm erst wieder Leben, wahres, rothes, gesundes Leben zeige, damit er dann darüber seinen Richterspruch fälle. Wenigstens für sich selbst wird er es für nöthig halten, ein lebendiger Mensch zu sein, bevor er glauben darf, ein gerechter Richter sein zu können. Hier ist der Grund, weshalb gerade die neueren Philosophen zu den mächtigsten Förderern des Lebens, des Willens zum Leben gehören, und weshalb sie sich aus ihrer ermatteten eignen Zeit nach einer Cultur, nach einer verklärten Physis sehnen. Diese Sehnsucht ist aber auch ihre Gefahr: in ihnen kämpft der Reformator des Lebens und der Philosoph, das heisst: der Richter des Lebens. Wohin sich auch der Sieg neige, es ist ein Sieg, der einen Verlust in sich schliessen wird. Und wie entging nun Schopenhauer auch dieser Gefahr?

Wenn jeder grosse Mensch auch am liebsten gerade als das ächte Kind seiner Zeit angesehn wird und jedenfalls an allen ihren Gebresten stärker und empfindlicher leidet als alle kleineren Menschen, so ist der Kampf eines solchen Grossen gegen seine Zeit scheinbar nur ein unsinniger und zerstörender Kampf gegen sich selbst. Aber eben nur scheinbar; denn in ihr bekämpft er das, was ihn hindert, gross zu sein, das bedeutet bei ihm nur: frei und ganz er selbst zu sein. Daraus folgt, dass seine Feindschaft im Grunde gerade gegen das gerichtet ist, was zwar an ihm selbst, was aber nicht eigentlich er selbst ist, nämlich gegen das unreine Durch- und Nebeneinander von Unmischbarem und ewig

Unvereinbarem, gegen die falsche Anlöthung des Zeitgemässen an sein Unzeitgemässes; und endlich erweist sich das angebliche Kind der Zeit nur als Stiefkind derselben. So strebte Schopenhauer, schon von früher Jugend an, jener falschen, eiteln und unwürdigen Mutter, der Zeit, entgegen, und indem er sie gleichsam aus sich auswies, reinigte und heilte er sein Wesen und fand sich selbst in seiner ihm zugehörigen Gesundheit und Reinheit wieder. Deshalb sind die Schriften Schopenhauers als Spiegel der Zeit zu benutzen; und gewiss liegt es nicht an einem Fehler des Spiegels, wenn in ihm alles Zeitgemässe nur wie eine entstellende Krankheit sichtbar wird, als Magerkeit und Blässe, als hohles Auge und erschlaffte Mienen, als die erkennbaren Leiden jener Stiefkindschaft. Die Sehnsucht nach starker Natur, nach gesunder und einfacher Menschheit war bei ihm eine Sehnsucht nach sich selbst; und sobald er die Zeit in sich besiegt hatte, musste er auch, mit erstauntem Auge, den Genius in sich erblicken. Das Geheimniss seines Wesens war ihm jetzt enthüllt, die Absicht jener Stiefmutter Zeit, ihm diesen Genius zu verbergen, vereitelt, das Reich der verklärten Physis war entdeckt. Wenn er jetzt nun sein furchtloses Auge der Frage zuwandte: "was ist das Leben überhaupt werth?" so hatte er nicht mehr eine verworrene und abgeblasste Zeit und deren heuchlerisch unklares Leben zu verurtheilen. Er wusste es wohl, dass noch Höheres und Reineres auf dieser Erde zu finden und zu erreichen sei als solch ein zeitgemässes Leben, und dass Jeder dem Dasein bitter Unrecht thue, der es nur nach dieser hässlichen Gestalt kenne und abschätze. Nein, der Genius selbst wird jetzt aufgerufen, um zu hören, ob dieser, die höchste Frucht des Lebens, vielleicht das Leben überhaupt rechtfertigen könne; der herrliche schöpferische Mensch soll auf die Frage antworten: "bejahst denn du im tiefsten Herzen dieses Dasein? Genügt es dir? Willst du sein Fürsprecher, sein Erlöser sein? Denn nur ein einziges wahrhaftiges Ja! aus deinem Munde – und das so schwer verklagte Leben soll frei sein". – Was wird er antworten? – Die Antwort des Empedokles.

4.

Mag dieser letzte Wink auch einstweilen unverstanden bleiben: mir kommt es jetzt auf etwas sehr Verständliches an, nämlich zu erklären, wie wir Alle durch Schopenhauer uns gegen unsre Zeit erziehen können – weil wir den Vortheil haben, durch ihn diese Zeit wirklich zu kennen. Wenn es nämlich ein Vortheil ist! Jedenfalls möchte es ein paar Jahrhunderte später gar nicht mehr möglich sein. Ich ergötze mich an der Vorstellung, dass die Menschen bald einmal das Lesen satt bekommen werden und die Schriftsteller dazu, dass der Gelehrte eines

Tages sich besinnt, sein Testament macht und verordnet, sein Leichnam solle inmitten seiner Bücher, zumal seiner eignen Schriften, verbrannt werden. Und wenn die Wälder immer spärlicher werden sollten, möchte es nicht irgendwann einmal an der Zeit sein, die Bibliotheken als Holz, Stroh und Gestrüpp zu behandeln? Sind doch die meisten Bücher aus Rauch und Dampf der Köpfe geboren: so sollen sie auch wieder zu Rauch und Dampf werden. Und hatten sie kein Feuer in sich, so soll das Feuer sie dafür bestrafen. Es wäre also möglich, dass einem späteren Jahrhundert vielleicht gerade unser Zeitalter als saeculum obscurum gälte; weil man mit seinen Producten am eifrigsten und längsten die Ofen geheizt hätte. Wie glücklich sind wir demnach, dass wir diese Zeit noch kennen lernen können. Hat es nämlich überhaupt einen Sinn, sich mit seiner Zeit zu beschäftigen, so ist es jedenfalls ein Glück, sich so gründlich wie möglich mit ihr zu beschäftigen, so dass einem über sie gar kein Zweifel übrig bleibt: und gerade dies gewährt uns Schopenhauer. –

Freilich, hundertmal grösser wäre das Glück, wenn bei dieser Untersuchung herauskäme, dass etwas so Stolzes und Hoffnungsreiches wie dies Zeitalter noch gar nicht dagewesen sei. Nun giebt es auch augenblicklich naive Leute in irgend einem Winkel der Erde, etwa in Deutschland, welche sich anschicken, so etwas zu glauben, ja die alles Ernstes davon sprechen, dass seit ein paar Jahren die Welt corrigirt sei, und dass derjenige, welcher vielleicht über das Dasein seine schweren und finstern Bedenken habe, durch die "Thatsachen" widerlegt sei. Denn so stehe es: die Gründung des neuen deutschen Reiches sei der entscheidende und vernichtende Schlag gegen alles "pessimistische" Philosophiren, – davon lasse sich nichts abdingen. – Wer nun gerade die Frage beantworten will, was der Philosoph als Erzieher in unserer Zeit zu bedeuten habe, der muss auf jene sehr verbreitete und zumal an Universitäten sehr gepflegte Ansicht antworten, und zwar so: es ist eine Schande und Schmach, dass eine so ekelhafte, zeitgötzendienerische Schmeichelei von sogenannten denkenden und ehrenwerthen Menschen aus- und nachgesprochen werden kann – ein Beweis dafür, dass man gar nicht mehr ahnt, wie weit der Ernst der Philosophie von dem Ernst einer Zeitung entfernt ist. Solche Menschen haben den letzten Rest nicht nur einer philosophischen, sondern auch einer religiösen Gesinnung eingebüsst und statt alle dem nicht etwa den Optimismus, sondern den Journalismus eingehandelt, den Geist und Ungeist des Tages und der Tageblätter. Jede Philosophie, welche durch ein politisches Ereigniss das Problem des Daseins verrückt oder gar gelöst glaubt, ist eine Spaass- und

Afterphilosophie. Es sind schon öfter, seit die Welt steht, Staaten gegründet worden; das ist ein altes Stück. Wie sollte eine politische Neuerung ausreichen, um die Menschen ein für alle Mal zu vergnügten Erdenbewohnern zu machen? Glaubt aber jemand recht von Herzen, dass dies möglich sei, so soll er sich nur melden: denn er verdient wahrhaftig, Professor der Philosophie an einer deutschen Universität, gleich Harms in Berlin, Jürgen Meyer in Bonn und Carrière in München zu werden.

Hier erleben wir aber die Folgen jener neuerdings von allen Dächern gepredigten Lehre, dass der Staat das höchste Ziel der Menschheit sei, und dass es für einen Mann keine höheren Pflichten gebe, als dem Staate zu dienen: worin ich nicht einen Rückfall in's Heidenthum, sondern in die Dummheit erkenne. Es mag sein, dass ein solcher Mann, der im Staatsdienste seine höchste Pflicht sieht, wirklich auch keine höheren Pflichten kennt; aber deshalb giebt es jenseits doch noch Männer und Pflichten – und eine dieser Pflichten, die mir wenigstens höher gilt als der Staatsdienst, fordert auf, die Dummheit in jeder Gestalt zu zerstören, also auch diese Dummheit. Deshalb beschäftige ich mich hier mit einer Art von Männern, deren Teleologie etwas über das Wohl eines Staates hinausweist, mit den Philosophen, und auch mit diesen nur hinsichtlich einer Welt, die wiederum von dem Staatswohle ziemlich unabhängig ist, der Cultur. Von den vielen Ringen, welche, durcheinander gesteckt, das menschliche Gemeinwesen ausmachen, sind einige von Gold und andere von Tombak.

Wie sieht nun der Philosoph die Cultur in unserer Zeit an? Sehr anders freilich als jene in ihrem Staat vergnügten Philosophieprofessoren. Fast ist es ihm, als ob er die Symptome einer völligen Ausrottung und Entwurzelung der Cultur wahrnähme, wenn er an die allgemeine Hast und zunehmende Fallgeschwindigkeit, an das Aufhören aller Beschaulichkeit und Simplicität denkt. Die Gewässer der Religion fluthen ab und lassen Sümpfe oder Weiher zurück; die Nationen trennen sich wieder auf das feindseligste und begehren sich zu zerfleischen. Die Wissenschaften, ohne jedes Maass und im blindesten laisser faire betrieben, zersplittern und lösen alles Festgeglaubte auf; die gebildeten Stände und Staaten werden von einer grossartig verächtlichen Geldwirthschaft fortgerissen. Niemals war die Welt mehr Welt, nie ärmer an Liebe und Güte. Die gelehrten Stände sind nicht mehr Leuchtthürme oder Asyle inmitten aller dieser Unruhe der Verweltlichung; sie selbst werden täglich unruhiger, gedanken- und liebeloser. Alles dient der kommenden Barbarei, die jetzige Kunst und Wissenschaft mit einbegriffen. Der Gebildete ist zum grössten Feinde der

Bildung abgeartet, denn er will die allgemeine Krankheit weglügen und ist den Ärzten hinderlich. Sie werden erbittert, diese abkräftigen armen Schelme, wenn man von ihrer Schwäche spricht und ihrem schädlichen Lügengeiste widerstrebt. Sie möchten gar zu gerne glauben machen, dass sie allen Jahrhunderten den Preis abgelaufen hätten und sie bewegen sich mit künstlicher Lustigkeit. Ihre Art, Glück zu heucheln, hat mitunter etwas Ergreifendes, weil ihr Glück so ganz unbegreiflich ist. Man möchte sie nicht einmal fragen, wie Tannhäuser den Biterolf fragt: "was hast du Ärmster denn genossen?" Denn ach, wir wissen es ja selber besser und anders. Es liegt ein Wintertag auf uns, und am hohen Gebirge wohnen wir, gefährlich und in Dürftigkeit. Kurz ist jede Freude und bleich jeder Sonnenglanz, der an den weissen Bergen zu uns herabschleicht. Da ertönt Musik, ein alter Mann dreht einen Leierkasten, die Tänzer drehen sich – es erschüttert den Wanderer, dies zu sehen: so wild, so verschlossen, so farblos, so hoffnungslos ist Alles, und jetzt darin ein Ton der Freude, der gedankenlosen lauten Freude! Aber schon schleichen die Nebel des frühen Abends, der Ton verklingt, der Schritt des Wanderers knirscht; soweit er noch sehen kann, sieht er nichts als das öde und grausame Antlitz der Natur.

Wenn es aber einseitig sein sollte, nur die Schwäche der Linien und die Stumpfheit der Farben am Bilde des modernen Lebens hervorzuheben, so ist jedenfalls die zweite Seite um nichts erfreulicher, sondern nur um so beunruhigender. Es sind gewiss Kräfte da, ungeheure Kräfte, aber wilde, ursprüngliche und ganz und gar unbarmherzige. Man sieht mit banger Erwartung auf sie hin wie in den Braukessel einer Hexenküche: es kann jeden Augenblick zucken und blitzen, schreckliche Erscheinungen anzukündigen. Seit einem Jahrhundert sind wir auf lauter fundamentale Erschütterungen vorbereitet; und wenn neuerdings versucht wird, diesem tiefsten modernen Hange, einzustürzen oder zu explodiren, die constitutive Kraft des sogenannten nationalen Staates entgegenzustellen, so ist doch für lange Zeiten hinaus auch er nur eine Vermehrung der allgemeinen Unsicherheit und Bedrohlichkeit. Dass die Einzelnen sich so gebärden, als ob sie von allen diesen Besorgnissen nichts wüssten, macht uns nicht irre: ihre Unruhe zeigt es, wie gut sie davon wissen; sie denken mit einer Hast und Ausschliesslichkeit an sich, wie noch nie Menschen an sich gedacht haben, sie bauen und pflanzen für ihren Tag, und die Jagd nach Glück wird nie grösser sein als wenn es zwischen heute und morgen erhascht werden muss: weil übermorgen vielleicht überhaupt alle Jagdzeit zu Ende ist. Wir leben die Periode der Atome, des atomistischen Chaos. Die feindseligen

Kräfte wurden im Mittelalter durch die Kirche ungefähr zusammengehalten und durch den starken Druck, welchen sie ausübte, einigermaassen einander assimilirt. Als das Band zerreisst, der Druck nachlässt, empört sich eines wider das andre. Die Reformation erklärte viele Dinge für Adiaphora, für Gebiete, die nicht von dem religiösen Gedanken bestimmt werden sollten; dies war der Kaufpreis, um welchen sie selbst leben durfte: wie schon das Christenthum, gegen das viel religiösere Alterthum gehalten, um einen ähnlichen Preis seine Existenz behauptete. Von da an griff die Scheidung immer weiter um sich. Jetzt wird fast alles auf Erden nur noch durch die gröbsten und bösesten Kräfte bestimmt, durch den Egoismus der Erwerbenden und die militärischen Gewaltherrscher. Der Staat, in den Händen dieser letzteren, macht wohl, ebenso wie der Egoismus der Erwerbenden, den Versuch alles aus sich heraus neu zu organisiren und Band und Druck für alle jene feindseligen Kräfte zu sein: das heisst, er wünscht dass die Menschen mit ihm denselben Götzendienst treiben möchten, den sie mit der Kirche getrieben haben. Mit welchem Erfolge? Wir werden es noch erleben; jedenfalls befinden wir uns auch jetzt noch im eistreibenden Strome des Mittelalters; es ist aufgethaut und in gewaltige verheerende Bewegung gerathen. Scholle türmt sich auf Scholle, alle Ufer sind überschwemmt und gefährdet. Die Revolution ist gar nicht zu vermeiden und zwar die atomistische: welches sind aber die kleinsten untheilbaren Grundstoffe der menschlichen Gesellschaft?

Es ist kein Zweifel, dass beim Herannahen solcher Perioden das Menschliche fast noch mehr in Gefahr ist als während des Einsturzes und des chaotischen Wirbels selbst, und dass die angstvolle Erwartung und die gierige Ausbeutung der Minute alle Feigheiten und selbstsüchtigen Triebe der Seele hervorlockt: während die wirkliche Noth und besonders die Allgemeinheit einer grossen Noth die Menschen zu bessern und zu erwärmen pflegt. Wer wird nun, bei solchen Gefahren unserer Periode, der Menschlichkeit , dem unantastbaren heiligen Tempelschatze, welchen die verschiedensten Geschlechter allmählich angesammelt haben, seine Wächter- und Ritterdienste widmen? Wer wird das Bild des Menschen aufrichten, während Alle nur den selbstsüchtigen Wurm und die hündische Angst in sich fühlen und dergestalt von jenem Bilde abgefallen sind, hinab in's Thierische oder gar in das starr Mechanische?

Es giebt drei Bilder des Menschen, welche unsre neuere Zeit hinter einander aufgestellt hat und aus deren Anblick die Sterblichen wohl noch für lange den Antrieb zu einer Verklärung ihres eignen Lebens nehmen werden: das ist der

Mensch Rousseau's, der Mensch Goethe's und endlich der Mensch Schopenhauer's. Von diesen hat das erste Bild das grösste Feuer und ist der populärsten Wirkung gewiss; das zweite ist nur für wenige gemacht, nämlich für die, welche beschauliche Naturen im grossen Stile sind und wird von der Menge missverstanden. Das dritte fordert die thätigsten Menschen als seine Betrachter: nur diese werden es ohne Schaden ansehen; denn die Beschaulichen erschlafft es und die Menge schreckt es ab. Von dem ersten ist eine Kraft ausgegangen, welche zu ungestümen Revolutionen drängte und noch drängt; denn bei allen socialistischen Erzitterungen und Erdbeben ist es immer noch der Mensch Rousseau's, welcher sich, wie der alte Typhon unter dem Aetna, bewegt. Gedrückt und halb zerquetscht durch hochmüthige Kasten, erbarmungslosen Reichthum, durch Priester und schlechte Erziehung verderbt und vor sich selbst durch lächerliche Sitten beschämt, ruft der Mensch in seiner Noth die "heilige Natur" an und fühlt plötzlich, dass sie von ihm so fern ist wie irgend ein epikurischer Gott. Seine Gebete erreichen sie nicht: so tief ist er in das Chaos der Unnatur versunken. Er wirft höhnisch all den bunten Schmuck von sich, welcher ihm kurz vorher gerade sein Menschlichstes schien, seine Künste und Wissenschaften, die Vorzüge seines verfeinerten Lebens, er schlägt mit der Faust wider die Mauern, in deren Dämmerung er so entartet ist, und schreit nach Licht, Sonne, Wald und Fels. Und wenn er ruft: "nur die Natur ist gut, nur der natürliche Mensch ist menschlich", so verachtet er sich und sehnt sich über sich selbst hinaus: eine Stimmung, in welcher die Seele zu furchtbaren Entschlüssen bereit ist, aber auch das Edelste und Seltenste aus ihren Tiefen herauf ruft.

Der Mensch Goethe's ist keine so bedrohliche Macht, ja in einem gewissen Verstande sogar das Correctiv und Quietiv gerade jener gefährlichen Aufregungen, denen der Mensch Rousseau's preisgegeben ist. Goethe selbst hat in seiner Jugend mit seinem ganzen liebereichen Herzen an dem Evangelium von der guten Natur gehangen; sein Faust war das höchste und kühnste Abbild vom Menschen Rousseau's, wenigstens soweit dessen Heisshunger nach Leben, dessen Unzufriedenheit und Sehnsucht, dessen Umgang mit den Dämonen des Herzens darzustellen war. Nun sehe man aber darauf hin, was aus alle diesem angesammelten Gewölk entsteht – gewiss kein Blitz! Und hier offenbart sich eben das neue Bild des Menschen, des Goetheschen Menschen. Man sollte denken, dass Faust durch das überall bedrängte Leben als unersättlicher Empörer und Befreier geführt werde, als die verneinende Kraft aus Güte, als der eigentliche gleichsam religiöse und dämonische Genius des Umsturzes, zum

Gegensatze seines durchaus undämonischen Begleiters, ob er schon diesen Begleiter nicht los werden und seine skeptische Bosheit und Verneinung zugleich benutzen und verachten müsste – wie es das tragische Loos jedes Empörers und Befreiers ist. Aber man irrt sich, wenn man etwas Derartiges erwartet; der Mensch Goethe's weicht hier dem Menschen Rousseau's aus; denn er hasst jedes Gewaltsame, jeden Sprung – das heisst aber: jede That; und so wird aus dem Weltbefreier Faust gleichsam nur ein Weltreisender. Alle Reiche des Lebens und der Natur, alle Vergangenheiten, Künste, Mythologien, alle Wissenschaften sehen den unersättlichen Beschauer an sich vorüberfliegen, das tiefste Begehren wird aufgeregt und beschwichtigt, selbst Helena hält ihn nicht länger – und nun muss der Augenblick kommen, auf den sein höhnischer Begleiter lauert. An einer beliebigen Stelle der Erde endet der Flug, die Schwingen fallen herab, Mephistopheles ist bei der Hand. Wenn der Deutsche aufhört, Faust zu sein, ist keine Gefahr grösser als die, dass er ein Philister werde und dem Teufel verfalle – nur himmlische Mächte können ihn hiervon erlösen. Der Mensch Goethe's ist, wie ich sagte, der beschauliche Mensch im hohen Stile, der nur dadurch auf der Erde nicht verschmachtet, dass er alles Grosse und Denkwürdige, was je da war und noch ist, zu seiner Ernährung zusammen bringt und so lebt, ob es auch nur ein Leben von Begierde zu Begierde ist; er ist nicht der thätige Mensch: vielmehr, wenn er an irgend einer Stelle sich in die bestehenden Ordnungen der Thätigen einfügt, so kann man sicher sein, dass nichts Rechtes dabei herauskommt – wie etwa bei allem Eifer, welchen Goethe selbst für das Theater zeigte – vor allem dass keine "Ordnung" umgeworfen wird. Der Goethesche Mensch ist eine erhaltende und verträgliche Kraft – aber unter der Gefahr, wie gesagt, dass er zum Philister entarten kann, wie der Mensch Rousseau's leicht zum Catilinarier werden kann. Ein wenig mehr Muskelkraft und natürliche Wildheit bei jenem, und alle seine Tugenden würden grösser sein. Es scheint dass Goethe wusste, worin die Gefahr und Schwäche seines Menschen liege und er deutet es mit den Worten Jarno's an Wilhelm Meister an: "Sie sind verdriesslich und bitter, das ist schön und gut; wenn Sie nur einmal recht böse werden, so wird es noch besser sein".

Also, unverhohlen gesprochen: es ist nöthig, dass wir einmal recht böse werden, damit es besser wird. Und hierzu soll uns das Bild des Schopenhauerischen Menschen ermuthigen. Der Schopenhauerische Mensch nimmt das freiwillige Leiden der Wahrhaftigkeit auf sich, und dieses Leiden dient ihm, seinen Eigenwillen zu ertödten und jene völlige Umwälzung und

Umkehrung seines Wesens vorzubereiten, zu der zu führen der eigentliche Sinn des Lebens ist. Dieses Heraussagen des Wahren erscheint den andern Menschen als Ausfluss der Bosheit, denn sie halten die Conservirung ihrer Halbheiten und Flausen für eine Pflicht der Menschlichkeit und meinen, man müsse böse sein, um ihnen also ihr Spielwerk zu zerstören. Sie sind versucht, einem Solchen zuzurufen, was Faust dem Mephistopheles sagt: "So setzest du der ewig regen, der heilsam schaffenden Gewalt die kalte Teufelsfaust entgegen"; und der, welcher schopenhauerisch leben wollte, würde wahrscheinlich einem Mephistopheles ähnlicher sehen als einem Faust – für die schwachsichtigen modernen Augen nämlich, welche im Verneinen immer das Abzeichen des Bösen erblicken. Aber es giebt eine Art zu verneinen und zu zerstören, welche gerade der Ausfluss jener mächtigen Sehnsucht nach Heiligung und Errettung ist, als deren erster philosophischer Lehrer Schopenhauer unter uns entheiligte und recht eigentlich verweltlichte Menschen trat. Alles Dasein, welches verneint werden kann, verdient es auch, verneint zu werden; und wahrhaftig sein heisst an ein Dasein glauben, welches überhaupt nicht verneint werden könnte und welches selber wahr und ohne Lüge ist. Deshalb empfindet der Wahrhaftige den Sinn seiner Thätigkeit als einen metaphysischen, aus Gesetzen eines andern und höhern Lebens erklärbaren und im tiefsten Verstande bejahenden: so sehr auch alles, was er thut, als ein Zerstören und Zerbrechen der Gesetze dieses Lebens erscheint. Dabei muss sein Thun zu einem andauernden Leiden werden, aber er weiss, was auch Meister Eckhard weiss: "das schnellste Thier, das euch trägt zur Vollkommenheit, ist Leiden". Ich sollte denken, es müsste jedem, der sich eine solche Lebensrichtung vor die Seele stellt, das Herz weit werden und in ihm ein heisses Verlangen entstehen, ein solcher Schopenhauerischer Mensch zu sein: also für sich und sein persönliches Wohl rein und von wundersamer Gelassenheit, in seinem Erkennen voll starken verzehrenden Feuers und weit entfernt von der kalten und verächtlichen Neutralität des sogenannten wissenschaftlichen Menschen, hoch emporgehoben über griesgrämige und verdriessliche Betrachtung, sich selbst immer als erstes Opfer der erkannten Wahrheit preisgebend, und im tiefsten von dem Bewusstsein durchdrungen, welche Leiden aus seiner Wahrhaftigkeit entspringen müssen. Gewiss, er vernichtet sein Erdenglück durch seine Tapferkeit, er muss selbst den Menschen, die er liebt, den Institutionen, aus deren Schoosse er hervorgegangen ist, feindlich sein, er darf weder Menschen, noch Dinge schonen, ob er gleich an ihrer Verletzung mit leidet, er wird verkannt werden und lange als Bundesgenosse von Mächten gelten, die er verabscheut, er wird, bei dem menschlichen Maasse seiner Einsicht, ungerecht sein müssen, bei allem Streben nach Gerechtigkeit: aber er darf sich mit den Worten zureden und trösten, welche Schopenhauer, sein grosser Erzieher, einmal gebraucht: "Ein glückliches Leben ist unmöglich: das Höchste, was der Mensch erlangen kann, ist ein heroischer Lebenslauf. Einen solchen führt der, welcher, in irgend einer Art und Angelegenheit, für das Allen irgendwie zu Gute Kommende mit übergrossen Schwierigkeiten kämpft und am Ende siegt, dabei aber schlecht oder gar nicht belohnt wird. Dann bleibt er am Schluss, wie der Prinz im Re corvo des Gozzi, versteinert, aber in edler Stellung und mit grossmüthiger Gebärde stehn. Sein Andenken bleibt und wird als das eines Heros gefeiert; sein Wille, durch Mühe und Arbeit, schlechten Erfolg und Undank der Welt ein ganzes Leben hindurch mortificirt, erlischt in der Nirwana". Ein solcher heroischer Lebenslauf, sammt der in ihm vollbrachten Mortification, entspricht freilich am wenigsten dem dürftigen Begriff derer, welche darüber die meisten Worte machen, Feste zum Andenken grosser Menschen feiern und vermeinen, der grosse Mensch sei eben gross, wie sie klein, durch ein Geschenk gleichsam und sich zum Vergnügen oder durch einen Mechanismus und im blinden Gehorsam gegen diesen innern Zwang: so dass der, welcher das Geschenk nicht bekommen habe oder den Zwang nicht fühle, dasselbe Recht habe, klein zu sein, wie jener gross. Aber beschenkt oder bezwungen werden – das sind verächtliche Worte, mit denen man einer inneren Mahnung entfliehen will, Schmähungen für jeden, welcher auf diese Mahnung gehört hat, also für den grossen Menschen; gerade er lässt sich von allen am wenigsten beschenken oder zwingen – er weiss so gut als jeder kleine Mensch, wie man das Leben leicht nehmen kann und wie weich das Bett ist, in welches er sich strecken könnte, wenn er mit sich und seinen Mitmenschen artig und gewöhnlich umginge: sind doch alle Ordnungen des Menschen darauf eingerichtet, dass das Leben in einer fortgesetzten Zerstreuung der Gedanken nicht gespürt werde. Warum will er so stark das Gegentheil, nämlich gerade das Leben spüren, das heisst am Leben leiden? Weil er merkt, dass man ihn um sich selbst betrügen will, und dass eine Art von Übereinkunft besteht, ihn aus seiner eignen Höhle wegzustehlen. Da sträubt er sich, spitzt die Ohren und beschliesst: "ich will mein bleiben!" Es ist ein schredklicher Beschluss; erst allmählich begreift er dies. Denn nun muss er in die Tiefe des Daseins hinabtauchen, mit einer Reihe von ungewöhnlichen Fragen auf der Lippe: warum lebe ich? welche Lection soll ich vom Leben lernen? wie bin ich so geworden wie ich bin und weshalb leide ich denn an diesem So – sein? Er quält sich: und sieht, wie sich Niemand so quält, wie vielmehr die Hände seiner

Mitmenschen nach den phantastischen Vorgängen leidenschaftlich ausgestreckt sind, welche das politische Theater zeigt, oder wie sie selbst in hundert Masken, als Jünglinge, Männer, Greise, Väter, Bürger, Priester, Beamte, Kaufleute einherstolziren, emsig auf ihre gemeinsame Komödie und gar nicht auf sich selbst bedacht. Sie alle würden die Frage: wozu lebst du? schnell und mit Stolz beantworten – "um ein guter Bürger, oder Gelehrter, oder Staatsmann zu werden" – und doch sind sie etwas, was nie etwas Anderes werden kann, und warum sind sie dies gerade? Ach, und nichts Besseres? Wer sein Leben nur als einen Punkt versteht in der Entwicklung eines Geschlechtes oder eines Staates oder einer Wissenschaft und also ganz und gar in die Geschichte des Werdens, in die Historie hinein gehören will, hat die Lection, welche ihm das Dasein aufgiebt, nicht verstanden und muss sie ein andermal lernen. Dieses ewige Werden ist ein lügnerisches Puppenspiel, über welchem der Mensch sich selbst vergisst, die eigentliche Zerstreuung, die das Individuum nach allen Winden auseinanderstreut, das endlose Spiel der Albernheit, welches das grosse Kind Zeit vor uns und mit uns spielt. Jener Heroismus der Wahrhaftigkeit besteht darin, eines Tages aufzuhören, sein Spielzeug zu sein. Im Werden ist Alles hohl, betrügerisch, flach und unserer Verachtung würdig; das Räthsel, welches der Mensch lösen soll, kann er nur aus dem Sein lösen, im So – und nicht Anderssein, im Unvergänglichen. Jetzt fängt er an, zu prüfen, wie tief er mit dem Werden, wie tief mit dem Sein verwachsen ist – eine ungeheure Aufgabe steigt vor seiner Seele auf: alles Werdende zu zerstören, alles Falsche an den Dingen an's Licht zu bringen. Auch er will alles erkennen, aber er will es anders als der Goethesche Mensch, nicht einer edlen Weichlichkeit zuwillen, um sich zu bewahren und an der Vielheit der Dinge zu ergötzen; sondern er selbst ist sich das erste Opfer, das er bringt. Der heroische Mensch verachtet sein Wohl- oder Schlechtergehen, seine Tugenden und Laster und überhaupt das Messen der Dinge an seinem Maasse, er hofft von sich nichts mehr und will in allen Dingen bis auf diesen hoffnungslosen Grund sehen. Seine Kraft liegt in seinem Sich-selbst-Vergessen; und gedenkt er seiner, so misst er von seinem hohen Ziele bis zu sich hin, und ihm ist, als ob er einen unansehnlichen Schlackenhügel hinter und unter sich sehe. Die alten Denker suchten mit allen Kräften das Glück und die Wahrheit – und nie soll einer finden was er suchen muss, lautet der böse Grundsatz der Natur. Wer aber Unwahrheit in allem sucht und dem Unglücke sich freiwillig gesellt, dem wird vielleicht ein anderes Wunder der Enttäuschung bereitet: etwas Unaussprechbares, von dem Glück und Wahrheit nur götzenhafte Nachbilder sind, naht sich ihm, die Erde verliert ihre Schwere, die Ereignisse und

Mächte der Erde werden traumhaft, wie an Sommerabenden breitet sich Verklärung um ihn aus. Dem Schauenden ist, als ob er gerade zu wachen anfinge und als ob nur noch die Wolken eines verschwebenden Traumes um ihn her spielten. Auch diese werden einst verweht sein: dann ist es Tag. –

5.

Doch ich habe versprochen, Schopenhauer, nach meinen Erfahrungen, als Erzieher darzustellen, und somit ist es bei weitem nicht genug wenn ich, noch dazu mit unvollkommnem Ausdruck, jenen idealen Menschen hinmale, welcher in und um Schopenhauer, gleichsam als seine platonische Idee, waltet. Das Schwerste bleibt noch zurück: zu sagen, wie von diesem Ideale aus ein neuer Kreis von Pflichten zu gewinnen ist und wie man sich mit einem so überschwänglichen Ziele durch eine regelmässige Thätigkeit in Verbindung setzen kann, kurz zu beweisen, dass jenes Ideal erzieht. Man könnte sonst meinen, es sei nichts als die beglückende, ja berauschende Anschauung, welche uns einzelne Augenblicke gewähren, um uns gleich darauf um so mehr im Stich zu lassen und einer um so tieferen Verdrossenheit zu überantworten. Es ist auch gewiss, dass wir so unsern Verkehr mit diesem Ideale beginnen , mit diesen plötzlichen Abständen von Licht und Dunkel, Berauschung und Ekel, und dass hier eine Erfahrung sich wiederholt, welche so alt ist als es Ideale giebt. Aber wir sollen nicht lange in der Thür stehen bleiben und bald über den Anfang hinauskommen. Und so muss ernst und bestimmt gefragt werden: ist es möglich, jenes unglaublich hohe Ziel so in die Nähe zu rücken, dass es uns erzieht, während es uns aufwärts zieht? – damit nicht an uns das grosse Wort Goethes in Erfüllung gehe: "der Mensch ist zu einer beschränkten Lage geboren; einfache, nahe, bestimmte Ziele vermag er einzusehen und er gewöhnt sich, die Mittel zu benutzen, die ihm gleich zur Hand sind; sobald er aber in's Weite kommt, weiss er weder, was er will, noch was er soll, und es ist ganz einerlei, ob er durch die Menge der Gegenstände zerstreut oder ob er durch die Höhe und Würde derselben ausser sich gesetzt werde. Es ist immer sein Unglück, wenn er veranlasst wird, nach etwas zu streben, mit dem er sich durch eine regelmässige Selbstthätigkeit nicht verbinden kann". Gerade gegen jenen Schopenhauerischen Menschen lässt sich dies mit einem guten Scheine von Recht einwenden: seine, Würde und Höhe vermag uns nur ausser uns zu setzen und setzt uns dadurch wieder aus allen Gemeinschaften der Thätigen heraus; Zusammenhang der Pflichten, Fluss des Lebens ist dahin. Vielleicht gewöhnt sich der Eine daran, missmuthig endlich zu scheiden und nach zweifacher

Richtschnur zu leben, das heisst, mit sich im Widerspruche, unsicher hier und dort und deshalb täglich schwächer und unfruchtbarer: während ein Andrer sogar grundsätzlich verzichtet, noch mit zu handeln und kaum noch zusieht, wenn andre handeln. Die Gefahren sind immer gross, wenn es dem Menschen zu schwer gemacht wird und wenn er keine Pflichten zu erfüllen vermag; die stärkeren Naturen können dadurch zerstört werden, die schwächeren, zahlreicheren versinken in eine beschauliche Faulheit und büssen zuletzt, aus Faulheit, sogar die Beschaulichkeit ein.

Nun will ich, auf solche Einwendungen hin, so viel zugeben, dass unsere Arbeit hier gerade noch kaum begonnen hat, und dass ich, nach eignen Erfahrungen, nur Eins bestimmt schon sehe und weiss: dass es möglich ist eine Kette von erfüllbaren Pflichten, von jenem idealen Bilde aus, dir und mir anzuhängen und dass einige von uns schon den Druck dieser Kette fühlen. Um aber die Formel, unter der ich jenen neuen Kreis von Pflichten zusammenfassen möchte, ohne Bedenken aussprechen zu können, bedarf ich folgender Vorbetrachtungen.

Die tieferen Menschen haben zu allen Zeiten gerade deshalb Mitleiden mit den Thieren gehabt, weil sie am Leben leiden und doch nicht die Kraft besitzen, den Stachel des Leidens wider sich selbst zu kehren und ihr Dasein metaphysisch zu verstehen; ja es empört im tiefsten Grunde, das sinnlose Leiden zu sehen. Deshalb entstand nicht nur an einer Stelle der Erde die Vermuthung, dass die Seelen schuldbeladner Menschen in diese Thierleiber gesteckt seien, und dass jenes auf den nächsten Blick empörende sinnlose Leiden vor der ewigen Gerechtigkeit sich in lauter Sinn und Bedeutung, nämlich als Strafe und Busse, auflöse. Wahrhaftig, es ist eine schwere Strafe, dergestalt als Thier unter Hunger und Begierde zu leben und doch über dies Leben zu gar keiner Besonnenheit zu kommen; und kein schwereres Loos ist zu ersinnen als das des Raubthiers, welches von der nagendsten Qual durch die Wüste gejagt wird, selten befriedigt und auch dies nur so, dass die Befriedigung zur Pein wird, im zerfleischenden Kampfe mit andern Thieren oder durch ekelhafte Gier und Übersättigung. So blind und toll am Leben zu hängen, um keinen höhern Preis, ferne davon zu wissen, dass und warum man so gestraft wird, sondern gerade nach dieser Strafe wie nach einem Glücke mit der Dummheit einer entsetzlichen Begierde zu lechzen – das heisst Thier sein; und wenn die gesammte Natur sich zum Menschen hindrängt, so giebt sie dadurch zu verstehen, dass er zu ihrer Erlösung vom Fluche des Thierlebens nöthig ist und dass endlich in ihm das Dasein sich einen Spiegel vorhält, auf dessen Grunde das Leben nicht mehr sinnlos, sondern in seiner metaphysischen Bedeutsamkeit erscheint. Doch überlege man wohl: wo hört das Thier auf, wo fängt der Mensch an! Jener Mensch, an dem allein der Natur gelegen ist! So lange jemand nach dem Leben wie nach einem Glücke verlangt, hat er den Blick noch nicht über den Horizont des Thieres hinausgehoben, nur dass er mit mehr Bewusstsein will, was das Thier im blinden Drange sucht. Aber so geht es uns Allen, den grössten Theil des Lebens hindurch: wir kommen für gewöhnlich aus der Thierheit nicht heraus, wir selbst sind die Thiere, die sinnlos zu leiden scheinen.

Aber es giebt Augenblicke, wo wir dies begreifen: dann zerreissen die Wolken, und wir sehen, wie wir sammt aller Natur uns zum Menschen hindrängen, als zu einem Etwas, das hoch über uns steht. Schaudernd blicken wir, in jener plötzlichen Helle, um uns und rückwärts: da laufen die verfeinerten Raubthiere und wir mitten unter ihnen. Die ungeheure Bewegtheit der Menschen auf der grossen Erdwüste, ihr Städte- und Staatengründen, ihr Kriegeführen, ihr rastloses Sammeln und Auseinanderstreuen, ihr Durcheinander-Rennen, von einander Ablernen, ihr gegenseitiges Überlisten und Niedertreten, ihr Geschrei in, Noth, ihr Lustgeheul im Siege – alles ist Fortsetzung der Thierheit: als ob der Mensch absichtlich zurückgebildet und um seine metaphysische Anlage betrogen werden sollte, ja als ob die Natur, nachdem sie so lange den Menschen ersehnt und erarbeitet hat, nun vor ihm zurückbebte und lieber wieder zurück in die Unbewusstheit des Triebes wollte. Ach, sie braucht Erkenntniss, und ihr graut vor der Erkenntniss, die ihr eigentlich Noth thut; und so flackert die Flamme unruhig und gleichsam vor sich selbst erschreckt hin und her und ergreift tausend Dinge zuerst, bevor sie das ergreift, dessentwegen die Natur überhaupt der Erkenntniss bedarf. Wir wissen es Alle in einzelnen Augenblicken, wie die weitläuftigsten Anstalten unseres Lebens nur gemacht werden, um vor unserer eigentlichen Aufgabe zu fliehen, wie wir gerne irgendwo unser Haupt verstecken möchten, als ob uns dort unser hundertäugiges Gewissen nicht erhaschen könnte, wie wir unser Herz an den Staat, den Geldgewinn, die Geselligkeit oder die Wissenschaft hastig wegschenken, bloss um es nicht mehr zu besitzen, wie wir selbst der schweren Tagesarbeit hitziger und besinnungsloser fröhnen, als nöthig wäre um zu leben: weil es uns nöthiger scheint, nicht zur Besinnung zu kommen. Allgemein ist die Hast, weil jeder auf der Flucht vor sich selbst ist, allgemein auch das scheue Verbergen dieser Hast, weil man zufrieden scheinen will und die scharfsichtigeren Zuschauer über sein Elend täuschen möchte, allgemein das Bedürfniss nach neuen klingenden Wort-

Schellen, mit denen behängt das Leben etwas Lärmend-Festliches bekommen soll. Jeder kennt den sonderbaren Zustand, wenn sich plötzlich unangenehme Erinnerungen aufdrängen und wir dann durch heftige Gebärden und Laute bemüht sind, sie uns aus dem Sinne zu schlagen: aber die Gebärden und Laute des allgemeinen Lebens lassen errathen, dass wir uns Alle und immerdar in einem solchen Zustande befinden, in Furcht vor der Erinnerung und Verinnerlichung. Was ist es doch, was uns so häufig anficht, welche Mücke lässt uns nicht schlafen? Es geht geisterhaft um uns zu, jeder Augenblick des Lebens will uns etwas sagen, aber wir wollen diese Geisterstimme nicht hören. Wir fürchten uns, wenn wir allein und stille sind, dass uns etwas in das Ohr geraunt werde, und so hassen wir die Stille und betäuben uns durch Geselligkeit.

Dies Alles begreifen wir, wie gesagt, dann und wann einmal und wundern uns sehr über alle die schwindelnde Angst und Hast und über den ganzen traumartigen Zustand unseres Lebens, dem vor dem Erwachen zu grauen scheint und das um so lebhafter und unruhiger träumt, je näher es diesem Erwachen ist. Aber wir fühlen zugleich, wie wir zu schwach sind, jene Augenblicke der tiefsten Einkehr lange zu ertragen und wie nicht wir die Menschen sind, nach denen die gesammte Natur sich zu ihrer Erlösung hindrängt: viel schon dass wir überhaupt einmal ein wenig mit dem Kopfe heraustauchen und es merken, in welchen Strom wir tief versenkt sind. Und auch dies gelingt uns nicht mit eigner Kraft, dieses Auftauchen und Wachwerden für einen verschwindenden Augenblick, wir müssen gehoben werden – und wer sind die, welche uns heben?

Das sind jene wahrhaften Menschen, jene Nichtmehr-Thiere, die Philosophen, Künstler und Heiligen; bei ihrem Erscheinen und durch ihr Erscheinen macht die Natur, die nie springt, ihren einzigen Sprung und zwar einen Freudesprung, denn sie fühlt sich zum ersten Male am Ziele, dort nämlich, wo sie begreift, dass sie verlernen müsse, Ziele zu haben und dass sie das Spiel des Lebens und Werdens zu hoch gespielt habe. Sie verklärt sich bei dieser Erkenntniss, und eine milde Abendmüdigkeit, das, was die Menschen "die Schönheit" nennen, ruht auf ihrem Gesichte. Was sie jetzt, mit diesen verklärten Mienen ausspricht, das ist die grosse Aufklärung über das Dasein; und der höchste Wunsch, den Sterbliche wünschen können, ist, andauernd und offnen Ohr's an dieser Aufklärung theilzunehmen. Wenn einer darüber nachdenkt, was zum Beispiel Schopenhauer im Verlaufe seines Lebens alles gehört haben muss, so mag er wohl hinterdrein zu sich sagen: "ach deine tauben Ohren, dein dumpfer Kopf, dein flackernder Verstand, dein verschrumpftes Herz, ach alles was ich mein nenne! wie verachte ich das! Nicht fliegen zu können, sondern nur flattern! Über sich hinauf zu sehen und nicht hinauf zu können!

Den Weg zu kennen und fast zu betreten, der zu jenem unermesslichen Freiblick des Philosophen führt, und nach wenigen Schritten zurück zu taumeln! Und wenn es nur Ein Tag wäre, wo jener grösste Wunsch sich erfüllte, wie bereitwillig böte man das übrige Leben zum Entgelt an! So hoch zu steigen, wie je ein Denker stieg, in die reine Alpen- und Eisluft hinein, dorthin wo es kein Vernebeln und Verschleiern mehr giebt und wo die Grundbeschaffenheit der Dinge sich rauh und starr, aber mit unvermeidlicher Verständlichkeit ausdrückt! Nur daran denkend wird die Seele einsam und unendlich; erfüllte sich aber ihr Wunsch, fiele einmal der Blick steil und leuchtend wie ein Lichtstrahl auf die Dinge nieder, erstürbe die Scham, die Ängstlichkeit und die Begierde – mit welchem Wort wäre ihr Zustand zu benennen, jene neue und räthselhafte Regung ohne Erregtheit, mit der sie dann, gleich Schopenhauers Seele, auf der ungeheuren Bilderschrift des Daseins, auf der steingewordnen Lehre vom Werden ausgebreitet liegen bliebe, nicht als Nacht, sondern als glühendes, rothgefärbtes, die Welt überströmendes Licht. Und welches Loos hinwiederum, genug von der eigenthümlichen Bestimmung und Seligkeit des Philosophen zu ahnen, um die ganze Unbestimmtheit und Unseligkeit des Nichtphilosophen, des Begehrenden ohne Hoffnung, zu empfinden! Sich als Frucht am Baume zu wissen, die vor zu vielem Schatten nie reif werden kann und dicht vor sich den Sonnenschein liegen zu sehen, der einem fehlt!"

Es wäre Qual genug, um einen solchermaassen Missbegabten neidisch und boshaft zu machen, wenn er überhaupt neidisch und boshaft werden könnte; wahrscheinlich wird er aber endlich seine Seele herumwenden, dass sie sich nicht in eitler Sehnsucht verzehre, und jetzt wird er einen neuen Kreis von Pflichten entdecken.

Hier bin ich bei der Beantwortung der Frage angelangt, ob es möglich ist, sich mit dem grossen Ideale des Schopenhauerischen Menschen durch eine regelmässige Selbstthätigkeit zu verbinden. Vor allen Dingen steht dies fest: jene neuen Pflichten sind nicht die Pflichten eines Vereinsamten, man gehört vielmehr mit ihnen in eine mächtige Gemeinsamkeit hinein, welche zwar nicht durch äusserliche Formen und Gesetze, aber wohl durch einen Grundgedanken zusammengehalten wird. Es ist dies der Grundgedanke der Kultur, in sofern diese jedem Einzelnen von uns nur Eine Aufgabe zu stellen weiss: die Erzeugung des Philosophen, des Künstlers und des Heiligen in uns und ausser uns zu fördern und dadurch an der Vollendung der Natur zu arbeiten. Denn wie die Natur des Philosophen bedarf, so bedarf sie des Künstlers, zu einem metaphysischen Zwecke, nämlich zu ihrer eignen Aufklärung über sich selbst, damit ihr endlich einmal als reines und fertiges Gebilde entgegengestellt werde, was sie in der Unruhe ihres Werdens nie deutlich zu sehen bekommt – also zu ihrer Selbsterkenntniss. Goethe war es, der mit einem übermüthig tiefsinnigen Worte es merken liess, wie der Natur alle ihre Versuche nur soviel gelten, damit endlich der Künstler ihr Stammeln erräth, ihr auf halbem Wege entgegenkommt und ausspricht, was sie mit ihren Versuchen eigentlich will. "Ich habe es oft gesagt, ruft er einmal aus, und werde es noch oft wiederholen, die causa finalis der Welt – und Menschenhändel ist die dramatische Dichtkunst. Denn das Zeug ist sonst absolut zu nichts zu brauchen." Und so bedarf die Natur zuletzt des Heiligen, an dem das Ich ganz zusammengeschmolzen ist und dessen leidendes Leben nicht oder fast nicht mehr individuell empfunden wird, sondern als tiefstes Gleich- Mit- und Eins-Gefühl in allem Lebendigen: des Heiligen, an dem jenes Wunder der Verwandlung eintritt, auf welches das Spiel des Werdens nie verfällt, jene endliche und höchste Menschwerdung, nach welcher alle Natur hindrängt und – treibt, zu ihrer Erlösung von sich selbst. Es ist kein Zweifel, wir Alle sind mit ihm verwandt und verbunden, wie wir mit dem Philosophen und dem Künstler verwandt sind; es giebt Augenblicke und gleichsam Funken des hellsten liebevollsten Feuers, in deren Lichte wir nicht mehr das Wort "ich" verstehen; es liegt jenseits unseres Wesens etwas, was in jenen Augenblicken zu einem Diesseits wird, und deshalb begehren wir aus tiefstem Herzen nach den Brücken zwischen hier und dort. In unserer gewöhnlichen Verfassung können wir freilich nichts zur Erzeugung des erlösenden Menschen beitragen, deshalb hassen wir uns in dieser Verfassung, ein Hass, welcher die Wurzel jenes Pessimismus ist, den Schopenhauer unser Zeitalter erst wieder lehren musste, welcher aber so alt ist als es je Sehnsucht nach Kultur gab. Seine Wurzel, aber nicht seine Blüthe, sein unterstes Geschoss gleichsam, aber nicht sein Giebel, der Anfang seiner Bahn, aber nicht sein Ziel: denn irgendwann müssen wir noch lernen, etwas Anderes zu hassen und Allgemeineres, nicht mehr unser Individuum und seine elende Begrenztheit, seinen Wechsel und seine Unruhe, in jenem erhöhten Zustande, in dem wir auch etwas Anderes lieben werden als wir jetzt lieben können. Erst wenn wir, in der jetzigen oder einer kommenden Geburt, selber in jenen erhabensten Orden der Philosophen, der Künstler und der Heiligen aufgenommen sind, wird uns auch ein neues Ziel unserer Liebe und unseres Hasses gesteckt sein, – einstweilen haben wir unsre Aufgabe und unsern

Kreis von Pflichten, unsern Hass und unsre Liebe. Denn wir wissen, was die Kultur ist. Sie will, um die Nutzanwendung auf den Schopenhauerischen Menschen zu machen, dass wir seine immer neue Erzeugung vorbereiten und fördern, indem wir das ihr Feindselige kennen lernen und aus dem Wege räumen – kurz dass wir gegen Alles unermüdlich ankämpfen, was uns um die höchste Erfüllung unsrer Existenz brachte, indem es uns hinderte, solche Schopenhauerische Menschen selber zu werden. –

6.

Mitunter ist es schwerer, eine Sache zuzugeben als sie einzusehen; und so gerade mag es den Meisten ergehen, wenn sie den Satz überlegen: "die Menschheit soll fortwährend daran arbeiten, einzelne grosse Menschen zu erzeugen – und dies und nichts Anderes sonst ist ihre Aufgabe." Wie gerne möchte man eine Belehrung auf die Gesellschaft und ihre Zwecke anwenden, welche man aus der Betrachtung einer jeden Art des Thier- und Pflanzenreichs gewinnen kann, dass es bei ihr allein auf das einzelne höhere Exemplar ankommt, auf das ungewöhnlichere, mächtigere, complicirtere, fruchtbarere – wie gerne, wenn nicht anerzogne Einbildungen über den Zweck der Gesellschaft zähen Widerstand leisteten! Eigentlich ist es leicht zu begreifen, dass dort, wo eine Art an ihre Grenze und an ihren Übergang in eine höhere Art gelangt, das Ziel ihrer Entwicklung liegt, nicht aber in der Masse der Exemplare und deren Wohlbefinden, oder gar in den Exemplaren, welche der Zeit nach die allerletzten sind, vielmehr gerade in den scheinbar zerstreuten und zufälligen Existenzen, welche hier und da einmal unter günstigen Bedingungen zu Stande kommen; und ebenso leicht sollte doch wohl die Forderung zu begreifen sein, dass die Menschheit, weil sie zum Bewusstsein über ihren Zweck kommen kann, jene günstigen Bedingungen aufzusuchen und herzustellen hat, unter denen jene grossen erlösenden Menschen entstehen können. Aber es widerstrebt ich weiss nicht was Alles: da soll jener letzte Zweck in dem Glück Aller oder der Meisten, da soll er in der Entfaltung grosser Gemeinwesen gefunden werden; und so schnell sich einer entschliesst, sein Leben etwa einem Staate zu opfern, so langsam und bedenklich würde er sich benehmen, wenn nicht ein Staat, sondern ein Einzelner dies Opfer forderte. Es scheint eine Ungereimtheit, dass der Mensch eines andern Menschen wegen da sein sollte; "vielmehr aller Andren wegen, oder wenigstens möglichst Vieler! " O Biedermann, als ob das gereimter wäre, die Zahl entscheiden zu lassen, wo es sich um Werth und Bedeutung handelt! Denn die Frage lautet doch so: wie erhält dein, des Einzelnen Leben den höchsten Werth, die tiefste Bedeutung? Wie ist es am wenigsten verschwendet? Gewiss nur dadurch, dass du zum Vortheile der seltensten und werthvollsten Exemplare lebst, nicht aber zum Vortheile der Meisten, das heisst, der, einzeln genommen, werthlosesten Exemplare. Und gerade diese Gesinnung sollte in einem jungen Menschen gepflanzt und angebaut werden, dass er sich selbst gleichsam als ein misslungenes Werk der Natur versteht, aber zugleich als ein Zeugniss der grössten und wunderbarsten Absichten dieser Künstlerin; es gerieth ihr schlecht, soll er sich sagen, aber ich will ihre grosse Absicht dadurch ehren, dass ich ihr zu Diensten bin, damit es ihr einmal besser gelinge.

Mit diesem Vorhaben stellt er sich in den Kreis der Kultur; denn sie ist das Kind der Selbsterkenntniss jedes Einzelnen und des Ungenügens an sich. Jeder, der sich zu ihr bekennt, spricht damit aus: "ich sehe etwas Höheres und Menschlicheres über mir, als ich selber bin, helft mir alle, es zu erreichen, wie ich jedem helfen will, der Gleiches erkennt und am Gleichen leidet: damit endlich wieder der Mensch entstehe, welcher sich voll und unendlich fühlt im Erkennen und Lieben, im Schauen und Können, und mit aller seiner Ganzheit an und in der Natur hängt, als Richter und Werthmesser der Dinge." Es ist schwer, Jemanden in diesen Zustand einer unverzagten Selbsterkenntniss zu versetzen, weil es unmöglich ist, Liebe zu lehren: denn in der Liebe allein gewinnt die Seele nicht nur den klaren, zertheilenden und verachtenden Blick für sich selbst, sondern auch jene Begierde, über sich hinaus zu schauen und nach einem irgendwo noch verborgnen höheren Selbst mit allen Kräften zu suchen. Also nur der, welcher sein Herz an irgend einen grossen Menschen gehängt hat, empfängt damit die erste Weihe der Kultur; ihr Zeichen ist Selbstbeschämung ohne Verdrossenheit, Hass gegen die eigne Enge und Verschrumpftheit, Mitleiden mit dem Genius, der aus dieser unsrer Dumpf- und Trockenheit immer wieder sich emporriss, Vorgefühl für alle Werdenden und Kämpfenden und die innerste Überzeugung, fast überall der Natur in ihrer Noth zu begegnen, wie sie sich zum Menschen hindrängt, wie sie schmerzlich das Werk wieder missrathen fühlt, wie ihr dennoch überall die wundervollsten Ansätze, Züge und Formen gelingen: so dass die Menschen, mit denen wir leben, einem Trümmerfelde der kostbarsten bildnerischen Entwürfe gleichen, wo alles uns entgegenruft: kommt, helft, vollendet, bringt zusammen, was zusammengehört, wir sehnen uns unermesslich, ganz zu werden.

Diese Summe von inneren Zuständen nannte ich die erste Weihe der Kultur; jetzt aber liegt mir ob, die Wirkungen der zweiten Weihe zu schildern, und ich weiss wohl, dass hier meine Aufgabe schwieriger ist. Denn jetzt soll der Uebergang vom innerlichen Geschehen zur Beurtheilung des äusserlichen Geschehens gemacht werden, der Blick soll sich hinauswenden, um jene Begierde nach Kultur, wie er sie aus jenen ersten Erfahrungen kennt, in der grossen bewegten Welt wiederzufinden, der Einzelne soll sein Ringen und Sehnen als das Alphabet benutzen, mit welchem er jetzt die Bestrebungen der Menschen ablesen kann. Aber auch hier darf er nicht stehen bleiben, von dieser Stufe muss er hinauf zu der noch höheren, die Kultur verlangt von ihm nicht nur jenes innerliche Erlebniss, nicht nur die Beurtheilung der ihn umströmenden äusseren Welt, sondern zuletzt und hauptsächlich die That, das heisst den Kampf für die Kultur und die Feindseligkeit gegen Einflüsse, Gewohnheiten, Gesetze, Einrichtungen, in welchen er nicht sein Ziel wiedererkennt: die Erzeugung des Genius.

Dem, welcher sich nun auf die zweite Stufe zu stellen vermag, fällt zuerst auf, wie ausserordentlich gering und selten das Wissen um jenes Ziel ist, wie allgemein dagegen das Bemühen um Kultur und wie unsäglich gross die Masse von Kräften, welche in ihrem Dienste verbraucht wird. Man fragt sich erstaunt: ist ein solches Wissen vielleicht gar nicht nöthig? Erreicht die Natur ihr Ziel auch so, wenn die Meisten den Zweck ihrer eignen Bemühung falsch bestimmen? Wer sich gewöhnt hat, viel von der unbewussten Zweckmässigkeit der Natur zu halten, wird vielleicht keine Mühe haben zu antworten: "Ja, so ist es! Lasst die Menschen über ihr letztes Ziel denken und reden was sie wollen, sie sind doch in ihrem dunklen Drange des rechten Wegs sich wohl bewusst." Man muss, um hier widersprechen zu können, Einiges erlebt haben; wer aber wirklich von jenem Ziele der Kultur überzeugt ist, dass sie die Entstehung der wahren Menschen zu fördern habe und nichts sonst und nun vergleicht, wie auch jetzt noch, bei allem Aufwande und Prunk der Kultur, die Entstehung jener Menschen sich nicht viel von einer fortgesetzten Thierquälerei unterscheidet: der wird es sehr nöthig befinden, dass an Stelle jenes "dunklen Drangs" endlich einmal ein bewusstes Wollen gesetzt werde. Und das namentlich auch aus dem zweiten Grunde: damit es nämlich nicht mehr möglich ist, jenen über sein Ziel unklaren Trieb, den gerühmten dunklen Drang zu ganz andersartigen Zwecken zu gebrauchen und auf Wege zu führen, wo jenes höchste Ziel, die Erzeugung des Genius, nimmermehr erreicht werden kann. Denn es giebt eine Art von missbrauchter und in Dienste genommener Kultur – man sehe sich nur um! Und gerade die Gewalten, welche jetzt am thätigsten die Kultur fördern, haben dabei

Nebengedanken und verkehren mit ihr nicht in reiner und uneigennütziger Gesinnung.

Da ist erstens die Selbstsucht der Erwerbenden, welche der Beihülfe der Kultur bedarf, und ihr zum Danke dafür wieder hilft, aber dabei freilich zugleich Ziel und Maass vorschreiben möchte. Von dieser Seite kommt jener beliebte Satz und Kettenschluss her, der ungefähr so lautet: möglichst viel Erkenntniss und Bildung, daher möglichst viel Bedürfniss, daher möglichst viel Produktion, daher möglichst viel Gewinn und Glück – so klingt die verführerische Formel. Bildung würde von den Anhängern derselben als die Einsicht definirt werden, mit der man, in Bedürfnissen und deren Befriedigung, durch und durch zeitgemäss wird, mit der man aber zugleich am besten über alle Mittel und Wege gebietet, um so leicht wie möglich Geld zu gewinnen. Möglichst viele courante Menschen zu bilden, in der Art dessen, was man an einer Münze courant nennt, das wäre also das Ziel; und ein Volk wird, nach dieser Auffassung, um so glücklicher sein, je mehr es solche courante Menschen besitzt. Deshalb soll es durchaus die Absicht der modernen Bildungsanstalten sein, Jeden soweit zu fördern als es in seiner Natur liegt, courant zu werden, Jeden dermaassen auszubilden, dass er von dem ihm eigenen Grade von Erkenntniss und Wissen das grösstmögliche Maass von Glück und Gewinn habe. Der Einzelne müsse, so fordert man hier, durch die Hülfe einer solchen allgemeinen Bildung sich selber genau taxiren können, um zu wissen, was er vom Leben zu fordern habe; und zuletzt wird behauptet, dass ein natürlicher und nothwendiger Bund von "Intelligenz und Besitz", von "Reichthum und Kultur" bestehe, noch mehr, dass dieser Bund eine sittliche Nothwendigkeit sei. Jede Bildung ist hier verhasst, die einsam macht, die über Geld und Erwerb hinaus Ziele steckt, die viel Zeit verbraucht; man pflegt wohl solche ernstere Arten der Bildung als "feineren Egoismus", als "unsittlichen Bildungs – Epikureismus" zu verunglimpfen. Freilich, nach der hier geltenden Sittlichkeit steht gerade das Umgekehrte im Preise, nämlich eine rasche Bildung, um bald ein geldverdienendes Wesen zu werden, und doch eine so gründliche Bildung, um ein sehr viel Geld verdienendes Wesen werden zu können. Dem Menschen wird nur soviel Kultur gestattet, als im Interesse des allgemeinen Erwerbs und des Weltverkehrs ist, aber soviel wird auch von ihm gefordert. Kurz: "der Mensch hat einen nothwendigen Anspruch auf Erdenglück, darum ist die Bildung nothwendig, aber auch nur darum!"

Da ist zweitens die Selbstsucht des Staates, welcher ebenfalls nach möglichster Ausbreitung und Verallgemeinerung der Kultur begehrt und die wirksamsten

Werkzeuge in den Händen hat, um seine Wünsche zu befriedigen. Vorausgesetzt, dass er sich stark genug weiss, um nicht nur entfesseln, sondern zur rechten Zeit in's Joch spannen zu können, vorausgesetzt, dass sein Fundament sicher und breit genug ist, um das ganze Bildungsgewölbe tragen zu können, so kommt die Ausbreitung der Bildung unter seinen Bürgern immer nur ihm selbst, im Wetteifer mit andern Staaten zu Gute. Ueberall, wo man jetzt vom "Kulturstaat" redet, sieht man ihm die Aufgabe gestellt, die geistigen Kräfte einer Generation so weit zu entbinden, dass sie damit den bestehenden Institutionen dienen und nützen können: aber auch nur soweit; wie ein Waldbach durch Dämme und auf Gerüsten theilweise abgeleitet wird, um mit der kleinern Kraft Mühlen zu treiben – während seine volle Kraft der Mühle eher gefährlich als nützlich wäre. Jenes Entbinden ist zugleich und noch viel mehr ein in Fesseln Schlagen. Man bringe sich nur in's Gedächtniss, was allmählich aus dem Christenthum unter der Selbstsucht des Staates geworden ist. Das Christenthum ist gewiss eine der reinsten Offenbarungen jenes Dranges nach Kultur und gerade nach der immer erneuten Erzeugung des Heiligen; da es aber hundertfältig benutzt wurde, um die Mühlen der staatlichen Gewalten zu treiben, ist es allmählich bis in das Mark hinein krank geworden, verheuchelt und verlogen und bis zum Widerspruche mit seinem ursprünglichen Ziele abgeartet. Selbst sein letztes Ereigniss, die deutsche Reformation, wäre nichts als ein plötzliches Aufflackern und Verlöschen gewesen, wenn sie nicht aus dem Kampfe und Brande der Staaten neue Kräfte und Flammen gestohlen hätte.

Da wird drittens die Kultur von allen denen gefördert, welche sich eines hässlichen oder langweiligen Inhaltes bewusst sind und über ihn durch die sogenannte "schöne Form" täuschen wollen. Mit dem Aeusserlichen, mit Wort, Gebärde, Verzierung, Gepränge, Manierlichkeit soll der Beschauer zu einem falschen Schlusse über den Inhalt genöthigt werden: in der Voraussetzung, dass man für gewöhnlich das Innere nach der Aussenseite beurtheilt. Mir scheint es bisweilen, dass die modernen Menschen sich grenzenlos an einander langweilen und dass sie es endlich nöthig finden, sich mit Hülfe aller Künste interessant zu machen. Da lassen sie sich selbst durch ihre Künstler als prickelnde und beizende Speise auftischen, da übergiessen sie sich mit dem Gewürze des ganzen Orients und Occidents, und gewiss! jetzt riechen sie freilich sehr interessant, nach dem ganzen Orient und Occident. Da richten sie sich ein, jeden Geschmack zu befriedigen; und jeder soll bedient werden, ob ihm nun nach Wohl- oder Uebelriechendem, nach Sublimirtem oder Bäurisch-Grobem, nach

Griechischem oder Chinesischem, nach Trauerspielen oder dramatisirten Unfläthereien gelüstet. Die berühmtesten Küchenmeister dieser modernen Menschen, die um jeden Preis interessant und interessirt sein wollen, finden sich bekanntlich bei den Franzosen, die schlechtesten bei den Deutschen. Dies ist für die letzteren im Grunde tröstlicher als für die ersteren, und wir wollen es am wenigsten den Franzosen verargen, wenn sie uns gerade ob des Mangels an Interessantem und Elegantem verspotten und wenn sie bei dem Verlangen einzelner Deutschen nach Eleganz und Manieren sich an den Indianer erinnert fühlen, welcher sich einen Ring durch die Nase wünscht und darnach schreit, tätowirt zu werden.

– Und hier hält mich nichts von einer Abschweifung zurück. Seit dem letzten Kriege mit Frankreich hat sich manches in Deutschland verändert und verschoben, und es ist ersichtlich, dass man auch einige neue Wünsche in Betreff der deutschen Kultur mit heimgebracht hat. Jener Krieg war für viele die erste Reise in die elegantere Hälfte der Welt; wie herrlich nimmt sich nun die Unbefangenheit des Siegers aus, wenn er es nicht verschmäht, bei dem Besiegten etwas Kultur zu lernen! Besonders das Kunsthandwerk wird immer von Neuem auf den Wetteifer mit dem gebildeteren Nachbar hingewiesen, die Einrichtung des deutschen Hauses soll der des französischen angeähnlicht werden, selbst die deutsche Sprache soll, vermittelst einer nach französischem Muster gegründeten Akademie, sich "gesunden Geschmack" aneignen und den bedenklichen Einfluss abthun, welchen Goethe auf sie ausgeübt habe – wie ganz neuerdings der Berliner Akademiker Dubois-Reymond urtheilt. Unsre Theater haben schon längst in aller Stille und Ehrbarkeit nach dem gleichen Ziele getrachtet, selbst der elegante deutsche Gelehrte ist schon erfunden – nun, da ist ja zu erwarten, dass Alles, was sich bis jetzt jenem Gesetze der Eleganz nicht recht fügen wollte, deutsche Musik, Tragödie und Philosophie, nunmehr als undeutsch bei Seite geschafft wird. – Aber wahrhaftig, es wäre auch kein Finger mehr für die deutsche Kultur zu rühren, wenn der Deutsche unter der Kultur, welche ihm noch fehlt und nach der er jetzt zu trachten hätte, nichts verstünde, als Künste und Artigkeiten, mit denen das Leben verhübscht wird, eingeschlossen die gesammte Tanzmeister- und Tapezirer-Erfindsamkeit, wenn er sich auch in der Sprache nur noch um akademisch gut geheissene Regeln und eine gewisse allgemeine Manierlichkeit bemühen wollte. Höhere Ansprüche scheint aber der letzte Krieg und die persönliche Vergleichung mit den Franzosen kaum hervorgerufen zu haben, vielmehr überkommt mich öfter der Verdacht, als ob der Deutsche sich jenen alten Verpflichtungen jetzt gewaltsam entziehen wollte, welche seine wunderbare Begabung, der eigenthümliche Schwer- und Tiefsinn seiner Natur, ihm auflegt. Lieber möchte er einmal gaukeln, Affe sein, lieber lernte er Manieren und Künste, wodurch das Leben unterhaltend wird. Man kann aber den deutschen Geist gar nicht mehr beschimpfen, als wenn man ihn behandelt als ob er von Wachs wäre, so dass man ihm eines Tages auch die Eleganz ankneten könnte. Und wenn es leider wahr ist, dass ein guter Theil der Deutschen sich gern derartig kneten und zurechtformen lassen will, so soll doch dagegen so oft gesagt werden, bis man es hört: bei euch wohnt sie gar nicht mehr, jene alte deutsche Art, die zwar hart, herbe und voller Widerstand ist, aber als der köstlichste Stoff, an welchem nur die grössten Bildner arbeiten dürfen, weil sie allein seiner werth sind. Was ihr dagegen in euch habt, ist ein weichliches breiiges Material; macht damit was ihr wollt, formt elegante Puppen und interessante Götzenbilder daraus – es wird auch hierin bei Richard Wagners Wort verbleiben: "der Deutsche ist eckig und ungelenk, wenn er sich manierlich geben will; aber er ist erhaben und allen überlegen, wenn er in das Feuer geräth." Und vor diesem deutschen Feuer haben die Eleganten allen Grund sich in Acht zu nehmen, es möchte sie sonst eines Tages fressen, sammt allen ihren Puppen und Götzenbildern aus Wachs. – Man könnte nun freilich jene in Deutschland überhandnehmende Neigung zur "schönen Form" noch anders und tiefer ableiten: aus jener Hast, jenem athemlosen Erfassen des Augenblicks, jener Uebereile, die alle Dinge zu grün vom Zweige bricht, aus jenem Rennen und Jagen, das den Menschen jetzt Furchen in's Gesicht gräbt und alles, was sie thun, gleichsam tätowirt. Als ob ein Trank in ihnen wirkte, der sie nicht mehr ruhig athmen liesse, stürmen sie fort in unanständiger Sorglichkeit, als die geplagten Sklaven der drei M, des Moments, der Meinungen und der Moden: so dass freilich der Mangel an Würde und Schicklichkeit allzu peinlich in die Augen springt und nun wieder eine lügnerische Eleganz nöthig wird, mit welcher die Krankheit der würdelosen Hast maskirt werden soll. Denn so hängt die modische Gier nach der schönen Form mit dem hässlichen Inhalt des jetzigen Menschen zusammen: jene soll verstecken, dieser soll versteckt werden. Gebildetsein heisst nun: sich nicht merken lassen, wie elend und schlecht man ist, wie raubthierhaft im Streben, wie unersättlich im Sammeln, wie eigensüchtig und schamlos im Geniessen. Mehrmals ist mir schon, wenn ich Jemandem die Abwesenheit einer deutschen Kultur vor Augen stellte, eingewendet worden: "aber diese Abwesenheit ist ja ganz natürlich, denn die Deutschen sind bisher zu arm und bescheiden gewesen. Lassen Sie unsre Landsleute nur erst reich und selbstbewusst werden, dann werden sie auch eine Kultur haben!" Mag der Glaube immerhin selig machen, diese Art des Glaubens macht mich unselig, weil ich fühle, dass jene deutsche Kultur, an deren Zukunft hier geglaubt wird – die des Reichthums, der Politur und der manierlichen Verstellung – das feindseligste Gegenbild der deutschen Kultur ist, an welche ich glaube. Gewiss, wer unter Deutschen zu leben hat, leidet sehr an der berüchtigten Grauheit ihres Lebens und ihrer Sinne, an der Formlosigkeit, dem Stumpf- und Dumpfsinne, an der Plumpheit im zarteren Verkehre, noch mehr an der Scheelsucht und einer gewissen Verstecktheit und Unreinlichkeit des Charakters; es schmerzt und beleidigt ihn die eingewurzelte Lust am Falschen und Unächten, am Uebel Nachgemachten, an der Uebersetzung des guten Ausländischen in ein schlechtes Einheimisches: jetzt aber, wo nun noch jene fieberhafte Unruhe, jene Sucht nach Erfolg und Gewinn, jene Ueberschätzung des Augenblicks als schlimmstes Leiden hinzugekommen ist, empört es ganz und gar zu denken, dass alle diese Krankheiten und Schwächen grundsätzlich nie geheilt, sondern immer nur überschminkt werden sollen – durch eine solche "Kultur der interessanten Form!" Und dies bei einem Volke, welches Schopenhauer und Wagner hervorgebracht hat! Und noch oft hervorbringen soll! Oder täuschen wir uns auf das Trostloseste? Sollten die Genannten vielleicht gar nicht mehr dafür Bürgschaft leisten, dass solche Kräfte, wie die ihrigen, wirklich noch in dem deutschen Geiste und Sinne vorhanden sind? Sollten sie selber Ausnahmen sein, gleichsam die letzten Ausläufer und Absenker von Eigenschaften, welche man ehemals für deutsch nahm? Ich weiss mir hier nicht recht zu helfen und kehre deshalb auf meine Bahn der allgemeinen Betrachtung zurück, von der mich sorgenvolle Zweifel oft genug ablenken wollen. Noch waren nicht alle jene Mächte aufgezählt, von denen zwar die Kultur gefördert wird, ohne dass man doch ihr Ziel, die Erzeugung des Genius, anerkennt; drei sind genannt, die Selbstsucht der Erwerbenden, die Selbstsucht des Staates und die Selbstsucht aller derer, welche Grund haben sich zu verstellen und durch die Form zu verstecken. Ich nenne viertens die Selbstsucht der Wissenschaft und das eigenthümliche Wesen ihrer Diener, der Gelehrten.

Die Wissenschaft verhält sich zur Weisheit, wie die Tugendhaftigkeit zur Heiligung: sie ist kalt und trocken, sie hat keine Liebe und weiss nichts von einem tiefen Gefühle des Ungenügens und der Sehnsucht. Sie ist sich selber eben so nützlich, als sie ihren Dienern schädlich ist, insofern sie auf dieselben ihren eignen Charakter überträgt und damit ihre Menschlichkeit gleichsam verknöchert. So lange unter Kultur wesentlich Förderung der Wissenschaft verstanden wird, geht sie an dem grossen leidenden Menschen mit unbarmherziger Kälte vorüber, weil die Wissenschaft überall nur Probleme der Erkenntniss sieht, und weil das Leiden eigentlich innerhalb ihrer Welt etwas Ungehöriges und Unverständliches, also höchstens wieder ein Problem ist.

Man gewöhne sich aber nur erst daran, jede Erfahrung in ein dialektisches Frage- und Antwortspiel und in eine reine Kopfangelegenheit zu übersetzen: es ist erstaunlich, in wie kurzer Zeit der Mensch bei einer solchen Thätigkeit ausdorrt, wie bald er fast nur noch mit den Knochen klappert. Jeder weiss und sieht dies: wie ist es also nur möglich, dass trotzdem die Jünglinge keineswegs vor solchen Knochenmenschen zurückschrecken und immer von Neuem wieder sich blindlings und wahl- und maasslos den Wissenschaften übergeben? Dies kann doch nicht vom angeblichen "Trieb zur Wahrheit" herkommen: denn wie sollte es überhaupt einen Trieb nach der kalten, reinen, folgenlosen Erkenntniss geben können! Was vielmehr die eigentlichen treibenden Kräfte in den Dienern der Wissenschaft sind, giebt sich dem unbefangnen Blick nur zu deutlich zu verstehen: und es ist sehr anzurathen, auch einmal die Gelehrten zu untersuchen und zu seciren, nachdem sie selbst sich gewöhnt haben, alles in der Welt, auch das Ehrwürdigste, dreist zu betasten und zu zerlegen. Soll ich heraussagen, was ich denke, so lautet mein Satz: der Gelehrte besteht aus einem verwickelten Geflecht sehr verschiedener Antriebe und Reize, er ist durchaus ein unreines Metall. Man nehme zuvörderst eine starke und immer höher gesteigerte Neubegier, die Sucht nach Abenteuern der Erkenntniss, die fortwährend anreizende Gewalt des Neuen und Seltnen im Gegensatze zum Alten und Langweiligen. Dazu füge man einen gewissen dialektischen Spür- und Spieltrieb, die jägerische Lust an verschmitzten Fuchsgängen des Gedankens, so dass nicht eigentlich die Wahrheit gesucht, sondern das Suchen gesucht wird und der Hauptgenuss im listigen Herumschleichen, Umzingeln, kunstmässigen Abtödten besteht. Nun tritt noch der Trieb zum Widerspruch hinzu, die Persönlichkeit will, allen anderen entgegen, sich fühlen und fühlen lassen; der Kampf wird zur Lust und der persönliche Sieg ist das Ziel, während der Kampf um die Wahrheit nur der Vorwand ist. Zu einem guten Theile ist sodann dem Gelehrten der Trieb beigemischt, gewisse "Wahrheiten" zu finden, nämlich aus Unterthänigkeit gegen gewisse herrschende Personen, Kasten, Meinungen, Kirchen, Regierungen, weil er fühlt, dass er sich nützt, indem er die "Wahrheit" auf ihre Seite bringt. Weniger regelmässig, aber doch noch häufig genug treten am Gelehrten folgende Eigenschaften hervor. Erstens Biederkeit und Sinn für das Einfache, sehr hoch zu schätzen, wenn sie mehr sind als Ungelenkigkeit und Ungeübtheit in der Verstellung, zu welcher ja einiger Witz gehört. In der That kann man überall, wo der Witz und die Gelenkigkeit sehr in die Augen fallen, ein wenig auf der Hut sein und die Geradheit des Charakters in Zweifel ziehn. Andererseits ist meisthin jene Biederkeit wenig werth und auch für die Wissenschaft nur selten fruchtbar, da sie am Gewohnten hängt und die Wahrheit nur bei einfachen Dingen oder in adiaphoris zu sagen pflegt; denn hier entspricht es der Trägheit mehr, die Wahrheit zu sagen als sie zu verschweigen. Und weil alles Neue ein Umlernen nöthig macht, so verehrt die Biederkeit, wenn es irgend angeht, die alte Meinung und wirft dem Verkündiger des Neuen vor, es fehle ihm der sensus recti. Gegen die Lehre des Kopernikus erhob sie gewiss deshalb Widerstand, weil sie hier den Augenschein und die Gewohnheit für sich hatte. Der bei Gelehrten nicht gar seltne Hass gegen die Philosophie ist vor allem Hass gegen die langen Schlussketten und die Künstlichkeit der Beweise. Ja im Grunde hat jede Gelehrten-Generation ein unwillkürliches Maass für den erlaubten Scharfsinn; was darüber hinaus ist, wird angezweifelt und beinahe als Verdachtgrund gegen die Biederkeit benutzt. – Zweitens Scharfsichtigkeit in der Nähe, verbunden mit grosser Myopie für die Ferne und das Allgemeine. Sein Gesichtsfeld ist gewöhnlich sehr klein, und die Augen müssen dicht an den Gegenstand herangehalten werden. Will der Gelehrte von einem eben durchforschten Punkte zu einem andern, so rückt er den ganzen Seh-Apparat nach jenem Punkte hin. Er zerlegt ein Bild in lauter Flecke, wie einer, der das Opernglas anwendet, um die Bühne zu sehen und jetzt bald einen Kopf, bald ein Stück Kleid, aber nichts Ganzes in's Auge fasst. Jene einzelnen Flecke sieht er nie verbunden, sondern er erschliesst nur ihren Zusammenhang; deshalb hat er von allem Allgemeinen keinen starken Eindruck. Er beurtheilt zum Beispiel eine Schrift, weil er sie im Ganzen nicht zu übersehen vermag, nach einigen Stücken oder Sätzen oder Fehlern; er würde verführt sein zu behaupten, ein Oelgemälde sei ein wilder Haufen von Klexen. – Drittens Nüchternheit und Gewöhnlichkeit seiner Natur in Neigungen und Abneigungen. Mit dieser Eigenschaft hat er besonders in der Historie Glück, insofern er die Motive vergangener Menschen gemäss den ihm bekannten Motiven aufspürt. In einem Maulwurfsloche findet sich ein Maulwurf am besten zurecht. Er ist gehütet vor allen künstlichen und ausschweifenden Hypothesen; er gräbt, wenn er beharrlich ist, alle gemeinen Motive der Vergangenheit auf, weil er sich von gleicher Art fühlt. Freilich ist er meistens gerade deshalb unfähig, das Seltne, Grosse und Ungemeine, also das

Wichtige und Wesentliche, zu verstehen und zu schätzen. – Viertens Armuth an Gefühl und Trockenheit. Sie befähigt ihn selbst zu Vivisectionen. Er ahnt das Leiden nicht, das manche Erkenntniss mit sich führt, und fürchtet sich deshalb auf Gebieten nicht, wo Andern das Herz schaudert. Er ist kalt und erscheint deshalb leicht grausam. Auch für verwegen hält man ihn, aber er ist es nicht, ebensowenig wie das Maulthier, welches den Schwindel nicht kennt. – Fünftens geringe Selbstschätzung, ja Bescheidenheit. Sie fühlen, obwohl in einen elenden Winkel gebannt, nichts von Aufopferung, von Vergeudung, sie scheinen es oft im tiefsten Innern zu wissen, dass sie nicht fliegendes, sondern kriechendes Gethier sind. Mit dieser Eigenschaft erscheinen sie selbst rührend. – Sechstens Treue gegen ihre Lehrer und Führer. Diesen wollen sie recht von Herzen helfen, und sie wissen wohl, dass sie ihnen am besten mit der Wahrheit helfen. Denn sie sind dankbar gestimmt, weil sie nur durch sie Einlass in die würdigen Hallen der Wissenschaft erlangt haben, in welche sie auf eignem Wege niemals hineingekommen wären. Wer gegenwärtig als Lehrer ein Gebiet zu erschliessen weiss, auf dem auch die geringen Köpfe mit einigem Erfolge arbeiten können, der ist in kürzester Zeit ein berühmter Mann: so gross ist sofort der Schwarm, der sich hinzudrängt. Freilich ist ein Jeder von diesen Treuen und Dankbaren zugleich auch ein Missgeschick für den Meister, weil jene Alle ihn nachahmen, und nun gerade seine Gebreste unmässig gross und übertrieben erscheinen, weil sie an so kleinen Individuen hervortreten, während die Tugenden des Meisters umgekehrt, nämlich im gleichen Verhältnisse verkleinert, sich an demselben Individuum darstellen. – Siebentens gewohnheitsmässiges Fortlaufen auf der Bahn, auf welche man den Gelehrten gestossen hat, Wahrheitssinn aus Gedankenlosigkeit, gemäss der einmal angenommnen Gewöhnung. Solche Naturen sind Sammler, Erklärer, Verfertiger von Indices, Herbarien; sie lernen und suchen auf einem Gebiete herum, bloss weil sie niemals daran denken, dass es auch andre Gebiete giebt. Ihr Fleiss hat etwas von der ungeheuerlichen Dummheit der Schwerkraft: weshalb sie oft viel zu Stande bringen. – Achtens Flucht vor der Langeweile. Während der wirkliche Denker nichts mehr ersehnt als Musse, flieht der gewöhnliche Gelehrte vor ihr, weil er mit ihr nichts anzufangen weiss. Seine Tröster sind die Bücher: das heisst, er hört zu, wie jemand Anderes denkt und lässt sich auf diese Art über den langen Tag hinweg unterhalten. Besonders wählt er Bücher, bei welchen seine persönliche Theilnahme irgendwie angeregt wird, wo er ein wenig, durch Neigung oder Abneigung, in Affect gerathen kann: also Bücher, wo er selbst in Betrachtung gezogen wird oder sein Stand, seine politische oder aesthetische oder auch nur grammatische Lehrmeinung; hat er gar eine eigne Wissenschaft, so fehlt es ihm nie an Mitteln der Unterhaltung und an Fliegenklappen gegen die Langeweile. – Neuntens das Motiv des Broderwerbs, also im Grunde die berühmten "Borborygmen eines leidenden Magens". Der Wahrheit wird gedient, wenn sie im Stande ist, zu Gehalten und höheren Stellungen direkt zu befördern, oder wenigstens die Gunst derer zu gewinnen, welche Brod und Ehren zu verleihen haben. Aber auch nur dieser Wahrheit wird gedient: weshalb sich eine Grenze zwischen den erspriesslichen Wahrheiten, denen Viele dienen, und den unerspriesslichen Wahrheiten ziehen lässt: welchen letzteren nur die Wenigsten sich hingeben, bei denen es nicht heisst: ingenii largitor venter. – Zehntens Achtung vor den Mitgelehrten, Furcht vor ihrer Missachtung, seltneres, aber höheres Motiv als das vorige, doch noch sehr häufig. Alle die Mitglieder der Zunft überwachen sich unter einander auf das eifersüchtigste, damit die Wahrheit, an welcher so viel hängt, Brod, Amt, Ehre, wirklich auf den Namen ihres Finders getauft werde. Man zollt streng dem Andern seine Achtung für die Wahrheit, welche er gefunden, um den Zoll wieder zurück zu fordern, wenn man selber einmal eine Wahrheit finden sollte. Die Unwahrheit, der Irrthum wird schallend explodirt, damit die Zahl der Mitbewerber nicht zu gross werde; doch wird hier und da auch einmal die wirkliche Wahrheit explodirt, damit wenigstens für eine kurze Zeit Platz für hartnäckige und kecke Irrthümer geschafft werde; wie es denn nirgends wo und auch hier nicht an "moralischen Idiotismen" fehlt, die man sonst Schelmenstreiche nennt. – Elftens der Gelehrte aus Eitelkeit, schon eine seltnere Spielart. Er will womöglich ein Gebiet ganz für sich haben und wählt deshalb Kuriositäten, besonders wenn sie ungewöhnlichen Kostenaufwand, Reisen, Ausgrabungen, zahlreiche Verbindungen in verschiedenen Ländern nöthig machen. Er begnügt sich meistens mit der Ehre, selber als Kuriosität angestaunt zu werden und denkt nicht daran, sein Brod vermittelst seiner gelehrten Studien zu gewinnen. – Zwölftens der Gelehrte aus Spieltrieb. Seine Ergötzlichkeit besteht darin, Knötchen in den Wissenschaften zu suchen und sie zu lösen; wobei er sich nicht zu sehr anstrengen mag, um das Gefühl des Spiels nicht zu verlieren. Deshalb dringt er nicht gerade in die Tiefe, doch nimmt er oft etwas wahr, was der Brodgelehrte mit dem mühsam kriechenden Auge nie sieht. – Wenn ich endlich dreizehntens noch als Motiv des Gelehrten den Trieb nach Gerechtigkeit bezeichne, so könnte man mir entgegenhalten, dieser edle, ja bereits metaphysisch zu verstehende Trieb sei gar zu schwer von anderen zu unterscheiden und für ein menschliches Auge im Grunde unfasslich und unbestimmbar; weshalb ich die letzte Nummer mit dem frommen Wunsche beifüge, es möge jener Trieb unter Gelehrten häufiger und wirksamer sein als er sichtbar wird. Denn ein Funke von dem Feuer der Gerechtigkeit, in die Seele eines Gelehrten gefallen, genügt, um sein Leben und Streben zu durchglühen und läuternd zu verzehren, so dass er keine Ruhe mehr hat und für immer aus der lauen oder frostigen Stimmung herausgetrieben ist, in welcher die gewöhnlichen Gelehrten ihr Tagewerk thun.

Alle diese Elemente oder mehrere oder einzelne denke man nun kräftig gemischt und durcheinander geschüttelt: so hat man das Entstehen des Dieners der Wahrheit. Es ist sehr wunderlich, wie hier, zum Vortheile eines im Grunde ausser- und übermenschlichen Geschäftes, des reinen und folgelosen, daher auch trieblosen Erkennens, eine Menge kleiner sehr menschlicher Triebe und Triebchen zusammengegossen wird, um eine chemische Verbindung einzugehen, und wie das Resultat, der Gelehrte, sich nun im Lichte jenes überirdischen, hohen und durchaus reinen Geschäftes so verklärt ausnimmt, dass man das Mengen und Mischen, was zu seiner Erzeugung nöthig war, ganz vergisst. Doch giebt es Augenblicke, wo man gerade daran denken und erinnern muss: nämlich gerade dann, wenn der Gelehrte in seiner Bedeutung für die Kultur in Frage kommt. Wer nämlich zu beobachten weiss, bemerkt, dass der Gelehrte seinem Wesen nach unfruchtbar ist – eine Folge seiner Entstehung! – und dass er einen gewissen natürlichen Hass gegen den fruchtbaren Menschen hat; weshalb sich zu allen Zeiten die Genie's und die Gelehrten befehdet haben. Die letzteren wollen nämlich die Natur tödten, zerlegen und verstehen, die ersteren wollen die Natur durch neue lebendige Natur vermehren; und so giebt es einen Widerstreit der Gesinnungen und Thätigkeiten. Ganz beglückte Zeiten brauchten den Gelehrten nicht und kannten ihn nicht, ganz erkrankte und verdrossene Zeiten schätzten ihn als den höchsten und würdigsten Menschen und gaben ihm den ersten Rang.

Wie es nun mit unserer Zeit in Hinsicht auf Gesund- und Kranksein steht, wer wäre Arzt genug, das zu wissen! Gewiss, dass auch jetzt noch in sehr vielen Dingen die Schätzung des Gelehrten zu hoch ist und deshalb schädlich wirkt, zumal in allen Anliegenheiten des werdenden Genius. Für dessen Noth hat der Gelehrte kein Herz, er redet mit scharfer kalter Stimme über ihn weg, und gar zu schnell zuckt er die Achsel, als über etwas Wunderliches und Verdrehtes, für das er weder Zeit noch Lust habe. Auch bei ihm findet sich das Wissen um das Ziel der Kultur nicht. –

Aber überhaupt: was ist uns durch alle diese Betrachtungen aufgegangen? Dass überall, wo jetzt die Kultur am lebhaftesten gefördert erscheint, von jenem Ziel nichts gewusst wird. Mag der Staat noch so laut sein Verdienst um die Kultur geltend machen, er fördert sie, um sich zu fördern und begreift ein Ziel nicht, welches höher steht als sein Wohl und seine Existenz. Was die Erwerbenden wollen, wenn sie unablässig nach Unterricht und Bildung verlangen, ist zuletzt eben Erwerb. Wenn die Formenbedürftigen das eigentliche Arbeiten für die Kultur sich zuschreiben und zum Beispiel vermeinen, alle Kunst gehöre ihnen und müsse ihrem Bedürfnisse zu Diensten sein, so ist eben nur das deutlich, dass sie sich selbst bejahen, indem sie die Kultur bejahen: dass also auch sie nicht über ein Missverständniss hinausgekommen sind. Vom Gelehrten wurde genug gesprochen. So eifrig also alle vier Mächte mit einander darüber nachdenken, wie sie sich mit Hülfe der Kultur nützen, so matt und gedankenlos sind sie, wenn dieses ihr Interesse nicht dabei erregt wird. Und deshalb haben sich die Bedingungen für die Entstehung des Genius in der neueren Zeit nicht verbessert, und der Widerwille gegen originale Menschen hat in dem Grade zugenommen, dass Sokrates bei uns nicht hätte leben können und jedenfalls nicht siebenzig Jahre alt geworden wäre.

Nun erinnre ich an das, was ich im dritten Abschnitt ausführte: wie unsre ganze moderne Welt gar nicht so festgefügt und dauerhaft aussieht, dass man auch dem Begriff ihrer Kultur einen ewigen Bestand prophezeien könnte. Man muss es sogar für wahrscheinlich halten, dass das nächste Jahrtausend auf ein paar neue Einfälle kommt, über welche einstweilen die Haare jedes Jetzt lebenden zu Berge stehen möchten. Der Glaube an eine metaphysische Bedeutung der Kultur wäre am Ende noch gar nicht so erschreckend: vielleicht aber einige Folgerungen, welche man daraus für die Erziehung und das Schulwesen ziehen könnte.

Es erfordert ein freilich ganz ungewohntes Nachdenken, einmal von den gegenwärtigen Anstalten der Erziehung weg und hinüber nach durchaus fremd- und andersartigen Institutionen zu sehen, welche vielleicht schon die zweite oder dritte Generation für nöthig befinden wird. Während nämlich durch die Bemühungen der jetzigen höheren Erzieher entweder der Gelehrte oder der Staatsbeamte oder der Erwerbende oder der Bildungsphilister oder endlich und gewöhnlich ein Mischprodukt von allen zu Stande gebracht wird: hätten jene noch zu erfindenden Anstalten freilich eine schwerere Aufgabe – zwar nicht an sich schwerer, da es jedenfalls die natürlichere und insofern auch leichtere

Aufgabe wäre; und kann zum Beispiel etwas schwerer sein, als, wider die Natur, wie es jetzt geschieht, einen Jüngling zum Gelehrten abrichten? Aber die Schwierigkeit liegt für die Menschen darin, umzulernen und ein neues Ziel sich zu stecken; und es wird unsägliche Mühe kosten, die Grundgedanken unseres jetzigen Erziehungswesens, das seine Wurzeln im Mittelalter hat, und dem eigentlich der mittelalterliche Gelehrte als Ziel der vollendeten Bildung vorschwebt, mit einem neuen Grundgedanken zu vertauschen. Jetzt schon ist es Zeit, sich diese Gegensätze vor die Augen zu stellen; denn irgend eine Generation muss den Kampf beginnen, in welchem eine spätere siegen soll. Jetzt schon wird der Einzelne, welcher jenen neuen Grundgedanken der Kultur verstanden hat, vor einen Kreuzweg gestellt; auf dem einen Wege gehend ist er seiner Zeit willkommen, sie wird es an Kränzen und Belohnungen nicht fehlen lassen, mächtige Parteien werden ihn tragen, hinter seinem Rücken werden eben so viele Gleichgesinnte, wie vor ihm stehen, und wenn der Vordermann das Losungswort ausspricht, so hallt es in allen Reihen wieder. Hier heisst die erste Pflicht: "in Reih, und Glied kämpfen", die zweite, alle die als Feinde zu behandeln, welche sich nicht in Reih' und Glied stellen wollen. Der andre Weg führt ihn mit seltneren Wanderschaftsgenossen zusammen, er ist schwieriger, verschlungener, steiler; die welche auf dem ersten gehen, verspotten ihn, weil er dort mühsamer schreitet und öfter in Gefahr kommt, sie versuchen es, ihn zu sich herüber zu locken. Wenn einmal beide Wege sich kreuzen, so wird er gemisshandelt, bei Seite geworfen oder mit scheuem Beiseitetreten isolirt. Was bedeutet nun für diese verschiedenartigen Wandrer beider Wege eine Institution der Kultur? Jener ungeheure Schwarm, welcher sich auf dem ersten Wege zu seinem Ziele drängt, versteht darunter Einrichtungen und Gesetze, vermöge deren er selbst in Ordnung aufgestellt wird und vorwärts geht, und durch welche alle Widerspänstigen und Einsamen, alle nach höheren und entlegneren Zielen Ausschauenden in Bann gethan werden. Dieser anderen kleineren Schaar würde eine Institution freilich einen ganz andern Zweck zu erfüllen haben; sie selber will, an der Schutzwehr einer festen Organisation, verhüten, dass sie durch jenen Schwarm weggeschwemmt und auseinander getrieben werde, dass ihre Einzelnen in allzufrüher Erschöpfung hinschwinden oder gar von ihrer grossen Aufgabe abspänstig gemacht werden. Diese Einzelnen sollen ihr Werk vollenden – das ist der Sinn ihres Zusammenhaltens; und alle, die an der Institution theilnehmen, sollen bemüht sein, durch eine fortgesetzte Läuterung und gegenseitige Fürsorge, die Geburt des Genius und das Reifwerden seines Werks in sich und um sich vorzubereiten. Nicht Wenige, auch aus der

Reihe der zweiten und dritten Begabungen, sind zu diesem Mithelfen bestimmt und kommen nur in der Unterwerfung unter eine solche Bestimmung zu dem Gefühl, einer Pflicht zu leben und mit Ziel und Bedeutung zu leben. Jetzt aber werden gerade diese Begabungen von den verführerischen Stimmen jener modischen "Kultur" aus ihrer Bahn abgelenkt und ihrem Instinkte entfremdet; an ihre eigensüchtigen Regungen, an ihre Schwächen und Eitelkeiten richtet sich diese Versuchung, ihnen gerade flüstert der Zeitgeist mit einschmeichelnder Beflissenheit zu: "Folgt mir und geht nicht dorthin! Denn dort seid ihr nur Diener, Gehülfen, Werkzeuge, von höheren Naturen überstrahlt, eurer Eigenart niemals froh, an Fäden gezogen, an Ketten gelegt, als Sklaven, ja als Automaten: hier bei mir geniesst ihr, als Herren, eure freie Persönlichkeit, eure Begabungen dürfen für sich glänzen, ihr selber sollt in den vordersten Reihen stehen, ungeheures Gefolge wird euch umschwärmen, und der Zuruf der öffentlichen Meinung dürfte euch doch wohl mehr ergötzen als eine vornehme, von oben herab gespendete Zustimmung aus der kalten Aetherhöhe des Genius." Solchen Verlockungen unterliegen wohl die Besten: und im Grunde entscheidet hier kaum die Seltenheit und Kraft der Begabung, sondern der Einfluss einer gewissen heroischen Grundstimmung und der Grad einer innerlichen Verwandtschaft und Verwachsenheit mit dem Genius. Denn es giebt Menschen, welche es als ihre Noth empfinden, wenn sie diesen mühselig ringen und in Gefahr, sich selbst zu zerstören, sehen, oder wenn seine Werke von der kurzsichtigen Selbstsucht des Staates, dem Flachsinne der Erwerbenden, der trocknen Genügsamkeit der Gelehrten gleichgültig bei Seite gestellt werden: und so hoffe ich auch, dass es Einige gebe, welche verstehen, was ich mit der Vorführung von Schopenhauers Schicksal sagen will und wozu, nach meiner Vorstellung, Schopenhauer als Erzieher eigentlich erziehen soll. –

7.

Aber um einmal alle Gedanken an eine ferne Zukunft und eine mögliche Umwälzung des Erziehungswesens bei Seite zu lassen: was müsste man einem werdenden Philosophen gegenwärtig wünschen und nöthigenfalls verschaffen, damit er überhaupt Athem schöpfen könne und es im günstigsten Falle zu der, gewiss nicht leichten, aber wenigstens möglichen Existenz Schopenhauers bringe? Was wäre ausserdem zu erfinden, um seiner Einwirkung auf die Zeitgenossen mehr Wahrscheinlichkeit zu geben? Und welche Hindernisse müssten weggeräumt werden, damit vor allem sein Vorbild zur vollen Wirkung komme, damit der Philosoph wieder Philosophen erziehe? Hier verläuft sich unsre Betrachtung in das Praktische und Anstössige.

Die Natur will immer gemeinnützig sein, aber sie versteht es nicht zu diesem Zwecke die besten und geschicktesten Mittel und Handhaben zu finden: das ist ihr grosses Leiden, deshalb ist sie melancholisch. Dass sie den Menschen durch die Erzeugung des Philosophen und des Künstlers das Dasein deutsam und bedeutsam machen wollte, das ist bei ihrem eignen erlösungsbedürftigen Drange gewiss; aber wie ungewiss, wie schwach und matt ist die Wirkung, welche sie meisthin mit den Philosophen und Künstlern erreicht! Wie selten bringt sie es überhaupt zu einer Wirkung! Besonders in Hinsicht des Philosophen ist ihre Verlegenheit gross, ihn gemeinnützig anzuwenden; ihre Mittel scheinen nur Tastversuche, zufällige Einfälle zu sein, so dass es ihr mit ihrer Absicht unzählige Male misslingt und die meisten Philosophen nicht gemeinnützig werden. Das Verfahren der Natur sieht wie Verschwendung aus; doch ist es nicht die Verschwendung einer frevelhaften Uppigkeit, sondern der Unerfahrenheit; es ist anzunehmen, dass sie, wenn sie ein Mensch wäre, aus dem Ärger über sich und ihr Ungeschick gar nicht herauskommen würde. Die Natur schiesst den Philosophen wie einen Pfeil in die Menschen hinein, sie zielt nicht, aber sie hofft, dass der Pfeil irgendwo hängen bleiben wird. Dabei aber irrt sie sich unzählige Male und hat Verdruss. Sie geht im Bereiche der Kultur ebenso vergeuderisch um, wie bei dem Pflanzen und Säen. Ihre Zwecke erfüllt sie auf eine allgemeine und schwerfällige Manier: wobei sie viel zu viel Kräfte aufopfert. Der Künstler und andererseits die Kenner und Liebhaber seiner Kunst verhalten sich zu einander wie ein grobes Geschütz und eine Anzahl Sperlinge. Es ist das Werk der Einfalt, eine grosse Lawine zu wälzen, um ein wenig Schnee wegzuschieben, einen Menschen zu erschlagen, um die Fliege auf seiner Nase zu treffen. Der Künstler und der Philosoph sind Beweise gegen die Zweckmässigkeit der Natur in ihren Mitteln, ob sie schon den vortrefflichsten Beweis für die Weisheit ihrer Zwecke abgeben. Sie treffen immer nur wenige und sollten Alle treffen – und auch diese Wenigen werden nicht mit der Stärke getroffen, mit welcher Philosoph und Künstler ihr Geschoss absenden. Es ist traurig, die Kunst als Ursache und die Kunst als Wirkung so verschiedenartig abschätzen zu müssen: wie ungeheuer ist sie als Ursache, wie gelähmt, wie nachklingend ist sie als Wirkung! Der Künstler macht sein Werk nach dem Willen der Natur zum Wohle der anderen Menschen, darüber ist kein Zweifel: trotzdem weiss er dass niemals wieder jemand von diesen andern Menschen sein Werk so verstehen und lieben wird wie er es selbst versteht und liebt. Jener hohe und einzige Grad von Liebe und Verständniss ist also nach der ungeschickten Verfügung der Natur nöthig, damit ein niedrigerer Grad entstehe; das Grössere und Edlere ist zum Mittel für die Entstehung des Geringeren und Unedlen verwendet. Die Natur wirthschaftet nicht klug, ihre Ausgaben sind viel grösser als der Ertrag, den sie erzielt; sie muss sich bei alle ihrem Reichthum irgendwann einmal zu Grunde richten. Vernünftiger hätte sie es eingerichtet, wenn ihre Hausregel wäre: wenig Kosten und hundertfältiger Ertrag, wenn es zum Beispiel nur wenige Künstler und diese von schwächeren Kräften gäbe, dafür aber zahlreiche Aufnehmende und Empfangende und gerade diese von stärkerer und gewaltigerer Art als die Art der Künstler selber ist: so dass die Wirkung des Kunstwerks im Verhältniss zur Ursache ein hundertfach verstärkter Wiederhall wäre. Oder sollte man nicht mindestens erwarten, dass Ursache und Wirkung gleich stark wären; aber wie weit bleibt die Natur hinter dieser Erwartung zurück! Es sieht oft so aus als ob ein Künstler und zumal ein Philosoph zufällig in seiner Zeit sei, als Einsiedler oder als versprengter und zurückgebliebener Wanderer. Man fühle nur einmal recht herzlich nach, wie gross, durch und durch und in Allem, Schopenhauer ist – und wie klein, wie absurd seine Wirkung! Nichts kann gerade für einen ehrlichen Menschen dieser Zeit beschämender sein als einzusehen, wie zufällig sich Schopenhauer in ihr ausnimmt und an welchen Mächten und Unmächten es bisher gehangen hat, dass seine Wirkung so verkümmert wurde. Zuerst und lange war ihm der Mangel an Lesern feindlich, zum dauernden Hohne auf unser litterarisches Zeitalter, sodann, als die Leser kamen, die Ungemässheit seiner ersten öffentlichen Zeugen: noch mehr freilich, wie mir scheint, die Abstumpfung aller modernen Menschen gegen Bücher, welche sie eben durchaus nicht mehr ernst nehmen wollen; allmählich ist noch eine neue Gefahr hinzugekommen, entsprungen aus den mannichfachen Versuchen, Schopenhauer der schwächlichen Zeit anzupassen oder gar ihn als befremdliche und reizvolle Würze, gleichsam als eine Art metaphysischen Pfeffers einzureiben. So ist er zwar allmählich bekannt und berühmt geworden, und ich glaube dass jetzt bereits mehr Menschen seinen Namen als den Hegels kennen: und trotzdem ist er noch ein Einsiedler, trotzdem blieb bis jetzt die Wirkung aus! Am wenigsten haben die eigentlichen litterarischen Gegner und Widerbeller die Ehre, diese bisher verhindert zu haben, erstens weil es wenige Menschen giebt, welche es aushalten sie zu lesen, und zweitens weil sie den, welcher dies aushält, unmittelbar zu Schopenhauer hinführen; denn wer lässt sich wohl von einem Eseltreiber abhalten, ein schönes Pferd zu besteigen, wenn jener auch noch so sehr seinen Esel auf Unkosten des Pferdes herausstreicht?

Wer nun die Unvernunft in der Natur dieser Zeit erkannt hat, wird auf Mittel sinnen müssen, hier ein wenig nachzuhelfen; seine Aufgabe wird aber sein, die freien Geister und die tief an unsrer Zeit Leidenden mit Schopenhauer bekannt zu machen, sie zu sammeln und durch sie eine Strömung zu erzeugen, mit deren Kraft das Ungeschick zu überwinden ist, welches die Natur bei Benutzung des Philosophen für gewöhnlich und auch heute wieder zeigt. Solche Menschen werden einsehen, dass es dieselben Widerstände sind, welche die Wirkung einer grossen Philosophie verhindern und welche der Erzeugung eines grossen Philosophen im Wege stehen; weshalb sie ihr Ziel dahin bestimmen dürfen, die Wiedererzeugung Schopenhauers, das heisst des philosophischen Genius vorzubereiten. Das aber, was der Wirkung und Fortpflanzung seiner Lehre sich von Anbeginn widersetzte, was endlich auch jene Wiedergeburt des Philosophen mit allen Mitteln vereiteln will, das ist, kurz zu reden, die Verschrobenheit der jetzigen Menschennatur; weshalb alle werdenden grossen Menschen eine unglaubliche Kraft verschwenden müssen, um sich nur selbst durch diese Verschrobenheit hindurch zu retten. Die Welt, in die sie jetzt eintreten, ist mit Flausen eingehüllt; das brauchen wahrhaftig nicht nur religiöse Dogmen zu sein, sondern auch solche flausenhafte Begriffe wie "Fortschritt", "allgemeine Bildung", "National", "moderner Staat", "Culturkampf"; ja man kann sagen, dass alle allgemeinen Worte jetzt einen künstlichen und unnatürlichen Aufputz an sich tragen, weshalb eine hellere Nachwelt unserer Zeit im höchsten Maasse den Vorwurf des Verdrehten und Verwachsenen machen wird – mögen wir uns noch so laut mit unserer "Gesundheit" brüsten. Die Schönheit der antiken Gefässe, sagt Schopenhauer, entspringt daraus, dass sie auf eine so naive Art ausdrücken, was sie zu sein und zu leisten bestimmt sind; und ebenso gilt es von allem übrigen Geräthe der Alten; man fühlt dabei, dass, wenn die Natur Vasen, Amphoren, Lampen, Tische, Stühle, Helme, Schilde, Panzer und so weiter hervorbrächte, sie so aussehen würden. Umgekehrt: wer jetzt zusieht, wie fast Jedermann mit Kunst, mit Staat, Religion, Bildung hantiert – um aus guten Gründen von unsern "Gefässen" zu schweigen – der findet die Menschen in einer gewissen barbarischen Willkürlichkeit und Uebertriebenheit der Ausdrücke, und dem werdenden Genius steht gerade dies am meisten entgegen, dass so wunderliche Begriffe und so grillenhafte Bedürfnisse zu seiner Zeit im Schwange gehen: diese sind der bleierne Druck, welcher so oft, ungesehen und unerklärbar, seine Hand niederzwingt, wenn er den Pflug führen will – dergestalt, dass selbst seine höchsten Werke, weil sie mit Gewalt sich emporrissen, auch bis zu einem Grade den Ausdruck dieser Gewaltsamkeit an sich tragen müssen.

Wenn ich mir nun die Bedingungen zusammensuche, mit deren Beihülfe, im glücklichsten Falle, ein geborener Philosoph durch die geschilderte zeitgemässe Verschrobenheit wenigstens nicht erdrückt wird, so bemerke ich etwas Sonderbares: es sind zum Theil gerade die Bedingungen, unter denen, im Allgemeinen wenigstens, Schopenhauer selber aufwuchs. Zwar fehlte es nicht an entgegenstrebenden Bedingungen: so trat in seiner eiteln und schöngeisterischen Mutter jene Verschrobenheit der Zeit ihm auf eine fürchterliche Weise nahe. Aber der stolze und republikanisch freie Charakter seines Vaters rettete ihn gleichsam vor seiner Mutter und gab ihm das Erste, was ein Philosoph braucht, unbeugsame und rauhe Männlichkeit. Dieser Vater war weder ein Beamter noch ein Gelehrter: er reiste mit dem Jünglinge vielfach in fremden Ländern umher – alles eben so viele Begünstigungen für den, welcher nicht Bücher, sondern Menschen kennen, nicht eine Regierung, sondern die Wahrheit verehren lernen soll. Bei Zeiten wurde er gegen die nationalen Beschränktheiten abgestumpft oder allzu geschärft; er lebte in England, Frankreich und Italien nicht anders als in seiner Heimath und fühlte mit dem spanischen Geiste keine geringe Sympathie. Im Ganzen schätzte er es nicht als eine Ehre, gerade unter Deutschen geboren zu sein; und ich weiss nicht einmal, ob er sich, bei den neuen politischen Verhältnissen, anders besonnen haben würde. Vom Staate hielt er bekanntlich, dass seine einzigen Zwecke seien, Schutz nach aussen, Schutz nach innen und Schutz gegen die Beschützer zu geben und dass, wenn man ihm noch andre Zwecke, ausser dem des Schutzes, andichte, dies leicht den wahren Zweck in Gefahr setzen könne – : deshalb vermachte er, zum Schrecken aller sogenannten Liberalen, sein Vermögen den Hinterlassenen jener preussischen Soldaten, welche 1848 im Kampf für die Ordnung gefallen waren. Wahrscheinlich wird es von jetzt ab immer mehr das Zeichen geistiger Ueberlegenheit sein, wenn jemand den Staat und seine Pflichten einfach zu nehmen versteht; denn der, welcher den furor philosophicus im Leibe hat, wird schon gar keine Zeit mehr für den furor politicus haben und sich weislich hüten, jeden Tag Zeitungen zu lesen oder gar einer Partei zu dienen: ob er schon keinen Augenblick anstehen wird, bei einer wirklichen Noth seines Vaterlandes auf seinem Platze zu sein. Alle Staaten sind schlecht eingerichtet, bei denen noch andere als die Staatsmänner sich um Politik bekümmern müssen, und sie verdienen es, an diesen vielen Politikern zu Grunde zu gehn.

Eine andre grosse Begünstigung wurde Schopenhauern dadurch zu Theil, dass er nicht von vornherein zum Gelehrten bestimmt und erzogen wurde, sondern wirklich einige Zeit, wenn schon mit Widerstreben, in einem kaufmännischen Comptoir arbeitete und jedenfalls seine ganze Jugend hindurch die freiere Luft eines grossen Handelshauses in sich einathmete. Ein Gelehrter kann nie ein Philosoph werden; denn selbst Kant vermochte es nicht, sondern blieb bis zum Ende trotz dem angebornen Drange seines Genius in einem gleichsam verpuppten Zustande. Wer da glaubt, dass ich mit diesem Worte Kanten Unrecht thue, weiss nicht, was ein Philosoph ist, nämlich nicht nur ein grosser Denker, sondern auch ein wirklicher Mensch; und wann wäre je aus einem Gelehrten ein wirklicher Mensch geworden? Wer zwischen sich und die Dinge Begriffe, Meinungen, Vergangenheiten, Bücher treten lässt, wer also, im weitesten Sinne, zur Historie geboren ist, wird die Dinge nie zum ersten Male sehen und nie selber ein solches erstmalig gesehenes Ding sein; beides gehört aber bei einem Philosophen in einander, weil er die meiste Belehrung aus sich nehmen muss und weil er sich selbst als Abbild und Abbreviatur der ganzen Welt dient. Wenn einer sich vermittelst fremder Meinungen anschaut, was Wunder, wenn er auch an sich nichts sieht als – fremde Meinungen! Und so sind, leben und sehen die Gelehrten. Schopenhauer dagegen hatte das unbeschreibliche Glück, nicht nur in sich den Genius aus der Nähe zu sehen, sondern auch ausser sich, in Goethe: durch diese doppelte Spiegelung war er über alle gelehrtenhaften Ziele und Kulturen von Grunde aus belehrt und weise geworden. Vermöge dieser Erfahrung wusste er, wie der freie und starke Mensch beschaffen sein muss, zu dem sich jede künstlerische Kultur hinsehnt; konnte er, nach diesem Blicke, wohl noch viel Lust übrig haben, sich mit der sogenannten "Kunst" in der gelehrten oder hypokritischen Manier des modernen Menschen zu befassen? Hatte er doch sogar noch etwas Höheres gesehen: eine furchtbare überweltliche Scene des Gerichts, in der alles Leben, auch das höchste und vollendete, gewogen und zu leicht befunden wurde: er hatte den Heiligen als Richter des Daseins gesehn. Es ist gar nicht zu bestimmen, wie frühzeitig Schopenhauer dieses Bild des Lebens geschaut haben muss, und zwar gerade so wie er es später in allen seinen Schriften nachzumalen versuchte; man kann beweisen, dass der Jüngling, und möchte glauben, dass das Kind schon diese ungeheure Vision gesehn hat. Alles, was er später aus Leben und Büchern, aus allen Reichen der Wissenschaft sich aneignete, war ihm beinahe nur Farbe und Mittel des Ausdrucks; selbst die Kantische Philosophie wurde von ihm vor Allem als ein ausserordentliches rhetorisches Instrument hinzugezogen, mit dem er sich noch deutlicher über jenes Bild auszusprechen glaubte: wie ihm zu gleichem Zwecke auch gelegentlich die buddhaistische und christliche Mythologie diente. Für ihn gab es nur Eine Aufgabe und hunderttausend Mittel, sie zu lösen: Einen Sinn und unzählige Hieroglyphen, um ihn auszudrücken.

Es gehörte zu den herrlichen Bedingungen seiner Existenz, dass er wirklich einer solchen Aufgabe, gemäss seinem Wahlspruche vitam impendere vero, leben konnte und dass keine eigentliche Gemeinheit der Lebensnoth ihn niederzwang: – es ist bekannt, in welcher grossartigen Weise er gerade dafür seinem Vater dankte – während in Deutschland der theoretische Mensch meistens auf Unkosten der Reinheit seines Charakters seine wissenschaftliche Bestimmung durchsetzt, als ein "rücksichtsvoller Lump", stellen- und ehrensüchtig, behutsam und biegsam, schmeichlerisch gegen Einflussreiche und Vorgesetzte. Leider hat Schopenhauer durch nichts zahlreiche Gelehrte mehr beleidigt als dadurch dass er ihnen nicht ähnlich sieht.

8.

Damit sind einige Bedingungen genannt, unter denen der philosophische Genius in unserer Zeit trotz der schädlichen Gegenwirkungen wenigstens entstehen kann: freie Männlichkeit des Charakters, frühzeitige Menschenkenntniss, keine gelehrte Erziehung, keine patriotische Einklemmung, kein Zwang zum Broderwerben, keine Beziehung zum Staate – kurz Freiheit und immer wieder Freiheit: dasselbe wunderbare und gefährliche Element, in welchem die griechischen Philosophen aufwachsen durften. Wer es ihm vorwerfen will, was Niebuhr dem Plato vorwarf, dass er ein schlechter Bürger gewesen sei, soll es thun und nur selber ein guter Bürger sein: so wird er im Rechte sein und Plato ebenfalls. Ein andrer wird jene grosse Freiheit als Ueberhebung deuten: auch er hat Recht, weil er selber mit jener Freiheit nichts Rechtes anfangen und sich allerdings sehr über heben würde, falls er sie für sich begehrte. Jene Freiheit ist wirklich eine schwere Schuld; und nur durch grosse Thaten lässt sie sich abbüssen. Wahrlich, jeder gewöhnliche Erdensohn hat das Recht, mit Groll auf einen solchermaassen Begünstigten hinzusehn: nur mag ihn ein Gott davor bewahren, dass er nicht selbst so begünstigt, das heisst so furchtbar verpflichtet werde. Er ginge ja sofort an seiner Freiheit und seiner

Einsamkeit zu Grunde und würde zum Narren, zum boshaften Narren aus Langeweile. –

Aus dem bisher Besprochnen vermag vielleicht der eine oder der andre Vater etwas zu lernen und für die private Erziehung seines Sohnes irgend welche Nutzanwendung zu machen; obschon wahrhaftig nicht zu erwarten ist, dass die Väter gerade nur Philosophen zu Söhnen haben möchten. Wahrscheinlich werden zu allen Zeiten die Väter sich am meisten gegen das Philosophenthum ihrer Söhne, als gegen die grösste Verschrobenheit gesträubt haben; Sokrates fiel bekanntlich dem Zorne der Väter über die "Verführung der Jugend" zum Opfer, und Plato hielt aus eben den Gründen die Aufrichtung eines ganz neuen Staates für nothwendig, um die Entstehung des Philosophen nicht von der Unvernunft der Väter abhängig zu machen. Beinahe sieht es nun so aus, als ob Plato wirklich etwas erreicht habe. Denn der moderne Staat rechnet jetzt die Förderung der Philosophie zu seinen Aufgaben und sucht zu jeder Zeit eine Anzahl Menschen mit jener "Freiheit" zu beglücken, unter der wir die wesentlichste Bedingung zur Genesis des Philosophen verstehn. Nun hat Plato ein wunderliches Unglück in der Geschichte gehabt: sobald einmal ein Gebilde entstand, welches seinen Vorschlägen im Wesentlichen entsprach, war es immer, bei genauerem Zusehen, das untergeschobene Kind eines Kobolds, ein hässlicher Wechselbalg: etwa wie der mittelalterliche Priesterstaat es war, verglichen mit der von ihm geträumten Herrschaft der "Göttersöhne". Der moderne Staat ist nun zwar davon am weitesten entfernt, gerade die Philosophen zu Herrschern zu machen – Gottlob! wird jeder Christ hinzufügen – : aber selbst jene Förderung der Philosophie, wie er sie versteht, müsste doch einmal darauf hin angesehn werden, ob er sie platonisch versteht, ich meine: so ernst und aufrichtig, als ob es seine höchste Absicht dabei wäre, neue Platone zu erzeugen. Wenn für gewöhnlich der Philosoph in seiner Zeit als zufällig erscheint – stellt sich wirklich der Staat jetzt die Aufgabe, diese Zufälligkeit mit Bewusstsein in eine Nothwendigkeit zu übersetzen und der Natur auch hier nachzuhelfen?

Die Erfahrung belehrt uns leider eines Bessern – oder Schlimmern: sie sagt dass, in Hinsicht auf die grossen Philosophen von Natur, nichts ihrer Erzeugung und Fortpflanzung so im Wege steht als die schlechten Philosophen von Staatswegen. Ein peinlicher Gegenstand, nicht wahr? – bekanntlich derselbe, auf den Schopenhauer in seiner berühmten Abhandlung über Universitätsphilosophie zuerst die Augen gerichtet hat. Ich komme auf diesen Gegenstand zurück: denn man muss die Menschen zwingen, ihn ernst zu nehmen, das heisst, sich durch ihn zu einer That bestimmen zu lassen, und ich erachte jedes Wort für unnütz geschrieben, hinter dem nicht eine solche Aufforderung zur That steht; und jedenfalls ist es gut, Schopenhauer's für immer gültige Sätze noch einmal, und zwar geradewegs in Bezug auf unsre allernächsten Zeitgenossen zu demonstriren, da ein Gutmüthiger meinen könnte, dass seit seinen schweren Anklagen sich Alles in Deutschland zum Besseren gewendet habe. Sein Werk ist noch nicht einmal in diesem Punkte, so geringfügig er ist, zu Ende gebracht.

Genauer zugesehn, ist jene "Freiheit", mit welcher der Staat jetzt, wie ich sagte, einige Menschen zu Gunsten der Philosophie beglückt, schon gar keine Freiheit, sondern ein Amt, das seinen Mann nährt. Die Förderung der Philosophie besteht also nur darin, dass es heutzutage wenigstens einer Anzahl Menschen durch den Staat ermöglicht wird, von ihrer Philosophie zu leben, dadurch dass sie aus ihr einen Broderwerb machen können: während die alten Weisen Griechenlands von Seiten des Staates nicht besoldet, sondern höchstens einmal, wie Zeno, durch eine goldene Krone und ein Grabmal auf dem Kerameikos geehrt wurden. Ob nun der Wahrheit damit gedient wird, dass man einen Weg zeigt, wie man von ihr leben könne, weiss ich im Allgemeinen nicht zu sagen, weil hier Alles auf Art und Güte des einzelnen Menschen ankommt, welchen man diesen Weg gehen heisst. Ich könnte mir recht gut einen Grad von Stolz und Selbstachtung denken, bei dem ein Mensch zu seinen Mitmenschen sagt: sorgt ihr für mich, denn ich habe Besseres zu thun, nämlich für euch zu sorgen. Bei Plato und Schopenhauer würde eine solche Grossartigkeit von Gesinnung und Ausdruck derselben nicht befremden; weshalb gerade sie sogar Universitätsphilosophen sein könnten, wie Plato zeitweilig Hofphilosoph war, ohne die Würde der Philosophie zu erniedrigen. Aber schon Kant war, wie wir Gelehrte zu sein pflegen, rücksichtsvoll, unterwürfig und, in seinem Verhalten gegen den Staat, ohne Grösse: so dass er jedenfalls, wenn die Universitätsphilosophie einmal angeklagt werden sollte, sie nicht rechtfertigen könnte. Giebt es aber Naturen, welche sie zu rechtfertigen vermöchten – eben wie die Schopenhauers und Platons – so fürchte ich nur Eins: sie werden niemals dazu Anlass haben, weil nie ein Staat es wagen würde, solche Menschen zu begünstigen und in jene Stellungen zu versetzen. Weshalb doch? Weil jeder Staat sie fürchtet und immer nur Philosophen begünstigen wird, vor denen er sich nicht fürchtet. Es kommt nämlich vor, dass der Staat vor der Philosophie überhaupt Furcht hat, und gerade, wenn diess der Fall ist, wird er um so mehr Philosophen an sich heranzuziehen suchen, welche ihm den Anschein geben, als ob er die Philosophie auf seiner Seite habe – weil er diese Menschen auf seiner Seite hat, welche ihren Namen führen und doch so gar nicht furchteinflössend sind. Sollte aber ein Mensch auftreten, welcher wirklich Miene macht, mit dem Messer der Wahrheit Allem, auch dem Staate, an den Leib zu gehen, so ist der Staat, weil er vor allem seine Existenz bejaht, im Recht, einen solchen von sich auszuschliessen und als seinen Feind zu behandeln; ebenso wie er eine Religion ausschliesst und als Feind behandelt, welche sich über ihn stellt und sein Richter sein will. Erträgt es jemand also, Philosoph von Staatswegen zu sein, so muss er es auch ertragen, von ihm so angesehen zu werden, als ob er darauf verzichtet habe, der Wahrheit in alle Schlupfwinkel nachzugehen. Mindestens solange er begünstigt und angestellt ist, muss er über der Wahrheit noch etwas Höheres anerkennen, den Staat. Und nicht bloss den Staat, sondern alles zugleich, was der Staat zu seinem Wohle heischt: zum Beispiel eine bestimmte Form der Religion, der gesellschaftlichen Ordnung, der Heeresverfassung – allen solchen Dingen steht ein noli me tangere angeschrieben. Sollte wohl je ein Universitätsphilosoph sich den ganzen Umfang seiner Verpflichtung und Beschränkung klar gemacht haben? Ich weiss es nicht; hat es einer gethan und bleibt doch Staatsbeamter, so war er jedenfalls ein schlechter Freund der Wahrheit; hat er es nie gethan – nun, ich sollte meinen, auch dann wäre er kein Freund der Wahrheit.

Dies ist das allgemeinste Bedenken: als solches aber freilich für Menschen, wie sie jetzt sind, das schwächste und gleichgültigste. Den Meisten wird genügen mit der Achsel zu zucken und zu sagen: "als ob wohl je sich etwas Grosses und Reines auf dieser Erde habe aufhalten und festhalten können, ohne Concessionen an die menschliche Niedrigkeit zu machen! Wollt ihr denn, das der Staat den Philosophen lieber verfolge als dass er ihn besolde und in seinen Dienst nehme?" Ohne auf diese letzte Frage jetzt schon zu antworten, füge ich nur hinzu, dass diese Concessionen der Philosophie an den Staat doch gegenwärtig sehr weit gehen. Erstens, der Staat wählt sich seine philosophischen Diener aus und zwar so viele als er für seine Anstalten braucht; er giebt sich also das Ansehn, zwischen guten und schlechten Philosophen unterscheiden zu können, noch mehr, er setzt voraus, dass es immer genug von den guten geben müsse, um alle seine Lehrstühle mit ihnen zu besetzen. Nicht nur in Betreff der Güte, sondern auch der nothwendigen Zahl der guten ist er jetzt die Auctorität. Zweitens: er zwingt die, welche er sich ausgewählt hat, zu einem Aufenthalte an einem bestimmten

Orte, unter bestimmten Menschen, zu einer bestimmten Thätigkeit; sie sollen jeden akademischen Jüngling, der Lust dazu hat, unterrichten, und zwar täglich, an festgesetzten Stunden. Frage: kann sich eigentlich ein Philosoph mit gutem Gewissen verpflichten, täglich etwas zu haben, was er lehrt? Und das vor Jedermann zu lehren, der zuhören will? Muss er sich nicht den Anschein geben, mehr zu wissen als er weiss? muss er nicht über Dinge vor einer unbekannten Zuhörerschaft reden, über welche er nur mit den nächsten Freunden ohne Gefahr reden dürfte? Und überhaupt: beraubt er sich nicht seiner herrlichsten Freiheit, seinem Genius zu folgen, wann dieser ruft und wohin dieser ruft? – dadurch dass er zu bestimmten Stunden öffentlich über Vorher-Bestimmtes zu denken verpflichtet ist. Und dies vor Jünglingen! Ist ein solches Denken nicht von vornherein gleichsam entmannt? Wie, wenn er nun gar eines Tages fühlte: "heute kann ich nichts denken, es fällt mir nichts Gescheutes ein" – und trotzdem müsste er sich hinstellen und zu denken scheinen!

Aber, wird man einwenden, er soll ja gar nicht Denker sein, sondern höchstens Nach- und Überdenker, vor allem aber gelehrter Kenner aller früheren Denker; von denen wird er immer etwas erzählen können, was seine Schüler nicht wissen. – Dies ist gerade die dritte höchst gefährliche Concession der Philosophie an den Staat, wenn sie sich ihm verpflichtet, zuerst und hauptsächlich als Gelehrsamkeit aufzutreten. Vor allem als Kenntniss der Geschichte der Philosophie; während für den Genius, welcher rein und mit Liebe, dem Dichter ähnlich, auf die Dinge blickt und sich nicht tief genug in sie hineinlegen kann, das Wühlen in zahllosen fremden und verkehrten Meinungen so ziemlich das widrigste und ungelegenste Geschäft ist. Die gelehrte Historie des Vergangnen war nie das Geschäft eines wahren Philosophen, weder in Indien, noch in Griechenland; und ein Philosophieprofessor muss es sich, wenn er sich mit solcherlei Arbeit befasst, gefallen lassen, dass man von ihm, besten Falls, sagt: er ist ein tüchtiger Philolog, Antiquar, Sprachkenner, Historiker: aber nie: er ist ein Philosoph. Jenes auch nur besten Falls, wie bemerkt: denn bei den meisten gelehrten Arbeiten, welche Universitätsphilosophen machen, hat ein Philolog das Gefühl, dass sie schlecht gemacht sind, ohne wissenschaftliche Strenge und meistens mit einer hassenswürdigen Langweiligkeit. Wer erlöst zum Beispiel die Geschichte der griechischen Philosophen wieder von dem einschläfernden Dunste, welchen die gelehrten, doch nicht allzuwissenschaftlichen und leider gar zu langweiligen Arbeiten Ritter's, Brandis und Zeller's darüber ausgebreitet haben? Ich wenigstens lese Laertius Diogenes lieber als Zeller, weil in jenem wenigstens der

Geist der alten Philosophen lebt, in diesem aber weder der noch irgend ein andrer Geist. Und zuletzt in aller Welt: was geht unsre Jünglinge die Geschichte der Philosophie an? Sollen sie durch das Wirrsal der Meinungen entmuthigt werden, Meinungen zu haben? Sollen sie angelehrt werden, in den Jubel einzustimmen, wie wir's doch so herrlich weit gebracht? Sollen sie etwa gar die Philosophie hassen oder verachten lernen? Fast möchte man das letztere denken, wenn man weiss, wie sich Studenten, ihrer philosophischen Prüfungen wegen, zu martern haben, um die tollsten und spitzesten Einfälle des menschlichen Geistes, neben den grössten und schwerfasslichsten, sich in das arme Gehirn einzudrücken. Die einzige Kritik einer Philosophie, die möglich ist und die auch etwas beweist, nämlich zu versuchen, ob man nach ihr leben könne, ist nie auf Universitäten gelehrt worden: sondern immer die Kritik der Worte über Worte. Und nun denke man sich einen jugendlichen Kopf, ohne viel Erfahrung durch das Leben, in dem fünfzig Systeme als Worte und fünfzig Kritiken derselben neben und durch einander aufbewahrt werden – welche Wüstenei, welche Verwilderung, welcher Hohn auf eine Erziehung zur Philosophie! In der That wird auch zugeständlich gar nicht zu ihr erzogen, sondern zu einer philosophischen Prüfung: deren Erfolg bekanntlich und gewöhnlich ist, dass der Geprüfte, ach Allzu Geprüfte! – sich mit einem Stossseufzer eingesteht: "Gott sei Dank, dass ich kein Philosoph bin, sondern Christ und Bürger meines Staates!"

Wie, wenn dieser Stossseufzer eben die Absicht des Staates wäre und die "Erziehung zur Philosophie" nur eine Abziehung von der Philosophie? Man frage sich. – Sollte es aber so stehen, so ist nur Eins zu fürchten: dass endlich einmal die Jugend dahinter kommt, wozu hier eigentlich die Philosophie gemissbraucht wird. Das Höchste, die Erzeugung des philosophischen Genius, nichts als ein Vorwand? Das Ziel vielleicht gerade, dessen Erzeugung zu verhindern? Der Sinn in den Gegensinn umgedreht? Nun dann, wehe dem ganzen Complex von Staats- und Professoren-Klugheit! –

Und sollte so etwas bereits ruchbar geworden sein? Ich weiss es nicht; jedenfalls ist die Universitätsphilosophie einer allgemeinen Missachtung und Anzweifelung verfallen. Zum Theil hängt diese damit zusammen, dass jetzt gerade ein schwächliches Geschlecht auf den Kathedern herrscht; und Schopenhauer würde, wenn er jetzt seine Abhandlung über Universitätsphilosophie zu schreiben hätte, nicht mehr die Keule nöthig haben, sondern mit einem Binsenrohre siegen. Es sind die Erben und Nachkommen jener Afterdenker, denen er auf die vielverdrehten Köpfe schlug: sie nehmen sich säuglings- und zwergenhaft genug aus, um an den indischen Spruch zu erinnern: "nach ihren Thaten werden die Menschen geboren, dumm, stumm, taub, missgestaltet". Jene Väter verdienten eine solche Nachkommenschaft, nach ihren "Thaten", wie der Spruch sagt. Daher ist es ausser allem Zweifel, dass die akademischen Jünglinge sich sehr bald ohne die Philosophie, welche auf ihren Universitäten gelehrt wird, behelfen werden, und dass die ausserakademischen Männer sich jetzt bereits ohne sie behelfen. Man gedenke nur an seine eigne Studentenzeit; für mich zum Beispiel waren die akademischen Philosophen ganz und gar gleichgültige Menschen und galten mir als Leute, die aus den Ergebnissen der andern Wissenschaften sich etwas zusammen rührten, in Mussestunden Zeitungen lasen und Concerte besuchten, die übrigens selbst von ihren akademischen Genossen mit einer artig maskirten Geringschätzung behandelt wurden. Man traute ihnen zu, wenig zu wissen und nie um eine verdunkelnde Wendung verlegen zu sein, um über diesen Mangel des Wissens zu täuschen. Mit Vorliebe hielten sie sich deshalb an solchen dämmerigen Orten auf, wo es ein Mensch mit hellen Augen nicht lange aushält. Der Eine wendete gegen die Naturwissenschaften ein: keine kann mir das einfachste Werden völlig erklären, was liegt mir also an ihnen allen? Ein Andrer sagte von der Geschichte "dem welcher die Ideen hat, sagt sie nichts Neues" - kurz, sie fanden immer Gründe, weshalb es philosophischer sei nichts zu wissen als etwas zu lernen. Liessen sie sich aber auf's Lernen ein, so war dabei ihr geheimer Impuls, den Wissenschaften zu entfliehen und in irgend einer ihrer Lücken und Unaufgehelltheiten ein dunkles Reich zu gründen. So gingen sie nur noch in dem Sinne den Wissenschaften voran, wie das Wild vor den Jägern, die hinter ihm her sind. Neuerdings gefallen sie sich mit der Behauptung, dass sie eigentlich nur die Grenzwächter und Aufpasser der Wissenschaften seien; dazu dient ihnen besonders die kantische Lehre, aus welcher sie einen müssigen Scepticismus zu machen beflissen sind, um den sich bald Niemand mehr bekümmern wird. Nur hier und da schwingt sich noch einer von ihnen zu einer kleinen Metaphysik auf, mit den gewöhnlichen Folgen, nämlich Schwindel, Kopfschmerzen und Nasenbluten. Nachdem es ihnen so oft mit dieser Reise in den Nebel und die Wolken misslungen ist, nachdem alle Augenblicke irgend ein rauher hartköpfiger Jünger wahrer Wissenschaften sie bei dem Schopfe gefasst und heruntergezogen hat, nimmt ihr Gesicht den habituellen Ausdruck der Zimperlichkeit und des Lügengestraftseins an. Sie haben ganz die fröhliche Zuversicht verloren, so dass keiner nur noch einen Schritt breit seiner

Philosophie zu Gefallen lebt. Ehemals glaubten einige von ihnen, neue Religionen erfinden oder alte durch ihre Systeme ersetzen zu können; jetzt ist ein solcher Übermuth von ihnen gewichen, sie sind meistens fromme, schüchterne und unklare Leute, nie tapfer wie Lucrez und ingrimmig über den Druck, der auf den Menschen gelegen hat. Auch das logische Denken kann man bei ihnen nicht mehr lernen, und die sonst üblichen Disputirübungen haben sie in natürlicher Schätzung ihrer Kräfte eingestellt. Ohne Zweifel ist man jetzt auf der Seite der einzelnen Wissenschaften logischer, behutsamer, bescheidner, erfindungsreicher, kurz es geht dort philosophischer zu als bei den sogenannten Philosophen: so dass jedermann dem unbefangnen Engländer Bagehot zustimmen wird, wenn dieser von den jetzigen Systembauern sagt: "Wer ist nicht fast im Voraus überzeugt, dass ihre Prämissen eine wunderbare Mischung von Wahrheit und Irrthum enthalten und es daher nicht der Mühe verlohnt, über die Consequenzen nachzudenken? Das fertig Abgeschlossne dieser Systeme zieht vielleicht die Jugend an und macht auf die Unerfahrnen Eindruck, aber ausgebildete Menschen lassen sich nicht davon blenden. Sie sind immer bereit Andeutungen und Vermuthungen günstig aufzunehmen und die kleinste Wahrheit ist ihnen willkommen – aber ein grosses Buch von deductiver Philosophie fordert den Argwohn heraus. Zahllose unbewiesene abstracte Principien sind von sanguinischen Leuten hastig gesammelt und in Büchern und Theorien sorgfältig in die Länge gezogen worden, um mit ihnen die ganze Welt zu erklären. Aber die Welt kümmert sich nicht um diese Abstractionen, und das ist kein Wunder, da diese sich unter einander widersprechen". Wenn ehedem der Philosoph besonders in Deutschland in so tiefes Nachdenken versunken war, dass er in fortwährender Gefahr schwebte, mit dem Kopf an jeden Balken zu rennen, so ist ihnen jetzt, wie es Swift von den Laputiern erzählt, eine ganze Schaar von Klapperern beigegeben, um ihnen bei Gelegenheit einen sanften Schlag auf die Augen oder sonst wohin zu geben. Mitunter mögen diese Schläge etwas zu stark sein, dann vergessen sich wohl die Erdentrückten und schlagen wieder, etwas was immer zu ihrer Beschämung abläuft. Siehst du nicht den Balken, du Duselkopf, sagt dann der Klapperer – und wirklich sieht der Philosoph öfters den Balken und wird wieder sanft. Diese Klapperer sind die Naturwissenschaften und die Historie; allmählich haben diese die deutsche Traum- und Denkwirthschaft, die so lange Zeit mit der Philosophie verwechselt wurde, dermaassen eingeschüchtert, dass jene Denkwirthe den Versuch, selbstständig zu gehen, gar zu gern aufgeben möchten; wenn sie aber jenen unversehens in die Arme fallen oder ein Gängelbändchen an sie anbinden wollen, um sich selbst zu gängeln, so klappern jene sofort so fürchterlich wie möglich – als ob sie sagen wollten "das fehlte nur noch, dass so ein Denkwirth uns die Naturwissenschaften oder die Historie verunreinigte! Fort mit ihm!" Da schwanken sie nun wieder zurück, zu ihrer eignen Unsicherheit und Rathlosigkeit: durchaus wollen sie ein wenig Naturwissenschaft zwischen den Händen haben, etwa als empirische Psychologie, wie die Herbartianer, durchaus auch ein wenig Historie, – dann können sie wenigstens öffentlich so thun, als ob sie sich wissenschaftlich beschäftigten, ob sie gleich im Stillen alle Philosophie und alle Wissenschaft zum Teufel wünschen. –

Aber zugegeben dass diese Schaar von schlechten Philosophen lächerlich ist – und wer wird es nicht zugeben? – in wiefern sind sie denn auch schädlich? Kurz geantwortet: dadurch dass sie die Philosophie zu einer lächerlichen Sache machen. So lange das staatlich anerkannte Afterdenkerthum bestehen bleibt, wird jede grossartige Wirkung einer wahren Philosophie vereitelt oder mindestens gehemmt und zwar durch nichts als durch den Fluch des Lächerlichen, den die Vertreter jener grossen Sache sich zugezogen haben, der aber die Sache selber trifft. Deshalb nenne ich es eine Forderung der Kultur, der Philosophie jede staadiche und akademische Anerkennung zu entziehn und überhaupt Staat und Akademie der für sie unlösbaren Aufgabe zu entheben, zwischen wahrer und scheinbarer Philosophie zu unterscheiden. Lasst die Philosophen immerhin wild wachsen, versagt ihnen jede Aussicht auf Anstellung und Einordnung in die bürgerlichen Berufsarten, kitzelt sie nicht mehr durch Besoldungen, ja noch mehr: verfolgt sie, seht ungnädig auf sie – ihr sollt Wunderdinge erleben! Da werden sie auseinanderflüchten und hier und dort ein Dach suchen, die armen Scheinbaren; hier öffnet sich eine Pfarrei, dort eine Schulmeisterei, dieser verkriecht sich bei der Redaction einer Zeitung, jener schreibt Lehrbücher für höhere Töchterschulen, der Vernünftigste von ihnen ergreift den Pflug, und der Eitelste geht zu Hofe. Plötzlich ist alles leer, das Nest ausgeflogen: denn es ist leicht sich von den schlechten Philosophen zu befrein, man braucht sie nur einmal nicht zu begünstigen. Und das ist jedenfalls mehr anzurathen, als irgend eine Philosophie, sie sei welche sie wolle, öffentlich, von Staatswegen, zu patronisiren.

Dem Staat ist es nie an der Wahrheit gelegen, sondern immer nur an der ihm nützlichen Wahrheit, noch genauer gesagt, überhaupt an allem ihm Nützlichen, sei dies nun Wahrheit, Halbwahrheit oder Irrthum. Ein Bündniss von Staat und Philosophie hat also nur dann einen Sinn, wenn die Philosophie versprechen kann, dem Staat unbedingt nützlich zu sein, das heisst den Staatsnutzen höher zu stellen als die Wahrheit. Freilich wäre es für den Staat etwas Herrliches, auch die Wahrheit in seinem Dienste und Solde zu haben; nur weiss er selbst recht wohl, dass es zu ihrem Wesen gehört, nie Dienste zu thun, nie Sold zu nehmen. Somit hat er in dem, was er hat, nur die falsche "Wahrheit", eine Person mit einer Larve: und diese kann ihm nun leider auch nicht leisten, was er von der ächten Wahrheit so sehr begehrt: seine eigne Gültig- und Heiligsprechung. Wenn ein mittelalterlicher Fürst vom Papste gekrönt werden wollte, aber es von ihm nicht erlangen konnte, so ernannte er wohl einen Gegenpapst, der ihm dann diesen Dienst erwies. Das mochte bis zu einem gewissen Grade angehen; aber es geht nicht an, wenn der moderne Staat eine Gegenphilosophie ernennt, von der er legitimirt werden will; denn er hat nach wie vor die Philosophie gegen sich und zwar jetzt mehr als vorher. Ich glaube allen Ernstes, es ist ihm nützlicher, sich gar nicht mit ihr zu befassen, gar nichts von ihr zu begehren und sie so lange es möglich ist als etwas Gleichgültiges gehen zu lassen. Bleibt es nicht bei dieser Gleichgültigkeit, wird sie gegen ihn gefährlich und angreifend, so mag er sie verfolgen. – Da der Staat kein weiteres Interesse an der Universität haben kann, als durch sie ergebene und nützliche Staatsbürger zu erziehen, so sollte er Bedenken tragen, diese Ergebenheit, diesen Nutzen dadurch in Frage zu stellen, dass er von den jüngern Männern eine Prüfung in der Philosophie verlangt: zwar in Anbetracht der trägen und unbefähigten Köpfe mag es das rechte Mittel sein, um von ihrem Studium überhaupt abzuschrecken, dadurch dass man sie zu einem Examengespenst macht; aber dieser Gewinn vermag nicht den Schaden aufzuwiegen, welchen ebendieselbe erzwungene Beschäftigung bei den wagehalsigen und unruhigen Jünglingen hervorruft; sie lernen verbotene Bücher kennen, beginnen ihre Lehrer zu kritisiren und merken endlich gar den Zweck der Universitätsphilosophie und jener Prüfungen – gar nicht zu reden von den Bedenken, auf welche junge Theologen bei dieser Gelegenheit gerathen können und in Folge deren sie in Deutschland auszusterben anfangen, wie in Tirol die Steinböcke. – Ich weiss wohl, welche Einwendung der Staat gegen diese ganze Betrachtung machen konnte, so lange noch die schöne grüne Hegelei auf allen Feldern aufwuchs: aber nachdem diese Erndte verhagelt ist und von allen den Versprechungen, welche man damals sich von ihr machte, nichts sich erfüllt hat und alle Scheuern leer blieben – da wendet man lieber nichts mehr ein, sondern wendet sich von der Philosophie ab. Man hat jetzt die Macht: damals, zur Zeit Hegels, wollte man sie haben – das ist ein grosser Unterschied. Der Staat braucht die Sanktion durch die Philosophie nicht mehr, dadurch ist sie für ihn überflüssig geworden. Wenn er ihre Professuren nicht mehr unterhält oder, wie ich für die nächste Zeit voraussetze, nur noch scheinbar und lässig unterhält, so hat er seinen Nutzen dabei – doch wichtiger scheint es mir, dass auch die Universität darin ihren Vortheil sieht. Wenigstens sollte ich denken, eine Stätte wirklicher Wissenschaften müsse sich dadurch gefördert sehen, wenn sie von der Gemeinschaft mit einer Halb- und Viertelswissenschaft befreit werde. Überdies steht es um die Achtbarkeit der Universitäten viel zu seltsam, um nicht principiell die Ausscheidung von Disciplinen wünschen zu müssen, welche von den Akademikern selbst gering geachtet werden. Denn die Nichtakademiker haben gute Gründe zu einer gewissen allgemeinen Missachtung der Universitäten; sie werfen ihnen vor, dass sie feige sind, dass die kleinen sich vor den grossen und dass die grossen sich vor der öffentlichen Meinung fürchten; dass sie in allen Angelegenheiten höherer Kultur nicht vorangehen, sondern langsam und spät hinterdrein hinken; dass die eigentliche Grundrichtung angesehener Wissenschaften gar nicht mehr eingehalten wird. Man treibt zum Beispiel die sprachlichen Studien eifriger als je, ohne dass man für sich selbst eine strenge Erziehung in Schrift und Rede für nöthig befände. Das indische Alterthum eröffnet seine Thore, und seine Kenner haben zu den unvergänglichsten Werken der Inder, zu ihren Philosophien kaum ein andres Verhältniss als ein Thier zur Lyra: obschon Schopenhauer das Bekanntwerden der indischen Philosophie für einen der grössten Vortheile hielt, welche unser Jahrhundert vor anderen voraushabe. Das klassische Alterthum ist zu einem beliebigen Alterthum geworden und wirkt nicht mehr klassisch und vorbildlich; wie seine Jünger beweisen, welche doch wahrhaftig keine vorbildlichen Menschen sind. Wohin ist der Geist Friedrich August Wolf's verflogen, von dem Franz Passow sagen konnte, er erscheine als ein ächt patriotischer, ächt humaner Geist, der allenfalls die Kraft hätte, einen Welttheil in Gährung und Flammen zu versetzen – wo ist dieser Geist hin? Dagegen drängt sich immer mehr der Geist der Journalisten auf der Universität ein, und nicht selten unter dem Namen der Philosophie; ein glatter geschminkter Vortrag, Faust und Nathan den Weisen auf den Lippen, die Sprache und die Ansichten unserer ekelhaften Litteraturzeitungen, neuerdings gar noch Geschwätz über unsere heilige deutsche Musik, selbst die Forderung von Lehrstühlen für Schiller und Goethe – solche Anzeichen sprechen dafür, dass der Universitätsgeist anfängt, sich mit dem Zeitgeiste zu verwechseln. Da scheint es mir vom höchsten Werthe, wenn ausserhalb der Universitäten ein höheres Tribunal entsteht, welches auch diese Anstalten in Hinsicht auf die Bildung, die sie fördern, überwache und richte; und sobald die Philosophie aus den Universitäten ausscheidet und sich damit von allen unwürdigen Rücksichten und Verdunkelungen reinigt, wird sie gar nichts anderes sein können, als ein solches Tribunal: ohne staatliche Macht, ohne Besoldung und Ehren, wird sie ihren Dienst zu thun wissen, frei vom Zeitgeiste sowohl als von der Furcht vor diesem Geiste – kurz gesagt, so wie Schopenhauer lebte, als der Richter der ihn umgebenden sogenannten Kultur. Dergestalt vermag der Philosoph auch der Universität zu nützen, wenn er sich nicht mit ihr verquickt, sondern sie vielmehr aus einer gewissen würdevollen Weite übersieht.

Zuletzt aber – was gilt uns die Existenz eines Staates, die Förderung der Universitäten, wenn es sich doch vor Allem um die Existenz der Philosophie auf Erden handelt! oder – um gar keinen Zweifel darüber zu lassen, was ich meine – wenn so unsäglich mehr daran gelegen ist, dass ein Philosoph auf Erden entsteht, als dass ein Staat oder eine Universität fortbesteht. In dem Maasse als die Knechtschaft unter öffentlichen Meinungen und die Gefahr der Freiheit zunimmt, kann sich die Würde der Philosophie erhöhen; sie war am höchsten unter den Erdbeben der untergehenden römischen Republik und in der Kaiserzeit, wo ihr Name und der der Geschichte ingrata principibus nomina wurden. Brutus beweist mehr für ihre Würde als Plato; es sind die Zeiten, in denen die Ethik aufhörte, Gemeinplätze zu haben. Wenn die Philosophie jetzt nicht viel geachtet wird, so soll man nur fragen, weshalb jetzt kein grosser Feldherr und Staatsmann sich zu ihr bekennt – nur deshalb, weil in der Zeit, wo er nach ihr gesucht hat, ihm ein schwächliches Phantom unter dem Namen der Philosophie entgegenkam, jene gelehrtenhafte Katheder-Weisheit und Katheder-Vorsicht, kurz weil ihm die Philosophie bei Zeiten eine lächerliche Sache geworden ist. Sie sollte ihm aber eine furchtbare Sache sein; und die Menschen, welche berufen sind, Macht zu suchen, sollten wissen, welche Quelle des Heroischen in ihr fliesst. Ein Amerikaner mag ihnen sagen, was ein grosser Denker, der auf diese Erde kommt, als neues Centrum ungeheurer Kräfte zu bedeuten hat. "Seht euch vor, sagt Emerson, wenn der grosse Gott einen Denker auf unsern Planeten kommen lässt. Alles ist dann in Gefahr. Es ist wie wenn in einer grossen Stadt eine Feuersbrunst ausgebrochen ist, wo keiner weiss, was eigentlich noch sicher ist und wo es enden wird. Da ist nichts in der Wissenschaft, was nicht morgen eine Umdrehung erfahren haben möchte, da gilt kein litterarisches Ansehn mehr, noch die sogenannten ewigen Berühmtheiten; alle Dinge, die dem Menschen zu dieser Stunde theuer und werth sind, sind dies nur auf Rechnung der Ideen, die an ihrem geistigen

Horizonte aufgestiegen sind und welche die gegenwärtige Ordnung der Dinge ebenso verursachen, wie ein Baum seine Aepfel trägt. Ein neuer Grad der Kultur würde augenblicklich das ganze System menschlicher Bestrebungen einer Umwälzung unterwerfen." Nun, wenn solche Denker gefährlich sind, so ist freilich deutlich, wesshalb unsre akademischen Denker ungefährlich sind; denn ihre Gedanken wachsen so friedlich im Herkömmlichen, wie nur je ein Baum seine Aepfel trug: sie erschrecken nicht, sie heben nicht aus den Angeln; und von ihrem ganzen Tichten und Trachten wäre zu sagen, was Diogenes, als man einen Philosophen lobte, seinerseits einwendete: "Was hat er denn Grosses aufzuweisen, da er so lange Philosophie treibt und noch Niemanden betrübt hat?" Ja, so sollte es auf der Grabschrift der Universitätsphilosophie heissen: "sie hat Niemanden betrübt." Doch ist dies freilich mehr das Lob eines alten Weibes als einer Göttin der Wahrheit, und es ist nicht verwunderlich, wenn die, welche jene Göttin nur als altes Weib kennen, selber sehr wenig Männer sind und deshalb gebührendermaassen von den Männern der Macht gar nicht mehr berücksichtigt werden.

Steht es aber so in unsrer Zeit, so ist die Würde der Philosophie in den Staub getreten: es scheint, dass sie selber zu etwas Lächerlichem oder Gleichgültigem geworden ist: so dass alle ihre wahren Freunde verpflichtet sind, gegen diese Verwechslung Zeugniss abzulegen und mindestens so viel zu zeigen, dass nur jene falschen Diener und Unwürdenträger der Philosophie lächerlich oder gleichgültig sind. Besser noch, sie beweisen selbst durch die That, dass die Liebe zur Wahrheit etwas Furchtbares und Gewaltiges ist.

Dies und jenes bewies Schopenhauer – und wird es von Tag zu Tage mehr beweisen.

Viertes Stück

Richard Wagner in Bayreuth.

1.

Damit ein Ereignis Grösse habe, muss zweierlei zusammenkommen: der grosse Sinn Derer, die es vollbringen und der grosse Sinn Derer, die es erleben. An sich hat kein Ereigniss Grösse, und wenn schon ganze Sternbilder verschwinden, Völker zu Grunde gehen, ausgedehnte Staaten gegründet und Kriege mit ungeheuren Kräften und Verlusten geführt werden: über Vieles der

Art bläst der Hauch der Geschichte hinweg, als handele es sich um Flocken. Es kommt aber auch vor, dass ein gewaltiger Mensch einen Streich führt, der an einem harten Gestein wirkungslos niedersinkt; ein kurzer scharfer Wiederhall, und Alles ist vorbei. Die Geschichte weiss auch von solchen gleichsam abgestumpften Ereignissen beinahe Nichts zu melden. So überschleicht einen Jeden, welcher ein Ereigniss herankommen sieht, die Sorge, ob Die, welche es erleben, seiner würdig sein werden. Auf dieses Sich-Entsprechen von That und Empfänglichkeit rechnet und zielt man immer, wenn man handelt, im Kleinsten wie im Grössten; und Der, welcher geben will, muss zusehen, dass er die Nehmer findet, die dem Sinne seiner Gabe genugthun. Eben deshalb hat auch die einzelne That eines selbst grossen Menschen keine Grösse, wenn sie kurz, stumpf und unfruchtbar ist; denn in dem Augenblicke, wo er sie that, muss ihm jedenfalls die tiefe Einsicht gefehlt haben, dass sie gerade jetzt nothwendig sei: er hatte nicht scharf genug gezielt, die Zeit nicht bestimmt genug erkannt und gewählt: der Zufall war Herr über ihn geworden, während gross sein und den Blick für die Nothwendigkeit haben streng zusammengehört.

Darüber also, ob Das, was jetzt in Bayreuth vor sich geht, im rechten Augenblick vor sich geht und nothwendig ist, sich Sorge zu machen und Bedenken zu haben, überlassen wir billig wohl Denen, welche über Wagner's Blick für das Nothwendige selbst Bedenken haben. Uns Vertrauensvolleren muss es so erscheinen, dass er ebenso an die Grösse seiner That, als an den grossen Sinn Derer, welche sie erleben sollen, glaubt. Darauf sollen alle Jene Stolz sein, welchen dieser Glaube gilt, jenen Vielen oder Wenigen – denn dass es nicht Alle sind, dass jener Glaube nicht der ganzen Zeit gilt, selbst nicht einmal dem ganzen deutschen Volke in seiner gegenwärtigen Erscheinung, hat er uns selber gesagt, in jener Weihe-Rede vom zwei und zwanzigsten Mai 1872, und es giebt Keinen unter uns, welcher gerade darin ihm in tröstlicher Weise widersprechen dürfte. "Nur Sie, sagte er damals, die Freunde meiner besonderen Kunst, meines eigensten Wirkens und Schaffens, hatte ich, um für meine Entwürfe mich an Theilnehmende zu wenden: nur um Ihre Mithülfe für mein Werk konnte ich Sie angehen, dieses Werk rein und unentstellt Denjenigen vorführen zu können, die meiner Kunst ihre ernstliche Geneigtheit bezeigten, trotzdem sie ihnen nur noch unrein und entstellt bisher vorgeführt werden konnte."

In Bayreuth ist auch der Zuschauer anschauenswerth, es ist kein Zweifel. Ein weiser betrachtender Geist, der aus einem Jahrhundert in's andere gienge, die merkwürdigen Cultur-Regungen zu vergleichen, würde dort viel zu sehen haben;

er würde fühlen müssen, dass er hier plötzlich in ein warmes Gewässer gerathe, wie Einer, der in einem See schwimmt und der Strömung einer heissen Quelle nahe kommt: aus anderen, tieferen Gründen muss diese emporkommen, sagt er sich, das umgebende Wasser erklärt sie nicht und ist jedenfalls selber flacheren Ursprungs. So werden alle Die, welche das Bayreuther Fest begehen, als unzeitgemässe Menschen empfunden werden: sie haben anderswo ihre Heimath als in der Zeit und finden anderwärts sowohl ihre Erklärung als ihre Rechtfertigung. Mir ist immer deutlicher geworden, dass der "Gebildete", sofern er ganz und völlig die Frucht dieser Gegenwart ist, Allem, was Wagner thut und denkt, nur durch die Parodie beikommen kann – wie auch Alles und Jedes parodirt worden ist – und dass er sich auch das Bayreuther Ereigniss nur durch die sehr unmagische Laterne unsrer witzelnden Zeitungsschreiber beleuchten lassen will. Und glücklich, wenn es bei der Parodie bleibt! Es entladet sich in ihr ein Geist der Entfremdung und Feindseligkeit, welcher noch ganz andere Mittel und Wege aufsuchen könnte, auch gelegentlich aufgesucht hat. Diese ungewöhnliche Schärfe und Spannung der Gegensätze würde jener Cultur-Beobachter ebenfalls in's Auge fassen. Dass ein Einzelner, im Verlaufe eines gewöhnlichen Menschenlebens, etwas durchaus Neues hinstellen könne, mag wohl alle Die empören, welche auf die Allmählichkeit aller Entwickelung wie auf eine Art von Sitten-Gesetz schwören: sie sind selber langsam und fordern Langsamkeit – und da sehen sie nun einen sehr Geschwinden, wissen nicht, wie er es macht und sind ihm böse. Von einem solchen Unternehmen, wie dem Bayreuther, gab es keine Vorzeichen, keine Uebergänge, keine Vermittelungen; den langen Weg zum Ziele und das Ziel selber wusste Keiner ausser Wagner. Es ist die erste Weltumsegelung im Reiche der Kunst: wobei, wie es scheint, nicht nur eine neue Kunst, sondern die Kunst selber entdeckt wurde. Alle bisherigen modernen Künste sind dadurch, als einsiedlerisch-verkümmerte oder als Luxus-Künste, halb und halb entwerthet; auch die unsicheren, übel zusammenhängenden Erinnerungen an eine wahre Kunst, die wir Neueren von den Griechen her hatten, dürfen nun ruhen, soweit sie selbst jetzt nicht in einem neuen Verständnisse zu leuchten vermögen. Es ist für Vieles jetzt an der Zeit, abzusterben; diese neue Kunst ist eine Seherin, welche nicht nur für Künste den Untergang herannahen sieht. Ihre mahnende Hand muss unserer gesammten jetzigen Bildung von dem Augenblicke an sehr unheimlich vorkommen, wo das Gelächter über ihre Parodien verstummt: mag sie immerhin noch eine kurze Weile Zeit zu Lust und Lachen haben!

Dagegen werden wir, die Jünger der wiederauferstandenen Kunst, zum Ernste, zum tiefen heiligen Ernste, Zeit und Willen haben! Das Reden und Lärmen, welches die bisherige Bildung von der Kunst gemacht hat – wir müssen es jetzt als eine schamlose Zudringlichkeit empfinden; zum Schweigen verpflichtet uns Alles, zum fünfjährigen pythagoreischen Schweigen. Wer von uns hätte nicht an dem widerlichen Götzendienste der modernen Bildung Hände und Gemüth besudelt! Wer bedürfte nicht des reinigenden Wassers, wer hörte nicht die Stimme, die ihn mahnt: Schweigen und Reinsein! Schweigen und Reinsein! Nur als Denen, welche auf diese Stimme hören, wird uns auch der grosse Blick zu Theil, mit dem wir auf das Ereigniss von Bayreuth hinzusehn haben: und nur in diesem Blick liegt die grosse Zukunft jenes Ereignisses.

Als an jenem Maitage des Jahres 1872 der Grundstein auf der Anhöhe von Bayreuth gelegt worden war, bei strömendem Regen und verfinstertem Himmel, fuhr Wagner mit Einigen von uns zur Stadt zurück, er schwieg und sah dabei mit einem Blick lange in sich hinein, der mit einem Worte nicht zu bezeichnen wäre. Er begann an diesem Tage sein sechzigstes Lebensjahr: alles Bisherige war die Vorbereitung auf diesen Moment. Man weiss, dass Menschen im Augenblick einer ausserordentlichen Gefahr oder überhaupt in einer wichtigen Entscheidung ihres Lebens durch ein unendlich beschleunigtes inneres Schauen alles Erlebte zusammendrängen und mit seltenster Schärfe das Nächste wie das Fernste wieder erkennen. Was mag Alexander der Grosse in jenem Augenblicke gesehen haben, als er Asien und Europa aus Einem Mischkrug trinken liess? Was aber Wagner an jenem Tage innerlich schaute – wie er wurde, was er ist, was er sein wird – das können wir, seine Nächsten, bis zu einem Grade nachschauen: und erst von diesem Wagnerischen Blick aus werden wir seine grosse That selber verstehen können – um mit diesem Verständniss ihre Fruchtbarkeit zu verbürgen.

2.

Es wäre sonderbar, wenn Das, was Jemand am besten kann und am liebsten thut, nicht auch in der gesammten Gestaltung seines Lebens wieder sichtbar würde; vielmehr muss bei Menschen von hervorragender Befähigung das Leben nicht nur, wie bei Jedermann, zum Abbild des Charakters, sondern vor Allem auch zum Abbild des Intellectes und seines eigensten Vermögens werden. Das Leben des epischen Dichters wird Etwas vom Epos an sich tragen – wie diess, beiläufig gesagt, mit Goethe der Fall ist, in welchem die Deutschen sehr mit

Unrecht vornehmlich den Lyriker zu sehen gewöhnt sind – das Leben des Dramatikers wird dramatisch verlaufen.

Das Dramatische im Werden Wagner's ist gar nicht zu verkennen, von dem Augenblicke an, wo die in ihm herrschende Leidenschaft ihrer selber bewusst wird und seine ganze Natur zusammenfasst: damit ist dann das Tastende, Schweifende, das Wuchern der Nebenschösslinge abgethan, und in den verschlungensten Wegen und Wandelungen, in dem oft abenteuerlichen Bogenwurfe seiner Pläne waltet eine einzige innere Gesetzlichkeit, ein Wille, aus dem sie erklärbar sind, so verwunderlich auch oft diese Erklärungen klingen werden. Nun gab es aber einen vordramatischen Theil im Leben Wagner's, seine Kindheit und Jugend, und über den kann man nicht hinweg kommen, ohne auf Räthsel zu stossen. Er selbst scheint noch gar nicht angekündigt; und Das, was man jetzt, zurückblickend, vielleicht als Ankündigungen verstehen könnte, zeigt sich doch zunächst als ein Beieinander von Eigenschaften, welche eher Bedenken, als Hoffnungen erregen müssen: ein Geist der Unruhe, der Reizbarkeit, eine nervöse Hast im Erfassen von hundert Dingen, ein leidenschaftliches Behagen an beinahe krankhaften hochgespannten Stimmungen, ein unvermittelees Umschlagen aus Augenblicken seelenvollster Gemüthsstille in das Gewaltsame und Lärmende. Ihn schränkte keine strenge erb- und familienhafte Kunstübung ein: die Malerei, die Dichtkunst, die Schauspielerei, die Musik kamen ihm so nahe als die gelehrtenhafte Erziehung und Zukunft; wer oberflächlich hinblickte, mochte meinen, er sei zum Dilettantisiren geboren. Die kleine Welt, in deren Bann er aufwuchs, war nicht der Art, dass man einem Künstler zu einer solchen Heimath hätte Glück wünschen können. Die gefährliche Lust an geistigem Anschmecken trat ihm nahe, ebenso der mit dem Vielerlei-Wissen verbundene Dünkel, wie er in Gelehrten-Städten zu Hause ist; die Empfindung wurde leicht erregt, ungründlich befriedigt; so weit das Auge des Knaben schweifte, sah er sich von einem wunderlich altklugen, aber rührigen Wesen umgeben, zu dem das bunte Theater in lächerlichem, der seelenbezwingende Ton der Musik in unbegreiflichem Gegensatze stand. Nun fällt es dem vergleichenden Kenner überhaupt auf, wie selten gerade der moderne Mensch, wenn er die Mitgift einer hohen Begabung bekommen hat, in seiner Jugend und Kindheit die Eigenschaft der Naivetät, der schlichten Eigen- und Selbstheit hat, wie wenig er sie haben kann; vielmehr werden die Seltenen, welche, wie Goethe und Wagner, überhaupt zur Naivetät kommen, diese jetzt immer noch eher als Männer haben, als im Alter der Kinder und Jünglinge. Den Künstler zumal, dem die nachahmende Kraft in besonderem Maasse angeboren ist, wird die unkräftige Vielseitigkeit des modernen Lebens wie eine heftige Kinder-Krankheit befallen müssen; er wird als Knabe und Jüngling einem Alten ähnlicher sehen als seinem eigentlichen Selbst. Das wunderbar strenge Urbild des Jünglings, den Siegfried im Ring des Nibelungen, konnte nur ein Mann erzeugen und zwar ein Mann, der seine eigene Jugend erst spät gefunden hat. Spät wie Wagner's Jugend, kam sein Mannesalter, sodass er wenigstens hierin der Gegensatz einer vorwegnehmenden Natur ist.

Sobald seine geistige und sittliche Mannbarkeit eintritt, beginnt auch das Drama seines Lebens. Und wie anders ist jetzt der Anblick! Seine Natur erscheint in furchtbarer Weise vereinfacht, in zwei Triebe oder Sphären auseinander gerissen. Zu unterst wühlt ein heftiger Wille in jäher Strömung, der gleichsam auf allen Wegen, Höhlen und Schluchten an's Licht will und nach Macht verlangt. Nur eine ganz reine und freie Kraft konnte diesem Willen einen Weg in's Gute und Hülfreiche weisen; mit einem engen Geiste verbunden, hätte ein solcher Wille bei seinem schrankenlosen tyrannischen Begehren zum Verhängniss werden können; und jedenfalls musste bald ein Weg in's Freie sich finden, und helle Luft und Sonnenschein hinzukommen. Ein mächtiges Streben, dem immer wieder ein Einblick in seine Erfolglosigkeit gegeben wird, macht böse; das Unzulängliche kann mitunter in den Umständen, im Unabänderlichen des Schicksals liegen, nicht im Mangel der Kraft: aber Der, welcher vom Streben nicht lassen kann, trotz diesem Unzulänglichen, wird gleichsam unterschwürig und daher reizbar und ungerecht. Vielleicht sucht er die Gründe für sein Misslingen in den Anderen, ja er kann in leidenschaftlichem Hasse alle Welt als schuldig behandeln; vielleicht auch geht er trotzig auf Neben- und Schleichwegen oder übt Gewalt: so geschieht es wohl, dass gute Naturen verwildern, auf dem Wege zum Besten. Selbst unter Denen, welche nur der eigenen sittlichen Reinigung nachjagten, unter Einsiedlern und Mönchen, finden sich solche verwilderte und über und über erkrankte, durch Misslingen ausgehöhlte und zerfressene Menschen. Es war ein liebevoller, mit Güte und Süssigkeit überschwänglich mild zuredender Geist, dem die Gewaltthat und die Selbstzerstörung verhasst ist und der Niemanden in Fesseln sehen will: dieser sprach zu Wagner. Er liess sich auf ihn nieder und umhüllte ihn tröstlich mit seinen Flügeln, er zeigte ihm den Weg. Wir thun einen Blick in die andere Sphäre der Wagnerischen Natur: aber wie sollen wir sie beschreiben?

Die Gestalten, welche ein Künstler schafft, sind nicht er selbst, aber die Reihenfolge der Gestalten, an denen er ersichtlich mit innigster Liebe hängt, sagt allerdings Etwas über den Künstler selber aus. Nun stelle man Rienzi, den fliegenden Holländer und Senta, Tannhäuser und Elisabeth, Lohengrin und Elsa, Tristan und Marke, Hans Sachs, Wotan und Brünnhilde sich vor die Seele: es geht ein verbindender unterirdischer Strom von sittlicher Veredelung und Vergrösserung durch alle hindurch, der immer reiner und geläuterter fluthet – und hier stehen wir, wenn auch mit schamhafter Zurückhaltung, vor einem innersten Werden in Wagner's eigener Seele. An welchem Künstler ist etwas Aehnliches in ähnlicher Grösse wahrzunehmen? Schiller's Gestalten, von den Räubern bis zu Wallenstein und Tell, durchlaufen eine solche Bahn der Veredelung und sprechen ebenfalls Etwas über das Werden ihres Schöpfers aus, aber der Maassstab ist bei Wagner noch grösser, der Weg länger. Alles nimmt an dieser Läuterung Theil und drückt sie aus, der Mythus nicht nur, sondern auch die Musik; im Ringe des Nibelungen finde ich die sittlichste Musik, die ich kenne, zum Beispiel dort, wo Brünnhilde von Siegfried erweckt wird; hier reicht er hinauf bis zu einer Höhe und Heiligkeit der Stimmung, dass wir an das Glühen der Eis- und Schneegipfel in den Alpen denken müssen: so rein, einsam, schwer zugänglich, trieblos, vom Leuchten der Liebe umflossen, erhebt sich hier die Natur; Wolken und Gewitter, ja selbst das Erhabene, sind unter ihr. Von da aus auf den Tannhäuser und Holländer zurückblickend, fühlen wir, wie der Mensch Wagner wurde: wie er dunkel und unruhig begann, wie er stürmisch Befriedigung suchte, Macht, berauschenden Genuss erstrebte, oft mit Ekel zurückfloh, wie er die Last von sich werfen wollte, zu vergessen, zu verneinen, zu entsagen begehrte – der gesammte Strom stürzte sich bald in dieses, bald in jenes Thal und bohrte in die dunkelsten Schluchten: – in der Nacht dieses halb unterirdischen Wühlens erschien ein Stern hoch über ihm, mit traurigem Glanze, er nannte ihn, wie er ihn erkannte: Treue, selbstlose Treue! Warum leuchtete sie ihm heller und reiner, als Alles, welches Geheimniss enthält das Wort Treue für sein ganzes Wesen? Denn in jedem, was er dachte und dichtete, hat er das Bild und Problem der Treue ausgeprägt, es ist in seinen Werken eine fast vollständige Reihe aller möglichen Arten der Treue, darunter sind die herrlichsten und selten geahnten: Treue von Bruder zu Schwester, Freund zu Freund, Diener zum Herrn, Elisabeth zu Tannhäuser, Senta zum Holländer, Elsa zu Lohengrin, Isolde, Kurwenal und Marke zu Tristan, Brünnhilde zu Wotan's innerstem Wunsche – um die Reihe nur anzufangen. Es ist die eigenste Urerfahrung, welche Wagner in sich selbst erlebt und wie ein religiöses

Geheimniss verehrt: diese drückt er mit dem Worte Treue aus, diese wird er nicht müde in hundert Gestaltungen aus sich heraus zu stellen und in der Fülle seiner Dankbarkeit mit dem Herrlichsten zu beschenken, was er hat und kann – jene wundervolle Erfahrung und Erkenntniss, dass die eine Sphäre seines Wesens der anderen treu blieb, aus freier selbstlosester Liebe Treue wahrte, die schöpferische schuldlose lichtere Sphäre, der dunkelen, unbändigen und tyrannischen.

3.

Im Verhalten der beiden tiefsten Kräfte zu einander, in der Hingebung der einen an die andere lag die grosse Nothwendigkeit, durch welche er allein ganz und er selbst bleiben konnte: zugleich das Einzige, was er nicht in der Gewalt hatte, was er beobachten und hinnehmen mußte, während er die Verführung zur Untreue und ihre schrecklichen Gefahren für sich immer auf's Neue an sich heran kommen sah. Hier fliesst eine überreiche Quelle der Leiden des Werdenden, die Ungewissheit. Jeder seiner Triebe strebte in's Ungemessene, alle daseinsfreudigen Begabungen wollten sich einzeln losreissen und für sich befriedigen; je grösser ihre Fülle, um so grösser war der Tumult, um so feindseliger ihre Kreuzung. Dazu reizte der Zufall und das Leben, Macht, Glanz, feurigste Lust zu gewinnen, noch öfter quälte die unbarmherzige Noth, überhaupt leben zu müssen; überall waren Fesseln und Fallgruben. Wie ist es möglich, da Treue zu halten, ganz zu bleiben? – Dieser Zweifel übermannte ihn oft und sprach sich dann so aus, wie eben ein Künstler zweifelt, in künstlerischen Gestalten: Elisabeth kann für Tannhäuser eben nur leiden, beten und sterben, sie rettet den Unstäten und Unmässigen durch ihre Treue, aber nicht für dieses Leben. Es geht gefährlich und verzweifelt zu, im Lebenswege jedes wahren Künstlers, der in die modernen Zeiten geworfen ist. Auf viele Arten kann er zu Ehren und Macht kommen, Ruhe und Genügen bietet sich ihm mehrfach an, doch immer nur in der Gestalt, wie der moderne Mensch sie kennt und wie sie für den redlichen Künstler zum erstickenden Brodem werden müssen. In der Versuchung hiezu und ebenso in der Abweisung dieser Versuchung liegen seine Gefahren, in dem Ekel an den modernen Arten, Lust und Ansehen zu erwerben, in der Wuth, welche sich gegen alles eigensüchtige Behagen nach Art der jetzigen Menschen wendet. Man denke ihn sich in eine Beamtung hinein – so wie Wagner das Amt eines Kapellmeisters an Stadt- und Hoftheatern zu versehen hatte; man empfinde es, wie der ernsteste Künstler mit Gewalt da den Ernst erzwingen will, wo nun einmal die modernen Einrichtungen fast mit grundsätzlicher Leichtfertigkeit aufgebaut sind und Leichtfertigkeit fordern, wie es ihm zum Theil gelingt und im Ganzen immer misslingt, wie der Ekel ihm naht und er flüchten will, wie er den Ort nicht findet, wohin er flüchten könnte und er immer wieder zu den Zigeunern und Ausgestossenen unserer Cultur als einer der Ihrigen zurückkehren muss. Aus einer Lage sich losreissend, verhilft er sich selten zu einer besseren, mitunter geräth er in die tiefste Dürftigkeit. So wechselte Wagner Städte, Gefährten, Länder, und man begreift kaum, unter was für Anmuthungen und Umgebungen er es doch immer eine Zeit lang ausgehalten hat. Auf der grösseren Hälfte seines bisherigen Lebens liegt eine schwere Luft; es scheint, als hoffte er nicht mehr in's Allgemeine, sondern nur noch von heute zu morgen, und so verzweifelte er zwar nicht, ohne doch zu glauben. Wie ein Wanderer durch die Nacht geht, mit schwerer Bürde und auf das Tiefste ermüdet und doch übernächtig erregt, so mag es ihm oft zu Muthe gewesen sein; ein plötzlicher Tod erschien dann vor seinen Blicken nicht als Schreckniss, sondern als verlockendes liebreizendes Gespenst. Last, Weg und Nacht, alles mit einem Male verschwunden! – das tönte verführerisch. Hundertmal warf er sich von Neuem wieder mit jener kurzathmigen Hoffnung in's Leben und liess alle Gespenster hinter sich. Aber in der Art, wie er es that, lag fast immer eine Maasslosigkeit, das Anzeichen dafür, dass er nicht tief und fest an jene Hoffnung glaubte, sondern sich nur an ihr berauschte. Mit dem Gegensatze seines Begehrens und seines gewöhnlichen Halb- oder Unvermögens, es zu befriedigen, wurde er wie mit Stacheln gequält, durch das fortwährende Entbehren aufgereizt, verlor sich seine Vorstellung in's Ausschweifende, wenn einmal plötzlich der Mangel nachliess. Das Leben ward immer verwickelter; aber auch immer kühner, erfindungsreicher waren die Mittel und Auswege, die er, der Dramatiker, entdeckte, ob es schon lauter dramatische Nothbehelfe waren, vorgeschobene Motive, welche einen Augenblick täuschen und nur für einen Augenblick erfunden sind. Er ist blitzschnell mit ihnen bei der Hand, und ebenso schnell sind sie verbraucht. Das Leben Wagner's, ganz aus der Nähe und ohne Liebe gesehen, hat, um an einen Gedanken Schopenhauer's zu erinnern, sehr viel von der Comödie an sich, und zwar von einer merkwürdig grotesken. Wie das Gefühl hiervon, das Eingeständniss einer grotesken Würdelosigkeit ganzer Lebensstrecken auf den Künstler wirken musste, der mehr als irgend ein anderer im Erhabenen und im Ueber-Erhabenen allein frei athmen kann, – das giebt dem Denkenden zu denken.

Inmitten eines solchen Treibens, welches nur durch die genaueste Schilderung den Grad von Mitleiden, Schrecken und Verwunderung einflössen kann, welchen es verdient, entfaltet sich eine Begabung des Lernens, wie sie selbst bei Deutschen, dem eigentlichen Lern-Volke, ganz aussergewöhnlich ist; und in dieser Begabung erwuchs wieder eine neue Gefahr, die sogar grösser war als die eines entwurzelt und unstät scheinenden, vom friedlosen Wahne kreuz und quer geführten Lebens. Wagner wurde aus einem versuchenden Neuling ein allseitiger Meister der Musik und der Bühne und in jeder der technischen Vorbedingungen ein Erfinder und Mehrer. Niemand wird ihm den Ruhm mehr streitig machen, das höchste Vorbild für alle Kunst des grossen Vortrags gegeben zu haben. Aber er wurde noch viel mehr, und um diess und jenes zu werden, war es ihm so wenig als irgend Jemandem erspart, sich lernend die höchste Cultur anzueignen. Und wie er diess that! Es ist eine Lust, diess zu sehen; von allen Seiten wächst es an ihn heran, in ihn hinein, und je grösser und schwerer der Bau, um so straffer spannt sich der Bogen des ordnenden und beherrschenden Denkens. Und doch wurde es selten Einem so schwer gemacht, die Zugänge zu den Wissenschaften und Fertigkeiten zu finden, und vielfach musste er solche Zugänge improvisiren. Der Erneuerer des einfachen Drama's, der Entdecker der Stellung der Künste in der wahren menschlichen Gesellschaft, der dichtende Erklärer vergangener Lebensbetrachtungen, der Philosoph, der Historiker, der Aesthetiker und Kritiker Wagner, der Meister der Sprache, der Mytholog und Mythopoet, der zum ersten Male einen Ring um das herrliche uralte ungeheure Gebilde schloss und die Runen seines Geistes darauf eingrub – welche Fülle des Wissens hatte er zusammenzubringen und zu umspannen, um das alles werden zu können! Und doch erdrückte weder diese Summe seinen Willen zur That, noch leitete das Einzelne und Anziehendste ihn abseits. Um das Ungemeine eines solchen Verhaltens zu ermessen, nehme man zum Beispiel das grosse Gegenbild Goethe's, der, als Lernender und Wissender, wie ein viel verzweigtes Stromnetz erscheint, welches aber seine ganze Kraft nicht zu Meere trägt, sondern mindestens ebensoviel auf seinen Wegen und Krümmungen verliert und verstreut, als es am Ausgange mit sich führt. Es ist wahr, ein solches Wesen wie das Goethe's hat und macht mehr Behagen, es liegt etwas Mildes und Edel-Verschwenderisches um ihn herum, während Wagner's Lauf und Stromgewalt vielleicht erschrecken und abschrecken kann. Mag aber sich fürchten, wer will: wir Anderen wollen dadurch um so muthiger werden, dass wir einen Helden mit Augen sehen dürfen, welcher auch in Betreff der modernen Bildung "das Fürchten nicht gelernt hat".

Ebensowenig hat er gelernt, sich durch Historie und Philosophie zur Ruhe zu bringen und gerade das zauberhaft Sänftigende und der That Widerrathende ihrer Wirkungen für sich herauszunehmen. Weder der schaffende, noch der kämpfende Künstler wurde durch das Lernen und die Bildung von seiner Laufbahn abgezogen. Sobald ihn seine bildende Kraft überkommt, wird ihm die Geschichte ein beweglicher Thon in seiner Hand; dann steht er mit einem Mal anders zu ihr als jeder Gelehrte, vielmehr ähnlich wie der Grieche zu seinem Mythus stand, als zu einem Etwas, an dem man formt und dichtet, zwar mit Liebe und einer gewissen scheuen Andacht, aber doch mit dem Hoheitsrecht des Schaffenden. Und gerade weil sie für ihn noch biegsamer und wandelbarer als jeder Traum ist, kann er in das einzelne Ereigniss das Typische ganzer Zeiten hineindichten und so eine Wahrheit der Darstellung erreichen, wie sie der Historiker nie erreicht. Wo ist das ritterliche Mittelalter so mit Fleisch und Geist in ein Gebilde übergegangen, wie diess im Lohengrin geschehen ist? Und werden nicht die Meistersinger noch zu den spätesten Zeiten von dem deutschen Wesen erzählen, ja mehr als erzählen, werden sie nicht vielmehr eine der reifsten Früchte jenes Wesens sein, das immer reformiren und nicht revolviren will und das auf dem breiten Grunde seines Behagens auch das edelste Unbehagen, das der erneuernden That, nicht verlernt hat?

Und gerade zu dieser Art des Unbehagens wurde Wagner immer wieder durch sein Befassen mit Historie und Philosophie gedrängt: in ihnen fand er nicht nur Waffen und Rüstung, sondern hier fühlte er vor Allem den begeisternden Anhauch, welcher von den Grabstätten aller grossen Kämpfer, aller grossen Leidenden und Denkenden her weht. Man kann sich durch Nichts mehr von der ganzen gegenwärtigen Zeit abheben, als durch den Gebrauch, welchen man von der Geschichte und Philosophie macht. Der ersteren scheint jetzt, so wie sie gewöhnlich verstanden wird, die Aufgabe zugefallen zu sein, den modernen Menschen, der keuchend und mühevoll zu seinen Zielen läuft, einmal aufathmen zu lassen, so dass er sich für einen Augenblick gleichsam abgeschirrt fühlen kann. Was der einzelne Montaigne in der Bewegtheit des Reformations-Geistes bedeutet, ein In-sich-zur-Ruhe-kommen, ein friedliches Für-sich-sein und Ausathmen – und so empfand ihn gewiss sein bester Leser, Shakespeare – das ist jetzt die Historie für den modernen Geist. Wenn die Deutschen seit einem Jahrhundert besonders den historischen Studien obgelegen haben, so zeigt diess, dass sie in der Bewegung der neueren Welt die aufhaltende, verzögernde, beruhigende Macht sind: was vielleicht Einige zu einem Lobe für sie wenden dürften. Im Ganzen ist es aber ein gefährliches Anzeichen, wenn das geistige Ringen eines Volkes vornehmlich der Vergangenheit gilt, ein Merkmal von Erschlaffung, von Rück- und Hinfälligkeit: so dass sie nun jedem um sich greifenden Fieber, zum Beispiel dem politischen, in gefährlichster Weise ausgesetzt sind. Einen solchen Zustand von Schwäche stellen, im Gegensatze zu allen Reformations- und Revolutions-Bewegungen, unsere Gelehrten in der Geschichte des modernen Geistes dar, sie haben sich nicht die stolzeste Aufgabe gestellt, aber eine eigene Art friedfertigen Glückes gesichert. Jeder freiere, männlichere Schritt führt freilich an ihnen vorüber, – wenn auch keineswegs an der Geschichte selbst! Diese hat noch ganz andere Kräfte in sich, wie gerade solche Naturen wie Wagner ahnen: nur muss sie erst einmal in einem viel ernsteren, strengeren Sinne, aus einer mächtigen Seele heraus und überhaupt nicht mehr optimistisch, wie bisher immer, geschrieben werden, anders also, als die deutschen Gelehrten bis jetzt gethan haben. Es liegt etwas Beschönigendes, Unterwürfiges und Zufriedengestelltes auf allen ihren Arbeiten, und der Gang der Dinge ist ihnen recht. Es ist schon viel, wenn es Einer merken lässt, dass er gerade nur zufrieden sei, weil es noch schlimmer hätte kommen können: die Meisten von ihnen glauben unwillkürlich, dass es sehr gut sei, gerade so wie es nun einmal gekommen ist. Wäre die Historie nicht immer noch eine verkappte christliche Theodicee, wäre sie mit mehr Gerechtigkeit und Inbrunst des Mitgefühls geschrieben, so würde sie wahrhaftig am wenigsten gerade als Das Dienste leisten können, als was sie jetzt dient: als Opiat gegen alles Umwälzende und Erneuernde. Aehnlich steht es mit der Philosophie: aus welcher ja die Meisten nichts Anderes lernen wollen, als die Dinge ungefähr – sehr ungefähr! – verstehen, um sich dann in sie zu schicken. Und selbst von ihren edelsten Vertretern wird ihre stillende und tröstende Macht so stark hervorgehoben, dass die Ruhesüchtigen und Trägen meinen müssen, sie suchten dasselbe, was die Philosophie sucht. Mir scheint dagegen die wichtigste Frage aller Philosophie zu sein, wie weit die Dinge eine unabänderliche Artung und Gestalt haben: um dann, wenn diese Frage beantwortet ist, mit der rücksichtslosesten Tapferkeit auf die Verbesserung der als veränderlich erkannten Seite der Welt loszugehen. Das lehren die wahren Philosophen auch selber durch die That, dadurch, dass sie an der Verbesserung der sehr veränderlichen Einsicht der Menschen arbeiteten und ihre Weisheit nicht für sich behielten; das lehren auch die wahren Jünger wahrer Philosophien, welche wie Wagner aus ihnen gerade gesteigerte Entschiedenheit und Unbeugsamkeit für ihr Wollen, aber keine Einschläferungssäfte zu saugen verstehen. Wagner ist dort am meisten

Philosoph, wo er am thatkräftigsten und heldenhaftesten ist. Und gerade als Philosoph gieng er nicht nur durch das Feuer verschiedener philosophischer Systeme, ohne sich zu fürchten, hindurch, sondern auch durch den Dampf des Wissens und der Gelehrsamkeit, und hielt seinem höheren Selbst Treue, welches von ihm Gesamtthaten seines vielstimmigen Wesens verlangte und ihn leiden und lernen hiess, um jene Thaten thun zu können.

4.

Die Geschichte der Entwickelung der Cultur seit den Griechen ist kurz genug, wenn man den eigentlichen wirklich zurückgelegten Weg in Betracht zieht und das Stillestehen, Zurückgehen, Zaudern, Schleichen gar nicht mit rechnet. Die Hellenisirung der Welt und, diese zu ermöglichen, die Orientalisirung des Hellenischen – die Doppel-Aufgabe des grossen Alexander – ist immer noch das letzte grosse Ereigniss; die alte Frage, ob eine fremde Cultur sich überhaupt übertragen lasse, immer noch das Problem, an dem die Neueren sich abmühen. Das rhythmische Spiel jener beiden Factoren gegen einander ist es, was namentlich den bisherigen Gang der Geschichte bestimmt hat. Da erscheint zum Beispiel das Christenthum als ein Stück orientalischen Alterthums, welches von den Menschen mit ausschweifender Gründlichkeit zu Ende gedacht und gehandelt wurde. Im Schwinden seines Einflusses hat wieder die Macht des hellenischen Culturwesens zugenommen; wir erleben Erscheinungen, welche so befremdend sind, dass sie unerklärbar in der Luft schweben würden, wenn man sie nicht, über einen mächtigen Zeitraum hinweg, an die griechischen Analogien anknüpfen könnte. So giebt es zwischen Kant und den Eleaten, zwischen Schopenhauer und Empedokles, zwischen Aeschylus und Richard Wagner solche Nähen und Verwandtschaften, dass man fast handgreiflich an das sehr relative Wesen aller Zeitbegriffe gemahnt wird: beinahe scheint es, als ob manche Dinge zusammen gehören und die Zeit nur eine Wolke sei, welche es unseren Augen schwer macht, diese Zusammengehörigkeit zu sehen. Besonders bringt auch die Geschichte der strengen Wissenschaften den Eindruck hervor, als ob wir uns eben jetzt in nächster Nähe der alexandrinisch-griechischen Welt befänden und als ob der Pendel der Geschichte wieder nach dem Punkte zurückschwänge, von wo er zu schwingen begann, fort in räthselhafte Ferne und Verlorenheit. Das Bild unserer gegenwärtigen Welt ist durchaus kein neues: immer mehr muss es Dem, der die Geschichte kennt, so zu Muthe werden, als ob er alte vertraute Züge eines Gesichtes wieder erkenne. Der Geist der hellenischen Cultur liegt in unendlicher Zerstreuung auf unserer Gegenwart:

während sich die Gewalten aller Art drängen und man sich die Früchte der modernen Wissenschaften und Fertigkeiten als Austauschmittel bietet, dämmert in blassen Zügen wieder das Bild des Hellenischen, aber noch ganz fern und geisterhaft, auf. Die Erde, die bisher zur Genüge orientalisirt worden ist, sehnt sich wieder nach der Hellenisirung; wer ihr hier helfen will, der hat freilich Schnelligkeit und einen geflügelten Fuss von Nöthen, um die mannichfachsten und entferntesten Puncte des Wissens, die entlegensten Welttheile der Begabung zusammenzubringen, um das ganze ungeheuer ausgespannte Gefilde zu durchlaufen und zu beherrschen. So ist denn jetzt eine Reihe von Gegen-Alexandern nöthig geworden, welche die mächtigste Kraft haben, zusammen zu ziehen und zu binden, die entferntesten Fäden heran zu langen und das Gewebe vor dem Zerblasenwerden zu bewahren. Nicht den gordischen Knoten der griechischen Cultur zu lösen, wie es Alexander that, so dass seine Enden nach allen Weltrichtungen hin flatterten, sondern ihn zu binden, nachdem er gelöst war – das ist jetzt die Aufgabe. In Wagner erkenne ich einen solchen Gegen-Alexander: er bannt und schliesst zusammen, was vereinzelt, schwach und lässig war, er hat, wenn ein medicinischer Ausdruck erlaubt ist, eine adstringirende Kraft: in so fern gehört er zu den ganz grossen Culturgewalten. Er waltet über den Künsten, den Religionen, den verschiedenen Völkergeschichten und ist doch der Gegensatz eines Polyhistors, eines nur zusammentragenden und ordnenden Geistes: denn er ist ein Zusammenbildner und Beseeler des Zusammengebrachten, ein Vereinfacher der Welt. Man wird sich an einer solchen Vorstellung nicht irre machen lassen, wenn man diese allgemeinste Aufgabe, die sein Genius ihm gestellt hat, mit der viel engeren und näheren vergleicht, an welche man jetzt zuerst bei dem Namen Wagner zu denken pflegt. Man erwartet von ihm eine Reformation des Theaters: gesetzt, dieselbe gelänge ihm, was wäre denn damit für jene höhere und ferne Aufgabe gethan?

Nun, damit wäre der moderne Mensch verändert und reformirt: so nothwendig hängt in unserer neueren Welt eins an dem andern, dass, wer nur einen Nagel herauszieht, das Gebäude wanken und fallen macht. Auch von jeder anderen wirklichen Reform wäre dasselbe zu erwarten, was wir hier von der Wagnerischen, mit dem Anscheine der Uebertreibung, aussagen. Es ist gar nicht möglich, die höchste und reinste Wirkung der theatralischen Kunst herzustellen, ohne nicht überall, in Sitte und Staat, in Erziehung und Verkehr, zu neuern. Liebe und Gerechtigkeit, an Einem Puncte, nämlich hier im Bereiche der Kunst, mächtig geworden, müssen nach dem Gesetz ihrer inneren Noth weiter um sich greifen und können nicht wieder in die Regungslosigkeit ihrer früheren Verpuppung zurück. Schon um zu begreifen, inwiefern die Stellung unserer Künste zum Leben ein Symbol der Entartung dieses Lebens ist, inwiefern unsere Theater für Die, welche sie bauen und besuchen, eine Schmach sind, muss man völlig umlernen und das Gewohnte und Alltägliche einmal als etwas sehr Ungewöhnliches und Verwickeltes ansehn können. Seltsame Trübung des Urtheils, schlecht verhehlte Sucht nach Ergötzlichkeit, nach Unterhaltung um jeden Preis, gelehrtenhafte Rücksichten, Wichtigthun und Schauspielerei mit dem Ernst der Kunst von Seiten der Ausführenden, brutale Gier nach Geldgewinn von Seiten der Unternehmenden, Hohlheit und Gedankenlosigkeit einer Gesellschaft, welche an das Volk nur so weit denkt, als es ihr nützt oder gefährlich ist, und Theater und Concerte besucht, ohne je dabei an Pflichten erinnert zu werden – diess alles zusammen bildet die dumpfe und verderbliche Luft unserer heutigen Kunstzustände: ist man aber erst so an dieselbe gewöhnt, wie es unsere Gebildeten sind, so wähnt man wohl, diese Luft zu seiner Gesundheit nöthig zu haben und befindet sich schlecht, wenn man, durch irgend einen Zwang, ihrer zeitweilig entrathen muss. Wirklich hat man nur Ein Mittel, sich in Kürze davon zu überzeugen, wie gemein, und zwar wie absonderlich und verzwickt gemein unsere Theater-Einrichtungen sind: man halte nur die einstmalige Wirklichkeit des griechischen Theaters dagegen! Gesetzt, wir wüssten Nichts von den Griechen, so wäre unseren Zuständen vielleicht gar nicht beizukommen, und man hielte solche Einwendungen, wie sie zuerst von Wagner in grossem Style gemacht worden sind, für Träumereien von Leuten, welche im Lande Nirgendsheim zu Hause sind. Wie die Menschen einmal sind, würde man vielleicht sagen, genügt und gebührt ihnen eine solche Kunst – und sie sind nie anders gewesen! – Sie sind gewiss anders gewesen, und selbst jetzt giebt es Menschen, denen die bisherigen Einrichtungen nicht genügen – eben diess beweist die Thatsache von Bayreuth. Hier findet ihr vorbereitete und geweihte Zuschauer, die Ergriffenheit von Menschen, welche sich auf dem Höhepuncte ihres Glücks befinden und gerade in ihm ihr ganzes Wesen zusammengerafft fühlen, um sich zu weiterem und höherem Wollen bestärken zu lassen; hier findet ihr die hingebendste Aufopferung der Künstler und das Schauspiel aller Schauspiele, den siegreichen Schöpfer eines Werkes, welches selber der Inbegriff einer Fülle siegreicher Kunst-Thaten ist. Dünkt es nicht fast wie Zauberei, einer solchen Erscheinung in der Gegenwart begegnen zu können? Müssen nicht Die, welche hier mithelfen und mitschauen dürfen, schon verwandelt und erneuert sein, um nun auch fernerhin, in anderen Gebieten des

Lebens, zu verwandeln und zu erneuern? Ist nicht ein Hafen nach der wüsten Weite des Meeres gefunden, liegt hier nicht Stille über den Wassern gebreitet? – Wer aus der hier waltenden Tiefe und Einsamkeit der Stimmung zurück in die ganz andersartigen Flächen und Niederungen des Lebens kommt, muss er sich nicht immerfort wie Isolde fragen: "Wie ertrug ich's nur? Wie ertrag, ich's noch?" Und wenn er es nicht aushält, sein Glück und sein Unglück eigensüchtig in sich zu bergen, so wird er von jetzt ab jede Gelegenheit ergreifen, in Thaten davon Zeugniss abzulegen. Wo sind Die, welche an den gegenwärtigen Einrichtungen leiden? wird er fragen. Wo sind unsere natürlichen Bundesgenossen, mit denen wir gegen das wuchernde und unterdrückende Um-sich-greifen der heutigen Gebildetheit kämpfen können? Denn einstweilen haben wir nur Einen Feind – einstweilen! – eben jene "Gebildeten", für welche das Wort "Bayreuth" eine ihrer tiefsten Niederlagen bezeichnet – sie haben nicht mitgeholfen, sie waren wüthend dagegen, oder zeigten jene noch wirksamere Schwerhörigkeit, welche jetzt zur gewohnten Waffe der überlegtesten Gegnerschaft geworden ist. Aber wir wissen eben dadurch, dass sie Wagner's Wesen selber durch ihre Feindseligkeit und Tücke nicht zerstören, sein Werk nicht verhindern konnten, noch Eins: sie haben verrathen, dass sie schwach sind, und dass der Widerstand der bisherigen Machtinhaber nicht mehr viele Angriffe aushalten wird. Es ist der Augenblick für Solche, welche mächtig erobern und siegen wollen, die grössten Reiche stehen offen, ein Fragezeichen ist zu den Namen der Besitzer gesetzt, so weit es Besitz giebt. So ist zum Beispiel das Gebäude der Erziehung als morsch erkannt, und überall finden sich Einzelne, welche in aller Stille schon das Gebäude verlassen haben. Könnte man Die, welche thatsächlich schon jetzt tief mit ihm unzufrieden sind, nur einmal zur offenen Empörung und Erklärung treiben! Könnte man sie des verzagenden Unmuthes berauben! Ich weiss es: wenn man gerade den stillen Beitrag dieser Naturen von dem Ertrage unseres gesammten Bildungswesens abstriche, es wäre der empfindlichste Aderlass, durch den man dasselbe schwächen könnte. Von den Gelehrten zum Beispiel blieben unter dem alten Regimente nur die durch den politischen Wahnwitz Angesteckten und die litteratenhaften Menschen aller Art zurück. Das widerliche Gebilde, welches jetzt seine Kräfte aus der Anlehnung an die Sphären der Gewalt und Ungerechtigkeit, an Staat und Gesellschaft nimmt und seinen Vortheil dabei hat, diese immer böser und rücksichtsloser zu machen, ist ohne diese Anlehnung etwas Schwächliches und Ermüdetes: man braucht es nur recht zu verachten, so fällt es schon über den Haufen. Wer für die Gerechtigkeit und die Liebe unter den Menschen kämpft, darf sich vor ihm am wenigsten fürchten:

denn seine eigentlichen Feinde stehen erst vor ihm, wenn er seinen Kampf, den er einstweilen gegen ihre Vorhut, die heutige Cultur führt, zu Ende gebracht hat.

Für uns bedeutet Bayreuth die Morgen-Weihe am Tage des Kampfes. Man könnte uns nicht mehr Unrecht thun, als wenn man annähme, es sei uns um die Kunst allein zu thun: als ob sie wie ein Heil- und Betäubungsmittel zu gelten hätte, mit dem man alle übrigen elenden Zustände von sich abthun könnte. Wir sehen im Bilde jenes tragischen Kunstwerkes von Bayreuth gerade den Kampf der Einzelnen mit Allem, was ihnen als scheinbar unbezwingliche Nothwendigkeit entgegentritt, mit Macht, Gesetz, Herkommen, Vertrag und ganzen Ordnungen der Dinge. Die Einzelnen können gar nicht schöner leben, als wenn sie sich im Kampfe um Gerechtigkeit und Liebe zum Tode reif machen und opfern. Der Blick, mit welchem uns das geheimnissvolle Auge der Tragödie anschaut, ist kein erschlaffender und gliederbindender Zauber. Obschon sie Ruhe verlangt, so lange sie uns ansieht; – denn die Kunst ist nicht für den Kampf selber da, sondern für die Ruhepausen vorher und inmitten desselben, für jene Minuten, da man zurückblickend und vorahnend das Symbolische versteht, da mit dem Gefühl einer leisen Müdigkeit ein erquickender Traum uns naht. Der Tag und der Kampf bricht gleich an, die heiligen Schatten verschweben und die Kunst ist wieder ferne von uns; aber ihre Tröstung liegt über dem Menschen von der Frühstunde her. Ueberall findet ja sonst der Einzelne sein persönliches Ungenügen, sein Halb- und Unvermögen: mit welchem Muthe sollte er kämpfen, wenn er nicht vorher zu etwas Überpersönlichem geweiht worden wäre! Die grössten Leiden des Einzelnen, die es giebt, die Nichtgemeinsamkeit des Wissens bei allen Menschen, die Unsicherheit der letzten Einsichten und die Ungleichheit des Könnens, das alles macht ihn kunstbedürftig. Man kann nicht glücklich sein, so lange um uns herum Alles leidet und sich Leiden schafft; man kann nicht sittlich sein, so lange der Gang der menschlichen Dinge durch Gewalt, Trug und Ungerechtigkeit bestimmt wird; man kann nicht einmal weise sein, so lange nicht die ganze Menschheit im Wetteifer um Weisheit gerungen hat und den Einzelnen auf die weiseste Art in's Leben und Wissen hineinführt. Wie sollte man es nun bei diesem dreifachen Gefühle des Ungenügens aushalten, wenn man nicht schon in seinem Kämpfen, Streben und Untergehen etwas Erhabenes und Bedeutungsvolles zu erkennen vermöchte und nicht aus der Tragödie lernte, Lust am Rhythmus der grossen Leidenschaft und am Opfer derselben zu haben. Die Kunst ist freilich keine Lehrerin und Erzieherin für das unmittelbare Handeln; der Künstler ist nie in diesem Verstande ein Erzieher und

Rathgeber; die Objecte, welche die tragischen Helden erstreben, sind nicht ohne Weiteres die erstrebenswerthen Dinge an sich. Wie im Traume ist die Schätzung der Dinge, so lange wir uns im Banne der Kunst festgehalten fühlen, verändert: was wir währenddem für so erstrebenswerth halten, dass wir dem tragischen Helden beistimmen, wenn er lieber den Tod erwählt, als dass er darauf verzichtete – das ist für das wirkliche Leben selten von gleichem Werthe und gleicher Thatkraft würdig: dafür ist eben die Kunst die Thätigkeit des Ausruhenden. Die Kämpfe, welche sie zeigt, sind Vereinfachungen der wirklichen Kämpfe des Lebens; ihre Probleme sind Abkürzungen der unendlich verwickelten Rechnung des menschlichen Handelns und Wollens. Aber gerade darin liegt die Grösse und Unentbehrlichkeit der Kunst, dass sie den Schein einer einfacheren Welt, einer kürzeren Lösung der Lebens-Räthsel erregt. Niemand, der am Leben leidet, kann diesen Schein entbehren, wie Niemand des Schlafes entbehren kann. Je schwieriger die Erkenntniss von den Gesetzen des Lebens wird, um so inbrünstiger begehren wir nach dem Scheine jener Vereinfachung, wenn auch nur für Augenblicke, um so grösser wird die Spannung zwischen der allgemeinen Erkenntniss der Dinge und dem geistig-sittlichen Vermögen des Einzelnen. Damit der Bogen nicht breche, ist die Kunst da.

Der Einzelne soll zu etwas Ueberpersönlichem geweiht werden – das will die Tragödie; er soll die schreckliche Beängstigung, welche der Tod und die Zeit dem Individuum macht, verlernen: denn schon im kleinsten Augenblick, im kürzesten Atom seines Lebenslaufes kann ihm etwas Heiliges begegnen, das allen Kampf und alle Noth überschwänglich aufwiegt – das heisst tragisch gesinnt sein. Und wenn die ganze Menschheit einmal sterben muss – wer dürfte daran zweifeln! – so ist ihr als höchste Aufgabe für alle kommenden Zeiten das Ziel gestellt, so in's Eine und Gemeinsame zusammenzuwachsen, dass sie als ein Ganzes ihrem bevorstehenden Untergange mit einer tragischen Gesinnung entgegengehe; in dieser höchsten Aufgabe liegt alle Veredelung der Menschen eingeschlossen; aus dem endgültigen Abweisen derselben ergäbe sich das trübste Bild, welches sich ein Menschenfreund vor die Seele stellen könnte. So empfinde ich es! Es giebt nur Eine Hoffnung und Eine Gewähr für die Zukunft des Menschlichen: sie liegt darin, dass die tragische Gesinnung nicht absterbe. Es würde ein Weheschrei sonder Gleichen über die Erde erschallen müssen, wenn die Menschen sie einmal völlig verlieren sollten; und wiederum giebt es keine beseligendere Lust als Das zu wissen, was wir wissen – wie der tragische Gedanke wieder hinein in die Welt geboren ist. Denn diese Lust ist eine völlig überpersönliche und allgemeine, ein Jubel der Menschheit über den verbürgten Zusammenhang und Fortgang des Menschlichen überhaupt.-

5.

Wagner rückte das gegenwärtige Leben und die Vergangenheit unter den Lichtstrahl einer Erkenntniss, der stark genug war, um auf ungewohnte Weite hin damit sehen zu können: deshalb ist er ein Vereinfacher der Welt; denn immer besteht die Vereinfachung der Welt darin, dass der Blick des Erkennenden auf's Neue wieder über die ungeheure Fülle und Wüstheit eines scheinbaren Chaos Herr geworden ist, und Das in Eins zusammendrängt, was früher als unverträglich auseinander lag. Wagner that dess, indem er zwischen zwei Dingen, die fremd und kalt wie in getrennten Sphären zu leben schienen, ein Verhältniss fand: zwischen Musik und Leben und ebenfalls zwischen Musik und Drama. Nicht dass er diese Verhältnisse erfunden oder erst geschaffen hätte: sie sind da und liegen eigentlich vor Jedermanns Füssen: so wie immer das grosse Problem dem edlen Gesteine gleicht, über welches Tausende hinwegschreiten, bis endlich Einer es aufhebt. Was bedeutet es, fragt sich Wagner, dass im Leben der neueren Menschen gerade eine solche Kunst, wie die der Musik, mit so unvergleichlicher Kraft erstanden ist? Man braucht von diesem Leben nicht etwar gering zu denken, um hier ein Problem zu sehen; nein, wenn man alle diesem Leben eigenen grossen Gewalten erwägt und sich das Bild eines mächtig aufstrebenden, um bewusste Freiheit und um Unabhängigkeit des Gedankens kämpfenden Daseins vor die Seele stellt – dann erst recht erscheint die Musik in dieser Welt als Räthsel. Muss man nicht sagen: aus dieser Zeit konnte die Musik nicht erstehen! Was ist dann aber ihre Existenz? Ein Zufall? Gewiss könnte auch ein einzelner grosser Künstler ein Zufall sein, aber das Erscheinen einer solchen Reihe von grossen Künstlern, wie es die neuere Geschichte der Musik zeigt, und wie es bisher nur noch einmal, in der Zeit der Griechen, seines Gleichen hatte, giebt zu denken, dass hier nicht Zufall, sondern Nothwendigkeit herrscht. Diese Nothwendigkeit eben ist das Problem, auf welches Wagner eine Antwort giebt.

Es ist ihm zuerst die Erkenntniss eines Nothstandes aufgegangen, der so weit reicht, als jetzt überhaupt die Civilisation die Völker verknüpft: überall ist hier die Sprache erkrankt, und auf der ganzen menschlichen Entwickelung lastet der Druck dieser ungeheuerlichen Krankheit. Indem die Sprache fortwährend auf die letzten Sprossen des ihr Erreichbaren steigen musste, um, möglichst ferne von der starken Gefühlsregung, der sie ursprünglich in aller Schlichtheit zu entsprechen vermochte, das dem Gefühl Entgegengesetzte, das Reich des

Gedankens zu erfassen, ist ihre Kraft durch dieses übermässige Sich-Ausrecken in dem kurzen Zeitraume der neueren Civilisation erschöpft worden: so dass sie nun gerade Das nicht mehr zu leisten vermag, wessentwegen sie allein da ist: um über die einfachsten Lebensnöthe die Leidenden miteinander zu verständigen. Der Mensch kann sich in seiner Noth vermöge der Sprache nicht mehr zu erkennen geben, also sich nicht wahrhaft mittheilen: bei diesem dunkel gefühlten Zustande ist die Sprache überall eine Gewalt für sich geworden, welche nun wie mit Gespensterarmen die Menschen fasst und schiebt, wohin sie eigentlich nicht wollen; sobald sie mit einander sich zu verständigen und zu einem Werke zu vereinigen suchen, erfasst sie der Wahnsinn der allgemeinen Begriffe, ja der reinen Wortklänge, und in Folge dieser Unfähigkeit, sich mitzutheilen, tragen dann wieder die Schöpfungen ihres Gemeinsinns das Zeichen des Sich-nicht-verstehens, insofern sie nicht den wirklichen Nöthen entsprechen, sondern eben nur der Hohlheit jener gewaltherrischen Worte und Begriffe: so nimmt die Menschheit zu allen ihren Leiden auch noch das Leiden der Convention hinzu, das heisst des Uebereinkommens in Worten und Handlungen ohne ein Uebereinkommen des Gefühls. Wie in dem abwärts laufenden Gange jeder Kunst ein Punct erreicht wird, wo ihre krankhaft wuchernden Mittel und Formen ein tyrannisches Uebergewicht über die jungen Seelen der Künstler erlangen und sie zu ihren Sclaven machen, so ist man jetzt, im Niedergange der Sprachen, der Sclave der Worte; unter diesem Zwange vermag Niemand mehr sich selbst zu zeigen, naiv zu sprechen, und Wenige überhaupt vermögen sich ihre Individualität zu wahren, im Kampfe mit einer Bildung, welche ihr Gelingen nicht damit zu beweisen glaubt, dass sie deutlichen Empfindungen und Bedürfnissen bildend entgegenkomme, sondern damit, dass sie das Individuum in das Netz der "deutlichen Begriffe" einspinne und richtig denken lehre: als ob es irgend einen Werth hätte, Jemanden zu einem richtig denkenden und schliessenden Wesen zu machen, wenn es nicht gelungen ist, ihn vorher zu einem richtig empfindenden zu machen. Wenn nun, in einer solchermaassen verwundeten Menschheit, die Musik unserer deutschen Meister erklingt, was kommt da eigentlich zum Erklingen? Eben nur die richtige Empfindung , die Feindin aller Convention, aller künstlichen Entfremdung und Unverständlichkeit zwischen Mensch und Mensch: diese Musik ist Rückkehr zur Natur, während sie zugleich Reinigung und Umwandelung der Natur ist; denn in der Seele der liebevollsten Menschen ist die Nöthigung zu jener Rückkehr entstanden, und in ihrer Kunst ertönt die in Liebe verwandelte Natur.

Nehmen wir diess als die eine Antwort Wagner's auf die Frage, was die Musik in unserer Zeit bedeutet: er hat noch eine zweite. Das Verhältniss zwischen Musik und Leben ist nicht nur das einer Art Sprache zu einer anderen Art Sprache, es ist auch das Verhältniss der vollkommenen Hörwelt zu der gesammten Schauwelt. Als Erscheinung für das Auge genommen und verglichen mit den früheren Erscheinungen des Lebens, zeigt aber die Existenz der neueren Menschen eine unsägliche Armuth und Erschöpfung, trotz der unsäglichen Buntheit, durch welche nur der oberflächlichste Blick sich beglückt fühlen kann. Man sehe nur etwas schärfer hin und zerlege sich den Eindruck dieses heftig bewegten Farbenspieles: ist das Ganze nicht wie das Schimmern und Aufblitzen zahlloser Steinchen und Stückchen, welche man früheren Culturen abgeborgt hat? Ist hier nicht Alles unzugehöriger Prunk, nachgeäffte Bewegung, angemaasste Aeusserlichkeit? Ein Kleid in bunten Fetzen für den Nackten und Frierenden? Ein scheinbarer Tanz der Freude, dem Leidenden zugemuthet? Mienen üppigen Stolzes, von einem tief Verwundeten zur Schau getragen? Und dazwischen, nur durch die Schnelligkeit der Bewegung und des Wirbels verhüllt und verhehlt – graue Ohnmacht, nagender Unfrieden, arbeitsamste Langeweile, unehrliches Elend! Die Erscheinung des modernen Menschen ist ganz und gar Schein geworden; er wird in dem, was er jetzt vorstellt, nicht selber sichtbar, viel eher versteckt; und der Rest erfinderischer Kunstthätigkeit, der sich noch bei einem Volke, etwan bei den Franzosen und Italiänern erhalten hat, wird auf die Kunst dieses Versteckenspielens verwendet. Ueberall, wo man jetzt "Form" verlangt, in der Gesellschaft und der Unterhaltung, im schriftstellerischen Ausdruck, im Verkehr der Staaten mit eineinander, versteht man darunter unwillkürlich einen gefälligen Anschein, den Gegensatz des wahren Begriffs von Form als von einer nothwendigen Gestaltung, die mit "gefällig" und "ungefällig" nichts zu thun hat, weil sie eben nothwendig und nicht beliebig ist. Aber auch dort, wo man jetzt unter Völkern der Civilisation nicht die Form ausdrücklich verlangt, besitzt man ebenso wenig jene nothwendige Gestaltung, sondern ist in dem Streben nach dem gefälligen Anschein nur nicht so glücklich, wenn auch mindestens ebenso eifrig. Wie gefällig nämlich hier und dort der Anschein ist und weshalb es Jedem gefallen muss, dass der moderne Mensch sich wenigstens bemüht, zu scheinen, das fühlt Jeder in dem Maasse, in welchem er selber moderner Mensch ist. "Nur die Galeerensclaven kennen sich, – sagt Tasso – doch wir verkennen nur die Anderen höflich, damit sie wieder uns verkennen sollen."

In dieser Welt der Formen und der erwünschten Verkennung erscheinen nun die von der Musik erfüllten Seelen, – zu welchem Zwecke? Sie bewegen sich nach dem Gange des grossen, freien Rhythmus" in vornehmer Ehrlichkeit, in einer Leidenschaft, welche überpersönlich ist, sie erglühen von dem machtvoll ruhigen Feuer der Musik, das aus unerschöpflicher Tiefe in ihnen an's Licht quillt, – diess alles zu welchem Zwecke?

Durch diese Seelen verlangt die Musik nach ihrer ebenmässigen Schwester, der Gymnastik , als nach ihrer nothwendigen Gestaltung im Reiche des Sichtbaren: im Suchen und Verlangen nach ihr wird sie zur Richterin über die ganze verlogene Schau- und Scheinwelt der Gegenwart. Diess ist die zweite Antwort Wagner's auf die Frage, was die Musik in dieser Zeit zu bedeuten habe. Helft mir, so ruft er Allen zu, die hören können, helft mir jene Cultur zu entdecken, von der meine Musik als die wiedergefundene Sprache der richtigen Empfindung wahrsagt, denkt darüber nach, dass die Seele der Musik sich jetzt einen Leib gestalten will, dass sie durch euch alle hindurch zur Sichtbarkeit in Bewegung, That, Einrichtung und Sitte ihren Weg sucht! Es giebt Menschen, welche diesen Zuruf verstehen, und es werden ihrer immer mehr; diese begreifen es auch zum ersten Male wieder, was es heissen will, den Staat auf Musik zu gründen,- Etwas, das die älteren Hellenen nicht nur begriffen hatten, sondern auch von sich selbst forderten: während die selben Verständnissvollen über dem jetzigen Staat ebenso unbedingt den Stab brechen werden, wie es die meisten Menschen jetzt schon über der Kirche thun. Der Weg zu einem so neuen und doch nicht allezeit unerhörten Ziele führt dazu, sich einzugestehen, worin der beschämendste Mangel in unserer Erziehung und der eigentliche Grund ihrer Unfähigkeit, aus dem Barbarischen herauszuheben, liegt: es fehlt ihr die bewegende und gestaltende Seele der Musik, hingegen sind ihre Erfordernisse und Einrichtungen das Erzeugniss einer Zeit, in welcher jene Musik noch gar nicht geboren war, auf die wir hier ein so vielbedeutendes Vertrauen setzen. Unsere Erziehung ist das rückständigste Gebilde in der Gegenwart und gerade rückständig in Bezug auf die einzige neu hinzugekommene erzieherische Gewalt, welche die jetzigen Menschen vor denen früherer Jahrhunderte voraushaben – oder haben könnten, wenn sie nicht mehr so besinnungslos gegenwärtig unter der Geissel des Augenblicks fortleben wollten! Weil sie bis jetzt die Seele der Musik nicht in sich herbergen lassen, so haben sie auch die Gymnastik im griechischen und Wagnerischen Sinne dieses Wortes noch nicht geahnt; und diess ist wieder der Grund, warum ihre bildenden Künstler zur

Hoffnungslosigkeit verurtheilt sind, so lange sie eben, wie jetzt immer noch, der Musik als Führerin in eine neue Schauwelt entrathen wollen: es mag da an Begabung wachsen, was da wolle, es kommt zu spät oder zu früh und jedenfalls zur Unzeit, denn es ist überflüssig und wirkungslos, da ja selbst das Vollkommene und Höchste früherer Zeiten, das Vorbild der jetzigen Bildner, überflüssig und fast wirkungslos ist und kaum noch einen Stein auf den anderen setzt. Sehen sie in ihrem innerlichen Schauen keine neuen Gestalten vor sich, sondern immer nur die alten hinter sich, so dienen sie der Historie, aber nicht dem Leben, und sind todt, bevor sie gestorben sind: wer aber jetzt wahres, fruchtbares Leben, das heisst gegenwärtig allein: Musik in sich fühlt, könnte der sich durch irgend Etwas, das sich in Gestalten, Formen und Stylen abmüht, nur einen Augenblick zu weiter tragenden Hoffnungen verführen lassen? Ueber alle Eitelkeiten dieser Art ist er hinaus; und er denkt ebenso wenig daran, abseits von seiner idealen Hörwelt bildnerische Wunder zu finden, als er von unseren ausgelebten und verfärbten Sprachen noch grosse Schriftsteller erwartet. Lieber, als dass er irgend welchen eitelen Vertröstungen Gehör schenkte, erträgt er es, den tief unbefriedigten Blick auf unser modernes Wesen zu richten: mag er voll von Galle und Hass werden, wenn sein Herz nicht warm genug zum Mitleid ist! Selbst Bosheit und Hohn ist besser, als dass er sich, nach der Art unserer "Kunstfreunde", einem trügerischen Behagen und einer stillen Trunksucht überantwortete! Aber auch, wenn er mehr kann, als verneinen und höhnen, wenn er lieben, mitleiden und mitbauen kann, so muss er doch zunächst verneinen, um dadurch seiner hülfbereiten Seele erst Bahn zu brechen. Damit einmal die Musik viele Menschen zur Andacht stimme und sie zu Vertrauten ihrer höchsten Absichten mache, muss erst dem ganzen genusssüchtigen Verkehre mit einer so heiligen Kunst ein Ende gemacht werden; das Fundament, worauf unsere Kunst Unterhaltungen, Theater, Museen, Concertgesellschaften ruhen, eben jener "Kunstfreund", ist mit Bann zu belegen; die staatliche Gunst, welche seinen Wünschen geschenkt wird, ist in Abgunst zu verwandeln; das öffentliche Urtheil, welches gerade auf Abrichtung zu jener Kunstfreundschaft einen absonderlichen Werth legt, ist durch ein besseres Urtheil aus dem Felde zu schlagen. Einstweilen muss uns sogar der erklärte Kunstfeind als ein wirklicher und nützlicher Bundesgenosse gelten, da Das, wogegen er sich feindlich erklärt, eben nur die Kunst, wie sie der "Kunstfreund" versteht, ist: er kennt ja keine andere! Mag er diesem Kunstfreunde immerhin die unsinnige Vergeudung von Geld nachrechnen, welche der Bau seiner Theater und öffentlichen Denkmäler, die Anstellung seiner "berühmten" Sänger und

Schauspieler, die Unterhaltung seiner gänzlich unfruchtbaren Kunstschulen und Bildersammlungen verschuldet: gar nicht dessen zu gedenken, was alles an Kraft, Zeit und Geld in jedem Hauswesen, in der Erziehung für vermeintliche "Kunstinteressen" weggeworfen wird. Da ist kein Hunger und kein Sattwerden, sondern immer nur ein mattes Spiel mit dem Anscheine von beidem, zur eitelsten Schaustellung ausgedacht, um das Urtheil Anderer über sich irre zu führen; oder noch schlimmer: nimmt man die Kunst hier verhältnissmässig ernst, so verlangt man gar von ihr die Erzeugung einer Art von Hunger und Begehren, und findet ihre Aufgabe eben in dieser künstlich erzeugten Aufregung. Als ob man sich fürchtete, an sich selber durch Ekel und Stumpfheit zu Grunde zu gehen, ruft man alle bösen Dämonen auf, um sich durch diese Jäger wie ein Wild treiben zu lassen: man lechzt nach Leiden, Zorn, Hass, Erhitzung, plötzlichem Schrecken, athemloser Spannung und ruft den Künstler herbei als den Beschwörer dieser Geisterjagd. Die Kunst ist jetzt in dem Seelen-Haushalte unserer Gebildeten ein ganz erlogenes oder ein schmähliches, entwürdigendes Bedürfniss, entweder ein Nichts oder ein böses Etwas. Der Künstler, der bessere und seltenere, ist wie von einem betäubenden Traume befangen, diess Alles nicht zu sehen, und wiederholt zögernd mit unsicherer Stimme gespenstisch schöne Worte, die er von ganz fernen Orten her zu hören meint, aber nicht deutlich genug vernimmt; der Künstler dagegen von ganz modernem Schlage, kommt in voller Verachtung gegen das traumselige Tasten und Reden seines edleren Genossen daher und führt die ganze kläffende Meute zusammengekoppelter Leidenschaften und Scheusslichkeiten am Strick mit sich, um sie nach Verlangen auf die modernen Menschen loszulassen: diese wollen ja lieber gejagt, verwundet und zerrissen werden, als mit sich selber in der Stille beisammenwohnen zu müssen. Mit sich selber! – dieser Gedanke schüttelt die modernen Seelen, das ist ihre Angst und Gespensterfurcht.

Wenn ich mir in volkreichen Städten die Tausende ansehe, wie sie mit dem Ausdrucke der Dumpfheit oder der Hast vorübergehen, so sage ich mir immer wieder: es muss ihnen schlecht zu Muthe sein. Für diese Alle aber ist die Kunst blos deshalb da, damit ihnen noch schlechter zu Muthe werde, noch dumpfer und sinnloser, oder noch hastiger und begehrlicher. Denn die unrichtige Empfindung reitet und drillt sie unablässig und lässt durchaus nicht zu, dass sie sich selber ihr Elend eingestehen dürfen; wollen sie sprechen, so flüstert ihnen die Convention Etwas in's Ohr, worüber sie vergessen, was sie eigentlich sagen wollten; wollen sie sich mit einander verständigen, so ist ihr Verstand wie durch

Zaubersprüche gelähmt, so dass sie Glück nennen, was ihr Unglück ist, und sich zum eigenen Unsegen noch recht geflissentlich mit einander verbinden. So sind sie ganz und gar verwandelt und zu willenlosen Sclaven der unrichtigen Empfindung herabgesetzt.

6.

Nur an zwei Beispielen will ich zeigen, wie verkehrt die Empfindung in unserer Zeit geworden ist und wie die Zeit kein Bewusstsein über diese Verkehrtheit hat. Ehemals sah man mit ehrlicher Vornehmheit auf die Menschen herab, die mit Geld Handel treiben, wenn man sie auch nöthig hatte; man gestand sich ein, dass jede Gesellschaft ihre Eingeweide haben müsse. Jetzt sind sie die herrschende Macht in der Seele der modernen Menschheit, als der begehrlichste Theil derselben. Ehemals warnte man vor Nichts mehr, als den Tag, den Augenblick zu ernst zu nehmen und empfahl das nil admirari und die Sorge für die ewigen Anliegenheiten; jetzt ist nur Eine Art von Ernst in der modernen Seele übrig geblieben, er gilt den Nachrichten, welche die Zeitung oder der Telegraph bringt. Den Augenblick benutzen und, um von ihm Nutzen zu haben, ihn so schnell wie möglich beurtheilen! – man könnte glauben, es sei den gegenwärtigen Menschen auch nur Eine Tugend übrig geblieben, die der Geistesgegenwart. Leider ist es in Wahrheit vielmehr die Allgegenwart einer schmutzigen unersättlichen Begehrlichkeit und einer überallhin spähenden Neugierde bei Jedermann. Ob überhaupt der Geist jetzt gegenwärtig sei – wir wollen die Untersuchung darüber den künftigen Richtern zuschieben, welche die modernen Menschen einmal durch ihr Sieb raiten werden. Aber gemein ist diess Zeitalter; das kann man schon jetzt sehen, weil es Das ehrt, was frühere vornehme Zeitalter verachteten; wenn es nun aber noch die ganze Kostbarkeit vergangener Weisheit und Kunst sich angeeignet hat und in diesem reichsten aller Gewänder einhergeht, so zeigt es ein unheimliches Selbstbewusstsein über seine Gemeinheit darin, dass es jenen Mantel nicht braucht, um sich zu wärmen, sondern nur um über sich zu täuschen. Die Noth, sich zu verstellen und zu verstecken, erscheint ihm dringender, als die, nicht zu erfrieren. So benutzen die jetzigen Gelehrten und Philosophen die Weisheit der Inder und Griechen nicht, um in sich weise und ruhig zu werden: ihre Arbeit soll blos dazu dienen, der Gegenwart einen täuschenden Ruf der Weisheit zu verschaffen. Die Forscher der Thiergeschichte bemühen sich, die thierischen Ausbrüche von Gewalt und List und Rachsucht im jetzigen Verkehre der Staaten und Menschen unter einander als unabänderliche Naturgesetze hinzustellen. Die Historiker sind mit ängstlicher

Beflissenheit darauf aus, den Satz zu beweisen, dass jede Zeit ihr eigenes Recht, ihre eigenen Bedingungen habe, – um für das kommende Gerichtsverfahren, mit dem unsere Zeit heimgesucht wird, gleich den Grundgedanken der Vertheidigung vorzubereiten. Die Lehre vom Staat, vom Volke, von der Wirthschaft, dem Handel, dem Rechte – Alles hat jetzt jenen vorbereitend apologetischen Charakter; ja es scheint, was von Geist noch thätig ist, ohne bei dem Getriebe des grossen Erwerb- und Machtmechanismus selbst verbraucht zu werden, hat seine einzige Aufgabe im Vertheidigen und Entschuldigen der Gegenwart.

Vor welchem Kläger? Das fragt man da mit Befremden. Vor dem eigenen schlechten Gewissen.

Und hier wird auch mit Einem Male die Aufgabe der modernen Kunst deutlich: Stumpfsinn oder Rausch! Einschläfern oder betäuben! Das Gewissen zum Nichtwissen bringen, auf diese oder die andere Weise! Der modernen Seele über das Gefühl von Schuld hinweghelfen, nicht ihr zur Unschuld zurück verhelfen! Und diess wenigstens auf Augenblicke! Den Menschen vor sich selber vertheidigen, indem er in sich selber zum Schweigen-müssen, zum Nicht-hören-können gebracht wird! – Den Wenigen, welche diese beschämendste Aufgabe, diese schreckliche Entwürdigung der Kunst nur einmal wirklich empfunden haben, wird die Seele von Jammer und Erbarmen bis zum Rande voll geworden sein und bleiben: aber auch von einer neuen übermächtigen Sehnsucht. Wer die Kunst befreien, ihre unentweihte Heiligkeit wiederherstellen wollte, der müsste sich selber erst von der modernen Seele befreit haben; nur als ein Unschuldiger dürfte er die Unschuld der Kunst finden, er hat zwei ungeheure Reinigungen und Weihungen zu vollbringen. Wäre er dabei siegreich, spräche er aus befreiter Seele mit seiner befreiten Kunst zu den Menschen, so würde er dann erst in die grösste Gefahr, in den ungeheuersten Kampf gerathen; die Menschen würden ihn und seine Kunst lieber zerreissen, als dass sie zugestünden, wie sie aus Scham vor ihnen vergehen müssen. Es wäre möglich, dass die Erlösung der Kunst, der einzige zu erhoffende Lichtblick in der neueren Zeit, ein Ereigniss für ein paar einsame Seelen bliebe, während die Vielen es fort und fort aushielten, in das flackernde und qualmende Feuer ihrer Kunst zu sehen: sie wollen ja nicht Licht, sondern Blendung, sie hassen ja das Licht – über sich selbst.

So weichen sie dem neuen Lichtbringer aus; aber er geht ihnen nach, gezwungen von der Liebe, aus der er geboren ist und will sie zwingen. "Ihr sollt durch meine Mysterien hindurch, ruft er ihnen zu, ihr braucht ihre Reinigungen und Erschütterungen. Wagt es zu eurem Heil und lasst einmal das trüb erleuchtete Stück Natur und Leben, welches ihr allein zu kennen scheint; ich führe euch in ein Reich, das ebenfalls wirklich ist, ihr selber sollt sagen, wenn ihr aus meiner Höhle in euren Tag zurückkehrt, welches Leben wirklicher und wo eigentlich der Tag, wo die Höhle ist. Die Natur ist nach innen zu viel reicher, gewaltiger, seliger, furchtbarer, ihr kennt sie nicht, so wie ihr gewöhnlich lebt: lernt es, selbst wieder Natur zu werden und lasst euch dann mit und in ihr durch meinen Liebes- und Feuerzauber verwandeln."

Es ist die Stimme der Kunst Wagner's, welche so zu den Menschen spricht. Dass wir Kinder eines erbärmlichen Zeitalters ihren Ton zuerst hören durften, zeigt, wie würdig des Erbarmens gerade diess Zeitalter sein muss, und zeigt überhaupt, dass wahre Musik ein Stück Fatum und Urgesetz ist; denn es ist gar nicht möglich, ihr Erklingen gerade jetzt aus einem leeren sinnlosen Zufall abzuleiten; ein zufälliger Wagner wäre durch die Uebergewalt des anderen Elementes, in welches er hineingeworfen wurde, zerdrückt worden. Aber über dem Werden des wirklichen Wagner liegt eine verklärende und rechtfertigende Nothwendigkeit. Seine Kunst, im Entstehen betrachtet, ist das herrlichste Schauspiel, so leidvoll auch jenes Werden gewesen sein mag, denn Vernunft, Gesetz, Zweck zeigt sich überall. Der Betrachtende wird, im Glücke dieses Schauspiels, dieses leidvolle Werden selbst preisen und mit Lust erwägen, wie der urbestimmten Natur und Begabung Jegliches zu Heil und Gewinn werden muss, so schwere Schulen sie auch durchgeführt wird, wie jede Gefährlichkeit sie beherzter, jeder Sieg sie besonnener macht, wie sie sich von Gift und Unglück nährt und gesund und stark dabei wird. Das Gespött und Widersprechen der umgebenden Welt ist ihr Reiz und Stachel; verirrt sie sich, so kommt sie mit der wunderbarsten Beute aus Irrniss und Verlorenheit heim; schläft sie, so "schläft sie nur neue Kraft sich an". Sie stählt selber den Leib und macht ihn rüstiger; sie zehrt nicht am Leben, je mehr sie lebt; sie waltet über dem Menschen wie eine beschwingte Leidenschaft und lässt ihn gerade dann fliegen, wenn sein Fuss im Sande ermüdet, am Gestein wund geworden ist. Sie kann nicht anders als mittheilen, Jedermann soll an ihrem Werke mit wirken, sie geizt nicht mit ihren Gaben. Zurückgewiesen, schenkt sie reichlicher, gemissbraucht von dem Beschenkten, giebt sie auch das kostbarste Kleinod, das sie hat, noch hinzu – und noch niemals waren die Beschenkten der Gabe ganz würdig, so lautet die älteste und jüngste Erfahrung. Dadurch ist die urbestimmte Natur, durch welche die Musik zur Welt der Erscheinung spricht, das räthselvollste Ding unter der

Sonne, ein Abgrund, in welchem Kraft und Güte gepaart ruhen, eine Brücke zwischen Selbst und Nicht-Selbst. Wer vermöchte den Zweck deutlich zu nennen, zu welchem sie überhaupt da ist, wenn auch selbst die Zweckmässigkeit in der Art, wie sie wurde, sich errathen lassen sollte? Aber aus der seligsten Ahnung heraus darf man fragen: sollte wirklich das Grössere des Geringeren wegen da sein, die grösste Begabung zu Gunsten der kleinsten, die höchste Tugend und Heiligkeit um der Gebrechlichen willen? Musste die wahre Musik erklingen, weil die Menschen sie am wenigsten verdienten, aber am meisten ihrer bedurften? Man versenke sich nur einmal in das überschwängliche Wunder dieser Möglichkeit: schaut man von da auf das Leben zurück, so leuchtet es, so trüb und umnebelt es vorher auch erscheinen mochte. –

7.

Es ist nicht anders möglich: der Betrachtende, vor dessen Blick eine solche Natur wie die Wagner's steht, muss unwillkürlich von Zeit zu Zeit auf sich, auf seine Kleinheit und Gebrechlichkeit zurückgeworfen werden und wird sich fragen: was soll sie dir? Wozu bist denn du eigentlich da? – Wahrscheinlich fehlt ihm dann die Antwort, und er steht vor seinem eigenen Wesen befremdet und betroffen still. Mag es ihm dann genügen, eben diess erlebt zu haben; mag er eben darin, dass er sich seinem Wesen entfremdet fühlt, die Antwort auf jene Fragen hören. Denn gerade mit diesem Gefühle nimmt er Theil an der gewaltigsten Lebensäusserung Wagner's, dem Mittelpuncte seiner Kraft, jener dämonischen Uebertragbarkeit und Selbstentäusserung seiner Natur, welche sich Anderen ebenso mittheilen kann, als sie andere Wesen sich selber mittheilt und im Hingeben und Annehmen ihre Grösse hat. Indem der Betrachtende scheinbar der aus- und überströmenden Natur Wagner's unterliegt, hat er an ihrer Kraft selber Antheil genommen und ist so gleichsam durch ihn gegen ihn mächtig geworden; und Jeder, der sich genau prüft, weiss, dass selbst zum Betrachten eine geheimnissvolle Gegnerschaft, die des Entgegenschauens, gehört. Lässt uns seine Kunst alles Das erleben, was eine Seele erfährt, die auf Wanderschaft geht, an anderen Seelen und ihrem Loose Theil nimmt, aus vielen Augen in die Welt blicken lernt, so vermögen wir nun auch, aus solcher Entfremdung und Entlegenheit, ihn selbst zu sehen, nachdem wir ihn selbst erlebt haben. Wir fühlen es dann auf das Bestimmteste: in Wagner will alles Sichtbare der Welt zum Hörbaren sich vertiefen und verinnerlichen und sucht seine verlorene Seele; in Wagner will ebenso alles Hörbare der Welt auch als Erscheinung für das Auge an's Licht hinaus und hinauf, will gleichsam

Leiblichkeit gewinnen. Seine Kunst führt ihn immer den doppelten Weg, aus einer Welt als Hörspiel in eine räthselhaft verwandte Welt als Schauspiel und umgekehrt: er ist fortwährend gezwungen – und der Betrachtende mit ihm, – die sichtbare Bewegtheit in Seele und Urleben zurück zu übersetzen und wiederum das verborgenste Weben des Inneren als Erscheinung zu sehen und mit einem Schein-Leib zu bekleiden. Diess Alles ist das Wesen des dithyrambischen Dramatikers, diesen Begriff so voll genommen, dass er zugleich den Schauspieler, Dichter, Musiker umfasst: so wie dieser Begriff aus der einzig vollkommenen Erscheinung des dithyrambischen Dramatikers vor Wagner, aus Aeschylus und seinen griechischen Kunstgenossen, mit Nothwendigkeit entnommen werden muss. Wenn man versucht hat, die grossartigsten Entwickelungen aus inneren Hemmungen oder Lücken herzuleiten, wenn zum Beispiel für Goethe das Dichten eine Art Auskunftsmittel für einen verfehlten Malerberuf war, wenn man von Schillers's Dramen als von einer versetzten Volks-Beredtsamkeit reden kann, wenn Wagner selbst die Förderung der Musik durch die Deutschen unter Anderem auch so sich zu deuten sucht, dass sie, des verführerischen Antriebes einer natürlich-melodischen Stimmbegabung entbehrend, die Tonkunst etwan mit dem gleichen tiefgehenden Ernste aufzufassen genöthigt waren, wie ihre Reformatoren das Christenthum – : wenn man in ähnlicher Weise Wagner's Entwickelung mit einer solchen inneren Hemmung in Verbindung setzen wollte, so dürfte man wohl in ihm eine schauspielerische Urbegabung annehmen, welche es sich versagen musste, sich auf dem nächsten trivialsten Wege zu befriedigen und welche in der Heranziehung aller Künste zu einer grossen schauspielerischen Offenbarung ihre Auskunft und ihre Rettung fand. Aber eben so gut müsste man dann sagen dürfen, dass die gewaltigste Musiker-Natur, in ihrer Verzweifelung, zu den Halb- und Nicht-Musikern reden zu müssen, den Zugang zu den anderen Künsten gewaltsam erbrach, um so endlich mit hundertfacher Deutlichkeit sich mitzutheilen und sich Verständniss, volksthümlichstes Verständniss zu erzwingen. Wie man sich nun auch die Entwickelung des Urdramatikers vorstellen möge, in seiner Reife und Vollendung ist er ein Gebilde ohne jede Hemmung und Lücke: der eigentlich freie Künstler, der gar nicht anders kann, als in allen Künsten zugleich denken, der Mittler und Versöhner zwischen scheinbar getrennten Sphären, der Wiederhersteller einer Ein- und Gesammtheit des künstlerischen Vermögens, welche gar nicht errathen und erschlossen, sondern nur durch die That gezeigt werden kann. Vor wem aber diese That plötzlich gethan wird, den wird sie wie der unheimlichste, anziehendste Zauber überwältigen: er steht mit einem Male vor einer Macht, welche den Widerstand der Vernunft aufhebt, ja alles Andere, in dem man bis dahin lebte, unvernünftig und unbegreiflich erscheinen lässt: ausser uns gesetzt, schwimmen wir in einem räthselhaften feuerigen Elemente, verstehen uns selber nicht mehr, erkennen das Bekannteste nicht wieder; wir haben kein Maass mehr in der Hand, alles Gesetzliche, alles Starre beginnt sich zu bewegen, jedes Ding leuchtet in neuen Farben, redet in neuen Schriftzeichen zu uns: – da muss man schon Plato sein, um, bei diesem Gemisch von gewaltsamer Wonne und Furcht, sich doch so entschliessen zu können, wie er thut und zu dem Dramatiker zu sprechen: "wir wollen einen Mann, der in Folge seiner Weisheit alles Mögliche werden und alle Dinge nachahmen könnte, wenn er in unser Gemeinwesen kommt, als etwas Heiliges und Wundervolles verehren, Salben über sein Haupt giessen und es mit Wolle bekränzen, aber ihn zu bewegen suchen, dass er in ein anderes Gemeinwesen gehe." Mag es sein, dass Einer, der im platonischen Gemeinwesen lebt, so etwas über sich gewinnen kann und muss: wir Anderen alle, die wir so gar nicht in ihm, sondern in ganz anderen Gemeinwesen leben, sehnen uns und verlangen darnach, dass der Zauberer zu uns komme, ob wir uns schon vor ihm fürchten, – gerade damit unser Gemeinwesen und die böse Vernunft und Macht, deren Verkörperung es ist, einmal verneint erscheine. Ein Zustand der Menschheit, ihrer Gemeinschaft, Sitte, Lebensordnung, Gesammteinrichtung, welcher des nachahmenden Künstlers entbehren könnte, ist vielleicht keine volle Unmöglichkeit, aber doch gehört gerade dies Vielleicht zu den verwegensten, die es giebt und wiegt einem Vielschwer ganz gleich; davon zu reden, sollte nur Einem freistehen, welcher den höchsten Augenblick alles Kommenden, vorwegnehmend, erzeugen und fühlen könnte und der dann sofort, gleich Faust, blind werden müsste – und dürfte: – denn wir haben selbst zu dieser Blindheit kein Recht, während zum Beispiel Plato gegen alles Wirklich-Hellenische mit Recht blind sein durfte, nach jenem einzigen Blick seines Auges, den er in das Ideal-Hellenische gethan hatte. Wir Anderen brauchen vielmehr deshalb die Kunst, weil wir gerade Angesichts des Wirklichen sehend geworden sind: und wir brauchen gerade den All-Dramatiker, damit er uns aus der furchtbaren Spannung wenigstens auf Stunden erlöse, welche der sehende Mensch jetzt zwischen sich und den ihm aufgebürdeten Aufgaben empfindet. Mit ihm steigen wir auf die höchsten Sprossen der Empfindung und wähnen uns dort erst wieder in der freien Natur und im Reiche der Freiheit; von dort aus sehen wir wie in ungeheuren Luft-Spiegelungen uns und unseres Gleichen im Ringen, Siegen und Untergehen als etwas Erhabenes und Bedeutungsvolles, wir haben Lust am Rhythmus der Leidenschaft und am Opfer derselben, wir hören bei jedem gewaltigen Schritte des Helden den dumpfen Widerhall des Todes und verstehen in dessen Nähe den höchsten Reiz des Lebens: – so zu tragischen Menschen umgewandelt, kehren wir in seltsam getrösteter Stimmung zum Leben zurück, mit dem neuen Gefühl der Sicherheit, als ob wir nun aus den grössten Gefahren, Ausschreitungen und Ekstasen den Weg zurück in's Begränzte und Heimische gefunden hätten: dorthin, wo man überlegen-gütig und jedenfalls vornehmer, als vordem, verkehren kann; denn Alles, was hier als Ernst und Noth, als Lauf zu einem Ziele erscheint, ähnelt, im Vergleiche mit der Bahn, die wir selber, wenn auch nur im Traume, durchlaufen haben, nur wunderlich vereinzelten Stücken jener All-Erlebnisse, deren wir uns mit Schrecken bewusst sind; ja wir werden in's Gefährliche gerathen und versucht sein, das Leben zu leicht zu nehmen, gerade deshalb, weil wir es in der Kunst mit so ungemeinem Ernste erfasst haben: um auf ein Wort hinzuweisen, welches Wagner von seinen Lebens-Schicksalen gesagt hat. Denn wenn schon uns, als Denen, welche eine solche Kunst der dithyrambischen Dramatik nur erfahren, aber nicht schaffen, der Traum fast für wahrer gelten will, als das Wache, Wirkliche: wie muss erst der Schaffende diesen Gegensatz abschätzen! Da steht er selber inmitten aller der lärmenden Anrufe und Zudringlichkeiten von Tag, Lebensnoth, Gesellschaft, Staat – als was? Vielleicht als sei er gerade der einzig Wache, einzig Wahr- und Wirklich-Gesinnte unter verworrenen und gequälten Schläfern, unter lauter Wähnenden, Leidenden; mitunter selbst fühlt er sich wohl wie von dauernder Schlaflosigkeit erfasst, als müsse er nun sein so übernächtig helles und bewusstes Leben zusammen mit Schlafwandlern und gespensterhaft ernst thuenden Wesen verbringen: so dass eben jenes Alles, was Anderen alltäglich, ihm unheimlich erscheint, und er sich versucht fühlt, dem Eindrucke dieser Erscheinung mit übermüthiger Verspottung zu begegnen. Aber wie eigenthümlich gekreuzt wird diese Empfindung, wenn gerade zu der Helle seines schaudernden Uebermuthes ein ganz anderer Trieb sich gesellt, die Sehnsucht aus der Höhe in die Tiefe, das liebende Verlangen zur Erde, zum Glück der Gemeinsamkeit – dann, wenn er alles Dessen gedenkt, was er als Einsamer-Schaffender entbehrt, als sollte er nun sofort, wie ein zur Erde niedersteigender Gott, alles Schwache, Menschliche, Verlorene "mit feurigen Armen zum Himmel emporheben", um endlich Liebe und nicht mehr Anbetung zu finden und sich, in der Liebe, seiner selbst völlig zu entäussern! Gerade aber die hier angenommene Kreuzung ist das thatsächliche Wunder in der Seele des dithyrambischen Dramatikers: und wenn sein Wesen irgendwo auch vom Begriff zu erfassen wäre, so müsste es an dieser Stelle sein. Denn es sind die Zeugungs-Momente seiner Kunst, wenn er in diese Kreuzung der Empfindungen gespannt ist, und sich jene unheimlich-übermüthige Befremdung und Verwunderung über die Welt mit dem sehnsüchtigen Drange paart, derselben Welt als Liebender zu nahen. Was er dann auch für Blicke auf Erde und Leben wirft, es sind immer Sonnenstrahlen, die "Wasser ziehen", Nebel ballen, Gewitterdünste umher lagern. Hellsichtig-besonnen und liebend-selbstlos zugleich fällt sein Blick hernieder: und Alles, was er jetzt mit dieser doppelten Leuchtkraft seines Blickes sich erhellt, treibt die Natur mit furchtbarer Schnelligkeit zur Entladung aller ihrer Kräfte, zur Offenbarung ihrer verborgensten Geheimnisse: und zwar durch Scham. Es ist mehr als ein Bild, zu sagen, dass er mit jenem Blick die Natur überrascht habe, dass er sie nackend gesehen habe: da will sie sich nun schamhaft in ihre Gegensätze flüchten. Das bisher Unsichtbare, Innere rettet sich in die Sphäre des Sichtbaren und wird Erscheinung; das bisher nur Sichtbare flieht in das dunkele Meer des Tönenden: so enthüllt die Natur, indem sie sich verstecken will, das Wesen ihrer Gegensätze. In einem ungestüm rhythmischen und doch schwebenden Tanze, in verzückten Gebärden spricht der Urdramatiker von Dem, was in ihm, was in der Natur sich jetzt begiebt: der Dithyramb seiner Bewegungen ist ebenso sehr schauderndes Verstehen, übermüthiges Durchschauen, als liebendes Nahen, lustvolle Selbst-Entäusserung. Das Wort folgt berauscht dem Zuge dieses Rhythmus'; mit dem Worte gepaart ertönt die Melodie; und wiederum wirft die Melodie ihre Funken weiter in das Reich der Bilder und Begriffe. Eine Traumerscheinung, dem Bilde der Natur und ihres Freiers ähnlich-unähnlich, schwebt heran, sie verdichtet sich zu menschlicheren Gestalten, sie breitet sich aus zur Abfolge eines ganzen heroisch-übermüthigen Wollens, eines wonnereichen Untergehens und Nicht-mehr-Wollens: – so entsteht die Tragödie, so wird dem Leben seine herrlichste Weisheit, die des tragischen Gedankens, geschenkt, so endlich erwächst der größte Zauberer und Beglücker unter den Sterblichen, der dithyrambische Dramatiker.-

8.

Das eigentliche Leben Wagner's, das heisst die allmähliche Offenbarung des dithyrambischen Dramatikers war zugleich ein unausgesetzter Kampf mit sich selbst, soweit er nicht nur dieser dithyrambische Dramatiker war: der Kampf mit der widerstrebenden Welt wurde für ihn nur deshalb so grimmig und unheimlich, weil er diese "Welt", diese verlockende Feindin, aus sich selber reden hörte und weil er einen gewaltigen Dämon des Widerstrebens in sich beherbergte. Als der herrschende Gedanke seines Lebens in ihm aufstieg, dass vom Theater aus eine unvergleichliche Wirkung, die grösste Wirkung aller Kunst ausgeübt werden könne, riss er sein Wesen in die heftigste Gärung. Es war damit nicht sofort eine klare, lichte Entscheidung über sein weiteres Begehren und Handeln gegeben; dieser Gedanke erschien zuerst fast nur in versucherischer Gestalt, als Ausdruck jenes finsteren, nach Macht und Glanz unersättlich verlangenden persönlichen Willens. Wirkung, unvergleichliche Wirkung – wodurch? auf wen? – das war von da an das rastlose Fragen und Suchen seines Kopfes und Herzens. Er wollte siegen und erobern, wie noch kein Künstler und womöglich mit Einem Schlage zu jener tyrannischen Allmacht kommen, zu welcher es ihn so dunkel trieb. Mit eifersüchtigem, tief spähendem Blicke mass er Alles, was Erfolg hatte, noch mehr sah er sich Den an, auf welchen gewirkt werden musste. Durch das zauberhafte Auge des Dramatikers, der in den Seelen wie in der ihm geläufigsten Schrift liest, ergründete er den Zuschauer und Zuhörer, und ob er auch oft bei diesem Verständniss unruhig wurde, griff er doch sofort nach den Mitteln, ihn zu bezwingen. Diese Mittel waren ihm zur Hand; was auf ihn stark wirkte, das wollte und konnte er auch machen; von seinen Vorbildern verstand er auf jeder Stufe ebensoviel als er auch selber bilden konnte, er zweifelte nie daran, Das auch zu können, was ihm gefiel. Vielleicht ist er hierin eine noch "praesumptuösere" Natur als Goethe, der von sich sagte: "immer dachte ich, ich hätte es schon; man hätte mir eine Krone aufsetzen können und ich hätte gedacht, Das verstehe sich von selbst." Wagner's Können und sein "Geschmack" und ebenso seine Absicht – alles diess passte zu allen Zeiten so eng in einander, wie ein Schlüssel in ein Schloss: – es wurde mit einander gross und frei – aber damals war es diess nicht. Was gieng ihn die schwächliche, aber edlere und doch selbstisch – einsame Empfindung an, welche der oder jener litterarisch und ästhetisch erzogene Kunstfreund abseits von der grossen Menge hatte! Aber jene gewaltsamen Stürme der Seelen, welche von der grossen Menge bei einzelnen Steigerungen des dramatischen Gesanges erzeugt werden, jener plötzlich um sich greifende Rausch der Gemüther, ehrlich durch und durch und selbstlos – Das war der Wiederhall seines eigenen Erfahrens und Fühlens, dabei durchdrang ihn eine glühende Hoffnung auf höchste Macht und Wirkung! So verstand er denn die grosse Oper als sein Mittel, durch welches er seinen herrschenden Gedanken ausdrücken könnte; nach ihr drängte ihn seine Begierde, nach ihrer Heimath richtete sich sein Ausblick. Ein längerer Zeitraum seines Lebens, sammt den verwegensten Wandlungen seiner Pläne, Studien,

Aufenthalte, Bekanntschaften, erklärt sich allein aus dieser Begierde und den äusseren Widerständen, denen der dürftige, unruhige, leidenschaftlich-naive deutsche Künstler begegnen musste. Wie man auf diesem Gebiete zum Herren werde, verstand ein anderer Künstler besser; und jetzt, da es allmählich bekannt geworden ist, durch welches überaus künstlich gesponnene Gewebe von Beeinflussungen aller Art Meyerbeer jeden seiner grossen Siege vorzubereiten und zu erreichen wusste und wie ängstlich die Abfolge der "Effecte" in der Oper selbst erwogen wurde, wird man auch den Grad von beschämter Erbitterung verstehen, welche über Wagner kam, als ihm über diese beinahe nothwendigen "Kunstmittel", dem Publikum einen Erfolg abzuringen, die Augen geöffnet wurden. Ich zweifle, ob es einen grossen Künstler in der Geschichte gegeben hat, der mit einem so ungeheuren Irrthume anhob und so unbedenklich und treuherzig sich mit der empörendsten Gestaltung einer Kunst einliess: und doch war die Art, wie er es that, von Grösse und deshalb von erstaunlicher Fruchtbarkeit. Denn er begriff, aus der Verzweifelung des erkannten Irrthums heraus, den modernen Erfolg, das moderne Publikum und das ganze moderne Kunst-Lügenwesen. Indem er zum Kritiker des "Effectes" wurde, durchzitterten ihn die Ahnungen einer eigenen Läuterung. Es war, als ob von jetzt ab der Geist der Musik mit einem ganz neuen seelischen Zauber zu ihm redete. Wie wenn er aus einer langen Krankheit wieder an's Licht käme, traute er kaum mehr Hand und Auge, er schlich seines Wegs dahin; und so empfand er es als eine wundervolle Entdeckung, dass er noch Musiker, noch Künstler sei, ja dass er es jetzt erst geworden sei.

Jede weitere Stufe im Werden Wagner's wird dadurch bezeichnet, dass die beiden Grundkräfte seines Wesens sich immer enger zusammenschliessen: die Scheu der einen vor der anderen lässt nach, das höhere Selbst begnadet von da an den gewaltsamen irdischeren Bruder nicht mehr mit seinem Dienste, es liebt ihn und muss ihm dienen. Das Zarteste und Reinste ist endlich, am Ziele der Entwickelung, auch im Mächtigsten enthalten, der ungestüme Trieb geht seinen Lauf wie vordem, aber auf anderen Bahnen, dorthin, wo das höhere Selbst heimisch ist; und wiederum steigt dieses zur Erde herab und erkennt in allem Irdischen sein Gleichniss. Wenn es möglich wäre, in dieser Art vom letzten Ziele und Ausgange jener Entwickelung zu reden und noch verständlich zu bleiben, so dürfte auch die bildhafte Wendung zu finden sein, durch welche eine lange Zwischenstufe jener Entwickelung bezeichnet werden könnte; aber ich zweifle an jenem und versuche deshalb auch dieses nicht. Diese Zwischenstufe wird historisch durch zwei Worte gegen die frühere und spätere abgegränzt: Wagner wird zum Revolutionär der Gesellschaft, Wagner erkennt den einzigen bisherigen Künstler, das dichtende Volk. Der herrschende Gedanke, welcher nach jener grossen Verzweifelung und Busse in neuer Gestalt und mächtiger als je vor ihm erschien, führte ihn zu beidem. Wirkung, unvergleichliche Wirkung vom Theater aus!- aber auf wen? Ihm schauderte bei der Erinnerung, auf wen er bisher hatte wirken wollen. Von seinem Erlebniss aus verstand er die ganze schmachvolle Stellung, in welcher die Kunst und die Künstler sich befinden: wie eine seelenlose oder seelenharte Gesellschaft, welche sich die gute nennt und die eigentlich böse ist, Kunst und Künstler zu ihrem sclavischen Gefolge zählt, zur Befriedigung von Scheinbedürfnissen. Die moderne Kunst ist Luxus: Das begriff er ebenso wie das andere, dass sie mit dem Rechte einer Luxus-Gesellschaft stehe und falle. Nicht anders als diese durch die hartherzigste und klügste Benutzung ihrer Macht die Unmächtigen, das Volk, immer dienstbarer, niedriger und unvolksthümlicher zu machen und aus ihm den modernen "Arbeiter" zu schaffen wusste, hat sie auch dem Volke das Grösste und Reinste, was es aus tiefster Nöthigung sich erzeugte und worin es als der wahre und einzige Künstler seine Seele mildherzig mittheilte, seinen Mythus, seine Liedweise, seinen Tanz, seine Spracherfindung entzogen, um daraus ein wollüstiges Mittel gegen die Erschöpfung und die Langeweile ihres Daseins zu destilliren – die modernen Künste. Wie diese Gesellschaft entstand, wie sie aus den scheinbar entgegengesetzten Machtsphären sich neue Kräfte anzusaugen wusste, wie zum Beispiel das in Heuchelei und Halbheiten verkommene Christenthum sich zum Schutze gegen das Volk, als Befestigung jener Gesellschaft und ihres Besitzes, gebrauchen liess und wie Wissenschaft und Gelehrte sich nur zu geschmeidig in diesen Frohndienst begaben, Das alles verfolgte Wagner durch die Zeiten hin, um am Schlusse seiner Betrachtungen vor Ekel und Wuth aufzuspringen: er war aus Mitleid mit dem Volke zum Revolutionär geworden. Von jetzt ab liebte er es und sehnte sich nach ihm, wie er sich nach seiner Kunst sehnte, denn ach! nur in ihm, nur im entschwundenen, kaum mehr zu ahnenden, künstlich entrückten Volke sah er jetzt den einzigen Zuschauer und Zuhörer, welcher der Macht seines Kunstwerkes, wie er es sich träumte, würdig und gewachsen sein möchte. So sammelte sich sein Nachdenken um die Frage: Wie entsteht das Volk? Wie ersteht es wieder?.

Er fand immer nur eine Antwort: – wenn eine Vielheit dieselbe Noth litte, wie er sie leidet, Das wäre das Volk, sagte er sich. Und wo die gleiche Noth zum gleichen Drange und Begehren führen würde, müsste auch dieselbe Art der Befriedigung gesucht, das gleiche Glück in dieser Befriedigung gefunden werden. Sah er sich nun darnach um, was ihn selber in seiner Noth am tiefsten tröstete und aufrichtete, was seiner Noth am seelenvollsten entgegenkäme, so war er sich mit beseligender Gewissheit bewusst, dass diess nur der Mythus und die Musik seien, der Mythus, den er als Erzeugniss und Sprache der Noth des Volkes kannte, die Musik, ähnlichen obschon noch räthselvolleren Ursprungs. In diesen beiden Elementen badet und heilt er seine Seele, ihrer bedarf er am brünstigsten: – von da aus darf er zurückschliessen, wie verwandt seine Noth mit der des Volkes sei, als es entstand, und wie das Volk dann wieder erstehen müsse, wenn es viele Wagner geben werde. Wie lebten nun Mythus und Musik in unserer modernen Gesellschaft, soweit sie derselben nicht zum Opfer gefallen waren? Ein ähnliches Loos war ihnen zu Theil geworden, zum Zeugniss ihrer geheimnissvollen Zusammengehörigkeit: der Mythus war tief erniedrigt und entstellt, zum "Märchen", zum spielerisch beglückenden Besitz der Kinder und Frauen des verkümmerten Volkes umgeartet, seiner wundervollen, ernstheiligen Mannes-Natur gänzlich entkleidet; die Musik hatte sich unter den Armen und Schlichten, unter den Einsamen erhalten, dem deutschen Musiker war es nicht gelungen, sich mit Glück in den Luxus-Betrieb der Künste einzuordnen, er war selber zum ungethümlichen verschlossenen Märchen geworden, voll der rührendsten Laute und Anzeichen ein unbehülflicher Frager, etwas ganz Verzaubertes und Erlösungsbedürftiges. Hier hörte der Künstler deutlich den Befehl, der an ihn allein ergieng – den Mythus in's Männliche zurückzuschaffen und die Musik zu entzaubern, zum Reden zu bringen: er fühlte seine Kraft zum Drama mit einem Male entfesselt, seine Herrschaft über ein noch unentdecktes Mittelreich zwischen Mythus und Musik begründet. Sein neues Kunstwerk, in welchem er alles Mächtige, Wirkungsvolle, Beseligende, was er kannte, zusammenschloss, stellte er jetzt mit seiner grossen schmerzlich einschneidenden Frage vor die Menschen hin: "Wo seid ihr, welche ihr gleich leidet und bedürft wie ich? Wo ist die Vielheit welche ich als Volk ersehne? Ich will euch daran erkennen, dass ihr das gleiche Glück, den gleichen Trost mit mir gemein haben sollt: an eurer Freude soll sich mir euer Leiden offenbaren!" Mit dem Tannhäuser und dem Lohengrin fragte er also, sah er sich also nach Seinesgleichen um; der Einsame dürstete nach der Vielheit.

Aber wie wurde ihm zu Muthe? Niemand gab eine Antwort Niemand hatte die Frage verstanden. Nicht dass man überhaupt stille geblieben wäre, im

Gegentheil, man antwortete auf tausend Fragen, die er gar nicht gestellt hatte, man zwitscherte über die neuen Kunstwerke, als ob sie ganz eigentlich zum Zerredetwerden geschaffen wären. Die ganze ästhetische Schreib- und Schwatzseligkeit brach wie ein Fieber unter den Deutschen aus, man mass und fingerte an den Kunstwerken, an der Person des Künstlers herum, mit jenem Mangel an Scham, welcher den deutschen Gelehrten nicht weniger, als den deutschen Zeitungsschreibern zu eigen ist. Wagner versuchte dem Verständniss seiner Frage durch Schriften nachzuhelfen: neue Verwirrung, neues Gesumme – ein Musiker, der schreibt und denkt, war aller Welt damals ein Unding; nun schrie man, es ist ein Theoretiker, welcher aus erklügelten Begriffen die Kunst umgestalten will, steinigt ihn! – Wagner war wie betäubt; seine Frage wurde nicht verstanden, seine Noth nicht empfunden, sein Kunstwerk sah einer Mittheilung an Taube und Blinde, sein – Volk einem Hirngespinste ähnlich; er taumelte und gerieth in's Schwanken. Die Möglichkeit eines völligen Umsturzes aller Dinge taucht vor seinen Blicken auf, er erschrickt nicht mehr über diese Möglichkeit: vielleicht ist jenseits der Umwälzung und Verwüstung eine neue Hoffnung aufzurichten, vielleicht auch nicht – und jedenfalls ist das Nichts besser, als das widerliche Etwas. In Kürze war er politischer Flüchtling und im Elend.

Und jetzt erst, gerade mit dieser furchtbaren Wendung seines äusseren und inneren Schicksals, beginnt der Abschnitt im Leben des grossen Menschen, auf dem das Leuchten höchster Meisterschaft wie der Glanz flüssigen Goldes liegt! Jetzt erst wirft der Genius der dithyrambischen Dramatik die letzte Hülle von sich! Er ist vereinsamt, die Zeit erscheint ihm nichtig, er hofft nicht mehr: so steigt sein Weltblick in die Tiefe, nochmals, und jetzt hinab bis zum Grunde: dort sieht er das Leiden im Wesen der Dinge und nimmt von jetzt ab, gleichsam unpersönlicher geworden, seinen Theil von Leiden stiller hin. Das Begehren nach höchster Macht, das Erbgut früherer Zustände, tritt ganz in's künstlerische Schaffen über; er spricht durch seine Kunst nur noch mit sich, nicht mehr mit einem Publicum oder Volke und ringt darnach, ihr die grösste Deutlichkeit und Befähigung für ein solches mächtigstes Zwiegespräch zu geben. Es war auch im Kunstwerke der vorhergehenden Periode noch anders: auch in ihm hatte er eine, wenngleich zarte und veredelte, Rücksicht auf sofortige Wirkung genommen: als Frage war jenes Kunstwerk ja gemeint, es sollte eine sofortige Antwort hervorrufen; und wie oft wollte Wagner es Denen, welche er fragte, erleichtern, ihn zu verstehen – so dass er ihnen und ihrer Ungeübtheit im Gefragtwerden entgegenkam und an ältere Formen und Ausdrucksmittel der Kunst sich anschmiegte; wo er fürchten musste, mit seiner eigensten Sprache nicht zu überzeugen und verständlich zu werden, hatte er versucht zu überreden und in einer halb fremden, seinen Zuhörern aber bekannteren Zunge seine Frage kund zu thun. Jetzt gab es nichts mehr, was ihn zu einer solchen Rücksicht hätte bestimmen können, er wollte jetzt nur noch Eins: sich mit sich verständigen, über das Wesen der Welt in Vorgängen denken, in Tönen philosophiren; der Rest des Absichtlichen in ihm geht auf die letzten Einsichten aus. Wer würdig ist zu wissen, was damals in ihm vorgieng, worüber er in dem heiligsten Dunkel seiner Seele mit sich Zwiesprache pflog – es sind nicht viele dessen würdig: der höre, schaue und erlebe Tristan und Isolde, das eigentliche opus metaphysicum aller Kunst, ein Werk, auf dem der gebrochene Blick eines Sterbenden liegt, mit seiner unersättlichen süssesten Sehnsucht nach den Geheimnissen der Nacht und des Todes, fern weg von dem Leben, welches als das Böse, Trügerische, Trennende in einer grausenhaften, gespenstischen Morgenhelle und Schärfe leuchtet: dabei ein Drama von der herbsten Strenge der Form, überwältigend in seiner schlichten Grösse und gerade nur so dem Geheimniss gemäss, von dem es redet, dem Todt-sein bei lebendigem Leibe, dem Eins-sein in der Zweiheit. Und doch ist noch Etwas wunderbarer als diess Werk: der Künstler selber, der nach ihm in einer kurzer Spanne Zeit ein Weltbild der verschiedensten Färbung, die Meistersinger von Nürnberg, schaffen konnte, ja der in beiden Werken gleichsam nur ausruhte und sich erquickte, um den vor ihnen entworfenen und begonnenen viertheiligen Riesenbau mit gemessener Eile zu Ende zu thürmen, sein Sinnen und Dichten durch zwanzig Jahre hindurch, sein Bayreuther Kunstwerk, den Ring des Nibelungen! Wer sich über die Nachbarschaft des Tristan und der Meistersinger befremdet fühlen kann, hat das Leben und Wesen aller wahrhaft grossen Deutschen in einem wichtigen Puncte nicht verstanden: er weiss nicht, auf welchem Grunde allein jene eigentlich und einzig deutsche Heiterkeit Luther's, Beethoven's und Wagner's erwachsen kann, die von anderen Völkern gar nicht verstanden wird und den jetzigen Deutschen selber abhanden gekommen scheint – jene goldhelle durchgegohrene Mischung von Einfalt, Tiefblick der Liebe, betrachtendem Sinne und Schalkhaftigkeit, wie sie Wagner als den köstlichsten Trank allen Denen eingeschenkt hat, welche tief am Leben gelitten haben und sich ihm gleichsam mit dem Lächeln der Genesenden wieder zukehren. Und wie er selber so versöhnter in die Welt blickte, seltener von Grimm und Ekel erfasst wurde, mehr in Trauer und Liebe auf Macht verzichtend als vor ihr zurückschaudernd, wie er so in Stille sein grösstes Werk förderte und

Partitur neben Partitur legte, geschah Einiges, was ihn aufhorchen liess: die Freunde kamen, eine unterirdische Bewegung vieler Gemüther ihm anzukündigen – es war noch lange nicht das "Volk", das sich bewegte und hier ankündigte, aber vielleicht der Keim und erste Lebensquell einer in ferner Zukunft vollendeten, wahrhaft menschlichen Gesellschaft; zunächst nur die Bürgschaft, dass sein grosses Werk einmal in Hand und Hut treuer Menschen gelegt werden könne, welche über dieses herrlichste Vermächtniss an die Nachwelt zu wachen hätten und zu wachen würdig wären; in der Liebe der Freunde wurden die Farben am Tage seines Lebens leuchtender und wärmer; seine edelste Sorge, gleichsam noch vor Abend mit seinem Werke an's Ziel zu kommen und für dasselbe eine Herberge zu finden, wurde nicht mehr von ihm allein gehegt. Und da begab sich ein Ereigniss, welches von ihm nur symbolisch verstanden werden konnte und für ihn einen neuen Trost, ein glückliches Wahrzeichen bedeutete. Ein grosser Krieg der Deutschen liess ihn aufblicken, derselben Deutschen, welche er so tief entartet, so abgefallen von dem hohen deutschen Sinne wusste, wie er ihn in sich und den anderen grossen Deutschen der Geschichte mit tiefstem Bewusstsein erforscht und erkannt hatte – er sah, dass diese Deutschen in einer ganz ungeheuren Lage zwei ächte Tugenden: schlichte Tapferkeit und Besonnenheit zeigten und begann mit innerstem Glücke zu glauben, dass er vielleicht doch nicht der letzte Deutsche sei und dass seinem Werke einmal noch eine gewaltigere Macht zur Seite stehen werde als die aufopfernde, aber geringe Kraft der wenigen Freunde, für jene lange Dauer, wo es seiner ihm vorherbestimmten Zukunft, als das Kunstwerk dieser Zukunft entgegenharren soll. Vielleicht, dass dieser Glaube sich nicht dauernd vor dem Zweifel schützen konnte, je mehr er sich besonders zu sofortigen Hoffnungen zu steigern suchte: genug, er empfand einen mächtigen Anstoss, um sich an eine noch unerfüllte hohe Pflicht erinnert zu fühlen.

Sein Werk wäre nicht fertig, nicht zu Ende gethan gewesen, wenn er es nur als schweigende Partitur der Nachwelt anvertraut hätte: er musste das Unerrathbarste, ihm Vorbehaltenste, den neuen Styl für seinen Vortrag, seine Darstellung öffentlich zeigen und lehren, um das Beispiel zu geben, welches kein Anderer geben konnte und so eine Styl-Ueberlieferung zu begründen, die nicht in Zeichen auf Papier, sondern in Wirkungen auf menschliche Seelen eingeschrieben ist. Diess war um so mehr für ihn zur ernstesten Pflicht geworden, als seine anderen Werke inzwischen, gerade in Beziehung auf Styl des Vortrags, das unleidlichste und absurdeste Schicksal gehabt hatten: sie waren berühmt, bewundert und wurden – gemisshandelt, und Niemand schien sich zu empören. Denn so seltsam die Thatsache klingen mag: während er auf Erfolg bei seinen Zeitgenossen, in einsichtigster Schätzung derselben, immer grundsätzlicher verzichtete und dem Gedanken der Macht entsagte, kam ihm der "Erfolg" und die "Macht"; wenigstens erzählte ihm alle Welt davon. Es half Nichts, dass er auf das Entschiedenste das durchaus Missverständliche, ja für ihn Beschämende jener "Erfolge" immer wieder an's Licht stellte; man war so wenig daran gewöhnt, einen Künstler in der Art seiner Wirkungen streng unterscheiden zu sehen, dass man selbst seinen feierlichsten Verwahrungen nicht einmal recht traute. Nachdem ihm der Zusammenhang unseres heutigen Theaterwesens und Theatererfolges mit dem Charakter des heutigen Menschen aufgegangen war, hatte seine Seele Nichts mehr mit diesem Theater zu schaffen; um ästhetische Schwärmerei und den Jubel aufgeregter Massen war es ihm nicht mehr zu thun, ja es musste ihn ergrimmen, seine Kunst so unterschiedlos in den gähnenden Rachen der unersättlichen Langenweile und Zerstreuungs-Gier eingehen zu sehen. Wie flach und gedanken-bar hier jede Wirkung sein musste, wie es hier wirklich mehr auf die Füllung eines Nimmersatten, als auf die Ernährung eines Hungernden ankäme, schloss er zumal aus einer regelmässigen Erscheinung: man nahm überall auch von Seiten der Aufführenden und Vortragenden seine Kunst wie jede andere Bühnenmusik hin, nach dem widerlichen Receptir-Buche des Opernstyles, ja man schnitt und hackte sich seine Werke, Dank den gebildeten Kapellmeistern, geradewegs zur Oper zurecht, wie der Sänger ihnen erst nach sorgfältiger Entgeistung beizukommen glaubte; und wenn man es recht gut machen wollte, gieng man mit einer Ungeschicklichkeit und einer prüden Beklemmung auf Wagner's Vorschriften ein, ungefähr so, als ob man den nächtlichen Volks-Auflauf in den Strassen Nürnberg's, wie er im zweiten Acte der Meistersinger vorgeschrieben ist, durch künstlich figurirende Ballettänzer darstellen wollte: – und bei alledem schien man im guten Glauben, ohne böse Nebenabsichten zu handeln. Wagner's aufopfernde Versuche, durch die That und das Beispiel nur wenigstens auf schlichte Correctheit und Vollständigkeit der Aufführung hinzuweisen und einzelne Sänger in den ganz neuen Styl des Vortrags einzuführen, waren immer wieder vom Schlamm der herrschenden Gedankenlosigkeit und Gewohnheit weggeschwemmt worden; sie hatten ihn überdiess immer zu einem Befassen mit eben dem Theater genöthigt, dessen ganzes Wesen ihm zum Ekel geworden war. Hatte doch selbst Goethe die Lust verloren, den Aufführungen seiner Iphigenie beizuwohnen, "ich leide entsetzlich, hatte er zur Erklärung gesagt, wenn ich mich mit diesen Gespenstern herumschlagen muss, die nicht so zur Erscheinung kommen wie sie sollten." Dabei nahm der "Erfolg" an diesem ihm widerlich gewordenen Theater immer zu; endlich kam es dahin, dass gerade die grossen Theater fast zumeist von den fetten Einnahmen lebten, welche die Wagnerische Kunst in ihrer Verunstaltung als Opernkunst ihnen eintrug. Die Verwirrung über diese wachsende Leidenschaft des Theater-Publikums ergriff selbst manche Freunde Wagner's: er musste das Herbste erdulden – der grosse Dulder! – und seine Freunde von "Erfolgen" und "Siegen" berauscht sehen, wo sein einzig-hoher Gedanke gerade mitten hindurch zerknickt und verleugnet war. Fast schien es, als ob ein in vielen Stücken ernsthaftes und schweres Volk sich in Bezug auf seinen erntesten Künstler eine grundsätzliche Leichtfertigkeit nicht verkümmern lassen wollte, als ob sich gerade deshalb an ihm alles Gemeine, Gedankenlose, Ungeschickte und Boshafte des deutschen Wesens auslassen müsste. – Als sich nun während des deutschen Krieges eine grossartigere, freiere Strömung der Gemüther zu bemächtigen schien, erinnerte sich Wagner seiner Pflicht der Treue, um wenigstens sein grösstes Werk vor diesen missverständlichen Erfolgen und Beschimpfungen zu retten und es in seinem eigensten Rhythmus, zum Beispiel für alle Zeiten hinzustellen: so erfand er den Gedanken von Bayreuth. Im Gefolge jener Strömung der Gemüther glaubte er auch auf der Seite Derer, welchen er seinen kostbarsten Besitz anvertrauen wollte, ein erhöhteres Gefühl von Pflicht erwachen zu sehen: – aus dieser Doppelseitigkeit von Pflichten erwuchs das Ereigniss, welches wie ein fremdartiger Sonnenglanz auf der letzten und nächsten Reihe von Jahren liegt: zum Heile einer fernen, einer nur möglichen, aber unbeweisbaren Zukunft ausgedacht, für die Gegenwart und die nur gegenwärtigen Menschen nicht viel mehr, als ein Räthsel oder ein Greuel, für die Wenigen, die an ihm helfen durften, ein Vorgenuss, ein Vorausleben der höchsten Art, durch welches sie weit über ihre Spanne Zeit sich beseligt, beseligend und fruchtbar wissen, für Wagner selbst eine Verfinsterung von Mühsal, Sorge, Nachdenken, Gram, eine erneutes Wüthen der feindseligen Elemente, aber Alles überstrahlt von dem Sterne der selbstlosen Treue, und, in diesem Lichte, zu einem unsäglichen Glücke umgewandelt!

Man braucht es kaum auszusprechen: es liegt der Hauch des Tragischen auf diesem Leben. Und Jeder, der aus seiner eigenen Seele Etwas davon ahnen kann, Jeder, für den der Zwang einer tragischen Täuschung über das Lebensziel, das Umbiegen und Brechen der Absichten, das Verzichten und Gereinigt-werden durch Liebe keine ganz fremden Dinge sind, muss in Dem, was Wagner uns jetzt im Kunstwerke zeigt, ein traumhaftes Zurückerinnern an das eigene heldenhafte Dasein des grossen Menschen fühlen. Ganz von ferne her wird uns zu Muthe sein, als ob Siegfried von seinen Thaten erzählte: im rührendsten Glück des Gedenkens webt die tiefe Trauer des Spätsommers, und alle Natur liegt still in gelbem Abendlichte.-

9.

Darüber nachzudenken, was Wagner, der Künstler, ist und an dem Schauspiele eines wahrhaft frei gewordenen Könnens und Dürfens betrachtend vorüberzugehen: Das wird Jeder zu seiner Heilung und Erholung nöthig haben, der darüber, wie Wagner, der Mensch, wurde, gedacht und gelitten hat. Ist die Kunst überhaupt eben nur das Vermögen, Das an Andere mitzutheilen, was man erlebt hat, widerspricht jedes Kunstwerk sich selbst, wenn es sich nicht zu verstehen geben kann: so muss die Grösse Wagner's, des Künstlers, gerade in jener dämonischen Mittheilbarkeit seiner Natur bestehen, welche gleichsam in allen Sprachen von sich redet und das innere, eigenste Erlebniss mit der höchsten Deutlichkeit erkennen lässt; sein Auftreten in der Geschichte der Künste gleicht einem vulcanischen Ausbruche des gesammten ungetheilten Kunstvermögens der Natur selber, nachdem die Menschheit sich an den Anblick der Vereinzelung der Künste wie an eine Regel gewöhnt hatte. Man kann deshalb schwanken, welchen Namen man ihm beilegen solle, ob er Dichter oder Bildner oder Musiker zu nennen sei, jedes Wort in einer ausserordentlichen Erweiterung seines Begriffs genommen, oder ob erst ein neues Wort für ihn geschaffen werden müsse.

Das Dichterische in Wagner zeigt sich darin, dass er in sichtbaren und fühlbaren Vorgängen, nicht in Begriffen denkt, das heisst, dass er mythisch denkt, so wie immer das Volk gedacht hat. Dem Mythus liegt nicht ein Gedanke zu Grunde, wie die Kinder einer verkünstelten Cultur vermeinen, sondern er selber ist ein Denken; er theilt eine Vorstellung von der Welt mit, aber in der Abfolge von Vorgängen, Handlungen und Leiden. Der Ring des Nibelungen ist ein ungeheures Gedankensystem ohne die begriffliche Form des Gedankens. Vielleicht könnte ein Philosoph etwas ganz Entsprechendes ihm zur Seite stellen, das ganz ohne Bild und Handlung wäre und blos in Begriffen zu uns spräche: dann hätte man das Gleiche in zwei disparaten Sphären dargestellt: einmal für das Volk und einmal für den Gegensatz des Volkes, den theoretischen Menschen. An diesen wendet sich also Wagner nicht; denn der theoretische

Mensch versteht von dem eigentlich Dichterischen, dem Mythus, gerade soviel, als ein Tauber von der Musik, das heisst, Beide sehen eine ihnen sinnlos scheinende Bewegung. Aus der einen von jenen disparaten Sphären kann man in die andere nicht hineinblicken: so lange man im Banne des Dichters ist, denkt man mit ihm, als sei man nur ein fühlendes, sehendes und hörendes Wesen; die Schlüsse, welche man macht, sind die Verknüpfungen der Vorgänge, die man sieht, also thatsächliche Causalitäten, keine logischen.

Wenn die Helden und Götter solcher mythischen Dramen, wie Wagner sie dichtet, nun auch in Worten sich deutlich machen sollen, so liegt keine Gefahr näher, als dass diese Wortsprache in uns den theoretischen Menschen aufweckt und dadurch uns in eine andere, unmythische Sphäre hinüberhebt: so dass wir zuletzt durch das Wort nicht etwan deutlicher verstanden hätten, was vor uns vorgieng, sondern gar Nichts verstanden hätten. Wagner zwang deshalb die Sprache in einen Urzustand zurück, wo sie fast noch Nichts in Begriffen denkt, wo sie noch selber Dichtung, Bild und Gefühl ist; die Furchtlosigkeit, mit der Wagner an diese ganz erschreckende Aufgabe gieng, zeigt, wie gewaltsam er von dem dichterischen Geiste geführt wurde, als Einer, der folgen muss, wohin auch sein gespenstischer Führer den Weg nimmt. Man sollte jedes Wort dieser Dramen singen können, und Götter und Helden sollten es in den Mund nehmen: Das war die ausserordentliche Anforderung, welche Wagner an seine sprachliche Phantasie stellte. Jeder Andere hätte dabei verzagen müssen; denn unsere Sprache scheint fast zu alt und zu verwüstet zu sein, als dass man von ihr hätte verlangen dürfen, was Wagner verlangte: und doch rief sein Schlag gegen den Felsen eine reichliche Quelle hervor. Gerade Wagner hat, weil er diese Sprache mehr liebte und mehr von ihr forderte, auch mehr als ein anderer Deutscher an ihrer Entartung und Schwächung gelitten, also an den vielfältigen Verlusten und Verstümmelungen der Formen, an dem schwerfälligen Partikelwesen unserer Satzfügung, an den unsingbaren Hülfszeitwörtern: – alles Dieses sind ja Dinge, welche durch Sünden und Verlotterungen in die Sprache hineingekommen sind. Dagegen empfand er mit tiefem Stolze die auch jetzt noch vorhandene Ursprünglichkeit und Unerschöpflichkeit dieser Sprache, die tonvolle Kraft ihrer Wurzeln, in welchen er, im Gegensatz zu den höchst abgeleiteten, künstlich rhetorischen Sprachen der romanischen Stämme, eine wunderbare Neigung und Vorbereitung zur Musik, zur wahren Musik ahnte. Es geht eine Lust an dem Deutschen durch Wagner's Dichtung, eine Herzlichkeit und Freimüthigkeit im Verkehre mit ihm, wie so Etwas, ausser bei Goethe, bei keinem Deutschen sich nachfühlen lässt. Leiblichkeit des Ausdruckes, verwegene Gedrängtheit, Gewalt und rhythmische Vielartigkeit, ein merkwürdiger Reichthum an starken und bedeutenden Wörtern, Vereinfachung der Satzgliederung, eine fast einzige Erfindsamkeit in der Sprache des wogenden Gefühls und der Ahnung, eine mitunter ganz rein sprudelnde Volksthümlichkeit und Sprüchwörtlichkeit – solche Eigenschaften würden aufzuzählen sein, und doch wäre dann immer noch die mächtigste und bewunderungswürdigste vergessen. Wer hinter einander zwei solche Dichtungen wie Tristan und die Meistersinger liest, wird in Hinsicht auf die Wortsprache ein ähnliches Erstaunen und Zweifeln empfinden, wie in Hinsicht auf die Musik: wie es nämlich möglich war, über zwei Welten, so verschieden an Form, Farbe, Fügung, als an Seele, schöpferisch zu gebieten. Diess ist das Mächtigste an der Wagnerischen Begabung, Etwas, das – allein dem grossen Meister gelingen wird: für jedes Werk eine neue Sprache auszuprägen und der neuen Innerlichkeit auch einen neuen Leib, einen neuen Klang zu geben. Wo eine solche allerseltenste Macht sich äussert, wird der Tadel immer nur kleinlich und unfruchtbar bleiben, welcher sich auf einzelnes Uebermüthige und Absonderliche, oder auf die häufigeren Dunkelheiten des Ausdrukkes und Umschleierungen des Gedankens bezieht. Ueberdiess war Denen, welche bisher am lautesten getadelt haben, im Grunde nicht sowohl die Sprache als die Seele, die ganze Art zu leiden und zu empfinden, anstössig und unerhört. Wir wollen warten, bis Diese selber eine andere Seele haben, dann werden sie selber auch eine andere Sprache sprechen: und dann wird es, wie mir scheint, auch mit der deutschen Sprache im Ganzen besser stehen, als es jetzt steht.

Vor Allem aber sollte Niemand, der über Wagner, den Dichter und Sprachbildner, nachdenkt, vergessen, dass keines der Wagnerischen Dramen bestimmt ist gelesen zu werden und also nicht mit den Forderungen behelligt werden darf, welche an das Wortdrama gestellt werden. Dieses will allein durch Begriffe und Worte auf das Gefühl wirken; mit dieser Absicht gehört es unter die Botmässigkeit der Rhetorik. Aber die Leidenschaft im Leben ist selten beredt: im Wortdrama muss sie es sein, um überhaupt sich auf irgend eine Art mitzutheilen. Wenn aber die Sprache eines Volkes sich schon im Zustande des Verfalls und der Abnutzung befindet, so kommt der Wortdramatiker in die Versuchung, Sprache und Gedanken ungewöhnlich aufzufärben und umzubilden; er will die Sprache heben, damit sie wieder das gehobene Gefühl hervorklingen lasse, und geräth dabei in die Gefahr, gar nicht verstanden zu werden. Ebenso sucht er der Leidenschaft durch erhabene Sinnsprüche und

Einfälle Etwas von Höhe mitzutheilen und verfällt dadurch wieder in eine andere Gefahr: er erscheint unwahr und künstlich. Denn die wirkliche Leidenschaft des Lebens spricht nicht in Sentenzen und die dichterische erweckt leicht Misstrauen gegen ihre Ehrlichkeit, wenn sie sich wesentlich von dieser Wirklichkeit unterscheidet. Dagegen giebt Wagner, der Erste, welcher die inneren Mängel des Wortdrama's erkannt hat, jeden dramatischen Vorgang in einer dreifachen Verdeutlichung, durch Wort, Gebärde und Musik; und zwar überträgt die Musik die Grundregungen im Innern der darstellenden Personen des Drama's unmittelbar auf die Seelen der Zuhörer, welche jetzt in den Gebärden derselben Personen die erste Sichtbarkeit jener inneren Vorgänge und in der Wortsprache noch eine zweite abgeblasstere Erscheinung derselben, übersetzt in das bewusstere Wollen, wahrnehmen. Alle diese Wirkungen erfolgen gleichzeitig und durchaus ohne sich zu stören, und zwingen Den, welchem ein solches Drama vorgeführt wird, zu einem ganz neuen Verstehen und Miterleben, gleich als ob seine Sinne auf ein Mal vergeistigter und sein Geist versinnlichter geworden wäre, und als ob Alles, was aus dem Menschen heraus will und nach Erkenntniss dürstet, sich jetzt in einem Jubel des Erkennens frei und selig: befände. Weil jeder Vorgang eines Wagnerischen Drama's sich mit der höchsten Verständlichkeit dem Zuschauer mittheilt, und zwar durch die Musik von Innen heraus erleuchtet und durchglüht, konnte sein Urheber aller der Mittel entrathen, welche der Wortdichter nöthig hat, um seinen Vorgängen Wärme und Leuchtkraft zu geben. Der ganze Haushalt des Drama's durfte einfacher sein, der rhythmische Sinn des Baumeisters konnte es wieder wagen, sich in den grossen Gesammtverhältnissen des Baues zu zeigen; denn es fehlte zu jener absichtlichen Verwickelung und verwirrenden Vielgestaltigkeit des Baustyls jetzt jede Veranlassung, durch welche der Wortdichter zu Gunsten seines Werkes das Gefühl der Verwunderung und des angespannten Interesses zu erreichen strebt, um diess dann zu dem Gefühl des beglückten Staunens zu steigern. Der Eindruck der idealisirenden Ferne und Höhe war nicht erst durch Kunstgriffe herbeizuschaffen. Die Sprache zog sich aus einer rhetorischen Breite in die Geschlossenheit und Kraft einer Gefühlsrede zurück; und trotzdem, dass der darstellende Künstler viel weniger, als früher, über Das sprach, was er im Schauspiel that und empfand, zwangen jetzt innerliche Vorgänge, welche die Angst des Wortdramatikers vor dem angeblich Undramatischen bisher von der Bühne fern gehalten hat, den Zuhörer zum leidenschaftlichen Miterleben, während die begleitende Gebärdensprache nur in der zartesten Modulation sich zu äussern brauchte. Nun ist überhaupt die gesungene Leidenschaft in der

Zeitdauer um Etwas länger, als die gesprochene; die Musik streckt gleichsam die Empfindung aus: daraus folgt im Allgemeinen, dass der darstellende Künstler, welcher zugleich Sänger ist, die allzu grosse unplastische Aufgeregtheit der Bewegung, an welcher das aufgeführte Wortdrama leidet, überwinden muss. Er sieht sich zu einer Veredelung der Gebärde hingezogen, um so mehr, als die Musik seine Empfindung in das Bad eines reineren Aethers eingetaucht und dadurch unwillkürlich der Schönheit näher gebracht hat.

Die ausserordentlichen Aufgaben, welche Wagner den Schauspielern und Sängern gestellt hat, werden auf ganze Menschenalter hin einen Wetteifer unter ihnen entzünden, um endlich das Bild jedes Wagnerischen Helden in der leiblichsten Sichtbarkeit und Vollendung zur Darstellung zu bringen: so wie diese vollendete Leiblichkeit in der Musik des Drama's schon vorgebildet liegt. Diesem Führer folgend, wird zuletzt das Auge des plastischen Künstlers die Wunder einer neuen Schauwelt sehen, welche vor ihm allein der Schöpfer solcher Werke, wie der Ring des Nibelungen ist, zum ersten Mal erblickt hat: als ein Bildner höchster Art, welcher wie Aeschylus einer kommenden Kunst den Weg zeigt. Müssen nicht schon durch die Eifersucht grosse Begabungen geweckt werden, wenn die Kunst des Plastikers ihre Wirkung mit der einer Musik vergleicht, wie die Wagnerische ist: in welcher es reinstes, sonnenhellstes Glück giebt; so dass Dem, welcher sie hört, zu Muthe wird, als ob fast alle frühere Musik eine veräusserlichte, befangene, unfreie Sprache geredet hätte, als ob man mit ihr bisher hätte ein Spiel spielen wollen, vor Solchen, welche des Ernstes nicht würdig waren, oder als ob mit ihr gelehrt und demonstrirt werden sollte, vor Solchen, welche nicht einmal des Spieles würdig sind. Durch diese frühere Musik dringt nur auf kurze Stunden jenes Glück in uns ein, welches wir immer bei Wagnerischer Musik empfinden: es scheinen seltene Augenblicke der Vergessenheit, welche sie gleichsam überfallen, wo sie mit sich allein redet und den Blick aufwärts richtet, wie Rafael's Caecilia, weg von den Hörern, welche Zerstreuung, Lustbarkeit oder Gelehrsamkeit von ihr fordern.

Von Wagner, dem Musiker, wäre im Allgemeinen zu sagen, dass er Allem in der Natur, was bis jetzt nicht reden wollte, eine Sprache gegeben hat: er glaubt nicht daran, dass es etwas Stummes geben müsse. Er taucht auch in Morgenröthe, Wald, Nebel, Kluft, Bergeshöhe, Nachtschauer, Mondesglanz hinein und merkt ihnen ein heimliches Begehren ab: sie wollen auch tönen. Wenn der Philosoph sagt, es ist Ein Wille, der in der belebten und unbelebten

Natur nach Dasein dürstet, so fügt der Musiker hinzu: und dieser Wille will, auf allen Stufen, ein tönendes Dasein.

Die Musik hatte vor Wagner im Ganzen enge Gränzen; sie bezog sich auf bleibende Zustände des Menschen, auf Das, was die Griechen Ethos nennen, und hatte mit Beethoven eben erst begonnen, die Sprache des Pathos, des leidenschaftlichen Wollens, der dramatischen Vorgänge im Innern des Menschen, zu finden. Ehedem sollte eine Stimmung, ein gefasster oder heiterer oder andächtiger oder bussfertiger Zustand sich durch Töne zu erkennen geben, man wollte durch eine gewisse auffallende Gleichartigkeit der Form und durch die längere Andauer dieser Gleichartigkeit den Zuhörer zur Deutung dieser Musik nöthigen und endlich in die gleiche Stimmung versetzen. Allen solchen Bildern von Stimmungen und Zuständen waren einzelne Formen nothwendig; andere wurden durch Convention in ihnen üblich. Ueber die Länge entschied die Vorsicht des Musikers, welcher den Zuhörer wohl in eine Stimmung bringen, aber nicht durch allzu lange Andauer derselben langweilen wollte. Man gieng einen Schritt weiter, als man die Bilder entgegengesetzter Stimmungen nach einander entwarf und den Reiz des Contrastes entdeckte, und noch einen Schritt, als dasselbe Tonstück in sich einen Gegensatz des Ethos', zum Beispiel durch das Widerstreben eines männlichen und eines weiblichen Thema's, aufnahm. Diess alles sind noch rohe und uranfängliche Stufen der Musik. Die Furcht vor der Leidenschaft giebt die einen, die vor der Langenweile die anderen Gesetze; alle Vertiefungen und Ausschreitungen des Gefühls wurden als "unethisch" empfunden. Nachdem aber die Kunst des Ethos, dieselben gewöhnlichen Zustände und Stimmungen in hundertfacher Wiederholung dargestellt hatte, gerieth sie, trotz der wunderbarsten Erfindsamkeit ihrer Meister, endlich in Erschöpfung. Beethoven zuerst liess die Musik eine neue Sprache, die bisher verbotene Sprache der Leidenschaft, reden: weil aber seine Kunst aus den Gesetzen und Conventionen der Kunst des Ethos, herauswachsen und versuchen musste, sich gleichsam vor jener zu rechtfertigen, so hatte sein künstlerisches Werden eine eigenthümliche Schwierigkeit und Undeutlichkeit an sich. Ein innerer, dramatischer Vorgang – denn jede Leidenschaft hat einen dramatischen Verlauf – wollte sich zu einer neuen Form hindurchringen, aber das überlieferte Schema der Stimmungsmusik widersetzte sich und redete beinah mit der Miene der Moralität wider ein Aufkommen der Unmoralität. Es scheint mitunter so, als ob Beethoven sich die widerspruchsvolle Aufgabe gestellt habe, das Pathos mit den Mitteln des Ethos' sich aussprechen zu lassen.

Für die grössten und spätesten Werke Beethoven's reicht aber diese Vorstellung nicht aus. Um den grossen geschwungenen Bogen einer Leidenschaft wiederzugeben, fand er wirklich ein neues Mittel: er nahm einzelne Puncte ihrer Flugbahn heraus und deutete sie mit der grössten Bestimmtheit an, um aus ihnen dann die ganze Linie durch den Zuhörer errathen zu lassen. Aeusserlich betrachtet, nahm sich die neue Form aus, wie die Zusammenstellung mehrerer Tonstücke, von denen jedes einzelne scheinbar einen beharrenden Zustand, in Wahrheit aber einen Augenblick im dramatischen Verlauf der Leidenschaft darstellte. Der Zuhörer konnte meinen, die alte Musik der Stimmung zu hören, nur dass das Verhältniss der einzelnen Theile zu einander ihm unfasslich geworden war und sich nicht mehr nach dem Kanon des Gegensatzes deuten liess. Selbst bei Musikern stellte sich eine Geringschätzung gegen die Forderung eines künstlerischen Gesammtbaues ein; die Folge der Theile in ihren Werken wurde willkürlich. Die Erfindung der grossen Form der Leidenschaft führte durch ein Missverständniss auf den Einzelsatz mit beliebigem Inhalte zurück, und die Spannung der Theile gegen einander hörte ganz auf. Deshalb ist die Symphonie nach Beethoven ein so wunderlich undeutliches Gebilde, namentlich wenn sie im Einzelnen noch die Sprache des Beethoven'schen Pathos' stammelt. Die Mittel passen nicht zur Absicht und die Absicht im Ganzen wird dem Zuhörer überhaupt nicht klar, weil sie auch im Kopfe des Urhebers niemals klar gewesen ist. Gerade aber die Forderung, dass man etwas ganz Bestimmtes zu sagen habe und dass man es auf das Deutlichste sage, wird um so unerlässlicher, je höher, schwieriger und anspruchsvoller eine Gattung ist.

Deshalb war Wagner's ganzes Ringen darauf aus, alle Mittel zu finden, welche der Deutlichkeit dienen; vor Allem hatte er dazu nöthig, sich von allen Befangenheiten und Ansprüchen der älteren Musik der Zustände loszubinden und seiner Musik, dem tönenden Processe des Gefühls und der Leidenschaft, eine gänzlich unzweideutige Rede in den Mund zu legen. Schauen wir auf Das hin, was er erreicht hat, so ist uns, als ob er im Bereiche der Musik das Gleiche gethan habe, was im Bereiche der Plastik der Erfinder der Freigruppe that. Alle frühere Musik scheint, an der Wagnerischen gemessen, steif oder ängstlich, als ob man sie nicht von allen Seiten ansehen dürfe und sie sich schäme. Wagner ergreift jeden Grad und jede Farbe des Gefühls mit der grössten Festigkeit und Bestimmtheit; er nimmt die zarteste, entlegenste und wildeste Regung, ohne Angst sie zu verlieren, in die Hand, und hält sie wie etwas Hart- und Festgewordenes, wenn auch Jedermann sonst in ihr einen unangreifbaren

Schmetterling sehen sollte. Seine Musik ist niemals unbestimmt, stimmungshaft; Alles, was durch sie redet, Mensch oder Natur, hat eine streng individualisirte Leidenschaft; Sturm und Feuer nehmen bei ihm die zwingende Gewalt eines persönlichen Willens an. Ueber allen den tönenden Individuen und dem Kampfe ihrer Leidenschaften, über dem ganzen Strudel von Gegensätzen, schwebt, mit höchster Besonnenheit, ein übermächtiger symphonischer Verstand, welcher aus dem Kriege fortwährend die Eintracht gebiert: Wagner's Musik als Ganzes ist ein Abbild der Welt, sowie diese von dem grossen ephesischen Philosophen verstanden wurde, als eine Harmonie, welche der Streit aus sich zeugt, als die Einheit von Gerechtigkeit und Feindschaft. Ich bewundere die Möglichkeit, aus einer Mehrzahl von Leidenschaften, welche nach verschiedenen Richtungen hin laufen, die grosse Linie einer Gesammtleidenschaft zu berechnen: dass so Etwas möglich ist, sehe ich durch jeden einzelnen Act eines Wagnerischen Drama's bewiesen, welcher neben einander die Einzelgeschichte verschiedener Individuen und eine Gesammtgeschichte aller erzählt. Wir spüren es schon zu Anfang, dass wir widerstrebende einzelne Strömungen, aber auch über alle mächtig, einen Strom mit Einer gewaltigen Richtung vor uns haben: dieser Strom bewegt sich zuerst unruhig, über verborgene Felsenzacken hinweg, die Fluth scheint mitunter aus einander zu reissen, nach verschiedenen Richtungen hin zu wollen. Allmählich bemerken wir, dass die innere Gesammtbewegung gewaltiger, fortreissender geworden ist; die zuckende Unruhe ist in die Ruhe der breiten furchtbaren Bewegung nach einem noch unbekannten Ziele übergegangen; und plötzlich, am Schluss, stürzt der Strom hinunter in die Tiefe, in seiner ganzen Breite, mit einer dämonischen Lust an Abgrund und Brandung. Nie ist Wagner mehr Wagner, als wenn die Schwierigkeiten sich verzehnfachen und er in ganz grossen Verhältnissen mit der Lust des Gesetzgebers walten kann. Ungestüme, widerstrebende Massen zu einfachen Rhythmen bändigen, durch eine verwirrende Mannichfaltigkeit von Ansprüchen und Begehrungen, Einen Willen durchführen – Das sind die Aufgaben, zu welchen er sich geboren, in welchen er seine Freiheit fühlt. Nie verliert er dabei den Athem, nie kommt er keuchend an sein Ziel. Er hat ebenso unablässig darnach gestrebt, sich die schwersten Gesetze aufzuerlegen, als Andere nach Erleichterung ihrer Last trachten; das Leben und die Kunst drücken ihn, wenn er nicht mit ihren schwierigsten Problemen spielen kann. Man erwäge nur einmal das Verhältniss der gesungenen Melodie zur Melodie der ungesungenen Rede – wie er die Höhe, die Stärke und das Zeitmaass des leidenschaftlich sprechenden Menschen als Naturvorbild behandelt, das er in Kunst umzuwandeln hat: – man erwäge dann wiederum die Einordnung einer solchen singenden Leidenschaft in den ganzen symphonischen Zusammenhang der Musik, um ein Wunderding von überwundenen Schwierigkeiten kennen zu lernen; seine Erfindsamkeit hierbei, im Kleinen und Grossen, die Allgegenwart seines Geistes und seines Fleisses ist der Art, dass man beim Anblick einer Wagnerischen Partitur glauben möchte, es habe vor ihm gar keine rechte Arbeit und Anstrengung gegeben. Es scheint, dass er auch in Bezug auf die Mühsal der Kunst hätte sagen können, die eigentliche Tugend des Dramatikers bestehe in der Selbstentäusserung, aber er würde wahrscheinlich entgegnen: es giebt nur Eine Mühsal, die des noch nicht Freigewordenen; die Tugend und das Gute sind leicht.

Als Künstler im Ganzen betrachtet, so hat Wagner, um an einen bekannteren Typus zu erinnern, Etwas von Demosthenes an sich: den furchtbaren Ernst um die Sache und die Gewalt des Griffs, so dass er jedesmal die Sache fasst; er schlägt seine Hand darum, im Augenblick, und sie hält fest, als ob sie aus Erz wäre. Er verbirgt wie Jener seine Kunst oder macht sie vergessen, indem er zwingt, an die Sache zu denken; und doch ist er, gleich Demosthenes, die letzte und höchste Erscheinung hinter einer ganzen Reihe von gewaltigen Kunstgeistern, und hat folglich mehr zu verbergen, als die Ersten der Reihe; seine Kunst wirkt als Natur, als hergestellte, wiedergefundene Natur. Er trägt nichts Epideiktisches an sich, was alle früheren Musiker haben, welche gelegentlich mit ihrer Kunst auch ein Spiel treiben und ihre Meisterschaft zur Schau stellen. Man denkt bei dem Wagnerischen Kunstwerke weder an das Interessante, noch das Ergötzliche, noch an Wagner selbst, noch an die Kunst überhaupt: man fühlt allein das Nothwendige. Welche Strenge und Gleichmässigkeit des Willens, welche Selbstüberwindung der Künstler in der Zeit seines Werdens nöthig hatte, um zuletzt, in der Reife, mit freudiger Freiheit in jedem Augenblick des Schaffens das Nothwendige zu thun, Das wird ihm niemals Jemand nachrechnen können: genug, wenn wir es an einzelnen Fällen spüren, wie seine Musik sich mit einer gewissen Grausamkeit des Entschlusses dem Gange des Drama's, der wie das Schicksal unerbittlich ist, unterwirft, während die feurige Seele dieser Kunst darnach lechzt, einmal ohne alle Zügel in der Freiheit und Wildniss umherzuschweifen.

10.

Ein Künstler, welcher diese Gewalt über sich hat, unterwirft sich, selbst ohne es zu wollen, alle anderen Künstler. Ihm allein wiederum werden die

Unterworfenen, seine Freunde und Anhänger nicht zur Gefahr, zur Schranke: während die geringeren Charaktere, weil sie sich auf die Freunde zu stützen suchen, durch sie ihre Freiheit einzubüssen pflegen. Es ist höchst wunderbar anzusehen, wie Wagner sein Leben lang jeder Gestaltung von Parteien ausgewichen ist, wie sich aber hinter jeder Phase seiner Kunst ein Kreis von Anhängern zusammenschloss, scheinbar, um ihn nun auf dieser Phase festzuhalten. Er gieng immer mitten durch sie hindurch und liess sich nicht binden; sein Weg ist überdiess zu lang gewesen, als dass ein Einzelner so leicht ihn von Anfang an hätte mitgehen können: und so ungewöhnlich und steil, dass auch dem Treuesten wohl einmal der Athem ausgieng. Fast zu allen Lebenszeiten Wagner's hätten ihn seine Freunde gern dogmatisiren mögen; und ebenfalls, obwohl aus anderen Gründen, seine Feinde. Wäre die Reinheit seines künstlerischen Charakters nur um einen Grad weniger entschieden gewesen, so hätte er viel zeitiger zum entscheidenden Herrn der gegenwärtigen Kunst- und Musikzustände werden können: – was er jetzt endlich auch geworden ist, aber in dem viel höheren Sinne, dass Alles, was auf irgend einem Gebiete der Kunst vorgeht, sich unwillkürlich vor den Richterstuhl seiner Kunst und seines künstlerischen Charakters gestellt sieht. Er hat sich die Widerwilligsten unterjocht: es giebt keinen begabten Musiker mehr, welcher nicht innerlich auf ihn hörte und ihn hörenswerther, als sich und die übrige Musik zusammen, fände. Manche, welche durchaus Etwas bedeuten wollen, ringen geradezu mit diesem sie überwältigenden inneren Reize, bannen sich mit ängstlicher Beflissenheit in den Kreis der älteren Meister und wollen lieber ihre "Selbstständigkeit" an Schubert oder Händel anlehnen, als an Wagner. Umsonst! Indem sie gegen ihr besseres Gewissen kämpfen, werden sie als Künstler selber geringer und kleinlicher; sie verderben ihren Charakter dadurch, dass sie schlechte Bundesgenossen und Freunde dulden müssen: und nach allen diesen Aufopferungen begegnet es ihnen doch, vielleicht in einem Traume, dass ihr Ohr nach Wagner hinhorcht. Diese Gegner sind bedauernswürdig: sie glauben viel zu verlieren, wenn sie sich verlieren und irren sich dabei.

Nun liegt ersichtlich Wagner nicht viel daran, ob die Musiker von jetzt ab Wagnerisch componiren und ob sie überhaupt componiren; ja er thut, was er kann, um jenen unseligen Glauben zu zerstören, dass sich nun wieder an ihn eine Schule von Componisten anschliessen müsse. So weit er unmittelbaren Einfluss auf Musiker hat, sucht er sie über die Kunst des grossen Vortrags zu belehren; es scheint ihm ein Zeitpunct in der Entwickelung der Kunst gekommen, in welchem der gute Wille, ein tüchtiger Meister der Darstellung und Ausübung zu werden, viel schätzenswerther ist, als das Gelüst, um jeden Preis selber zu "schaffen." Denn dieses Schaffen, auf der jetzt erreichten Stufe der Kunst, hat die verhängnissvolle Folge, das wahrhaft Grosse in seinen Wirkungen zu verflachen, dadurch, dass man es, so gut es geht, vervielfältigt und die Mittel und Kunstgriffe des Genies durch alltäglichen Gebrauch abnützt. Selbst das Gute in der Kunst ist überflüssig und schädlich, wenn es aus der Nachahmung des Besten entstand. Die Wagnerischen Zwecke und Mittel gehören zusammen: es braucht Nichts weiter dazu, als künstlerische Ehrlichkeit, diess zu fühlen, und es ist Unehrlichkeit, die Mittel ihm abzumerken und zu ganz anderen, kleineren Zwecken zu verwenden.

Wenn also Wagner es ablehnt, in einer Schaar von Wagnerisch componirenden Musikern fortzuleben, so stellt er um so eindringlicher allen Begabungen die neue Aufgabe, mit ihm zusammen die Gesetze des Styls für den dramatischen Vortrag zu finden. Das tiefste Bedürfniss treibt ihn, für seine Kunst die Tradition eines Styls zu begründen, durch welche sein Werk, in reiner Gestalt, von einer Zeit zur anderen fortleben könne, bis es jene Zukunft erreicht, für welche es von seinem Schöpfer vorausbestimmt war.

Wagner besitzt einen unersättlichen Trieb, Alles, was sich auf jene Begründung des Styls und, solchermaassen, auf die Fortdauer seiner Kunst bezieht, mitzutheilen. Sein Werk, um mit Schopenhauer zu reden, als ein heiliges Depositum und die wahre Frucht seines Daseins, zum Eigenthum der Menschheit zu machen, es niederlegend für eine besser urtheilende Nachwelt, diess wurde ihm zum Zweck, der allen anderen Zwecken vorgeht, und für den er die Dornenkrone trägt, welche einst zum Lorbeerkranze ausschlagen soll: auf die Sicherstellung seines Werkes concentrirte sein Streben sich eben so entschieden, wie das des Insects, in seiner letzten Gestalt, auf die Sicherstellung seiner Eier und Vorsorge für die Brut, deren Dasein es nie erlebt: es deponirt die Eier da, wo sie, wie es sicher weiss, einst Leben und Nahrung finden werden, und stirbt getrost.

Dieser Zweck, der allen anderen Zwecken vorgeht, treibt ihn zu immer neuen Erfindungen; er schöpft deren aus dem Borne seiner dämonischen Mittheilbarkeit immer mehr, je deutlicher er sich im Ringen mit dem abgeneigtesten Zeitalter fühlt, das zum Hören den schlechtesten Willen mitgebracht hat. Allmählich aber beginnt selbst dieses Zeitalter, seinen unermüdlichen Versuchen, seinem biegsamen Andringen nachzugeben und das

Ohr hinzuhalten. Wo eine kleine oder bedeutende Gelegenheit sich von ferne zeigte, seine Gedanken durch ein Beispiel zu erklären, war Wagner dazu bereit: er dachte seine Gedanken in die jedesmaligen Umstände hinein und brachte sie aus der dürftigsten Verkörperung heraus noch zum Reden. Wo eine halbwegs empfängliche Seele sich ihm aufthat, warf er seinen Saamen hinein. Er knüpft dort Hoffnungen an, wo der kalte Beobachter mit den Achseln zuckt; er täuscht sich hundertfach, um einmal gegen diesen Beobachter Recht zu behalten. Wie der Weise im Grunde mit lebenden Menschen nur so weit verkehrt, als er durch sie den Schatz seiner Erkenntniss zu mehren weiss, so scheint es fast, als ob der Künstler keinen Verkehr mehr mit den Menschen seiner Zeit haben könne, durch welchen er nicht die Verewigung seiner Kunst fördert: man liebt ihn nicht anders, als wenn man diese Verewigung liebt, und ebenso empfindet er nur Eine Art des gegen ihn gerichteten Hasses, den Hass nämlich, welcher die Brücken zu jener Zukunft seiner Kunst ihm abbrechen will. Die Schüler, welche Wagner sich erzog, die einzelnen Musiker und Schauspieler, denen er ein Wort sagte, eine Gebärde vormachte, die kleinen und grossen Orchester, die er führte, die Städte, welche ihn im Ernste seiner Thätigkeit sahen, die Fürsten und Frauen, welche halb mit Scheu, halb mit Liebe an seinen Plänen Theil nahmen, die verschiedenen europäischen Länder, denen er zeitweilig als der Richter und das böse Gewissen ihrer Künste angehörte: Alles wurde allmählich zum Echo seines Gedankens, seines unersättlichen Strebens nach einer zukünftigen Fruchtbarkeit; kam dieses Echo auch oft entstellt und verwirrt zu ihm zurück, so muss doch zuletzt der Uebermacht des gewaltigen Tones, welchen er hundertfältig in die Welt hineinrief, auch ein übermächtiger Nachklang entsprechen; und es wird bald nicht mehr möglich sein, ihn nicht zu hören, ihn falsch zu verstehen. Dieser Nachklang ist es schon jetzt, welcher die Kunststätten der modernen Menschen erzittern macht; jedesmal, wenn der Hauch seines Geistes in diese Gärten hineinblies, bewegte sich Alles, was darin windfällig und wipfeldürr war; und in noch beredterer Weise, als dieses Erzittern, spricht ein überall auftauchender Zweifel: Niemand weiss mehr zu sagen, wo nur immer noch die Wirkung Wagner's unvermuthet herausbrechen werde. Er ist ganz und gar ausser Stand, das Heil der Kunst losgetrennt von irgend welchem anderen Heil und Unheil zu betrachten: wo nur immer der moderne Geist Gefahren in sich birgt, da spürt er mit dem Auge des spähendsten Misstrauens auch die Gefahr der Kunst. Er nimmt in seiner Vorstellung das Gebäude unserer Civilisation aus einander und lässt sich nichts Morsches, nichts Leichtfertig-Gezimmertes entgehen: wenn er dabei auf wetterfeste Mauern und überhaupt auf dauerhaftere Fundamente stösst, so sinnt er sofort auf ein Mittel, daraus für seine Kunst Bollwerke und schützende Dächer zu gewinnen. Er lebt wie ein Flüchtling, der nicht sich, sondern ein Geheimniss zu bewahren trachtet; wie ein unglückliches Weib, welches das Leben des Kindes, das sie im Schoosse trägt, nicht ihr eigenes retten will: er lebt wie Sieglinde "um der Liebe willen."

Denn freilich ist es ein Leben voll mannichfacher Qual und Scham, in einer Welt unstät und unheimisch zu sein und doch zu ihr reden, von ihr fordern zu müssen, sie verachten und doch die Verachtete nicht entbehren zu können, – es ist die eigentliche Noth des Künstlers der Zukunft; als welcher nicht, gleich dem Philosophen, in einem dunklen Winkel für sich der Erkenntniss nachjagen kann: denn er braucht menschliche Seelen als Vermittler an die Zukunft, öffentliche Einrichtungen als Gewährleistung dieser Zukunft, als Brücken zwischen jetzt und einstmals. Seine Kunst ist auf dem Kahne der schriftlichen Aufzeichnung nicht einzuschiffen, wie diess der Philosoph vermag: die Kunst will Könnende als Ueberlieferer, nicht Buchstaben und Noten. Ueber ganze Strecken im Leben Wagner's hinweg klingt der Ton der Angst, diesen Könnenden nicht mehr nahe zu kommen und an Stelle des Beispiels, das er ihnen zu geben hat, gewaltsam auf die schriftliche Andeutung sich eingeschränkt zu sehen, und anstatt die That vorzuthun, den blassesten Schimmer der That Solchen zu zeigen, welche Bücher lesen, das heisst im Ganzen so viel als: welche keine Künstler sind.

Wagner als Schriftsteller zeigt den Zwang eines tapferen Menschen, dem man die rechte Hand zerschlagen hat und der mit der linken ficht: er ist immer ein Leidender, wenn er schreibt, weil er der rechten Mittheilung auf seine Weise, in Gestalt eines leuchtenden und siegreichen Beispiels, durch eine zeitweilig unüberwindliche Nothwendigkeit beraubt ist. Seine Schriften haben gar nichts Kanonisches, Strenges: sondern der Kanon liegt in den Werken. Es sind Versuche, den Instinct zu begreifen, welcher ihn zu seinen Werken trieb und gleichsam sich selber in's Auge zu sehen; hat er es erst erreicht, seinen Instinct in Erkenntniss umzuwandeln, so hofft er, dass in den Seelen seiner Leser der umgekehrte Process sich einstellen werde: mit dieser Aussicht schreibt er. Wenn sich vielleicht ergeben sollte, dass hierbei irgend etwas Unmögliches versucht worden ist, so hätte Wagner doch nur dasselbe Schicksal mit allen Denen gemein, welche über die Kunst nachdachten; und vor den Meisten von ihnen hat er voraus, dass in ihm der gewaltigste Gesammtinstinct der Kunst Herberge genommen hat. Ich kenne keine ästhetischen Schriften, welche so viel Licht brächten, wie die Wagnerischen; was über die Geburt des Kunstwerkes überhaupt zu erfahren ist, das ist aus ihnen zu erfahren. Es ist Einer der ganz Grossen, der hier als Zeuge auftritt und sein Zeugniss durch eine lange Reihe von Jahren immer mehr verbessert, befreit, verdeutlicht und aus dem Unbestimmten heraushebt; auch wenn er, als Erkennender, stolpert, schlägt er Feuer heraus. Gewisse Schriften, wie "Beethoven", "über das Dirigiren", "über Schauspieler und Sänger", "Staat und Religion", machen jedes Gelüst zum Widersprechen verstummen und erzwingen sich ein stilles innerliches, andächtiges Zuschauen, wie es sich beim Aufthun kostbarer Schreine geziemt. Andere, namentlich die aus der früheren Zeit, "Oper und Drama" mit eingerechnet, regen auf, machen Unruhe: es ist eine Ungleichmässigkeit des Rhythmus in ihnen, wodurch sie, als Prosa, in Verwirrung setzen. Die Dialektik in ihnen ist vielfältig gebrochen, der Gang durch Sprünge des Gefühls mehr gehemmt, als beschleunigt; eine Art von Widerwilligkeit des Schreibenden liegt wie ein Schatten auf ihnen, gleich als ob der Künstler des begrifflichen Demonstrirens sich schämte. Am meisten beschwert vielleicht den nicht ganz Vertrauten ein Ausdruck von autoritativer Würde, welcher ganz ihm eigen und schwer zu beschreiben ist: mir kommt es so vor, als ob Wagner häufig wie vor Feinden spreche – denn alle diese Schriften sind im Sprechstyl, nicht im Schreibstyl geschrieben, und man wird sie viel deutlicher finden, wenn man sie gut vorgetragen hört – vor Feinden, mit denen er keine Vertraulichkeit haben mag, weshalb er sich abhaltend, zurückhaltend zeigt. Nun bricht nicht selten die fortreissende Leidenschaft seines Gefühls durch diesen absichtlichen Faltenwurf hindurch; dann verschwindet die künstliche, schwere und mit Nebenworten reich geschwellte Periode, und es entschlüpfen ihm Sätze und ganze Seiten, welche zu dem Schönsten gehören, was die deutsche Prosa hat. Aber selbst angenommen, dass er in solchen Theilen seiner Schriften zu Freunden redet und das Gespenst seines Gegners dabei nicht mehr neben seinem Stuhle steht: alle die Freunde und Feinde, mit welchen Wagner als Schriftsteller sich einlässt, haben etwas Gemeinsames, was sie gründlich von jenem Volke abtrennt, für welches er als Künstler schafft. Sie sind in der Verfeinerung und Unfruchtbarkeit ihrer Bildung durchaus unvolksthümlich und Der, welcher von ihnen verstanden werden will, muss unvolksthümlich reden: so wie diess unsere besten Prosa-Schriftsteller gethan haben, so wie es auch Wagner thut. Mit welchem Zwange, das lässt sich errathen. Aber die Gewalt jenes vorsorglichen, gleichsam mütterlichen Triebes, welchem er jedes Opfer bringt, zieht ihn selber in den Dunstkreis der Gelehrten und Gebildeten zurück, dem er als Schaffender auf immer Lebewohl gesagt hat. Er unterwirft sich der Sprache der Bildung und allen Gesetzen ihrer Mittheilung, ob er schon der Erste gewesen ist, welcher das tiefe Ungenügen dieser Mittheilung empfunden hat.

Denn, wenn irgend Etwas seine Kunst gegen alle Kunst der neueren Zeiten abhebt, so ist es Diess: sie redet nicht mehr die Sprache der Bildung einer Kaste, und kennt überhaupt den Gegensatz von Gebildeten und Ungebildeten nicht mehr. Damit stellt sie sich in Gegensatz zu aller Cultur der Renaissance, welche bisher uns neuere Menschen in ihr Licht und ihren Schatten eingehüllt hatte. Indem die Kunst Wagner's uns auf Augenblicke aus ihr hinausträgt, vermögen wir ihren gleichartigen Charakter überhaupt erst zu überschauen: da erscheinen uns Goethe und Leopardi als die letzten grossen Nachzügler der italienischen Philologen-Poeten, der Faust als die Darstellung des unvolksthümlichsten Räthsels, welches sich die neueren Zeiten, in der Gestalt des nach Leben dürstenden theoretischen Menschen, aufgegeben haben; selbst das Goethische Lied ist dem Volksliede nachgesungen, nicht vorgesungen, und sein Dichter wusste, weshalb er mit so vielem Ernste einem Anhänger den Gedanken an's Herz legte: "meine Sachen können nicht populär werden; wer daran denkt und dafür strebt, ist im Irrthum."

Dass es überhaupt eine Kunst geben könne, so sonnenhaft hell und warm, um ebenso die Niedrigen und Armen im Geiste mit ihrem Strahle zu erleuchten, als den Hochmuth der Wissenden zu schmelzen: Das musste erfahren werden und war nicht zu errathen. Aber im Geiste eines Jeden, der es jetzt erfährt, muss es alle Begriffe über Erziehung und Cultur umwenden; ihm wird der Vorhang vor einer Zukunft aufgezogen scheinen, in welcher es keine höchsten Güter und Beglückungen mehr giebt, die nicht den Herzen Aller gemein sind. Der Schimpf, welcher bisher dem Worte "gemein" anklebte, wird dann von ihm hinweggenommen sein.

Wenn sich solchermaassen die Ahnung in die Ferne wagt, wird die bewusste Einsicht die unheimliche sociale Unsicherheit unserer Gegenwart in's Auge fassen und sich die Gefährdung einer Kunst nicht verbergen, welche gar keine Wurzeln zu haben scheint, wenn nicht in jener Ferne und Zukunft und die ihre blühenden Zweige uns eher zu Gesicht kommen lässt, als das Fundament, aus dem sie hervorwächst. Wie retten wir diese heimathlose Kunst hindurch bis zu jener Zukunft, wie dämmen wir die Fluth der überall unvermeidlich scheinenden Revolution so ein, dass mit dem Vielen, was dem Untergange geweiht ist und ihn verdient, nicht auch die beseligende Anticipation und Bürgschaft einer besseren Zukunft, einer freieren Menschheit weggeschwemmt wird?

Wer so sich fragt und sorgt, hat an Wagner's Sorge Antheil genommen; er wird mit ihm sich getrieben fühlen, nach jenen bestehenden Mächten zu suchen, welche den guten Willen haben, in den Zeiten der Erdbeben und Umstürze die Schutzgeister der edelsten Besitzthümer der Menschheit zu sein. Einzig in diesem Sinne frägt Wagner durch seine Schriften bei den Gebildeten an, ob sie sein Vermächtniss, den kostbaren Ring seiner Kunst mit in ihren Schatzhäusern bergen wollen; und selbst das grossartige Vertrauen, welches Wagner dem deutschen Geiste auch in seinen politischen Zielen geschenkt hat, scheint mir darin seinen Ursprung zu haben, dass er dem Volke der Reformation jene Kraft, Milde und Tapferkeit zutraut, welche nöthig ist, um "das Meer der Revolution in das Bette des ruhig fliessenden Stromes der Menschheit einzudämmen": und fast möchte ich meinen, dass er Diess und nichts Anderes durch die Symbolik seines Kaisermarsches ausdrücken wollte.

Im Allgemeinen ist aber der hülfreiche Drang des schaffenden Künstlers zu gross, der Horizont seiner Menschenliebe zu umfänglich, als dass sein Blick an den Umzäunungen des nationalen Wesens hängen bleiben sollte. Seine Gedanken sind wie die jedes guten und grossen Deutschen überdeutsch und die Sprache seiner Kunst redet nicht zu Völkern, sondern zu Menschen.

Aber zu Menschen der Zukunft.

Das ist der ihm eigenthümliche Glaube, seine Qual und seine Auszeichnung. Kein Künstler irgend welcher Vergangenheit hat eine so merkwürdige Mitgift von seinem Genius erhalten, Niemand hat ausser ihm diesen Tropfen herbster Bitterkeit mit jedem nektarischen Tranke, welchen die Begeisterung ihm reichte, trinken müssen. Es ist nicht, wie man glauben möchte, der verkannte, der gemisshandelte, der in seiner Zeit gleichsam flüchtige Künstler, welcher sich diesen Glauben, zur Nothwehr, gewann: Erfolg und Misserfolg bei den Zeitgenossen konnten ihn nicht aufheben und nicht begründen. Er gehört nicht zu diesem Geschlecht, mag es ihn preisen oder verwerfen: – das ist das Urtheil seines Instinctes; und ob je ein Geschlecht zu ihm gehören werde, das kann Dem, welcher daran nicht glauben mag, auch nicht bewiesen werden. Aber wohl kann auch dieser Ungläubige die Frage stellen, welcher Art ein Geschlecht sein müsse, in dem Wagner sein "Volk" wiedererkennen würde, als den Inbegriff aller Derjenigen, welche eine gemeinsame Noth empfinden und sich von ihr durch eine gemeinsame Kunst erlösen wollen. Schiller freilich ist gläubiger und hoffnungsvoller gewesen: er hat nicht gefragt, wie wohl eine Zukunft aussehen werde, wenn der Instinct des Künstlers, der von ihr wahrsagt, Recht behalten sollte, vielmehr von den Künstlern gefordert:

> Erhebet euch mit kühnem Flügel
> hoch über euren Zeitenlauf!
> Fern dämm're schon in eurem Spiegel
> das kommende Jahrhundert auf!

11.

Die gute Vernunft bewahre uns vor dem Glauben, dass die Menschheit irgend wann einmal endgültige ideale Ordnungen finden werde und dass dann das Glück mit immer gleichem Strahle, gleich der Sonne der Tropenländer, auf die solchermaassen Geordneten niederbrennen müsse: mit einem solchen Glauben hat Wagner Nichts zu thun, er ist kein Utopist. Wenn er des Glaubens an die Zukunft nicht entrathen kann, so heisst diess gerade nur so viel, dass er an den jetzigen Menschen Eigenschaften wahrnimmt, welche nicht zum unveränderlichen Charakter und Knochenbau des menschlichen Wesens gehören, sondern wandelbar, ja vergänglich sind, und dass gerade dieser Eigenschaften wegen die Kunst unter ihnen ohne Heimath und er selber der vorausgesendete Bote einer anderen Zeit sein müsse. Kein goldenes Zeitalter, kein unbewölkter Himmel ist diesen kommenden Geschlechtern beschieden, auf welche ihn sein Instinct anweist und deren ungefähre Züge aus der Geheimschrift seiner Kunst so weit zu errathen sind, als es möglich ist, von der Art der Befriedigung auf die Art der Noth zu schliessen. Auch die übermenschliche Güte und Gerechtigkeit wird nicht wie ein unbeweglicher Regenbogen über das Gefilde dieser Zukunft gespannt sein. Vielleicht wird jenes Geschlecht im Ganzen sogar böser erscheinen, als das jetzige, – denn es wird, im Schlimmen wie im Guten, offener sein; ja es wäre möglich, dass seine Seele, wenn sie einmal in vollem, freiem Klange sich ausspräche, unsere Seelen in ähnlicher Weise erschüttern und erschrecken würde, wie wenn die Stimme irgend eines bisher versteckten bösen Naturgeistes laut geworden wäre. Oder wie klingen diese Sätze an unser Ohr: dass die Leidenschaft besser ist, als der Stoicismus und die Heuchelei, dass Ehrlich-sein, selbst im Bösen, besser ist, als sich selber an die Sittlichkeit des Herkommens verlieren, dass der freie Mensch sowohl gut, als böse sein kann, dass aber der unfreie Mensch eine Schande der Natur ist, und an keinem himmlischen, noch irdischen Troste Antheil hat; endlich, dass Jeder, der frei werden will, es durch sich selber werden muss, und dass Niemandem die

Freiheit als ein Wundergeschenk in den Schooss fällt. Wie schrill und unheimlich diess auch klingen möge: es sind Töne aus jener zukünftigen Welt, welche der Kunst wahrhaft bedürftig ist und von ihr auch wahrhafte Befriedigungen erwarten kann; es ist die Sprache der auch im Menschlichen wiederhergestellten Natur, es ist genau Das, was ich früher richtige Empfindung im Gegensatz zu der jetzt herrschenden unrichtigen Empfindung nannte.

Nun aber giebt es allein für die Natur, nicht für die Unnatur und die unrichtige Empfindung, wahre Befriedigungen und Erlösungen. Der Unnatur, wenn sie einmal zum Bewusstsein über sich gekommen ist; bleibt nur die Sehnsucht in's Nichts übrig, die Natur dagegen begehrt nach Verwandelung durch Liebe: jene will nicht sein, diese will anders sein. Wer diess begriffen hat, führe sich jetzt in aller Stille der Seele die schlichten Motive der Wagnerischen Kunst vorüber, um sich zu fragen, ob mit ihnen die Natur oder die Unnatur ihre Ziele, wie diese eben bezeichnet wurden, verfolgt.

Der Unstäte, Verzweifelte findet durch die erbarmende Liebe eines Weibes, das lieber sterben, als ihm untreu sein will, die Erlösung von seiner Qual: das Motiv des fliegenden Holländers. – Die Liebende, allem eigenen Glück entsagend, wird, in einer himmlischen Wandelung von Amor in Caritas, zur Heiligen und rettet die Seele des Geliebten: Motiv des Tannhäuser. – Das Herrlichste, Höchste kommt verlangend herab zu den Menschen und will nicht nach dem Woher? gefragt sein; es geht, als die unselige Frage gestellt wird, mit schmerzlichem Zwang in sein höheres Leben zurück: Motiv des Lohengrin. – Die liebende Seele des Weibes und ebenso das Volk nehmen willig den neuen beglückenden Genius auf, obschon die Pfleger des Ueberlieferten und Herkömmlichen ihn von sich stossen und verlästern: Motiv der Meistersinger. Zwei Liebende, ohne Wissen über ihr Geliebtsein, sich vielmehr tief verwundet und verachtet glaubend, begehren von einander den Todestrank zu trinken, scheinbar zur Sühne der Beleidigung, in Wahrheit aber aus einem unbewussten Drange: sie wollen durch den Tod von aller Trennung und Verstellung befreit sein. Die geglaubte Nähe des Todes löst ihre Seele und führt sie in ein kurzes schauervolles Glück, wie als ob sie wirklich dem Tage, der Täuschung, ja dem Leben entronnen wären: Motiv in Tristan und Isolde.

Im Ringe des Nibelungen ist der tragische Held ein Gott, dessen Sinn nach Macht dürstet, und der, indem er alle Wege geht, sie zu gewinnen, sich durch Verträge bindet, seine Freiheit verliert, und in den Fluch, welcher auf der Macht liegt, verflochten wird. Er erfährt seine Unfreiheit gerade darin, dass er kein

Mittel mehr hat, sich des goldenen Ringes, des Inbegriffs aller Erdenmacht und zugleich der höchsten Gefahren für ihn selbst, so lange er in dem Besitze seiner Feinde ist, zu bemächtigen: die Furcht vor dem Ende und der Dämmerung aller Götter überkommt ihn und ebenso die Verzweifelung darüber, diesem Ende nur entgegensehen, nicht entgegenwirken zu können. Er bedarf des freien furchtlosen Menschen, welcher, ohne seinen Rath und Beistand, ja im Kampfe wider die göttliche Ordnung, von sich aus die dem Gotte versagte That vollbringt: er sieht ihn nicht und gerade dann, wenn eine neue Hoffnung noch erwacht, muss er dem Zwange, der ihn bindet, gehorchen: durch seine Hand muss das Liebste vernichtet, das reinste Mitleiden mit seiner Noth bestraft werden. Da ekelt ihn endlich vor der Macht, welche das Böse und die Unfreiheit im Schoosse trägt, sein Wille bricht sich, er selber verlangt nach dem Ende, das ihm von ferne her droht. Und jetzt erst geschieht das früher Ersehnteste: der freie furchtlose Mensch erscheint, er ist im Widerspruche gegen alles Herkommen entstanden; seine Erzeuger büssen es, dass ein Bund wider die Ordnung der Natur und Sitte sie verknüpfte: sie gehen zu Grunde, aber Siegfried lebt. Im Anblicke seines herrlichen Werdens und Aufblühens weicht der Ekel aus der Seele Wotan's, er geht dem Geschicke des Helden mit dem Auge der väterlichsten Liebe und Angst nach. Wie er das Schwert sich schmiedet, den Drachen tödtet, den Ring gewinnt, dem listigsten Truge entgeht, Brünnhilde erweckt, wie der Fluch, der auf dem Ringe ruht, auch ihn nicht verschont, ihm nah und näher kommt, wie er, treu in Untreue, das Liebste aus Liebe verwundend, von den Schatten und Nebeln der Schuld umhüllt wird, aber zuletzt lauter wie die Sonne heraustaucht und untergeht, den ganzen Himmel mit seinem Feuerglanze entzündend und die Welt vom Fluche reinigend, – Das alles schaut der Gott, dem der waltende Speer im Kampfe mit dem Freiesten zerbrochen ist und der seine Macht an ihn verloren hat, voller Wonne am eigenen Unterliegen, voller Mitfreude und Mitleiden mit seinem Ueberwinder: sein Auge liegt mit dem Leuchten einer schmerzlichen Seligkeit auf den letzten Vorgängen, er ist frei geworden in Liebe, frei von sich selbst.

Und nun fragt euch selber, ihr Geschlechter jetzt lebender Menschen! Ward diess für euch gedichtet? Habt ihr den Muth, mit eurer Hand auf die Sterne dieses ganzen Himmelsgewölbes von Schönheit und Güte zu zeigen und zu sagen: es ist unser Leben, das Wagner unter die Sterne versetzt hat?

Wo sind unter euch die Menschen, welche das göttliche Bild Wotan's sich nach ihrem Leben zu deuten vermögen und welche selber immer grösser werden, je mehr sie, wie er, zurücktreten? Wer von euch will auf Macht verzichten, wissend und erfahrend, dass die Macht böse ist? Wo sind Die, welche wie Brünnhilde aus Liebe ihr Wissen dahingeben und zuletzt doch ihrem Leben das allerhöchste Wissen entnehmen: "trauernder Liebe tiefstes Leid schloss die Augen mir auf." Und die Freien, Furchtlosen, in unschuldiger Selbstigkeit aus sich Wachsenden und Blühenden, die Siegfriede unter euch?

Wer so fragt und vergebens fragt, der wird sich nach der Zukunft umsehen müssen; und sollte sein Blick in irgend welcher Ferne gerade noch jenes "Volk" entdecken, welches seine eigene Geschichte aus den Zeichen der Wagnerischen Kunst herauslesen darf, so versteht er zuletzt auch, was Wagner diesem Volke sein wird: – Etwas, das er uns allen nicht sein kann, nämlich nicht der Seher einer Zukunft, wie er uns vielleicht erscheinen möchte, sondern der Deuter und Verklärer einer Vergangenheit.